I0634580

Un endroit sans compromis

Un endroit sans compromis

Keith Weaver

Traduit de l'anglais par Jean Forest

IGUANA

Droit d'auteur © 2018 Keith Weaver

Iguana Books
720, rue Bathurst, bureau 303
Toronto, Ontario, Canada
M5S 2R4

Il est interdit de reproduire une partie quelconque de ce livre sans l'autorisation écrite de l'éditeur. Tous droits de traduction, de reproduction et d'adaptation réservés.

Éditeur : Mary Ann J. Blair
Réviseur : Marie-Christine Payette
Correcteur d'épreuves : Suzanne Aubin
Image de couverture : Avec la permission d'iStock par Getty Images
Design de la partie frontale : Victoria Feistner

ISBN PAPIER: 978-1-77180-247-5

ISBN EPUB: 978-1-77180-248-2

ISBN KINDLE: 978-1-77180-249-9

Pour Maggie,

créatrice d'un monde vaste et brillant

Le passé n'est jamais mort. Il n'est pas même passé.

—William Faulkner

La distinction entre le passé, le présent et l'avenir n'est qu'une illusion tenace.

—Albert Einstein

Le passé n'éclairant plus l'avenir, l'esprit marche dans les ténèbres.

—Alexis de Tocqueville

Préface du traducteur

Je doute qu'il soit fréquent pour un traducteur d'avoir un accès aussi directe et un lien d'amitié aussi grand avec l'auteur de l'ouvrage dont il entreprend la traduction.

Keith et moi sommes deux ingénieurs qui avons œuvré dans le génie nucléaire toute notre vie. Bien avant de nous rencontrer, chacun de notre côté, nous avions développé une passion pour l'histoire, la littérature, la philosophie, en particulier pour les auteurs, la langue et le terroir de l'Allemagne, et bien entendu, pour la rigueur dans toute démarche et pour travail méticuleusement exécuté.

Aussi était-il écrit dans le ciel que dès notre première rencontre, à Chalk River en Janvier 2006, tout de suite après la première pause pour un café, je me sois passé la réflexion comme nous retournions plancher dans notre salle de travail en commun, que ce n'était pas une rencontre banale qui venait de se produire ce matin là. Pendant plusieurs mois, nous allions, avec trois autres ingénieurs, passer en revue la conception et les risques associés à une nouvelle installation pour produire des isotopes médicaux.

Par la suite séparés lorsque chacun de nous retourna dans sa compagnie respective, nous avons gardé le contact et continué d'échanger sur nos intérêts, les trouvailles au fil de nos lectures, voyages, projets et recherches personnelles.

En septembre 2013, j'ai accepté un dernier contrat de trois ans avant de prendre ma retraite. Avec la fin de l'aventure nucléaire au Québec, j'étais heureux de retourner en Ontario parce que je savais que ce serait l'occasion de retrouver de nombreux collègues et amis que j'avais côtoyés à Pickering entre 1999 et 2005, qui maintenant, comme moi, étaient réunis pour préparer la réfection de la centrale de Darlington. En haut de ma liste, il y avait Keith, déjà à sa retraite, et la perspective de le revoir régulièrement en personne.

Ensembles, nous sommes entrés dans une routine de festoyer (il n'y a pas d'autre mot) régulièrement aux nombreuses bonnes tables à Toronto. C'est sa ville et il la connaît bien. Je peux donc confirmer que l'ambiance ludique et les expériences gustatives très fraternelles entre Richard et Stuart dans le roman qui suit, ne sont pas de la pure fiction.

C'est durant un de ces mémorables repas que Keith m'annonça que son roman *An Uncompromising Place* avait été accepté et serait bientôt publié. Je fus surpris car dans toutes nos conversations, il n'avait jamais fait allusion à ce travail secrètement en préparation.

« Cachottier! Quelle sorte de roman as-tu écrit?

— J'ai écrit un roman comme ceux que j'aime lire. »

Instantanément, non esprit s'envola. *Quel genre de livre est-ce que j'aime lire, moi?* Et tout de suite plusieurs titres fusèrent dans ma tête. Nombre d'entre eux, nous en avions parlé, Keith aussi les avait lus. Curieux de lire ce qu'il avait pondu, je lui demandai de m'envoyer un échantillon de son travail et c'est comme ça que le lendemain, le premier chapitre m'arriva par courriel. Séduit par ce que j'y lus, et sans arrière pensée particulière, j'entrepris de traduire ce chapitre durant la fin de semaine, histoire de voir à quoi cela pourrait ressembler en français.

Quand Keith m'exprima le plaisir qu'il avait pris à se lire en français, je le mis en garde contre deux choses : d'abord que je ne suis pas et de loin, un traducteur professionnel et ce n'étais qu'une ébauche; ensuite que le français n'étant pas sa langue maternelle, plusieurs de mes erreurs risquaient d'être passée inaperçus à ses yeux. En en discutant davantage, l'idée d'une traduction plus soignée de tout le roman (je pensais surtout à la clientèle québécoise qui est très amateur de polar à l'européenne) a germé dans nos esprits.

J'étais très intéressé d'entreprendre ce travail de traduction, d'abord pour faire connaître en français une histoire captivante écrite par mon ami, mais aussi pour une raison plus égoïste. J'ai toujours été un passionné par la lecture d'une bonne intrigue. Tout au long de ma vie, j'ai jeté sur papier et plus tard dans des fichiers électroniques, des ébauches d'histoires, parfois seulement un ou deux paragraphes, parfois une trentaine de pages. Comme j'entrevoyais que ma retraite serait peut-être l'occasion d'avoir du temps pour enfin écrire, quel meilleur exercice préparatoire pouvait-il y avoir que celui de traduire un livre, en y mettant les efforts requis pour produire un résultat présentable? Et puis il y avait cette phase assassine de Keith *"j'ai écrit un roman comme ceux que j'aime lire"* qui me revenait constamment en tête, me forçant à préciser de mon côté, ce sur quoi j'aimerais écrire. Un jour, peut-être...

Trois choses que je n'avais pas anticipées.

Primo, le plaisir que je prendrais à ce travail de traduction, c'est-à-dire cet exercice ou la pensée essaye de comprendre parfaitement un texte au point de pouvoir l'exprimer dans une autre langue avec autant de clarté et avec une allure plaisante.

Secundo, la difficulté aussi. Le texte de Keith est truffé de nuances et de références subtiles, parfois une simple séquence de mots empruntés à un poème connu, qui forcent le lecteur à creuser, à faire son travail. Là-dessus, Keith et moi sommes d'accord. Aujourd'hui, surtout avec l'Internet, il est tellement facile, rapidement, d'avoir réponse à toute question ou allusion un peu mystérieuse. Alors comme dans la version originale, je les ai le plus souvent, laissées tel quel dans le texte français, incluant de nombreux termes en allemand, italien ou autre langue. Au lecteur de faire sa part, s'il veut creuser davantage. Paresseux intellectuels, prière de s'abstenir.

Tertio, la compétence de Keith en Français, qui s'est avérée particulièrement utile à l'étape finale de la révision et correction de la version présentée ici.

Un gros merci également à Marie-Christine Payette et Suzanne Aubin qui on relu le texte et proposé nombre de corrections.

Il n'est pas trivial que deux Canadiens, immergés dans des cultures différentes, mais quand même si proches quand il est question de la carrière et des autres intérêts, soient devenus de si bons amis, dès leur premier café. Ce roman, à mon avis, est une petite perle canadienne. Quelque chose qui origine du terroir, du patrimoine physique qui est éparpillé tout le long de nos rivières et nos lacs dans l'arrière pays, d'événements qui remontent à plusieurs générations en arrière, aux pionniers venus avant nous, en des temps où la vie matérielle était à la fois plus difficile mais plus proche de la nature, avec l'élévation qui s'en suit. Comme je sais que ce sont là des notions qui sont chères au cœur de beaucoup de Québécois, j'ai pensé que le fait que la même chose puisse se passer et être ressentie dans la province juste à côté, saurait les intéresser, eux et beaucoup d'autres francophones de ce pays.

Keith et moi partageons la même passion pour trois langues que nous parlons/lisons à des degrés divers. Le Français, l'Anglais et l'Allemand. Je souhaite (et c'est aussi le souhait de Keith) que ce roman qui se passe dans trois pays et fait référence à des faits qui s'échelonnent sur six siècles, saura faire passer de belles heures à plusieurs, comme ce fut le cas pour moi.

Jean Forest,
Bécancour, 2018.

Un

Alors ça y est?, me demandai-je formellement, planté là, agrippé à mon enveloppe, comme une âme perdue. L'après-midi en ce début de juillet était éblouissant. Des cumulus tout joyeux dérivaient tels de grassouillets chérubins se baignant dans l'azur céruléen. Scrutant l'amont et l'aval de l'avenue University, mon regard rencontra une multitude de corps parcimonieusement vêtus et de visages parés de lunettes de soleil. En échange du boulot que je venais tout juste de plaquer, cela semblait un décor bien incongru. Au fond de moi, une petite voix tentait de supplier *Retournes-y! Il n'est pas trop tard. Dis-leur que tu as changé d'idée*. Mais y retourner était hors de question, et la petite voix le savait bien.

Le trajet à pied vers mon appartement prit vingt-cinq minutes, plus de temps que d'habitude parce que cette fois-ci, j'avais pris un parcours inhabituel en passant derrière l'hôpital, au travers de cours intérieures et sous une allée d'arbres longeant une église. Une brise chaude et sensuelle caressait les choses et le piaillement métallique des moineaux dans le feuillage des arbres annonçait l'été enfin arrivé. Ouvrant la porte de mon spacieux condo, la valise et le sac de livres à côté de l'armoire que j'avais déposés là le matin même me rappelèrent que toute cette affaire reposait sur un plan. Un bref appel à mon agent immobilier me permit de fixer un rendez-vous avec elle dans cinq jours. J'empoignai le chargeur du cellulaire, la valise et le sac de livres, puis repartis en direction du stationnement sous-terrain. Dix minutes plus tard, je filais sur le Parkway en direction nord. Dans le rétroviseur, la cohue hargneuse d'enragés abrutis par le travail, essayant de battre la congestion m'inquiétait. C'était bien entendu cette même tentative de battre les embouteillages qui en était la cause. Ils coursaient vers leur maison, direction l'enfer domestique, le gazon qui pousse trop vite et la tondeuse encore en panne. Mais il était encore trop tôt, l'heure de pointe n'allait s'intensifier que dans une demi-heure. Planifier...

Les réflexions sur ma vie suivent habituellement l'un des deux cours suivants: soit je me campe confortablement songeant que ma foi, je n'ai pas si mal réussi. Une vie pleine d'intérêt. Une belle carrière. Bien reconnu au sein de mes pairs. Plusieurs ouvrages publiés. Un homme au sommet de sa forme. Ou alors je m'écrase, déprimé, songeant au gâchis lamentable que j'ai fait des choses. Une vie zigzaguant de tous côtés. Une carrière à la dérive, continuellement ballotée par les turbulences passagères du destin, puis le sentiment aigu que ces turbulences ne sont, en fait, jamais temporaires. Un parfait inconnu en dehors de sa meute débraillée de têtes de bois, de querelleurs et de chipoteurs. Auteur d'une série d'obscures publications désormais consignées à la mer des Sargasses que sont les archives de la littérature technique. Un homme sachant à peine dans quelle direction se trouve le haut ou le bas.

Aujourd'hui, je penchais plutôt vers le côté plus luisant, mais le léger séisme engendré par ma déconnexion professionnelle transformait ce passage en une lutte dérangeante.

J'étais maintenant sur l'autoroute. Les miles s'additionnaient à grande vitesse, les kilomètres encore plus rapidement. Rejouant obsessivement dans ma tête mon interview de départ, revivant l'impression de quasi-amputation au moment de balancer ma carte d'accès, je manquai presque la sortie pour la route 62 vers Greenvale. À partir d'ici, la circulation s'étiolait. Riche contrée d'agriculteurs. Des épis de maïs de deux mètres et plus. Trois villages bien espacés. Après quoi se présentaient à la vue des collines et au loin, les premières cohortes de moraines. La route se mit à serpenter davantage à travers une série de drumlins densément regroupés.

Puis, je franchis ce qui était devenu une espèce de frontière émotive: j'approchais de chez moi. J'étais dans l'extraordinaire Green Vale, décor d'un village éponyme. Des glaciers géants avaient autrefois écorché les contreforts de cette vallée, y découpant une topographie capricieuse au travers de laquelle la rivière Muir danse et rit.

Comme lorsqu'on aperçoit son amante dénudée, mon cœur s'emballa à l'apparition de ma maison, une robuste construction en maçonnerie, encastrée à gauche de la route juste après le premier galbe de la rivière, et s'abritant sous les quelques arbres à feuillage caduc disposés tout autour. Dans leurs boîtes perchées aux fenêtres, mes géraniums dansèrent et applaudirent à mon arrivée, le jardin rocailleux tenta un sourire crispé et les saules pleureurs dans la pente près de la bordure sud de la propriété frissonnèrent de joie.

Il y avait aussi un plan derrière l'acquisition de cette maison. Ayant déjà un condo à Toronto, je n'avais pas vraiment besoin d'une maison et je comptais donc la restaurer à sa condition originale au cours des quelques années suivantes pour ensuite la revendre. Cependant, posséder un condo en ville dissimulait en réalité une situation personnelle plus profonde que je peinais à assumer : le fait que je ne m'étais jamais tout à fait remis de la perte de ma femme, Alice. Cela remontait maintenant, incroyablement, à presque vingt ans. Il y avait aussi le fait que je demeurais, malgré mon déni, sous l'emprise d'une sorte de syndrome de Peter Pan, c'est-à-dire la peur irrationnelle de sombrer dans la médiocrité des statistiques : une maison en banlieue, une voiture familiale, une femme 3,2 pouces moins grande que moi, les trois quarts d'un chien et des voisins insupportables. Ignorant tout cela avec constance, je m'en étais tenu à mon plan initial : acheter, rénover et revendre. Mais comme les souris et les hommes pourront l'attester...

La rénovation fut un travail harassant, mais intimement, j'en raffolais. Il y avait les corvées typiques de la rénovation d'un vieil édifice, mais aussi des éléments qui me procuraient le plus grand plaisir : un splendide jardin rocailleux sur le devant de la maison, aménagé sur le modèle d'un petit amphithéâtre irrégulier, dans un demi-cercle approximatif qui englobait un patio en pierre; un espace de vie aménagé à l'arrière de la maison sur de larges dalles où l'on se trouvait gentiment invité par une arche de bois, entouré de treillis sur deux côtés où grimpaient des rideaux de vignes et finalement mon grand potager. Presque chaque fin de semaine, je m'y affairais, dès la fin avril jusqu'à la fin novembre, ainsi que pendant plusieurs semaines d'activité intense chaque été, alors qu'il fallait surveiller le travail des équipes. Cela prit la forme d'un véritable projet, très semblable à ceux que j'avais supervisés tout au long de mes années de travail, mais sans clients irrationnels à contenter, si je faisais exception de moi-même bien entendu et je goûtai une satisfaction particulière à en faire le suivi avec mes tableaux et mes feuilles de budget. Lorsque tout fut terminé, j'abandonnai mon plan initial de revendre. J'avais mis beaucoup de moi-même dans toute cette réalisation et je m'y étais beaucoup trop attaché.

Je déchargeai valises et livres de la voiture, déverrouillai la maison, ouvris toutes grandes les portes et fenêtres, enfilai des shorts, puis sortis sur la terrasse avant. Le soleil de l'après-midi commençait à peine son déclin, j'avais donc tout mon temps pour me détendre et commencer à assumer ma nouvelle vie.

La pensée de Miss Anderson me revint. Mon interview de départ faisait intrusion à nouveau.

« Êtes-vous sûr de votre décision? À… » et ici, elle consulta le fichier étiqueté Richard Gould, conseiller principal, « […] à cinquante-quatre ans, vous êtes très jeune pour la retraite. » Je lui ai répondu que j'en étais certain.

« La prime de séparation que vous avez choisi de prendre ne visait pas vraiment les gens de votre calibre. Êtes-vous sûr que cette prime n'a pas influencé votre décision? » Bien sûr, qu'elle avait influencé ma décision. Si quelqu'un vous présente une telle somme d'argent, vous n'allez pas balayer cela du revers de la main comme si c'était une bagatelle! Et n'était-ce pas précisément le but d'une prime de séparation?

« Je veux simplement m'assurer que vous avez examiné tous les aspects de cette – avouons-le – grande décision. » Cela devenait pénible. C'était bien une grande décision, mais elle pouvait être assurée que je n'allais pas me réveiller le lendemain matin, à quatre heures, tout en sueur et en panique, à me demander quelle bêtise je venais de faire. Mais je devais lui permettre d'exprimer une préoccupation que je savais authentique et dictée par le désir de bien faire.

Mais là, je contemplais la vue depuis ma terrasse avant, le décor autour de moi, que je trouvais extrêmement enivrant. L'été avait apporté des précipitations abondantes et les grandes épaules musclées des collines protégeant la vallée étaient devenues vertes et luxuriantes. Le fond de l'air avait cette généreuse maturité typique du mois d'août, lorsque la Terre a tenu sa promesse d'abondance et que les arbres fruitiers plient sous le poids de leur propre fécondité. Le temps des récoltes approchait, le soleil d'après-midi jetait sa couverture dorée sur ma propriété glorieuse et je frémissais aux premières sollicitations de la faim, réalisant que je n'avais rien mangé depuis mes craquelins nappés de confiture au matin.

Il y avait trois restaurants dans le village, ainsi qu'une très bonne salle à manger au *Pavillon*, mais un jour comme aujourd'hui, un choix évident s'imposait : le patio du *Renard Embusqué*, derrière et au-dessus de l'ancienne gare de chemin de fer, avec vue sur le bas de la vallée. Considérant tout le changement dans lequel ma vie s'engageait, j'avais un net sentiment de recommencement. Nul doute, mon travail me manquerait : les défis techniques et de gestion, la recherche nécessaire pour appuyer de nouveaux projets, l'application satisfaisante de mon expertise et la société quotidienne d'une poignée de collègues très solides; mais déjà je sentais tout cela se dérober, devenant presque onirique, un quotidien du passé. Demain serait le premier jour de ma nouvelle vie, et même si je savais pertinemment qu'il y aurait initialement un ou deux faux pas, déjà mes nouveaux projets s'installaient dans mon esprit en tant que réalité. Bien sûr, il y aurait de nouveaux problèmes, de nouveaux défis. Ce que j'anticipais avec plaisir et excitation, c'était ce projet principal que j'avais en tête, bien que j'étais loin de me douter des hauteurs vers lesquelles il allait m'entraîner. Et malheureusement, un autre aspect dont je n'avais aucune idée, les conséquences et la profondeur de la dévastation personnelle qui m'attendait.

Deux

« Quoi? Tu as restauré une vieille maison? » (Premier commentaire.)

« Et tu penses y vivre à plein temps? » (Deuxième remarque.)

« Et dans l'arrière-pays? » (Troisième platitude.)

Quelques mois avant ma retraite, voilà le genre de commentaires que j'entendais des collègues avec qui j'avais partagé mes plans pour une nouvelle vie. La plupart d'entre eux posaient les mêmes questions. Comment passer sans heurts à une vie nouvelle, dans un entourage radicalement différent? Le rythme lent de la campagne n'allait-il pas être déprimant? Comment occuper son temps?

Comme réponse à la deuxième de ces questions, je soulignai que je venais moi-même de la campagne. Je savais donc dans quoi je m'embarquais. La troisième question, je la balayai avec éloquence en notant que sûrement, ils me connaissaient tous assez bien maintenant pour savoir que mes intérêts dans la vie sont multiples.

C'est ma réplique à la première question qui les arrêta net.

« Messieurs, commençai-je d'une voix pompeuse, vous devez savoir que la plupart des gens sont guidés dans la vie par l'instinct. Qu'ils ne savent pas où ils vont ni pourquoi et qu'ils ne comprennent même pas ce qui motive leurs désirs. Mais que leur réconfort principal est qu'ils n'ont pas besoin de se poser de questions ni même de réfléchir par eux-mêmes. » La notion fondamentale des *pièges de l'inconscient* surgit dans mon esprit, mais elle aurait été trop longue à leur expliquer.

Au lieu de cela, je regardai autour de moi théâtralement.

« Mais il y a une différence entre la ville et la campagne. En ville, personne ne s'intéresse aux autres, de sorte que vous constaterez que la plupart des gens tentent d'éviter toute forme de contact, ne serait-ce qu'un simple contact visuel. Dans les villes, l'isolement personnel est non seulement possible, il est facile. C'est le comportement par défaut et en fait, il peut être très difficile de l'éviter. À la campagne, la plupart des gens veulent tout savoir à propos de tout le monde et il n'y a pas grand-chose qui les arrête pour apprendre ce qu'ils brûlent de savoir. Donc, dans un village, le mieux est de jouer le jeu et la meilleure façon pour le faire est de trouver les trois "gardiens du seuil" et d'apprendre à les connaître aussitôt que possible. » Ça virait à la présentation technique et je cherchai sur les visages un encouragement pour voir si quelqu'un avait une idée de l'identité de ces potentiels gardiens du seuil. Comme des vaches au crépuscule attendant leur tour pour se faire traire, leur silence hébété fut la seule réponse.

« Donc, quand on est nouveau dans un village, il y a trois personnes à rechercher immédiatement. Ce sont dans l'ordre : le bibliothécaire, le propriétaire de la quincaillerie et le tenancier du meilleur pub. S'il n'y a pas dans un village ces trois personnages, la vie sociale y est probablement ratatinée, et il est grand temps de sortir d'un tel St-Profond-des-Creux. Le bibliothécaire doit être intéressé par les livres et les gens, mais pas autoritaire, ni indiscret. Le propriétaire de la quincaillerie devrait avoir dans son établissement, sa "cour", où il est le bouffon en chef et le conteur désigné. Le verseur de cervoise pour sa part, doit être un parfait caméléon, capable de passer instantanément des hauteurs de la philosophie aux profondeurs de l'humour grivois. »

Je fus en mesure de rapporter à mes collègues qu'effectivement, Greenvale possédait ces trois personnages, et que tous avaient passé le test haut la main. « Alors vous voyez, messieurs, l'oiseau a fait son nid. »

Par la suite, je me renseignai. Tous s'étaient concertés sur ce que j'avais raconté et deux d'entre eux avaient exprimé l'avis que de toute évidence, il était grand temps que je prenne ma retraite.

Dans les faits, j'avais bel et bien trouvé ces trois personnes à Greenvale.

Je savais que dès que j'aurais acheté la maison, les villageois voudraient connaître "tous les détails" et que pour y arriver, ils seraient prêts à déployer des efforts et une ardeur au moins égale à celle appliquée par Michael Ventris et John Chadwick dans le déchiffrement de l'écriture en Linéaire B.

Une visite à la bibliothèque m'avait permis très tôt de faire la connaissance de Mme Williamson. Elle avait été comptable dans une entreprise locale, pour ensuite quitter et démarrer sa propre petite affaire, tout en poursuivant un projet qui l'intéressait depuis un bon moment. Elle avait présenté au conseil du village un plan d'affaires pour une bibliothèque qui avait laissé tous les membres pantois. Depuis longtemps, la communauté du village avait cherché à établir une petite bibliothèque et le Conseil avait dégagé à cet effet, 1 500 $ pour l'achat des premiers livres, ce qui était quelque peu symbolique, mais avec l'intention d'éventuellement bonifier, promesse destinée à flotter indéfiniment dans l'air sans le bénéfice d'un plan, d'une stratégie et d'enthousiasme sur le terrain. Mme Williamson apporta tout ça et réussit à accroître cette mise de fond dans un ratio de quatre pour un, somme récoltée tambour battant au cours d'une campagne auprès de particuliers et d'entreprises. Elle avait produit un plan d'affaires crédible, tandis que les autres aspirants au projet, deux enseignants à la retraite, n'avaient présenté que des suggestions fragiles, camouflant à peine leurs espoirs d'une confortable sinécure. Mme Williamson les pulvérisa, campa son nouveau rôle avec une énergie féroce et dans les deux premières années, assembla une respectable collection de 16 000 livres grâce aux dons, aux achats de livres en liquidation, le plus souvent à des prix insignifiants, pressant la bonne volonté de tous ceux qui se présentaient dans son collimateur.

Malgré sa réputation, elle était amicale et détendue le jour où je la rencontrai. Même si elle était très besogneuse, elle dégageait un calme et un air de curiosité professionnelle. Sa tenue vestimentaire agréable – pantalon olive, blouse blanche et une veste grise courte – allait bien avec une silhouette qu'elle avait gardée sous bon contrôle et qui faisait bon ménage avec son front haut et ses yeux gris lui donnant une expression sobre, ni féroce, ni distante. Le tout produisant une combinaison séduisante de jeune femme pleine d'allure avec des fragrances de maturité et de profondeur.

« Vous êtes nouveau ici. Ce n'était pas une question.

— Oui, j'ai acheté la vieille maison Adams et mon intention est de la restaurer.

— Très admirable, mais n'est-elle pas en assez mauvais état?

— Ça, c'est l'impression quand on la voit de l'extérieur. Bien sûr, il faudra du temps, des efforts et de l'argent, mais fondamentalement, elle est solide.

Nous avons bavardé un peu plus et elle tenta de recueillir des informations plus personnelles à mon sujet.

— Mais ce que je voudrais vraiment, c'est une carte de bibliothèque. Comment puis-je en obtenir une?

Elle me considéra d'un air dubitatif.

— Croyez-vous qu'il puisse y avoir ici, quoique ce soit qui puisse vous intéresser? Comprenez-moi bien : je suis fière de notre collection, mais cela reste une bibliothèque de village.

— On ne sait jamais, lui dis-je, mais comme que je prévois être ici un bon moment, je désire soutenir les institutions locales et après tout, il n'y a pas beaucoup de choses plus importantes aux yeux d'une communauté que sa bibliothèque. En disant cela, je paraphrasais un proverbe italien, "un village sans bibliothèque est comme un corps sans âme".

Ces mots manquèrent tout juste de faire monter des larmes de joie à ses yeux et il ne lui fallut que quelques minutes pour me tendre une carte bien en règle.

— Alors maintenant, ajoutai-je, comment pourrais-je faire un don de 2 000 $ à la bibliothèque? »

À nouveau, elle faillit chavirer, naturellement dans la mesure où Mme Williamson pouvait se l'autoriser, mais elle se ressaisit rapidement. Je remplis le formulaire, signai mon chèque et offris d'apporter de Toronto des livres en liquidation chaque fois que je le pourrais, offre qui fut reçue avec grâce et empressement. On s'est dit au revoir et je suis parti, sachant désormais que Mme Williamson serait à l'affût de toute tentative de bavardage défavorable à mon sujet et sans pitié envers ceux qui s'y adonneraient.

En termes de taille, le village de Greenvale est à la limite où les choses peuvent virer au chaos. Trop petit pour être assailli par l'habituel grotesque étalement de grands commerces comme c'est souvent le cas en bordure des grandes villes, mais quand même assez grand pour que cette possibilité reste inquiétante. En entrant dans le village depuis le sud, on rencontre, dans l'ordre, une pharmacie, deux stations-service, une boulangerie, le magasin général, la quincaillerie, la vieille gare, deux pubs/restaurants, une boutique d'art saisonnier et d'artisanat, une minuscule boutique de téléphone cellulaire, un café Internet, le bureau de poste, la régie des alcools et les bureaux municipaux. Il y avait autrefois un hôtel, mais celui-ci avait été converti, il y a quelques années, avec bon goût, en un ensemble de condos. La boulangerie luttait vaillamment pour survivre. La pharmacie, le magasin général et la quincaillerie avaient réussi à croître suffisamment pour que le coût en capital pour tout grand concurrent potentiel désirant s'installer et faire mieux, reste trop grand. Mais c'était un équilibre précaire plutôt qu'une "défaite Wellingtonienne".

Jimmy Napier est le propriétaire de la quincaillerie. Il est petit et nerveux, a des cheveux gris acier bouclés, une étincelle au fond des yeux et des rides d'expression se pressent aux coins de ses yeux à force de rire. Il a joint la bannière commerciale d'une des grandes chaînes, mais son commerce a conservé l'aspect de quincaillerie rurale traditionnelle. La parqueterie des planchers grince avec éloquence. Sa caisse enregistreuse se trouve au sommet d'un bar imposant qu'il avait récupéré de l'hôtel quand celui-ci avait été reconverti. En face de ce bar, se trouvent deux grands barils bien appréciés pour reposer des avant-bras fatigués. Sur le mur, dès qu'on passe la porte, sont accrochés quatre ou cinq balais vieux style, dont aucun, je devais le découvrir, n'avait été vendu dans les derniers quinze ans. On s'attendait presque à voir un perroquet criant « *Billy Macaw!* », « *C'est-y pas Mam'selle Pureté!* », ou tout simplement siffler grivoisement.

Jimmy en fait, se faisait appeler "Lonny" et c'était sa propre petite blague discrète jusqu'à ce qu'un jour je le tabasse un peu dans une discussion houleuse au sujet des logarithmes et du lien apparent de ce prénom usurpé, avec celui de sa famille.

« Voilà le problème avec vous, les gens instruits, se plaignit-il légèrement pompé. Vous en savez trop.

— Ne vous inquiétez pas Lonny, le rassurai-je en bon conspirateur, au lieu d'être votre petit secret, ça pourra maintenant être *notre* petit secret.

— Va donc!, dit-il quand je lui parlai de rénover la maison du vieux Adams. Mais c'est une ruine confirmée!

— On pourrait le penser, acquiesçai-je, si l'on n'y jette qu'un regard distrait par l'une des fenêtres cassées et on aura raison de penser que ce ne sera certainement pas une restauration triviale. Mais l'ossature est bonne.

Il m'avait regardé de près.

— Ma foi du bon Dieu, vous êtes sérieux, vraiment?

— Oui et je pense bien que j'aurai besoin d'acheter passablement de fournitures, à mesure que le travail progressera. Aussi, quand vous aurez une demi-heure de libre, peut-être pourrions-nous y faire un tour ensemble pour que je vous montre ce que j'ai en tête. Ainsi pourrons-nous avoir une meilleure idée de ce que je pourrais quérir de votre foutoir ici.

Son regard de doute s'adoucit et passa à la spéculation.

— Eh bien, mon horaire n'est jamais très dégagé, mais j'ose penser que nous pourrons sûrement y trouver un trou quelque part. Quand pensez-vous commencer? Je pouvais le voir jongler avec son emploi du temps : le bingo, les soirées au pub, l'observation des oiseaux, les courses d'accélération...

— Cette fin de semaine, je vais commencer à travailler sur le drainage. Et je veux avoir un toit neuf sur ma tête d'ici la fin de l'automne. »

Sans difficulté ni trop de chambardement, nous avons fixé un moment pour sa visite.

On peut trouver des personnages dans les villes, mais ils ont tendance, selon mon expérience, à être plus étranges qu'intéressants. Dans les villages, les choses sont un peu différentes.

Jasper Armadale est un bloc massif de virilité mal dégrossie. Sa chevelure de sable est coupée en brosse, ses yeux pétillent, son visage est un ensemble de plans qui s'entrecoupent comme s'ils avaient été taillés à l'aide d'une herminette, ses jambes sont comme des troncs d'arbre et dans une journée moyenne, il peut parfois prononcer tout au plus dix mots. Son pub, le *Renard Embusqué*, n'a pas besoin d'un videur.

J'arrivais directement de chez Lonny; il était tard l'après-midi. Dans son ancienne vie, le *Renard Embusqué* avait été un entrepôt ferroviaire. Les plafonds hauts et les poutres massives se mariaient bien avec la nudité de la brique des murs intérieurs. Sur le côté est de la pièce, une immense cheminée avait été ajoutée ainsi qu'une alcôve encastrée pouvant stocker au moins six à huit cordes de bois de foyer. Dans le mur sud, de grandes fenêtres avaient été percées, donnant une vue spectaculaire sur le patio extérieur et le bas de la vallée. Les bureaux de l'entrepôt avaient été convertis en cuisine et un grand bar péninsulaire s'étendait de la porte de celle-ci jusqu'à mi-chemin dans la pièce. Marchant jusqu'au bar, je fis un signe de tête à Jasper et commandai une pinte de bonne bière locale brassée à environ 15 kilomètres au sud. Pour le grand gaillard qu'il est, Jasper se déplace avec économie et une grâce surprenante. Il planta ma cervoise en face de moi avec un hochement de tête et me demanda : « Nouveau? »

Je lui offris mon nom, confirmai que j'étais nouveau dans le village, puis me tus, attendant de voir s'il avait quelque chose à ajouter ou à demander. Mais Jasper aussi était devenu silencieux, semblant fouiller dans ses pensées pour trouver un enchaînement.

Je vins à sa rescousse : « C'est moi qui ai acheté l'ancienne baraque d'Adams et je vais la restaurer. »

Ses yeux bleus clignèrent, sans trahir ses pensées. « Grosse job », dit-il enfin. Il avait maintenant épuisé presque 30 % de son allocation quotidienne en paroles et deux habitués jetèrent en notre direction un regard surpris par cet élan de loquacité.

Je lui fis un topo dans les mêmes lignes que celui expliqué à Lonny, il hocha la tête une fois ou deux fois et je me suis retrouvé à lui demander s'il connaissait quelqu'un doué en construction générale puisque j'allais avoir besoin de bras. Sans un mot, il s'étira pour prendre un bloc-notes et un stylo et nota trois noms avec numéros de téléphone. « De bons travailleurs », résuma-t-il comme il me passait la feuille. Je présumai qu'ils étaient tous des habitants du coin, pliai et empochai la feuille de papier. Balayant délibérément du regard la pièce, j'opinai que la rénovation ici avait été très bien faite.

« Avez-vous tout fait vous-même?

Il hocha simplement de la tête, puis machinalement essuya une flaque d'eau sur le bar.

— Si vous passez du côté du vieux Adams, c'est avec plaisir que je vous montrerai les lieux. »

Il cisela un sourire timide mais sympathique et me tendit la main.

Tout ça s'était passé il y avait maintenant six ans. Mais même à l'époque, il était évident que mon travail initial dans le terreau humain avait valu son pesant d'or. Rapidement après avoir fait la connaissance de ces trois-là, on m'avait présenté une douzaine de personnes qui semblaient déjà avoir été mises au parfum de qui j'étais, d'où je venais, quelles étaient mes intentions, mais plus important encore, que j'étais réglo et que si l'un des trois entendait des ragots à mon égard, la rétribution serait aussi brutale que rapide.

En moins d'une semaine, j'avais engagé deux des ouvriers référés par Jasper, nous avions débarrassé les débris sur les deux étages de la maison, j'avais aménagé ma tanière dans la partie arrière du rez-de-chaussée où j'allais pouvoir dormir et préparer des rudiments de repas au cours de la première phase des rénovations et environ une douzaine de "locaux" avaient fait le tour de la place. Les choses progressaient sereinement.

Trois

Pendant les rénovations, le *Renard Embusqué* était devenu pour moi une seconde demeure. J'y faisais presque partie des meubles. Après seulement quelques semaines, il commença à y avoir un vif intérêt pour l'avancement des travaux qui progressaient comme des sous-projets distincts : la plomberie, le nouveau toit, le sous-sol et la restauration des planchers, la fenestration et les rénovations intérieures. Après la deuxième année, j'eus le sentiment que bon nombre des villageois étaient impressionnés par la façon dont le travail progressait, soutenue, ordonnée et par étapes bien définies. Le travail sur la maison elle-même avait pris quatre ans. Une autre année fut consacrée à la construction de l'abri d'auto, la stabilisation de la pente du terrain, le nivellement et le gravillonnage de l'entrée et l'aménagement des principaux éléments de la cour arrière. Au cours de la sixième année, je complétai les dernières touches au sentier et la haie de groseilles autour du patio à l'arrière, le prolongement que j'avais prévu pour le potager et finalement, le travail qui m'était le plus cher, véritable travail d'amour, la terrasse à l'avant. Maintenant que tout était accompli, et puisque j'étais à la retraite, je pourrais goûter au simple plaisir d'en faire l'entretien.

Une fois de plus, un panorama familier se présentait à ma vue. D'où j'étais assis maintenant, sur la terrasse du *Rénard Embusqué*, je pouvais porter mon regard sur l'ancienne gare, vingt mètres plus bas, où j'avais garé ma voiture. Au-delà de la gare, le regard était attiré par les gracieuses collines bordant la rivière, pour ensuite suivre l'élan voluptueux de la vallée vers le sud, ses versants agréables à l'œil comme un vêtement bien ajusté. La scène entière en était une d'espace et volume et de maîtrise de la nature pour les formes, à la fois asexuées et séduisantes. La pluie récente et la chaleur du jour donnaient à l'air un parfum d'humidité et à la lumière une teinte brumeuse et bleutée, une impression dense, solide mais avec la douceur d'un nectar irrésistible. De la station en bas, j'avais traversé la voie ferrée et grimpé une série de marches donnant sur un sentier longeant la colline et montant graduellement vers le pub qui se trouve assis sur un promontoire, à cent cinquante mètres des premières marches. Contemplant le grand verre de bière en face de moi, considérant mon nouveau statut de retraité depuis moins de vingt-quatre heures, je pensais au moulin, notre projet. J'avais été absent de Greenvale depuis dix jours et nous avions pris du retard sur l'échéancier, une situation à laquelle j'entendais bien remédier dès le lendemain matin.

« Bande de chômeurs fainéants, dit une forte voix, faisant irruption dans ma rêverie. Je me demande bien ce que cet endroit va devenir. » Sans y être invité, le personnage s'assit lourdement en face de moi et jeta un regard perplexe à ma bière. « Je suppose que tu vas bientôt demander la charité. » Il était grand, avait une chevelure sombre et ondulée, qu'il portait courte et le soleil lui fit plisser les yeux, renvoyant des scintillements.

« Non, lui dis-je, pivotant langoureusement ma bière sur son sous-verre. J'ai une occupation payante, un travail que tout le monde considère nécessaire et écologique : j'ai commencé de nuit à assassiner des politiciens en commençant par les maires. Alors, comment allez-vous, monsieur le maire? »

Je connaissais Greg Blackett depuis que j'avais acheté la maison. En fait, il était la première personne à m'avoir contacté comme je commençais les travaux de drainage, tout juste après l'élection à son premier mandat comme maire de Greenvale. Dès cette première rencontre, la discussion avait été aisée. Je lui fis faire le tour du propriétaire et expliquai ce que j'avais en tête, laissant de côté mon intention de revendre une fois les rénovations achevées. Il s'était montré très intéressé, mentionnant qu'il n'avait jamais vu l'intérieur de la maison, mais qu'il connaissait un peu son histoire. Je l'avais sondé à ce sujet, mais rapidement, il était devenu clair qu'il n'en savait pas plus que moi. Il n'avait pas manqué de signaler l'importance du travail nécessaire pour ramener la maison en bon état; j'avais accepté la remarque, mais répliqué que la maison et la propriété dans son ensemble avaient exercé sur moi un immense attrait.

« Un achat impulsif et dispendieux, s'était-il hasardé, à l'évidence pour provoquer une réaction.

—Certains pourraient le voir de cette façon, avait été ma réponse sur un ton neutre. Mais cette maison n'est pas un produit de consommation et je pense, qu'à tout le moins, elle conservera sa valeur. Donc, ce n'est pas une inquiétude qui m'empêchera de dormir la nuit. »

Il avait hoché de la tête en signe d'accord et nous avions continué notre tournée. Nous avions regardé la cheminée, la pompe intérieure authentique et ornementale dans la cuisine et l'étage où tout devait être arraché jusqu'aux montants. J'avais énuméré les principaux points de l'inspection que j'avais faite avant d'acheter. Fondamentalement, une structure très solide. Des solives de plancher costaudes, en espacement de douze pouces et en très bon état. Une petite quantité de pourriture humide en raison d'une fuite localisée dans un coin du toit, mais cela se limitait à une zone restreinte du mur nord au deuxième étage. Le reste de la charpente de bois était sain, mis à part le toit qui jusque-là avait bien joué son rôle contre les éléments, mais qui n'était pas récupérable. Tuyauterie à remplacer au complet. Une propriété non assurable vu l'état du câblage électrique. Pas d'isolation digne de ce nom, à part un bricolage maison pour ajouter un revêtement de bande chauffante sur les conduites d'eau. Tous les drains et l'évent de la petite toilette sordide au deuxième étaient en mauvais état, de même que les fenêtres et les cadres.

« Eh bien, je n'ai pas besoin de vous dire que vous entreprenez un gros projet, avait-il dit et je crus déceler un soupçon de scepticisme.

— Oui, je suis bien d'accord, mais j'ai besoin d'un grand projet en dehors de mon travail régulier. Et en l'étalant sur quatre ans environ, restaurer cet endroit est un engagement qui occupera mes temps libres et que je peux me permettre financièrement.

Il m'avait fixé un peu plus attentivement.

— Ah, alors vous avez au moins une définition du projet et un échéancier?

Ça avait été mon tour de lui jeter regard sceptique.

— J'avais une première version de tout ça avant même de signer le contrat d'achat.

— Merci pour la visite. J'ai apprécié. Jetant un regard sur sa montre, il avait dit : «°J'allais partir casser la croûte sans façon. Ça vous dit de vous joindre à moi? Il y a un endroit convenable juste en bas de la rue. »

J'avais accepté. Une de mes premières inquiétudes concernant l'achat à Greenvale avait été la possibilité d'y rencontrer un esprit de clocher qui ne conviendrait pas du tout à mon tempérament. Ma rencontre avec la bibliothécaire, le propriétaire de la quincaillerie et l'administrateur des taxes municipales m'avait soulagé de cette préoccupation. Mais je ne comptais pas rencontrer quelqu'un du calibre de Greg, un homme manifestement intelligent, ouvert sur le monde extérieur, sophistiqué et qu'on gagnait à mieux connaître. L'endroit convenable, c'était le *Renard Embusqué* où nous étions maintenant de nouveau assis, six ans plus tard.

Regardant en direction de Greg, je reconnaissais quelqu'un qui était devenu un bon ami et un partenaire d'affaires. Il m'avait intrigué dès le début et après qu'il soit devenu évident que nous allions bien nous entendre, je lui avais demandé à brûle-pourpoint : «-En plus d'être maire, que faites-vous réellement pour vivre? »

Sa réponse (« Un peu de ceci, un peu de cela ») avait d'abord semblé une esquive, mais en fait, elle s'était avérée être tout à fait exacte. Sondant ses raisons pour avoir convoité le poste de patron de la ville, j'avais éventuellement réussi à lui extirper une réponse assez intéressante.

« Villages et communautés sont semblables aux individus : ils ont besoin d'un plan. Sans plan, une personne reste à la dérive et il y a des chances qu'il ou elle aboutisse à une situation terne et profondément insatisfaisante. Il en va de même pour un village. Sans plan, le résultat le plus probable est un dépérissement vers une médiocrité des plus déprimantes, à moins que quelqu'un ne prenne les rênes bien en main. Je ne souhaite pas voir Greenvale tomber dans la médiocrité rurale qui affecte beaucoup trop de collectivités en Ontario. Je sais que ça sonne désespérément élitiste et insultant, mais je pense que c'est littéralement ce qui pourrait arriver. Cet endroit est si attrayant, si beau, qu'il supplie pour une vision. Et des choses se produisent lorsque les gens s'en donnent la peine. » Il s'était arrêté sur le point de dire qu'il avait fourni la vision, mais en vérité, c'était exactement ce qu'il avait fait.

Et au cours des deux premières années où je connus Greg, j'en vins à me rendre compte combien vaste et ambitieuse sa vision était. Il était de l'endroit, bien que pas de Greenvale à proprement parler, et il avait brillé dans ses études à l'Université Trent en sciences humaines, décrochant le prix en anglais et voyant son nom inscrit chaque année au Tableau d'honneur du doyen. Un an après avoir terminé ses études, il avait percé en tant que gérant d'une quincaillerie, pour ensuite occuper une série de positions commerciales au cours des trois années suivantes et se retrouver dans une entreprise spécialisée dans la rénovation haut de gamme. Là, il avait prospéré et démontré un talent réel comme entrepreneur. Bientôt, il avait pris en charge ses propres projets, réalisant des profits substantiels, pour éventuellement partir à son compte. Son premier grand projet l'avait amené à Greenvale, où, avec trois partenaires, il avait acheté l'ancienne salle de danse lors d'une vente sous séquestre et en 18 mois, il l'avait transformée en quelque chose qu'il avait appelé *Le Pavillon*. Il y avait trois parties au *Pavillon* : un ensemble de quatre bureaux qu'il avait rapidement loués à des personnes dirigeant de petites entreprises; un centre communautaire qui avait débuté comme rien de plus qu'une salle de réunion aux murs même pas encore peinturés, meublée seulement de tables à cartes, de chaises pliantes en métal bon marché et d'un bar rudimentaire. La troisième partie était un centre d'entreprise qui avait débuté avec simplement deux petites salles de conférence. Petit à petit, les revenus étaient passés à un débit régulier et sain, et en cinq années le centre communautaire s'était doté d'une allée de curling et d'une salle de bingo, tandis que le centre d'entreprise arborait une gamme complète d'équipements de conférence et un service de traiteur. En devenant maire de Greenvale, une position qui nécessitait relativement peu de son temps, il avait vendu sa part du *Pavillon*, mais avait conservé un partenariat dans une entreprise qui achète, rénove et revend des propriétés.

Greg a un talent naturel pour la publicité efficace et le marketing, qu'il continue de développer. Il avait réussi à convaincre la municipalité d'utiliser un coin du site Web établi pour le *Pavillon*, qu'ensuite il avait conçu et peuplé de nouvelles, d'information et d'histoires intéressantes sur le village. Au moment où il avait acheté l'ancienne salle de danse, la prospérité dans le village était clairement en déclin. La meunerie, le petit concessionnaire d'équipement agricole, le réparateur d'autos avaient fermé boutique l'un après l'autre. Bien que Greenvale demeure le centre géographique d'une région agricole prospère, peu de l'argent généré localement alimentait le village. Le renversement de ce déclin du village coïncida avec trois choses que Greg réalisa. De l'autre côté de la vallée en face de la gare, il acheta une maison de ferme de style victorien complètement délabrée et entreprit le long processus de restauration, la transformant en une résidence spectaculaire où il vit maintenant avec sa femme Jill. Pendant et après la rénovation, il ne recula devant aucun effort pour mettre en valeur les aspects photogéniques de la propriété, tant à l'intérieur qu'à extérieur, illustrant de façon éclatante à toute personne attentive le type de résidence haut de gamme pouvant être développé à Greenvale. Il forma ce qu'il appela le Cercle social de Greenvale, s'adjoignant les services d'un historien du coin pour aider à compiler un livre de référence sur l'histoire locale, les familles prestigieuses au cours des deux derniers siècles, les parcelles fascinantes de l'archéologie industrielle locale, la géologie de la région, et il utilisa cette information pour établir un itinéraire commenté avec piquant le long des promenades près de la ligne de chemin de fer qui traverse le village, promenades qu'il organisa et dirigea lui-même. L'intérêt pour le Cercle social ne s'accrut que lentement au début. Au cours de la première année, il y avait des jours où sa randonnée bimensuelle n'attirait qu'une ou deux personnes. Cela changea quand il invita une journaliste du Kingston Whig-Standard à faire la promenade avec lui, ce qui aboutit à un très bel article soulignant l'intérêt humain du parcours. Cette histoire fut rapidement épinglée sur le babillard au bureau de poste, présentée avec panache sur le site Web du village et rendue disponible comme dépliant au centre communautaire. Les invitations commencèrent à rentrer chez Greg pour qu'il vienne en parler dans les associations locales, les chambres de commerce et les réunions des groupes d'initiative locale pour l'économie et le développement (et il s'assura qu'un maximum de publicité pour le village soit généré par ces événements). Ce moment fut un véritable point tournant pour le village.

Son troisième coup d'éclat, l'idée farfelue qui au départ avait fait rigoler tout le monde, soit d'incrédulité ou de cynisme, était "le bus". Il avait trouvé deux vieux autobus Bluebirds traction avant, coupé la moitié arrière de chacun et soudé ensemble les deux parties avant. Il y avait donc une cabine de conducteur et un moteur à chaque extrémité. Il fit ensuite monter le tout sur des bogies afin de pouvoir circuler sur l'ancienne ligne de chemin de fer dont les rails subsistaient toujours dans le village et aux alentours. Il y eut un peu de manœuvres en coulisse pour convaincre les défenseurs de la voie ferrée et venir à bout de leur indignation et de leur consternation initiale, mais la promesse d'une contribution annuelle substantielle à leur association les avait fait rapidement se rendre compte que c'était précisément ce qu'ils avaient toujours souhaité. Comme on pouvait s'y attendre, cela entraîna beaucoup de chichi à propos de la sécurité et de la certification de l'engin, mais une dizaine de semaines plus tard, cet aspect légal fut régularisé, le véhicule étant limité de sorte qu'il ne pouvait circuler à plus de 40 kilomètres à l'heure. On en fit l'essai tôt un samedi matin : pas un accroc. Greg avait prévu utiliser le monstre à deux têtes pour les promenades son Cercle social, pour attirer ceux qui pourraient désirer faire la sortie sans nécessairement se taper le parcours à pied, ou le faire même si la météo était incertaine.

Une semaine après les épreuves d'essai, la machine eut son baptême officiel. Sise à côté de la gare, une bizarrerie à deux têtes arborait une couche fraîche de peinture noire rendue excitante par deux bandes jaune vif de chaque côté. Les côtés portaient aussi une plaque, nouvellement boulonnée en place et recouverte par un discret petit rideau. Les amateurs du chemin de fer de la région se présentèrent en grand nombre, mais le plus grand contingent d'enthousiastes fut les enfants du village. Ils voulaient tous faire un tour. Il y eut une petite cérémonie d'inauguration et bien sûr, un photographe. Au son de la fanfare, les petits rideaux s'écartèrent pour révéler le nom du véhicule, *Charybde et Scylla* (C&S); la foule s'entassa à bord, Greg monta dans la cabine et pesamment le monstre à deux têtes gagna l'extrémité nord de la ville. Puis, Greg éteignit le moteur, fit son chemin vers l'autre extrémité du C&S, démarra le deuxième moteur et tous roulèrent vers l'extrémité sud de la ville. Les cris de joie apportèrent rires et sourires sur les visages des adultes qui bordaient la voie ferrée ne laissant aucun doute que C&S était là pour rester.

Effectivement, Greg utilisa son train pour les promenades du Cercle, mais bientôt on l'adopta comme bus du village, transportant les enfants vers l'école primaire et les adultes vers le Pavillon à l'extrémité nord du village, ou le samedi, vers le marché des agriculteurs à l'extrémité sud. Tout cela fonctionnait à merveille puisque l'étroitesse de la vallée signifie que rien n'est jamais loin de la ligne de chemin de fer qui longe la rive orientale de la rivière. Sans surprise, C&S fit la une dans tous les journaux locaux et on parlait de plus en plus de "l'esprit de Greenvale". Naturellement, Greg profita de chaque once de cette publicité et un concours fut organisé pour choisir un chauffeur à temps plein, poste qui fut finalement attribué à Sam Daniels, un dentiste à la retraite. Les touches finales au C&S vinrent quelques mois plus tard, lorsque Greg fit construire deux fausses cheminées de locomotive style XIXe siècle qu'on installa sur le toit du bus, une à chaque extrémité, et pour compléter le tableau, un sifflet de train actionné par air comprimé.

Dans les coulisses, Greg travaillait discrètement pour attirer trois petites entreprises dans le village, et pour en faire la promotion comme un endroit idéal pour les retraités. Éventuellement, ces deux initiatives furent un succès. À la suite de tout cela, l'humeur dans le village changea considérablement sur une période de seulement quelques années, passant d'un manque de pertinence et d'une dérive sans but, à une ambiance beaucoup plus optimiste.

« J'imagine que c'est mieux que de regarder la peinture sécher.

— Regarder sa bière se réchauffer?, dis-je sortant de ma rêverie. Je pensais simplement à mes six dernières années à vivre à mi-temps ici et à cet autre grand changement.

— Mais tu as un plan, n'est-ce pas? Alors la suite, c'est…?

— La suite Greg, c'est de me glisser dans ma nouvelle vie. Ce qui implique un certain stress. Laisser partir une réalité qui a été ma vie et mon souffle depuis trente ans. Cela va prendre un certain temps, mais le remède, c'est le travail. J'ai maintenant terminé tous les plans pour le moulin, j'ai fait la plupart des recherches dont nous avions besoin et demain, je vais compléter la maquette de la roue. »

La maquette de la roue était un modèle réduit à l'échelle un quart, de la roue à augets que j'utiliserais dans mes essais de performance pour m'aider à obtenir les données pour "la vraie roue". Et cette vraie roue était celle qui allait actionner le moulin, que j'avais acheté trois mois plus tôt. Bien sûr, l'appeler un "moulin" restait pour l'instant un exercice d'imagination puisque dans les faits, ce n'était alors qu'une ruine. Mais l'histoire du lieu, une fois que je l'avais déterrée, m'était apparue fascinante, son emplacement ne pouvant pas être mieux choisi, et son potentiel semblait presque illimité. La seule préoccupation en était le coût.

J'avais engagé un inspecteur en bâtiment et nous avions passé une journée à enjamber les ruines. J'avais pris des dizaines de photos et fait des centaines de mesures à l'aide d'un laser. De son côté, il avait barbouillé des pages et des pages de notes qu'il avait converties en un rapport concis. Sa conclusion était que rien de fondamental n'empêchait l'installation d'être restaurée. Mais il allait falloir y mettre des sous.

Il m'avait fallu moins d'une journée pour entrer dans Mathcad les mesures que j'avais prises sur le terrain et produire une série de dessins du moulin dans son état actuel. J'obtins des autorités locales des données sur les débits saisonniers de la rivière des vingt dernières années et avec une autre journée de travail, je produisis une planification de niveau 1 pour la rénovation, me concentrant sur faire des évaluations suffisamment détaillées pour arriver à une estimation, certes provisoire mais fiable, des coûts. Des visites chez certains constructeurs locaux et marchands de matériaux de construction, sans trop de détails pouvant trahir mes intentions, me permirent de remplir les cases vides. Les estimations des coûts semblaient plus dures à avaler que prévu, mais elles étaient élégamment compensées par celles du chiffre d'affaires anticipé. Tout cela me permit une estimation très préliminaire des flux de trésorerie, qui étaient anémiques certes, mais positifs. Mes estimations initiales avaient été tout à fait conservatrices, donc en ce qui me concernait, ça tenait la route.

Greg fit signe au garçon d'apporter un verre de bière. « Au début, quand tu as suggéré le moulin comme projet, dit-il avec un sourire, je me suis vraiment posé des questions à ton sujet, mais quand j'ai vu tes chiffres, c'a cliqué tout de suite. » Deux minutes plus tard, il était parti dans les nuages, à parler à une vitesse et une excitation croissantes des options, des possibilités, de la publicité et de l'éventuel album de photos de l'avant, le pendant et le final du projet de restauration. Je le laissai s'exciter ainsi, parce que même si les idées qu'il explorait n'étaient qu'à moitié formées, aucune d'entre elles n'était farfelue et c'était un plaisir de le voir euphorique et au meilleur de son tempérament extraverti.

Il s'arrêta si brusquement que je levai la tête rapidement pour l'observer. C'est moi qu'il regardait intensément. « Mais qu'en est-il de toi? Tu es au beau milieu d'un grand changement. » (Traduction : Est-ce tout ceci va déboucher sur quelque chose de stable pour toi?)

Je lui souris confortablement. « Et bien, Greg, qui vivra verra. » Même si j'espérais que ces mots résonnent avec confiance, la tâche d'arriver à un bilan positif avec tous les plus et les moins dans l'équation n'allait pas être simple. J'avais adoré ma profession, aimé nombre de mes collègues, quelques-uns étaient devenus des amis. Certains clients étaient casse-pieds, mais ces situations, la plupart du temps, s'étaient transformées en défis plus positifs que négatifs. Ma pension et mes revenus d'investissements signifiaient que je serais dorénavant financièrement indépendant et la perspective d'apprendre de nouvelles choses m'emballait. Par contre, peu importe ce que seraient mes entreprises futures, la charge serait entièrement sur mes épaules. Pas d'appui corporatif. Pas de collègues pour valider mes décisions.

Il me sembla que Greg avait lu dans mes pensées, car son sourire était hésitant. Alors, je penchai la tête vers lui en quête d'une réaction.

« Mais tu es un garçon de la ville, dit-il. Ne vas-tu pas perdre assez rapidement ton l'intérêt dans tout cela? » Son bras balayait en direction du village, de la vallée et tout le reste autour de nous.

Je pris une gorgée de bière et me calai au fond de mon siège. « L'avenir le dira. » Encore une fois, j'espérais que la confiance projetée soit plus convaincante que mon état d'âme, où des relents de doute subsistaient. Les changements que j'étais en train d'apporter à ma vie étaient considérables et même si je n'avais aucune intention de vendre mon condo au centre de Toronto (par ce refus, je ne faisais que secrètement me garder une porte de sortie), la réalité dure de ma situation était celle d'un citadin essayant de jouer le campagnard en dilettante.

D'un autre côté, je sentais que j'aimais véritablement cet endroit et qu'il pouvait devenir mon *chez-moi*.

Je regardais autour et la confirmation de cette pensée m'apparut. Un millier de nymphes invisibles dansaient sur la rivière, attrapaient la lumière du soleil et nous la renvoyaient. La rangée de saules à une certaine distance le long de la rive, à côté d'une petite aire de pique-nique, se balançait avec langueur. Des pétunias dans des boîtes à mi-hauteur en périphérie du patio dansaient au même rythme des bouffées de brise qui ballotait nos cheveux. Les taches d'ombre des nuages se pourchassaient le long des flancs de la vallée.

Résolu, je posai mon verre vide sur la table et annonçai : « Je vais aller voir ce qui se passe au moulin. »

Quatre

En moins de cinq minutes, nous étions au moulin. Chaque fois que je m'y rendais, je me retrouvais à nouveau tout enthousiasmé. Un vrai projet, que je dirigeais moi-même et avec une seule personne à qui rendre des comptes : moi. Une fois lancé, il m'avait fallu une journée pour dégager le site des débris, trois jours de plus pour débarrasser les barrières de sécurité que la municipalité avait érigées, une autre journée pour prendre une série de photographies et une semaine pour ériger les clôtures du chantier de construction autour la propriété. Alors que je déverrouillais avec Greg le cadenas de la barrière donnant accès au site, le fil de mes pensées suivit une fois de plus le chemin qui nous avait amenés à ce point.

Il avait fallu un certain temps pour que mon intérêt pour le moulin s'allume. Bien sûr, j'avais remarqué ses ruines dès ma première visite à Greenvale. Il était impossible de les manquer : une masse assez imposante assise au bord de la rivière, couverte de poussière, de boue, de mauvaises herbes et de lierres sauvages partout autour et cette tristesse de l'abandon. Quand je m'informai autour du village, par simple curiosité, depuis combien de temps le moulin était dans cet état, la réponse qui revenait était «°des années », ce qui en réalité dans la mémoire de tous, signifiait *depuis toujours*.

Un peu de recherche dans les bibliothèques locales révéla son histoire par bribes : d'abord une meunerie au XIXᵉ siècle, convertie au début au XXᵉ siècle pour produire de l'électricité, abandonnée après un incendie dans les années 1930. Le dernier propriétaire connu se nommait Ambrose. Après qu'un enfant se fut cassé une jambe en jouant dans les ruines, le village, sur avis juridique, l'avait exproprié et fait ériger des barrières tout autour pour éviter toute autre blessure. Il y avait de cela maintenant 25 ans.

Le détail concernant la production d'électricité avait tout de suite attiré mon attention. Je trouvai quelques vieilles photos du moulin. Je passais du temps à regarder le site à partir de différents points de vue, y compris à partir des collines de l'autre côté de la rivière. Je fis quelques calculs. Puis, cela mijota dans mon esprit pendant quelques semaines.

Après une discussion avec un agent immobilier local, que je pris soin de ne pas recruter trop localement, je commençai ma manœuvre. Je laissai comprendre, par mon agent, que les ruines seraient une source de "matériaux de construction". Ce fut la *capoeira* habituelle avec le village qui était toujours propriétaire de la ruine du moulin. Nous avons dansé pendant des semaines, mais mon agent ayant bien joué son rôle, nous avons finalement eu plusieurs indices indiquant qu'un prix d'environ la moitié de ce que le village avait demandé à l'origine serait acceptable. À ce point-là, personne ne se doutait qui était l'acheteur potentiel que l'agent représentait. Une offre formelle fut présentée.

Je me rendais bien compte que j'étais dans une situation délicate. Au cours d'un repas, quelque temps avant que le contrat d'achat se signe chez le notaire, j'avais fini par confesser à Greg que depuis le début, c'était moi qui tirais ces ficelles. Comme je m'y attendais, il devint furieux.

« Pourquoi ne m'as-tu rien dit ? Te rends-tu compte de la position dans laquelle tu me places?

— Greg, je ne t'ai mis dans aucune position. Tu ne disposais d'aucune information et je suis prêt à déclarer par écrit que tu n'en savais rien jusqu'à aujourd'hui. Et de plus, qu'aurais-tu fait différemment si tu avais su que c'était moi qui faisais les approches? Aurais-tu essayé d'obtenir plus d'argent?

— Richard, là n'est pas la question, tu sais très bien que mon poste est bien assuré. Mais toute cette affaire pourrait donner l'impression que j'ai aidé un ami à garder l'anonymat pendant qu'il discutait avec un organisme où je joue un rôle prééminent. Il n'y a pas beaucoup de jambettes qui se perdent parmi les politiciens des petits villages, ils auraient été bien capables d'essayer de faire monter le prix s'ils avaient su que c'était toi l'acheteur intéressé. Tout comme ils sont capables maintenant de dire que c'est ma faute si le village a obtenu moins pour la propriété que ce qu'elle aurait pu avoir. »

Je secouai la tête en désaccord. « Si tel avait été le cas, quelle sorte de discussion aurions-nous maintenant? Ne serais-tu pas dans la même situation, ou pire encore, si tu avais décidé d'être solidaire de tes amis tentant de m'extorquer encore plus d'argent, ou leur résister, ou laisser tomber toute l'affaire en essayant de sauver ta peau? Je suis convaincu que ce n'est pas la première fois qu'une telle situation se présente. » Je ne pouvais pas le dire, mais j'étais au courant que Greg avait lui-même utilisé une tactique similaire quand il avait acheté la vieille propriété qui était devenue par la suite *Le Pavillon* et je me disais qu'il devait me savoir un recherchiste assez habile pour l'avoir découvert. « D'un autre côté, je n'aurais jamais joué au petit jeu des enchères. Toi et moi savons très bien que la valeur de cette propriété dans son état actuel est de zéro et que sa valeur nette est présentement négative. J'aurais tout simplement laissé tomber et le village aurait été de retour à la case départ. Sauf que la politicaillerie locale aurait frustré quelqu'un qui a choisi leur village pour y vivre, en plus d'avoir injecté passablement d'argent dans l'économie locale. Est-ce que toi ou ces bonnes gens avez pensé à cela? »

Il me fixa du regard pour un moment et sa colère se dissipa. Lentement, un sourire se pointa sur son visage.

— Matériaux de construction, filou! Qu'est-ce que tu as véritablement en tête?

Après un petit délai pour produire mon effet, je dis :

— La réponse courte : une restauration complète. Le fixant dans les yeux, j'ajoutai : J'ai dit que je te voulais pleinement dans le coup Greg, et la première étape est de t'exposer le projet en détail, mais je ne suis pas prêt à le faire maintenant. Tu auras des questions et je n'ai pas encore toutes les réponses. Donne-moi un mois. »

Un après-midi d'août alors que Jill, était absente pour une conférence, je l'invitai chez moi pour souper. Le festin commença par des olives sur le patio, accompagné d'un blanc bien frappé du compté Prince Edward, avec du pain français frais de l'après-midi. Le plat principal était des steaks bien épais, salade verte, tomates accompagnées d'une salade de pommes de terre, d'oignons verts, de poivrons rouges, de ciboulette et de betteraves, tous des ingrédients fraîchement cueillis de mon jardin. À sept heures, nous étions rentrés pour le fromage et je conduisis Greg à mon bureau où j'avais étalé quelques dessins, notes, listes et des calculs préliminaires. Alors, je lui exposai toute l'affaire. En moins de dix minutes, son enthousiasme se trouva chauffé à blanc. Je lui parlai des subventions disponibles pour la restauration des biens patrimoniaux. Je lui expliquai combien de puissance était envisageable compte tenu du débit de la rivière et de la dénivellation à cet endroit. Je lui montrai le contrat qui était donné en exemple sur un site Web pour fournir à petite échelle l'énergie hydroélectrique au réseau local. Mais la cerise sur le sundae, c'était de remettre en état le site comme un attrait historique d'importance pour le village et rendre fonctionnel un moulin à farine. Je lui expliquai ce que les autres petites entreprises du genre avaient accompli en termes de synergie avec les boulangeries locales pour leur faire utiliser de la farine moulue localement et mes approches initiales auprès des boulangeries dans un rayon de trente kilomètres. Je discutai d'horaires, de coûts en capital, de flux de trésorerie que je prévoyais et de ce qui devait être fait pour minimiser les risques financiers.

Il partit comme un lévrier, après un lapin. « Bon sang, Richard, tu as vraiment bien fignolé ton affaire, non? »

Je formulai quelques mots de prudence, mais il s'agita avec impatience. « Mon Dieu! En quelques années, les impôts fonciers sur cet emplacement dépasseront largement le prix ridicule que le village aurait été en mesure d'obtenir pour sa vente, ou même un prix plus optimiste. » En deux minutes, il était à peindre des fresques de l'avant et l'après, de rapports d'étape à couper le souffle, des comptes-rendus dans les journaux locaux.

Son flot de paroles s'arrêta si soudainement que je levai les yeux des dessins que nous étions en train de parcourir. « Je veux être dans le coup, dit-il avec grand sérieux.

Je secouai la tête.

—Pas encore. Je veux mettre ce projet solidement sur les rails et ensuite, faire savoir publiquement que je suis à la recherche de partenaires investisseurs. À ce moment-là, bien sûr, je te veux dans le coup. Rendu là, toute manœuvre pour se faire du capital politique aura cessé et ce sera redevenu un simple projet d'investissement.

Il hochait la tête, mais presque immédiatement demanda :

— Mais toi, peux-tu mener tout ça? Comment cela va-t-il coûter pour mettre une telle installation en exploitation?

— Au départ, il y aura la subvention. Il faudra, au total, environ 450 000 $ si je fais une grosse part du travail moi-même, mais je ne peux pas faire toute la mise de fonds à partir de mes propres ressources et la clé du succès, ce sera les effets de levier et la progression par étapes, de sorte que le maximum de dollars provenant de la subvention soit utilisé au commencement, afin que les revenus commencent à rentrer le plus tôt possible et de façon croissante au fur et à mesure que les étapes progresseront. Le premier flux de trésorerie viendra de la vente d'électricité et peu de temps après, de la vente de la farine. Je compte avoir quelques bonnes discussions avec les politiciens locaux pour les aider à passer le message que Greenvale est un lieu où l'ambition règne et que l'on est disposé à faire des affaires. Cela signifie que j'aurai besoin d'une certaine flexibilité pour les impôts fonciers. Je vais m'attendre à une solidarité locale que l'on montrera au monde extérieur. Il y a un tas de permis et d'autorisations à obtenir et j'ai besoin de les obtenir dans le bon ordre et dans des intervalles de temps adéquats.

— À quoi ressemblent les finances de base?

— Je n'ai pas encore terminé la planification détaillée et certains des chiffres à ma disposition restent pour l'instant des estimations, le mis-je en garde, mais même en restant quelque peu pessimiste quant aux problèmes possibles et en allouant ce que je crois être une contingence généreuse, l'endroit devrait être en mesure de réaliser un profit tout en commençant à payer les remboursements de sa dette dès la fin de la première saison.

— Saison?

— Oui. Le moulin va produire sa propre électricité à partir de la roue à augets, mais il devra être arrêté lorsque le gel intense commence, au courant de décembre et ne sera pas en mesure de redémarrer avant avril.

Son air était quelque part entre perplexe et déçu.

— Mais tu ne seras pas complètement fermé tout l'hiver, n'est-ce pas?

— Bon Dieu, que non! Cet endroit fera la vente de produits matériels et immatériels et il doit rester ouvert toute l'année.

— Mais d'où viendra l'électricité en hiver?

— On l'achètera. Je pouvais voir que le tableau d'ensemble lui manquait. Revenons un peu en arrière. Premièrement, ceci est l'un des sites de moulin les plus pittoresques que j'aie jamais vus. La bâtisse est imposante certes, mais ses dimensions et la taille de sa roue à augets par rapport à sa silhouette et son emplacement au creux des collines jouxtant le village, seront extrêmement attrayant et d'une grande élégance tout en conservant un cachet ancien et rustique. Voilà certainement une chose sur laquelle on peut capitaliser et je veux que ça devienne une icône locale. Deuxièmement, la puissance de la roue à augets sera toute convertie en électricité, dont une fraction sera utilisée pour entraîner les deux ensembles de meules, les roues de pierre que les visiteurs pourront admirer en poussant des Oh! et des Ah!, et les roues en acier pour moudre la majeure partie de la farine. Le reste de l'électricité sera vendu au réseau. Le passage par l'électricité, au lieu d'un entraînement mécanique direct depuis la roue à augets est entièrement dicté par des considérations de fiabilité et d'efficacité. Troisièmement, à un moment donné, et ça il faut que ce soit le plus tôt possible, je veux avoir un café haut de gamme et un restaurant rustique sur le site du moulin. Il y a plus d'espace qu'il en faut pour aménager tout cela. Quatrièmement, il y aura une petite boulangerie sur place qui fournira le restaurant et le café. Imagine le plaisir de manger du pain au moulin même où sa farine a été moulue!

Greg secouait la tête, presque incrédule.

— Richard, tu as vraiment enfoncé tous les clous!

— Non, pas encore, lui dis-je avec une certaine insistance. Ce n'est que le début. Il y a des dizaines de flûtes à aligner, nombre de permis à obtenir et la quantité de paperasse à remplir sera incroyable. Je dois concevoir et construire une roue à augets optimisée pour la production électrique. L'étude de fiabilité doit être terminée et les calculs effectués, vérifiés et approuvés. Beaucoup d'équipement doit être acheté. Je dois élaborer des croquis pour les nouveaux planchers à l'intérieur et le toit, mais ils doivent être vérifiés et scellés par quelqu'un qui a de l'expérience avec les vieux bâtiments de ce genre. J'ai un modèle financier, mais il doit être raffiné et mis à jour à mesure que les détails complémentaires de la conception émergent. Tous les matériaux nécessaires doivent être en place pour que je puisse poser le toit sur le bâtiment d'ici la fin du mois d'août au plus tard, installer du chauffage temporaire au cas où il faudrait plus de temps que prévu pour aménager l'intérieur, positionner l'équipement, faire les essais et mettre tout cela en marche. Selon le scénario le plus pessimiste, nous pourrions devoir opérer avec de l'électricité achetée jusqu'à la mi-décembre et n'être prêts à recevoir et installer la roue à augets fournissant la puissance qu'au début de l'année prochaine. Nous sommes présentement en août, de sorte que les échéances vont commencer à tomber assez brutalement. Tout est possible, mais la planification, l'ordonnancement et les activités d'approvisionnement vont nous bousculer, sans parler des travaux du chantier lui-même. Donc, scénario pessimiste : le site pourrait n'être prêt à opérer que lorsqu'il fera assez chaud au printemps prochain pour remettre en mouvement la roue et son alternateur. Mais, il y a aussi un scénario optimiste et c'est celui qui doit me guider. Il indique que la roue sera installée et opérationnelle cette année. C'est en visant haut que les choses iront pour le mieux.

— Les roues de moulin m'ont toujours fasciné, mais je n'ai aucune idée de comment tu vas t'y prendre pour en installer une nouvelle.

— Il y a plusieurs aspects. L'esthétique, bien sûr, mais les considérations pratiques sont plus importantes. Je n'ai pas de photos assez bonnes pour montrer à quoi elle ressemblait à l'origine et il se peut qu'il y ait eu plus d'une roue au fil des années. Mais le problème principal est celui de la fiabilité. Le moulin doit rouler à pleine capacité chaque seconde possible, mais il ne peut y avoir qu'une seule roue, de sorte que ce doit être une pièce d'équipement pratiquement parfaite.

— Mais concevoir une roue à augets à partir de zéro?, demanda Greg inquiet.

— J'ai conçu beaucoup de pièces d'équipement dans le passé, certaines d'entre elles des nouveautés, dont plusieurs beaucoup plus compliquées que cela et au cours des derniers mois, j'ai fait beaucoup de recherches sur les roues à augets. Très excitant tout cela, je dois dire, examiner les descriptions d'anciens moulins et les travaux récents en ingénierie sur le sujet. » Malgré moi, je ne pouvais pas retenir le sourire espiègle d'un enfant avec un nouveau jouet. « J'ai aussi construit un modèle à échelle réduite pour obtenir des données et m'assurer que j'ai identifié toutes les caractéristiques importantes de la conception et ce qui a besoin d'être optimisé. »

Naturellement, Greg voulu voir le modèle tout de suite, alors je l'emmenai au sous-sol où j'avais installé mon banc d'essai. J'essayai d'expliquer tout cela, mais il était manifestement perdu quelque part dans l'avenir, j'optai donc pour une démonstration pratique.

Je lui montrai comment je prenais toutes les mesures qu'il me fallait et le petit ordinateur usagé que j'avais relié au modèle pour acquérir et traiter les données.

Lorsque je le mis en marche et que la roue commença à tourner, avec un peu d'éclaboussures au début, ses yeux s'allumèrent et un énorme sourire a rayonné sur son visage.

De retour à mon bureau à l'étage, Greg parcourut encore les croquis du moulin rénové, mais cette fois-ci avec un regard nouveau.

« Alors, que puis-je faire?, demanda-t-il.

— Publiquement, rien. Pas encore. Mais en privé, tu peux assurément être le plus utile des critiques. »

Comme les vieilles photos du moulin l'indiquaient, on entrait sur le site du moulin par le côté sud du terrain, presque dans le flanc du versant droit de la vallée, par une large porte en bois qui n'était pas très haute. Cette porte était en chêne et même si elle était considérablement pourrie, il était évident qu'elle avait été autrefois une pièce d'art rustique. Plusieurs morceaux manquaient, les charnières, le loquet et le cadre étaient sévèrement délabrés, aussi ne serait-elle plus en mesure de garder les intrus ou les éléments à distance et elle aurait besoin d'être remplacée.

En entrant dans le moulin, Greg et moi eûmes une bonne vue initiale des choses, parce que l'absence d'un toit, à part quelques chevrons squelettiques subsistants, permettait aux rayons de soleil de pénétrer en abondance. Une partie du plancher au niveau de la porte était toujours en place, mais la scène en était une de chaos général. Il y avait eu trois étages dans le moulin. Le plancher immédiatement au-dessus s'était presque complètement effondré. Quelques poutres s'accrochaient encore de travers aux murs de pierre. Regardant vers le bas, on pouvait apercevoir un fouillis de poutres brisées, de planches cassées et des zones de bois carbonisé dans la moitié amont du sous-sol du moulin, sans doute une indication de l'endroit où les pires dégâts de l'incendie avaient été causés environ 80 ans plus tôt. Les blocs de pierre dans les murs étaient énormes mais tous semblaient être en bonne condition.

« Wow!, murmura Greg. J'ai vu quelques ruines dans mon temps, mais... Interrompant sa phrase pour scruter autour quelques instants, il enchaîna : J'imagine qu'il est inutile de demander si tu as un plan.

— Oui. La première chose est de dégager ces décombres de sorte que je puisse faire une inspection rapprochée de toute la maçonnerie et des fondations et de mettre ensuite un toit sur cette baraque pour nous permettre de travailler en continu, quel que soit la météo à l'extérieur.

— Comment vas-tu dégager tout ce fouillis?

— Nous allons devoir installer un palan et tout sortir dans un bac ou sur une palette. Il n'y a pas d'autre moyen pratique.

— Alors, laisse-moi deviner, dit Greg balayant du regard l'espace à droite et en dessous de nous. Le générateur sera là-bas à côté du mur, le reste de la machinerie électrique sera au sous-sol, l'équipement de meulage sera sur ce plancher-ci à l'arrière et l'espace public sera tout cet espace où nous nous tenons présentement. Ai-je raison?

Je lui ai lancé un regard appréciateur :

— Pas mal, pour un fonctionnaire municipal! »

Il articula un juron à mon endroit.

Nous avons parlé du plan d'affaires et il m'a posé des questions précises au sujet de ce qu'on appelait les "facteurs critiques de succès" du temps de mes jours comme consultant, lesquels s'estompaient rapidement de ma mémoire. Je lui expliquai que les revenus de la mouture du grain seraient probablement dix fois supérieurs à ceux de la vente de l'électricité et que par conséquent, maintenir une production stable de farine serait très important. Donc, par extension, une grande fiabilité de tous les équipements liés à la production de la farine serait également très importante. Je mentionnai que je pensais qu'il y aurait d'autres motifs pour lesquelles la roue à augets serait importante, des raisons esthétiques et une fascination générale pour un vestige du passé. C'était là que le concept d'un moulin historique toujours en exploitation prendrait toute son importance. Je retournai à l'extérieur avec Greg et nous descendîmes la pente au coin du moulin. Regardant au détour du coin, on pouvait apercevoir les deux gros socles en pierre pour soutenir la roue maintenant absente et la petite bande d'herbe entre le côté du moulin et l'eau de la rivière.

« Mes calculs indiquent que la roue tournera assez lentement, environ dix tours par minute, soit environ une révolution toutes les six secondes. Elle tournera sans grincements ni soupirs, mais il y aura quelques éclaboussures d'eau, de sorte que le son qui en émanera sera proche d'un bruit blanc.

Je pointai la pente devant laquelle nous nous tenions.

— Voici mon plan pour cette aire. Je veux dans ce coin de terrain un carrelage de pierre et mettre quelques tables et chaises, assez pour une trentaine de personnes. Les gens pourront rester ici et prendre un verre de vin pendant qu'ils admirent la rotation de la roue. Il y a assez d'espace pour un chemin entre le support intérieur de la roue et le mur du moulin et cela pourra faire partie de l'itinéraire de la visite. En fait, il y a assez d'espace pour aménager un circuit de visite tout autour du moulin.

— Circuit de visite?

— Tout à fait. Je pense qu'une visite à l'intérieur sera essentielle. Mais imagine aussi ceci : un sentier en boucle pour faire une tournée à l'extérieur, permettant de marcher à quelques pieds d'une grande roue à augets en rotation.

Montrant l'eau en aval des supports en pierre de la roue, je dis :

— Je veux installer un mur en pierre de faible hauteur pour délimiter de ce côté-ci un bassin autour de cette zone où l'eau tombe des augets de la roue, pour s'échapper ensuite par un petit canal de sortie là-bas, juste au-delà du patio extérieur. Cela formera une espèce d'étang paisible, une lagune. Et je veux un éclairage submergé, à l'intérieur de ce mur de pierre, dirigé sur la roue et sur le côté du moulin. Les ondulations de lumière se réfléchissant sur la surface de l'étang devraient avoir un effet très esthétique sur le mur du moulin. Mais nous pourrons tester tout cela bien avant l'installation de la roue.

— Pas mal, une terrasse avec vue sur lagune, le chic du chic.

— Eh bien, il a un but pratique plus important, celui d'empêcher les branches et d'autres débris amenés par la rivière de s'accrocher ou d'endommager la roue. »

Nous marchâmes en silence le reste du chemin, faisant le tour de l'extérieur du moulin. Remontant à l'endroit où la voiture était garée, je retournai à l'intérieur, fermai et verrouillai la porte du moulin et puis la porte d'accès à travers la clôture de protection. Nous restâmes un moment à regarder la carcasse du moulin. Il était énorme, mais semblait désespéré et impuissant, comme une grande tortue sur le dos qui avait fini par se lasser d'agiter inutilement ses jambes courtes en l'air.

Mon intention était de redresser cette tortue.

Cinq

Après avoir dit au revoir à Greg, je rentrai à la maison, travaillai trois heures sur la conception du système électrique du moulin, examinai des dispositions d'équipements sur les planchers, différentes de celles que j'avais déjà provisoirement déterminées, appelai plusieurs fournisseurs de matériaux de construction, parlai à mon comptable, contactai deux fabricants de générateurs et à sept heures, décidai que c'était assez pour cette journée. Il restait une demi-casserole de pastitsio que je couvris d'une feuille d'aluminium et poussai dans le four; en attendant, je préparai rapidement une salade grecque. Comme musique de fond, je mis les *Variations Enigma* d'Elgar et montai le volume. Peu impressionné, le chat me jeta un regard lugubre, puis se glissa hors de vue.

Mon chat, c'est Maxwell, ou simplement Max. Je l'ai trouvé alors qu'il était encore chaton, laissé dans une petite boîte en carton devant ma porte. Il était endormi et faible. Après deux jours chez le vétérinaire, il s'était ranimé, avait été vacciné et s'était transformé en un paquet noir et blanc d'énergie pure. Quelques semaines plus tard, je l'avais fait castrer. Je remarquai très tôt qu'il était un as pour attraper des mouches, mais qu'il n'attrapait que les plus lentes. Cette observation m'a rappelé le *Démon de Maxwell*, d'où son nom. Max est maintenant à sa taille adulte et nous nous entendons très bien, pourvu que je me plie à ses volontés.

Dans le journal, il y avait le menu insipide habituel des magouilles politiques, je flânai donc de la cuisine vers la salle de séjour et commençai à scruter les étagères pour trouver quelque chose d'intéressant à lire. J'hésitai devant l'*Augustus* de John Williams, puis rapidement décidai que je voulais faire une autre tentative avec *Le Pendule de Foucault* d'Umberto Eco. Le ramenant à la cuisine, je réussis à lire un chapitre avant que le pastitsio fût réchauffé, puis mis le livre de côté. Un merlot convenable arrosa merveilleusement bien mon repas en même temps qu'il réveilla ma bonne humeur et, une fois ce souper terminé, je décidai de prendre une marche avant le crépuscule.

D'énormes pans de nuages magenta tourbillonnaient au nord et à l'ouest. La soirée était très douce et sans vent et je décidai de faire un aller-retour tranquille au moulin. Ma maison est située entre deux séries de courbes en S dans le village et même si elle n'est distante du moulin que d'environ 300 mètres, il n'y a pas une vue directe entre les deux. Les arbres vers le sud et l'est protègent ma maison qui repose sur le versant ouest de la vallée. Le moulin se trouve au milieu de la courbe en S au sud. Comme je marchais vers lui, la silhouette de sa structure prenait la pose pour l'observateur. La lumière indirecte d'un rose clair des nuages à l'ouest, auréolait le bâtiment, donnant à la pierre une lueur douce, et à son squelette de chevrons cassés et noircis, une apparence moins apocalyptique. La masse considérable du bâtiment évoquait permanence, détermination et invincibilité. Le *Mary Ellen Carter*[1]. Un phénix prêt à renaître de ses cendres. Ayant maintenant effectué assez d'heures de travail pour produire les premières ébauches de dessins, depuis une semaine, en entrant dans le moulin, je pouvais visualiser la tuyauterie et le câblage électrique, voir où les conduits de ventilation seraient placés, anticiper l'odeur des poutres et des planchers neufs, imaginer l'imposante stature des nouveaux équipements électriques. Je faisais les premiers pas dans ma transition de propriétaire d'une chose inanimée, à collaborateur avec une entité vivante. Le moulin commençait à faire sa place dans ma vie.

Contrairement à l'opinion générale que les ingénieurs sont des êtres impassibles, qui passent leurs journées dans un nuage de jurons, ponctués d'agitation convulsive de

---

[1] *Chanson connue de Stan Rogers, poème inspirant, sur les efforts héroïques des anciens membres d'équipage pour renflouer leur navire coulé.*

clés à douille, se trimballant sur un chantier avec sous le bras un rouleau écorné de dessins tachés d'éclaboussures de café, affichant comme des médailles, leurs ongles salis de terre, tout ingénieur qui ne ressent pas une sorte de connexion, une certaine compréhension viscérale de l'équipement ou de la structure qu'il ou elle conçoit, construit, exploite, ou maintient, n'est pas très bon.

Un déplacement des nuages baigna le côté ouest du moulin dans un soudain et lent jet de lumière rose. Le trajet pour revenir à la maison se fit avec plus d'allant dans mes pas, une réaction qui confirmait le sourire complice que me renvoyait le moulin et faisait oublier son aspect piteux.

Au moment de franchir le seuil de ma maison, le crépuscule était tombé lourdement et l'intégration majestueuse de ma vision d'ingénieur à mes frissons esthétiques, accompagnés et encouragés par les instruments à corde et à vent du zéphyr crépusculaire, les taches colorées des nuages et le bavardage insistant de la rivière, s'étaient transformé en un combat de fauve, initié par mon inconscient réveillé et grincheux. Une inquiétude m'assaillit : *Bon sang, que fais-tu à parler avec ce tas de ruines? On dirait une écolière sentimentale, ou le prince Charles!* Les doutes rationnels n'étaient plus très loin. J'avais déjà dépensé plus de 8 000 $ dans ce projet et les incertitudes restaient nombreuses. Tout ce que je pouvais gagner en retour ne serait probablement rien d'autre qu'un rire moqueur montant du fond de la forêt.

Dans une rage qui me surprit, je balayai tout ça avec impatience et revins à mes notes. Comme j'ai toujours fait dans mes projets, j'avais établi un plan que je suivais avec rigueur, la règle étant que plus les sources et le niveau d'incertitude sont grands, plus détaillé doit être le plan et plus fréquemment il doit être validé. Je tenais un journal des risques, que j'avais mis à jour seulement deux jours plus tôt et force était de reconnaître qu'il n'y avait là rien d'alarmant. Un risque majeur venait de disparaître : le possible refus de financement pour un édifice patrimonial. On venait de me donner le feu vert avec la seule réserve que les dessins pour la restauration soient approuvés avant de commencer des travaux. Tout ça était disponible et on avait promis que les premiers versements commenceraient dans deux semaines. Une bonne nouvelle, parce que ce financement représentait la majeure partie du coût total de la restauration du moulin.

Le gros du travail consistait simplement à aligner les activités dans le bon ordre et trouver des gens et des compagnies capables de faire le nécessaire. Trois jours plus tôt, j'avais repéré, dans les débris au sous-sol du moulin, les vieilles meules avec leurs surfaces de broyage intactes après leur chute de l'étage supérieur durant l'incendie. J'avais commencé mon éducation dans l'art du meunier par la visite de cinq meuneries artisanales dans un rayon de cinquante kilomètres de Greenvale. J'avais également donné suite à mes enquêtes initiales auprès des boulangeries locales et commencé à répandre la rumeur qu'une nouvelle source de farine locale allait bientôt entrer en scène. Ceci me permit de faire mes premières estimations de la demande potentielle. Le lendemain, une rencontre était prévue avec un assistant proposé par Greg.

« Son nom est Buck Filmore, avait dit Greg. Après une pause il avait ajouté : Ne juge pas trop rapidement à son nom. Il est habile dans bien des domaines, il est travaillant, digne de confiance et écoute bien les instructions qu'on lui donne. »

Au matin, la première activité serait de rencontrer Buck au moulin à 8 h 30, décider s'il ferait l'affaire et si oui, passer le moulin en revue avec lui afin d'indiquer les choses à faire pendant les trois prochains jours.

Ma tête n'avait même pas touché l'oreiller que déjà, je dormais.

Six

Buck était déjà sur place lorsque j'arrivai au moulin peu après 8 h. La mi-vingtaine, frisant les deux mètres de hauteur, il avait les cheveux blonds et bouclés, les yeux bleus brillants, bâti comme Hercule, agile comme Frederick Ashton, tout en donnant l'impression de ne pas être très futé. Mais je gardai à l'esprit l'admonition de Greg, me présentai, notant qu'il portait déjà ses souliers de sécurité et son casque à la main. Nous entrâmes dans le moulin et je lui montrai les lieux. Je lui fis remarquer les trous dans les planchers où j'avais installé provisoirement des garde-fous, les débris des planchers et du toit tombés au sous-sol, qu'on allait devoir sortir, expliquai le processus pour construire les fermes pour le toit, comment les soulever et les assembler, l'inspection initiale et l'éventuel dragage du fond de la rivière aux alentours de la roue, un pré-requis pour la construction du mur du bassin aval et comment je comptais construire puis installer la nouvelle roue à augets.

Buck balaya du regard l'ouverture dans le toit et demanda : « Où construirons-nous les segments de fermes ?, en étirant lentement ses syllabes.

— Au sous-sol, répondis-je, une fois qu'on aura décroché le reste des chevrons du toit et dégagé tous les débris.

— Combien de personnes pour faire ça ?

Pas certain de comprendre le sens de sa question, je dis :

— Je crois qu'à nous deux, on devrait pouvoir y arriver. On construira tous les segments de fermes au sous-sol et on les lèvera en place. Ça prendra environ deux jours.

Il acquiesça lentement.

— Jamais vu un toit construit de cette façon, comme pour que ce soit noté, en même temps qu'il fixait longuement le ciel, quelque peu sceptique.

— Ce n'est pas inhabituel, dis-je, probablement avec un soupçon d'impatience dans ma voix. Vous n'avez pas l'air convaincu.

Il me regarda avec surprise.

— Non, pas du tout, c'est juste que je n'ai jamais fait cela de cette façon auparavant. Ça va être intéressant. Quand prévoyez-vous commencer?

— Que dites-vous de maintenant?

Son visage s'illumina soudainement et je compris qu'il était content d'obtenir la confirmation qu'il avait réussi l'entrevue et se trouvait embauché.

— Ai-je besoin d'outils? J'ai les miens dans le pickup, offrit-il en pointant en direction de la porte.

— Non, répondis-je. Je crois que j'ai tout ce qu'il faut. Alors viens par ici, tu permets que je te tutoie? Je vais te montrer ce qu'il y a à faire au cours des prochains jours. »

Je le conduisis à une table artisanale que j'avais construite contre le mur et où il y avait un schéma de la planification et des dessins à la main. Je rappelai les consignes de base sur la sécurité de chantier, lui indiquai que je comptais être capable de terminer l'arrachement des chevrons restants avant la fin de la journée et la mise en place du palan pour sortir les débris à l'extérieur du sous-sol.

« Nous devrions être capables de faire tout ça en deux jours, mais j'ai prévu trois, au cas où… Le bois pour la nouvelle structure arrive demain. Ainsi, lorsqu'on aura fini de sortir les débris, on pourra enchaîner tout de suite avec la rentrée du nouveau bois. Ensuite, on commencera à construire les segments des nouvelles fermes. Ça te dérange de travailler samedi?

— Non, fit Buck d'un air intrigué.

— Il va falloir deux jours pour assembler tous les segments de fermes et un autre pour les visser en place de façon permanente. Nous serons cinq pour ce travail : toi, moi, l'opérateur de la grue et deux autres. Ce que je veux être en mesure d'accomplir le plus tôt possible, c'est d'avoir une toile temporaire sur les chevrons pour qu'ici à l'intérieur, on soit protégés des éléments. Une autre équipe de spécialistes en toiture viendra ensuite sur appel.

Buck eu l'air perplexe en regardant le palan à trois poulies que j'avais bricolé.

— Ah, je vois, ai-je dit. Bien sûr, on ne peut pas utiliser ce palan pour lever les fermes en place, il n'a pas la portée qu'il faut. J'ai loué une grue commerciale qui viendra vendredi et il nous faudra être prêts à commencer dès qu'elle se sera positionnée.

J'observai Buck et le sentis inquiet qu'aucune question ou commentaire ne venait.

— On n'a pas parlé d'horaire de travail, dis-je. Je m'attends à des journées longues d'ici à ce que le toit soit en place. Est-ce que ça te causera un problème?

L'expression de Buck changea aussitôt.

— Vous voulez dire de 8 heures le matin à 8 heures le soir?

— Oui, quelque chose comme ça.

— Pas du tout », dit-il en riant et un sourire désarmant et complètement spontané illumina son visage.

Il y avait vingt-huit chevrons partiels ou complets à démonter et même s'il s'agissait de pièces imposantes, le bois était vieux et passablement pourri de sorte que le travail avança rapidement. Vers la fin de l'avant-midi, nous avons pu commencer à sortir les débris du sous-sol. Buck travailla comme un cheval, mais charger les débris sur la palette et les hisser au niveau supérieur était un travail harassant et nous fîmes une pause après que chaque chargement fut sorti dans le conteneur à déchets. Charger, lever et décharger les débris était fastidieux, parce qu'il nous fallait descendre au sous-sol par l'échelle, charger la palette, grimper à nouveau au rez-de-chaussée, hisser la palette, la manœuvrer vers l'extérieur, par ce qui était autrefois la porte d'expédition, transférer les déchets dans le conteneur, redescendre la palette au sous-sol et recommencer le cycle. Toutefois, le rythme était bon et vers quatre heures, il devint clair que nous aurions bientôt fini, avec encore quatre heures de lumière du jour à notre disposition. Nous avons donc décidé qu'une fois ce travail accompli, nous commencerions l'inspection du fond de la rivière pour identifier les travaux de dragage requis.

L'avant-dernier transfert de débris du sous-sol était lourd, probablement parce que nous arrivions au fond, où l'empilage et le bois étaient partiellement saturés d'eau. Nous fonctionnions ainsi : je manœuvrais le palan de façon à lever la palette lentement jusqu'à dégager complètement le niveau du plancher principal. Buck attrapait alors une longue corde fixée à un des bords de la palette, reculait au travers de ce qui avait été la porte d'expédition et tirait la palette de côté à travers la porte, en même temps que je relâchais doucement le frein du palan. Tout se passa bien pour ce transfert jusqu'à ce qu'il se produise deux choses : Buck perdit pied momentanément, mais se rattrapa tout de suite. Je vis la corde qu'il tenait se tendre. Or, simultanément, j'avais trop relâché le frein, ce qui fit soudainement balancer la palette de côté et frapper le bord de la porte. La réverbération du choc se propagea dans toute la bâtisse. Rapidement, je réappliquai le frein et bloquai la poulie comme mesure d'assurance et l'instant suivant, bondis dehors pour voir si Buck était sauf.

« Ça va?, demandai-je inquiet. Mes excuses, c'est ma faute.

— Non, ça va, je n'ai rien.

— Eh bien, on va finir ce transfert et laisser le reste pour demain. On est tous les deux fatigués. Je retournai au palan, relâchai la palette de débris au travers de la porte et la déchargeai dans le conteneur. Revenant à l'intérieur du moulin par la porte d'expédition, j'examinai le cadre à l'endroit où la palette avait frappé le coin.

— C'a cogné d'aplomb, dit Buck, regardant le bois écrasé et la maçonnerie légèrement déplacée.

— Sans doute, mais je crois que ce moulin a connu pire. Je décidai de l'examiner plus attentivement plus tard. Quelque chose semblait clocher.

Je récupérai un de mes dessins et Buck et moi contournâmes le côté du moulin et descendîmes le talus en direction du bord de l'eau. La rive en aval de l'emplacement de la roue à augets était jonchée de branches, de bois mort, de bouteilles de plastique et d'une variété d'autres déchets. Les deux gros socles de pierre ayant autrefois supporté la roue émergeaient de l'eau comme un cauchemar d'Epstein ou la soudaine apparition des jumeaux de Thor. Le moulin lui-même penchait son imposante masse au-dessus de tout ce décor.

— Ce que je veux faire en premier, expliquai-je à Buck, c'est de dégager tous ces déchets le long de la rive. On peut les embarquer dans la chaloupe, que je lui désignai à droite, attachée à un piquet planté au bord de l'eau, et ensuite les transporter dans le conteneur. Je suis désolé : ce sera un autre travail harassant pour toi, mais je ne vois pas de méthode plus facile. Au moins, on peut travailler dans l'eau, ce n'est pas profond ici et j'ai deux paires de cuissardes pour le faire.

— J'ai déjà fait ce genre de travail, dit Buck. Ça ne devrait pas être trop difficile.

J'indiquai aussi à Buck ce qui viendrait ensuite :

— Il y aura éventuellement un muret de protection ici, partant de la rive juste en amont de la roue et la contournant dans un grand arc jusqu'à peu près ici, où nous nous tenons. Le rôle principal de ce muret sera d'empêcher les débris amenés par la rivière de flotter jusqu'ici et de nuire au bon fonctionnement de la roue à augets. Donc à peu près là, dis-je en indiquant un point à quelques mètres de la rive. Il y aura un étroit canal de sortie, pas trop large, permettant à l'eau sortant de la roue de s'évacuer du bassin formé par le muret.

— Et la glace?, demanda Buck. Je lui jetai un regard approbateur, impressionné par son sens pratique.

— Excellente question, commentai-je. La seule raison pour laquelle j'ai pensé à cela, c'est qu'il semble qu'un des anciens propriétaires avait fait placer des grosses pierres et de larges blocs de béton dans l'eau, dans un arc semblable à celui que je viens de te décrire, mais un peu plus au large. Je présume qu'ils ont fait cela, comme tu le mentionnes, pour prévenir les dommages par la glace entraînée ici depuis le centre de la rivière. Sans cela, n'importe quel mur de protection serait rapidement détruit par un hiver difficile. »

Nous enfilâmes nos cuissardes, tirâmes la chaloupe dans l'eau et commençâmes à y charger les débris. Le travail avança rapidement et au bout de deux heures, l'empilage dans la chaloupe dépassait de beaucoup ses rebords. Nous tirâmes la chaloupe à son point d'amarrage, un plat sur la grève. Transporter ces débris au conteneur serait une tâche pour le matin suivant. Il y avait une autre chose que je voulais faire avant de terminer notre journée.

Avançant à nouveau dans l'eau, je confirmai ma supposition antérieure que la profondeur de l'eau ne dépassait pas la mi-cuisse et ceci était le cas jusqu'au point où l'on rencontrait les premières grosses pierres et blocs de béton.

« Qu'est-ce que c'est?, demanda Buck.

— C'est une lunette sous-marine, pour me donner une bonne idée du relief du fond. Vas-y, jette un coup d'œil. »

Buck enfonça le bout de la lunette sous la surface, approcha son œil de l'oculaire et sourit comme un enfant au matin de Noël. « Cool! »

Partant d'où le muret irait rejoindre le rivage en aval, je balayai le long des grosses pierres et des blocs de béton, examinant le fond à travers la lunette. Il était assez lisse et d'une profondeur constante à un peu plus d'un mètre. Mais mes pas agitèrent passablement le limon au point où le fond devint très vite invisible. L'exercice suffit à me convaincre que le fond était relativement dégagé, qu'un dragage ne serait probablement pas nécessaire et que mon intention de prendre des photos à travers la lunette, environ tous les demi-mètres le long de l'arc où le muret serait assis, était réalisable. Mais ce serait un travail pour plus tard. Il était largement passé sept heures du soir et grand temps de mettre un terme à cette journée très productive.

« Revenons à la rive dis-je. Il est temps de fermer boutique. Mais je dois dire, Buck, que tu as fait un énorme travail aujourd'hui. Je suis impressionné. Il me regarda avec le plaisir d'un fan de Mickey Mouse qui a gagné un voyage à Disneyworld.

— Suis derrière moi, si ça ne te dérange pas. »

Revenant sur mes pas le long de la ligne des pierres et blocs brise-glace, je jetai un coup d'œil de temps en temps à travers la lunette. Le limon se redéposait plus vite que je l'avais prévu.

Puis je m'arrêtai soudainement. Il me fallut un deuxième et un troisième coup d'œil pour me convaincre que je n'avais pas eu une vision. Trois grandes lettres me regardaient à travers la lunette : P-O-L.

Sept

Ce P-O-L de la journée précédente ressortait comme une pièce de puzzle intrigante par rapport à la douzaine d'autres activités plus concrètes et urgentes à planifier. Afin de réaliser les tâches majeures au moulin, il fallait d'abord terminer toutes celles mineures. Les déchets et débris de démolition devaient être dégagés et l'équipement devait être rentré dans le moulin et mis en place. Je devais passer du temps pour planifier tout cela.

Je voulais aussi examiner le coin où la palette avait heurté le cadre de la porte. Je suis donc arrivé de bonne heure. Le vieux bois était écorché et écrasé et l'un des blocs de pierre s'était également déplacé de travers d'environ 30 degrés. Cela semblait étrange, puisque la palette pouvait difficilement avoir produit un impact suffisant pour cela. À l'aide d'un pied-de-biche, je constatai que je pouvais déplacer davantage ce bloc avec étonnamment peu d'effort; ce qui s'était produit devint vite évident. Cette section du mur faisait apparemment partie d'une ancienne et plutôt grande boîte postale, boîte de dépôt, ou quelque chose du genre, dont l'utilisation avait été abandonnée et une espèce de parement de pierre avait été ajouté pour que le mur paraisse continu. Ça ne me semblait pas du bon travail et mon impression, de plus en plus, était que l'ancien propriétaire du moulin au cours de ses dernières années d'exploitation l'avait gardé en opération avec une approche de raboudinage. Cette section du mur aurait besoin d'être reconstruite correctement. J'étais sur le point de replacer la pierre lorsque le pied-de-biche glissa plus au fond dans l'espace et frappa quelque chose qui n'était pas en pierre. Sortant ma lampe de poche, je scrutai l'intérieur et pus distinguer une forme noire, plate, rectangulaire. Après avoir déplacé la pierre croche un peu plus, je réussis à sortir cet objet. Il était plutôt lourd, entre cinq et dix kilos, entièrement recouvert de goudron et sonnait creux lorsque je le sondai. Compte tenu de la journée de travail qui nous attendait, j'écartai ma curiosité naissante et portai cet objet noir dans le coffre de ma voiture.

Buck arriva tôt, environ une demi-heure plus tard. Munis de pelles et de deux grands bacs lourds en plastique que nous avons descendus au sous-sol à l'aide du palan, nous avons commencé à dégager le plancher. Deux heures plus tard, nous avions monté quatre bacs de terre mélangée de décombres puis transféré tout cela dans le conteneur à déchets. Vers midi, nous commencions la construction des sections de fermes.

Notre cadence était bonne.

À une heure, nous fîmes une pause à l'extérieur. Le soleil manifestait sa splendeur dans un ciel bleu cristallin. Je dis : « Buck, allons casser la croûte, c'est moi qui paye.

— J'ai apporté mon lunch, dit-il, en plissant les yeux, l'air coriace comme le cowboy Marlborough sur les paquets de cigarettes et brossant une mèche blonde collée par la sueur.

— Eh bien, s'il peut se conserver jusqu'à demain, tu as bien mérité de manger confortablement et de faire une pause décente, je te l'offre.

— Peux pas vraiment m'objecter à cela », répondit-il d'une voix traînante, une image composite de jeunesse, lignes de rire et fossettes.

Il semblait y avoir beaucoup de petits travaux de construction en cours dans Greenvale et le *Renard Embusqué* était au deux tiers plein d'hommes exsudant le nuage métaphorique de testostérone et les effluves olfactifs typiques de gars qui viennent de travailler dur. Buck et moi trouvâmes une table au fond, près du mur et une jeune serveuse vint larguer deux menus sur notre table avec la promesse « Je reviens dans une minute », pour ensuite poursuivre avec son plateau, apparemment aucunement dérangée par le nuage virtuel ni le halo bien réel.

« Prends une bière, Buck », lui offris-je. Parcourant la salle du regard, je reconnus plusieurs visages sur lesquels je pouvais mettre un nom quelques autres qui m'étaient familiers, mais dont je ne connaissais pas encore le nom.

Au retour de la serveuse nous avons commandé; nos chopes de bière sont arrivées comme par auto-réponse d'un courriel, suivies quelques minutes plus tard, par nos repas. La moitié de la bière de Buck disparut immédiatement, sans même ralentir dans sa bouche. Poursuivant mon balayage de la pièce, je répondis à quelques hochements de tête en guise de salutation et je remarquai Alexander Philip Montgomery. "Monty", comme tout le monde l'appelait, était difficile à manquer : ses yeux étincelaient comme des fontaines de Jouvence et son expression était toujours éclairée par une intense activité mentale. Les idées et les pensées vagabondes dégringolaient de lui avec une volatilité proche du syndrome de la Tourette. Il recyclait des bribes d'information avec facilité, soit qu'il les avait lues dans le journal du matin ou parcourues il y a des décennies dans un journal poussiéreux d'articles sur les coprolithes de l'Éocène. Il regarda au-dessus de la foule, me repéra et je pus le voir faire un « Excuse-moi » à son compagnon.

« Richard!, gazouilla-t-il dans une joie sincère, comme il s'approchait de notre table dans sa démarche pizzicato toute particulière. Bonjour Buck. »

Buck leva les yeux, mais avant que son mécanisme de reconnaissance faciale ne trouve l'identité du nouveau venu, Monty était déjà à quelques lieues sous le vent dans la conversation. Enchaînant rapidement son « Permettez que je me joigne à vous » avec

« Comment vont les choses? », laissant peu de place pour l'habituel « Bien sûr, assoyez-vous », Monty fit remarquer que j'avais commencé les travaux au moulin, me rappelant que j'avais promis de le lui faire visiter. Il voulait savoir si nous avions découvert quelque chose d'intéressant, si j'avais pris des photos. Cela représentait plus de va-et-vient dans la conversation que Buck n'aurait trouvé le moyen d'échanger dans une demi-heure et il retourna donc rapidement à son repas, comme pour se mettre à l'abri d'une tornade approchant de l'horizon.

Pendant le court intervalle où Monty s'arrêta pour respirer, j'interjetai : « Oui, nous avons commencé à travailler à l'intérieur, mais nous avons un échéancier serré pour poser le nouveau toit. Il n'y aura donc aucune tournée jusqu'à ce que le toit soit en place. Et j'ai pris environ 1 200 photos à ce jour.

— Bon travail!, hurla Monty, ses mains agitant l'air vigoureusement.

— Nous avons vu quelque chose d'étrange, mais sans doute d'aucun intérêt, notai-je. L'intensité du visage de Monty redoubla d'un seul coup. Je jetais un premier coup d'œil pour évaluer si des travaux de dragage seraient nécessaires dans la lagune, vous savez, cette espèce d'étang en aval de la roue où l'eau sortant des augets se déverse et j'y ai aperçu quelque chose dans la boue qui porte les lettres P-O-L.

— P-O-L, … P-O-L, répéta Monty tapotant la table dans une délicieuse impatience et regardant dans le vide quelques secondes. Quelle taille sont les lettres?

— Environ six pouces, peut-être huit. Donc, ce n'est pas quelque chose comme une plaque d'immatriculation, ou un petit objet du genre. Difficile de dire quelle grandeur sont les lettres exactement parce que je me trouvais à les regarder à travers une lunette sous-marine.

— P-O-L, P-O-L... L'effort intérieur dessinait sur son visage un frémissement d'excitation mélangé de frustration.

— Écoutez, Buck et moi devons manger et nous remettre au travail. Si vous avez le temps, pourquoi ne pas venir chez moi ce soir vers 8 h 30? Je vous montrerai des photos et nous pourrons en discuter.

— Super! J'y serai!, accepta-t-il rapidement, comme si on venait de lui offrir de siéger sur le comité Nobel.

— Mais de grâce, si on doit travailler ensemble, cesse de me vouvoyer, Richard. Jetant un regard à sa montre, il bondit sur ses pieds en criant : je dois m'éclipser, je suis en retard! » et il disparut.

Il y eut un silence assez long, comme si Buck attendait que les secousses se calment, puis il dit « Je l'ai vu aux alentours, mais je n'en sais pas beaucoup sur lui.

— Il n'est pas apprécié de tout le monde, commençai-je, mais je le trouve très intéressant. Il était professeur de génie mécanique, mais il a ensuite développé un intérêt pour les technologies du XVIIIe et XIXe siècles. Il a réussi à se frayer un chemin jusqu'à une chaire d'histoire de technologie. Il les a probablement tous exaspérés jusqu'à les faire supplier de leur montrer où signer sur le formulaire de son transfert.

— Que fait-il maintenant?

— Un peu de tout. Il maintient son lien à l'université, mais il siège sur pratiquement tous les comités d'histoire locale dans le comté. En plus, il écrit encore des articles, des documents, des lettres. Il est membre de plusieurs comités consultatifs, mais il passe beaucoup de son temps à faire ce qu'il a fait tout à l'heure : parler à tout le monde, se gardant informé de tout travail qui se fait sur les vieux bâtiments, les structures ou les sites archéologiques.

— Il semble être très intéressé par notre moulin, je veux dire par votre moulin.

Je hochai la tête. « Il s'est intéressé à moi dès que j'ai commencé la rénovation de ma maison il y a six ans. M'a dit qu'il avait mené une bataille sans répit avec le village concernant le bâtiment du moulin, sur l'absence de tout entretien du site, sur comment il tombait lentement mais sûrement en ruines et comment c'était une vraie honte. Quand il a appris que je voulais rénover le moulin, il s'est pointé à nouveau, avec une énorme pile de vieux dossiers, de coupures de journaux et de notes qu'il voulait revoir en détail avec moi. Il m'a aidé à préparer ma demande de subvention au gouvernement pour la restauration. S'il y a quelque chose avec un aspect historique aux alentours qu'il ne connaît pas, soit ça n'a pas encore été découvert ou bien alors ce n'est d'aucun intérêt. »

Il y avait des choses à propos de Monty que je ne mentionnai pas à Buck. Le fait que ses parents avaient failli divorcer à cause du nom de Monty, qui avait été choisi unilatéralement par son père, un passionné d'histoire militaire et imposé malgré les protestations de sa mère. Sa bibliothèque personnelle de 5 000 volumes qu'il fouillait systématiquement. Le fait qu'il était devenu expert en recherche sur Internet et pouvait trouver des choses que même les bibliothécaires et les recherchistes qualifiés pouvaient manquer. Sa longue liste de correspondants et son réseau de collègues. Sa complète dévotion à protéger le patrimoine historique et sa générosité sans faille à donner son temps et partager ses connaissances.

Je profitai de l'occasion pour l'interroger sur lui-même. Ses parents vivaient encore à Belleville où il leur rendait visite une fois par mois. Buck avait fait son chemin dans le système scolaire jusqu'en 10e année, avait abandonné parce qu'il trouvait cela trop difficile. Il ne voyait pas l'utilité d'aller plus loin et il avait préféré entrer sur le marché du travail. Il me confia qu'il lui était apparu évident dès l'âge de quinze ans qu'il avait davantage d'aptitudes manuelles qu'intellectuelles. Il était maintenant honorablement établi comme charpentier, plombier, électricien et comme mécanicien général. Il avait lui-même construit un petit bungalow sur le bord de Greenvale sur une période d'environ trois ans et il s'était maintenant calé confortablement dans une suite de petits boulots qui se présentaient durant les hivers, le curling comme passe-temps, la construction au cours de la majeure partie du reste de l'année et le baseball pour son plaisir durant l'été. Son unique activité supplémentaire, quelque chose qu'il faisait en partie comme passe-temps et en partie comme travail, était le chantournage, activité à laquelle il était devenu suffisamment compétent pour commencer à prendre des contrats avec deux sociétés qui approvisionnaient le marché de la construction.

« Pas tant que ça », répondit Buck à ma question concernant le temps qu'il passait à son activité d'ornementation. Puis, il précisa qu'en fait, il y consacrait maintenant en moyenne six heures par semaine, pendant ses soirées. J'acceptai volontiers son offre de venir voir son atelier et d'examiner des échantillons de son travail. Il semblait évident qu'il gagnait plus qu'il lui était nécessaire pour subvenir à ses besoins, qui étaient modestes. Il n'avait pas besoin de luxe.

De retour au moulin, l'après-midi s'envola et la construction des segments de toit avança rapidement. Je marquais le bois pour la coupe, progressant à travers mes dessins en séquence, tandis que Buck faisait la coupe et empilait les pièces le long du mur par numéro de segment de toit. Après avoir marqué toutes les coupes du bois, j'aidai Buck à compléter le sciage et vers quatre heures, nous commençâmes l'assemblage des segments de fermes. À sept heures, nous en avions complété plus des deux tiers et je dis à Buck que ça suffirait pour cette journée. Nous pourrions facilement terminer les segments restants au matin bien avant que la grue ne se pointe. Nous avons rangé nos outils, éteint les lumières, nettoyé, puis verrouillé la porte principale du moulin et la porte de la clôture de sécurité. Comme nous nous dirigions vers nos véhicules, Buck me regarda de côté et me dit « Je m'amuse vraiment ici. » Je me sentis flatté et surpris étant donné que cette déclaration provenait d'un homme vraiment timide.

« Eh bien, je dois dire, Buck, que je pense que nous formons une bonne équipe. Ce travail progresse à mon goût. »

Il afficha un sourire effacé, fit un hochement de tête et accéléra le pas vers son camion. « Rendez-vous demain matin », lança-t-il par-dessus son épaule. Je le regardai monter dans son F-150 bleu, démarrer et partir tranquillement vers le sud.

J'avais pris environ quarante-cinq autres photos pendant la journée. Donc, après la préparation des ingrédients pour un souper rapide de pâtes en sauce béchamel avec des morceaux de jambon, brocoli, pois mange-tout et tomates, je transférai les images de mon appareil photo. Sachant que Monty arriverait pile à l'heure (comme toujours), je nettoyai la table, puis préparai une sélection de photos en vue de les afficher sur le grand écran de mon Mac et plaçai mon carnet de notes du projet à portée de main.

J'étais sur le point de terminer un autre chapitre du *Pendule de Foucault* lorsque la sonnette se fit entendre, précisément à 8 h 30, signalant l'arrivée de Monty. Il s'engouffra à l'intérieur avant même que la porte ne fût complètement ouverte, me souhaita bon soir, agita un épais dossier constitué de « notes dont nous pourrions avoir besoin », après quoi sa trajectoire d'oiseau bondissant de tous côtés à travers la pièce, se termina en face de mon pupitre.

« Je veux en savoir plus sur cette histoire de P-O-L, commença-t-il sans préambule, luttant contre une sorte de contention invisible, fébrile comme un chiot.

— Ralentis un peu Monty, dis-je dans un éclat de rire. Commençons par le début, tu veux bien?

— D'accord, dit-il. Ce truc de P-O-L pourrait bien être très important, de sorte que c'est par là que nous devrions commencer. Regarde ceci, dit-il en ouvrant son dossier. Voici une photo prise sans doute peu de temps après l'incendie. On peut voir les restes des chevrons du toit. Il me donna quinze secondes, pratiquement une éternité pour lui, pour bien regarder l'image. Voici une autre photo, dit-il rabattant un deuxième gros cliché sur le bureau, probablement pris une dizaine d'années plus tard. Il me laissa regarder les deux photos, s'attendant à l'évidence que je remarque quelque chose d'important. Il me donna amplement de temps pour le faire, soit environ cinq secondes.

— Dans l'intervalle entre les deux photos, la roue à augets a disparu.

— Oui…, dit-il comme confirmation partielle, comme si je n'avais pas complètement répondu à la question.

— Le bois a pourri durant l'intervalle, au point que la roue s'est simplement effondrée dans le bassin.

— Oui, fit-il à nouveau sur le même ton. Voilà une explication possible. Nos yeux se rencontrèrent, les miens reflétant la perplexité, les siens, une rayonnante impatience et l'encouragement optimiste d'un enseignant à son élève qu'il sait capable de faire beaucoup mieux. Regarde encore la première image, dit-il. Les deux images étaient floues et granuleuses, tirées par les photographes amateurs utilisant des caméras bon marché et un peu trop agrandies. Puis je compris.

— Difficile d'être certain, mais il semble qu'il y ait quelque chose de bizarre dans la façon dont les rayons de la roue se joignent à l'essieu.

— Bingo! Ou du moins, demi-bingo.

Je fixai la première photo plus attentivement.

— Ah, ah!, dis-je après un moment. Et, le nombre de rayons! Il y a six rayons.

Monty sursauta et s'écria : « Oui! » Je m'attendais presque à ce qu'il me lance une arachide en récompense.

Il était presque vingt-et-une heures et après ma longue journée, je commençais à devenir confus. Monty et moi passâmes encore 45 minutes à regarder des photos sur le Mac, et les idées et un flot intarissable de suggestions continuèrent de jaillir de l'imagination chroniquement surchauffée de Monty. À ce moment, le téléphone sonna. C'était Greg.

« Richard. Salut. Désolé d'appeler aussi tard. Je viens de sortir d'une longue réunion du conseil.

— Ce n'est pas juste, enchaînai-je. Comment se fait-il que ce soit toujours les mêmes qui prennent tout le plaisir?

L'écouteur me transmit deux jurons à demi étranglés.

— Tu n'as aucune idée, murmura-t-il, les dents serrées, puis reprenant un ton normal après un court délai, il commenta : j'ai vu Monty aujourd'hui. Je savais que Greg voulait un compte-rendu de l'avancement des travaux au moulin, mais étant donné notre fatigue, il était préférable de fixer provisoirement un moment pour se rencontrer.

— Demain sera très occupé, Greg, mais j'ai décidé de prendre congé toute la journée samedi. Pouvons-nous nous voir pour diner?

— D'accord, a-t-il dit, d'un ton presque aussi fatigué que le mien. Au *Renard* à 11°h°30?

— J'y serai », répondis-je, avant de raccrocher.

Monty et moi avons examiné d'une douzaine d'autres photos, mais quand ma tête s'est mise à hocher involontairement, Monty a cessé de parler.

« Je suis désolé Richard. Tu es manifestement assommé et je suis resté trop longtemps. Veux-tu, si ça ne te dérange pas trop, que je t'appelle tôt samedi matin, disons vers 9 h 30?

— Oui. Ça va Monty. C'est moi qui devrais m'excuser. Je ne peux plus faire ces longues journées de travail et rester debout tard dans la soirée comme je pouvais le faire à vingt ans. »

Nous nous serrâmes la main et je le flanquai à la porte. L'horloge indiquait neuf heures cinquante-cinq. J'éteignis l'ordinateur, remis de l'ordre dans la pile de dessins et m'écrasai dans un fauteuil pour un moment. Quelques secondes plus tard - à une heure et quarante-cinq du matin en fait - je me réveillai en sursaut et me traînai jusque dans mon lit.

Huit

Vendredi matin. Je me suis réveillé avant l'alarme réglée pour 5 h 25, reposé, mais avec encore des raideurs aux jambes et au dos. À les entendre, un grand nombre d'oiseaux perchés dans les arbres à l'extérieur chantaient joyeusement mais en réalité, c'était les éclats sonores d'une guerre territoriale féroce. Le niveau de décibels que les oiseaux peuvent produire relativement à leur taille m'a toujours semblé incroyable et me porte à me demander combien plus bruyant et désagréable le monde serait si chacun de nous pouvait clairement entendre toute personne se trouvant à l'intérieur d'une distance de cinq cents mètres.

L'eau très chaude de la douche s'écoula par le drain, évacuant la majeure partie de ma raideur et la vingtaine d'années additionnelles qui semblaient s'être incrustées dans ma carcasse durant la nuit. Un grand verre de jus d'orange et une tranche épaisse de pain aux noix passée au grille-pain rallumèrent les autres cylindres et je m'assis à la table avec mon carnet de projet, notant les tâches à compléter au cours des prochains jours. La liste semblait s'allonger à l'infini et je la parcourus des yeux. L'une d'elles s'imposait : le travail sur la roue à augets, une activité commencée depuis un bon moment. En principe, cette tâche n'était pas très compliquée, mais malgré sa simplicité, le travail et la planification que j'y avais mis me rendaient nerveux. C'était ma première expérience avec les roues à augets et ce serait la première fois que j'en assemblerais une à pleine échelle et faisant partie d'une installation qui devait fonctionner correctement.

Mettant de côté ces considérations dérangeantes, je terminai l'examen de mes notes et regardai l'heure. Six heures trente. Buck et les deux autres ouvriers allaient se pointer au moulin à huit heures et la grue arriverait entre neuf et dix heures. Glissant les dessins requis et mon carnet de notes dans ma mallette, je verrouillai la maison et marchant vers l'auto, je me souvins de la boîte que j'avais déposée dans le coffre la veille, cette boîte noire mystérieuse que j'avais tirée du mur de la porte du moulin. Le frisson de curiosité qui m'avait frôlé me dérangea à nouveau. Et vérifiant ma montre, je conclus que j'avais quand même une quinzaine de minutes pour y jeter un bref coup d'œil. Débarrant la porte de la maison, j'apportai la boîte dans mon atelier et, avec précaution, commençai à ciseler son revêtement de goudron. Même s'il s'écaillait facilement, il était évident qu'il constituait encore un écran très étanche contre l'air et l'eau. Le bois intact avait conservé sa couleur et semblait être du chêne. Par chance, j'avais commencé du bon côté et en moins de cinq minutes, j'exposai le dessus de la boîte. La fixant dans mon étau de menuiserie, j'utilisai une pièce de deux par deux en bois et un maillet et commençai à frapper vers le haut contre le rebord le long de trois côtés de la boîte. Il était très bien fixé, mais commença à se soulever après une douzaine de coups et les cales qui avaient assuré un ajustement serré commencèrent à apparaître. On voyait bien que c'était là le travail d'un maître-ébéniste.

Une minute de plus et je réussis à soulever les côtés du couvercle qui se libéra avec un léger couinement. À l'intérieur de la boîte, il y avait un grand livre, encastré dans une dépression taillée sur mesure dans le fond de la boîte. La reliure en cuir avait grisonné avec l'âge. Redressant la boîte en position verticale avec grand soin, je libérai doucement le livre et le déposai à plat sur l'établi. Soulevant légèrement son couvercle pour éviter toute fissuration, je regardai et aperçus une page en caractères gothiques et au bas de la page, l'inscription suivante :

Germantown
Gedruckt von Christoph Sauer

Là, mon attention culminait et je ne pouvais contempler le livre qu'avec un mélange d'étonnement, d'interrogation et d'excitation. Mais je devais mettre tout ça de côté, car si je ne commençais pas à me grouiller, j'arriverais en retard au moulin, ce qui serait un bien mauvais exemple à donner. Replaçant doucement le livre dans sa boîte, j'enfonçai le couvercle avec précaution, apportai la chose à mon bureau et la verrouillai dans le grand tiroir du bas. J'aurais bien aimé m'y attarder davantage, mais ceci était un casse-tête nécessitant une approche systématique et probablement de l'aide très spécialisée.

Quand Buck et les deux autres ouvriers arrivèrent, j'avais déjà étalé mes dessins et avais en tête une claire planification de la matinée. Les poignées de main s'échangèrent vigoureusement même si j'avais rencontré les deux ouvriers antérieurement au *Renard,* deux des noms donnés par Jasper Armadale. Je demandai à Buck de continuer l'assemblage des segments de fermes et grimpai dans les échafauds avec les deux autres pour leur indiquer comment les segments seraient levés en position, où ils seraient déposés provisoirement et comment nous allions finir de les assembler et de les mettre en place. Ensuite, nous sommes descendus au sous-sol et avons aidé Buck à compléter les segments qui restaient à faire. Lorsqu'il me sembla que le travail était bien compris et avançait à un bon rythme, je remontai du sous-sol juste à temps pour voir arriver la grue.

Comme je terminais d'expliquer à l'opérateur de la grue comment nous allions procéder, je fus surpris de voir arriver l'auto de Greg dans la cour et de le voir sortir accompagné d'une autre personne. J'appris qu'il s'agissait de Jeremy Aitken, un vidéographe que Greg avait rencontré il y a quelques années et mis à contribution à quelques reprises. Ils étaient là pour filmer le déploiement de la grue, le levage des segments de fermes au-dessus du moulin. Jeremy se révéla être une personne très agréable mais pratiquement sans conversation. La seule fois où j'ai tenté de l'aborder, il a simplement souri, acquiescé et continué à fignoler avec l'ajustement des ses équipements qui semblent être ses seuls véritable compagnons.

Une fois que le levage eut commencé, le rythme s'accéléra. Buck et moi étions au sous-sol avec les segments, les deux ouvriers et l'opérateur de la grue en haut des échafauds. Rapidement, on établit une cadence d'environ vingt minutes pour monter chaque segment de ferme. Vers dix-sept heures, nous avions terminé. Trente minutes plus tard, l'opérateur et moi avions complété la paperasse. Vers six heures, nous avions fini de couvrir les segments de bâches de protection en cas de pluie durant la fin de semaine et trente minutes plus tard, Buck, les deux ouvriers et moi avions terminé de revoir ce qu'il y aurait à faire lundi matin pour commencer à mettre en place les segments de fermes. Vers dix-neuf heures, je barrai la clôture d'accès et dis au revoir à Buck et aux deux ouvriers, passai par le bureau de poste, après quoi je rentrai à la maison.

Ma priorité était la mise à jour du carnet du projet. En deuxième lieu, une tâche presque aussi importante : passer sous la douche et me changer. Et troisièmement, j'avais décidé de sortir pour souper. Le relâchement des tensions et de l'horaire serrée de la semaine qui s'achevait imposait que je me permette un caprice et j'ai donc, sans trop y réfléchir, appelé Monty.

« Ah, Richard!, dit-il avec son habituel enthousiasme au bout du fil. Comment vas-tu?

Sa question était sincère. Il aurait pu revenir sur la fin abrupte de la soirée précédente, mais ce n'est pas le style de Monty.

— Je vais bien, Monty, merci. Je partais pour le *Renard* et je me demandais si tu étais libre et accepterais de manger avec moi.

Il y eut une brève pause.

— Oui, Richard, ça me ferait grand plaisir. Dois-je apporter quelque chose?

Sa question m'intrigua brièvement, mais je me rendis compte que Monty serait probablement bien heureux de continuer la conversation là où nous l'avions interrompue la veille.

— Non, pas besoin d'apporter quoi que ce soit. Je sais qu'on se voit demain, enfin j'imagine que ça tient toujours? - des bruits affirmatifs résonnèrent au bout du fil - mais je suis tombé sur autre chose dont je voulais te parler.

— Rien à voir avec le P-O-L, j'imagine.

— Non Monty, quelque chose de potentiellement beaucoup plus intéressant et aussi différent qu'inattendu.

Je pouvais pratiquement entendre ses neurones crépiter d'impatience et d'excitation.

— On se voit au *Renard Embusqué* dans vingt minutes », dit-il et la ligne tomba morte.

Neuf

Il était à peu près vingt heures quinze lorsque j'arrivai au *Renard*, quelques minutes avant Monty. La place était vide pour un vendredi soir et je pris une table à côté de la grande fenêtre surplombant la terrasse et la vallée. La journée avait été splendide malgré les quelques nuages qui avaient maintenant disparu, ne laissant que l'azur bleu du ciel et le soleil fléchissant à l'ouest baignait le côté est de la vallée d'une riche lumière dorée contrastant agréablement avec la teinte obscure de l'ombre qui s'accrochait à son flanc ouest. Dès que je portai les yeux sur le menu, je me rendis compte à quel point j'étais affamé après une autre journée longue et stressante.

J'optai rapidement pour le filet de porc, un plat que le *Renard* apprête de façon particulièrement experte et me rendis compte un peu inquiet, que je n'avais pas de plan précis de ce que je voulais dire à Monty ou de ce que j'attendais de lui. Toute rumination ou hésitation à ce sujet se dissipa quand je vis Monty se précipiter dans la salle à manger avec sous le bras, naturellement, un épais dossier.

Il est difficile d'être en compagnie de Monty sans être de bonne humeur. Non seulement son visage, mais sa personne entière crépite de vie et d'une intense curiosité optimiste. Il s'approcha de notre table avec son habituel pas rapide et spongieux, s'assit promptement, claqua le dossier déposé près de lui et frotta ses mains ensemble.

Avant qu'il ne dise quoi que ce soit, je pris les devants. « Pour qu'il n'y ait pas de malentendu, Monty, ce repas est à ma charge.

— Balivernes, Richard, dit-il balayant la main pour disposer de la question, ne perdons pas de temps en pirouettes sociales. Qu'as-tu trouvé?

Après un moment d'hésitation, je répondis carrément :

— Une bible, une bible en allemand datée de 1743.

Une panoplie d'expressions déferlèrent sur son visage : confusion, désappointement, interrogation, éveil de curiosité et finalement une faible lueur comme la lumière s'allumait dans son esprit.

— 1743? En allemand? Est-ce que ça pourrait être une bible de Sauer? Dans quel état est-elle?

— Impeccable, comme neuve. Et c'est effectivement une bible de Sauer. Avec grande attention, j'ai jeté un coup d'œil à la première page : Imprimée à Germantown, par Christoph Sauer.

— Mais qu'est-ce que c'a à voir avec le moulin?, demanda Monty, dissimulant mal sa déception de ne pas avoir été présent au dévoilement d'un artefact historique de grande valeur.

— Ça, c'est l'aspect curieux de la découverte. Il semble que ça n'ait rien à voir avec le moulin. La découverte elle-même est un pur accident. Je dévisageai Monty. Tu sembles en connaître un peu sur les bibles historiques.

— Disons que ca vient de mon intérêt particulier pour les sentiers intellectuels secondaires, mais restons sur le sujet. Y avait-il autre chose dans la boîte, autre que la bible?

— Rien d'évident, répondis-je, mais les bibles contiennent souvent des lettres, des notes ou d'autres choses enserrées entre les chapitres ou aux versets préférés. Je n'ai pas eu le temps de l'examiner et pour ce faire, j'aurai peut-être besoin d'aide pour ne pas l'endommager.

— Et bien, continua Monty, j'ai une certaine expérience avec de vieux documents. Je devrais être en mesure de dire tout de suite si nous aurons besoin d'un conservateur d'expérience. Quand pouvons-nous regarder cela?

— Ce soir si tu as le temps, mais pas avant d'avoir avalé mon premier vrai repas de la journée. »

Mon plat arriva. Monty avait commandé une salade qu'il engouffra, non pas qu'il était affamé, mais parce qu'il fait toute chose en vitesse. Vingt minutes plus tard, je réglai l'addition et nous sommes partis.

Le crépuscule tombait comme nous arrivions chez moi. Deux points lumineux pointèrent en notre direction et je reconnus Max, assis sur le mur de pierre près de la terrasse, l'air ennuyé et nous regardant avec dédain. Je nous fis entrer, allumai quelques lumières et récupérai la boîte dans le tiroir de mon bureau. L'intérêt de Monty s'accrut de quelques ordres de grandeur.

« As-tu conservé les écailles goudronnées du revêtement?, demanda-t-il très à propos.

— Et bien, je ne les ai pas jetées.

— Bien, dit-il, on ne sait jamais. »

Je sortis une paire de gants de coton blanc et les passai à Monty qui me fit un signe approbateur. Il regarda attentivement la boîte sans y toucher. Après trente secondes, il me fit signe d'ouvrir. Il contempla la reliure de cuir sec, glissa ensuite le livre en dehors de sa boîte tout comme je l'avais fait précédemment et le posa doucement sur une page propre de papier journal que j'avais placée sur le bureau. Il regarda attentivement chaque côté du bouquin et commença à soulever doucement la couverture, exposant le frontispice comme je l'avais contemplé plus tôt. Après avoir tourné quelques pages supplémentaires, Monty laissa échapper un long et presque inaudible soupir.

« Ceci est magnifique, chuchota-t-il. On dirait presque que ça n'a jamais été ouvert. Regarde, il n'y a aucune trace d'usure, de dépôt de sueur ou de tache de doigts là où l'on pourrait s'y attendre : ici, le long du coin supérieur des pages de droite. La reliure semble avoir séché quelque peu, mais elle est toujours à peu près dans l'état dans lequel elle était vraisemblablement le jour où elle a quitté l'imprimerie. Regarde, elle n'a pas été produite en série. On dirait que chaque page a été imprimée individuellement. Et regarde-moi cette police de caractères, ça doit venir d'Allemagne. »

Monty tourna avec grande précaution encore quelques pages. Le livre s'entrouvrit doucement sur le bureau, révélant un endroit où une section de pages se dégagea des pages en dessous. Alors Monty, toujours avec grande douceur, leva les pages à cet endroit. Une feuille de papier épais avait été pliée et insérée dans la bible. Je notai l'endroit et fis un signe de tête à Monty, puisqu'il portait les gants. Il déplia la feuille, faisant apparaître quelques vers d'une poésie dont je lus rapidement les premières lignes :

Lange lieb' ich dich schon, möchte dich, mir bei Lust...

« J'ai déjà lu ce poème, murmurai-je, je crois qu'il est de Hölderlin.

Monty me jeta un regard intrigué. Plus tôt dans ma carrière, expliquai-je, j'ai passé six mois à Karlsruhe. J'avais étudié l'allemand pendant trois ans à l'école, mais quand l'opportunité pour Karlsruhe s'est présentée, mon allemand n'était plus fonctionnel, seulement un alignement de mots à moitié mémorisés.

L'impatience de Monty commençait à se pointer :

— Oui, Richard, mais le poème...

— Plus tôt dans ma carrière, recommençai-je, mais Monty m'interrompit encore.

— Le poème, Richard, le poème...

Finalement, je compris le message.

— OK Monty. Je te raconterai l'histoire de ma vie une autre fois. La version courte est que j'ai passé plusieurs semaines à Heidelberg à la fin de ma vingtaine et c'est là que j'ai découvert Hölderlin.

Monty acquiesça avec satisfaction, comme s'il avait le goût de dire « ce n'était pas si difficile, non? » Il referma la bible en douceur.

— Ceci est fantastique Richard, mais ça soulève ici et maintenant une question plus importante : pourquoi cette boîte a-t-elle été emmurée au moulin? Il fit une pause, attendant que je réplique et comme je tardais à répondre, il demanda : Que sais-tu de l'histoire du moulin? Et pour satisfaire ma propre curiosité Richard, qu'est-ce qui t'a *réellement* poussé à l'acheter?

— Je n'ai aucune idée pourquoi ceci a été scellé dans un mur du moulin. Je fis une courte pause. Pourquoi je l'ai acheté? Ça va te sembler ridicule et les raisons sont compliquées, floues, mais la réponse simple c'est que j'ai un faible pour les objets reliés physiquement à l'histoire et ce moulin semblait exhaler de l'histoire dès l'instant où je l'ai aperçu. Je voulais aussi un grand projet auquel je pourrais me consacrer et je pouvais voir qu'en s'y prenant de la bonne façon, ce moulin aurait passablement de valeur intrinsèque. Mais sans ce sentiment historique, je crois que je ne m'y serais jamais intéressé. Est-ce que tu y comprends quelque chose?

— Es-tu en train de demander à un historien s'il est raisonnable de réagir sérieusement à un sentiment pour l'Histoire?, demanda Monty.

— Pour en revenir au moulin, enchaînai-je, j'ai trouvé la boîte hier seulement et je n'ai su que ce matin ce qu'il y avait à l'intérieur. Je n'ai donc pas eu grand temps pour y réfléchir. Mais d'après ce que je peux voir, il y a quatre personnes susceptibles d'avoir emmuré cela : Joseph Adams, William Adams, Robert Harrison et Gus Ambrose. Entre ces quatre, je miserais sur Ambrose pour une raison plutôt tirée par les cheveux. Il y a une histoire non publiée de Greenvale à la bibliothèque qui a été écrite au début des années 1950 par un certain Harold Simpson. Dans son récit, Simpson raconte des choses au sujet du moulin et réfère à son propriétaire de l'époque, Ambrose, comme quelqu'un qui parlait anglais, mais avec un léger accent allemand. C'est bien mince, je sais et je n'ai aucune idée d'où viennent ses "faits" puisqu'il ne cite aucune référence. J'ai supposé qu'Ambrose avait peut-être été une de ses relations.

Monty avait suivi en hochant de la tête à mesure que je me tortillais dans cette explication.

— C'est une hypothèse raisonnable, Richard, au vu de l'information disponible, mais je suis d'accord que c'est mince. Il nous faut essayer d'en apprendre davantage au sujet de cet Ambrose. »

On est restés là assis tous les deux, temporairement perdus dans nos spéculations. Mon regard dériva de la bible vers sa boîte et quelque chose attira mon attention. Prenant la boîte dans mes mains, je la regardai transversalement à partir d'une des extrémités et tapai le fond intérieur dans lequel il y avait l'incrustation d'un motif cruciforme de marqueterie. Saisissant mon coupe-papier, j'insérai sa pointe, avec grande précaution, dans un des joints de la croix. Une des pièces bougea latéralement relativement facilement et avec un peu plus d'effort, je réussis à la dégager complètement. Les autres pièces de la marqueterie se dégagèrent alors très facilement et je les déposai sur une feuille de papier posée sur le bureau selon le motif qu'elles formaient dans le fond de la boîte. Monty inscrit sur le papier, à côté de chaque pièce, l'ordre dans lequel nous les avions retirées. En dessous, dans la boîte, il y avait une feuille lisse d'un épais papier gris-brun et semblant s'être fragilisé avec le temps. Monty, toujours muni de ses gants de coton blanc, leva doucement la feuille de papier, exposant un autre compartiment, délimité par des pièces de bois finement ajustées qui étaient, encore une fois, d'une grande qualité d'ébénisterie, formant un espace dans le fond de la boîte. À l'intérieur de cet espace reposait un livre plus petit, plus mince. Monty et moi nous regardâmes pleins d'excitation et je lui fis signe de soulever et de sortir ce livre. Ce qu'il fit avec grand soin et le déposa sur une autre feuille de papier que j'avais placée à gauche de la boîte sur le bureau. Très lentement, Monty leva le couvercle et nous fixâmes l'intérieur. Au bas de la page, il y avait une date : 1563. Monty souleva le couvercle un peu plus, grimaçant quand cela fit un léger bruit de craquement et tous les deux, nous figeâmes en regardant le premier mot sur la page : *Catechifmus*.

Avec la plus grande des révérences, Monty déposa le couvercle du livre. « Ceci change tout », dit-il doucement, « ce livre est cent quatre-vingts ans plus vieux que la bible de Sauer. Et je crois que je sais ce que c'est. » Il me regarda longuement. « Je ne suis certainement pas un expert, mais je crois que ceci est peut-être une version originale du *Catéchisme de Heidelberg*. »

Nous restâmes assis un moment en silence. « OK, Monty. Voici ce que je vais faire. On va tout remettre cela en place comme on l'a trouvé et refermer la boîte. Lundi matin, je vais louer un coffret de sûreté à la banque et y déposer la boîte. À titre d'artefact culturel, ceci pourrait être spectaculaire, mais comme article potentiel de collection, ça pourrait avoir une valeur dangereusement élevée. Personne en dehors de toi et moi ne doit être mis au courant, on est bien d'accord? »

Monty acquiesça en silence.

—« Demain, quand nous nous rencontrerons au moulin, nous prendrons plusieurs douzaines de photos de l'endroit où j'ai trouvé cette boîte. Pour l'instant, je vais prendre des photos de ce que nous avons ici. La semaine prochaine, la priorité dans nos recherches sera de prospecter discrètement pour dénicher toute parcelle d'information que nous pourrons trouver au sujet du moulin et de ses propriétaires des dernières cent quarante années. Toujours bien d'accord? » Monty acquiesça encore une fois.

J'installai mon appareil photo et je mitraillai les deux livres sous tous leurs angles, comme ils reposaient sur les feuilles de papier. Je photographiai aussi la boîte vide, sur tous ses côtés et chaque face du couvercle. Religieusement, nous replaçâmes le petit livre dans son faux fond, le papier épais et la marqueterie, la bible dans la boîte et j'enfonçai le couvercle en place, prenant des photos à chaque étape. Ensuite je verrouillai la boîte à nouveau dans mon bureau.

Me dirigeant vers une armoire basse sur le côté de la pièce, j'en sortis une bouteille de vieux Macallan âgé de dix-huit ans et nous versai chacun une généreuse mesure. Nous portâmes un toast en silence et sirotâmes. Monty plongea son regard dans le fluide ambre dans son verre et acquiesça avec délice à la douceur de ce nectar. Il me regarda ensuite et demanda :

« Juste pour ma culture personnelle, quelles sont les dates pour ce type Hölderlin?

J'ouvris la bouche pour lui répondre, puis je figeai.

Après quelques secondes de délai, je dis :

— Je suis bien content que tu le demandes, Monty, manifestement, c'est l'historien d'expérience qui pose la question.

— Pourquoi?, demanda Monty quelque peu intrigué. C'était juste une question. Mais tout de suite ses antennes frémirent et il poursuivit sur un ton différent : Richard, qu'est-ce qu'il y a?

— À moins de me tromper, le poème s'intitule *Heidelberg* et Hölderlin l'a écrit quelque part au cours des cinq premières années du XIXᵉ siècle, pas plus tard. Et je soupçonne que cette bible repose dans sa boîte depuis un très long moment. Elle est impeccable et cela signifie qu'elle n'a probablement eu qu'un seul propriétaire très attentif depuis son impression en 1743. Même si ce propriétaire avait vingt ans quand il l'a acquise neuve de l'imprimeur, cela signifierait qu'il aurait eu environ quatre-vingts ans quand Hölderlin rédigea *Heidelberg*. Si on ajoute quelques années pour que le poème arrive de ce côté-ci de l'Atlantique, cela signifie que le propriétaire aurait été très proche de sa fin et plus probablement déjà mort.

— Où veux-tu en venir avec tout ça, Richard?, demanda Monty, sur un ton intrigué et avec une curiosité intense.

— Jusqu'ici nous avons considéré les propriétaires antérieurs du moulin, en rapport avec cette bible. Mais ça signifierait qu'elle a dû avoir successivement deux, trois ou davantage de propriétaires et je doute sérieusement qu'elle ait pu survivre à tous et rester dans son état actuel. Par conséquent, je crois que la boîte a été scellée bien avant que le premier Adams se pointe ici. L'histoire de cette bible remonte probablement beaucoup plus loin en arrière et elle a été conservée dans cette boîte ailleurs, bien longtemps avant la construction du moulin. Il y a une autre personne impliquée ici. »

À en juger par le regard sur le visage de Monty, il était clair que nous sondions tous les deux les ténèbres du passé, à nous demander ce qui était en train de se passer.

Dix

Après le départ de Monty, Google et moi fîmes équipe pour un peu de recherche, dont un résultat nous mis sur la piste d'un livre écrit par un certain Bierma. Cette recherche brève et superficielle sur le *Catéchisme de Heidelberg* m'apprit que c'est un des documents de base pour toutes les variantes modernes du protestantisme et indiquait aussi que le sujet possède une vaste bibliographie. Quoique la taille de celle-ci ne fût pas une véritable surprise, la variété et la longueur du pedigree du protestantisme m'étonnèrent. Ma propre curiosité sur à peu près tous les sujets demeurait une de mes grandes faiblesses et là, je voulais résister. Spécifiquement, je résistais à l'envie de creuser dans la littérature académique sur le sujet, quelque chose qui, je le savais très bien, allait consumer des heures et ouvrir trois ou quatre sentiers tout aussi tentants. Quelques bons articles encyclopédiques allaient devoir suffire. Je fermai l'ordinateur, m'emmitouflai dans mon grand fauteuil en cuir et me mis à siroter un autre grand verre de Macallan.

Je pensai que j'allais avoir de la difficulté à m'endormir ce soir-là, mais ma conscience s'éteignit comme une lampe de poche et je me réveillai tout à fait reposé alors que l'aube rouge enflammait le ciel et injectait dans ma chambre la vitalité d'une nouvelle journée. Cela me rappela soudainement un souvenir d'il y a longtemps, d'Alice, mais je le repoussai, le retournant dans son tiroir verrouillé.

Je préparai un déjeuner d'œufs, de toasts, de pamplemousse épluché et de deux tasses de café fort et noir, tout cela préparé et englouti alors que les accords énergiques du cinquième concerto pour piano de Beethoven rappelaient à la maison, son contenu et ses occupants que dans la vie, les drames renaissaient continuellement.

Par un texto sans doute décevant à Greg, je reportai notre rendez-vous du midi et lui demandai de m'appeler. Sa réponse presque immédiate m'informa que pour lui aussi, l'horaire était bousculé et qu'il me téléphonerait durant la journée.

À sept heures trente, j'étais au moulin, bien en avance sur mon rendez-vous avec Monty. Je dégageai la chaloupe de sous sa bâche de protection et la glissai dans le bassin. J'avais apporté la lunette sous-marine et les cuissardes, vu que je supposais que Monty voudrait patauger et mettre lui-même les mains sur ce que nous allions trouver comme explication à ces trois lettres P-O-L. Le sac étanche pour la lunette était assez grand pour contenir aussi mon carnet de notes du projet. La matinée était splendide et je m'attendais à ce que nos efforts ne soient rien d'autre qu'une baignade juvénile, plaisante en soi, mais qui ne révélerait rien de particulièrement intéressant hormis un autre artefact sans grande valeur calé dans le lit de la rivière. J'étais assis dans l'herbe près de la rive à consigner des notes dans mon carnet quand Monty se pointa – quinze minutes en avance.

« Richard! Bonjour! Journée magnifique pour la chasse au trésor! Après hier soir, je ne peux m'empêcher de sentir Clio nous souriant ce matin.

— Bonjour Monty. Pour ce qui est de la chasse au trésor et bien... L'ennui avec Clio et les autres déesses c'est qu'on ne peut jamais vraiment savoir ce qu'elles ont à leur programme.

Monty balaya ma réplique comme si ce n'était qu'un manque de foi.

— Je présume que tu as un plan quant à la façon de procéder. Qu'est-ce que tu comptes accomplir ici ce matin?, demanda-t-il vivement.

— Oui, j'ai un plan. Lorsque Buck et moi avons pataugé ici la dernière fois, j'ai noté des repères sur le mur du moulin et la rive opposée, que nous devons aligner pour retrouver l'endroit. J'ai pensé qu'on pourrait s'en approcher en chaloupe d'abord, pour localiser notre cible sans brouiller le fond avec nos pas. Peut-être pourrons-nous identifier ce que nous verrons. Sinon, on pourra enfiler nos bottes pour un examen plus rapproché. Ce que je veux accomplir ce matin, c'est identifier exactement l'objet que nous verrons, de façon à décider de son importance et si nous devons en faire plus, ce que ce supplément pourrait être.

— Ça me semble excellent, dit Monty tout plein d'enthousiasme. Que la fête commence!

La chaloupe à l'eau, nous avons manœuvré jusqu'au point d'intersection de nos repères.

— Ce que je suggère, Monty, c'est que tu prennes les rames et immobilises la chaloupe pour que je repère l'endroit à travers la lunette. Nous échangeâmes nos places et au bout de quelques minutes, je commençai à scruter le fond de la rivière. Il me fallut un certain temps mais éventuellement, je reconnus les trois lettres. Elles étaient un peu plus floues que dans mon souvenir, probablement à cause des sédiments que Buck et moi avions soulevés et qui s'y étaient redéposés. Monty bouillait d'impatience, se précipitant aussi vite que la stabilité du bateau lui permettait pour se positionner à la lunette et regarder ce qu'il en était.

— Ah! Oui! Je l'aperçois!

Je lui accordai quelques minutes. Une idée, Monty?

— Pas vraiment. Les lettres sont bien formées. Elles ne sont certainement pas une illusion. Mais c'est trop peu pour faire autre chose que des suppositions risquées.

— OK, dis-je, retournons à la rive et enfilons nos bottes de pêche. Mais avant de partir – je sortis une flotte et un poids reliés par quelques mètres de ligne à pêche –

juste pour avoir le moins de difficulté possible à retrouver l'endroit, parce qu'en revenant, nous allons inévitablement soulever beaucoup de sédiments. Nous ramâmes à la rive et une fois nos bottes enfilées, entrâmes dans l'eau. Je suggérai à Monty d'approcher la bouée par le sud à cause du léger courant provenant de l'amont.

— C'est quoi ce truc?, demanda Monty en désignant une palme de plongeur que j'avais accrochée à ma veste Tilley sans manche.

— Je crois qu'il nous faudra souffler le fond un peu pour essayer de découvrir plus de détails. En réalité, je devrais avoir une petite pompe reliée à une ligne de succion, mais ceci devrait suffire. »

La flotte nous permit de retrouver les trois lettres sans difficulté, mais presque immédiatement, notre vue fut obscurcie par la brouille que nos pas avaient soulevée. Je déployai ma palme, l'enfonçai dans l'eau et commençai à balayer l'endroit. Un volcan de sédiments se mit en éruption, mais mon action lente et bien dirigée aidée par le léger courant vers le sud s'avéra efficace. Le coefficient de perte de charge de Fanning me vint bizarrement à l'esprit[2]. Je continuai à souffler la vase pendant deux ou trois minutes sur trois des côtés des lettres intrigantes. Je refixai ma palme à mon gilet et parcourus le fond à travers ma lunette. Me redressant, je la passai à Monty. « Regarde ça », dis-je le plus sérieusement possible.

Monty s'appliqua à la tâche, mais après seulement quelques secondes, ses petits déplacements s'arrêtèrent et il sembla figer sur place. Il se redressa subitement et dit «°Donne-moi la palme ».

Il se mit à balayer le fond avec tant d'énergie que je réprimai un commentaire désobligeant : il me rappelait Max après une de ses longues périodes de constipation.

Ma tentation de le critiquer s'évapora quand Monty se redressa, son visage arborant un léger sourire de triomphe. Il me passa la lunette en disant : « Maintenant, regarde! »

J'aperçus deux arrêtes entre lesquels je lus les lettres POLSON FOUND. « Monty, qu'est-ce que... », commençai-je, puis m'interrompis et plongeai à nouveau mon regard vers le fond. Je m'arrêtai dès que j'eus continué à suivre les arrêtes. « Mon Dieu! C'est une partie de la roue originale!

— Oui! Monty n'aurait su être plus radieux s'il avait tout juste trouvé le Koh-i-Noor.

---

2   *Jeu de mots autour du scientifique Fanning dont le nom s'apparente au mot français « ventiler », appelé aussi coefficient de frottement, une valeur sans dimension qui définit la contrainte de cisaillement près d'une paroi où un écoulement existe.*

— Te rends-tu compte de ce que ça signifie? Ce que nous avons ici est POLSON FOUNDRY. Ils étaient en activité durant le XIXe siècle, produisant quantité de composants pour les équipements de puissance, des moteurs à vapeur complet, des structures de toutes sortes. Ça doit être eux qui ont fabriqué la structure de la roue à augets. Ce que nous avons ici, est une pièce massive de fonderie. Dieu fasse qu'elle soit encore en un seul morceau. »

La demi-heure qui suivit est plutôt confuse dans mon souvenir et de plus d'une façon. Nous nous relayâmes pour balayer comme des idiots. Éventuellement, nous fûmes en mesure de voir tous les éléments de structure de la roue et de constater qu'en autant qu'on pouvait l'apercevoir à travers notre outil d'observation improvisé, elle était encore en une seule pièce.

Les six rayons correspondaient parfaitement à ce que j'avais pu observer sur la photo granuleuse que Monty m'avait montrée deux jours plus tôt. Du mieux que l'on pouvait, nous primes au moins cinquante photos à travers la lunette. Durant tout ce temps, Monty se lança dans un monologue interminable. Il fallait, disait-il, prendre un jeu complet de photos le plus détaillées possible, de bonne qualité, à l'aide d'un trépied. Il fallait ce genre de photo pour un examen minutieux afin de pouvoir repérer toute fissure. Il récita tout ce qu'il savait sur la fonderie Polson, maudissant au passage, les vides dans le dossier historique. Il se lamenta de la longue succession de maires de Toronto tous décédés depuis longtemps. Il caractérisa chaque société historique à laquelle il pouvait penser en des termes à faire pâlir un charretier. Et à l'entendre, il avait déjà en tête toute l'opération de sauvetage de la roue.

Bien que je fusse d'accord que cette découverte était très excitante, je grognais intérieurement. Cela voudrait dire presque assurément qu'il y aurait beaucoup de pression pour relever la roue et la réinstaller au moulin. Ou du moins, il faudrait la ramener sur la rive pour l'exposer dans quelque musée. Je n'étais pas contre, mais cela exigerait des efforts additionnels, une diversion qui nécessairement, aurait un impact sur mon échéancier déjà très serré pour mettre le moulin en production avant la fin de l'année. Je chassai toutes ces sombres pensées puisqu'avant tout, je devais évaluer ce que nous avions entre les mains avec un esprit clair et ceci ne saurait être fait avant que le niveau d'adrénaline, qui avait monté à la suite de notre découverte, retourne à la normale.

Nous avons piétiné jusqu'à la rive, retiré nos bottes, replacé la bâche sur la chaloupe puis rangé mes équipements "de plongée" dans ma voiture. La matinée s'était envolée, il était maintenant presque onze heures.

Je proposai de retourner chez moi. Nous nous installâmes à l'ordinateur pour télécharger les photos. Je donnai à Monty une copie sur une clé USB et j'en transférai un autre jeu sur ma tablette.

« Je suggère, dis-je à Monty, que nous prenions un peu de temps pour penser à tout ceci. Si tu as le temps, bien sûr. Il acquiesça, me faisant comprendre que rien au monde... Assoyons-nous sur la terrasse et profitons un peu du beau temps en mangeant. » Nouvel acquiescement.

Saisissant un cabaret, j'y empilai un assortiment de boissons douces, du papier à griffonner, des crayons, ma tablette électronique, un torchon humide et je conduisis Monty sur la terrasse. Une fois les feuilles et la poussière dégagée, je rapprochai deux chaises, disposai notre matériel et finalement nous nous assîmes. Aucun de nous deux ne prononça un mot avant que les boissons fussent choisies et versées. Prenant une bonne gorgée, je m'allongeai dans mon siège, prononçai en silence un gros merci à quiconque pouvait être responsable d'une journée aussi splendide, et gouttai, les yeux fermés, le passage du soleil et des ombres alternant tranquillement.

Les cigales clamaient la promesse d'un après-midi chaud, de larges cumulus s'assemblaient au sud, présageant, ou peut-être pas, d'un orage en fin d'après-midi. Mes travaux de retaille l'automne précédent avaient porté fruit et les arbres tout autour de ma propriété respiraient la santé avec leur feuillage abondant.

Je sirotai une autre gorgée et fixai Monty. Il regardait ses mains, profondément perdu dans ses pensées et se donnant à lui-même des signes d'acquiescement toutes les quelques secondes.

« Tu en penses quoi..., commençai-je, Mais d'abord, laisse-moi affirmer, Monty, que pour ces deux trouvailles, j'espère pouvoir compter sur ton expertise.

Il leva la tête avec surprise, presque choqué.

— Richard, je serais grandement désappointé si je ne pouvais pas aller au fond de ces deux découvertes extraordinaires. La roue, c'est carrément dans mon domaine d'expertise, mais je soupçonne que les livres ont une portée beaucoup plus significative et largement en dehors de mon champ de compétence. Mais je connais des gens. Puis-je suggérer que nous nous attaquions d'abord à ce qu'il y a à faire avec la roue? Les livres vont nécessiter une réflexion d'un ordre différent, alors que je peux plonger dans le sujet de la roue immédiatement.

— Pour ma part, voici ce que j'en pense et laisse-moi te donner un aperçu des contraintes que j'entrevois si nous allons de l'avant avec l'histoire de la roue : En supposant que celle-ci soulève un certain intérêt historique professionnel, j'aimerais voir les choses avancer dès que possible. Mais ma priorité demeure de mettre le moulin en production et bien que je présume que tu croies très important d'avoir la roue Polson en marche si possible, – ici, vive agitation d'approbation de la part de Monty – je ne vois aucune façon pour que ceci soit possible cette année. J'espère être en mesure de lever la roue du fond du bassin avant la fin de l'automne, pour que nous puissions l'examiner de près afin de voir si elle peut être utilisée au moulin et, le cas échéant, comment et à quel coût. Je préférerais et de beaucoup, la voir jouer son rôle d'origine, plutôt que d'être enfermée dans un quelconque présentoir scellé et aseptisé tel un autre orphelin historique. La remettre au travail au moulin pourrait être impossible bien sûr, si la roue est endommagée, fissurée ou affaiblie. Pour parler peut-être un peu grossièrement, un bon intérêt académique pour la roue en temps qu'artefact vivant ne ferait aucun tort au moulin, comme rénovation historique pas plus que pour l'opération commerciale. Mais il doit rester clair que la priorité au départ est de récupérer la roue, comprendre son état et éclaircir tous les faits la concernant.

L'ombre furtive qui avait commencé à assombrir le visage de Monty se dégagea.

— Je suis bien heureux de te l'entendre dire, Richard. Non seulement n'ai-je aucun préjugé contre les intérêts commerciaux, mais plus les artefacts peuvent être incorporés dans le tissu du présent, en leur assurant une protection adéquate contre la dégradation, plus leur histoire reste vivante. Mais laissons la philosophie de côté un instant. Monty prit son bloc-notes et un crayon et commença à dresser une liste. Voici comment j'entrevois les étapes : Premièrement, il faut dégager encore plus les sédiments dissimulant la roue et faire des photos à haute résolution. Deuxièmement, j'aimerais annoncer notre découverte à la communauté des historiens et c'est là qu'un bon jeu de photos de haute qualité serait très utile. Troisièmement, pour lever la roue et en évaluer la condition, il faut monter un dossier pour obtenir le maximum d'argent en subvention. Je connais ceux qui nous seront utiles pour cette démarche et je suggère de les approcher immédiatement. Es-tu d'accord avec ce que je dis?

— Eh bien, on dirait que tu as déjà une vision claire de la démarche. Oui, je suis d'accord, mais avec deux commentaires supplémentaires. *Primo*, je vais ébaucher un plan des étapes requises pour réinstaller la roue et rétablir sa fonction d'origine au moulin. Une fois cela en main, nous pourrons comparer nos deux plans et les harmoniser. *Secundo*, Greg va vouloir sa propre campagne de publicité, je vais donc lui suggérer de préparer une déclaration sur ce qu'il voudrait faire et à quel moment, après quoi nous pourrons comparer nos notes et les siennes. Autrement, nous sommes sur la même longueur d'onde, Monty. »

Nous avons pioché sur la question pendant une autre demi-heure et les idées abondaient, mais quand ça devint un exercice de résolution de problèmes en chaise longue avec absence d'information précise, on s'arrêta là. Monty récupéra les deux pages de notes qu'il avait prises; les miennes étaient déjà sur ma tablette électronique.

« Alors, Richard, je propose de nous revoir demain pour comparer nos plans de match. Je veux retourner à la maison et mettre de la viande sur le squelette que j'ai noté ici. Y a-t-il des chances pour que de bonnes photos soient disponibles demain?

Certaines que nous avons prises aujourd'hui ne sont pas mal du tout, mais elles peuvent être bien meilleures si nous utilisons un trépied.

— C'est parfait, Monty, car lundi s'annonce très occupé et si on ne le fait pas demain, je ne vois pas quand j'aurais le temps avant environ jeudi. J'ai un trépied et un compartiment étanche pour faire des photos sous-marines. Est-ce qu'un autre départ pour huit heures te convient?

— On se voit à huit heures », dit Monty alors qu'il se levait de sa chaise. Les poignées de main données, il sautilla jusqu'à son auto et partit en trombe. Comme je regardais sa voiture disparaître sur la route, je me surpris à être impatient de collaborer avec lui sur les articles qu'il avait proposés. Il me fallait admettre que tout en raffolant de l'aspect concret de la réfection du moulin, les aspects austères et abstraits de mon ancien travail me manquaient et je sentis monter en moi un bref élan de nostalgie.

La journée continua sur le même rythme occupé du matin. Greg téléphona pour dire que sa journée ressemblait à une catastrophe ferroviaire, mais qu'il avait du temps maintenant et désirait me montrer les séquences filmées durant le grutage des fermes. Je l'informai de la découverte que Monty et moi avions faite et après quelques heureux jappements, il dit qu'il arrivait tout de suite. À son arrivée, je lui rejouai essentiellement le disque de la discussion avec Monty. En parcourant les photos sur ma tablette, je lui parlai des contraintes que j'avais signalées à Monty et du programme que nous avions tenté d'établir pour les jours et les semaines à venir. Il était clair que les processus mentaux normalement très rapides de Greg turbinaient maintenant largement dans la zone rouge. Je lui indiquai aussi les projets que Monty et moi avions pour le lendemain matin et Greg dit qu'il y serait également.

« Quoi? Et manquer la messe? »

Pour ce commentaire, je reçus une bonne dose de froncement de sourcils.

Une heure plus tard, Greg partit en disant qu'il voulait consigner des notes et réfléchir davantage à cette découverte. Je digérai mes propres notes pour en faire un plan qui bientôt s'étira sur quatre pages, en plus de soulever d'autres questions. Vers quinze heures, je dégageai la terrasse, rangeai mes notes et ma tablette dans mon bureau et passai quatre heures à la conception des composantes en bois de ma roue. À dix-neuf heures trente, je sortis du pain à l'ail pour le faire décongeler, tranchai quelques champignons et sortis sur la terrasse pour me faire cuire un steak. La soirée serait parfaite pour entamer sérieusement une excellente bouteille de Vino Nobile.

À vingt-et-une heures, je nettoyai la cuisine et replongeai dans *Le Pendule de Foucault*, mais trente minutes plus tard, même la prose d'Umberto Eco n'arrivait plus à retenir mes paupières tombantes. À vingt-deux heures, je me glissai sous les draps.

Onze

Prendre des photos à haute résolution de la roue au fond du bassin fut une tâche longue et ardue, mais ce dimanche dégagé, ensoleillé et peu venteux n'aurait su être une meilleure journée pour le faire et notre bavardage joyeux à tous les trois résonnait autour du bassin pendant cet exercice précis mais peu astreignant. Greg manœuvrait la chaloupe comme une plate-forme mobile pendant que Monty et moi nous tenions avec caméra et trépied dans une profondeur d'eau à mi-hauteur de cuisse. Un examen de la première douzaine de photos nous confirma que le résultat serait excellent. Cette campagne nous prit un peu plus de cinq heures, après quoi nous disposions de 170 photos : même l'exigeant et fastidieux Monty admit que cela allait largement suffire. On traîna tout l'attirail au sec, mit la bâche sur le bateau et on s'en alla chez moi pour télécharger et copier les images.

« On va faire confiance à Monty pour jeter un regard d'expert sur ceci pour voir s'il faut s'attendre à des difficultés lors du levage de la roue, mais nous devrions tous les étudier, dis-je en donnant les CD à Greg et à Monty.

— Lever la roue ne sera-t-il pas un peu délicat de toute façon? », demanda Greg.

J'avais eu ce matin-là dans ma douche, une idée pour soulever la roue et je la griffonnai sur papier rapidement. Monty regarda et dit : « Espèce de petit futé! Bien sûr que ça va marcher! » Il gloussa et fit sa petite danse victorieuse en anticipation.

Il était environ quinze heures au départ de Monty et de Greg. Je passai une heure à examiner les photos, en imprimai une douzaine, convaincu que nous pouvions assembler un collage respectable d'environ le quart de la roue pour donner une bonne idée de la chose quand viendrait le temps de présenter les images individuelles à d'autres intéressés.

Peu après quatre heures, j'entrai au moulin et grimpai sur le toit pour m'assurer que tout était en place pour le matin, alors que nous commencerions très tôt la tâche de fixer définitivement en place les segments de fermes. Nous serions quatre : moi, Buck et deux ouvriers et je ne voyais aucune raison de ne pas terminer le même jour, même si ça risquait d'être une longue journée. Mais déjà la priorité du toit s'estompait alors que celle des tâches suivantes se pointaient.

Le système d'alarme contre le feu et les intrusions serait installé le lendemain. Les premières livraisons d'équipement électrique et du câblage étaient prévues pour mercredi. On installerait un peu d'éclairage temporaire le lendemain, puisqu'avoir les fermes et la toile translucide en place allait assombrir considérablement l'intérieur. Une fois le grutage du toit terminé, nous allions pouvoir commencer à positionner les poutres de plancher au niveau supérieur du moulin.

L'équipe pour le toit allait commencer l'installation des panneaux du toit, couleur rouille, dans une semaine et aussitôt que cela serait terminé, le sous-traitant pour les échafauds, qui présentement s'élevaient sur toute la hauteur à l'intérieur, allait procéder au démontage de sorte que le béton du plancher au sous-sol puisse être coulé. Cette coulée prendrait seulement quelques heures à faire, mais nécessiterait une nuitée pour durcir suffisamment. Le lendemain, l'échafaudage serait réinstallé à hauteur suffisante pour permettre de retirer les vieilles poutres de la portion de plancher qui restait au rez-de-chaussée et installer les nouvelles poutres sur toute la grandeur. En même temps, des hommes de cette équipe installeraient des échafauds autour des supports de la roue pour que son assemblage puisse commencer sans délai. Je savais bien qu'en chemin, il y aurait des douzaines de petits problèmes à résoudre et des difficultés à aplanir; ce qui était certain, c'est que les dix prochaines journées seraient tout sauf ennuyeuses.

Je revins à la maison pour dix-huit heures, pris un léger repas, puis passai un autre trois heures à fignoler les derniers détails des composants de la roue. Comme je terminais, un orage timide passa sur Greenvale.

Le lundi matin, le temps était dégagé et frais et nous étions à l'ouvrage au moulin dès sept heures. Rapidement, nous tombâmes dans une routine, et la mélodie que sifflait doucement Buck en travaillant me faisait sourire de plaisir. En dépit de nos origines et de nos éducations très différentes, il y avait plusieurs choses qui nous attiraient l'un vers l'autre. D'abord, combien j'en étais venu à respecter les aptitudes pratiques de Buck et ensuite, son attachement instinctif et sa sympathie pour le moulin, qui en ferait un excellent meunier. J'approfondis cette dernière pensée un certain temps et plus j'y pensais, meilleure semblait l'idée et je décidai que lorsque le gros de la construction serait terminé, je le sonderais sur cette éventualité. Penser aussi loin me faisait du bien, une sorte de confirmation qu'il y avait un chemin dégagé devant moi, même si nous étions encore loin de l'inauguration.

Il y eut une agréable camaraderie lorsque nous prîmes une pause pour le dîner; le travail de la matinée s'était passé sans anicroche et l'assemblage du toit était à moitié complété. Nous étions au plancher principal, ayant récupéré nos boîtes à lunch; j'étais assis un peu à l'écart et je remarquai Buck la tête en l'air qui contemplait le toit inachevé et les murs autour. Il attrapa mon regard, regarda en l'air, vers moi à nouveau et me fit un hochement de tête et un grand sourire. Je devinais que le moulin était en train de lui jeter un sort. L'idée de Buck comme meunier me revint avec davantage de force. Je terminai mon repas, passai à la maison pour récupérer la boîte en chêne et me rendis au village pour louer un coffret de sûreté dans lequel je plaçai mon trésor plein de mystère.

À mon retour, les trois hommes s'étaient remis à l'ouvrage. Ils pouvaient apercevoir la ligne d'arrivée et le savaient bien; ils travaillèrent comme des forcenés tout l'après-midi. Vers dix-sept heures, la dernière ferme était fixée. Trente minutes plus tard, j'avais complété mon inspection minutieuse : du travail de première classe.

À sept heures, nous avions mis en place le revêtement temporaire en plastique, tendu des cordes pour assurer le tout solidement et attaché ces cordes à des encrages au cas où il y aurait des bourrasques de vent durant la nuit.

Je complimentai mes trois ouvriers et les remerciai des efforts fournis durant cette longue journée. « J'aurai de la bière pour vous trois en fin de semaine chez moi. Ma tournée. Dites-moi simplement vos préférences. » Ceci suscita des approbations enthousiastes. Mais ils étaient manifestement fatigués et les trois lurons partirent en direction de leurs camionnettes et leur foyer. Buck hésitait. Il revint sur ses pas et regarda le moulin pendant ce qui sembla un long moment. Je m'arrêtai, me demandant à quoi il pouvait penser et je me rendis compte avec une sorte d'étonnement, que si les choses s'étaient passées comme Alice et moi l'avions souhaité, nous aurions très bien pu avoir un fils qui aujourd'hui aurait à peu près l'âge de Buck.

« Pourrais-je vous parler à un moment donné, Richard?, demanda-t-il sur un ton un peu dépourvu d'assurance, restant manifestement réticent à m'appeler Richard, mais le faisant sur mon insistance répétée.

— Désolé Buck? J'avais la tête dans les nuages.

Il hésita à nouveau en tripotant son casque d'ouvrier.

— Quand vous aurez un moment, je voudrais vraiment vous parler de quelque chose.

— Bien sûr, Buck, n'importe quand. »

Nous avons rassemblé nos affaires. Les jours se faisaient plus courts. Je mis le nouveau système d'alarme en fonction, verrouillai la porte du moulin et celle dans la clôture de sécurité et nous marchâmes dans le crépuscule. Me dirigeant vers ma voiture, j'agitai la main une fois de plus en direction de Buck comme il montait dans son camion et me rendis au village pour récupérer mon courrier.

Ma boîte aux lettres était bourrée comme à l'habitude d'une pile décevante de paperasse inutile. Comme je partais du bureau de poste, Greg agita la main de l'autre côté de la rue et traversa dans ma direction. Il était encore tout enthousiasmé par la roue au fond de la lagune et nous avons bavardé un bon dix minutes sur tout le projet, jusqu'à ce que j'échappe un bâillement et qu'à ce moment, Greg s'excuse de m'avoir retenu, me souhaite une bonne soirée et parte avec sa voiture. Au moment où je rentrais, le crépuscule passait le relais à la nuit et je tombais de fatigue.

Comme d'habitude, j'enfilai dans mon entrée avec l'intention de m'avancer directement sous l'abri d'auto, mais je fus surpris par la présence du camion de Buck garé à côté de la terrasse avant. Soudain, je me sentis tout maladroit de n'avoir pas compris lorsque Buck avait dit qu'il aimerait me parler, qu'il voulait dire ce soir et voilà que maintenant je l'avais fait attendre une demi-heure. Je me garai derrière son camion, sortis et vis Buck écrasé dans l'une des chaises du patio, avec sa désinvolture bien à lui. Je souris : il semblait, comme toujours, complètement détendu et malgré ma fatigue, je me suis retrouvé impatient de partager une bière avec lui et de passer la prochaine demi-heure à discuter de ce qui lui était venu à l'esprit, dans l'espoir que d'une certaine façon, il avait deviné que j'espérais qu'il travaille avec moi au moulin quand il entrerait en activité.

J'avais de l'allant dans mes pas en m'approchant et j'étais sur le point de l'atteindre et de le pousser joyeusement sur l'épaule quand je compris à son regard figé et vitreux que Buck était mort.

Douze

Confusion.

Étourdissements.

Désorientation totale.

Les images défilaient devant moi, comme cela se produit paraît-il lorsqu'on se noie et je luttais pour séparer cauchemar et réalité.

Comment?

Pourquoi?

Qui?

Sur le moment, il me sembla me trouver dans cet état chaotique pendant des heures, tournoyant follement au bord d'un maelström noir, mais ça ne put être plus d'une minute ou deux. Luttant pour me sortir de ma confusion, je saisis mon téléphone portable, les mains tremblantes et composai le 911, demandant la police et l'ambulance. Après avoir répondu aux quelques questions du préposé, je coupai la communication et téléphonai à Greg. Il répondit à la deuxième sonnerie et haletant avec force, je lui lâchai la nouvelle sans le ménager. Après confirmation que je me trouvais chez moi, il dit qu'il arriverait tout de suite. Je raccrochai et j'attendis.

Regardant autour, tout en luttant pour ne pas porter mon regard compulsivement sur Buck, je réfléchis intensément à ce que je venais de faire exactement. Avais-je déplacé quoi que ce soit? *Non.* Qu'avais-je touché? *Ne sois pas stupide, Gould. Tu es chez toi. Tes empreintes digitales seront partout.* Où avais-je marché? *Directement de ma voiture jusqu'à moins de quatre pieds de Buck, où je me tenais encore.* Étais-je allé dans la maison? *Non.* La maison était-elle fermée à clé? *Ça devrait.* Quelqu'un était-il entré par effraction? *Je ne sais pas.*

Une sirène au loin s'approchait.

Ma lucidité commençait à revenir, mais elle flottait absurdement sur ce qui semblait un océan d'irrationalité et de contradiction. Des pensées incongrues surgirent. Je m'inquiétai brièvement à savoir si Buck était confortable. La question « De quoi Buck voulait-il me parler? » tournait en boucle dans ma tête. Que ferais-je avec tous les outils que Buck aurait pu laisser au moulin? Tout en essayant de calmer cette tempête, je marchai vers l'entrée de ma propriété, pensant que je devais intercepter Greg, l'empêcher d'entrer sur ce qui pourrait bientôt être déclaré scène de crime.

Greg et l'ambulance arrivèrent au même moment. L'urgentologue demanda où le "corps" se trouvait. Je pointai Buck du doigt en m'efforçant de ne pas regarder où je montrais. Il a demandé si la police était arrivée. « Pas encore », ai-je dit. Il se rendit examiner Buck et secoua négativement la tête. À ce moment, une auto-patrouille arriva et un officier en uniforme en descendit.

Il hocha la tête en direction de Greg. « Maire Blackett », dit-il platement, puis se tournant vers moi, il me demanda brusquement : « Êtes-vous Gould? »

« Oui, dis-je, toujours dans un état second.

— Et où est le sujet?

Mon cœur se désola à l'idée que nous avions ici quelqu'un aux talents limités, mais désireux d'employer le jargon qu'il avait appris à l'école de police, quelque chose qui je le savais, allait me hérisser.

— Là-bas dans le fauteuil, lui dis-je, pointant Buck à nouveau.

— Et la scène est-elle exactement comme vous l'avez trouvée?

— Oui.

— Avez-vous déplacé quoi que ce soit?

— Non.

Quant à Greg, l'agent de police lui demanda la raison de sa présence.

— M. Gould m'a téléphoné quand il a trouvé Buck et je suis venu tout de suite.

— Trouvé qui?

— Buck Filmore, dit Greg. L'homme dans le fauteuil.

— Et comment s'est-il retrouvé dans ce fauteuil?

— Je ne sais pas, répondis-je. Ce que vous voyez ici, c'est ce que j'ai trouvé quand je suis rentré à la maison.

— À qui sont ces véhicules?, demanda-t-il.

— Le camion appartient à Buck. La voiture est la mienne.

— Et vous vous êtes garé directement derrière le camion?

— Oui. Je ne savais pas que son camion était là, jusqu'à ce que je l'aperçoive dans mes phares.

— Pourquoi le sujet est-il venu ici?

— Je ne sais pas. Je ne le saurai jamais.

—Restez ici s'il vous plaît », dit-il et il sortit une torche puissante, un petit appareil photo et un rouleau de ruban de police. Il marchait avec précaution vers le camion, éclairant le sol devant lui. Ensuite, il marcha vers la chaise, illuminant Buck, puis le sol tout autour, près de la chaise. Je l'ai vu prendre une douzaine de photos. Puis, il a marché lentement vers l'abri d'auto et a fait un long circuit autour du camion de Buck, allant aussi loin que les arbres au bord de mon entrée. Il éclaira le sol de sa torche et prit six ou sept photos. Il revint ensuite vers nous.

« Le gravier là-bas près des arbres est dérangé. On dirait qu'un véhicule est parti rapidement. Avez-vous fait cela aujourd'hui ou hier, monsieur?

— Non », dis-je et je fis machinalement un pas comme pour aller voir. Le bras de l'homme en uniforme me barra le chemin brusquement.

À ce moment, une autre voiture se pointa dans l'entrée et un homme en jeans et veste légère en sortit. Il s'avança vers le constable. « Harrison », salua-t-il sèchement. Se tournant vers moi, il dit « Inspecteur Raymond. Et vous êtes?

— Je suis Richard Gould. C'est ma maison. Et lui, c'est un ami, Greg Blackett.

Greg et Raymond se saluèrent, ayant manifestement été présentés antérieurement.

— Bonsoir M. Blackett, dit Raymond sur un ton neutre. En direction du constable, il demanda : Qu'avez-vous fait jusqu'à présent Harrison?

— J'ai parcouru la scène. J'ai examiné le sujet et j'ai identifié ce qui pourrait être le théâtre d'une lutte et un peu de gravier perturbé là-bas où un véhicule semble avoir quitté les lieux à la hâte. Et j'ai pris quinze ou vingt photos, le tout récité sur un ton monotone et espacé de courtes pauses.

— Avez-vous vérifié s'il y avait des empreintes de pneus? », demanda Raymond, encore une fois sur un ton neutre.

— C'est du gravier partout ici …, commença Harrison confiant, mais Raymond l'interrompit.

— Le sol est en terre au début de l'entrée près de la route. Avez-vous vérifié là-bas?

— Non. J'ai pensé que la probabilité …

— S'il vous plaît, vérifiez maintenant », demanda Raymond en interrompant Harrison à nouveau, cette fois avec plus de persuasion. Harrison s'éloigna, dissimulant mal son humiliation causée par les paroles sèches mais pertinentes du détective.

Au bout d'une minute, Harrison nous rejoignit et dit, un peu sur la défensive : « Il semble y avoir une trace de pneu là-bas », pointant vers le bord de la route juste avant sa jonction avec l'accotement. Un regard fugace d'impatience assombrit le visage de Raymond et il hocha la tête sans que ce soit un ordre, « S'il vous plaît, restez ici », nous demanda-t-il à Greg et moi. Se tournant vers Harrison, il ajouta : « Montrez-moi ce que vous avez trouvé jusqu'ici. »

Ils s'éloignèrent, passèrent au moins cinq minutes près de la chaise où Buck reposait, à examiner le sol à proximité. Raymond se tournant vers nous, demanda «°M. Gould, êtes-vous entré dans votre maison ce soir?

— Non », répondis-je.

— La porte est-elle verrouillée?

— Oui. J'ai fermé à clé ce matin. »

Raymond avait enfilé des gants en latex et il se dirigea vers la porte d'entrée, essaya la poignée et vérifia les fenêtres de chaque côté de la porte. Raymond dit quelque chose à Harrison, qui marcha alors tout autour de la maison; une fois revenu à l'endroit où se tenait Raymond, il secoua la tête. Lui et Harrison continuèrent ensuite leur inspection. Raymond prenait maintenant des notes dans son carnet. Ils se rendirent à l'endroit où Harrison avait signalé du gravier perturbé, et on put les entendre murmurer alors qu'ils discutaient de quelque chose en détail. Raymond sortit un ruban et mesura avec exactitude la distance entre les marques de roues dans le gravier perturbé. Puis, il se déplaça vers le camion de Buck puis à ma voiture pour faire le même exercice. Ensuite, il reprit sa conférence avec Harrison, pointa plusieurs directions, balaya de son bras une partie de la terrasse avant. Harrison partit et prit une autre douzaine de photos, y compris un certain nombre de Buck, sous des angles différents. Il boucla le patio avant avec une autre longueur de ruban marqué POLICE et fit de même au travers de l'entrée près de la route. Raymond alla à sa voiture, en sortit une feuille épaisse de plastique noir et ce qui ressemblait à quatre briques qu'il utilisa pour recouvrir l'endroit où Harrison avait indiqué qu'il y avait des empreintes de pneus.

Raymond se tourna vers moi. « Comment connaissez-vous M. Filmore, M. Gould?

— Il travaille pour moi à la restauration du moulin.

— Est-ce qu'il a travaillé avec vous aujourd'hui?

— Oui.

— Toute la journée?

— Oui.

— Y avait-il quelqu'un d'autre qui travaillait avec vous?

— Oui. Deux autres ouvriers. Je lui donnai leurs noms en réponse à la question suivante.

— Et quand ont-ils quitté?

— Les deux autres sont partis en même temps, dans des camions séparés. Je suis parti environ une minute après eux et Buck grimpait dans son camion au moment où je partais.

— Et où êtes-vous allé ensuite?

— Je suis allé au village pour recueillir mon courrier.

— Savez-vous où M. Filmore est allé quand il a quitté le moulin?

— Non.

— À quelle heure êtes-vous parti du moulin?

— Il était environ dix-neuf heures quarante-cinq.

Raymond prenait des notes en continu au fur et à mesure que je lui répondais.

— Combien de temps êtes-vous resté au village? Et quand vous avez quitté le village, êtes-vous venu ici directement?

— Il m'a fallu environ cinq minutes pour me rendre au village et récupérer mon courrier. Comme je sortais du bureau de poste, j'ai rencontré Greg et nous sommes restés en face du bureau de poste à parler pendant environ dix minutes. Ensuite, nous nous sommes séparés et j'ai conduit ici directement.

— Et à quelle heure êtes-vous arrivé ici?

— Il devait être à peu près vingt heures, dis-je. La longue journée, la faim que j'avais ignorée et le choc, commençaient à ralentir ma pensée.

— Donc, vous êtes entré dans votre allée et avez trouvé M. Filmore et puis quoi ensuite?

— J'ai fait le 911. L'heure de cet appel sera dans leur registre. Puis, j'ai appelé Greg tout de suite. Greg avait déjà sorti son téléphone portable.

— Et ça, c'était à 20 h 08, dit-il, en regardant le registre de ses appels entrants.

Raymond prit note de toute cette information, mais n'offrit aucun commentaire. Il parcourut ses nombreuses pages de notes, puis referma son carnet.

— Y a-t-il un endroit où vous pouvez rester ce soir, M. Gould? J'ai bien peur de ne pas pouvoir vous laisser entrer dans votre maison jusqu'à ce que l'équipe de scène de crime ait terminé son travail et je ne peux pas dire avec certitude quand ce sera. Et je vais avoir besoin des clés de votre maison et celles de votre voiture. Vous devrez laisser votre voiture ici.

— Oui, dit Greg. Il peut dormir chez moi. Je remis mes jeux de clés à Raymond.

— Bien. Pouvez-vous aussi chacun me donner vos numéros de téléphone cellulaire? Voici le mien, dit Raymond, remettant une de ses cartes à chacun de nous. Je m'attends à ce que l'on reprenne contact demain matin, M. Gould. J'aime autant vous prévenir, il y aura beaucoup d'autres choses que je devrai vous demander. Avez-vous des questions?

— Oui, dis-je. Comment est-il décédé? Et considérez-vous que c'était planifié?

— En réponse à votre première question, je ne sais pas et je ne vais pas spéculer. C'est une question à laquelle le médecin légiste pourra répondre. En réponse à votre deuxième question, c'est quelque chose à confirmer soit dans un sens, soit dans l'autre.

Il nous regarda l'un et l'autre pour voir si nous avions d'autres questions. Très bien, dit-il. Je prendrai contact avec vous demain matin, M. Gould. »

Raymond se détourna de nous, pour indiquer à l'ambulancier qu'il allait devoir attendre jusqu'à l'arrivée du médecin légiste. Greg saisit doucement mon bras et me tira en direction de sa voiture.

Lorsque nous nous sommes engagés dans l'entrée de la maison de Greg aux allures digne d'une carte postale du XIXe siècle, toutes les lumières à l'intérieur étaient allumées. Avant même que j'arrive à la porte, elle s'ouvrit et Jill s'est approchée simplement, pour me serrer dans ses bras. Je pouvais sentir ses larmes sur mon cou. Elle s'est dégagée, a essuyé ses joues humides et dit d'une voix tremblante : « Venez, entrez. » À l'intérieur, elle se moucha bruyamment, reprit contenance et nous sommes passés tous les trois à la salle de séjour. Du café avait été préparé et placé à l'écart sur un plateau. Du regard, Greg balaya la pièce du regard et prit les choses en main. Sans demander, il versa trois tasses et les porta vers la table sur un plateau sur lequel il y avait aussi deux verres contenant une généreuse mesure de brandy. Sans réfléchir et sans aucune finesse, je pris un des verres et enfilai une bonne gorgée, me rappelant en la goûtant, que Greg ne buvait pas de la piquette.

« Tu viens de prendre tout un coup et après une longue journée, Richard, déclara Greg sur un ton factuel. Tu devrais prendre une douche et enfiler des vêtements de rechange. Ça va au moins te faire sentir un peu mieux.

— « Et après cela, vous devez manger quelque chose, ajouta Jill. Je parie que vous n'avez rien mangé depuis le dîner. »

J'avais déjà vidé la moitié de ma tasse de café.

— Viens avec moi, dit Greg et il me conduisit à ce qu'il appelait la "suite des invités" au rez-de-chaussée à l'arrière de la maison. Cette "suite" était une grande chambre avec une salle de bains attenante. Passe dans la douche, Richard, je reviens avec des vêtements de rechange dans deux minutes. »

Même dans mon état semi-comateux, la douche fut bonne et je réglai la température de l'eau aussi chaude que je pouvais le supporter. Quand je sortis de la douche, il y avait une pile soignée de vêtements sur la vanité à côté du porte-serviettes.

Je m'essuyai vigoureusement, passai les vêtements de Greg, peignai mes cheveux, puis rejoins mes hôtes dans la salle de séjour. Jill avait préparé une assiette de sandwichs au jambon sur du pain de blé entier tranché épais, elle me tendit une serviette de table et poussa le plateau dans ma direction. Je pris un sandwich et mordis sans grand enthousiasme, mais quand les saveurs du jambon, de la moutarde et de la mayonnaise emplirent ma bouche, la faim se réveilla en moi avec férocité.

Nous nous sommes assis et avons parlé de diverses choses. Jill a essayé de m'entraîner dans une discussion sur la roue au fond de la lagune et je lui ai répondu poliment mais sans y mettre le cœur. Je finis le reste de l'excellent brandy de Greg et trois minutes plus tard, je fus surpris quand ma tête commença à hocher.

« Vous êtes anéanti Richard, au lit garçon! », dit Jill sur un doux ton maternel.

Je me souviens avoir tiré le drap jusqu'à mon cou et d'avoir pleuré à chaudes larmes, des larmes de fatigue, de douleur, de colère juste avant d'être emporté par les ténèbres.

Treize

Les draps avaient une odeur différente et j'ai erré dans un brouillard pendant quelques secondes. Comme mon environnement se précisait, je fus étonné de ne pas être dans mon propre lit. Puis, la douleur du souvenir fondit sur moi et je poussai un râlement.

Mais il était sept heures quarante-cinq et en dépit des circonstances, ou peut-être à cause d'elles justement, je devais être un bon invité. Je me glissai hors du lit et titubai jusqu'à la salle de bains. J'y trouvai une trousse de toilette comme on en donne dans les avions, placée bien en évidence à côté de l'évier. Elle contenait : peigne, rasoir jetable, brosse à dents, dentifrice et désodorisant. Je me lavai, me rasai et m'habillai rapidement, puis je me suis dirigé vers la cuisine.

Jill et Greg étaient tous les deux assis à la table, tasses de café et journaux à portée de main. Ils se levèrent comme j'entrais. Jill vint directement vers moi et me donna une longue accolade; Greg trouva une tasse et me versa un café corsé.

« Bien dormi ?, demanda Greg.

— Oui, ça va, merci, répondis-je, tout en grimaçant un faible sourire et réprimant l'envie de dire *et je me suis réveillé dans le même univers de merde*. Est-ce que Raymond a téléphoné?

— Non pas encore. »

J'étais sur le point de prendre ma première gorgée de café quand mon téléphone portable vibra. Le sortant de ma poche, j'ai consulté l'écran. « Raymond », dis-je et je répondis. Très poli, il s'informa de comment je me sentais et me demanda de venir au poste de police local dans la prochaine demi-heure. Je promis d'être là et tout de suite. J'appelai mes deux ouvriers pour m'excuser de leur annoncer à la dernière minute que nous n'allions pas travailler pendant un jour ou deux, que je leur ferais savoir quand rentrer à nouveau. Puis, je regardai Greg.

« Bien sûr que je vais te conduire », fit-il et nous nous sommes dirigés vers la porte. Jill m'étreignit encore une fois avant de partir et dans l'état où je me trouvais, avec mon sentiment de perte et de besoin, je me suis accroché à cette chaleur toute animale.

L'interrogatoire au poste fut plus formel que la veille. Raymond couvrit les mêmes sujets, en repassant certains trois ou quatre fois. Il posa beaucoup plus de questions sur Buck et hocha la tête sans commentaire à mes réponses. Je me doutais bien que plus tôt le matin, il avait vérifié bon nombre de mes déclarations de la nuit précédente.

Et puis ce fut terminé.

« Vous êtes libre de partir, M. Gould. Je comprends quel choc c'a dû être de trouver votre ami comme ça et j'espère que vous acceptez mes condoléances. Je suis désolé d'avoir dû vous cuisiner, mais nous sommes raisonnablement convaincus maintenant que vous n'avez rien à voir avec cela.

Il refusa de répondre à mes questions : comment en êtes-vous venus à votre conclusion à propos de moi? Qu'avez-vous trouvé? Où va l'enquête maintenant?

— Désolé, je ne peux pas commenter. »

Raymond me rendit mes clés et me fit reconduire chez moi dans une auto-patrouille. Max manifesta sa frustration de mon absence, même s'il s'y était habitué et peut sortir par sa propre petite porte à battant encastrée dans celle de l'entrée de la cuisine. Dans le fond, parce que les chats sont beaucoup comme les gens, ils détestent être dans l'ignorance et ne pas être en contrôle de la situation.

La première chose que je fis, fut d'ouvrir toutes grandes les portes et les fenêtres. (Pas vrai : en fait, je câlinai et nourris Max d'abord.) Ensuite je me rendis l'extérieur, le cœur trépidant. Les meubles du patio avaient tous été déplacés, vraisemblablement par la police. Le fauteuil ultime de Buck était toujours là et je me rendis compte avec un frisson que Buck y avait probablement été placé. Il y avait du sang séché vers le bas du dossier et sur le siège. Il y avait aussi une petite mare de sang sur le sol du patio. Marchant vers l'endroit où le gravier avait été remué par une voiture déguerpissant, je remarquai qu'il y avait une petite dépression où une plaque de gravier et un peu de terre avaient apparemment été prélevées, probablement aussi par la police. Je pris deux décisions immédiatement et je retournai dans la maison pour mettre en œuvre la première.

Le téléphone à l'autre extrémité décrocha après la deuxième sonnerie.

« McLachlan!, fit la voix à l'autre bout.

— Stuart, salut, c'est Richard.

— Hey, Richard! Comment diable vas-tu? Quoi de neuf?

— Il faut que je te voie, Stuart. As-tu un moment libre cet après-midi?

— Eh bien, oui, bien sûr. Mais à en juger par l'afficheur, tu me téléphones de quelque part au nord de la limite des arbres.

— Je peux venir en ville. Il y a des choses que je dois y faire de toute façon. Je peux être là vers trois heures et demie. Ça fonctionne pour toi?

— Oui, ça va. Tu vas à ton condo?

— Oui. Je compte m'y garer.

— OK. Rendez-vous au *Bellagio* vers seize heures. Je vais réserver une table en coin sur la terrasse.

— Parfait. Merci Stuart.

— À bientôt, Richard. Ça fait trop longtemps. »

La deuxième décision concernait un seau, un balai-brosse, du savon et de l'eau de Javel. Mon intention était d'enlever, ou plutôt d'annihiler complètement, les taches de sang sur le patio avant, de nettoyer la chaise puis de démonter la table et d'empiler tout ça sous l'abri d'auto, prêt à être recyclé le lendemain, à l'Armée du Salut. Mais à la dernière minute, je me ravisai et replaçai tout ce matériel à nettoyer dans le placard.

On était au milieu de la journée, un mardi, le trafic était donc léger et vers quinze heures et quart, ma voiture était garée à sa place au sous-sol de mon condo. Je fis plusieurs appels du condo, puis passai au condo voisin voir Mme Cameron qui avait accepté de récupérer mon courrier dans la boîte aux lettres en bas, quoique je fasse suivre la plupart à Greenvale. Elle m'invita, nous avons bu une tasse de thé et bavardé un moment. Ensuite, je pris mon courrier, me lamentai sur l'état du monde dans lequel on vit, le bruit dans la ville ces jours-ci, puis je suis parti.

Le *Ristorante Bellagio* se trouve à cinq minutes à pied tout au plus de mon condo. Par son nom, on pourrait penser que l'endroit n'arrive pas à décider s'il est un chic restaurant ou une soupe populaire. En fait, c'est un très bel endroit, un peu cher, qui a une clientèle abondante et régulière, maintient une cuisine italienne du Nord très appréciée, une carte des vins qui vise à combiner le raisonnable et l'exotique, et dispose d'un patio dans une cour fermée, où les tables sont suffisamment séparées pour que les voisins ne puissent pas griffonner une transcription de votre conversation. Et comme promis, Stuart était assis à une table dans le seul coin de la terrasse qui était au soleil. Il se leva immédiatement, agita la main et son sourire d'enfant traversa le patio.

Nous avons échangé les insultes qui sont standards entre amis proches, les habituelles balivernes qui occupent les trois premières minutes puis Stuart s'informa du moulin.

« Justement, je suis ici à cause de quelque chose qui s'est passé au moulin. »

Inclinant la tête, le geste de Stuart m'invitait à continuer. Je passai quinze secondes à parler du projet de construction, puis en vins directement à l'histoire du décès de Buck. Il m'a suffi une minute tout au plus; Stuart était incroyablement rapide quand il plongeait dans une "affaire" et il fonça directement sur les bonnes questions.

« Combien de sang y avait-il? Je le connaissais assez pour ne pas m'inquiéter du pourquoi de ses questions. Le mieux était de simplement répondre puisque nous arriverions au fond de l'histoire plus rapidement de cette façon.

— Très peu. Probablement moins d'un quart de tasse en tout.

— La maison a été cambriolée?

— Non.

— Quelque chose à l'extérieur de la maison a disparu?

— Non.

— Qu'est-ce que la police t'a dit?

— À propos de l'enquête? Rien.

— Qu'ont-ils emporté? Des outils? Quoi que ce soit?

— Aucun outil. Mes outils sont tous barrés dans la maison. Ils n'ont rien pris sur la terrasse avant, pas de chaises. Je pense qu'ils ont recueilli un échantillon du gravier et de la terre à proximité des traces de pneus.

Ce fut à mon tour de lui poser des questions :

—Penses-tu que celui qui a tué Buck m'attendait? Penses-tu que c'est un cambriolage qui a mal tourné?

— Non à tes deux questions, répondit-il en secouant la tête. S'il t'avait attendu, je pense qu'il aurait pris plus de précautions pour éviter la possibilité que quelqu'un d'autre se pointe. Je doute que ce soit un cambriolage qui a mal tourné. S'il avait prévu d'entrer par effraction, il aurait fait en sorte de savoir où tu serais suffisamment longtemps pour avoir la voie libre. S'il t'avait surveillé de soir-là, il aurait su que tu avais fini au moulin, que tu étais parti au village et serait absent pour une durée indéterminée, mais éventuellement de courte durée, pour probablement rentrer à la maison tout de suite après. Non, je pense qu'il est allé chez toi avec une autre intention.

— Dans quel but?

— Pas certain... Peut-être qu'il voulait jauger ta maison. Peut-être qu'il voulait faire autre chose. Je dois y jeter un coup d'œil. Mais je pense que quoiqu'il soit venu faire, ça ne devait prendre que très peu de temps. Ton ami Buck a été très malchanceux.

— Penses-tu que c'est un travail de professionnel?

— Professionnel, oui, dans le sens qu'il est habitué d'agir sans s'embarrasser de la légalité. Mais je doute que ce soit un voleur professionnel. Il aurait mieux prévu son coup. Je doute fort qu'il soit un assassin professionnel, pour la même raison, mais aussi à cause de l'évidence de panique au moment de sa fuite, laissant ces marques dans le sol de l'entrée. Je pense qu'il était probablement seul. Mais, regarde Richard, ce ne sont là que mes meilleures suppositions.

— Tu dis qu'il te faut y jeter un coup d'œil. Quand peux-tu faire cela? Quand penses-tu être en mesure de venir à Greenvale?

— Que dirais-tu de maintenant?, suggéra Stuart sans hésitation. Si nous partons tout de suite, nous pouvons être là bien avant la noirceur. Je peux rester pour la nuit et être de retour ici demain pour sept heures. »

Ainsi en fut-il décidé. Nous avons terminé nos verres d'un excellent Frascati, profitant de ces quelques minutes de conversation pour rattraper le temps perdu, avons payé l'addition et sommes partis. Stuart connaissait le chemin de Greenvale, nous avons donc voyagé séparément, car il allait avoir besoin de sa voiture pour son retour très tôt le lendemain. Sur le chemin du retour, je fis un détour chez « Heinrich – Viande et Poisson », une épicerie inhabituelle, style vieux pays, excentrique, opérée par un seul homme qui a le meilleur bœuf et le meilleur poisson à des miles à la ronde et je ramassai deux gros steaks de bœuf et des truites arc-en-ciel afin d'être en mesure de servir à Stuart son repas préféré ce soir-là. Nous arrivâmes chez moi à quinze minutes d'intervalle (moi avant lui), alors qu'il restait encore plus d'une heure de clarté.

« Je suppose que c'est le fauteuil en question, dit Stuart, en regardant les coulisses sombres sur le dossier. Et je suppose que le fauteuil était placé ici, indiqua-t-il. Et cette flaque de sang séché, c'est là où ton ami a saigné après avoir été placé dans le fauteuil.

— Tu crois qu'il y a été placé?

— Oui. On pourrait supposer que son agresseur a pu le frapper par derrière alors qu'il était assis ici, mais il serait difficile de surprendre quelqu'un comme ça. Stuart s'arrêta pour écouter. C'est calme ici et ce sera probablement encore plus calme dans une demi-heure lorsque la noirceur sera tombée. Non, je pense que celui qui est venu ici a entendu ton ami arriver et a eu le temps de choisir un endroit propice pour se mettre en embuscade.

— Ne pouvait-il pas tout simplement attendre que Buck parte?

— Il aurait pu, mais sa voiture? Elle était probablement bien en vue. Que faire si Buck avait été suspicieux et avait utilisé son téléphone cellulaire pour signaler la présence possible d'un rôdeur? Ou si Buck avait eu une clé pour entrer au lieu d'attendre à l'extérieur? Et qu'est-ce qui allait se passer si tous les deux, vous aviez un rendez-vous ici? Non, je pense que ce que ce gars avait l'intention de faire ne devait pas prendre beaucoup de temps et que soit il n'avait pas encore commencé, était au milieu de son travail, ou venait juste de terminer et voulait partir. En tout cas, son plan semble avoir été de se pointer, faire quelque chose et disparaître sans que personne ne s'aperçoive qu'il était venu.

— Alors, tu penses qu'il n'avait pas vraiment l'intention de tuer Buck?

— Non. Je ne crois pas. Je pense plutôt qu'il a paniqué et frappé beaucoup trop fort. Je pense qu'il voulait seulement l'assommer pour quelques minutes, tu l'aurais trouvé ou Buck en se réveillant t'aurait dit ce qui s'était passé; il y aurait eu une enquête policière courte, concluant que c'était une tentative maladroite de cambriolage avortée, fin de l'histoire.

— Alors qu'est-ce que le gars essayait de faire?

— Jetons un coup d'œil », dit Stuart.

Restant en retrait, j'observai Stuart au travail. Il se dirigea d'abord dirigé vers le milieu du chemin d'accès de la propriété, d'où il pouvait voir la route, le terrain en pente vers les saules au sud, l'ensemble de la façade de la maison et l'abri d'auto. Il s'approcha ensuite des traces de pneus, se pencha et les examina pendant presque une minute, sortit de sa poche un ruban à mesurer et détermina la distance entre les deux traces, puis suivit la projection de leur trajectoire jusqu'à la route. Il s'arrêta pendant environ trente secondes pour examiner le bord de la route. Ensuite, il remarcha vers la maison pour l'examiner. Après un moment, il marcha à la fenêtre à gauche de la porte, reluqua à l'intérieur et examina les bords de la fenêtre de très près. Puis, il se dirigea vers l'allée de gravier, où débute le gazon et continua sur la pente à partir du bord de la route qui conduit jusqu'à la rangée de saules se trouvant à environ vingt mètres du bord de la route. Il marcha autour de chaque saule, poursuivant vers les quelques arbustes au bord de ma propriété près de la route et finalement me fit signe de le rejoindre là-bas.

« Celui qui est venu ici était là pour installer un mouchard électronique, dit-il comme j'approchais.

— Un bug?

— Oui, exactement. Suis-moi, mais ne dis rien. »

Nous revîmes à la maison, jusqu'à la fenêtre qu'il avait examinée et il pointa du doigt le coin supérieur gauche de la fenêtre. Je regardai où il pointait et haussai les épaules avec perplexité. Il m'indiqua de le suivre et nous refîmes le parcours vers le bas de la pente près des saules. Il se rendit au troisième arbre depuis la route, le plus grand et celui dont les branches tombantes étaient les plus luxuriantes. Nous dégageâmes les branches près du sol. Stuart se dirigea vers l'arrière de l'arbre et montra une portion de sol perturbé qui avait été recouverte, apparemment à la hâte, par quelques morceaux de feuilles et d'écorce grappillés tout autour. Mon dernier raclage de l'automne n'avait pas laissé grand-chose au sol. C'est alors que Stuart montra un mince fil qui montait du sol et qui avait été collé à l'écorce de l'arbre avec du ruban adhésif gris.

Stuart me fit signe de le suivre à nouveau. Il me conduisit à sa voiture et m'indiqua d'y monter. Une fois à l'intérieur, les portes fermées, je demandai : « Qu'est-ce qui se passe?

— Quelqu'un écoute ce qui se passe dans ta maison. Ils utilisent du matériel bon marché, mais ces outils sont raisonnablement efficaces. Il y a un petit micro dans le coin de la fenêtre qui émet son signal vers le truc enterré, lequel retransmet par le fil d'antenne vers la planque d'où ils écoutent.

— Est-il possible de savoir où ils sont?

— Pas facilement, mais ils ne peuvent pas être très loin. Ces dispositifs ont une portée limitée.

— Que chercheraient-ils à apprendre par cette écoute?

— Aucune idée. Mais ils y ont mis pas mal d'efforts, c'est donc quelque chose qu'ils ont très envie de savoir.

— Eh bien, on n'a qu'à arracher tout ça. »

Stuart secoua la tête. « Non, ils pourraient simplement revenir et le remplacer. Pour l'instant, nous avons un léger avantage, celui de savoir qu'ils sont à l'écoute, mais eux ne peuvent pas être sûrs que nous le savons. La mort de Buck aura jeté une ombre sur leurs projets, mais ils peuvent avoir une certaine assurance que tu ne sais pas qu'ils écoutent. Sinon, ils l'auraient appris parce que le signal serait tombé mort quand tu aurais éliminé l'appareil. Mais le côté plus inquiétant dans tout ça, potentiellement, c'est qu'ils sont toujours à l'écoute, ils n'ont pas renoncé, même si la police est maintenant impliquée. Ça signifie qu'il y a quelque chose qu'ils veulent vraiment savoir.

— Que proposes-tu?, demandai-je.

— Eh bien, nous devons informer la police de ce que nous savons assez rapidement. Ne pas le faire nous exposerait à une accusation d'interférer avec une enquête policière, ce que ni toi ni moi ne souhaitons. Mais avant d'aller à la police, il nous reste quelques devoirs à faire. Y a-t-il un hôtel en ville?

— Non.

— OK. Mais il doit bien y avoir un ou deux motels à moins de, disons, cinq kilomètres d'ici?

— Oui, il y en a un, le Greenvale Motel, à environ deux kilomètres au sud du village. Le prochain est à au moins une quinzaine de kilomètres au sud.

— Bien. Quinze kilomètres, c'est trop loin. Ce que je veux que tu fasses maintenant Richard, c'est d'aller dans la maison, de marmonner un peu, de te plaindre d'une longue journée ou quelque chose du genre et de faire semblant de prendre un appel de ton cellulaire. Pense à n'importe qui pouvant t'appeler mais pas quelqu'un que toi ou quelqu'un d'autre au village pourriez connaître; par exemple, une sollicitation pour assister à une exposition d'art. Aie une conversation à sens unique pendant environ deux minutes, puis dis au revoir et raccroche. À l'arrière de la voiture ici, j'ai une petite trousse qui va me confirmer si cette boîte enterrée retransmet ce que tu racontes. En résumé, je vais retourner à l'arbre maintenant et te faire signe quand je serai prêt. Va ensuite dans la maison, compte jusqu'à cinq et commence ton numéro. »

Nous exécutâmes le plan de Stuart. Après avoir terminé, je me glissai à l'extérieur à nouveau et grimpai dans la voiture avec Stuart.

« Ça fonctionne toujours, dit Stuart. Quelqu'un est donc probablement encore à l'écoute. Maintenant, allons faire un tour au motel. »

Nous avons roulé vers le sud, dépassé le motel et nous nous sommes arrêtés environ quatre cents mètres plus loin, dans la voie d'accès d'un champ de cultivateur. Stuart s'étira vers le coffre à gants, en sortit une petite paire de jumelles, un bloc-notes et un crayon. Il me tendit le bloc-notes et pointa ses jumelles sur le motel. « Pourrais-tu noter, Richard? Grise, dernier modèle d'Altima, plaque AXMH 337; rouge, Volvo, ça ressemble à un XC60, plaque BBFR 019; bleu foncé, Ford Focus, plaque BAST 955. Il y a une autre voiture sur le côté, mais je ne peux pas voir la plaque.

— Est-ce une Subaru brune?, demandai-je.

— Oui. C'est celle du propriétaire?

— Oui, confirmai-je.

Stuart empocha le bloc-notes, rangea les jumelles.

— Très bien, dit-il. Allons voir la police. »

Quatorze

Raymond se présenta à la porte de sécurité, sourire machinal et tendit la main. Il avait l'air fatigué, un œil injecté de sang, la chemise arborant deux larges taches d'humidité sous les aisselles. « M. Gould, je ne pensais pas vous revoir si tôt. S'il vous plaît, passons dans mon bureau. »

Raymond tapa le code d'accès, la porte cliqua et nous avançâmes dans le plus sombre des couloirs, flanqué de bureaux dont les murs et les portes ne semblaient pas avoir été lavés depuis le Déluge et dont l'intérieur, je le craignais, devait être encore plus lugubre. Raymond ouvrit la porte de son bureau et fit un geste pour nous y inviter. De sous une petite table ronde en bois, généreusement marquée par des années d'usage intensif, il tira deux chaises aux montants chromés et au tissu usé, qui semblaient largement avoir dépassé leur date "meilleur avant"... « SVP, prenez place. Que puis-je faire pour vous?

Je regardai Stuart, puis plongeai directement dans le sujet.

— C'est relié à la mort de Buck. Laissez-moi vous présenter un ami, Stuart McLachlan.

Stuart avait son badge de détective privé sorti et le passa à Raymond. La température dans la pièce se rafraîchit instantanément de 20 degrés.

Raymond regarda Stuart sans enthousiasme, puis se tourna vers moi.

— Je suis déçu, M. Gould, que vous ayez senti le besoin d'amener un – et là, il fit une pause comme pour contourner quelque chose de répugnant sur le trottoir – un privé. Je n'ai pas besoin de vous avertir, M. McLachlan, mais je vais quand même le faire : si vous interférez ou entravez notre enquête de quelque façon que ce soit, il y aura des conséquences.

Avant que je puisse continuer, Stuart commença à parler sur un ton neutre et même conciliant.

— Permettez-moi de vous assurer, inspecteur Raymond, que la dernière chose que nous souhaitons est d'interférer ou d'être un obstacle dans votre enquête. Richard comprend parfaitement qu'il y a peu, si toutefois il y en a, d'informations dans l'enquête en cours qui peuvent lui être transmises. En fait, nous sommes venus ici aujourd'hui parce qu'il y a de nouvelles informations que nous voulons vous transmettre, qui peuvent s'avérer utiles.

Raymond envisagea Stuart sans grand enthousiasme.

— Peut-être ne suis-je pas assez clair, M. McLachlan. Je ne veux pas vous voir, ni vous, ni M. Gould, vous mêler de la question.

— Et je viens de vous dire, inspecteur, que c'est la dernière chose que nous voulons. S'il vous plaît, laissez-moi brièvement...

Mais il n'eut pas le temps de finir.

— Je vois que je vais devoir être plus direct, McLachlan. Je vous dis à tous les deux de rester en dehors de cette affaire » et sur ces mots, Raymond se leva pour accompagner le crescendo dans sa voix et indiquer que l'entrevue était terminée.

En rétrospective, je me rends compte que ce fut là le moment où mon entêtement inné et ma détermination ont finalement commencé à dicter ma conduite dans toute l'affaire et la force des mots que j'utilisai me surprit moi-même.

« Inspecteur Raymond, s'il vous plaît asseyez-vous et écoutez! Quelqu'un a planté au moins un dispositif d'écoute électronique chez moi. Il fonctionne au moment même où nous nous parlons. Voilà ce que Stuart ici présent a découvert en fin d'après-midi et nous sommes venus ici immédiatement pour porter ce fait à votre connaissance. Vous pouvez essayer d'écarter cette information si vous voulez, mais il y a en ce moment une invasion de ma vie privée et si vous êtes prêt à l'ignorer et ne rien faire, alors je vous assure que je vais rendre cette information publique. Donc, pouvons-nous, s'il vous plaît, avoir une discussion rationnelle à ce sujet!

Raymond me regarda froidement.

— M. Gould, je ne réponds pas aux menaces et je suggère fortement...

— Inspecteur Raymond, je ne fais pas de menaces. Mais je vous promets que je vais rendre la chose publique si c'est la seule option qu'il me reste. »

Raymond passa sa main dans des cheveux gris qui avaient déjà été plus abondants, se retourna et se dirigea vers son bureau. D'un tiroir, il sortit une bouteille d'eau en plastique. La brandissant, il dit : « quelqu'un en veut une? » Stuart fit signe que non et moi oui. Raymond se ramena lentement et pesamment à la table, posa les deux bouteilles doucement sur la table, puis reprit son siège. Il était clair qu'il faisait un effort considérable pour modifier son approche mentale. À ce moment, je ressentis de la sympathie pour lui.

Il me regarda, puis regarda Stuart et s'adressa à lui :

« Très bien, dit-il. Tout d'abord, M. McLachlan, pouvez-vous me donner une idée de vos antécédents, ensuite s'il vous plaît me décrire ce que vous avez trouvé, comment vous l'avez trouvé et ce qui vous a conduit à le chercher? »

Stuart parla longuement, mentionnant d'abord le fait que lui et moi nous connaissions depuis plus de vingt-cinq ans et qu'il avait passé dix-huit ans avec une agence de sécurité nationale (« et c'est tout ce que je peux vous dire sur cette partie de ma carrière »). Il lui raconta mon appel téléphonique ce matin-là, comment j'étais venu à Toronto, que lui et moi avions discuté pour essayer de comprendre et ensuite étions tous les deux venus à Greenvale. Il a précisé les heures de chacune de ces actions. Il a décrit ses soupçons concernant tous les événements menant à l'agression de Buck, a indiqué pourquoi il pensait qu'il ne s'agissait ni d'un cambriolage, ni d'une tentative dirigée contre moi qui avait dérapé et comment il en était venu à la conclusion qu'à tout le moins quelqu'un espionnait ma maison et qu'il pourrait y avoir escalade.

« Alors, conclut-il, même si je n'avais aucune raison spécifique de soupçonner que quelqu'un voulait espionner Richard, ça m'a semblé une bonne explication. Une fois que j'ai commencé à chercher un mouchard, il n'a pas été difficile à trouver. »

Il poursuivit en décrivant le mouchard, ainsi que l'émetteur de relais caché à côté d'un saule, qu'on avait pris soin de ne pas déranger et qui restait fonctionnel. Depuis un moment, Raymond écoutait attentivement et avait consigné un tas de détails dans son bloc-notes.

« Pourquoi quelqu'un serait à l'écoute de M. Gould? Qu'espère-t-il entendre? Que souhaite-t-il apprendre?

— Ça, nous n'en avons aucune idée, déclara Stuart.

Raymond réfléchit une seconde.

— La simple présence d'un dispositif d'écoute indique que la situation pourrait être plus tordue que nous l'avions soupçonné jusqu'à présent, mais en soit, ça ne nous avance pas beaucoup.

Il tapota sa plume contre le bureau, indiquant qu'il sentait une impasse.

— En soi, non, convint Stuart, mais nous pourrions être en mesure d'aller de l'avant en émettant quelques hypothèses.

Raymond regarda Stuart intrigué. Continuez, invita-t-il.

— Tout d'abord, commença Stuart, en supposant que ceci n'est pas orchestré par quelqu'un du village, c'est donc quelqu'un d'en dehors qui l'a mis en place. L'émetteur qu'il utilise n'a pas une longue portée, il doit donc être à l'écoute, planqué quelque part à proximité. Il ne resterait pas posté pendant des heures dans une rue ou sur le côté de la route; cela attirerait beaucoup trop l'attention et assez rapidement.

Stuart fouilla dans sa poche et en sortit les notes que j'avais prises sur les voitures et les numéros de plaque au motel. Stuart expliqua ce que nous avions fait et passa la feuille à Raymond.

— Si l'une de ces voitures appartient à notre curieux et s'il est à l'écoute depuis le motel, alors il sera susceptible de réagir de manière prévisible à ce qu'il pourrait percevoir soit comme une bonne nouvelle ou une mauvaise nouvelle provenant du bug. Une bonne nouvelle pourrait être d'entendre ce qu'il espère apprendre par son écoute, mais nous ne savons pas ce qui l'intéresse. Une mauvaise nouvelle serait qu'il se rende compte du fait que son identité et sa position ont été découvertes, ou s'il détectait que le mouchard est subitement devenu silencieux, indiquant que quelqu'un l'a repéré. Dans un cas comme dans l'autre, je suspecte qu'il va prendre peur. Mais il y a une autre façon de contourner cela.

— J'espère que ce que je suis sur le point d'entendre est légal, dit Raymond avec passablement d'appréhension.

— Ça implique de la ruse, répondit Stuart, mais c'est tout à fait légal. Cependant, il y a une chose que je voudrais faire d'abord, à titre de précaution. C'est probablement paranoïaque, mais tout de même, je pense que nous – et là, Stuart s'adressait à moi – devrions le faire.

— Quoi?, demandai-je.

— Il nous faut faire une recherche supplémentaire pour voir s'il n'y a pas d'autres mouchards, dit Stuart. En se tournant dans ma direction, il ajouta : Mais ça, c'est quelque chose que toi et moi pouvons faire de notre côté.

— Attendez une seconde, lança Raymond sinistrement. Ceci est une affaire de police et je souligne à nouveau le fait que je ne vous laisserai pas interférer comme bon vous semble.

— Désolé, inspecteur. Ce n'était pas mon intention. Nous ne ferions cela qu'avec votre accord préalable. Et toute découverte vous serait signalée sur-le-champ. Je serai heureux de laisser votre équipe prendre l'initiative, mais et sans vouloir en aucune façon vous manquer de respect, j'ai beaucoup d'expérience sur le terrain dans ce domaine. Sur cette affirmation, êtes-vous au moins d'accord?

Il y eut une pause ici.

— Oui, d'accord, mais un de mes hommes vous accompagnera.

Stuart et moi échangeâmes à ce sujet un regard inquiet. Raymond soupira.

— Non, ça ne sera pas Harrison. »

Stuart passa les cinq minutes suivantes à décrire ce qu'il avait en tête. Raymond secoua sa tête et suggéra une approche quelque peu différente. Il y eut un court échange et d'autres questions de Raymond, qui semblait passablement mal à l'aise avec tout cela. Puis, Stuart et moi sommes partis. À notre arrivée chez moi, un agent de police nous y attendait déjà. Je dois accorder le crédit à l'inspecteur Raymond : il pouvait certainement bouger rapidement, quoique peut-être était-il simplement méfiant. Le gendarme Brierley se présenta et nous l'avons invité à prendre place dans ma voiture où nous avons convenu de la façon de procéder pour la recherche de mouchards additionnels.

Nous sommes sortis de l'auto et avons travaillé en silence alors que nous ratissions l'extérieur de la maison. Il ne fallut pas longtemps. Nous trouvâmes un mouchard à la fenêtre de la cuisine à l'arrière de la maison. Stuart l'examina de près, fit un croquis approximatif de celui-ci dans son carnet et gribouilla quelques lignes de notes. Nous avons fait le tour de la maison par deux fois, mais n'avons pas trouvé de troisième bug. Stuart nous a ensuite fait signe de le suivre à ma voiture. Une fois à l'intérieur et avons fermé les portières pour tenir conseil.

« C'est un mouchard plus sophistiqué que celui que nous avons trouvé plus tôt cet après-midi. Il fonctionne via le réseau de téléphonie cellulaire : il suffit de téléphoner pour écouter.

Brierley donna des signes qu'il était éveillé. « Pourquoi auraient-ils installé un second bug et pourquoi est-il différent du premier?

— Je ne suis pas entièrement sûr, dit Stuart, mais il pourrait simplement être une assurance, en cas de défaillance du premier. Aussi, il est de conception tout à fait différente, de sorte qu'il est très peu probable que les deux tombent en panne de la même manière ou en même temps. Stuart changea de vitesse à ce point-là. Eh bien, constable, je pense que là, nous avons terminé. Ce que je propose de faire maintenant est d'envoyer un texto au détective Raymond, pour lui dire ce que nous avons fait ici, que nous avons fait la recherche, trouvé un second bug et que je vais lui envoyer de plus amples détails dans un rapport plus formel. Merci pour votre aide. »

Sortant de ma voiture on a serré la main à Brierley, qui partit dans la sienne. Stuart a passé les quelques minutes suivantes à composer et envoyer le texto convenu. « OK, dit-il. Maintenant, je dois réorganiser ma journée de demain. Notre petit plan avec Raymond signifie qu'il ne sera pas nécessaire de se lever tôt demain matin, ce qui est un peu un soulagement. »

Stuart s'est affairé sur son cellulaire pour l'envoi d'un certain nombre de messages texte, puis l'a refermé et rangé.

« Terminé. Qu'est-ce qu'on fait maintenant?

— Je crois qu'il est maintenant grand temps de souper, annonçai-je et lui parlai de ce que j'avais ramassé en chemin vers Greenvale.

— Ça c'est mon homme! Je vote pour les steaks!, dit Stuart avec enthousiasme, arborant un large sourire et nous marchâmes vers la porte d'entrée. Après seulement quelques pas, la main de Stuart se posa sur mon bras. Je me tournai et l'interrogeai du regard. Il souriait toujours.

— Je suggère, a-t-il commencé, que nous gardions allumé l'intérêt de notre ami à l'autre bout du mouchard. Allons à l'intérieur et ayons une courte conversation un peu provocante où nous ne lui dirons pas vraiment quoi que ce soit, tout en lui donnant quelque chose à mâchouiller. » Et il me décrit ce qu'il avait en tête.

Après avoir livré notre non-message à l'auditeur et délivré plusieurs bouteilles de vin des griffes de la chambre froide au sous-sol, nous nous sommes déplacés vers la terrasse arrière, que Stuart jugeait bien en dehors de la portée du bug. Je mis immédiatement Stuart en charge d'allumer le barbecue et de jouer le sommelier pendant que je préparais les pommes de terre pour la cuisson, du brocoli, étalais des condiments avec un peu de hareng de Bismarck pour commencer et des baklavas pour le désert. C'était un fourre-tout gastronomique, mais je n'entendis aucune protestation monter de la galerie.

Comme les pommes de terre commençaient à cuire, les verres initiaux de negroamaro glissaient voluptueusement dans nos gosiers et nous avons regardé les premières étoiles s'allumer. Sous l'effet du vin et du ciel nocturne s'assombrissant, les choses se calmèrent et comme il l'avait fait souvent dans le passé, Stuart me surprit encore une fois. « Quelque chose cloche? », demanda-t-il.

Je plongeai un long regard dans mon verre et à défaut de trouver une réponse, dis simplement : « Oh, pas beaucoup. Simplement tout. La mort de Buck. Ne pas être entièrement certain pourquoi quelqu'un veut m'espionner et qui est ce quelqu'un. Je dois dire que je ne suis pas vraiment convaincu de ton explication pour la présence du second bug.

Stuart fit un geste dédaigneux de la main.

— Mais ce n'était pas une explication, tout juste quelque chose à ruminer pour l'agent Brierley.

— Quelque chose d'autre me préoccupe, dis-je; Stuart inclina la tête d'un air interrogateur.

—Monty et moi avons discuté des deux livres librement dans mon salon. Si le bug était déjà en place, alors celui qui est à l'écoute doit maintenant connaître pas mal de détails à ce sujet et en particulier savoir que j'ai ces livres.

Stuart réfléchit un instant.

— Si ce sont vraiment les livres qui les intéressent, je me serais attendu à ce qu'ils impliquent un cambrioleur professionnel dès le départ et à ce qu'ils les subtilisent de la maison avant que tu aies eu la chance de les placer en lieu sûr. Le gars qui s'est fait déranger par Buck ici, était loin d'être un professionnel. Je suppose donc qu'il n'était ici que pour installer le bug. Il a probablement prévu d'arriver au crépuscule, alors que la visibilité est médiocre et avant ton arrivée à la maison, planter le bug et s'éclipser.

Je sentis un certain soulagement à ces mots, puis passai à un autre sujet.

— Qu'est-ce qui t'a fait chercher un second bug?, demandai-je.

Ici, il fit une pause inhabituelle.

— Disons un drôle de sentiment.

— T'attendais-tu à trouver un second bug?

— Je ne sais pas. Mais quand nous l'avons trouvé, j'ai eu un autre sentiment étrange.

Je regardai Stuart directement.

—Penses-tu que les deux bugs sont indépendants, qu'ils ont été plantés par des personnes différentes?

— C'est possible, dit-il, mais si c'est le cas, c'est bizarre.

— Peut-être pas si bizarre», répliquai-je.

Stuart leva brusquement les yeux. Mais je secouai alors la tête, agitai mon verre vide en l'air et dis : « Mais où est le fainéant de sommelier quand on a besoin de lui? » Stuart bougea en direction de la bouteille. « À bien y penser, où est le fainéant de cuisinier? »

Nous avons tous deux souri dans le crépuscule, je préparai les steaks pour les allonger sur le gril, les verres de vin furent remplis avec une économie toute méditerranéenne – en versant juste un peu à la fois, pour en montrer toute l'importance – et nous dégustâmes de grandes portions du délicieux hareng de Bismarck. Après avoir brisé la sombre atmosphère qui s'était sournoisement installée autour de nous, je passai les quinze minutes suivantes à raconter à Stuart ma nouvelle vie à Greenvale, tout en lançant et réagissant aux quolibets et invectives détendues qui avaient toujours fait partie de nos rapports. Pour le reste de la soirée, on laissa de côté les mouchards et on s'affaira à notre amitié.

Quinze

Stuart était déjà levé et avait bu un premier café sur le pouce quand je me levai et descendis à la cuisine. La soirée précédente avait été la fin d'une longue journée et nous nous étions tous deux glissés sous les draps assez tôt, en dépit d'un désir commun de bavarder davantage dans la nuit. Même en tenant compte d'un très bon sommeil, je remarquai un ressort dans ma propre démarche auquel je ne trouvai une explication que plus tard et ce, malgré l'affaire des bugs et de l'espionnage qui me rongeait en arrière-plan.

Ce fut une autre matinée sans nuages et sans vent. Nous sortîmes donc tout l'attirail pour le déjeuner sur le gril de la terrasse arrière et concoctâmes bacon, œufs et pain grillé. Ce fut un repas simple, mais qui captura un moment sensuel : la fumée piquante venant du bacon, le grésillement de la graisse tombant sur la braise, une odeur de terrain de camping avec des toasts préparées sur du charbon de bois, la riche, douce et grasse odeur de cuisson des œufs dans le beurre, quelque chose qui m'a toujours fait penser à la cuisine rustique et la toute primitive réaction qu'évoque la vue de la fumée ascendante dans les rayons obliques du soleil dans l'air du matin, comme une offrande pour apaiser les dieux. Dégustant un ultime café, consommé lentement, j'observai Stuart regardant presque avec nostalgie le soleil évaporer la brume matinale montante, l'herbe sur les collines derrière nous, lourdement chargée par la rosée qui décomposait les couleurs de la lumière et la couverture de brouillard qui avait été déposée, comme par un parent affectueux, dans la légère dépression de la route juste au nord de nous. Je savais ce que Stuart pensait : *Un moment sublime, assurément, mais tout ça va virer au délire furieux d'ici deux semaines.*

Le gendarme Brierley téléphona vers huit heures trente pour fignoler les derniers détails du traquenard que nous avions convenu, dans ses grandes lignes, de mettre en place l'après-midi précédent dans le bureau de l'inspecteur Raymond. Après le départ de Brierley, je fis remarquer à Stuart que nous, ou du moins moi, devions être au moulin avant neuf heures parce que la livraison du matériel et du câblage électrique avait été promise pour quelque part entre neuf heures et midi. Je lui proposai une visite du moulin pour passer le temps, une offre qu'il accepta sans hésitation. Alors on a dégagé les épaves du déjeuner, fermé la maison et marché la courte distance jusqu'au moulin.

Comme nous approchions du moulin par la route, Stuart leva les yeux dans sa direction. « C'est un grand gaillard, en effet. Pourquoi l'avoir bâti si grand?

— Quand nous arriverons de l'autre côté du moulin, dis-je, tu auras une partie de la réponse et je t'expliquerai le reste à mesure qu'on visitera. »

Je déverrouillai la porte de la barrière de sécurité et la grande porte du moulin, désactivai l'alarme anti-intrusion et allumai l'éclairage temporaire. Je ne m'étais pas préparé aux sentiments mitigés qui fondirent sur moi. Bien que cela dura seulement quelques secondes, la série d'images était puissante : le souvenir douloureux de Buck ayant travaillé ici et comment il s'y était attaché si vite et si intensément; puis l'aura curieusement anthropomorphique qui couvrait toutes les parties de la structure du moulin – de quelque chose de fier, abandonné à son apogée et maintenant affalé dans le désespoir – que j'avais senti quand j'avais vu le moulin la première fois, comme une ruine à la casse, mais qui bientôt peut-être m'appartiendrait; la vue initiale des murs intérieurs solides qui parlaient de force, de longévité, de défiance et de détermination; le jour où un soleil d'après-midi avait tout à coup brillé et le moulin réfléchit en ma direction un sourire plein d'espoir et d'encouragement; le regain d'optimisme à voir les fermes enfin en place, l'odeur fraîche des madriers parfumant l'air dans le moulin, promesse d'une vie nouvelle; et dans les quelques derniers jours, un sentiment presque de partenariat avec l'ancien bâtiment. Le *rush* habituel de joie et d'enthousiasme y était encore mais mitigé maintenant, comme si un nouveau morceau de réalité était entré dans le décor, ou qu'un inconvénient mineur mais inopportun faisait désormais partie de la réalité. Pire était l'impression de presque entendre le sifflotement insouciant de Buck faire écho à travers la structure vide. Je compris instantanément ce qui avait déclenché mon sourire plus tôt (était-ce vraiment juste deux jours?) quand je m'étais arrêté pour écouter Buck travaillant et chantonnant : le son de quelqu'un qui ressent une appartenance, un sentiment d'être chez soi, qui exprime un intérêt de propriétaire. Maintenant je comprenais que c'était ça qui avait fait surgir à mon esprit la vision de Buck comme meunier et la pertinence absolue de cette idée. En méditant sur ces impressions passées, je comprenais soudainement que ma perception du moulin serait désormais différente.

Stuart se tenait là, me regardant d'un air intrigué pendant que je méditais et j'entendis comme un bruit sec en revenant à la réalité. Il était clair que voir le moulin de près, avait aussi changé la perception de Stuart, d'une attitude de simple intérêt poli, à un degré de plus grande curiosité et d'engagement. Alors, je lui servis le grand tour. Nous grimpâmes les échelles de haut en bas. J'indiquai où chaque nouvelle pièce d'équipement serait placée.

Nous sortîmes ensuite sur le côté sud du moulin et nous marchâmes jusqu'au bord de l'eau. Je montrai les piliers jumeaux de l'ancienne roue d'eau qui surgissaient de la lagune comme deux timoneries de sous-marin. « La roue originale reposait juste là, sur ces deux supports. Le bas de la roue frôlait tout juste la surface de l'eau, ça te donne une idée de sa dimension. Là se trouve en partie la raison de la taille de cette bâtisse – pour loger la grande roue. Si tu regardes vers la rivière, expliquai-je, tu peux voir que le moulin était situé juste au bon endroit. La rivière est à son plus étroit, juste en amont de nous et donc l'endroit évident pour ériger un petit barrage; le gradient du fond de la rivière est maximum juste dans ce tronçon et il était facile de faire contourner l'eau autour du barrage et la conduire par un aqueduc en hauteur là-bas, pour alimenter les augets dans la partie supérieure de la roue.

— Mais quand même, commenta Stuart, l'axe de la roue devait être à environ six pieds au-dessus du niveau de l'eau et le haut de la roue, à environ douze pieds, certainement pas plus de quinze pieds, le long du mur du moulin, mais celui-ci doit avoir au moins quarante pieds de haut. Cela fait beaucoup d'espace intérieur. À quoi servait tout cet espace?

— Le vieux Adams, le gars qui a construit le moulin à l'origine, celui qui l'a véritablement mis en exploitation, était apparemment une sorte de bâtisseur d'empire. As-tu pensé à la logistique autour de la mouture de la farine? Les gens mangent du pain et des gâteaux toute l'année, mais tout le grain est récolté en quelques semaines seulement, à la fin de l'été. Aujourd'hui, il y a des entreprises dont l'existence est dédiée à l'entreposage du grain jusqu'à ce qu'il soit requis pour le moudre. Au XIXe siècle et en particulier avant que le chemin de fer ne desserve tout le territoire, pratiquement tous les petits établissements de colons devaient résoudre ce problème logistique par eux-mêmes et conserver le grain récolté à l'abri d'organismes nuisibles, le protéger contre la moisissure et l'humidité et ce n'était pas si simple. Lorsque vous comptez sur votre grenier pour nourrir tout le village jusqu'à la prochaine récolte, ses dimensions deviennent soudainement très importantes. Le vieil Adams voulait être un service à guichet unique. Il voulait acheter le grain, le stocker sous son contrôle, pas gratuitement bien sûr, mais surtout pour qu'il soit disponible immédiatement quand il en aurait besoin pour le moudre.

— Donc, il utilisait l'espace supplémentaire pour stocker le grain?

Je hochai la tête.

— Mais aussi pour stocker la farine moulue et les sacs pour la contenir, et aussi pour aménager un petit espace de vie pour les périodes où la mouture durait jour et nuit, et probablement de l'espace pour entreposer des meules de rechange et un petit atelier, puisqu'il fallait prévoir aiguiser la pierre des meules périodiquement et faire l'entretien d'un arbre d'entraînement assez long et des engrenages en bois. Je pense que tu as quand même raison de dire que le moulin est beaucoup plus grand que ce qu'il avait vraiment besoin d'être. Mais cela devait être un symbole de sa richesse et de son statut dans le village.

— Penses-tu arriver à rentabiliser tout cela? me demanda Stuart sans détour.

Je souris d'une manière que je l'espérais digne du sphinx.

—La réponse à cette question à deux volets, peut-être plus. Le premier volet est qu'il y a toujours un certain risque dans une entreprise comme ça, mais à un certain niveau, je m'en fous.

Je notai avec satisfaction son acquiescement.

— Je suis toujours étonné de voir comment les gens essaient de minimiser le rôle des émotions dans leurs décisions. Ma première attirance envers Greenvale et plus tard, celle envers ce moulin, étaient viscérales. Je n'ai certainement pas tenté de m'y lancer complètement rationnellement, du moins pas au début et réellement, je ne vois pas comment quelqu'un pourrait y arriver. Donc, je fais ce que je fais parce que c'est ce que j'ai vraiment envie de faire. Le deuxième volet comporte plusieurs sous-volets, mais je ne vais pas t'ennuyer avec les détails. Puis-je le rentabiliser? J'ai un plan sur cinq ans pour le faire, il semble réaliste ce plan et je vais certainement y consacrer tous mes efforts. »

Stuart absorbait tout cela en admirant les murs, les fermes, la maçonnerie autour des fenêtres et il semblait, en même temps, imaginer les nouveaux planchers, le bruit de l'activité de traitement de la farine, celui du déversement de la roue. Je crus l'entendre murmurer « Maudit chanceux! »

À ce moment-là, je dus rompre la conversation car le camion de livraison de l'équipement électrique arrivait et je devais lui indiquer où décharger. Quand je revins où j'avais laissé Stuart, il se tourna vers moi et me dit : « Montre-moi où tu as trouvé les livres. »

Nous nous rendîmes à la porte d'expédition, que j'ouvris pour donner plus de lumière, lui montrai le bloc de pierre, que j'avais replacé depuis et lui expliquai l'opération de levage qui avait initialement conduit au délogement de ce bloc et comment j'étais revenu plus tard le même jour, seul, et avais trouvé la boîte enduite de goudron.

« Depuis combien de temps se trouvait-elle là?, demanda-t-il.

— Voilà une très bonne question et j'y ai beaucoup pensé au cours des derniers jours. Le dernier propriétaire du moulin était un homme appelé Ambrose. Apparemment, il a abandonné les lieux dans les années 1930 et ça, c'était soit juste avant ou juste après l'incendie qui a ravagé les planchers intérieurs et fait décrocher la majeure partie du toit. A-t-il caché la boîte ici avant de disparaître? Je ne comprends pas pourquoi il aurait fait cela, d'autant qu'il semble qu'il ne soit jamais venu la récupérer. Après avoir disparu, est-il revenu en cachette pour y dissimuler la boîte? Cela semble encore plus problématique. Est-ce que quelqu'un d'autre l'a cachée là? Si oui, qui, quand et pourquoi? Monty tente de faire une estimation du moment où la boîte a été placée ici, mais je ne sais pas sur quelle base il va faire cela. J'ai une autre idée à laquelle je n'ai pas eu le temps de donner suite. Donc, actuellement, je ne sais vraiment pas, Stuart.

— Sais-tu où cet Ambrose est allé, ce qu'il est advenu de lui?

— Non, je n'en ai pas la moindre idée.

— As-tu quelque information sur lui?

— Un peu. Pourquoi?

— Si c'est lui qui a caché ces choses ici, il pourrait ne pas avoir été en mesure de revenir pour les récupérer.

— Parce que quelque chose lui serait arrivé entre-temps?

— Ça pourrait être pour un certain nombre de raisons.

— Alors, je ne vois pas...

— Eh bien, j'ai une certaine réputation pour retrouver des personnes. Et j'ai toujours aimé les casse-têtes. Je pourrais tenter le coup.

C'était une chose à laquelle je n'avais pas pensé et j'acceptai l'offre de Stuart immédiatement.

— Je vais te fournir les détails que j'ai dès que nous rentrerons à la maison. Et nous avons besoin d'y retourner très bientôt, dis-je en regardant ma montre.

Nous avons continué de discuter en remarchant vers la maison.

—Nous devons nous rappeler, commença Stuart, que nous ne pouvons pas être certains de ce qui intéresse exactement ceux qui nous espionnent. C'est peut-être quelque chose qui a une valeur intrinsèque, ou c'est peut-être quelque chose qui pourrait être dommageable pour quelqu'un, nous ne savons pas. Nous devons donc garder notre conversation très générale. Pour le bénéfice de nos auditeurs, disons que je te visite pour faire une évaluation archéologique d'un certain aspect ou caractéristique du moulin sur lequel nous n'avons pas besoin d'être précis, mais notre objectif principal est de laisser savoir à nos auditeurs que personne ne sera présent à ta maison pour un bon trois heures.

On s'entendit sur quelques détails de nos propos fictifs avant de cesser de parler comme nous arrivions dans l'entrée de ma maison. Je déverrouillai la porte et nous entrâmes.

— Donc, juste pour finir ce que je vous disais dans la voiture, ai-je dit comme nous entrions dans le salon, je ne sais pas ce qui est arrivé après ça. Asseyez-vous. Puis-je vous servir quelque chose? Et je dois dire, M. Kraus, je vous suis très reconnaissant d'avoir fait tout ce chemin pour me rencontrer et faire cette évaluation.

— Pas du tout, dit Stuart (M. Kraus). Une bouteille d'eau serait bien, si vous en avez une.

Prenant deux bouteilles d'eau du frigo et deux verres dans le placard, je récupérai un fichier dans mon bureau et revins au salon.

— Voilà, dis-je.

— Ah merci.

— Et voici les papiers dont je vous parlais dans la voiture. Je passai à Stuart quelques pages photocopiées concernant le peu qui était connu au sujet d'Ambrose.

Après avoir versé l'eau dans les verres, j'abordai la partie principale de la "discussion".

— Pour en revenir à ce que nous disions plus tôt, combien pensez-vous qu'un de ces livres pourrait valoir?

Il y eu un court délai, puis M. Kraus répondit pensivement :

— Eh bien, pour sa rareté comme artefact, peut-être quelques milliers de dollars. Il est difficile d'imaginer que quelqu'un puisse vouloir l'ajouter à une collection personnelle, mais les gens collectionnent les choses les plus bizarres. Un collectionneur sérieux, qui a déjà une vaste collection, pourrait y accorder une assez haute valeur et là nous pourrions parler de quelques dizaines de milliers de dollars. Mais quelque chose comme ça est difficile à mettre en marché. Et je dois vraiment dire encore une fois, M.°Gould, que l'élément en question a une valeur historique considérable et de l'information sur son existence va forcément commencer à circuler, tôt ou tard.

Je riais confortablement.

— Je ne suis pas vraiment inquiet. On est à Greenvale, Dieu du ciel. Nous ne sommes pas dérangés par les vandales ou les voleurs ici. En tout cas, maintenant que nous sommes au courant de cette opération d'espionnage amateur, je vais m'en débarrasser au plus vite.

— Eh bien, je me sentirais mieux si vous suiviez mon conseil, M. Gould, mais je ne vais pas insister davantage.

Il y eut une pause ici pour quelques instants en buvant notre eau.

—Alors, continuai-je avec enthousiasme, seriez-vous intéressé à rencontrer le professeur Montgomery?

— Ah oui! Tout à fait! J'ai entendu beaucoup de choses à son sujet, à la fois comme historien et comme personnage!

— OK. Je suggère donc que nous allions chez lui. Il est maintenant, voyons, 10 h 30. Il m'a assuré que nous pourrions passer le voir n'importe quand. Mais une courte rencontre avec Monty, pardon, professeur Montgomery, est quelque chose d'impossible. On ferait donc mieux de prévoir quelques heures et ensuite, on pourrait l'inviter pour diner au village, ce qui situerait notre retour ici vers trois heures cet après-midi. Ça vous convient?

— Oui, c'est parfait! Nous pouvons prendre ma voiture.

— Et bien. Allons-y. »

Une fois la maison verrouillée, nous grimpâmes dans la voiture de Stuart. Je sortis mon téléphone cellulaire et bientôt j'avais Brierley à l'autre bout. « C'est parti constable, l'opération est commencée. »

J'indiquai à Stuart comment nous rendre et appelai Monty en chemin. Il nous attendait à l'extérieur lorsque Stuart entra avec sa voiture dans son entrée de gravier, pour se ranger à côté de la petite berline Suzuki de Monty. Je fis brièvement les présentations, Stuart remit à Monty les clés de sa voiture (« au cas où vous auriez besoin de la déplacer ») et les trois, on a pris place dans la voiture de Monty. Il nous a immédiatement ramenés chez moi, agitant la main pour dire au revoir en partant. J'entrai dans la maison. Je sortis trois chaises pliantes et les portais vers le buisson d'arbustes à gauche de la rangée de saules quand une voiture de police déposa Brierley et s'est éclipsée sans délai. Nous avons installé les chaises pliantes sous le couvert des arbustes. Ça risquait d'être long et peut-être l'attente serait-elle vaine, mais nous étions d'avis que ça valait la peine de tenter le coup.

Après que plus de deux heures se soient écoulées, mon pessimisme grandissait. Peut-être était-ce juste un fantasme. Peut-être que c'était nous les dupes, assis à attendre quelque chose qui n'allait tout simplement pas se passer. Au moins, cela donnerait à Brierley une bonne histoire à raconter.

Juste à ce moment, Stuart me poussa le coude doucement.

« Tu vois cette voiture là-bas? C'est la Ford Focus. C'est la deuxième fois qu'elle passe devant sur la route. Préparons-nous. »

À son passage suivant, la voiture glissa silencieusement dans l'entrée et pour se garer de façon à se trouver presque invisible de la route, près de l'abri d'auto et face à la route pour être prête à partir. À ce moment, mon caméscope était déjà en marche. Le conducteur émergea de sa voiture et resta une quinzaine de secondes immobile à observer les alentours. Il avait environ quarante-cinq ans, la calvitie naissante, mesurait environ cinq pieds huit pouces, portait des jeans et un coupe-vent gris délavé; il semblait plutôt athlétique. Il portait aussi ce qui ressemblait à des gants pour conduire. De l'arrière de sa voiture, il tira un sac de sport noir et se dirigea vers la maison. Il alla droit au bug sur la fenêtre, l'enleva et le rangea dans la poche de sa veste. Après avoir regardé autour, il alla vers le bas du saule où l'émetteur avait été placé, prit une petite truelle de jardin de son sac de sport et commença à déterrer. Il souleva l'émetteur hors du trou, enleva un gant, sembla éteindre l'émetteur, puis tira sur le ruban adhésif collé à l'arbre. Il rangea ensuite l'émetteur et la truelle dans son sac et referma la glissière. Il émergea de la talle de saules, regarda soigneusement autour de nouveau, puis retourna vers la maison.

Il posa son sac sur l'herbe à côté de l'escalier, essaya la poignée de porte puis retira un outil de sa poche. Il venait juste de commencer à crocheter la serrure de la porte lorsque Brierley dit d'une voix forte et autoritaire : « Police! Restez où vous êtes! Mains sur la tête! »

L'homme leva lentement ses mains au-dessus de sa tête. Brierley s'avança sur le sentier et approcha l'intrus par-derrière, mais là, les choses devinrent confuses. J'entendis Stuart murmurer « Non! » avant de bondir dans l'entrée. Juste à ce moment-là, l'homme se retourna et se déplaça à grande vitesse. Presque en passant et sans pause dans sa foulée, il frappa vicieusement Brierley sur la clavicule. Ce dernier s'écroula comme une poche de patates. L'homme courut d'un bout à l'autre du patio avant, se dirigeant vers sa voiture et à ce moment-là, il était sur une trajectoire de collision avec Stuart. Je ne suis pas sûr de ce que Stuart avait en tête, mais juste au mauvais moment, il a perdu temporairement pied dans le gravier. Cela a suffi. Comme Stuart reprenait son équilibre, le corps du cambrioleur le percuta violemment et Stuart se retrouva au sol à son tour. Le moteur de la voiture a rugi, le gravier crachait de l'arrière des roues et Stuart s'enleva du chemin juste à temps.

Je ne suis pas bon dans les combats de rue, mais à ce moment je me trouvais au bord de la route et tenais un bon gros caillou dans la main. Je lançai la roche avec force. Elle frappa le pare-brise en plein centre provoquant un faisceau de fissures juste à droite du champ de vision du conducteur, mais la voiture continuait dans l'entrée, le gravier fusant toujours des roues arrière. Il y eut un claquement fort et un raclement comme la voiture faisait une embardée sur l'accotement peu profond, puis les pneus hurlèrent en mordant dans la surface chaude de l'asphalte, la voiture a vira direction nord, en zigzaguant follement, puis disparut hors du village. L'épisode entier, du coup donné à Brierley à la disparition de la voiture, avait duré moins de vingt secondes.

Stuart s'était remis sur pied et maudissait bruyamment. Nous sommes tous deux allés voir comment se portait Brierley, qui roulait encore dans l'herbe, à l'agonie. Nous l'avons aidé à se redresser en position assise; il avait le visage crispé de douleur, mais il hocha la tête lorsque nous lui avons demandé s'il allait bien.

La seule chose qui me vint à l'esprit pour rompre le silence fut de dire : « Le bâtard s'est enfui! »

Stuart hocha la tête, mais grimaça un sourire méchant, « Oui, me dit-il doucement pour que je sois le seul à l'entendre, le bâtard est parti, mais tu as tout filmé sur la vidéo, sa voiture a été sérieusement amochée et nous avons cela. Stuart pointa le sac de sport toujours sur l'herbe où le cambrioleur l'avait laissé tomber.

— Quoi?, demandai-je. Le bug et l'émetteur?

— Non, répondit Stuart, parlant toujours tout bas. Il a mis le bug dans la poche de sa veste. L'émetteur, tu as raison, nous l'avons, mais as-tu vu ce qu'il a fait là-bas sous les arbres?

Je secouai la tête bêtement.

— On l'a vu ôter son gant droit pour tirer le ruban adhésif du tronc de l'arbre. Juste après cela, il a distraitement placé la truelle dans le sac. Nous pouvons probablement récupérer ses empreintes à la fois sur la truelle et le ruban adhésif.

À ce moment Brierley chancela vers nous, se frottant une épaule manifestement très endolorie.

— Je suis désolé, dit-il, à travers un mélange de douleur, de colère et de frustration. Les choses ne vont pas très bien se passer avec Raymond. Il se mit immédiatement en communication pour faire son rapport.

Stuart secoua la tête, rejetant les excuses de Brierley.

— Ce type était fort, dit-il et il savait comment se bagarrer. C'est de ma faute s'il est parti. Si je n'avais pas perdu pied, le bâtard serait encore inconscient au tapis.

Brierley s'était distancé dans l'entrée pour faire son rapport d'incident. Je regardai Stuart.

— De plus, nous savons autre chose maintenant, dis-je. Stuart me regardait perplexe, puis son visage s'est illuminé.

— Oui!, dit-il. Le deuxième bug. Il ne l'a pas pris, parce qu'il ne savait pas qu'il était là et il ne savait pas qu'il était là parce que ce n'est pas le sien.

— Mais celui qui l'a placé là va découvrir ce petit épisode.

— Pas au complet cependant, si Raymond garde pour lui les informations sur ce bug, dit-il en pointant en direction de la fenêtre avant.

— Penses-tu qu'il va garder cela secret?

— Il pourrait, si nous le lui suggérons.

— Je doute qu'il sera dans la meilleure des humeurs, remarquai-je avec ironie, après avoir vu une opération en principe assez simple, échouer royalement et en public.

— C'est certain qu'il sera d'une humeur massacrante et qu'il aura envie de nous poivrer.

— Il y a très peu que nous pouvons lui dire, que Brierley n'aura pas déjà confessé.

— Probablement pas, soupira Stuart, mais il va probablement juger bon, au moins pour son moral, de nous passer dans le tordeur, moi surtout. Mais nous pouvons utiliser sa bonne volonté. Constatant mon expression vide, Stuart continua : pour nous donner accès aux empreintes digitales qu'il relèvera sur la truelle. Ici, il fit une pause. Je ne peux rien faire officiellement, mais j'ai l'habitude de faire beaucoup de faveurs à beaucoup de gens. Je peux m'informer aux alentours sur le "gars dans la vidéo" et nous pourrions avoir de la chance simplement avec cette piste, mais si nous obtenons les empreintes, je peux demander un petit service pour essayer d'obtenir de l'information utile sur qui peut être ce farceur et peut-être même pour qui il travaille.

— J'imagine que ça veut dire continuer de travailler avec Raymond.

— Jusqu'à un certain point. Mais je veux que ça reste clair, avec le peu de diplomatie dont je suis capable, que c'était son opération, pas la nôtre. On ne va endurer aucun reproche concernant ce fiasco. Car je crois que nous serions dans une tout autre situation présentement si Raymond avait accepté ma suggestion originale : si le gars avait l'intention d'entrer par effraction, le laisser faire et avoir un constable déjà à l'intérieur. Avec des agents à l'intérieur et des agents à l'extérieur, ses chances de se dérober auraient été beaucoup moindres. Mais Raymond a insisté pour la jouer à sa façon. Et je suis sûr qu'il va rendre parfaitement limpide le fait que notre participation à tout complément d'enquête est maintenant chose du passé. Mais nous, toi et moi, avons besoin d'un plan sur ce qu'il faut faire maintenant.

Ce fut mon tour d'avoir un regard perplexe.

— Tu l'as dit toi-même, Richard, que celui qui a planté le deuxième bug entendra parler de cet incident. Qu'est-ce qu'il va penser? Que c'est juste par pur hasard si quelqu'un d'autre a tenté d'entrer chez toi? Souviens-toi que chacune des personnes qui a planté un mouchard, n'a aucune raison de soupçonner qu'il y en a deux.

— Alors pourquoi le propriétaire du second bug n'a-t-il pas répondu lui aussi au piège tendu par notre conversation?, demandai-je.

— Je ne sais pas.

À ce moment, une voiture de police est arrivée dans mon entrée. Brierley est revenu vers nous pour prendre congé.

— Je dois y aller et faire face à la musique maintenant », dit-il sur un ton déprimé et il s'en retourna vers l'auto-patrouille.

Alors que la voiture de police démarrait, je déclarai que j'avais besoin d'un verre. Je déverrouillai la maison et comme nous allions entrer, Stuart a pris un mouchoir de sa poche et l'utilisa pour ramasser le sac de sport noir, qu'il déposa ensuite derrière la porte avant. Il me fit également signe de garder le silence et je hochai la tête. J'allai directement à l'une de mes armoires murales préférées et en sortis une bouteille de VSOP et deux verres. Nous nous dirigeâmes vers la porte arrière.

Une fois assis à la table de pique-nique sur la terrasse arrière et après avoir englouti la première gorgée bien appréciée de notre liqueur platine, je soulevai avec Stuart quelque chose que je ressassais depuis hier soir.

« Tu passes pas mal de temps dans tout ceci pour moi, Stuart. J'espère que tu as l'intention de me faire savoir combien je te dois.

Stuart écarta la question d'un signe de la main.

— Non, sérieusement, continuai-je, personne ne travaille pour rien et l'une des plus grandes erreurs est de prendre l'avantage, par inadvertance ou autrement, de la bonne volonté d'un ami. Alors, s'il te plaît, laisse-moi savoir ton tarif.

Stuart me regarda étrangement pendant un moment.

— D'accord, dit-il, en posant son verre résolument. Quand ce sera fini, je vais te dire ce que j'aurais chargé à un client régulier, je vais t'offrir un petit escompte et puis tu pourras me dire quelle part ça peut représenter dans ton moulin.

J'étais stupéfait.

— Es-tu sérieux?

— Absolument, dit-il. Et maintenant, on n'en parle plus. »

À ce moment, le téléphone portable de Stuart sonna.

« McLachlan!, dit-il. Bonjour inspecteur Raymond, fit Stuart neutre, tandis qu'il me lançait un regard significatif. Juste un instant s'il vous plaît. » Tenant le téléphone vers le bas, Stuart me dit tranquillement : « Il veut qu'on vienne tous les deux tout de suite. On dirait qu'il est d'humeur massacrante. »

Je fis signe à Stuart de me passer son téléphone. « Bonjour inspecteur Raymond, Richard Gould à l'appareil. Je préférerais que nous venions un seul à la fois. Je veux vraiment avoir quelqu'un chez moi continuellement en autant que possible.

Raymond répondit presque avant que j'aie terminé ma phrase.

— Pas question, dit-il froidement. Vous venez tous les deux ici et vous venez maintenant.

— Inspecteur, commençai-je, quelqu'un vient de démontrer son intention de pénétrer par effraction dans ma maison et ce faisant d'être violent, je ne…

— Je ne vais pas discuter avec vous plus longtemps, M. Gould. Vous viendrez ici MAINTENANT! Sa voix était passée au niveau juste en dessous d'un cri.

— Très bien, dis-je. Pourriez-vous alors, s'il vous plaît, envoyer un agent pour garder ma maison durant…

— Non, M. Gould! Et je répète : TOUT DE SUITE! »

Les événements de la journée avaient été stressants et dérangeants, les événements de la semaine passée m'avaient inquiété et me gênaient profondément. La mort de Buck avait allumé en moi une colère intense et maintenant Raymond commençait vraiment à me faire chier. L'expérience de mes années de travail avec des clients parfois difficiles s'est enclenchée au bon moment.

« Inspecteur Raymond, ai-je dit sur un ton lent et constant. Si vous m'interrompez une fois de plus, je vais raccrocher. Je vais coopérer avec vous autant que vous voulez, mais je ne quitterai pas ma maison sans gardien à ce moment-ci. Vous ne savez pas ce que cherchait l'homme que nous avons intercepté ici, ou s'il travaillait seul. Vous ne savez pas quels dommages pourraient être faits à ma maison et son contenu s'ils décident de revenir et entrer par effraction pour prendre quelle que soit la chose qu'ils veulent. Vous n'avez aucune assurance que ma maison n'est pas surveillée à l'heure où je vous parle. McLachlan a dit qu'il viendrait tout de suite, mais si vous voulez que je vienne également tout de suite avec lui, soit vous envoyez un agent de police pour garder ma maison, soit vous venez m'arrêter, moi.

Il y eut une longue pause.

— Très bien, M. Gould. Je vais envoyer une auto-patrouille, laisser un constable à votre maison et vous pourrez venir me voir dans cette voiture. Et il rompit la communication.

Je rendis le téléphone à Stuart.

— Qu'en penses-tu? demandai-je.

— Je pense que Raymond est passablement surmené. En dehors de lui, il a presque zéro effectif pour enquêter. Il semble qu'il n'a pas encore tous les détails de Brierley. Mais ta maison a été la scène d'un crime et ils n'ont rien fait pour protéger cette scène, y compris la recherche de l'unique preuve physique que nous avons, qui repose maintenant dans ton salon. »

Seize

L'auto-patrouille arriva environ dix minutes après l'appel téléphonique de Raymond à Stuart, juste avant quatre heures. En attendant, Stuart et moi avions discuté combien de temps nous serions au poste (pas sûr), ce que Raymond allait nous poser comme questions (probablement inspirées de ce qu'il aurait tiré de Brierley) et de ce que Stuart et moi devrions faire, indépendamment de la police, au cours des prochains jours. Nous avions pris quelques décisions, chacune conditionnelle à la nécessité de savoir de quel côté Raymond poursuivrait l'enquête.

Comme il allait probablement faire nuit avant notre retour, j'allumai la plupart des lumières dans la maison et servis un peu de nourriture à Max. Je fis une copie de la vidéo que j'avais tournée de l'intrus venu récupérer son bug et de l'agression contre Brierley et Stuart. Mais avant de rentrer de la terrasse arrière, nous nous demandâmes ce qu'il convenait de faire au sujet du deuxième bug. Je mentionnai que je voulais qu'il soit enlevé. Stuart était d'accord, précisant qu'il pensait que l'interprétation de ceux qui écoutaient serait probablement que la police l'avait trouvé et enlevé.

L'agent de police qui se présenta pour fournir une présence policière à ma maison durant notre absence était grand et costaud, mais il avait des boutons, l'air jeune et dégingandé de quelqu'un qui n'a pas vraiment grandi encore et semblait sorti tout droit de l'académie de police. Il se présenta sous le nom de Jim.

« Qu'est-ce?

La question venait de l'homme plus âgé qui avait conduit l'auto-patrouille et faisait référence au sac de sport noir que Stuart tenait.

— Bonjour constable Harrison, dis-je agréablement mais sans véritable enthousiasme. Ceci est le sac qui a été laissé par l'intrus.

Harrison déboucla sa ceinture de sécurité et commença sa manœuvre pour s'extirper de l'auto-patrouille.

— D'accord. Donnez-le-moi!

— Non. C'est une preuve, dit Stuart, reculant légèrement. Il souleva le sac pour montrer à Harrison qu'il portait un gant de latex. Moins nous y toucherons, mieux ce sera. Déjà que l'inspecteur Raymond va faire une syncope quand il apprendra qu'il a été déplacé avant que la scène de crime ne soit correctement examinée… Si vous ouvrez le coffre, je vais l'y déposer. »

Bien au fait que Raymond désirait nous interroger, conscient de son humeur actuelle et ne voulant pas subir davantage ses foudres, Harrison fit claquer le loquet du coffre sans objections et Stuart plaça le précieux colis en sûreté. Le trajet au poste fut silencieux, à part un message quelque peu pompeux envoyé par Harrison disant qu'il avait ramassé les deux "sujets" et rentrait au poste de police.

Arrivés au poste, Harrison nous emmena directement au bureau de Raymond. Celui-ci semblait avoir connu des jours meilleurs. Comme Harrison s'éclipsait discrètement, Stuart leva le sac et le plaça sur la table en faisant claquer son gant de latex.

Raymond regarda le sac sans comprendre. « Qu'est-ce que c'est? », demanda-t-il. Je me suis demandé brièvement si nous entendions là une sorte de refrain d'usage au poste, bon pour toutes les occasions. Il fallut à Stuart seulement une seconde pour comprendre l'implication de la question et il fournit brièvement l'explication. Raymond roula ses yeux, irradiant des ondes de frustration et murmura : « Doux Jésus! C'est pas vrai! » Évidemment, Brierley avait été tellement secoué qu'il avait complètement oublié de mentionner le sac.

Raymond s'assit lourdement dans son fauteuil, passa une main dans ses cheveux et se frotta le visage vigoureusement. « D'accord, dit-il d'un ton de conversation agréable, tout d'abord, je vous remercie tous les deux d'être venus. » à l'unisson, on murmura : «-Pas de quoi ». « Je ne vois pas l'intérêt de vous interviewer séparément puisque vous avez déjà passé un peu de temps ensemble, mais ce que je veux, c'est obtenir de vous des réponses, un à la fois. Donc, pendant que je pose à l'un des questions, je serais reconnaissant si l'autre gardait le silence. » Nous acquiesçâmes tous les deux.

Les questions de Raymond étaient dans l'ordre chronologique et il était clair qu'il s'inspirait de la chronologie provisoire qu'il avait établie lors de son débriefing de Brierley, lequel avait dû être haut en couleur (et en son!). Il insista sur la chronologie des événements, demandant que nous soyons aussi précis que possible. Il demanda des détails sur la vidéo que j'avais tournée. Après avoir indiqué que la vidéo durait moins de cinq minutes au total, qu'elle comprenait nombre de cadrages donnant de bonnes images "tête et épaules" de l'intrus, incluait l'attaque sur Brierley, la bousculade de Stuart et la fuite de la Focus hors de l'entrée et au loin sur la route, je plaçai la copie que j'avais faite sur le bureau de Raymond. Je prévins Raymond qu'il y aurait une section très instable durant quelques secondes, quand j'avais jeté le caillou que j'avais ramassé, tout en essayant de continuer à filmer. « Merci », dit-il, brièvement en levant le regard de ses notes.

Il passa beaucoup de temps sur les détails du sac de sport noir : où et quand celui-ci avait été déposé, qui l'avait déplacé d'où à où, combien de personnes exactement l'avaient manipulé, est-ce que quelqu'un l'avait manipulé à mains nues. En ce qui concerne le sac et ses déplacements, Stuart précisa ces détails entre le moment où la première auto-patrouille était venue récupérer Brierley jusqu'à ce que la deuxième vienne pour nous emmener au poste, précisant que nous avions déplacé le sac à l'intérieur de la maison pendant cette période. J'ai également noté pour le bénéfice de Raymond qu'il y avait des images claires sur la vidéo montrant l'intrus déposant le sac par terre et confirmant qu'il n'avait pas été déplacé après cela, jusqu'à ce que Stuart le ramasse pour le placer à l'intérieur de la maison.

Raymond passa plusieurs minutes à noter tous ces détails. Revenant sept ou huit pages en arrière, il posa ensuite un lot de nouvelles questions.

« OK, M. McLachlan, vous souvenez-vous de quoi que ce soit de distinctif dans l'habillement de l'homme?

Même moi, je pouvais voir que c'était une question piège, puisque tout était sur la vidéo.

— Non, répondit Stuart. Il portait des souliers de course Adidas de bonne qualité, des chaussettes blanches, un jeans délavé qui semblait pouvoir être de la griffe d'un designer et un coupe-vent gris, pas de logo que je pouvais voir, par-dessus une chemise bleu pâle. Je crois que la chemise était à manches courtes, parce que je n'ai pas pu voir ses manches quand il a étiré le bras pour retirer le bug à la fenêtre et la manche de son coupe-vent s'est trouvée à glisser vers le bas, au moins au milieu de l'avant-bras quand il fait ça.

Raymond prit des notes, puis leva les yeux et hocha la tête, comme un professionnel à un autre.

— Avez-vous vu des signes distinctifs sur l'homme?

— Non, mais vous pourrez le confirmer en visionnant la vidéo.

— Avez-vous vérifié le contenu du sac?

— Non. Je ne sais pas ce qu'il y a dedans, en dehors de la truelle et du transmetteur du bug que nous l'avons vu y placer.

— Vous étiez passablement près de lui à un moment donné. Vous souvenez-vous quoi que ce soit à ce moment?

— Oui. C'est un fumeur, il a les yeux bleu délavé et il était probablement, durant un temps, le matamore dans une équipe de hockey.

Raymond leva les yeux de ses notes, un peu surpris.

— D'accord, soupira Stuart. Rayez le commentaire concernant le hockey. Je suis encore frustré de la mise en échec qu'il m'a servie. J'aurais dû avoir le gars.

Raymond esquissa un léger sourire, mais ne dit rien.

— Et quand il a décampé, où étiez-vous?

— Je me démenais pour me dégager de la trajectoire de sa voiture.

— Pensez-vous qu'il a délibérément essayé de vous écraser?

— Non. Il n'a tout simplement fait aucun effort pour m'éviter.

— D'accord. Je vous remercie, dit Raymond à Stuart, puis il se retourna vers moi, me regardant directement.

— Maintenant, pourquoi? Avez-vous une idée de ce qu'il cherchait?

Stuart et moi avions discuté longuement de cette question plus tôt et étions venus à tirer quelques conclusions et ma réponse à Raymond s'inspira de cette discussion.

— Il y a une semaine vendredi dernier, j'ai découvert une boîte, cachée dans un mur au moulin, contenant deux livres rares. Monty et moi avions jeté sur ces livres un regard très succinct ce soir-là et je les ai placés dans un coffret de sûreté à la banque le lundi suivant. Ils valent probablement quelques dizaines de milliers de dollars pour un collectionneur. Je ne sais pas si les personnes qui ont planté ces bugs étaient à la recherche de ces livres ou non. S'ils l'étaient, je ne sais pas comment ils sont venus à connaître leur existence, car jusqu'à récemment, seulement trois personnes savaient qu'ils existaient : moi, Monty et Stuart. Maintenant, vous êtes la quatrième personne.

— Je suis un peu surpris que vous me disiez cela seulement maintenant, M. Gould. Pourquoi la personne qui vous écoutait ne vous a-t-elle pas tout simplement approché pour vous offrir d'acheter les livres, si c'est ce qui l'intéresse? Pourquoi tout ce complexe petit jeu d'espionnage?

— J'espérais que vous seriez en mesure de me le dire, inspecteur. Je n'en ai aucune idée. Mais cela me semble signifier que la simple existence des bugs pointe vers quelqu'un ayant davantage besoin d'information que des objets physiques eux-mêmes. Il y a malheureusement eu plein d'occasions pour quelqu'un de défoncer chez moi et d'y faire des recherches, mais ça n'a pas eu lieu.

— Avez-vous un système d'alarme dans votre maison?

— Oui, mais vous savez aussi bien que moi que sauf les plus chers et sophistiqués, tous les systèmes alarmes peuvent être désactivés si quelqu'un se donne vraiment la peine.

— Gardez-vous de l'argent ou des objets de valeur dans votre maison?

— Non. J'ai quelques articles qui appartenaient à ma femme, mais ils sont dans un coffret de sûreté distinct, à Toronto, ainsi que des papiers d'assurance, un testament, des actions et ainsi de suite.

— Avez-vous des ennemis?

— Il y a des gens que je n'aime pas et très probablement il y a des gens qui ne m'aiment pas, mais je ne connais pas de situation qui pourrait pousser quelqu'un que je connais ou que j'aurais pu croiser, à vouloir en venir à ces extrêmes ».

Raymond m'a interrogé pendant encore quinze minutes, reliant des détails de plus en plus obscurs et, à mon avis, de moins en moins pertinents. Il nous a remerciés pour notre temps, a dit qu'il pourrait y avoir des questions de suivi et fait venir Harrison pour nous ramener chez moi et ramasser le constable boutonneux.

En regardant l'auto-patrouille s'éloigner depuis mon entrée, je dis à Stuart : « L'enquête de Raymond ne va nulle part, mais je ne vais pas rester assis sur mon cul pendant qu'il se bute de tous côtés comme une mouche dans une bouteille.

— Que veux-tu faire?

— Ce que j'aurais dû faire il y a longtemps : utiliser mon cerveau. Appliquer mes capacités pour analyser et résoudre des problèmes. Je dois rassembler une chronologie complète de tout ce qui est arrivé, tous les détails dont je suis au courant, noter toutes les explications qui me semblent possibles des événements-clé qui ont eu lieu et réfléchir aux implications pour chacune de ces raisons possibles, essayer de voir où il pourrait y avoir des connexions, essayer de voir de quelles informations j'ai besoin et comment je pourrais procéder pour obtenir ces informations.

— Parfait, dit Stuart, commençons!

— Je ne peux pas te demander de faire l'exercice avec moi, Stuart.

— Richard. Un salopard m'a presque écrasé aujourd'hui. Je suis impliqué dans tout ceci jusqu'au cou. Donc, ne perdons plus de temps à en discuter.

J'ai hoché la tête.

— Merci Stuart », lui dis-je et nous commençâmes à marcher dans l'entrée vers la maison. La première chose que nous remarquâmes fut la voiture de Stuart, ensuite une note sur le pare-brise disait "*Ai cru que vous pourriez avoir besoin de ceci. Clavis -->Domus. Monty.*"

« Vieux bougre d'astucieux, murmurai-je. Il écrit que les clés sont dans la maison, dis-je remarquant l'expression perplexe de Stuart.

Toujours debout à côté de la voiture de Stuart, je dis :

— Essayons de trouver la meilleure façon de faire avec le second bug.

—Oui, accepta Stuart. Mais il faut d'abord pondre ton plan, ton analyse. On va entrer dans la maison récupérer du papier et des crayons et s'installer sur la terrasse arrière. Nous pourrons travailler hors de portée du micro. Voyons voir ce que nous dégagerons de ton analyse et ensuite on pourra déterminer la meilleure façon d'éliminer le bug. »

Je déverrouillai la porte et remarquai presque immédiatement en entrant, les clés de la voiture de Stuart par terre, près de la fenêtre à persiennes que j'avais laissée entrouverte. Quelques minutes plus tard, nous étions assis à la table du patio et commencions à jeter des notes sur le papier.

Il nous fallut trois passes pour établir et consolider l'analyse, mais en un peu moins d'une heure, nous avions une chronologie des événements, comprenant les flots d'information partant et arrivant de chacun des événements, quels événements avaient été planifiés (comme la pose des bugs) et lesquels étaient fortuits (comme la mort de Buck) et les utilisations possibles de l'information qui en résultait. Nous avions également dressé une liste d'informations, chacune indiquant ses liens avec les événements (un ou plusieurs), indiquant qui savait probablement quoi et à partir de quel moment. Cela comprenait des incertitudes : il y avait des choses que ceux à l'écoute savaient que probablement nous ignorions, comme aussi des choses que nous savions et que probablement nos auditeurs ne savaient pas et nous avons dû considérer que la situation pourrait évoluer continuellement.

« C'est très bien, dit Stuart. Cela va beaucoup nous aider. Excuse-moi une seconde, je dois passer un appel. Et il se dirigea vers l'autre bout de la terrasse; lorsque qu'il eut fini, il revint vers moi.

— J'ai des logiciels pour enregistrer et afficher des diagrammes logiques à partir des informations du genre de celles que nous venons de générer. Ce soir, je vais compiler ce que nous avons ici. Ça va rendre les mises à jour beaucoup plus simples. Mais il est maintenant dix-neuf heures trente et si je ne m'alimente pas très bientôt, je vais m'évanouir.

Stuart convint qu'il venait de se rendre compte lui aussi à quel point il était affamé.

— Poisson à l'estragon et au beurre, avec riz florentin et des légumes frais?

— Beau parleur!

— D'accord. Tu peux jouer les pyromanes et le sommelier à nouveau, moi je vais jouer le chef.. »

On déposa les plats sur la table comme le soleil se couchait. Nous mangeâmes en regardant la lueur du zodiac émerger subtilement à l'ouest, grâce à une nuit sans lune et notre éloignement de la pollution lumineuse. En dépit de l'irritation de me savoir espionné, j'appréciais une autre sorte de lueur, celle provoquée par ma portion des deux bouteilles d'un excellent aligoté. Le dessert consista à renifler un doigt de brandy chacun.

C'était une de ces soirées de fin d'été faite sur mesure. Les grillons s'en donnaient à cœur joie. Il n'y avait pas un souffle de vent, mais l'air était frais et humide et doux comme les ailes de papillon. Notre regard se portait vers un ciel limpide et au travers le disque de notre galaxie, encore plein de secrets. Au loin, on entendait la rivière chuchoter en énigmes, ses propres secrets alors qu'elle glissait par-delà le barrage. Tout autour de Greenvale, les formations datant de l'ère glaciaire qui définissent la forme même du village trônaient telles des présences sombres mais rassurantes. La colline derrière ma maison était recroquevillée comme une grosse bête bienveillante, l'équivalent terrestre de Puff, le dragon magique.

« Demain, je dois rentrer à Toronto, Richard. Il y a des choses que je ne peux pas remettre à plus tard. Mais je dois dire que ce serait bien de prolonger ce moment indéfiniment.

— Très bien, Stuart. Tu as déjà fait beaucoup plus que ce que je pouvais espérer. Je veux cependant enlever ce deuxième bug, mais à part ça, je pense que je peux prendre les choses en main à partir de maintenant.

Stuart se dressa dans son fauteuil et lentement posa son brandy.

— Soyons clairs au sujet de cela, Richard. Je vais m'impliquer dans cette situation jusqu'à sa conclusion. Bien que j'aille en ville demain, il y a quelques petites choses que je vais faire pendant que je suis là-bas et je prévois être de retour pour encore quelques jours de plus, très bientôt. Comme je l'ai dit, quand quelqu'un essaie de me passer sur le corps, je me réjouis à l'idée de coller l'enfant de chienne contre un mur de briques et lui demander à quel jeu il veut jouer. Ainsi, l'une des choses que je vais faire en ville est de tirer une photo de ce farceur de la meilleure résolution possible à partir de ta vidéo, l'imprimer et trouver qui il est. Il est presque certainement fiché, de sorte qu'il ne devrait pas être difficile de lui attribuer un nom et d'obtenir un aperçu de ses récents exploits.

— Eh bien, merci encore Stuart, mais rappelle-toi que tout cela va devoir être facturé. Ce que je veux accomplir maintenant, c'est que les choses reviennent le plus près possible de la normale, où je n'aurai pas à me soucier de bugs, d'imminentes introductions par effraction et Dieu sait quoi d'autre. Il y a une énorme quantité de tâches à accomplir au moulin au cours des prochaines semaines et cela demandera presque toute mon attention. Donc, je veux vraiment en finir avec ce bug ce soir.

— Oui, en convint Stuart. Je pense que nous pouvons le faire. Ce travail que nous avons accompli ce soir, à ta suggestion, l'analyse de l'information que nous avons à ce jour, vaut son pesant d'or. Elle va nous aider à nous mettre à égalité avec nos adversaires.

Stuart me remit une carte.

— Ce gars va te rendre visite demain. Je lui ai dit de t'appeler sur ton téléphone portable avant de se pointer. Il va installer un système de surveillance haut de gamme à l'intérieur et autour de ta maison. Stuart remarqua mon objection imminente et leva la main. N'en discutons pas Richard. Nous allons régler tout ça plus tard.

Je hochai la tête à contrecœur.

— On pourrait assumer, au moins pendant encore un peu de temps, que quiconque est à l'écoute à l'autre extrémité reconnaîtra ta voix, poursuivit-il, mais pas nécessairement la mienne. Bien que s'ils sont bien branchés et qu'ils nous observent, ils pourraient rapidement m'identifier par la plaque de ma voiture. On peut aussi supposer, je pense, qu'ils vont se faire une idée sur les capacités des garçons en bleu de la municipalité, si ce n'est pas déjà fait. Stuart fit une pause dans sa réflexion. Tout le monde va savoir maintenant que l'histoire implique un meurtre. Donc, s'ils persistent, nous pouvons être à peu près sûrs qu'il y a plus en jeu que simplement une tentative opportuniste de faire main basse sur quelques livres. Quand ils se rendront compte, plus tard ce soir, que leur bug a été neutralisé, vont-ils simplement plier bagage et oublier toute l'affaire? J'en doute et je pense que ce ne serait pas prudent de supposer que c'est ce qu'ils vont faire. Voici donc ce que je propose de faire pour le bug : nous entrons dans ta cuisine et parlons en termes généraux à propos de "ça". Mais nous ne faisons aucune référence directe à un bug. Nous mentionnerons l'inspecteur Raymond au passage et ensuite, nous supprimerons le bug. Après, tu iras au poste de police sous un prétexte bidon, par exemple en disant que tu as quelques fournisseurs à visiter au cours des prochains jours et que tu seras peut-être hors du village par intermittence, au cas où Raymond décide qu'il veut poser des questions supplémentaires. Pour les personnes écoutant ou surveillant cette maison, ils sauront que le bug est maintenant silencieux et pourront être tentés de faire le lien de ta visite au poste avec la livraison du bug à la police. Mais au lieu de donner le bug à Raymond immédiatement, je vais l'apporter à Toronto. Il y a des gens là-bas que je peux consulter et qui seront en mesure de nous dire très rapidement s'il y a des informations que nous pouvons en tirer pour nous indiquer qui est à l'écoute. Es-tu d'accord avec tout cela?

— Oui.

—D'accord. Nous sommes aujourd'hui mercredi. Je dois passer les deux prochaines journées ailleurs, mais je serai de retour vendredi à la fin de la journée. Stuart me tendit ensuite un petit gadget pour détecter les bugs et me donna de brèves instructions sur la manière de m'en servir. À utiliser chaque fois que tu rentres à la maison après toute absence le moindrement longue. Si tu trouves un bug, prends quelques photos et envoie-les-moi.

Je hochai la tête en signe d'accord.

— OK, dit Stuart avec résolution. Mettons notre plan en action. »

Dix-sept

Le lendemain matin, jeudi, se présenta tout en lumière et en gaieté, soit le contraire de comment je me sentais. C'était le jour de l'enterrement de Buck.

Bien que je ne fusse certainement pas impatient d'y être, je voulais y assister. Je savais qu'il me fallait être en mesure de faire un trait sur ma courte relation avec Buck, déterminer quelle signification permanente cela aurait pour moi et simplement comprendre comment lâcher prise. La dure réalité était que contre toutes mes attentes initiales, je m'étais très attaché à Buck. Je pouvais voir qu'un lien d'affaires à plus long terme entre nous aurait été possible; je suis convaincu que nous serions devenus de bons amis complètement à l'aise l'un avec l'autre et je ressentais une responsabilité considérable quant à la mort de Buck. Si j'avais été là ce soir-là, peut-être aurais-je pu faire quelque chose, peut-être les choses auraient-elles tourné autrement, moins mortelles, peut-être, peut-être... Les parents de Buck seraient certainement à l'enterrement et je savais que je devrais et dans les faits, voulais les rencontrer et passer du temps avec eux.

Malgré ma résistance à l'envie de le faire, je me rendis au moulin tôt le matin. À l'arrivée de mes ouvriers, je leur indiquai dans les grandes lignes ce que je voulais qu'ils fassent et que je serais de retour en fin d'après-midi. Le reste de la matinée, je fis semblant de m'occuper de la paperasse chez moi, mais en réalité, ce n'était qu'un prétexte pour me distraire.

C'était la police qui avait informé les parents de Buck de sa mort et je devais garder à l'esprit que nous avions tous à composer non seulement avec sa mort, mais aussi avec le fait qu'il s'agissait d'un meurtre. Greg m'avait dit que Buck avait un frère, Ivan, et m'avait donné ses coordonnées. J'avais appelé Ivan, nous avions eu une de ces conversations dans une autre dimension où tout semble un peu irréel. J'avais demandé si les parents de Buck avaient besoin d'aide pour se rendre à l'enterrement ou en revenir et fondamentalement essayé d'être solidaire et disponible. Je réussis à dire à Ivan ce que Buck était venu à signifier pour moi en tant que personne. Il m'a surpris un peu en disant que Buck semblait avoir cet effet sur tous les gens en général. Je me suis alors senti un peu coupable et en colère contre moi-même d'avoir été surpris de cette remarque. Pourquoi Buck ne pouvait-il pas avoir cet effet? Son calme naturel et sa timide réserve étaient très attirants. Il avait été l'une des personnes les plus ouvertes, authentiques et fondamentalement bienveillantes que j'avais rencontrées.

Le service funèbre eut lieu à l'église locale à Greenvale, même si l'inhumation allait se faire au cimetière de Belleville où la sœur cadette de Buck, victime d'un accident de voiture, avait été enterrée quelque huit ans plus tôt. Lorsque ce fut l'heure, je m'habillai et conduisis à l'église. Même si j'étais arrivé tôt, l'église était déjà plus qu'à moitié pleine et les gens continuaient d'arriver régulièrement.

Le service fut court, simple et de mise, mais aujourd'hui, quand je tente de m'en souvenir, ça reste quelque chose de flou. J'étais perdu dans mon propre monde de souvenirs, de regrets et de tous les "ce qui aurait pu se passer". Ensuite, je me revois dehors, sous la lumière éclatante du soleil. Jill et Greg étaient là et Jill m'a dit que les parents de Buck aimeraient que je me joigne à eux pour un petit goûter à leur maison de Belleville, après l'inhumation. Environ le quart des personnes présentes au service étaient, en fait, de Belleville et le reste de Greenvale. Quelques-unes d'entre elles étaient des voisins de Buck dans le village, mais la plupart, je l'appris plus tard, étaient des gens pour qui Buck avait travaillé. Il semble qu'il avait contribué d'une façon ou d'une autre à presque toutes les rénovations de logement dans le village. Le temps venu, je me joignis à une procession d'environ quinze voitures qui s'est engagée sur la route en direction de Belleville, après avoir obtenu les indications pour le cimetière et ensuite pour la maison des Filmore. Je conduisis seul, en dépit de nombreuses demandes des gens à m'y rendre avec eux dans leur voiture et plusieurs offres de leur part de monter avec moi. Ce fut un moment de réflexion personnelle; la pensée d'avoir à faire la conversation était tout simplement trop pour moi.

L'inhumation fut courte, simple et digne et avant de m'en rendre compte, je me tenais debout dans le salon à la maison des Filmore, en train de siroter une boisson gazeuse et, comme tout le monde, essayant de trouver les bonnes choses à dire. Plusieurs personnes ont deviné qui j'étais et se sont présentées. Et puis du coup, je me trouvai face à face avec Ivan. Alors que Buck faisait dans les six pieds deux pouces, Ivan ne faisait que cinq pieds onze. Là où la chevelure de Buck était blonde, celle d'Ivan était de sable. Où Buck avait eu les yeux bleus brillants, Ivan les avait gris-vert. Où Buck était un homme de labeur aux mains rugueuses, Ivan était à l'évidence quelqu'un travaillant principalement avec sa tête et dans un bureau. Où Buck était convivial et spontanément aimable et sans façon, Ivan était sympathique, mais d'une manière plus distante et cérébrale.

« Buck avait beaucoup de bonnes choses à dire sur vous, Dr Gould.

— Appelez-moi Richard, je vous en prie. J'ai beaucoup de bonnes choses à dire à propos de Buck moi aussi. Je pense qu'il aimait travailler au moulin et j'ai le sentiment qu'il aurait pu devenir mon homme de confiance dans la conduite du moulin.

— Eh bien, il n'a pas seulement pris plaisir à travailler au moulin, Richard. Il a vraiment adoré. Il a toujours été bon avec ses mains et il avait le don de voir à quoi allait ressembler quelque chose, bien avant d'approcher la fin du projet. Il a dit plus d'une fois qu'il pensait que le moulin allait devenir la fierté de Greenvale.

— Savez-vous pourquoi il a choisi de vivre à Greenvale? Je n'ai jamais eu l'occasion de le lui demander.

— Il a dit que c'était les collines.

— Les collines?

— Il a dit qu'elles l'inspiraient, lui donnaient des idées. Je n'ai jamais su exactement ce qu'il entendait par cela. Il avait un puissant, même viscéral sens du bien et du beau.

Ça lui apportait une grande joie de créer des choses agréables et utiles avec ses mains. Il ne m'a jamais envié pour mes réalisations académiques, mais moi, je l'enviais vraiment pour sa capacité à créer.

— Eh bien, je ne sais pas ce qu'il voyait en moi, Ivan.

Ivan m'a regardé bizarrement.

— Non, vraiment? Eh bien, je sais exactement ce que c'était. Il ne comprenait pas comment vous pensez. Il m'a dit que vos notes et vos dessins étaient à peu près vides de sens pour lui. Mais quand vous sortiez ensemble dans le moulin et que vous expliquiez, lui montrant ce qui allait être fait, il pouvait le voir tout de suite. Il a dit à quelques reprises que c'était magique, que vous étiez un magicien. Je suis à peu près certain qu'il estimait que tous les deux, vous broutiez dans le même pâturage, mais sur les côtés opposés d'une clôture que vous, vous pouviez traverser, mais que lui ne pouvait pas. »

Mentalement je me bottais le cul. Tout semblait tellement clair maintenant. *Pourquoi n'avais-je pas vu cela? Pourquoi n'avais-je pas demandé?* Quand il était tellement évident après le fait, que Buck faisait des efforts énormes pour tendre la main, malgré sa réticence et sans doute le sentiment qu'il était sur un autre plan, pourquoi diable n'avais-je pas essayé plus fort?

Ivan semblait lire mes pensées. « Vous ne devriez pas vous sentir mal à propos de tout cela. Buck n'avait absolument aucun désir de devenir un Dr Filmore et il a toujours été remarquablement libre d'envie. Je pense qu'il a savouré chaque moment passé au moulin. Je suis juste triste qu'il ait eu trop peu de ces moments. Je ne pense pas pouvoir me rappeler que Buck ait été si heureux, si content de travailler sur quelque chose, comme il le fut durant le dernier mois de sa vie, quand il travaillait au moulin.

« Quelle est votre sphère d'activité, Ivan?, demandai-je, peut-être trop brusquement, mais désireux de changer de sujet.

— J'ai étudié la physique à l'Université Queens, fait une maîtrise à Toronto, ai travaillé à toute une gamme d'emplois pendant cinq ou six ans, mais ensuite j'ai trouvé ma vocation là où je suis maintenant.

— Où est-ce?

— C'est une petite entreprise appelée Quinte Fabricators. Nous sommes au total environ quinze personnes. Nous œuvrons surtout dans la fabrication de structures métalliques pour les petites entreprises. Le gars qui a démarré la nôtre avait du flair pour tout ce qui n'est pas tout à fait parfait et un talent pour vendre des idées pour les améliorer. Depuis le temps que j'y travaille, je ne pense pas que l'on ait déjà fait deux contrats pareils.

— Quinte Fabricators. Je suis surpris de ne pas en avoir entendu parler.

— Pas moi. Nous ne faisons presque pas de publicité. Tout se passe par le bouche-àoreille et le talent du patron, qui est essentiellement de s'inviter dans l'entreprise de quelqu'un et sans offenser personne, vendre des améliorations qui sont bien appréciées.

Nous avons bu nos boissons gazeuses et laissé un silence confortable prévaloir pendant quelques moments.

Ivan a pris une approche directe en demandant :

— À un certain moment, j'aimerais beaucoup visiter votre moulin.

— Mais bien sûr!, dis-je. Je suis toujours intéressé par des contacts avec de possibles fournisseurs.

— Oh, non, dit Ivan avec empressement. Ce n'est pas ce que je voulais insinuer et je suis désolé si j'ai donné cette impression. Je veux vraiment voir ce qui a tant enthousiasmé Buck. Et je voudrais aussi, satisfaire ma propre curiosité à propos de certaines choses. »

Compte tenu de ma récente incompétence à interpréter les sentiments d'autrui, je ne me suis pas fait confiance pour répondre tout de suite, n'étant pas sûr de comprendre sa dernière allusion un peu vague. À la place, je répondis qu'il s'agissait encore d'un chantier de construction, mais que je croyais qu'il en avait sûrement l'habitude, que donc bien sûr, il pouvait passer n'importe quand.

« Excellent!, dit Ivan. Je vous contacterai bientôt à ce sujet.

Il sirota sa boisson, regarda sa montre, puis dit : Permettez-moi de vous présenter mes parents. »

Nous nous sommes approchés d'un couple qui à l'évidence, était les Filmore. Ils étaient tous deux grands, minces, droits comme des piquets. Et bien que leurs visages fussent assombris par la douleur, ils levèrent le regard dans l'expectative comme nous marchions vers eux.

« Maman, Papa, voici Richard Gould. Ma mère Andrea et mon père Peter.

J'avais décidé d'essayer de rester à l'écart du formalisme standard pour ces occasions. Trop souvent, cela sonne creux alors je suis resté planté là comme un idiot, durant un peu trop longtemps.

— Merci d'être venu, M. Gould, dit Peter Filmore. Je sais que c'est difficile de trouver les bonnes choses à dire.

— Ce n'est pas cela, M. Filmore. Dans le cas de quelqu'un comme Buck, ce qui est difficile ce n'est pas de savoir quoi dire, mais de trouver où commencer.

Malgré tous mes efforts, ma voix était devenue de plus en plus rauque et chancelante et j'ai dû arrêter un peu brusquement. Mme Filmore eut tout de suite les yeux mouillés, mais sécha ses larmes avec détermination et sans affectation. Je pris un ton décidé et continuai.

— Buck était l'une des personnes les plus naturelles que j'aie rencontrées et il serait difficile pour toute personne normale de ne pas l'aimer. Nous avons travaillé très agréablement ensemble et je suis honteux de confesser que c'est seulement rétrospectivement que je me rends compte que j'appris beaucoup de lui.

Peter Filmore n'avait pas encore relâché sa poignée de main, laquelle se resserra à ce moment.

— Je vous remercie, M. Gould, dit-il d'une voix forte et stable. Buck nous a parlé chaque jour la semaine dernière de son travail avec vous au moulin et je ne peux pas me rappeler d'un moment où il a été plus heureux dans un emploi. Il avait pour vous une très haute estime, mais je pense que c'était aussi pour le moulin lui-même. Il ne semblait pas pouvoir s'arrêter d'en parler. Je lui ai demandé combien de temps ce travail allait durer, et il est resté vague la première fois. Puis la fin de semaine dernière encore, je lui ai redemandé et il a souri et dit que nous allions voir, que cela pourrait durer très longtemps. Je ne suis pas sûr de ce qu'il voulait dire.

Il y avait manifestement une question dans l'air.

—Lui et moi n'avons pas eu l'occasion d'en parler, mais j'aurais aimé qu'il devienne éventuellement mon meunier.

Andrea Filmore dû étancher davantage de larmes à ce moment-là. L'emprise de Peter Filmore s'est resserrée encore plus.

— Je suis certain que Buck aurait sauté sur cette occasion, dit son père. Quoi qu'il en soit, Buck a eu beaucoup de plaisir à travailler au moulin durant la courte période où il y a travaillé et je veux vraiment vous remercier pour cela. »

À mon tour, j'ai resserré mon étreinte sur la main de Peter Filmore et quand je l'ai relâchée, je me suis tourné vers Andrea Filmore, l'ai serrée doucement dans mes bras, sentant son corps pulser contre le mien, alors que sa douleur trouvait un autre chemin pour se libérer.

Ivan récupéra la situation. « Maman, dit-il doucement, Mme Andrews est ici et veut te voir. Et je crois que Richard a besoin de remplir son verre. » Les Filmore et moi avons échangé des sourires discrets. La main d'Andrea Filmore a glissé le long de mon bras et s'est arrêtée pour une dernière prise sur mes doigts avant de s'éloigner.

« Merci Richard. Mes parents ne savaient pas trop à quoi s'attendre. Les conversations de Buck, je pense, ont laissé quelque chose qu'ils n'étaient pas sûrs de voir se terminer vraiment un jour. À un moment donné, voulez-vous revenir ici à Belleville et vous joindre à nous pour dîner quelque part?

— Avec plaisir, Ivan. J'aimerais beaucoup. Mais j'ai une meilleure offre à vous faire. Le moulin aura un restaurant et je serais très heureux si vous pouviez tous me rejoindre là-bas pour un repas. Je pourrai vous faire visiter, vous montrer ce sur quoi Buck et moi avons travaillé.

L'expression d'Ivan changea sur-le-champ.

— Ah! Merveilleux! Voilà une offre que je vais accepter immédiatement en leur nom. Je pense qu'on devrait attendre quelques semaines cependant.

— C'est parfait, Ivan. De toute façon, il faudra au moins quelques semaines encore avant que le restaurant ne soit prêt pour son inauguration. Je vous garde au courant. »

Je suis resté encore une demi-heure. Jill attira mon attention et me fait signe qu'ils étaient sur leur départ. J'acquiesçai. Dix minutes plus tard, Ivan me glissa un bout de papier sur lequel il avait écrit son adresse électronique et je promis de le contacter dès mon retour à la maison. Il me conduisit ensuite près de ses parents.

Peter Filmore et moi échangeâmes la même poignée de main ferme, mais son sourire cette fois était plus détendu, moins chargé par la douleur. Andrea Filmore me fit une accolade très chaleureuse et dit doucement « merci » dans mon oreille.

À la fin du trajet vers la maison, je me suis rendu compte qu'un rite de passage venait d'avoir lieu; à un certain niveau du moins, j'avais fait mes adieux à Buck. Je me suis glissé dans la maison, ai changé mon costume pour des vêtements de travail et suis allé directement au moulin.

Dix-huit

La plupart des journées au cours de la semaine suivante, je passai environ quatorze heures au moulin. Les deux ouvriers, ainsi qu'un troisième pour remplacer Buck, firent la plupart des travaux pour dégager la voie pour les diverses équipes qui allaient et venaient, alors que j'eus l'impression de passer tout mon temps à régler les petits problèmes. Il fallut deux jours pour compléter la toiture et Greg s'assura de la présence de son vidéaste, Jeremy, sur place pendant plusieurs heures chaque jour. À la fin de cette période, le moulin portait un sourire plus frais, accentué par les panneaux de toit en acier d'une couleur de rouge à lèvres cerise noire, choisie pour imiter aussi fidèlement que possible la couleur de la toiture à l'origine. Pendant que le travail sur la toiture avançait, la portion du câblage électrique et des conduites de ventilation qui ne s'accrochaient pas sous les planchers des étages, fut installée le long des murs. Pratiquement avant que l'équipe pour la toiture ait quitté le site, les travailleurs ont commencé à retirer les échafauds intérieurs et ont terminé juste à temps pour que l'on puisse procéder au nettoyage préalable à la coulée de béton au sous-sol. Ensuite, durant le séchage et le durcissement du béton, les échafaudages à l'extérieur autour des piliers de support de la roue furent érigés et mes trois hommes et moi avons transporté les composantes de la roue à augets de ma maison jusqu'au moulin dans un total de huit chargements de camionnette.

À cette époque, l'activité au moulin avait commencé à susciter beaucoup d'intérêt parmi les locaux et les voyageurs passant par le village et vingt à trente personnes s'arrêtaient chaque jour pour regarder avec curiosité tout ce qui s'y passait. Greg avait prévu le coup et nous avions convenu entre-temps, vu que les derniers véhicules lourds étaient maintenant venus et repartis du site, de commencer à donner au moulin, un visage plus attrayant pour le public. Le stationnement reçut sa surface d'asphalte et un muret de pierres pas très haut fut construit autour en utilisant des pierres assorties à celles du moulin, des pots de fleurs installés sur ce muret et une voie dallée majestueuse relia le stationnement à l'entrée principale du moulin. Parce que le moulin lui-même était toujours un chantier de construction en activité, son accès resta interdit au grand public, ce qui ne nous empêcha pas d'allumer sa curiosité et de faire saliver les gens un peu. Pour éviter de les renvoyer en les laissant sur leur faim, nous installâmes un panneau explicatif au bord de la zone de stationnement, indiquant ce que nous faisions de jour en jour, ce que le résultat final serait, quand l'on s'attendait à ce que le tout soit complété et la date où le moulin serait enfin ouvert pour affaires. Je notai avec satisfaction que pas mal de gens passaient du temps en face de cette section d'information et que plusieurs prenaient des photos du panneau ainsi que du moulin.

C'est vers cette période que ma demande de désignation du site comme bien patrimonial fut approuvée et que nous avons reçu la plaque "Héritage" en laiton qui vient avec cet honneur. Le jour suivant, la grande enseigne arriva à son tour. Greg et moi avions passé des heures à travailler (et argumenter!) sur sa conception. C'était une grande et solide affiche rectangulaire pesant plusieurs centaines de kilos, avec son fond de la même couleur que celle de la toiture, une bordure grise et rouge et arborant au centre le nom de "GREENVALE MILL" en grosses lettres majuscules de soixante centimètres de haut, dans une police de caractères similaires à celle appelée "Engravers". Quand elle fut enfin érigée à sa place sur le côté du moulin, le coup d'œil était splendide et je dois avouer qu'intérieurement, j'étais tout sourire; de plus en plus, le moulin ressemblait à quelqu'un d'endimanché se préparant pour une grande fête.

Sur une période de plusieurs semaines, Greg s'était affairé avec son équipement photo haut de gamme. Quand il m'a montré quelques-uns des clichés qu'il avait pris, ils m'ont coupé le souffle: des photos spectaculaires! Il y avait des prises montrant les trois quarts du moulin sur un fond de ciel d'un bleu intense, avec de grands cirrus s'étiolant au loin. Il y avait des plans rapprochés de parties du mur de pierres autour du stationnement et je pouvais deviner qu'ils allaient devenir le début d'une série de photos similaires comprenant des pissenlits sauvages, des hautes grappes de sorgho d'Alep, de chicorée sauvage, de pousses naissantes d'orge sauvage et bien d'autres encore, évoquant les pensées intimes, endormies si longtemps, d'une ancienne structure de cent cinquante ans. Il y avait des clichés pris au début de la journée alors que la lumière de l'aube naissait et d'autres à différents moments au coucher du soleil. Il y avait des images dramatiques, prises de la lagune, montrant le profil du moulin contre sur un ciel sombre, presque comme une structure médiévale, en plus d'une brillante série d'expositions de longue durée illustrant le moulin au repos dans une langueur sélénique, sous une énorme pleine lune et un ciel étoilé.

« Greg, elles sont fantastiques, lui ai-je dit un soir chez lui, comme nous les examinions. Ça me fait penser qu'il nous faudra une galerie d'exposition dans le moulin même.

— Bonne idée, répondit Greg, évidemment satisfait de son travail. Certaines d'entre elles vont aller ici sur mes murs et je suppose que tu vas peut-être en vouloir quelques-unes aussi.

Je hochai la tête.

—Beaucoup de ceci est en support au programme de publicité que j'ai en tête. »

Greg n'avait guère besoin d'élaborer davantage, car je connaissais son instinct et son œil vif pour la publicité. Ce fut ma propre réaction à ces images qui me surprit. Autant j'essayais de garder une vision neutre et d'affaires sur le projet, le moulin comme une entité presque vivante et aux multiples facettes continuait de s'affirmer, mais à un autre niveau, j'avais un sentiment de profonde satisfaction d'avoir retiré un voile d'amnésie historique et contemplé la lueur légèrement floue émanant des restes d'une réalité du passé. Des bribes de mon ancien intérêt enthousiaste, presque maniaque, pour l'histoire, m'envahirent à cet instant et du coup, je me retrouvai à nouveau avec ces gens formidables que j'avais idolâtrés dans mon adolescence : Heinrich Schliemann (avec ses verrues et tout), Leonard Woolley, Gordon Childe, Edward Carr, Geoffrey Elton, Robin Collingwood. Presque telle une accusation, la question se présenta à moi : *Où tout cela est-il passé?* Ce sentiment était monté en moi si soudainement et avec une telle force qu'il devint clair sur-le-champ que je devais immédiatement faire un certain effort pour passer au travers intellectuellement. Une conversation avec Monty serait probablement de mise.

Ce soir-là, Stuart téléphona de Toronto. « Je serai à Greenvale demain au milieu de matinée, si ça te convient, Richard. J'ai des nouvelles. Je voudrais également mettre en place un bureau satellite chez toi, mais nous pouvons en parler plus tard. » Nous avons laissé le sujet en plan.

Juste après ma conversation avec Stuart, mon téléphone sonna à nouveau. C'était Monty. Malgré l'heure tardive et la fatigue, j'acceptai volontiers de le recevoir. Quoi faire au sujet de la carcasse de roue en fonte au fond de la lagune devenait plus urgent et j'étais intéressé de savoir s'il avait eu de nouvelles idées.

Monty bondit par la porte avant, chargé de livres et d'un porte-documents débordant de notes et manifestement plein jusqu'au goulot de nouvelles idées.

« Richard!, commença-t-il dans un staccato plus urgent qu'à son habitude. J'ai beaucoup à te dire, alors laisse-moi te donner un bref aperçu tout d'abord, puis nous pourrons discuter des points de détail. » Qu'il avait beaucoup à me dire n'était pas une exagération.

Je ne sais pas combien de douches il avait dû falloir à Monty pour se débarrasser de la poussière d'archives, mais il avait à l'évidence passé de nombreuses heures penché sur de vénérables dossiers. D'abord, il avait déterré un vieux compte-rendu de la roue du moulin, donnant des détails sur sa conception et sa coulée. Ce rapport avait été fait par un historien local que même Monty ne connaissait pas et était basé sur des archives depuis lors disparues, mais c'était aussi proche d'un pedigree que ce que l'on pouvait obtenir et mieux que ce que j'avais espéré. Il s'avérait aussi que la roue du moulin était le seul exemplaire que la Fonderie Polson ait jamais produit, ce qui avait attiré l'attention d'un certain nombre d'historiens et d'archéologues industriels. Monty raconta que lorsqu'il a laissé tomber cette bombe que nous avions trouvé la roue et qu'elle paraissait intacte, plusieurs de ces dignes historiens avaient presque pissé dans leur froc. Le simple fait de le raconter à nouveau plongea Monty dans un fou rire.

Puis, Monty poussa tout ça de côté et sortit une transcription de six pages, à simple interligne, de l'histoire du moulin qu'il avait rassemblée. Par ses recherches, il avait réussi à compiler un récit presque complet de la construction, des propriétaires et de l'opération du moulin, jusqu'à sa fermeture tragique et définitive après l'incendie. Ma question d'où il avait trouvé tout ça fut écartée du revers de la main et son compte-rendu se poursuivit avec fracas. Il me donna une copie, en me disant de la lire plus tard, qu'il avait encore plus à raconter et qu'il lui était impossible d'arrêter maintenant. Il y eut un autre roulement de tambour et les lumières dansant dans les yeux de Monty me signalèrent qu'on était maintenant rendus à la pièce de résistance de la soirée.

Monty annonça avec une salutation majestueuse, comme celle d'un universitaire sur le point de subjuguer ses détracteurs et d'enterrer ses critiques : « Et maintenant, je suis ravi de t'annoncer que nous avons eu le financement complet pour lever et récupérer la roue à augets. La seule condition est que nous devrons faire plusieurs courbettes en public pour aider quelques politiciens et bureaucrates à bien paraître, mais rien que quelques sessions chez le chiro ne sauraient soulager. » Il me remit un document à l'aspect très officiel requérant ma signature et la présentation de certaines estimations, avec la promesse d'un financement avantageux, sous réserve d'authentification, d'autorisations, bla, bla, bla, jusqu'à un montant limite, ma foi, assez généreux.

Je l'ai serré dans mes bras. Que pouvais-je faire d'autre? « Monty, tu es un prodige! Merci et félicitations! »

Quand je relâchai mon étreinte, il fit une petite pirouette à côté du bureau. « J'ai également été au moulin aujourd'hui, Richard, pour la première fois depuis quelques jours. C'est... » et ici, dans sa grande excitation, ses yeux sont venus pleins d'eau. Secouant la tête et visiblement embarrassé, il réussit à articuler « Comme c'est beau! Richard. Ce n'est pas souvent qu'on peut être présent quand l'histoire est ressuscitée de cette façon. Mais il y a encore tellement à faire!

— Je sais exactement ce que tu veux dire, Monty et je l'ai eu mon propre petit "épisode" avec l'Histoire ces derniers jours et nous avons besoin d'en parler.

— Avec plaisir, Richard, mais il y a aussi des documents que nous devons rédiger ».

Nous avons parlé un peu à ce sujet, Monty m'indiquant qu'il avait poussé ses réflexions un peu plus loin, moi indiquant doucement que je serais dans le jus pour le reste de la semaine à assurer l'exécution des prochaines étapes majeures des travaux au moulin.

Ma fatigue devait être évidente, parce que Monty conclut la soirée en vitesse et me dit bonsoir, mais pas avant d'avoir convenu des arrangements pour dîner ensemble et parler de ces choses plus à loisir.

Je ne me souviens même plus d'avoir marché jusqu'à la chambre à coucher.

Le lendemain matin, mercredi, j'étais hors de la maison à cinq heures quarante-cinq. Mes ouvriers sont arrivés en avance. Je leur avais demandé de commencer à sept heures. Je les mis au courant de l'excavation pour le patio inférieur et les travaux commencèrent sérieusement. Dans l'heure qui suivit, je fus heureux de constater une vive cadence de travail, accompagnée du badinage coloré signe de travailleurs qui aiment leur besogne et qui travaillent bien ensemble. Un tourbillon de tâches s'enchaîna et au milieu de la matinée, je pris une courte pause pour appeler Stuart. Il était arrivé, avait mis en place son bureau local, avait beaucoup à faire; il me verrait à mon retour à la maison, peu importe l'heure. Juste après le diner, les électriciens arrivèrent et à la fin de l'après-midi, tous les principaux travaux électriques étaient terminés, l'équipement était en place, connecté et testé. À sept heures, je déclarai que la journée était terminée. Les ouvriers partirent, s'échangeant salves de sourires, des vagues d'insultes et chacun fonçant dans son pickup réglementaire, dans des directions différentes. Comme je quittais le moulin, avant d'éteindre les lumières, de régler l'alarme d'intrusion et de verrouiller, je regardai autour et vers le haut de l'intérieur du moulin. Il m'envoya un message androgyne ferme, mélange doux, aromatique, d'exotiques senteurs de bois frais et l'odeur dur, confiant et métallique du nouvel équipement en place, prêt à sérieusement abattre de la besogne.

J'arrivai à la maison juste avant sept heures trente. Stuart était installé dans mon bureau, au travail. Je laissai tomber mes bottes de sécurité derrière la porte et annonçai : « Je passe sous la douche. Je dois sentir l'orignal en retard de trois semaines pour la saison du rut ». Dix minutes plus tard, je ressurgis, lavé, vêtu et peigné comme un enfant de six ans en culottes courtes, prêt pour l'école du dimanche.

« OK, dis-je, laisse-moi voir si je peux concocter quelque chose à manger.

— Tout ça est prêt, cria Stuart du bureau, laissant tomber son crayon et se levant de sa chaise. Je me suis arrêté quelque part après Cobourg et j'ai ramassé une intéressante terrine de gibier, quelques oignons marinés et une belle salade de carottes. Je serais ravi de dire que j'ai fait tout ça moi-même, mais... »

Ce fut comme un gong à l'intention d'un des chiens de Pavlov; j'avais deux bouteilles de vin et les verres dans les mains avant même que Stuart soit rendu frigo. En moins de trois minutes, nous étions installés à la table de pique-nique sur la terrasse arrière. Le vin pompa une nouvelle vigueur dans mes membres fatigués et remit en marche mon cerveau embrouillé par le travail. Mais ce fut la terrine de gibier qui réveilla avec vengeance nos deux palais. La viande était tendre, riche et abondante et se trouvait complétée par de généreuses notes de chutney à la mangue, de porto et d'un soupçon de thym manifestement dosé par la main sûre d'un expert en gastronomie. La texture était légère mais ferme. Après une dure journée, tout cela avait un goût d'ambroisie. Quand nous eûmes fini, je regardai plein d'espoir mon verre de vin mais n'y trouvant que la sagesse bachique d'un soleil figé, je dirigeai mon regard vers Stuart.

« Alors, qu'est-ce que tu as trouvé, Stuart?

Tourbillonnant son verre de vin vide, Stuart commençait à avoir l'air assez satisfait de lui-même.

— Tout d'abord, je sais qui est notre intrus et je sais où il habite. Deuxièmement, je sais qu'il a été en contact régulièrement avec une personne du coin, qu'il y a aussi été en communication avec un numéro de téléphone aux États-Unis, que cette personne vit probablement en Pennsylvanie et que le dernier contact que notre intrus a eu avec son "contrôleur", quel qu'il soit, a eu lieu le jour où nous l'avons surpris en train d'enlever le bug. Troisièmement, je suis assez sûr maintenant que les deux bugs ont été posés indépendamment, probablement pour le bénéfice de deux partis différents.

Il avait vraiment capté toute mon attention.

— Wow!, murmurai-je. Des détails?

— Je vais te demander de ne pas me demander comment je sais tout cela. Je peux te dire que notre homme semble avoir disparu. Depuis quatre jours, il n'est pas retourné à

111

l'endroit où il vit habituellement. J'ai présentement quelqu'un qui frappe à des portes pour voir si nous pouvons en apprendre plus. »

Nous discutâmes un peu plus du sujet. Me rappelant les notes et l'arbre logique que nous avions construit plus tôt, ainsi que le grand nombre de points d'interrogation dans ces notes, je trouvai que les nouvelles informations apportées par Stuart n'y changeaient pas vraiment grand-chose et ne fournissaient pas de base solide pour n'écarter aucune des branches logiques.

Mais le jour suivant nous apporta de nouvelles informations dont les implications ne nous apparurent que lentement.

Dix-neuf

Stuart et moi avons discuté de ce que chacun de nous prévoyait faire au cours des deux prochains jours. Tout en relaxant avec nos digestifs, nous avons constaté que l'on cognait des clous. Alors on a rangé la vaisselle et nous sommes partis nous coucher. Le jour suivant, Stuart allait continuer à travailler ses contacts pour voir ce qui pourrait être déterminé de plus sur les bugs et leurs poseurs, pendant que je passerais une autre journée au moulin.

Le lendemain débuta par un matin doux, mais généralement nuageux; Monty téléphona juste comme je l'étais sur le point de partir pour le moulin. Il a demandé qu'on se voit pour manger ensemble en soirée et déclaré que sa curiosité insurmontable nécessitait qu'il se mette à jour. Je tins conseil avec Stuart qui déclina l'offre de se joindre à nous, j'ai accepté l'invitation et nous avons fixé à sept heures notre rencontre au *Renard Embusqué*.

La journée apporta son lot de tâches, presque plus rapidement, semblait-il, que nous pouvions les compléter. Le moulin fut la scène d'efforts musculaires, de sueur et de jurons bien sentis, que l'on suspecte de rendre le travail plus facile. Les livraisons d'équipement ont continué et quelques équipes de travail extérieures vinrent et repartirent.

À six heures, épuisés et nos muscles nous disant que nous avions beaucoup accompli, nous décidâmes de fermer boutique. Lorsque les trois ouvriers eurent quitté, je me promenai autour du moulin, visitai tous les étages via les échelles que nous avions toujours en place, mettant à jour mes impressions de comment les choses progressaient et tout simplement pour avoir un peu d'intimité avec le vieux dragon. Je partis vers la maison pour me préparer pour ma rencontre prévue avec Monty.

Stuart avait collé une note sur le frigo disant qu'il avait quitté la maison à quatre heures trente et serait de retour tard en fin de soirée.

Je rejoins Monty au *Renard* juste avant sept heures. Il était dans sa grande forme habituelle, lavé, léger comme un elfe et plein d'énergie nerveuse. Le jour s'était transformé en une soirée claire, douce et sans vent, nous avons donc décidé de nous asseoir sur le patio à l'extérieur. L'air avait la luminosité dorée de l'automne et la vallée verte qui s'étendait au sud de nous, avait commencé à prendre ses premières teintes de jaune et d'orange. Fidèle à sa marque de commerce, Monty plongea dans le vif du sujet, sautant les balivernes d'usage.

« Richard! Tu as l'air en grande forme. Ça doit être tout ce dur travail. Alors, parle-moi du moulin d'abord et ensuite de ton petit "épisode avec l'Histoire", comme tu l'as appelé » et il se rassit, attendant que je lui raconte.

Je le mis à jour et lui dit où je pensais que nous en étions par rapport à l'avancement prévu des travaux. « Eh bien, en avance sur la planification », répétait-il avec enthousiasme. « Quand aurai-le droit à une visite? »

Secouant la tête, je répondis « c'est encore un chantier de construction, Monty. Je ne peux pas te laisser entrer pour l'instant. » Mais je lui ai montré les dernières photos. Puis, dans une commutation brusque et typique de Monty, il dit : « D'accord, parle-moi de toi et Clio. »

Je racontai à Monty comment je passais de plus en plus de temps dernièrement à ma passion d'enfance pour l'histoire, comment, dans les premières années de collège, j'avais pratiquement décidé d'étudier l'histoire à l'université, mais que mon intérêt s'était déplacé irrésistiblement vers la chimie et les mathématiques et comment j'avais fini dans l'ingénierie. « Ne te méprends pas, Monty. Je ne regrette pas ma carrière. Elle fut réussie et très satisfaisante en autant que je suis concerné, mais le temps que je viens passé autour du moulin au cours des dernières semaines m'a fait me sentir particulièrement bien, un peu comme un archéologue et l'enthousiasme que j'avais à mes 14 ou 15 ans, est de retour. Ce n'était pas une chose à laquelle je m'attendais, mais ce n'est pas désagréable non plus. En fait, dans le peu de temps libre qui me reste, j'ai quand même fait passablement de lecture. Sur ce qui se passait ici au temps où le moulin a été construit. Sur l'archéologie industrielle locale. C'est surtout de la sociologie, parce que le pays était alors tellement nouveau. Nous étions tous très loin de l'action qui se déroulait en Europe. Les États-Unis avaient presque deux cents ans d'avance sur nous et ils étaient empêtrés dans leur guerre civile au temps où Adams a construit son moulin. Donc, en comparaison, les choses étaient mortellement tranquilles ici. Mais le moulin, en tant que manifestation physique de l'histoire qui étend sur deux siècles, est quelque chose qui semble continuellement m'habiter et défiler devant moi.

— Intéressant que tu fasses ces commentaires, Richard, surtout à ce moment précis. En réponse à mon air intrigué, Monty se pencha en avant et a commença à élaborer. Au cours de la fin de semaine, je faisais un peu de travail pour plusieurs musées locaux. Il existe des normes qu'ils doivent respecter et je travaille pour un certain nombre de ces musées périodiquement pour les aider à préparer leur déclaration de conformité. Cette fois-ci, je regardais la conformité à la norme canadienne de conservation. Ça dit que leurs collections doivent être convenablement entretenues et protégées contre toute dégradation. Il y a aussi une norme pour la documentation et si j'ai regardé cet aspect particulier, c'est pour m'assurer que la déclaration de conformité que je préparais pour leur processus de conservation allait tenir la route. Eh bien, je suis tombé sur quelque chose : un de ces musées a une intéressante, mais très inégale collection de lettres personnelles remontant à environ deux cents ans. Un grand nombre de ces lettres sont d'un intérêt uniquement local, historiquement parlant, et sans signification dans un contexte plus large, parce qu'il s'agit de correspondance en provenance de personnes en Europe et qui traite essentiellement de questions familiales et ainsi de suite. Cependant, mon œil fut attiré par une lettre écrite par un certain Carl Masson, à l'intention d'un Robert Bine. Si j'ai pris le temps de lire cette lettre en particulier, c'est uniquement parce que c'est la plus ancienne dans leur collection. J'en ai fait une copie en entier, après l'avoir lue. C'est un affidavit daté du 14 octobre 1796, dans lequel Masson lègue ses effets personnels à son église. Les éléments qui ont piqué ma curiosité sont deux passages où il est question de '*notre long voyage en provenance du sud, il y a de nombreuses années*' et '*ma vie ici, telle qu'écrite dans mes notes dont je vous demande de prendre soin*'. Il réfère aussi à "mes livres" et semble dire que ces livres étaient en possession de "notre ami commun qui vous les apportera."

Monty s'est arrêté pour prendre une gorgée de sa boisson et le regard sur mon visage doit avoir révélé ma pensée : *où tout ça nous conduit-il?*

— Continue de m'écouter, Richard. J'abrège tout cela autant que je peux. Donc avant-hier, je suis allé consulter quelques vieux registres. J'ai trouvé qu'il y a effectivement eu un ministre mennonite du nom de Robert Bine. Il est mort en 1831 à Belleville. J'ai aussi trouvé un Carl Masson, mort à Kingston le 17 novembre 1796, donc environ un mois après la date de la lettre. Je me suis alors tapé une journée très frustrante à tenter de localiser une église à Kingston qui avait reçu tous les documents de la congrégation mennonite locale de Masson, quand cette congrégation a fusionné administrativement avec plusieurs autres, tard au XIX[e]siècle. Ce qui m'a remis de bonne humeur en début d'après-midi, est l'accueil très agréable du curé de l'église à Kingston; je lui ai parlé de ma vérification de conformité en cours, lui ai montré la demande du musée qui m'est adressée pour procéder à cette vérification, tout ça pour confirmer ma bonne foi et mentionnai que je faisais le suivi sur quelques documents. Quand j'ai commencé à parler des détails pertinents de la lettre, il a dit qu'il n'avait aucune connaissance détaillée de ces choses, que tout cela était bien avant son temps. Mais il a mentionné qu'il y avait plusieurs grosses malles qui étaient entreposées dans une dépendance du presbytère quand il est entré en fonction et qu'après un rapide coup d'œil pour déterminer si elles contenaient des choses qui pourraient être d'importance pour l'église, il les avait envoyés au musée local, mais qu'il y avait de cela de nombreuses années. J'ai pensé que ça commençait à ressembler à une piste qui allait devenir froide. Mais je lui ai quand même demandé le nom de la personne à contacter au musée en question. Il me l'a donné, précisant que le musée était fermé ce jour-là et le lendemain, mais qu'il avait une clé, vu qu'il y travaillait bénévolement de façon régulière.

Monty prit une autre gorgée, puis il poursuivit.

—Alors, il m'a emmené au petit musée, nous avons fouiné un peu, pour finalement repéré les malles. Nous en avons ouvert une et trouvé un méli-mélo de choses. Sous un nauséabond paquet de vieux équipements vétérinaires, il y avait un paquet de feuilles bien lissées entre deux couvercles de bois et maintenus ensemble par une bande de très vieux cuir. Nous l'avons délicatement soulevé pour la poser sur un bureau. Je l'ai regardé sous tous les angles pendant quelques minutes, puis j'ai demandé si je pouvais l'ouvrir. Il n'a hésité que très brièvement avant de donner son accord. Malgré la plus grande douceur de ma part, le cuir de la bande s'est émietté presque immédiatement, mais l'aperçu de la première page a été suffisant pour allumer mon intérêt. Ce n'était pas un journal à proprement parler, mais un compte-rendu rédigé bien après les événements qui y étaient racontés et écrit par un certain Carl Masson. C'était clairement un document ancien et même sans connaître quoi que ce soit à propos de Carl Masson ou supposer que les deux Carl Masson soient la même personne, on n'aurait aucune raison de douter que ces notes sont âgées de possiblement plus de deux cents ans.

J'attendis pendant que Monty prenait une autre gorgée. Il reprit.

— J'ai dit au prêtre que cela pourrait avoir des liens importants avec ma vérification de conformité et que je voudrais obtenir une copie de l'ensemble du document. Avant qu'il puisse exprimer ses inquiétudes, j'ai dit que c'était beaucoup trop vieux pour être placé sur une photocopieuse moderne et que je voulais en prendre copie en photographiant numériquement une page à la fois, mais cela signifierait de l'emporter. Il a finalement accepté de me laisser le faire après que j'eus insisté pour qu'il téléphone à Greg Blackett et confirme mon identité. Il l'a fait, Greg a confirmé et maintenant... – il s'étira vers son porte-documents – j'ai cette copie! Je n'ai pas passé à travers en détail. En fait, je ne l'ai même pas toute lue. L'anglais est assez bizarre par endroit, mais je sais maintenant que Carl Masson est arrivé à Philadelphie de Rotterdam en septembre 1727, qu'en 1781, il a fait un parcours terrestre difficile de sa ferme près de Germantown jusqu'à Kingston et qu'il était accompagné dans ce voyage par un homme appelé Boersma. S'il y a vraiment un lien entre la lettre au musée et les notes dans le coffre... Monty leva les mains en signe de reddition : Je sais, c'est très ténu et relié par un certain nombre d'hypothèses non confirmées et pourrait être simplement un de ces détours que le passé n'a pas avalés sans laisser quelques traces, mais...

Le visage de Monty s'assombrit et il regarda dans son verre, apparemment ennuyé, comme s'il découvrait soudainement que quelqu'un avait bu dedans à son insu.

— Donc, comme tu peux constater, conclut-il, j'ai moi aussi dansé un petit menuet avec Clio ces derniers jours. Mais elle est très avare dans ses faveurs. Ce récit, s'il est vrai, est un intéressant coup d'œil et un coup d'œil assez rare, sur la fin du XVIIIe siècle dans nos régions et parce que la population était si faible, il y a toujours l'espoir que l'on trouvera un lien direct ou indirect plus proche avec chez nous, à Greenvale, ou avec un autre village à proximité. Mais, je commence à craindre que nous ...

À ce moment-là, Monty s'arrêta et me regarda parce que je venais de poser mon verre sur la table plutôt vivement.

— Richard?, dit-il, notant mon expression bizarre.

— Ça pourrait n'être rien, Monty, mais Boersma est une anagramme d'Ambrose. »

Vingt

Monty et moi restâmes assis à nous regarder pendant quelques secondes, puis simultanément nous commençâmes à dire : « Mais il ne faut pas sauter aux conclusions. »

— Quelles sont les chances que cela ait quoi que ce soit à voir avec le moulin?, demandai-je au bout d'un moment.

— Malheureusement, juste sur la base des probabilités, je dirais presque zéro, répondit Monty. Je vais donner suite cependant, pas à cause de cette petite chance, mais parce que c'est une véritable pièce de l'histoire et je veux voir où elle mène. Mais, supposons qu'il y ait un lien. Qu'est-ce qu'il nous faudrait confirmer pour conclure qu'il y a effectivement un lien?

Après seulement quelques minutes d'un examen plus approfondi, je pouvais déjà entrevoir des obstacles assez sérieux, qui rendaient peu probable la perspective d'une histoire vraie et cohérente dans tout ça. Je les comptai sur mes doigts.

— Premièrement, ces deux Masson doivent être la même personne. Deuxièmement, s'il y a deux familles, une appelée Boersma et l'autre appelée Ambrose, il doit y avoir un lien très important entre elles. Toutefois, pour le moment je ne peux pas voir ce que ce lien pourrait être, à moins de commencer à proposer d'autres coïncidences. Troisièmement, Ambrose n'est pas un nom particulièrement fréquent, mais tout "Ambrose" pouvant être d'intérêt, aurait besoin d'être quelqu'un ayant habité dans la région immédiate de Greenvale et ce, depuis une assez longue période de temps. Quatrièmement, il y a passablement de temps entre une date autour de 1795, lorsque Masson et on suppose Boersma, sont morts et 1930, lorsque nous savons qu'il y avait un Ambrose dans les alentours, ou même entre 1795 et autour de 1860 quand Adams a construit son moulin. Et je garde à l'esprit que le moulin peut être ou ne pas être le principal point reliant toutes ces personnes. Cinquièmement, si les noms Boersma et Ambrose sont liés uniquement par leurs lettres identiques, alors il y a tout un autre schème d'explications à trouver. Assurément, personne à cette époque et dans cette région n'aurait eu quelque intérêt ou besoin d'inventer des énigmes pour taquiner un avenir inconnu. Non, Monty, je pense que c'est un mirage.

— Tu apportes de lourds contre-arguments, Richard.

— Attends, Monty. Tu *veux* qu'il y ait un lien?

Monty bondit comme piqué par une guêpe.

— Non! Bien sûr que non!, dit-il avec un peu d'agressivité. Et je serai guidé par *les faits*, uniquement!

Ici, il fit une pause, puis continua plus calmement.

— Mais parfois, la direction que l'on prend peut dépendre entièrement du degré d'imagination de nos hypothèses et à quel point on les poursuit de façon systématique et exhaustive.

À cela, je souris timidement et hochai la tête à Monty.

— Touché!, Monty. J'aimais toujours dire à nos jeunes ingénieurs que lorsque nous évaluons un dessin ou vérifions la sécurité de quelque chose, nous cherchons des éléments qui ne sont pas évidents. Nous devons donc examiner un design ou un problème en utilisant considérablement d'intuition et quand nous posons des questions, nous faisons face à une vieille gardienne ingénieuse appelée Mère Nature. Elle répond toujours à nos questions, mais elle ne nous donne qu'une seule de trois réponses possibles. Deux de ces réponses, "Oui" et "Non", sont acceptables. La troisième ne l'est pas.

— Quelle est la troisième?, demanda Monty.

— Peut-être. »

À ce moment, la jeune serveuse vint rôder autour de nous pour la troisième fois. J'attrapai le menu et dis à Monty que j'étais soudainement affamé. Nous commandâmes et notre nourriture arriva si rapidement que je me posai des questions, jusqu'à ce que je m'aperçoive qu'il ne restait que cinq personnes dans le restaurant, y compris nous deux.

Le critique allègre et impatient en moi s'étant calmé par une dose d'hydrates de carbone, je dis à Monty : « D'accord, supposons que Boersma et Ambrose soient étroitement reliés d'une certaine façon. Qu'est-ce que cela signifie?

Monty hésita, il semblait incertain.

— OK, alors permets-moi d'essayer. Je réfléchis à voix haute Monty, donc sois indulgent.

— La première chose à faire, toujours, est d'être aussi sûr que possible de la situation que nous essayons d'évaluer. Selon moi, la situation comporte trois éléments principaux : 1) les livres découverts au moulin, 2) les événements à ma maison, qui ont conduit à la mort de Buck et 3) les documents que tu as trouvés, décrivant des personnes et des notes. Ces trois éléments peuvent être reliés entre eux ou rester séparés en supposant certaines choses, en particulier, comme nous le faisons pour les fins de cette discussion, que les gens appelés Boersma et Ambrose sont en quelque sorte liés. À un bout du spectre des possibilités, ces trois éléments sont trois problèmes indépendants et non reliés. À l'autre bout, ils sont tous en quelque sorte liés dans une situation complexe. Es-tu d'accord avec mon analyse jusqu'ici?

— Oui, mais il est évident que tu as passé plus de temps que moi à réfléchir à tout cela.

— C'est probablement vrai, Monty, mais en prenant au pied de la lettre ton injonction précédente sur les hypothèses, en voici quelques-unes, précédées par quelques suppositions de base. Première supposition de base : "les livres" de Masson sont les mêmes que les livres trouvés au moulin. Deuxième supposition tout aussi importante : Ambrose, historiquement le dernier propriétaire du moulin, est lié en quelque sorte à Boersma, mais pas nécessairement par le sang.

— Maintenant, les hypothèses. Et je les énumérai : Il pourrait y avoir plus, mais c'est ce que je peux entrevoir pour le moment.

Monty hocha la tête en signe d'approbation. Tu aurais vraiment dû devenir historien, Richard.

— Non, répondis-je, aussi flegmatique et impassible que possible, je suis un ingénieur, quelque chose de beaucoup plus accompli.

Monty rigola à cette boutade inattendue, puis me montra joyeusement son majeur.

— Mais il me semble que ton pessimisme du début de la soirée s'est dissipé.

— Pas du tout, Monty. Je suis toujours sceptique, mais il y a des choses à expliquer et nous ne pouvons pas simplement les mettre de côté par scepticisme. Je suppose que la question que j'ai pour toi est la suivante : que crois-tu que nous devrions faire pour avancer?

— Je ne suis pas sûr, répondit Monty. Toi, qu'en penses-tu ?

— Eh bien, il y a un certain nombre de choses que nous pouvons faire et qui pourraient nous donner plus d'information. Par exemple, je suppose qu'il y a des dossiers sur les personnes qui ont effectivement émigré de Rotterdam aux États-Unis. Confirmer que Masson était une de ces personnes, consoliderait au moins un élément d'information et cela ne devrait pas être difficile à faire si la date de septembre 1727 dans ses notes est correcte. Je soupçonne qu'une bonne quantité de ces renseignements sera disponible en ligne et c'est là un avantage précieux de l'Internet.

— Tu parles!, confirma Monty. Dans le bon vieux temps, dans tous les champs de recherche du genre, cela signifiait des frais de déplacement, des factures d'hôtel, des dîners trop engraissants, d'avoir à séduire des bibliothécaires grincheuses pour avoir le droit de lire des documents poussiéreux, sous une mauvaise lumière, assis sur une chaise à donner des hémorroïdes après seulement dix minutes. Monty engouffra un hors-d'œuvre restant et mâcha vigoureusement, comme pour exercer une vengeance imaginaire. Mais j'ai assez révélé le fond de ma pensée comme ça, conclut-il. Alors, ce que je prévois faire est de repasser mes notes pour voir si elles suggèrent d'autres pistes. »

Nous étions assis, à regarder la lie déposée dans nos verres. Monty secoua une main maigre dans sa chevelure éparse en signe de frustration. J'avalai le reste de mon vin et posai mon verre de manière décisive. Monty leva les yeux, suspectant à ce geste qu'un fait nouveau était dans l'air, intéressé de savoir ce qui m'était passé pas la tête. « Quoi?, demanda-t-il.

— Rien, dis-je. Sauf que je vais rentrer à la maison regarder encore ce que nous savons, mais cette fois-ci pour essayer de trouver ce qui pourrait nous échapper et qui ferait toute la différence si nous ne le savions. Pourrais-tu t'arrêter chez moi en chemin afin que je puisse aussi faire une copie des notes de Masson? »

Monty acquiesça. L'addition payée, nous partîmes et conduisîmes en tandem jusque chez moi. Je passai à travers la procédure assez complexe pour désactiver le système d'alarme, fis une copie des notes de Masson, puis Monty et moi dressâmes une courte liste des choses que chacun de nous allait faire dans les prochains jours.

Nous avons ensuite passé une quinzaine de minutes à discuter de la roue au fond de la lagune. Je lui ai montré les notes et le croquis que j'avais faits sur la façon dont je pensais que nous pourrions la soulever à moindre risque.

« Alors, dit-il en pointant mon dessin du doigt, tu as là douze sacs gonflables – de quoi s'agit-il?

— C'est exactement ce qu'ils sont : des sacs gonflables conçus pour soulever des objets par en dessous, mais nous les utiliserons pour soulever une chose d'en haut, par flottaison. Ils viennent dans différentes tailles et je sais où je peux en obtenir des usagés, assez bon marché.

— Es-tu sûr que cela fonctionnera?

— Je ne vois pas pourquoi ça ne fonctionnerait pas, mais je vais m'en assurer en les testant deux fois : une fois ici dans mon atelier et une fois dans la lagune où je vais utiliser l'un d'eux pour tenter de soulever un poids équivalent au douzième du poids total de la roue au fond de la lagune.

— Comment sais-tu combien pèse la roue?

— J'ai fait des estimations de ses dimensions et je compte les vérifier en mesurant des parties de la roue elle-même. Compte tenu des dimensions, je peux estimer le volume de la fonte dans la roue et comme il y a de bonnes données pour la densité de la fonte, je peux obtenir une estimation du poids total. Si toutes mes estimations sont conservatrices, je vais avoir plus de capacité de levage qu'il m'en faut.

— Bon sang! Tu es arrivé à cette solution par toi-même?

— Non, Monty. Je ne suis pas brillant à ce point. J'ai fait appel à de l'aide professionnelle de haut niveau. »

Monty pencha la tête dans ma direction et quand je lâchai le nom du consultant, «°Archimède°», il fit quelques grimaces convulsives avec des agitations de bras, tout à fait typique de Monty.

Monty est insatiablement curieux et il voulut avoir plus de détails. Je lui expliquai donc mon idée de gonfler les douze sacs séparément et progressivement, de sorte que nous puissions assurer une sustentation lente et égale de la roue du fond et minimiser le risque de soulever une partie de la roue plus qu'une autre, au cas où il y aurait une fissure latente quelque part. En réponse à sa question sur l'alimentation en air, je lui dis tout simplement « une bouteille de plongée ». Il protesta en disant que cela ne pouvait soulever la roue que d'un pied ou deux du fond, puisque la lagune a moins de quatre pieds de profondeur. Je lui ai dit que c'était ça l'idée. « Tout ce dont nous avons besoin c'est d'assez d'espace pour glisser les étriers de levage sous la roue, pour ensuite la soulever hors de l'eau à l'aide d'une grue déjà en position sur le rivage. » Monty fit sa petite danse de joie et m'assura qu'il voulait participer à tous les aspects de cette opération. Je pouvais déjà voir des pourparlers avec des sociétés historiques prendre forme dans sa tête. Sa curiosité légèrement assouvie, mais son intérêt bien allumé, c'est à contrecœur qu'il regarda sa montre.

Je souhaitai bonne nuit à Monty, puis me remis au travail entrepris plus tôt, ouvrant la tablette d'ordi sur laquelle j'avais commencé à prendre des notes sur l'Affaire Boersma-Ambrose. Déjà, j'avais rempli une vingtaine de pages, mais ça restait une masse essentiellement non structurée d'idées ou d'observations notées au fur et à mesure qu'elles m'étaient venues. En les relisant, je décidai qu'une certaine consolidation était nécessaire. Je commençai donc une nouvelle page, mais je les retranscris sous un ensemble de rubriques imposant un peu d'ordre. Pour une raison quelconque, j'eus le sentiment que la lecture des notes de Masson serait utile. Je m'y plongeai pour vite me rendre compte que l'anglais, qui était dans un style ancien de deux siècles, aurait besoin de cellules nerveuses plus en forme que les miennes à ce moment-là. Donc, je notai des idées pour quelques recherches sur Internet qui m'étaient venues spontanément en parlant à Monty au cours du souper. Je voulais aussi revenir en arrière et regarder le poème qui était inclus avec les deux livres; ils semblaient être d'étranges compagnons et même si rien ne s'était enregistré dans mon esprit au moment où je les avais vus la première fois, plus j'y repensais et plus énigmatique ça me semblait.

À l'extérieur, je pouvais entendre un huard quelque part sur la rivière, son long cri douloureux et évocateur s'élevant au-dessus de la musique continuelle de l'orchestre des grillons. Je savais que si j'allais dehors, j'entendrais d'autres bruits de la nuit : le visqueux bruit occasionnel mais faible des vers de terre, le bruissement des petits animaux de nuit dans l'herbe, peut-être un engoulevent ou une caille blanche, la toux lointaine d'un cerf sur les collines et, le plus séduisant de tous, l'appel distinctif de la chouette. Il serait assez facile de reculer quarante-cinq ans en arrière et d'imaginer un garçon de dix ans entendre les mêmes sons, mais dans un endroit différent et à un autre moment. Un autre chapitre du *Pendule de Foucault* semblait un bon défi pour le moment; je m'étais versé une tasse de café et je venais tout juste de m'installer dans mon fauteuil de lecture lorsque Stuart rentra. « Café? Cognac?, lui demandai-je, même si j'étais prêt à parier sur le second.

-— Les deux, s'il te plaît, a-t-il dit en entamant immédiatement un balayage de bug qui lui prit environ dix minutes. Je lui passai le café et l'un des deux cognacs que j'avais versés. Il les mit sur une petite table à côté de lui, puis s'écrasa lourdement dans un fauteuil. Sans trop de préambules, je lui fis un bref compte-rendu du souper avec Monty. « Quelque chose de nouveau de ton côté?, demandai-je presque machinalement.

— Oui, ils ont trouvé notre cambrioleur.

— Ah! C'est bien! Quel est son nom?

— Jimmy Kralik.

— Alors il peut probablement éclaircir quelques petites choses pour nous.

— J'en doute, dit Stuart en prenant une gorgée de café.

— Pourquoi dis-tu cela?

— Parce qu'il est mort. »

Vingt-et-un

Mon choc initial et ma surprise s'estompèrent à mesure que Stuart plongea dans le récit de ce qui s'était passé, avant même que je lui demande.

« Le corps a été apparemment enveloppé dans plusieurs couches de sacs poubelle en plastique épais, lesté à chaque bout et balancé dans le lac Ontario. Mais celui qui a fait le coup n'a pas tenu compte de l'augmentation du volume du corps à mesure qu'il allait commencer à se décomposer et ballonner et ne l'a pas lesté suffisamment. Les sacs en plastique ne laissaient rien échapper et le corps est remonté à la surface. Il a été happé par un bateau de plaisance et l'hélice a déchiré les sacs. Le bateau naviguait à vitesse réduite et cela causa tout un choc à la femme qui le conduisait quand elle a vu du sang dans l'eau et a aperçu un thorax taillardé par son hélice.

— Comment l'ont-ils identifié comme étant notre cambrioleur?

— Eh bien, strictement parlant, la police locale qui a été appelée après la découverte du corps ne savait pas que c'était "notre cambrioleur". Ils ont juste déterminé que c'était le gars qui était le propriétaire d'une Ford Focus avec un pare-brise éclaté qui avait été retrouvée abandonnée à une dizaine de kilomètres de là.

— Hmm. Je me demande si Raymond voudra nous parler à nouveau.

— J'en doute, dit Stuart. Ma source me dit que Raymond a été informé une fois que la police locale eu complété la paperasse et appris que Raymond était sur une affaire qui impliquait la même Ford Focus. Quand je l'ai appris, j'ai appelé Raymond et pour le mettre à l'épreuve, je lui demander innocemment s'il avait du nouveau susceptible de nous intéresser dans l'enquête. Il a dit non et a mis fin à la conversation assez rapidement.

— Cela devient dangereux, Stuart.

Stuart me toisa du regard pendant quelques secondes pour enchaîner sur un ton grave.

— Mais c'a toujours été dangereux, Richard. Quand quelqu'un va jusqu'à poser des micros pour vous espionner, ce n'est pas prudent de supposer qu'ils ne font ça que pour vous jouer un tour.

— Comment est-il décédé?

— Je ne connais pas les détails, mais de toute évidence, ce n'est pas un suicide. Ce n'est pas non plus une mort de causes naturelles ou une mort accidentelle, ce qui ne laisse plus beaucoup d'options.

— Donc, il doit y avoir une bonne raison pour que quelqu'un décide de le tuer. Serait-ce parce qu'il était devenu gênant?

— Là, tu vises juste, Richard. C'est effectivement ce que j'en conclus.

— Tu as mentionné qu'il semblait avoir été en contact avec quelqu'un de la Pennsylvanie. Y a-t-il quelque chose de plus à ce sujet?

— Non, aucune autre information directe pour l'instant. Si on suppose que toute cette activité pourrait être le fait d'un collectionneur essayant de faire main basse sur une poignée de livres rares, alors on peut commencer à chercher parmi les collectionneurs bien connus. Les candidats auraient besoin d'être sérieux et avoir sous la main des ressources financières appréciables pour envisager d'entrer dans un jeu de ce niveau. Et si la mort de notre cambrioleur est l'indice d'un collectionneur soucieux de faire disparaître ses traces après une opération d'écoute bâclée, alors le collectionneur en question sera également déterminé et impitoyable. J'ai quelqu'un qui a commencé à faire une petite enquête dans cette direction.

— Qu'en est-il du second bug?, demandai-je.

— Celui-là est étrange. Ce n'est pas un dispositif commun et il est d'assez haute gamme. Nous pourrions être en mesure d'obtenir plus d'informations, mais...

Je me passai une main dans les cheveux.

— Je ne sais pas ce que je devrais faire. Rester là à ne rien faire me donne l'impression d'être une cible invitante. Mais je ne peux pas me laisser affecter au point où je vais commencer à avoir peur de mon ombre. M'assurer de ne parler à personne du coffret de sûreté, de ne mentionner rien de tout ça dans mes courriels, à part ça, que puis-je faire d'autre?

— Il n'y a vraiment pas grand-chose à faire de plus. J'ai demandé à gauche et à droite au sujet des bugs, de manière à ce que celui qui est responsable sache maintenant que nous savons qu'il a essayé de nous espionner. Je pense que le mieux que tu puisses faire, Richard, c'est tout simplement de poursuivre ton travail au moulin. Si quelqu'un surveille ce que tu fais, constater à quoi tu t'affaires va lui envoyer le message que tu ne t'inquiètes pas outre mesure.

— Tout ça, c'est un peu comme jouer au chat et à la souris, pensai-je tout haut.

— Voilà précisément ce que c'est. Mais il y a un risque ici pour ceux qui jouent les chats : ils pourraient découvrir tout à coup qu'ils ne sont plus des chats, mais qu'ils sont devenus des souris.

Nous discutâmes de certains détails de ma rencontre avec Monty et des sujets abordés avec lui et même s'il sourit à ma description de l'enthousiasme à l'emporte-pièce de Monty, il devint vite clair que Stuart ne fonctionnait plus qu'avec les vapeurs du réservoir. Je lui dis d'aller au lit, suggestion qu'il accepta sans hésitation en disant qu'il avait une autre longue journée le lendemain et qu'il avait besoin de décoller tôt.

— Je vais à Toronto, me dit-il en réponse à ma question à propos de ce qu'il avait prévu. J'ai deux réunions d'affaires courtes, mais ensuite je veux aller un peu plus loin dans les activités de suivi concernant l'écoute électronique et voir avec le gars que j'ai mis sur la traque des collectionneurs. » Il finit son café et son brandy en deux rapides rasades, fit un signe de bonsoir et partit vers son lit.

À nouveau, je plongeai longuement mon regard dans mon verre de brandy, ne m'attendant pas vraiment à y trouver de l'inspiration, mais cette fois je fus surpris, car après seulement deux gorgées et une concentration modeste sur le liquide ambré, mon brouillard de désespoir naissant commença à se dissiper et un plan prit forme dans mon esprit.

Stuart avait raison : concentre-toi sur le moulin. C'était la réalité tangible directement en face de moi, mais c'était aussi un vrai projet, impliquant une somme d'argent investie substantielle et il y avait une attente bien réelle d'un retour sur cet investissement. Le travail devait donc aller de l'avant. L'assemblage de la roue à augets était une tâche qui allait se présenter très bientôt et serait un jalon important. Les travaux sur le patio inférieur, près de l'eau, devaient être terminés au plus vite, car ce serait sur cette aire que la roue, une fois levée de la lagune, allait être déposée pour permettre son examen attentif par Monty. Tous les travaux de construction à l'intérieur et autour du site devaient être achevés pour que nous puissions commencer les premières visites publiques et nos premiers "touristes" seraient la population locale, à qui on avait l'intention d'accorder un traitement préférentiel, puisqu'on y retrouverait les marchands et les clients qui achèteraient, je le souhaitais ardemment, la farine que nous allions produire. C'était la partie 1A de mon plan.

Ensuite, il y avait l'autre problème, celui de l'histoire et des *personae dramatis*, les acteurs du drame. En dehors de l'effort que Monty allait y mettre, je devais également m'attaquer à la question des livres, en venir à une compréhension juste de l'identité des protagonistes, Masson, Boersma et Ambrose et commencer à me faire une idée de l'histoire pertinente qui les réunissait ici et maintenant. Fondamentalement, tout revenait à ceci : l'histoire. Il y avait, bien sûr, toujours l'élément historique, dans le sens de l'histoire locale moisie, ossifiée, comme on l'entend habituellement, associée au moulin lui-même, celui-ci constituant un noyau, un artefact tangible avec sa propre impulsion, qui à travers plus de 150 ans, l'avait conduit dans le décor d'aujourd'hui. L'artefact lui-même, en tant que morceau de la réalité actuelle, épinglé tel un papillon sur la table d'un lépidoptériste et pris isolément, signifiait peu ou rien. Pour les gens de Greenvale, le moulin revêtait une certaine importance, ne fut-ce que comme objet ayant toujours été là et tout le monde savait qu'il avait une "histoire", même si pour la plupart des gens, cela se serait probablement traduit, si on leur posait la question, par pas beaucoup plus qu'un sentiment vague. *Est-ce seulement ça, l'histoire?* J'étais retourné et j'avais commencé à relire deux de ces livres que j'avais tant admirés à mon adolescence, les livres d'Edward Carr et de Geoffrey Elton et dans cette démarche, étais tombé sur un ouvrage plus récent par John Lewis Gaddis. Que signifiait l'histoire du moulin pour moi? Peut-être le temps était-il venu de le découvrir.

Mais si j'étais capable, d'une certaine façon, de revenir en arrière et de me laisser porter par cette impulsion, chevaucher ce vecteur, le vecteur du moulin historique à travers ses 150 ans, j'avais le sentiment que je serais alors en mesure de voir et de connaître des choses qui restent cachées aux personnes debout et regardant le moulin physique, devant elles, à l'instant présent. Il y aurait de vrais individus, vivants, là où maintenant je n'avais que des noms alignés sur une page et très probablement, seulement quelques-uns des noms. Au fil du temps, il y aurait des changements, imperceptibles à tout instant appelé "maintenant", mais considérables et faisant intrusion dans le contexte temporel plus large. Tout comme la formation de montagnes n'est pas, comme dans les rêves d'un jeune de garçon, un surgissement soudain, un vomissement de la terre et l'excitation du bruit incroyable, mais simplement un chuchotement inaudible s'étendant sur des âges, une variation dramatique de la topologie à l'échelle des périodes géologiques, mais qui resterait toujours, à un instant donné, la même réalité mondaine et figée de la semaine passée, du mois dernier ou de l'année précédente. Ce serait comme une des *Gedankenexperiment* d'Einstein quand il était au Bureau des brevets, un jeune commis chevauchant un rayon de lumière.

Que pouvais-je voir si j'enfourchais ce vecteur, que pourrais-je apprendre, que pourrais-je comprendre, comment ma vision des choses allait-elle changer? Et comment tout cela était-il relié à ces bugs et mes auditeurs tapis dans l'ombre, qui soudainement s'étaient infiltrés dans ma vie?

Fixant le fond de mon verre de cognac à nouveau, cette fois avec une certaine consternation, je me demandai presque à voix haute d'où toute cette introspection était venue (sûrement pas du verre de cognac?) et si je frottais ses rebords, allais-je susciter une sorte de génie historique, peut-être même Clio elle-même?

Me secouant de ce monde fantaisiste, il restait clair néanmoins que saisir l'aspect historique était essentiel et c'était là la partie 1B de mon plan.

Trop fatigué pour m'engager sur ce sentier à ce moment, je fermai boutique et partis me coucher. La tâche principale du lendemain était claire : récupérer une copie du poème au coffret de sûreté à la banque pendant l'heure du diner et, demain soir, commencer une étude approfondie des notes de Masson que Monty avait trouvées.

Le lendemain matin, autour d'une tasse de café fort et d'une baguette française avec beurre et confiture d'abricots, je décidai de consacrer une quinzaine de minutes à commencer à me faire une idée du récit de Carl Masson. Le récit faisait environ cent quarante pages avec une écriture raisonnablement élégante et très petite, de sorte qu'il y avait entre trente et quarante lignes sur chaque page.

Je me dis alors : C'est insensé. Il me faudra une heure pour lire seulement le quart de ce texte. Mieux vaut laisser ça de côté pour quand je disposerai de plus de temps, même si je n'avais aucune idée réelle quand cela allait être possible. Donc, je griffonnai une note rapide pour Stuart, attrapai mon cahier de projet et les dessins dont j'aurais besoin et partis pour le moulin.

La journée s'annonçait dégagée et il y avait des signes que le temps resterait agréablement frais : une journée parfaite pour de l'excavation à bras. Quand mes trois ouvriers se présentèrent, je leur indiquai ce qui devait être fait et comment et presque immédiatement ils se mirent à l'ouvrage. J'avais prévu de passer le reste de la journée à travailler sur l'escalier reliant tous les étages et je me préparais à commencer lorsque mon téléphone cellulaire résonna.

« Richard, je suis content de te rejoindre. Es-tu à la maison présentement? C'était Greg.

— Non, je suis au moulin, Greg. Quoi de neuf?

Le neuf, c'était que les plans de la journée de Greg venaient de partir en fumée. Deux réunions reportées à la dernière minute et il avait le choix maintenant entre plancher sur sa paperasse en retard ou voir s'il pouvait m'aider en quoi que ce soit au moulin. L'équivalent d'un choix entre l'huile de foie de morue et de la crème glacée.

— Ah, splendide, Greg! Es-tu libre toute la journée?

— Oui.

— Eh bien, j'étais sur le point de commencer à travailler sur l'escalier, mais au lieu de cela, nous pourrions commencer à assembler la roue à augets. C'est un travail pour au moins deux personnes.

Il sauta sur l'occasion.

— De quoi ai-je besoin?

— Jeans, gants de travail, chaussures de sécurité, casque de sécurité et apporte des sandales qui ne souffriront pas d'être mouillées, ainsi qu'un maillot de bain ou une paire de shorts.

— Je serai là dans cinq minutes. »

Revenant à la table où je posais mes dessins et mes notes, je rangeai ceux pour l'escalier et sortis ceux de la roue à augets. À l'extérieur, j'entendis la voiture de Greg arriver avec son habituel bruit imposant; manifestement, il était avide d'une activité qui le changerait de la routine.

Greg se pointa avec ses bottes de sécurité et son casque et nous entrâmes dans le moulin. Greg s'arrêta pour regarder autour. « Sensationnel, dis donc! Regarde-moi ce que vous avez fait ici! C'est fantastique! » Je compris qu'il y avait un moment qu'il était venu au moulin. En arrière-plan, l'odeur de bois neuf, le matériel électrique livré de l'usine depuis seulement quelques semaines, le béton coulé relativement récemment et les parfums habituels d'un chantier de construction en pleine activité avaient probablement un plus grand effet sur ses impressions que ce dont il se rendait compte.

Nous sortîmes en direction de l'échafaudage qui entourait les deux supports en pierre de la roue et je lui expliquai le travail. Il posa quelques questions perspicaces, auxquelles je répondis, il a hoché la tête, demandé si nous pouvions terminer l'assemblage aujourd'hui et je lui ai dit que si nous ne pouvions pas y arriver, je songerais à le faire congédier. Cela a suscité une série d'insultes qui se transformèrent en rires prolongés.

C'est un plaisir de travailler avec Greg. Il a toujours de l'énergie et je suis sûr que c'est son tempérament positif qui lui a permis de survivre à de nombreuses réunions du conseil du village, par définition ennuyeuses, sans devoir égorger personne.

Ma planification et ma maquette de la roue eurent pour bénéfice de ne pas perdre de temps à se demander comment faire ceci ou cela. Nous réussîmes à mettre en place les quatre premiers rayons et à les boulonner en une quarantaine de minutes. La deuxième série prit dix minutes de moins, ensuite de quoi la cadence a grimpé à un ensemble toutes les vingt-cinq minutes. Quand la moitié des rayons de la roue furent en place, nous avons fîmes une pause. Je partis contrôler le travail de mes ouvriers; ils étaient à leur besogne dans leur mélodieuse gouaille habituelle. Pas de problèmes de ce côté-là. Je revins où Greg était assis et l'informai que j'allais faire un voyage éclair à la banque. Il acquiesça d'un mouvement de tête, le dos appuyé au muret du moulin, les yeux fermés, buvant les dernières gorgées de sa bouteille d'eau.

Le voyage à la banque prit moins de dix minutes; à mon retour Greg était là où je l'avais laissé. Je m'assis près de lui pour causer.

« Comment ça avance par rapport à ton échéancier?, demanda-t-il. Je répondis que nous étions considérablement en avance sur ce que j'avais prévu à ce moment.

— Je suppose que c'est à cause de ta mentalité d'esclavagiste, ajouta-t-il.

Je me contentai de lui montrer mon majeur à la verticale.

— Ça commence à avoir sacrée bonne mine ici, Richard. De partout sur la rivière, ça ressemble maintenant à un bâtiment actif plutôt qu'à une ruine. Oh, pendant que j'y pense, Jeremy va probablement rappliquer sous peu pour prendre de nouvelles séquences vidéo.

Comme de fait, pendant qu'il parlait, je remarquai un bateau approchant dans la lagune : c'était Jeremy, caméra à l'épaule.

— J'entends de très bons commentaires sur ce qui se fait ici, continua Greg. Il me semble voir se réveiller une espèce de sentiment de fierté civique qu'on n'avait pas observé depuis un bon moment. Je crois que c'est peut-être le charme de ton toit rouge qui opère. C'est une démonstration spectaculaire que le site retrouve sa vocation et qu'il est maintenant pris en charge.

— J'espère que tu les remercies chaleureusement de ma part quand tu entends des choses comme ça.

Il y eut un silence comme nous tendions nos visages, les yeux fermés, vers la lumière du soleil cherchant son chemin à travers les nuages en altitude. J'enchaînai :

— J'ai l'intention d'organiser des visites pour les gens du coin, une fois les risques de construction passés, de sorte qu'ils puissent fouiner dans des recoins qui ne seront plus accessibles une fois que nous aurons commencé les opérations. Je veux essayer d'amener les gens à jouer le jeu, que le village puisse ressentir qu'il a un rôle à jouer dans toute cette affaire.

— Je suis sûr que tu auras bon nombre de preneurs. Ce sera un très beau geste communautaire de ta part, Richard. Et il me semble que tu poses tous les bons gestes avec les locaux. As-tu trouvé d'autres idées pour faire décoller les ventes de farine?

— Plus de gens boulangent aujourd'hui qu'il y a dix ans. Les boulangeries locales sont toutes intéressées. À première vue, il semble que je devrais être en mesure de vendre au moins autant de farine que je peux raisonnablement en produire, mais au bout du compte, c'est difficile d'en avoir l'assurance. C'est un peu comme les sondages avant les élections. Mais si toi et moi ne retournons pas au travail dès maintenant, rien de tout ça ne va se produire. »

La roue prit forme au cours de la journée. Jeremy tourna des séquences depuis de nombreux emplacements différents sur l'eau. L'après-midi s'envola, mais plutôt que d'être de plus en plus fatigué comme j'aurais pu m'y attendre, je voyais ma joie croître à la vue d'une roue à augets comme celle d'origine, prendre forme sur le flanc du moulin, une roue de ma propre conception de surcroît. Greg et moi continuâmes à parler et à plaisanter, même si cela s'estompait un peu à mesure que l'après-midi avançait, car il y avait en nous de plus en plus le désir d'avoir toutes les pièces du squelette de la roue en place avant de conclure la journée. Comme un marathonien se sent propulsé et puise dans des réserves qu'il ne croyait plus avoir quand il aperçoit la ligne d'arrivée, constater que nous n'avions plus que trois autres rayons à installer fit sembler le travail plus léger. Lorsque le boulon final fut serré, je pris du recul vers le bout de l'échafaudage pour voir l'ensemble de la roue. Elle était magnifique. Je marchai jusqu'où Greg se tenait et je lui fis une vigoureuse accolade.

« Nous l'avons fait, vieux schnocq. Merci! Mais regarde-moi ça!

Et elle avait l'air parfaite dans ses proportions. Le bas de la roue dégageait la surface de l'eau tout juste d'un pied et contre l'arrière-plan du mur du moulin, elle avait l'air faite sur mesure.

— Non, merci à toi, Richard. Ça fait longtemps que j'ai passé une journée qui m'ait donné une telle récompense tangible à la tombée du jour. Il n'y a vraiment rien de tel que de créer quelque chose de nos mains, au moins une fois de temps en temps. Mais maintenant, tu viens avec moi à la maison pour boire et manger.

— Non, mon ami. C'est moi qui te suis redevable. Je ne pourrais pas…

— Richard, dois-je te battre, merde, ou tu me suis tranquillement sans discuter?

Je me reniflai une aisselle.

— Je suis à peine digne d'être conduit à l'écurie, encore moins de me joindre à une compagnie mondaine.

— Eh bien, dit Greg, nous ferons escale chez toi, tu prendras des vêtements de rechange, tu prendras ensuite une douche chez moi, puis nous irons tous nous détendre. Jill adore ta compagnie. Je vais lui passer un coup de fil pour voir si nous avons besoin de prendre du ravitaillement en chemin. »

Ma résistance céda alors que Greg composait le numéro de sa maison stocké sur son cellulaire. D'où je me trouvais, je pouvais entendre les éclats d'excitation de Jill. Je commençai la collecte des outils et m'assurai que le frein sur la roue était bien engagé. Nous verrouillâmes l'accès au site du moulin, ensuite, fîmes un bref arrêt chez moi. Je laissai tomber chapeau et bottes de sécurité derrière la porte, allumai les lumières, laissai une note pour Stuart, enfilai des chaussures plus confortables, déposai une assiette de nourriture pour Max et fourrai des vêtements de rechange et ma trousse de toilette dans un sac de sport.

En moins de cinq minutes, nous étions chez Greg. Attirée par le bruit de notre arrivée, Jill nous accueillit en maillot de bain. « J'ai pensé que nous pourrions passer vingt minutes dans le bain-tourbillon. Il est en train de se réchauffer. Disons, une fois que vous aurez pris une douche, pour que nous ne finissions pas tous par nager dans une soupe de testostérone.

Jill prend soin d'elle et à l'évidence mon regard figé avait dépassé les convenances. Son expression se fit soudain sérieuse et dit :

— Ah! Dois-je retirer ceci?, demanda-t-elle en baissant les yeux vers son maillot de bain, ou je peux compter sur toi pour le faire?

Greg poussa un grand éclat de rire et partit chercher du vin, je rougis et commençai à balbutier. Le rire de Jill résonnait dans le couloir et elle me donna une poussée douce en disant :

— Entre dans la douche! Les invités d'abord! Par ici, et elle me tendit un maillot pour homme. Viens directement dans le bain-tourbillon dès que tu seras lavé. »

Dix minutes plus tard, je rejoins Jill dans le bain tandis que Greg passait à son tour sous la douche. Greg avait aménagé leur bain-tourbillon sur un prolongement du balcon à l'arrière, qui se lovait dans un repli de la colline derrière leur maison. Du bain, le regard portait vers le sud au-delà du toit de la maison. La soirée avait bien tourné. Le nuage en altitude avait disparu, le ciel était bleu à perte de vue et on sentait venir une soirée fraîche, sans vent, une soirée de fin d'été.

Jill était complètement détendue, la tête appuyée sur un coussin en mousse, les yeux fermés. Je m'installai à l'opposé. Sans ouvrir les yeux, elle dit : « Je suis heureuse que vous ayez pu venir.

— C'est toujours un plaisir Jill. Vous êtes tous les deux tellement bons pour moi.

Elle ouvrit les yeux et me regarda pour ce qui sembla un long moment.

— Quand Greg vous a téléphoné et que vous lui avez dit de venir au moulin, il a réagi comme un enfant qu'on invite à la plage. Je ne sais pas si vous le savez, Richard, mais vous représentez beaucoup pour Greg. Il n'y a personne d'autre dans le village avec qui il ne peut interagir de la façon qu'il le fait avec vous. »

Je n'eus pas le temps de répondre, car Greg arriva à ce moment-là en bondissant sur la galerie comme s'il comptait faire un splash spectaculaire dans le bain-tourbillon et Jill hurla, riant à moitié : « Ne t'avise surtout pas! » Greg et moi nous immergeâmes en silence, les yeux fermés, juste la bonne recette pour nous éviter les raideurs musculaires du lendemain. Nous avions travaillé dur et je pouvais sentir le stress de l'acide lactique se dissiper alors que nous nous détendions. Les plus brillantes étoiles avaient scintillé juste comme nous songions à sortir du bain. Jill regarda en l'air.

« Je devrais vraiment apprendre à connaître le nom de ces étoiles. J'ai été élevée à Toronto et il était rare que l'on puisse voir quoi que ce soit dans le ciel nocturne, à part les avions. Mais ici, à Greenvale... » et elle se tut en regardant le ciel. Se tournant vers moi, plus comme astuce pour relancer la conversation que comme question véritable, elle demanda : « En connaissez-vous un peu sur les étoiles, Richard? Qu'est-ce que nous voyons là?

— Des connaissances d'amateur, au mieux, dis-je. Mais voyons voir… Vous savez trouver l'étoile Polaire, non? Alors, cherchez la Grande Ourse, la constellation en forme de poêle et trouvez les deux étoiles qui forment le côté opposé à celui de la poignée. Maintenant, imaginez une ligne passant par ces deux étoiles et se prolongeant dans le ciel. Cette ligne croise presque une étoile assez brillante qui a un morceau de ciel presque à elle toute seule. Trouvée? Elle hocha la tête. Et bien celle-là, c'est Polaris, l'étoile Polaire.

— Ne devrait-elle pas se trouver directement en haut?

— Seulement si nous étions au pôle Nord.

Après un moment, je continuai.

— D'accord. Maintenant, regardez directement à l'ouest. Il y a une étoile brillante, juste au-dessus des collines. C'est Altaïr. Elle va se coucher derrière les collines dans environ une demi-heure. Maintenant, en suivant le long des sommets des collines vers le sud, on arrive à une autre étoile brillante et qui est aussi juste au-dessus des collines. Celle-là s'appelle Vega. Les deux sont faciles à voir, mais seraient plus brillantes s'il n'y avait pas l'éblouissement que produit la lueur zodiacale et si elles étaient seulement un peu moins lumineuses, nous aurions probablement du mal à les distinguer. Maintenant, si on traverse le ciel suivant une ligne qui va presque directement à l'est, on aperçoit deux étoiles brillantes pas trop loin l'une de l'autre, presque sur un axe nord-sud. Celle au nord est Aldebaran et l'autre au sud, Cappella. Si nous restions ici encore quelques heures, quatre autres étoiles brillantes se lèveraient à l'est : Procyon, Pollux, Bételgeuse et Rigel. Et là, vous avez à peu près épuisé mes connaissances en astronomie.

Jill et Greg me regardèrent tous les deux surpris. Jill demanda finalement :

— Où avez-vous appris tout cela?

— À l'université, nous avions des cours de premier cycle en option. L'un d'eux était l'astronomie et la plupart des conférences étaient données au planétarium. J'ai toujours eu un intérêt pour l'astronomie, sans doute en partie parce que étant enfant, j'étais très timide et le ciel nocturne ne posait aucune question et ne portait aucun jugement. Une nuit, un de mes oncles m'a remarqué esquissant les positions des étoiles et m'a donné un ensemble de cartes du ciel pour mon douzième anniversaire. À un certain moment, je pouvais identifier vingt ou trente étoiles facilement, peu importe l'heure de la nuit ou la saison. Ça aidait de grandir à la campagne, pas de smog, peu de pollution lumineuse. »

Nous sommes restés en silence, à regarder de plus en plus d'étoiles s'allumer. Le bain chaud, la nuit et le ciel nous enveloppèrent, unis dans l'amitié. Ce silence fut un long moment d'intimité accompagné du chant des grillons et du murmure de l'eau de temps en temps lorsque l'un d'entre nous changeait de position dans le bain-tourbillon.

Greg se leva et déclara :

« J'ai faim. Je vais préparer le vin » et il sortit, s'essuya et partit en direction de la cuisine. J'aidai Jill à sortir de la baignoire, passai à la chambre d'amis pour me changer et le temps de revenir à la salle à dîner, Greg avait ouvert et servi le vin. Jill avait préparé une lasagne accompagnée de salade. Il y avait probablement assez de lasagne pour eux deux et pour en avoir de reste, mais juste assez pour trois convives.

Comme toujours en leur compagnie, ma soirée s'envola, mais non sans une conversation sérieuse, beaucoup de rires, quelques blagues un peu osées, mais pas trop, un peu de politique concernant le village et le pays et, bien entendu, des questions au sujet du moulin.

Greg et moi commençâmes à sombrer à peu près au même moment et je fis allusion au lit confortable qui m'attendait à la maison. Il y eut les politesses d'usage après un bon repas, je remerciai Jill et tous deux me firent des câlins amicaux sur le seuil de la porte.

J'arrivai juste avant onze heures. Stuart n'était pas encore arrivé; peut-être avait-il décidé de rester en ville. Pas de messages non plus sur mon cellulaire. J'avais cru bon de faire le trajet du retour à pied et de marcher un peu dans la nuit pour respirer l'air frais, dans l'espoir de dissiper un peu les effets du vin avant d'aller au lit.

Après avoir imprimé la photo du poème que j'avais prise à la banque avec mon téléphone, je l'apportai à mon fauteuil en cuir préféré. Max était perché sur le dossier du canapé en face et il ricana devant ma prétention de m'attaquer à cette poésie allemande.

Je regardai les huit strophes, puis commençai à l'examiner plus attentivement ligne par ligne. Les mots allemands commencèrent tous à me revenir comme dans un flash. Quelques autres, archaïques ou plus obscures, planèrent hors de portée dans une brume de pseudo-Alzheimer. Je lis le poème au complet par deux fois, puis une troisième fois, en prononçant les mots à voix haute. La cadence familière du langage monta en moi et je m'enfonçai plus bas dans mon fauteuil, dégageant une traduction approximative de la première strophe.

"Longtemps je t'ai aimée, heureux de t'appeler Mère, de te réciter comme en offrande, une naïve chanson d'amour, toi la plus belle ville parmi celles que j'ai vues dans toute ma patrie."

Une traduction irrégulière et désagréablement maladroite par rapport à l'élégance de l'original, même si la signification essentielle était rendue. Mais encore… Je plissai mentalement le front. Ma traduction n'était pas tout à fait juste. J'essayai à nouveau. Pas encore correcte. Quelque chose n'allait pas. Je m'y efforçai encore quelques minutes. Le poème était recopié à la main. Peut-être le copiste avait-il échappé un mot, ou mal copié un autre. Deux minutes de recherche me permirent de localiser mon volume des poèmes de Hölderlin, un cadeau de mon ami Werner il y avait de cela des années.

Feuilletant le livre, je trouvai assez vite. C'était en effet le poème de Hölderlin dédié à la ville de Heidelberg, mais je remarquai bientôt que deux mots de la première strophe dans la version manuscrite étaient incorrects. Parcourant le reste du poème, je trouvai un total de quatorze mots qui étaient soit différents de l'original ou ajoutés dans la transcription. Trop de changements pour que ce soit tout simplement accidentel. J'écris sur une page blanche les treize mots dans l'original qui avait été changés : *so, sich, tönt, auf, fort, wie, zu, in, die, schwer, die, umher, freundliche*. Peu importe dans quel ordre j'essayais d'arranger ces mots et j'essayai pendant une dizaine de minutes, ils ne voulaient rien dire, individuellement ou collectivement. J'écrivis ensuite les mots de la transcription manuscrite qui étaient différents de l'original, quatorze au total, donc un nouveau mot avait été ajouté : *aber, und, tief, laut, innen, doch, gut, bald, neugeborene, recht, ertönt, eine, nach, seine*. La même chose avec ces mots : peu importe comment je les arrangeais, aucun sens ne sautait aux yeux, ou se suggérait de lui-même, même faiblement.

Je me débattis pendant encore quelques minutes, mais la fatigue prenait le dessus et bientôt, j'abandonnai. Il était onze heures et demie. Je verrouillai la porte, réglai l'alarme, puis envoyai un message texte à Stuart disant que j'avais fait ces deux choses au cas où il arriverait durant la nuit. Le bain-tourbillon avait fait son œuvre : pas de muscles raides, juste une agréable lassitude généralisée. Je suis tombé dans mon lit et les quelques gouttes d'eau du Léthé que les esprits de la nuit avaient déposées sur mes lèvres, transformèrent les six heures et quart suivantes en un vide complet dont j'émergeai, rafraîchi, le lendemain matin à six heures moins quart.

Vingt-deux

Il y avait dû y avoir un orage assez violent pendant la nuit, parce que lorsque j'ai pointé le nez dehors à six heures, il y avait des feuilles arrachées partout et les bouffées d'air entrant par l'ouverture de la fenêtre portaient une délicieuse senteur nettoyée et parfumée. Le matin rugissait à la vie, le ciel oriental tourbillonnait avec la promesse d'une journée radieuse et mon sourire, tant intérieur qu'extérieur semblait irrépressible. Après mes ablutions et un rapide rasage, je nourris Max et pris le déjeuner sur la terrasse arrière. Les deux moineaux se joignant à moi à l'autre bout de la table, semblaient d'accord pour dire que c'était un bon jour pour être en vie.

Stuart n'était pas revenu et il n'y avait pas de message de lui, mais il avait toujours eu l'indépendance d'un chat s'occupant de ses propres affaires. La liste des choses à faire pour la journée était aussi longue que d'habitude, mais cela ne me dérangeait pas du tout, car je commençais à me rendre compte que sur la route de la réfection du moulin, nous étions maintenant dans le dernier droit. Je dégageai la table, lavai ma vaisselle du déjeuner, vérifiai mes courriels puis partis pour le moulin.

Je décidai que ce matin-là, puisque j'étais arrivé assez tôt, au moins une heure avant l'arrivée de mes employés, je ferais une inspection détaillée et prendrais des notes.

La première étape : le patio au niveau de la rivière. Tout le dégagement requis de la terre était complété et l'équipe de maçons avait terminé la moitié du muret longeant l'excavation en forme de croissant pratiquée dans la colline, principalement pour stabiliser cette colline contre les glissements, mais aussi pour créer une ambiance sur le patio au niveau de la rivière, qui se voulait un endroit d'intimité, non visible de la route et visible seulement en partie de la rivière et avec une belle perspective architecturale de trente degrés sur la roue d'eau. La maçonnerie était bonne. La grande résistance lorsque je poussais et tirais les pierres m'indiquait que le mur avait en effet la solidité d'un arc comme je l'avais espéré. J'estimai qu'il restait probablement une demi-journée de travail pour compléter le mur, puis une autre pour poser les dalles rustiques sur le sol.

L'arrêt suivant : la roue à eau. Elle était dans l'état où Greg et moi l'avions laissée et tout le bois était devenu complètement trempé par la pluie de la nuit. Un examen attentif m'indiqua que le bois traité n'avait pas souffert de la pluie et je trouvai qu'il était facile de la faire tourner manuellement, ce qui indiquait un équilibrage déjà raisonnable et peu de friction au niveau des paliers. À ce chapitre, nous étions vraiment dans la dernière ligne droite avant l'arrivée.

Mon troisième arrêt : la conduite d'amenée d'eau, un aqueduc en hauteur allant de la rivière en amont du moulin, vers le haut de la roue. Un atelier local avait fabriqué cette tuyauterie selon des plans de ma conception. C'était le chemin qu'emprunterait l'eau, de l'écluse jusqu'au haut de la roue, où elle serait répartie entre un certain nombre de petits tuyaux s'étendant parallèlement sur une distance horizontale d'un demi-mètre, ces tuyaux versant l'eau dans les augets au sommet de la roue à un taux et une vitesse constantes. Tout ceci avait maintenant été installé.

Le quatrième arrêt de ma visite : la zone de broyage du grain, à l'intérieur du bâtiment. Il aurait été fascinant de reproduire les composantes originales du groupe motopropulseur tout en bois, y compris ses engrenages, comme cela avait été le cas dans la première vie du moulin, mais cela n'était tout simplement pas pratique.

Cependant, la meule en pierre serait opérationnelle et assurerait effectivement une partie de la production que nous vendrions sous étiquette "farine moulue à la pierre".

La dernière étape n'était pas vraiment un arrêt. La roue à augets était située à un peu plus de la moitié du chemin le long du mur du moulin par rapport à celui bordant le bâtiment au sud. Cela signifiait que l'arbre de la roue, l'alternateur, les meules en pierre et les autres équipements seraient situés dans la moitié amont du moulin. Je cochai dans mon esprit tous les aménagements qui prenaient forme : le café-bar et restaurant, la terrasse-galerie extérieure avec ses auvents, les fenêtres qui offriraient une vue de l'intérieur, sur les meules en pierre et les autres activités du moulin.

Comme je me tenais dans le moulin, les bruits autour de moi étaient ceux de quelque chose qui s'était réveillé après un long sommeil. Le soleil réchauffait les panneaux du toit et leur expansion créait une série de toux, de chuchotements et d'exclamations étouffées. Le clapotis amical de la rivière et le grondement de l'eau haranguant doucement le barrage sur son passage, entraient dans le moulin et faisaient écho partout comme une continuelle conversation privée. Les oiseaux n'avaient plus la liberté de voler librement à l'intérieur du moulin en pénétrant par un toit ouvert, mais ils étaient heureux de trouver des perchoirs et je pouvais entendre les moineaux, les pigeons, les hirondelles, les martinets et les mouettes occasionnelles.

Mon tour d'inspection terminé, je complétai mes notes, tout juste comme mes ouvriers arrivaient dans une clameur de plaisanteries grivoises, suivis de près par l'équipe des maçons puis la journée se transforma en un tourbillon d'activité. Vers onze heures, Greg téléphona en disant que son après-midi s'était soudainement libéré et que si je voulais continuer à travailler sur la roue à augets, il pouvait arriver tout de suite. Bien sûr, je saisis l'occasion, sans me soucier de savoir si la déclaration de Greg était strictement vraie ou s'il venait de reporter une série de réunions ennuyeuses. Greg apparut quelques minutes plus tard, plein d'enthousiasme et on s'est mis au travail tout de suite, nos efforts interrompus brièvement une fois par heure, quand je partais contrôler mes ouvriers et répondre à toute question émergente sur ce qu'il fallait faire ensuite. Vers une heure cet après-midi-là, Stuart téléphona pour me dire qu'il était en chemin vers Greenvale, qu'il avait découvert quelque chose d'important et que nous devions nous parler le plus tôt possible après son arrivée. Juste après trois heures, ce fut au tour de Monty de m'appeler pour m'informer qu'il avait découvert un document très intéressant et que je devais le regarder sans tarder. Tout au long de l'après-midi, les gens du village se sont arrêtés, regardant par-dessus la clôture du moulin et me posant des questions chaque fois que j'étais à portée de voix. La plupart du temps, ils voulaient savoir quand ils pourraient jeter un œil et je clamai « très bientôt ». Trois canots transportant des badauds locaux s'avancèrent dans la lagune vers le milieu de l'après-midi, attirés par l'activité des maçons autour du patio au niveau de l'eau et l'apparition soudaine au cours des deux derniers jours, de la structure de la rue à augets. Je bavardai avec eux aussi longtemps que possible.

Dans l'après-midi, Greg et moi avons réussi à installer environ le tiers des augets de la roue. Tout allait comme sur des roulettes et je pouvais voir Greg devenir de plus en plus impatient, plus par excitation que par frustration, enthousiaste de voir le travail d'assemblage terminé et la roue maintenant fonctionnelle. Jeremy vint au cours de l'après-midi et filma la fixation de deux augets, pour ses archives sur vidéo. Juste avant trois heures et demie, Stuart a appelé en disant qu'il était arrivé chez moi et j'ai convenu avec lui de nous voir à six heures. Il affirma qu'il avait un tas d'appels d'affaires à passer et voulait s'y mettre avant sept heures. Alors, j'ai appelé Monty lui demandant si nous pouvions nous rencontrer au *Renard* à sept heures. Il accepta, mais mentionna un peu mystérieusement que nous aurions besoin de trouver une table isolée. Je donnai mon accord avec un vif intérêt, vu que Monty n'est pas exactement du genre secret. Cet après-midi-là, mes ouvriers terminèrent l'escalier intérieur, les dernières sections du revêtement du plancher et commencèrent à ériger les cloisons sèches dans ce qui serait finalement le café-restaurant et les bureaux. Tard dans l'après-midi, les membres de l'équipe sur la maçonnerie annoncèrent qu'ils avaient terminé le muret et qu'ils auraient une grue et son opérateur sur place le lendemain pour continuer avec le mur de pierre qui englobait la lagune. La même grue allait également mettre en place, au fond de la lagune, les assises pour les lumières sous-marines qui éclaireraient de nuit, le côté du moulin et la roue à augets. Ce fut également au cours de ce même après-midi que ces lumières et leur câblage furent livrés.

Puis, on était rendu passé cinq heures. L'équipe de maçons était déjà partie, mes ouvriers en train de quitter, chacun proclamant l'incompétence de l'autre et sa filiation douteuse, mais tous me saluèrent de la main, sautèrent dans leurs pickups et disparurent. Greg et moi montâmes dans le nouvel escalier sur toute sa hauteur : il était solide et avait exactement les bonnes proportions pour l'espace d'où il partait et où il aboutissait. Nous avons examiné le début des travaux de cloisons sèches et nous pouvions tous les deux imaginer une salle pleine de tables et de buveurs de café. À l'extérieur, nous descendîmes les marches vers la terrasse au bord de la rivière. Greg s'arrêta net, regardant autour le demi-cercle de pierre s'appuyant autoritairement sur le flanc de la colline et se complétant avec une demi-douzaine de petites alcôves pour l'éclairage d'ambiance. Il regarda le dallage rustique qui formait la surface du patio, puis, comme c'était le but de la terrasse au bord de l'eau, son regard fut attiré par la lagune, ensuite par la roue à augets fixée sur le flanc imposant du moulin, puis finalement traversa la rivière vers la série de collines gardant l'horizon à l'est.

« Richard, c'est fantastique! Même dans mes rêves les plus fous, jamais je n'aurais pu imaginer que cette vieille ruine triste pouvait être transformée en quelque chose d'aussi imposant et élégant! On va faire une fortune avec cet endroit!

Greg était subjugué et silencieux à nouveau alors que son regard retraçait le même parcours une fois de plus.

— Je peux revenir travailler ici toute la journée demain, si cela fonctionne pour toi, dit-il tout à coup et avec une détermination qui m'a parue presque comique.

— Ce serait génial Greg. Nous pourrions terminer la roue. Es-tu certain que ton horaire te le permet?

Il fit un geste de la main pour balayer la question.

— Je serai là à huit heures.

— Parfait!, dis-je, mais je vais devoir partager mon temps entre la roue et la lagune. Demain, nous allons soulever la roue en fonte du fond de l'étang et ensuite la grue va installer les socles pour les lumières sous-marines et le mur délimitant la lagune. »

Puis, je verrouillai l'enclos et Greg me donna une poignée de main très ferme qui s'est transformée en une étreinte digne d'un ours et nous nous séparâmes.

De retour chez moi, je me garai à côté de la voiture de Stuart et me glissai dans la maison. Stuart travaillait à mon bureau, le dos tourné et il répondit par un geste du bras sans se retourner quand je lui annonçai que je serais de retour dans dix minutes après une douche. En revenant au salon, je trouvai Stuart étendu dans un fauteuil, sirotant un verre de whisky. Son apparence me choqua quelque peu. Il était mal rasé. Ses yeux étaient injectés de sang. Son visage portait les traces de la fatigue d'une longue nuit de travail. Mais tout cela contrastait avec son grand sourire de satisfaction.

« On dirait que tu as brûlé la chandelle par les deux bouts et davantage, dis-je, ne cherchant pas à cacher mon inquiétude.

— Je ne sais pas combien d'extrémités a cette bougie, mais tu as raison, je les ai toutes brûlées. Mais ça en valait la peine.

Je donnai à Stuart un long regard interrogateur sans rien dire et il continua :

— Je suis maintenant assez sûr de l'identité du responsable de la pose du deuxième mouchard, mais cela a coûté à mon homme sur le terrain en Pennsylvanie une petite fortune en whisky. Nous avons affaire à un collectionneur de rares manuscrits, comme je m'y attendais. Il n'y a pas de preuve, parce qu'il a bien couvert ses traces, mais comme beaucoup de mâles alpha, il ne peut pas résister à l'occasion de se vanter. Mon enquêteur a passé quelque temps à fouiner parmi tous les acteurs là-bas et il est devenu raisonnablement bien informé sur l'industrie du livre biblique rare, puis a commencé à approcher ces gens en laissant tomber par-ci par-là, comme appât, de vagues déclarations sur quelques sujets bien précis. La plupart de ses cibles ont manifesté un intérêt réservé ou pas d'intérêt du tout, sauf pour ce type qui a foncé sur l'appât comme un brochet affamé. Bien sûr, il y a eu le menuet habituel où il feignait ne plus être intéressé et donnait des signes qu'il allait passer son tour, mais son insistance à se vanter a permis à mon homme d'extraire suffisamment d'informations pour nous faire une estimation raisonnable de la vue d'ensemble : ce beau parleur est au courant que "quelqu'un au fond de la forêt" (ce qui pourrait vouloir dire ici au Canada) a un document qu'il pourrait être intéressé à acquérir, mais il y a un facteur de complication.

—Ah oui? Lequel?

— Il en possède déjà une copie.

— Mais ce n'est pas inhabituel pour un collectionneur d'avoir plus d'une copie d'un livre rare ou d'un document.

— Bien sûr, mais dans ce cas-ci, mon homme sur le terrain dit qu'il a un sentiment étrange à propos de toute l'affaire. Par exemple, l'intérêt de ce suspect, on présume pour ton document, est trop intense, selon mon homme. Il y a quelque chose d'autre en jeu.

— Sait-on s'il sait que le document est ici?

— Cela dépend de ce que tu entends par "ici". Le fait qu'il ait planté le bug est un bon indice qu'il sait quelque chose d'assez précis, mais je n'ai aucune idée de ce que ça peut être. De toute évidence, il croit que cette chose est quelque part ici en Ontario. Mon homme travaille toujours à essayer de savoir comment notre suspect le sait, puisqu'il n'y a que quatre personnes ici qui sont conscientes de l'existence de notre trouvaille.

— Eh bien, c'est ce que nous pensions, enchaînai-je, mais de toute évidence, il y a une cinquième personne au courant quelque part. »

Nous avons discuté du sujet encore quelques minutes, mais il était clair qu'aucun éclair de génie n'allait surgir. Ensuite, nous avons parlé de ce qu'il convenait de faire au point où nous en étions et nous avons discuté de plusieurs options. J'indiquai que je devais mettre à jour la compilation d'information que nous avions générée une semaine plus tôt et Stuart était bien d'accord, vu que la situation semblait gagner en complexité.

« Qu'est-ce que ton espion fait en Pennsylvanie maintenant?, demandai-je.

— Il farfouille en utilisant sa couverture.

— Laquelle est…?

— …d'agir en tant qu'agent pour un marchand de livres rares à Toronto.

— Notre suspect ne va-t-il pas vérifier si c'est le cas?

— Il serait surprenant qu'il ne le fasse pas, mais ne t'inquiète pas. Le libraire en question est un ami et je l'ai mis au parfum. S'il reçoit un appel, il va jouer le jeu et nous en informer.

— Ainsi, notre Pennsylvanien doit cacher son jeu, dis-je. Il laisse entendre que son information est assez vague, mais pourtant il savait exactement où planter le mouchard.

Stuart hocha la tête.

— Nous pouvons être sûrs qu'il sait que le bug a flanché ou qu'il a été repéré et éliminé. Mais il ne sait pas nécessairement ce que nous savons au sujet du livre auquel il s'intéresse. Il pourrait penser que le destin lui a souri en plaçant sur son chemin un agent de livres rares en provenance justement de la zone qu'il surveille. Je pense qu'il doit être en train d'essayer de comprendre comment tirer profit de cela et en même temps de vérifier qu'il ne se fait pas duper. Si ça se trouve, il doit probablement se préoccuper davantage qu'un autre collectionneur essaie de glaner des informations sur l'objet de sa convoitise. Il est possible qu'un autre collectionneur américain puisse avoir recours au service d'un marchand de livres rares à Toronto pour venir fureter à Philadelphie pour trouver un objet de valeur, mais que ce furetage a peu de chance d'aller jusqu'à communiquer directement avec le collectionneur concurrent.

—Alors, pensai-je à voix haute, il a planté un bug pour obtenir une sorte d'information particulière. Peut-être qu'il espère que je suis tombé sur quelque chose dont je ne connais pas la valeur et qu'il sera capable de l'obtenir pour une chanson. Ou peut-être qu'il veut juste essayer de nous le voler et le passer ensuite incognito à la frontière.

— Ce sont là deux possibilités, dit Stuart. Mais, comme je l'ai dit, maintenant il sait que soit le bug a été trouvé et enlevé, ou qu'il vient tomber en panne. De toute façon, nous devons présumer qu'il a, ou aura, un observateur dans les alentours. Et je pense que nous pouvons supposer également que, même si ce bandit sait que c'est effectivement toi qui as le livre, il ne connaît pas son emplacement physique exact. S'il y a un observateur, celui-ci sait maintenant que nous avons de sérieuses mesures de sécurité en place et que la pose d'un autre bug sera plus difficile. Il sait probablement aussi qu'essayer d'entrer par effraction ne serait pas sage, d'abord en raison de la sécurité et deuxièmement parce qu'il n'a pas la preuve tangible que le livre est ici dans la maison.

— Donc, il est peu probable que tout d'un coup, il se désintéresse de ton gars en Pennsylvanie, puisque ce pourrait être maintenant le seul lien qu'il a avec le livre.

— C'est logique, dit Stuart, mais ça reste un jeu compliqué. Personne n'est sûr de savoir combien de joueurs il y a dans le jeu et personne à part nous deux, n'a l'assurance de savoir qui sont les chats et qui sont les souris.

Je devais avoir un sourire, malgré moi.

— Tu y prends plaisir, n'est-ce pas?

— Je ne manquerais ça pour rien au monde. »

Je laissai Stuart à ses appels d'affaires et partis à la rencontre fixée avec Monty au *Renard Embusqué*. Il était déjà là quand j'arrivai. Il avait rapproché deux tables sur le patio pour y étaler divers papiers, protégés de la brise légère par des briques. Le soleil avait baissé considérablement dans le ciel, approchant les collines de l'ouest et une pâle lumière ambre inondait tout aux alentours, donnant aux choses une texture et une réalité tout autres, ce voile glorieux et légèrement nostalgique de fin de saison. C'était une journée douce, assez froide pour des manches longues, mais pas plus. Nous commandâmes quelque chose à boire et avons jeté un œil sur le menu avant que Monty ne plonge directement dans ses papiers. « Alors voilà, Richard, lança-t-il presque sur un ton de conspiration, j'ai trouvé quelque chose d'important. »

Vingt-trois

Jeudi. Les appels téléphoniques passés par Stuart la veille lui avaient fait conclure qu'il lui fallait retourner en ville pour la journée suivante et il était déjà parti lorsque je refis surface. Une note griffonnée à la hâte et placée à côté de la bouilloire disait qu'il serait de retour dès que possible, mais probablement très tard dans la soirée.

Le programme de travail de la journée était très chargé, et en route, je fus pris de l'inquiétude d'en avoir trop mis. Quand j'arrivai, une magnifique lumière rose du matin baignait le moulin, comme pour me rassurer : « Ne t'inquiète pas, bonhomme, tout va bien se passer. »

Pendant que l'opérateur mettait en place sa grande grue, je transportai jusqu'à la terrasse au bord de la rivière, les coussins gonflables et un réservoir de plongée que j'avais modifié. En quelques minutes, je fus dans l'eau en train de fixer les coussins à la roue en fonte. En moins d'une demi-heure, je les avais tous attachés et avais commencé le gonflage. Bientôt, toujours immergés, ils s'étaient élargis au point de bloquer toute vue directe de la roue en dessous et je dus m'immerger complètement pour vérifier les choses. Gonfler les sacs était assez simple, mais faire en sorte qu'ils soient gonflés uniformément était assez fastidieux. Juste au moment où je commençais à m'inquiéter, le dessus des sacs fendit soudainement la surface de l'eau. Effectivement, quand je me penchai sous l'eau, je pus confirmer que la roue en fonte s'était dégagée complètement du fond de l'étang.

Il fallut alors seulement une dizaine de minutes pour que la grue soulève, pivote et abaisse dans l'eau son lourd étrier de levage à un endroit juste d'un côté de la roue. Une fois l'étrier au fond de la lagune, avec efforts, je poussai l'ensemble flottant de sacs de levage et de la roue au-dessus de l'étrier, dégonflai les sacs et la roue s'y déposa doucement. Je dégageai les sacs et l'opérateur de la grue souleva la charge environ trois pieds au-dessus de la surface de l'eau pour ensuite la pivoter lentement au-dessus de la terrasse au bord de la rivière et la déposer à nouveau comme si elle était aussi légère qu'une plume. Je décrochai les câbles de levage. La première tâche de la journée était accomplie. Tout au long de ce périple, Jeremy avait pataugé de tous bords comme un dément, filmant des séquences sous tous les angles, en plus d'avoir un appareil photo sur trépied, cadré sur l'emplacement général de la roue dans la lagune et programmé pour prendre automatiquement des images fixes à intervalle régulier pendant toute la durée de la manœuvre.

À ce moment, mes ouvriers étaient arrivés et fidèles à leur enthousiasme habituel d'adolescents, comme le tout se déposait doucement sur le patio, ils donnèrent une salve d'applaudissements, de hourras et de sifflements. En comparaison, positionner les socles des lumières sous-marines s'avéra être la simplicité même. Nous plaçâmes le premier. Je chronométrai le tout : 15 minutes et tout se passa sans accroc. Comme il y avait douze luminaires, j'estimai que le positionnement des onze autres allait prendre un peu moins de trois heures.

En arrivant, Monty et Greg vinrent directement voir la roue en fonte. Monty tout excité, peinait à ne pas s'affoler dans sa danse de Saint-Guy habituelle. En quelques secondes, il était à genoux et avait tiré un assortiment de petits outils hors du sac qu'il avait apporté.

« Bon Dieu!, lança Greg étonné. C'est toute une pièce! » Et il avait raison. Elle couvrait toute la partie centrale du patio. Nous demandâmes à Monty s'il avait besoin d'autre chose, ou d'aide, mais déjà il avait passé le portail de *Storia Forensica* et il était hors de portée de voix.

Greg et moi nous remîmes à la tâche d'assembler le reste des augets de la nouvelle roue en bois et le travail avança rapidement. Vers 10 h 30, nous avions attaché tous les augets sauf deux. À ce moment-là, je fus demandé pour lancer l'opération de grutage suivante, puisque tous les socles pour l'éclairage avaient été positionnés.

La structure du mur qui délimitait la lagune de la rivière comprenait seize sections que l'on devait mettre en place, ce qui pouvait probablement se faire en une session, quitte à travailler jusqu'à six heures ou un peu plus tard. Il était donc important de commencer tout de suite.

La stratégie de mon sous-traitant était astucieuse : il avait coulé et fait la finition de toutes les sections du mur et les avait livrées au site la veille. La grue leva et plaça la première section. Vingt minutes. L'activité prendrait donc effectivement un bon six heures.

De retour à la roue, Greg et moi terminâmes le boulonnage en place des deux derniers augets et nous assîmes pour contempler notre ouvrage. Greg arborait le visage rayonnant d'un nouveau papa.

« Et maintenant?, demanda-t-il.

— Maintenant, il faut équilibrer la roue, et je lui expliquai comment nous allions procéder.

— Je ne sais pas comment tu trouves toutes ces idées, me répondit-il en secouant la tête.

En moins d'une heure, nous avions une roue parfaitement équilibrée, de sorte qu'en la plaçant arbitrairement à n'importe quelle position angulaire, elle y resterait, sans chercher à tourner dans un sens ou dans l'autre.

— Alors, ça y est?, demanda Greg.

— Ça y est quoi?

— On a terminé?

— Disons-le de cette façon : ce n'est pas la fin, ni même le début de la fin, mais...

— OK, Winston, on fait quoi, là?

— Eh bien, répondis-je, sans trop d'efforts pour cacher un sourire, nous avons six tests à faire avant de pouvoir mettre la roue en service et je les énumérai. Pas besoin de les faire strictement dans cet ordre, par contre il y a autre chose que nous devons faire en premier.

— C'est-à-dire?

— Mettre la roue en rotation, avec un faible débit d'eau et observer attentivement pour s'assurer que rien ne cloche.

— On peut faire ça aujourd'hui?

— Quel est le problème avec tout de suite? Vaut mieux faire venir Jeremy pour immortaliser l'événement. »

Si l'expression antérieure de Greg avait été "le rayonnement d'un nouveau papa", il irradiait maintenant de l'aura du premier contact visuel et de la première reconnaissance faciale avec le nouveau-né.

Nous allâmes cueillir Monty, qui ne pouvait pas être laissé en dehors d'un événement de cette l'importance, nous arrêtant en chemin pour regarder le balancement de la grue comme elle déplaçait un autre segment de mur, enjambant bien haut le dessus de la terrasse jusqu'à l'étang en bas. Monty vint à notre rencontre comme nous arrivions de la terrasse au coin du moulin. Son sourire était si large qu'il devait être presque douloureux et il dansait comme un mathématicien inconnu jusqu'alors qui aurait tout juste trouvé la preuve de l'hypothèse de Riemann.

« Richard! Richard!, commença-t-il tout excité, tentant évidemment d'exprimer une demi-douzaine de pensées complexes à la fois. Elle est, elle est..., elle est intacte! Elle semble en grande forme! Aucune fissure! *Holy shit*, Richard, tu entends ce que je te dis : il n'y a aucune fissure! »

Greg et moi échangeâmes un regard, chacun inquiet que davantage d'excitation puisse faire basculer Monty dans une crise nerveuse aiguë. J'expliquai à Monty ce que nous étions sur le point de faire. Son regard allait avec anxiété de la roue en fonte à celle en bois, l'image parfaite d'un universitaire ambivalent, déchiré entre deux options tout aussi intéressantes, mais mutuellement exclusives.

Soudain, il se dégagea de son extase. « D'accord!, dit-il de manière décisive. Je ne peux pas rater ça. Mais, mais, Richard! *Holy shit* ! » et la danse de St-Guy lui reprit.

Jeremy avait filmé le grutage de trois sections du mur de la lagune et s'affairait maintenant à l'installation de trois microphones : un juste à côté de la roue, un autre près du coin du moulin à l'endroit où il avait installé une de ses caméras et un dernier à l'intérieur même du moulin. Jeremy avait également placé une deuxième caméra juste à côté de la roue, donnant une vue en contre-plongée sur les augets, à travers les rayons de la roue et vers l'aqueduc venant de l'écluse.

Le débit d'eau serait au final réglé à partir du panneau de commande à l'intérieur du moulin, mais pour cette fois, j'établis le débit manuellement depuis l'échafaudage qui s'étendait assez proche de l'écluse pour être en mesure de le faire. Les autres observateurs étaient assemblés sur le niveau moyen de l'échafaudage. La roue contenait, selon mon estimation, environ 2 400 kilos de bois et le tout allait peser une centaine de kilos de plus lorsqu'humide, mais sans eau dans l'un des augets. Donc, mes calculs m'indiquaient qu'en ouvrant la vanne manuelle, la roue commencerait à tourner très lentement, même s'il n'y avait pas de puissance transmise au générateur et que tout cela serait très spectaculaire. Après avoir vérifié que Jeremy était prêt, je lui donnai le signal de mettre en marche ses caméras et j'ouvris la vanne pour laisser passer environ 10 % du plein débit optimal.

Immédiatement, l'eau commença à gicler dans l'auget directement en face des buses d'écoulement, puis hors de celui-ci. J'avais imaginé ce moment tant de fois et avais fait tant de calculs à cet effet, que rien n'est venu comme une surprise pour moi. Les autres, par contre, étaient littéralement figés d'étonnement. Avec le poids de l'auget maintenant rempli, lentement, la roue commença à tourner. Le bruit fait initialement par l'eau changea quand le premier auget avança hors de portée de l'écoulement de l'eau qui commença ensuite à remplir l'auget suivant. Lentement, la roue prit de la vitesse. Maintenant, le troisième auget et, une dizaine de secondes plus tard, le quatrième commencèrent à se remplir. Je regardai en direction de Greg, de Monty et de Jeremy sur l'échafaudage. Ce grand esprit tutélaire de la technologie, celui qui remue les entrailles de tous ceux à proximité quand une "première" comme celle-ci se produit, celui-là même qui a le pouvoir de donner une chair de poule de la taille de balles de ping-pong, accomplissait maintenant tout cela à la fois, dessinant sur tous les visages tournés vers le ciel, un sourire commun. La vitesse de la roue continua d'augmenter. Le « teuf-teuf » régulier de l'eau coulant dans les augets consécutifs augmenta dans le registre des fréquences. Puis, tout à coup, il y eut l'accompagnement d'un « splash-splash », comme la roue tourna au point où l'eau des augets se déversait dans la lagune. Le niveau du bruit s'accrut encore. Greg m'a fait un signe avec le pouce en l'air. Le chant de Monty se prit dans une boucle fermée de « Holy shit! »

Lorsque la roue eut atteint ce qui semblait être une rotation régulière, je descendis au même niveau que les autres dans l'échafaudage et regardai attentivement la roue. Les augets défilaient passé le cadre d'échafaudage avec la précision d'une montre suisse et je ne pouvais percevoir aucune variation comme ils passaient, ce qui me confirmait qu'ils étaient tous alignés et correctement fixés sur la roue. Comme les augets passaient, je pouvais constater qu'ils étaient tous remplis d'environ la même quantité d'eau. Il n'y avait aucune oscillation visible nulle part. Pas de grincement ni gémissement. Aucun des rayons ne déviait, fléchissait ou se tordait d'après ce que je pouvais voir. Le moyeu était solide comme du béton. Les rayons défilaient dans une régularité à la fois métronomique et géométrique. Je regardai Monty et Greg. Monty était hypnotisé. Le regard de Greg balayait à travers toutes les parties de la roue, encaissant un spectacle complètement en dehors de son champ d'expérience habituelle. Nos yeux se rencontrèrent et je lui fis un grand sourire. Le sien en retour était au moins aussi large. Nous étions tous les deux conscients que nous avions ramené quelque chose à la vie, réveillé un esprit de la rivière qui s'était endormi depuis une centaine d'années. Et je dois dire que ce fut un diable de bon sentiment, avec boule dans la gorge et tout le reste.

Je laissai tourner la roue pendant une dizaine de minutes, puis je coupai l'eau. La roue commença à ralentir et je chronométrai la durée allant du moment où j'avais coupé l'eau à celui où la roue s'était immobilisée : une minute et quarante secondes. Cette information et l'enregistrement vidéo de la décélération de la roue, pourraient me servir de base pour une estimation de la friction et autres pertes d'énergie que la roue subissait. Nous restâmes là pendant un moment, à écouter l'eau s'égoutter de la roue.

Monty vint vers moi : « Richard, je, je, je ne sais pas quoi dire. Je suis gêné de confesser que je me sens comme si j'étais encore en culottes courtes et qu'on venait de me donner un nouveau jouet.

— Laisse ta gêne de côté et profite simplement du moment. Quand on construit quelque chose et que ça fonctionne, c'est exactement comme ça qu'il faut se sentir.

— Mais je n'ai rien construit, je n'ai rien fait.

— Monty. On est tous ensemble dans ce projet. Tu fournis un soutien moral et le soutien moral de quelqu'un comme toi vaut au moins deux autres paires de mains d'ouvrier. »

Là, il devint tout ému, alors je le sortis de son embarras en suggérant qu'il pouvait retourner à l'autre roue. Comme s'il était tout à coup sorti d'une transe, ou que quelque lointain Merlin avait levé un mauvais sort, il cligna des yeux quelques coups, fixa le patio et murmura quelque chose comme : « Tu as bien raison, qu'est-ce que je fais ici? » et il bondit en bas de l'échafaudage.

La mise en place du muret de la lagune était avancée à plus de la moitié et il semblait que le tout serait terminé pour six heures. J'indiquai à Greg que nous devrions aller y jeter un œil et il me suivit en bas des marches de l'échafaudage, mais regarda par-dessus son épaule vers la roue trois ou quatre fois, l'image de cette si grande structure avec son mouvement majestueux et dramatique brûlait encore intensément dans sa mémoire. Au coin du moulin et avons regardé la grue balancer une autre section à travers la lagune et lentement la déposer à sa place. On avait l'impression que les extrémités adjacentes de chaque section de muret dans l'eau étaient sises pratiquement en contact et que les sommets des sections étaient à presque exactement au même niveau horizontal. Le tracé du muret partait d'un point juste en amont du moulin près du support en pierre de l'écluse et s'étendait au-delà du moulin en une longue et gracieuse courbe elliptique.

« On dirait que ça progresse très bien ici, dis-je.

Greg regarda le long de la ligne du mur sans rien dire. Finalement, il a murmuré :

— Quelle journée!

— Comment ça, quelle journée?, dis-je en remontrance. La journée est à peine à moitié écoulée. Il reste du travail à faire, mon bonhomme.

Nous retournâmes donc à la roue pour continuer avec deux essais de mise en service : l'étalonnage du débit à travers la tuyauterie et du collecteur d'amenée d'eau de l'écluse, et la vérification du palier de la roue. Quand tout ça fut terminé, il était presque quatre heures trente.

—Et maintenant?, demanda Greg.

— Maintenant, je pense qu'on peut aller à l'intérieur vérifier l'avancement des cloisons sèches. »

Sur place, on a constaté que la plupart des travaux de base sur les cloisons étaient complétés. Il restait seulement à poser les rubans sur les joints, à faire le plâtrage et le ponçage. Les pans de mur sur trois côtés de la pièce étaient entrecoupés par de costaudes colonnes en bois dégrossies et finies à la hache et alternaient avec des sections en brique ancienne. Trois longues poutres taillées tout aussi rustiquement s'étiraient sur toute la longueur du plafond. Tout le câblage et la tuyauterie étaient déjà en place et nous étions maintenant dans un espace à vocation nettement commercial. Les rouages de l'entrepreneur en Greg s'engagèrent. À voir la façon qu'il avait de regarder tout autour, plissant légèrement les yeux, je pus constater qu'il visualisait l'aménagement complété d'une aire de restaurant et de bar à café. Les lumières au plafond et les appliques seraient la prochaine étape, puis le revêtement de sol, les gros appareils dans la cuisine. Ensuite les peintres feraient leur travail. Après cela, les tables et les chaises, les couverts, la porcelaine et les plus gros ustensiles de cuisine seraient livrés. Son anticipation et son excitation étaient palpables.

Greg entrevoyait tout ça d'un coup d'œil. « Richard, nous devrions être en mesure de commencer au moins le service de café d'ici environ une semaine.

— Et c'est exactement ce qui est prévu au calendrier. Demain, mes ouvriers vont construire la véranda du café extérieur et monter les auvents. Il y aura des activités réellement intéressantes dans ce moulin à peu près chaque jour de la prochaine semaine et j'espère que nous pourrons accueillir des clients curieux de constater le progrès durant chacun de ces événements. Tu te souviens de l'esquisse de plan que nous avions pour cette étape du projet afin de faire participer les gens ? Nous devrions vraiment la mettre à jour et faire une planification un peu plus serrée. Nous sommes probablement en retard sur certaines des choses que nous devrions être en train de faire. Aurais-tu du temps ce soir, pour qu'on se rencontre et qu'on fasse cela ?

— Absolument, dit Greg avec insistance. Tu devrais venir souper à la maison quand nous aurons terminé ici. Jill doit sortir à son club de lecture ce soir. Elle sera désolée de t'avoir manqué.

— Eh bien, si elle ne rentre pas trop tard à la maison, je pourrai étirer ma visite jusqu'au café et au schnaps. »

Le bruit du moteur de la grue changea soudainement pour tomber au ralenti, interrompant notre conversation. Je regardai ma montre : cinq heures quarante-cinq. Nous avions passé beaucoup plus de temps dans le moulin que je le prévoyais. Passant à l'extérieur, je pus voir l'opérateur sortir de la cabine de sa grue et mon ouvrier sortir de la lagune pour grimper sur le patio près de la rivière. Le mur de la lagune traçait maintenant un arc long et très élégant dans l'eau, ne laissant qu'une courte ouverture d'environ deux pieds de large pour la sortie de l'eau à l'extrémité aval. La troisième et plus grande tâche de la journée était maintenant terminée. Vers le même moment, Monty s'approcha de nous, son visage auréolé d'une victoire intellectuelle : il dit qu'il partait pour le reste de la journée et qu'il avait pris près de deux cents photos détaillées qu'il voulait examiner à la maison. Il ajouta qu'il serait de retour de bonne heure le lendemain matin et que, si possible, il avait besoin d'encore deux jours pour terminer son examen de la roue.

Vers sept heures moins quart, l'opérateur de la grue était sur son départ, tous mes ouvriers avaient quitté au son de leurs invectives amicales habituelles, Greg était parti ramasser une pizza pour notre repas et j'ai verrouillé l'accès au moulin. De retour chez moi, il y avait un message de Stuart disant qu'il serait à Greenvale à nouveau en milieu de matinée le lendemain. Il y avait une longue liste de courriels de toutes sortes de gens demandant une mise à jour des progrès réalisés au moulin. Et bien entendu, Max attendait son souper.

Je n'avais pas recueilli mon courrier du jour, mais peut-être pourrais-je le faire en revenant de chez Greg.

Je suis arrivé chez Greg juste après huit heures. Comme d'habitude, sa maison était une oasis. Une musique de piano, par Clayderman m'a-t-il semblé, remplissait les pièces juste au bon volume, à partir de son superbe système de son central. Du vin avait été servi, un mélange d'olives comme amuse-gueule et la pizza sortant tout juste du four. Sur la table, je ne pus m'empêcher de remarquer le tableau détaillé des événements prévus au moulin, de leurs préparatifs, que nous avions élaborés, y incorporant les soins de Greg et son œil habituel pour les détails et sur lequel il avait déjà griffonné bon nombre d'annotations. Greg émergea de la cuisine, ramassant une paire de verres à vin d'une main en passant près du buffet et me fit signe de m'asseoir à portée de la bouteille, des olives et de la feuille de planification. Il était manifestement un peu fatigué, mais encore gonflé à bloc et il y avait dans ses yeux une brillante lueur résiduelle des événements de la journée. Nous avons travaillé, bu, mangé, parlé et dans l'espace d'environ une heure, nous avions fini d'examiner tous les événements dans le tableau. Les pages étaient maintenant couvertes d'encre rouge et Greg dit qu'il ferait les modifications sur le fichier électronique et en tirerait quelques copies propres. Il plaida ensuite que hormis la consultation, il fallait lui laisser la tâche de prendre soin de tous les arrangements commerciaux et publicitaires liés au moulin. J'étais d'accord sans réserve.

Nous avons discuté de quelques détails en finissant la pizza. Jill est rentrée peu après neuf heures et Greg a trouvé l'énergie nécessaire pour lui faire un compte-rendu détaillé de tous les événements de la journée, ses mains sculptant l'air à mesure qu'il parlait. Comme il faisait une pause pour prendre une gorgée de vin, Jill me fit un clin d'œil, évidemment ravie de voir son Greg tout enthousiasmé.

Sur le chemin du retour, je m'arrêtai au bureau de poste. Il n'y avait pas de courrier intéressant. Comme je m'avançais dans mon entrée, mes phares de voiture se balancèrent sur la terrasse avant et des touffes de mauvaises herbes dansaient dans les cônes de lumière en toute impunité. J'eus un serrement de culpabilité de ne pas avoir passé assez de temps sur ce patio, ni assez de temps à désherber l'agencement de pierre, ni de m'être occupé du jardin qui m'avait maintenu abondamment approvisionné en légumes succulents pendant tout l'été. « Plus tard », murmurai-je, puis je gagnai honteusement la maison, désactivai l'alarme, déverrouillai la porte, lançai le courrier sur la table, laissant déjà tomber des vêtements sur le chemin jusqu'à ma chambre à coucher et glissai avec reconnaissance dans le lit. Je m'éteignis comme une lumière.

Je me réveillai brusquement, complètement lucide. Il était juste passé 3 h 30. Un sentiment ridicule mais inébranlable de victoire remplit ma conscience. Après quelques minutes, j'allumai une pâle lampe de lecture à mon chevet et me mis à réfléchir. Mon sentiment euphorique ne pouvait sûrement pas venir seulement des événements de la journée, même s'ils étaient vraiment significatifs et satisfaisants. Les réactions de Greg et de Monty et l'expression sur leurs visages valaient bien à elles seules les efforts de la journée, mais ce n'était pas là l'explication. Éteignant la veilleuse, j'attendis que le reste de la fatigue de la journée me fasse sombrer dans le sommeil à nouveau.

Je n'eus pas besoin d'attendre longtemps.

Vingt-quatre

Il restait huit jours avant l'événement sur la liste de Greg identifié comme "Son et Lumières au moulin". Nous avions parlé de celui-là suffisamment : les éléments organisationnels nécessaires pour l'événement étaient maintenant en place et les rôles que Greg et moi étions appelés à jouer seraient tout simplement agréables et ne nécessitaient donc pas beaucoup de préparation. C'était préparer le moulin lui-même pour ce grand événement qui me préoccupait.

Le plâtrage et la peinture de l'aire de restauration étaient maintenant terminés et nous gardions les portes et les fenêtres de l'endroit ouvertes quatorze heures par jour pour nous débarrasser de l'odeur de la peinture fraîche. Le couvre-sol était posé. Les cuisinières, fours, grands réfrigérateurs, surfaces de travail et les casseroles, poêles, louches, pinces et autres ustensiles de cuisine avaient été livrés et étaient en cours d'installation. J'avais travaillé, durant mes étés à l'université, dans des cuisines de restaurant et j'étais raisonnablement bon cuisinier; Greg, de son côté, avait acquis une certaine expérience au *Pavillon* en y mettant sur pied la cuisine, mais nous avions convenu que nous n'allions pas nous en occuper. Nous avons embauché une consultante qui a travaillé avec nous pendant un mois et qui est restée un mois après l'ouverture. Mme Ferris, était dans la mi-quarantaine, voyait à son affaire au point d'être parfois brusque, mais rien n'échappait à son attention et il était clair à son expression quand elle regardait autour dans le moulin que sa passion était la nourriture, le service et un personnel motivé. Elle a insisté pour faire une visite complète, indiquant que ce n'était pas une requête courtoise. Ses yeux brillaient d'intérêt comme nous défilions devant les meules tout nouvellement installées. Nous revîmes à la cuisine et elle s'est arrêtée, balayant la salle d'un regard laser. Je retins mon souffle...

« Qui a conçu cette cuisine?, a-t-elle demandé.

Mon cœur s'est alors serré.

— Ceci est de première classe! Il va falloir en faire parler dans les médias. »

Elle explora la cuisine, laissant échapper *sotto voce* des commentaires et hochant la tête périodiquement. Je pouvais la voir visualisant l'ergonomie dans la préparation des aliments.

Pour nous aider à recruter un gérant de restaurant, Mme Williamson (la bibliothécaire) nous avait suggéré le nom d'une jeune femme, Karen et nous pouvions être certains que pour mériter une telle recommandation, cela signifiait qu'elle aurait un QI dans le top cinq centiles et des nerfs d'acier. Après une entrevue d'une demi-heure, Mme Ferris déclara qu'elle était bonne, alors nous avons embauchée Karen. Elle allait aussi s'occuper du Café. Le jeune frère de Jill, Michael, était un aspirant-chef cuisinier, plein d'énergie et ayant de bonnes qualifications, mais avec peu d'expérience. Mme Ferris le cuisina (façon de parler) lui aussi et il confia plus tard à sa sœur, Jill, que si ses examens à l'école d'hôtellerie avaient été aussi difficiles que cette entrevue, il serait maintenant chauffeur de camion. Madame Ferris lui donna une note de passage hésitante, disant qu'il avait une bonne attitude, un bon instinct pour la *cucina*, que ce qui lui manquait en expérience était largement compensé par son enthousiasme, mais qu'il serait un risque et que beaucoup de travail et de supervision seraient nécessaires si on le prenait.

Greg vota pour ne pas l'embaucher, craignant les problèmes pouvant surgir entre parents et la perception possible de népotisme. Pour ma part, j'étais en faveur de le prendre à bord et nous nous rencontrâmes à mi-chemin en demandant à Mme Ferris d'élaborer un programme de coaching et d'évaluation sur une période de probation de six mois. Michael était extatique et sans la moindre réserve au sujet de cette période de probation. Nous avions désormais un chef. Greg restait préoccupé, désireux de savoir quel serait mon rôle. Il sentait que je pourrais considérer que mon rôle comme je l'entrevoyais avait été en quelque sorte usurpé. En fait, j'étais plus intéressé à être l'actionnaire principal d'une entreprise sur le chemin de la réussite et c'était la vision de cette entreprise qui me préoccupait le plus.

Tout au long de cette période, j'avais lutté contre un manque de confiance : après tout, on s'était maintenant passablement écartés de mon idée originale d'un simple moulin à farine, en direction de ce qui menaçait de devenir un empire industriel, une entreprise sociale fourre-tout, mais Mme Ferris a balayé cette inquiétude d'un tut, tut, tut, raillant ma timidité et affirmant que nous étions sur la bonne voie. Il était vrai que ce changement de perspective avait été planifié et contrôlé et n'était pas le résultat d'un glissement insidieux. Il est également vrai que la tendance des coûts baissait maintenant vers le milieu de la plage que j'avais initialement prédite et nous étions en avance sur le calendrier. De toute façon, il était maintenant trop tard pour avoir des regrets. Je confesse cependant, avoir connu pendant quelques semaines, une courbe sinusoïdale d'euphorie/panique.

Il y avait mille petites choses à faire, mais Mme Ferris était au centre de l'action, jonglant avec ces tâches multiples avec la facilité d'un Leonard Bernstein à la direction d'une chorale d'école. Des rideaux devaient être mis en place. La lingerie de maison avait été acquise et devait être soumise à une routine de stockage et d'inspection. Nous avions dû finaliser les arrangements avec la blanchisserie. Les derniers détails de l'élimination des ordures devaient être organisés. Notre consultante avait prévu une stratégie de menu pour tester nos hypothèses de départ concernant la clientèle et pour viser un point qui ne soit ni trop haut, ni trop bas, tout en laissant le plus de marge pour nous ajuster. Nous avons eu trois séances d'essais au restaurant, leur but étant d'évaluer les réactions de convives-cobayes, mais aussi de tester et d'optimiser le flux de denrées alimentaires depuis les congélateurs et les réfrigérateurs, en passant par la cuisine, les tables, jusqu'au retrait des assiettes, verres et ustensiles pour faire en sorte que le tout se passe en douceur et sans effort et ni trop rapidement, ni trop lentement. Nous avons vérifié les indicateurs de la satisfaction des clients-cobayes. On a contrôlé le niveau du bruit et celui des odeurs et vérifié nos dispositions pour être en mesure de fournir des repas végétariens et végétaliens. Nous avons vérifié à l'infini, nous semblait-il, les risques de trébucher ou de tomber. Vérifié aussi les procédures pour l'entretien des toilettes. Nous avons testé le fonctionnement de la consigne des manteaux. Nous avons vérifié le passe-plat entre le restaurant et la terrasse extérieure en bas. Juste au moment où nous pensions tomber K.O., Mme Ferris a souri et s'est déclarée heureuse : nous avons donc suivi son exemple.

Les journées s'envolaient, beaucoup trop vite, semblait-il. Puis, quand il ne resta plus que deux jours avant le Son et Lumières au moulin, Mme Ferris nous dit de disparaître.

« Foutez le camp! furent ses mots. Reposez-vous, lisez, jouez au hockey sur gazon, jardinez, observez les oiseaux, faites n'importe quoi sauf vous inquiéter ou penser au restaurant. Vous avez fait tout ce que vous pouviez faire. Quand vous reviendrez, je veux voir des gens détendus et confiants. » C'était un excellent conseil.

Sans excuse et exceptionnellement, je me retrouvai à la maison au beau milieu d'un après-midi. Max n'a pas été impressionné par ce changement inopiné et barbare à l'ordre des choses.

Stuart réapparût cet après-midi-là, d'un de ses séjours prolongés à Toronto. Son entreprise fonctionnait par bourrées et il venait de terminer un lot particulièrement bien tassé de petites affaires. Je savais qu'il travaillait principalement seul, ne faisant appel à une petite bande de collaborateurs de confiance que lorsque nécessaire. Je savais aussi que ses travaux étaient grandement diversifiés, mais jamais je ne lui ai demandé de détails et jamais il ne m'en a offert. Cette fois-ci, bien qu'il était manifestement fatigué, son humeur était optimiste et il m'a briefé sur ce qu'il avait été faire pour nous au cours des derniers jours. Il avait passablement de choses à raconter.

Il avait retracé Ambrose. Gerard Mark Ambrose était mort sans le sou dans un hospice à Barrie en 1974. Stuart avait trouvé suffisamment de documents pour être sûr que c'était bien le même Ambrose associé au moulin de Greenvale. Il avait un fils, Ian Ambrose et celui-là, Stuart était encore en train de le traquer. Notre cambrioleur, Jimmy Kralik, avait été un petit bandit qui avait surgi régulièrement à différents endroits et toujours dans des contextes sordides, dans tout le sud de l'Ontario. Il avait reçu une balle dans la tête. C'était considéré comme une exécution, mais la police avait suivi une piste d'enquête assez courte qui l'avait menée à une impasse. Je racontai à Stuart ce que nous avions fait au moulin, mais il devint évident qu'il avait une pile d'autres tâches à faire, alors je le laissai à lui-même.

Avec tout à coup du temps à ma disposition, je me retrouvai un peu pris au dépourvu, incertain de ce que j'avais envie de faire. Je décidai alors que c'était un temps libre idéal pour jeter un œil au document que Monty avait trouvé au fond de cette malle poussiéreuse. Le récupérant dans mon bureau, je m'assis pour le lire.

Carl Masson avait produit un journal, l'histoire de sa vie, en plusieurs sections ayant pour titre : Mes origines, Ma jeunesse, Voyages sur terre et en mer, Ma vie à Philadelphie, Voyage en Amérique du Nord britannique, Ma vie en Haut-Canada et Crépuscule de mes jours. J'ouvris le journal à la première section et commençai à lire.

Par aucune certitude de souvenir ni documents, je ne connais l'année de ma naissance. Mais je la devine être l'an de grâce 1709, puisque je crois que j'étais âgé de 18 ans, 9 années après la mort de ma mère, quand je suis débarqué du **James Goodwill** en 1727. Je tiens cette date pour être vraie, mais n'ai aucun moyen de la confirmer avec certitude, en raison des circonstances qui me sont arrivées, comme je vais ici le raconter.

Ma famille cultivait un petit lotissement de terre à la campagne et nous avons pu rester ensemble, travaillant cette terre, seulement par un dur labeur et subissant un malheur après l'autre. On disait de notre village, qu'il était petit et pauvre, mais je m'y rendis qu'une fois et n'ai donc aucun souvenir certain, pas même de son nom. Du village, notre modeste maison était à faible distance, à l'égal d'environ 150 chaînes dans la mesure que j'ai apprise à Philadelphie, ou environ deux miles en mesure de maintenant. Toujours difficile fut notre vie et nous connaissions la misère dans ses nombreuses formes. Comme mon père m'a raconté, deux de mes quatre frères sont morts avant d'atteindre l'âge de quatre ans. Une de mes deux sœurs est morte enfant. Ma mère, humble, attentionnée, craignant Dieu, mais délicate de constitution, a succombé à une pneumonie après s'être blessée alors que j'étais dans ce que je crois être ma neuvième année.

Mon père et son frère ont peiné pour nous soutenir. Quand j'atteins l'âge de seize ans, soit sept ans après la mort de ma mère, les différences de vue entre mon père et son frère, lesquelles avaient grandi au fil des ans, sont devenues un gouffre que rien ne pouvait combler. Le frère de mon père est parti. Il restait alors mon père, moi et un frère du nom de Pierre qui toujours restait distant. Peu de semaines après le départ de mon oncle, nous avons constaté que mon frère avait lui aussi quitté la maison familiale. Ce que sont devenus ce frère et ma sœur, je l'ignore.

Mon père était un homme austère, qui maintenant serait appelé piétiste, compétent à l'élevage, mais souvent distant et taciturne, qui imposait ses propres règles sévères et sans le levain de l'humour. Comment il y était parvenu, je ne le sais, mais il avait mis de côté une petite réserve et il m'a dit un jour de préparer mon bagage avec peu de choses, car nous allions partir dans un grand voyage vers une nouvelle vie. Où ce voyage a mené et le chemin qui nous y a conduits, je raconterai maintenant.

Jusqu'à ce jour, la vie que je connaissais était celle de cultiver la terre et d'élever quelques animaux pour tirer la charrue et nous nourrir une fois l'automne venu. Le jour, nous travaillions de la première lumière jusqu'au crépuscule et notre récompense était alors un modeste repas pris autour d'une bougie. Mon père ne pouvait lire. Il n'allait que rarement aux assemblées à l'église, mais il apprenait beaucoup de passages bibliques qu'il aimait se réciter à lui-même. De son mieux, il m'a instruit des choses de la religion, mais il était surtout solitaire, un homme de peu de mots et mon fardeau de travail était trop grand pour consacrer du temps à la contemplation religieuse. Étant jeune, j'étais sans instruction ne pouvait lire ni écrire.

Il y avait une autre page ou deux de détails similaires, mais je les laissai de côté pour le moment, pour faire une recherche informatique rapide et fus ravi de constater que les dossiers des immigrants arrivés au XVIIIe siècle à Philadelphie avaient été numérisés et étaient disponibles en ligne. Il ne me fallut que très peu de temps pour confirmer qu'un navire appelé le **James Goodwill** avait accosté à Philadelphie le 27 septembre 1727, après avoir navigué depuis Rotterdam, avec un arrêt à Plymouth en Angleterre et alors mon intérêt grandit considérablement. Un peu plus de recherche me procura la liste des passagers qui ont débarqué du **James Goodwill** et je la téléchargeai. Il n'y avait pas Carl Masson parmi les noms. Après avoir creusé davantage, je trouvai un certain nombre de documents d'universitaires sur l'immigration à Penn's Wood. Ils donnaient quantité de détails, décrivant les conditions horribles que certains des passagers avaient dû supporter en traversant l'Atlantique, les pertes très élevées de passagers en raison de la maladie au cours des voyages, avec une mise en garde que les documents de cette période varient considérablement en qualité, que pour une utilisation formelle, il ne faut pas considérer leur contenu comme factuel et qu'une confirmation indépendante de l'information sur les dates, entre autre, était la démarche la plus prudente et celle de mise, mais que bien entendu c'était souvent impossible. Ainsi, Carl Masson aurait pu être sur le navire mentionné, mais les dossiers ne le montraient pas, ou il aurait pu être sur un autre navire arrivant un autre jour ou même une autre année.

Revenant au journal, je sautai à la section *Voyages sur terre et en mer* et continuai à lire.

Je n'appris jamais ce que mon père avait fait avec notre maison. Un matin, nous sommes partis et avons commencé notre marche. Nous avons marché plusieurs jours et nous avons traversé villes, villages et campagnes attrayantes. Nous marchions sans parler. Mon père ne connaissait que notre destination et savait que pour l'atteindre, il nous fallait suivre le long fleuve une fois arrivés à Mannheim et par la suite il a demandé le chemin de nombreuses fois. Nous nous sommes égarés souvent et parfois nous avons dû revenir sur nos pas. Nous avons dormi dans les champs ou dans des étables. Nous avons mangé ce que nous pouvions, quand nous le pouvions. Parfois, nous avons échangé le travail d'un jour contre de la nourriture. Nous deux sommes devenus émaciés. Mes bottes sont tombées en morceaux.

Deux fois nous avons été menacés par des détrousseurs, mais mon père était prompt à la colère et savait faire bon usage de son grand bâton de marche. En tout, notre voyage sur terre a duré plusieurs semaines. Les grandes villes étaient étranges et bruyantes pour moi et je les ai trouvées désagréables. Mais nous avons aussi suivi une longue vallée aux flancs escarpés et je me souviens que les paysages qu'elle présentait étaient très agréables à regarder. Enfin, nous sommes arrivés à Rotterdam et il y avait beaucoup de discussion, de négociation et des cris avant de trouver des places sur un navire. Mon père a immédiatement détesté le capitaine de ce navire et a refusé de se mettre d'accord sur le prix du passage, nous avons recommencé la recherche pour un autre navire. Il y avait grande fraîcheur et humidité dans Rotterdam, les nuits étaient froides et de nombreux jours passèrent avant que mon père accepte un passage sur le **James Goodwill**. Je me souviens d'avoir été grandement inquiet à l'époque, me demandant pourquoi nous endurions cette épreuve et doutant de la confiance de mon père que nous allions vers une vie meilleure.

Enfin nous avons pris la mer. Après un court laps de temps a commencé ce qui a été un vrai cauchemar mais éveillé car beaucoup de passagers furent pris du mal de mer. Les conditions dans les quartiers pour dormir étaient pires que ce que je peux décrire. Les bruits de vomissement de plusieurs rendaient difficile la venue du sommeil et l'air vil et âcre de la nourriture dégorgée qui bientôt couvrait presque toutes les choses, était difficile à supporter quand je me rappelais la douceur de l'air et celle de l'eau pour se baigner que nous avions trouvée en suivant le long fleuve.

Nous avons eu deux jours de répit à Plymouth et un effort a été fait pour nettoyer le navire, mais quand nous avons navigué à nouveau, avec alors encore plus d'âmes à bord, le cauchemar a recommencé. Environ une semaine après avoir quitté Plymouth, le premier décès est survenu. La première de deux grosses tempêtes s'est abattue sur nous et le bruit terrible de l'eau se brisant avec force sur le navire, mêlé aux gémissements angoissés de ceux qui priaient le Tout-Puissant de nous épargner ont rempli les entrailles du navire. Plus de personnes sont mortes la semaine suivante. Quelques semaines plus tard, une lassitude s'est emparée de mon père. Quatre jours plus tard est venu son trépas. Le matin de sa mort, il m'a soigneusement donné les quelques pièces d'or qui nous restaient et a dit que sa fin était proche. Je l'ai contredit, souhaitant qu'il ait tort, mais il s'est donné cette mine sévère que je connaissais et a déclaré d'une voix ferme, qui sans doute lui a coûté ses dernières forces, que c'était Sa volonté, que je devais l'accepter, que je devais poursuivre le voyage, prendre ses vêtements et ses chaussures une fois que son âme aurait été accueillie par le Seigneur, qu'il me fallait protéger la malle qui nous avait été confiée dans une si grande anxiété par son propriétaire. Il m'a donné son ultime bénédiction en tant que bon et fidèle fils. Puis, pendant quelques heures, plus d'une fois il est entré et sorti d'un sommeil des plus troublés et enfin a quitté ce monde tard cet après-midi-là. En une heure, son corps avait été jeté sur le côté du navire et je récitai le seul fragment de prière que je connaissais. Je lui dis à Dieu. J'étais maintenant seul et je pleurais en silence, ne sachant pas si c'était sur moi ou sur mon père.

C'était un document bizarre qu'il était impossible de ne pas trouver touchant. Je ne pouvais tout simplement pas m'imaginer marchant un total de cinq cents kilomètres sans signalisation le long de la route, sans aucune compréhension de la géographie, sans même connaître le nom des villes se succédant et avoir à constamment demander où l'on était rendu. Il m'était impossible d'imaginer ensuite embarquer pour un voyage en mer qui semble avoir duré de nombreuses semaines, voire des mois. C'était une autre époque, en ce qu'un voyage en mer, ou même la mer elle-même était une grande inconnue, au-delà de l'entendement pour quelqu'un qui toute sa vie, avait vécu dans une vallée, sur des collines ou dans une plaine. À une époque où la plupart des gens n'avaient aucune vision cohérente du monde, en dehors de celle offerte par la foi religieuse, des changements de cet ordre dans une vie constituaient un voyage dans l'irrationnel et profondément redoutable pour n'importe qui. C'était un monde différent et les gens étaient faits différemment. Il était également clair que cet homme et son père avaient marché à travers une partie de ce qui est maintenant l'Allemagne, de sorte que son nom à l'origine ne pouvait pas être Masson. Toute cette affaire commençait à sembler plus complexe, je sautai à la section suivante, *Ma vie à Philadelphie* et continuai à lire.

Ma première vue de Philadelphie fut une joie plus que bienvenue. Après avoir aperçu la terre, il y eut une grande jubilation sur le navire et beaucoup de grâces rendues au Seigneur. Notre bateau a suivi le rivage pendant deux journées. Nous avons avancé dans un passage long et très large et au loin, au fond, la ville est apparue sur une haute terre. Étant maintenant sans mon père à qui j'avais fait la promesse solennelle de prendre avec moi la malle et de la garder en sûreté, j'étais conscient de la nécessité de trouver un moyen pour assurer ma subsistance. L'élevage était tout ce que je connaissais et je résolus de faire usage de ce talent. Mon père m'avait confié la petite somme de pièces d'or qui lui restait quand il était devenu clair qu'il n'allait pas survivre à son voyage en mer. Presque tout ce que nous possédions avait dû être donné au capitaine du navire pour payer le reste de notre passage et la nourriture, si ce que nous avons mangé à bord pouvait être appelé de la nourriture et j'étais confus et en détresse au souvenir du corps de mon père tombant sur le côté du navire. Mon père avait quitté ce monde environ trois jours après que le capitaine eut déclaré que nous avions déjà parcouru plus de la moitié de notre trajet en mer, donc il n'y aurait aucun remboursement ni récompense. Il m'a fallu un certain temps pour comprendre ce que cela signifiait, car je ne connaissais pas l'anglais alors et il y avait peu de gens sur le navire qui comprenaient et parlaient l'anglais et l'allemand. Sans mon père pour fournir le soutien auquel j'étais habitué, je me sentais seul au monde, étant loin des gens que je comprenais et ne sachant pas encore que j'avais le soutien de notre Seigneur, une bénédiction qui est venue à moi plus tard dans ma vie.

Ça n'avait été que trois jours avant la mort de mon père quand notre récent ami, un homme de Rotterdam je crois, avait également été accueilli dans le sein de Notre Seigneur après une très pénible maladie et il avait supplié mon père pour qu'il jure de prendre soin de ce coffre et de son contenu. Mon père l'avait fait, car il n'y avait pas d'autre voie civile possible et il m'a fait promettre le même serment quand à son tour, il avait été près de sa fin. J'ai honoré ce serment, et conservé et sauvegardé la malle fidèlement tout au long de ma vie.

À mon arrivée à terre à Philadelphie, on m'a demandé de faire une croix sur un papier pour dire que j'étais arrivé, que je serais un citoyen de la colonie de Penn et qu'on m'attribuerait une terre à défricher et à cultiver. La terre qui me fut donnée était près de Germantown et ma surprise fut énorme de voir l'étendue qui serait mienne. C'était aussi une terre de qualité, couverte de grands arbres qui allaient devoir être enlevés avant que je sois en mesure de cultiver. Je me souviens avoir travaillé très dur dans la saison restante cette année-la, mais bientôt je dus trouver refuge pendant l'hiver dans la maison d'un autre qui était arrivé avant moi. Nous parlions la même langue et on a été en mesure de converser. Il m'a fourni de la nourriture et un logement convenable en échange de mon labeur et bien qu'il ne fût pas un homme agréable, j'ai survécu à mon premier hiver et suis retourné défricher ma propre terre lorsque le temps plus chaud est revenu.

En seulement quelques mois, j'avais appris assez d'anglais pour commercer et me débrouiller. Plusieurs années passèrent avant que je puisse apprendre à lire et à écrire, mais je me suis efforcé de le faire quand j'ai observé le sort de ceux qui n'avaient pas acquis ces compétences. Il me fallut quatre ou cinq ans avant que ma position dans notre communauté soit reconnue. Entre-temps, j'avais construit une petite maison, dégagé plus de terres que nécessaire pour assurer la subsistance d'une famille, acheté un vieux cheval qui allait me servir et avait fait la preuve de mes compétences d'éleveur et de cultivateur. J'étais dans la colonie de Penn depuis sept années quand je pris une femme, même si pour cela j'étais considéré trop vieux et qu'il y eut beaucoup de ragots. Seulement deux ans plus tard, ma bien-aimée Christina m'a été enlevée lors de la naissance de notre fils Rolf. Je m'en souviens comme d'un temps très sombre, qui allait devenir plus sombre encore, puisque Rolf lui-même s'est avéré être paresseux et d'aucune utilité. Lorsque Rolf atteint quinze ans, selon mon calcul, il y eut une violente dispute et à ma grande honte, je rossai le garçon sans pitié quand j'appris son plan de subtiliser la malle pour aller la vendre à Philadelphie. Il m'a laissé peu de temps après et je ne l'ai jamais revu. Puisse le Seigneur miséricordieux me pardonner ce grave péché, que je continue de regretter chaque jour.

Comparé à ma vie telle que je m'en souviens dans mon ancienne patrie quand notre famille était entière, mes années dans la colonie de Penn ont été plus faciles. Il y avait beaucoup de dur travail et des années maigres, mais jamais je n'ai été sous la menace d'être forcé hors de ma terre et je ne fus jamais sous la menace d'une guerre ou d'une révolte généralisée. Dans ma faiblesse spirituelle, qui est le lot de l'homme imparfait, je souhaitai souvent que notre Bon Seigneur ait pu choisir d'épargner ma bien-aimée Christina, mais immédiatement après je me châtiai, disant que Sa volonté était ainsi et que je devais me contenter d'y obéir.

Pendant les années que la Providence a choisi de m'accorder à Philadelphie, j'ai conservé la malle, dont le soin m'avait été confié sur le **James Goodwill**. Parce que je l'avais juré à mon père, comme il gisait mourant, que j'avais prêté un serment solennel de le faire, c'était pour moi chose naturelle et la seule chose à faire qui demandait peu d'effort. Comme je n'ai pas changé d'habitation après avoir construit ma maison, garder la malle n'était pas fardeau. Ma compréhension des choses a été fortifiée et une petite mesure de la faveur divine me fut révélée, quand j'ai regardé dans le livre que le coffre contenait. J'ai découvert que c'était un texte miraculeux, des plus beaux à contempler et bien que je ne pouvais pas le lire, puisqu'à cette époque je ne pouvais lire que l'anglais, j'avais vu des textes allemands que d'autres résidents autour de Germantown possédaient et j'en suis venu à savoir que le coffre contenait une Œuvre sainte et que la tâche de garder cette Œuvre en sûreté et intacte m'avait personnellement été assignée. À partir de ce moment, je me suis senti béni qu'un tel privilège m'ait été accordé par notre Généreux Seigneur.

À Philadelphie, j'ai reçu en effet abondance de choses pour lesquelles être reconnaissant et ma foi en Notre Seigneur et Son Plan Divin grandit. Ce fut durant cette période que plusieurs citoyens bienveillants de la colonie et qui étaient également venus en cette terre nouvelle depuis Rotterdam, devinrent mes amis et ce fut d'eux que j'ai acquis la capacité de lire l'allemand. Je suis venu à considérer cela également comme une partie du Grand Plan de Notre Seigneur Dieu et je suis comblé, car cela m'a amené à obtenir une des plus grandes possessions qu'un croyant puisse acquérir : une copie des saintes Écritures. Celui de qui j'ai acheté ma sainte Bible se nomme Christoph Sauer, un homme de valeur et de grande estime et quelqu'un avec qui j'avais eu une petite connexion au vieux pays. Lui-même l'imprimeur, l'œuvre fut publiée à Philadelphie et dans un allemand dont ma compréhension était toujours précaire; ma copie m'a été remise par Christoph Sauer en personne, autour du Noël de l'an de Notre Seigneur 1743. Mais je dus insister et je fus forcé pour acquérir un tel trésor, de lui verser une somme que j'avais mise de côté sur une longue période. Je tremblais de reconnaissance et le feu de ma foi devint plus ardent quand j'ai enfin ouvert ma copie des saintes Écritures et que j'ai été en mesure de lire :

Am Anfang schuf Gott Himmel und Erde.
Und die Erde war wüst und leer,
Und es war finster auf der Tiefe;
Und der Geist Gottes schwebte auf dem Wasser.

Je tremble encore quand je me souviens de ce jour-là et ma gratitude est à la mesure de la beauté de l'Écriture dont je suis l'intendant humble et le gardien reconnaissant, ne la regardant que rarement, une fois chaque année et seulement avec le plus grand soin et gravant de nombreux passages dans ma mémoire, toujours avec le désir et l'espoir que ma copie des saintes Écritures puisse rester toujours parfaite et sans aucune salissure des mains des hommes. Ces deux livres, celui confié à mes soins sur le navire et ma propre copie des saintes Écritures, je continue à les conserver avec tout le soin, la diligence et le respect qui me sont possibles, car je considère la garde de ces volumes comme un devoir volontairement accepté, et aussi comme un privilège qui m'a été accordé.

Cette section de son mémoire continuait ensuite à décrire plus longuement d'autres aspects de la vie de Masson à Philadelphie et je les parcourus rapidement. Sur plusieurs pages, il décrivait sa bonne fortune d'avoir ces terres riches et les compétences nécessaires pour les travailler. Il écrivait à propos des habiletés en menuiserie, qu'il avait acquises durant la construction de sa propre maison et de ses meubles et comment il avait pu éventuellement faire le commerce de ce talent en fabriquant des articles de mobilier, avec de plus en plus d'élégance et de qualité pendant les mois d'hiver pour ceux qui étaient inhabiles de leurs mains. Je parcourus un bon nombre des parties de son mémoire, sachant que je lirais chaque mot en temps voulu, mais je restai frappé plus que tout par l'esprit ancien qui montait à travers les mots.

Il écrivait de nombreuses pages sur le mécontentement qui grandissait à Philadelphie, consignant des observations qui seraient sûrement un trésor pour les historiens de l'époque juste avant et après la Révolution. Mais il y exprimait également ses propres doutes, une fois la Révolution commencée, les craintes que la nouvelle république ne dure pas, que le châtiment soit sévère, que l'ordre ne soit pas maintenu et que les choses sombrent dans le genre de chaos qu'il se rappelait si vivement du Palatinat et comment il avait détesté et craint un tel tumulte. Il mentionnait sa crainte que le rêve qui s'était réalisé pour lui à Germantown s'évanouisse, que sa vie à travailler sa terre et à vivre en paix et libre de toute ingérence ou perturbation ne perdure pas. On pouvait y lire ses premières réflexions sur un départ vers l'Amérique du Nord britannique et comment quelques autres avaient commencé à pencher dans la même direction.

Je gardais un esprit ouvert sur la question de savoir si ce document était authentique. Je pensais qu'il pourrait être difficile de faire la preuve qu'il l'était. Mais s'il n'était pas authentique, il était tout aussi difficile de le prouver. Une chose que je voulais discuter avec Monty était la tâche de cerner les renseignements nécessaires pour établir son origine réelle. Mais en supposant pour le moment qu'il fût authentique, ce que je lisais était une réflexion sur un mode de vie disparu depuis plus de 200 ans. Comme le moulin, ce texte était un artefact concret existant dans le présent, mais dérivant d'un passé réel, où il avait également existé en tant que le même objet, mais dans un "maintenant" différent. Aucun de ces objets, pas plus le moulin que ce vieux texte, ne pouvait être compris, vraiment compris, sans avoir un certain sens de "l'esprit du temps". Pour caractériser ma compréhension de cette expression "esprit du temps" une métaphore me venait : j'étais comme un nouveau-né, sans vêtements et sans réelle compréhension. Encore une fois, je pouvais sentir à mes côtés Gordon Childe, Geoffrey Elton, Edward Carr et Robin Collingwood, m'encourageant à continuer.

Vingt-cinq

Le grand jour Son et Lumières au moulin arrivait à grands pas.

Nous avions tout testé. Tout avait fonctionné. Tout marchait comme nous nous y attendions. Par un beau lundi ensoleillé, le premier lundi en octobre, nous avions produit notre première farine commerciale. Grâce à de la sueur, du travail et un peu de chance pour éviter la contingence pessimiste que j'avais bâtie dans la planification, nous étions environ quatre semaines en avance sur notre calendrier du pire scénario et un peu plus de deux semaines avant la date de la meilleure estimation.

Nous avions utilisé un grain de blé presque patrimonial, le Marquis, puisqu'une quantité appréciable de ces grains était cultivée dans la région et que plus d'une douzaine de personnes et de boulangers locaux nous avaient dit qu'ils aimeraient voir de la farine Marquis et qu'ils allaient en acheter.

J'avais examiné notre premier lot de farine de très près et nous avions soumis cette dernière à l'évaluation de deux experts. Un peu plus fine que nécessaire, ont-ils commenté, mais excellente. Mais la valeur d'une farine se prouve dans le pain. Je fis donc une vingtaine de sortes de pain. Il y avait des pains de tailles et de teneurs en humidité différentes. Il y avait du pain baguette, des petits pains Kaiser, des baps écossais, du pain au levain, des pains aux fines herbes, du pain à l'oignon, une miche de campagne aux olives grecques, du pain ciabatta, du pain focaccia et du pain pour pizza. Tous avaient cette qualité légèrement granuleuse à laquelle on s'attendait, la croûte et la mie avaient un bel aspect et le goût, selon mes dégustateurs, était parfait dans tous les cas.

Cet essai terminé, nous avons moulu cinq cents kilos de farine pour produire des échantillons, que j'ai distribués aux clients potentiels. Le reste des arrangements pour faire connaître le moulin à Greenvale et dans les villages voisins avait pris quatre jours et Greg et moi les avions préparées jusqu'au dernier petit détail. Greg passa de nombreuses heures à mettre au point les pistes audio pour la journée Son et Lumières au moulin en utilisant son système de son. Je passai une journée de seize heures à la cuisine.

À trois jours de l'événement, la nouvelle porte en chêne à l'entrée principale fut installée et produisit le même effet que le grain de beauté de Cindy Crawford. Littéralement tout le monde qui est entré dans le moulin cette journée-là s'attarda pour admirer la porte. Deux jours avant le grand jour, nous avons eu la dernière activité de transport : le tas de retailles de bois des palettes sur lesquelles tous les éléments d'équipement livrés et qui avaient été stockées temporairement dans une zone au nord de la porte d'expédition, a été chargé sur un camion et emporté au *Renard*, où Jasper a débité le tout en bois de chauffage. La roue en fonte a été soulevée du patio près de la lagune et placée dans la zone libérée par les palettes de bois. Enfin, une grande caisse contenant les tables et les chaises a été soulevée de son camion de livraison et a été descendue sur le patio, où j'ai déballé et placé les tables et les chaises à temps perdu. Durant la tombée du jour de cette longue journée, je terminai le mur en bois qui devait servir temporairement d'écran à la roue en fonte; je vérifiai toutes les mains courantes en bois pour m'assurer qu'il n'y avait pas d'échardes et arrosai abondamment les quelques dizaines de boîtes à fleurs un peu partout, balayai l'aire de stationnement des visiteurs et le patio inférieur, vérifiai tout l'éclairage une fois de plus et remplis de boissons gazeuses les réfrigérateurs.

Le matin du grand jour, Greg et moi étions au moulin dès six heures. L'espace de restauration était maintenant meublé de tables attrayantes, de conception solide et à l'aspect vieillot et de chaises très confortables. La cuisine, avec son petit comptoir aménagé pour servir la restauration rapide associée au café-bar et un espace fermé plus grand pour préparer les mets au menu du restaurant et comprenant une chambre froide, était maintenant complètement équipée. Le long du mur arrière de la salle à manger, Greg et moi avions suspendu une grande banderole dans des tons de gris et rouge s'assortissant aux couleurs de la publicité du moulin, sur laquelle le texte "Bienvenue à Greenvale Mill" saluait tous ceux qui se présentaient dans la salle. Il y avait des guirlandes de petites lumières décoratives installées de façon aléatoire sur les murs et sur certaines des tables. Les affiches sur les murs et les portes invitaient et dirigeaient les personnes vers le circuit de visite autoguidée des cuisines et de l'aire de préparation des aliments. L'accès au reste du moulin serait fermé pour la soirée d'inauguration, mais dans les jours suivants, nous aurions des petites visites guidées organisées partout dans le moulin. Nous avions installé et testé les haut-parleurs du système de sonorisation sur le mur extérieur du moulin au deuxième niveau, sur le balcon-terrasse et au patio inférieur. Nous avions installé dix-huit haut-parleurs pour produire à la grandeur du moulin une ambiance sonore évitant les effets désagréables de deux sources de son ponctuelles et intenses. Greg et moi avions fait un test final de ces haut-parleurs, des lumières sous-marines, de l'éclairage d'ambiance dans les alcôves à la terrasse du bord de la rivière et de l'éclairage au niveau du sol des sentiers reliant le balcon supérieur et le niveau inférieur du patio et de la lagune.

Vers onze heures, Jill et moi préparâmes des gerbes de fleurs qu'elle avait apportées. À midi trente, je rentrai chez moi pour prendre un peu de repos et me changer.

Jeremy prit en vidéo pratiquement tous les aspects de ces préparatifs.

Greg et moi avons guidé la tournée qui a commencé à quatre heures. Nous étions vêtus avec classe : je portais des chaussures noires polies comme des miroirs, un costume gris mat, une chemise blanche et une cravate dans un ton rouge cerise que nous utilisions dans la publicité du moulin. Greg portait des mocassins rouge foncé, un pantalon brun pâle, une chemise crème, une veste évoquant la couleur du blé doré et à son cou, un nœud papillon style Paisley dans des couleurs primaires. Nous devions avoir l'air d'un drôle de duo. Nos invités pour cette première visite comprenaient des gens d'affaires, des politiciens municipaux, une demi-douzaine de boulangers des villes environnantes et des villages locaux, mes trois gardiens du seuil (Mme Williamson, Jasper et Lonny), Monty et le directeur de l'école locale. Tous se sont volontiers prêtés à notre approche prudente de la soirée. Nous les avons conduits à l'extérieur pour une visite détaillée en suivant le parcours complet que suivrait la farine depuis l'entrée jusqu'à la sortie du moulin au fur et à mesure de sa transformation. À la fin de la tournée, chacun reçut un sac symbolique d'un kilo de farine, les sacs en tissu portant le nom "Greenvale Flour Mill" avec le lettrage et les couleurs que les sacs de nos produits commerciaux porteraient. Il y eut un bon quarante-cinq minutes de questions détaillées et intelligentes sur de nombreux aspects du moulin lui-même, son histoire et sur l'élaboration de la farine. Je remarquai avec satisfaction que les yeux d'un grand nombre des invités détaillaient les éléments structuraux à l'intérieur du moulin et que plusieurs touchaient de leurs mains les pierres et les poutres apparentes. Le vieux gaillard avait un pouvoir d'attraction énorme sur tout le monde. Vers la fin de la tournée, Mme Williamson attira mon regard pour me faire un sourire chaleureux et un signe de félicitations disant explicitement mais sans mots : « Beau travail, Dr Gould! » À la fin de la tournée, Lonny m'accosta pour me chuchoter à l'oreille : «°Magistralement fignolé!°» Jasper passa beaucoup de temps à examiner avec l'œil critique du professionnel, la salle à manger et les espaces de cuisine. Il fut le dernier du groupe à nous rejoindre à l'extérieur pour une collation légère que nous avions prévue juste pour ce groupe. Il m'approcha, engloutit ma main dans son énorme patte charnue tendue, comme actionnée par le système hydraulique d'un Caterpillar et il me donna une poignée de main vigoureuse tout en me regardant directement dans les yeux. Je me demandai brièvement quoi répondre s'il offrait de me laver les pieds.

On était rendu à la mi-octobre et le crépuscule arriva assez tôt. Jeremy avait mis en place des caméras à cinq endroits et elles ont filmé durant toute la soirée. À six heures et demie, nous avons ouvert le moulin à tous les gens du village. Greg avait fait en sorte que l'événement soit précédé d'une campagne publicitaire multimédia. Environ cent vingt personnes se sont présentées. Le stationnement des visiteurs était plein ainsi que la route, pratiquement jusque chez moi. Il y avait toute une panoplie d'habillements, des jeans et des chemises de bûcheron, à des vestes plus chics et même des robes longues. Chaque personne entrant recevait une feuille détaillant le programme de la soirée et invitant les visiteurs, pour commencer, à errer et à regarder tout ce qui était accessible, précisant que Greg et moi étions disponibles pour répondre aux questions. Nous nous sommes mêlés à eux le mieux possible, mais je me sentais comme perdu dans un banc de krill. Nous avions tamisé tout l'éclairage pour obtenir une ambiance décontractée. La terrasse-galerie supérieure et le patio inférieur étaient des aimants pour regrouper des personnes et les discussions plus intimes et même si la soirée était exceptionnellement chaude, la saison était trop avancée pour qu'on soit dérangés par les moustiques ou les insectes. Les flancs du moulin étaient baignés d'une douce lumière crémeuse. La roue à augets était presque dans l'obscurité, mais éclairée juste suffisamment pour que les gens puissent voir sa forme se dessiner. Je fus submergé de questions, de commentaires et de félicitations.

Vers sept heures, Greg a mit de la musique, qui consistait en un collage de pièces de détente qu'il avait choisies et ajusta le volume assez fort pour que celle-ci soit discernable et plaisante, mais assez faible pour que les conversations restent agréables. Vers environ sept heures et demie, Greg s'est investi de son rôle de maître de cérémonie et en moins d'une minute il avait toute l'assemblée dans la paume de sa main. Il présenta Monty, qui fit une courte exhortation, passionnée et animée, sur l'importance de l'histoire locale, mais dont la voix chancela quand il s'est tourné pour pointer le moulin comme justement un exemple concret illustrant son propos. Il se reprit habilement par un rire nerveux, réussissant à réprimer dans sa conclusion, tout juron coloré dont il a l'habitude. Greg présenta ensuite une déléguée de la Société du Patrimoine qui avait fourni le financement pour la remise à neuf; elle prononça un très joli petit discours qui me remerciait moi, les investisseurs, le conseil du village et tous les habitants de Greenvale pour un tel « projet magnifique et tout à fait conforme à la mission de la Société. » Le suivant au micro fut le greffier du village, un homme imposant à la voix *basso profundo* d'un commandeur, à la tête de la section locale des Toastmasters, qui ne parla que deux minutes à peine, mais qui ne laissa pas beaucoup d'yeux secs quand il eut fini. Greg me présenta alors. Je parlai des six dernières années, mentionnai le nom de beaucoup de gens, décrivis le moulin comme le projet culminant dans ma vie et finis par dire que j'espérais voir beaucoup de gens présents au cours des prochains mois dans "notre moulin". Je fus ému par les applaudissements des gens et comme je quittais l'aire éclairée du micro, Jasper m'exprima sa reconnaissance en appuyant lourdement sa main de géant sur mon épaule.

Greg jouait les imprésarios, ses bras brassant l'air, bondissant d'enthousiasme, illuminé d'un sourire de cinquante mégawatts et appréciant immensément la soirée, d'autant plus que tout le monde semblait sur la même longueur d'onde.

« Et maintenant, dit-il, tout le fla-fla d'introduction étant terminé, et il fit une longue pause ici : la star du spectacle! » et pivota pour balayer théâtralement du bras en direction du moulin derrière lui. Il se tourna vers le public et dévisagea lentement la foule du regard, les intimidant tous sans vergogne.

Un roulement de tambour fort s'abattit des haut-parleurs comme un torrent, pour progressivement s'éteindre sur une période d'environ dix secondes. Simultanément, tout l'éclairage d'ambiance s'estompa progressivement à son tour. Tout devint figé, sombre et calme. Pendant cinq secondes, il y eu un silence total. La rivière murmura un commentaire au barrage en amont. Un chien aboya quelque part au loin. Quelqu'un réprima une toux. Le ciel nocturne, plein d'étoiles, assistait paisiblement à la scène.

Soudain, une explosion de clarté baigna tous les traits du moulin, inondé par la lumière des projecteurs au sol, se mêlant à celle en éruption des pots sous-marins dans la lagune. Simultanément, les premières mesures majestueuses de trompettes de *La grande porte de Kiev* emplirent la nuit. Il y eut des *ooohs* et des *aaahs*. Les gens regardèrent tout autour en s'exclamant. On pointait, on gesticulait. Quelques personnes les yeux fermés, se contentèrent de goûter la musique. Environ trente secondes avant la fin de la pièce, Greg siffla bruyamment et commença à applaudir et tout le monde se joignit à lui. Il y eut des battements de mains sur les dossiers de chaise, des sifflements, des rires et quelques yeux humides et cela se poursuivit jusqu'à ce que la musique s'achève, les applaudissements venant en crescendo avec la finale des trompettes, des tambours et des gongs. En dépit de l'édition de Greg pour couper la durée de la pièce musicale d'un peu moins de six minutes à un peu plus de trois, un montage indétectable pour tous sauf pour ceux connaissant assez bien la pièce, Mussorgsky et Ravel nous avaient fait honneur. Les applaudissements continuèrent un moment, puis s'estompèrent alors que l'éclairage sur la façade du moulin se tamisait.

La lumière diminua de plus en plus, jusqu'à ce qu'elle soit presque revenue à l'intensité réglée avant le spectacle. Juste alors, quelqu'un cria avec enthousiasme : « Regardez! La roue! »

Tout le monde sur la terrasse inférieure se retourna pour regarder la roue. Toutes les autres personnes qui pouvaient le faire se précipitèrent vers le bord de l'eau. Ceux qui ne le pouvaient pas se dirigèrent vers le sud du stationnement, un endroit d'où la roue était visible. L'éclairage sur les murs du moulin était maintenant tamisé, mais avec un contraste dramatique une lumière brillante émanait de quelques pots bien choisis dans la lagune et inondait la roue. On entendit le bruit des éclaboussures de l'eau et la roue commença très lentement à tourner.

Une plus forte musique coulait maintenant du système sonore et après seulement quelques mesures, une exclamation inhabituelle mais heureuse, sortit de Mme Williamson : « Oh que c'est beau! C'est *Water Music* de Händel! »

Un bavardage animé se leva, comme les gens continuaient à observer la roue qui gagnait en vitesse. Bientôt, la roue tourna à une cadence régulière. La musique de Händel diminua et Greg annonça dans son microphone sans fil : « Il y a des boissons gazeuses et des amuse-gueules à l'intérieur du restaurant et sur la terrasse supérieure. Il y en a bien assez pour tout le monde. Richard, Monty et moi restons disponibles pour tous ceux qui veulent nous parler. Mais pour maintenant, s'il vous plaît, faites simplement comme chez vous, regardez autour, visitez, riez, criez et profitez de la soirée. Un gros merci à vous tous de vous être déplacés et surtout, de grâce, sentez-vous libres de rester, de vous mêler aux autres et de converser. Nous n'aurons pas d'occasion comme celle-ci avant un certain temps. »

La musique passa maintenant à la liste que Greg avait préparée plus tôt et qui couvrait de nombreux styles et presque autant de siècles. Michael Pretorius côtoyait Luciano Pavarotti et Peter Dawson. Il y avait des dizaines de trouvailles sympathiques. La musique d'orgue d'Eugène Gigout coulait abondamment des haut-parleurs et la trompette de Jeremiah Clarke s'élevait avec assurance dans la nuit. Queen brassa tout le monde, des semelles jusqu'à à la pointe des cheveux, et la toccata de Charles-Marie Widor réveilla dans la foule au moins une demi-douzaine de conducteurs d'orchestre amateurs. Le langoureux *Bessa me* de Cesária Évora incita quelques couples à danser amoureusement. Je regardai toute cette compagnie. Certains glapissaient joyeusement et l'auraient fait même sans musique. Quelques couples ou trios écoutaient à moitié et parlaient le reste du temps. Un petit nombre de personnes restaient seules, la plupart d'entre elles ayant les yeux fixés sur la roue à augets et un sourire traversait leurs visages lorsque la musique sautait de deux siècles en arrière, d'une vingtaine d'années en avant, ou ramenait un bon souvenir. Il aurait été agréable de consacrer plus de temps à simplement observer les gens, mais je n'avais pas ce luxe, car il m'a semblé pratiquement toute la soirée que les gens faisaient la ligne pour me parler et c'était tout aussi bien comme ça.

Environ vingt pour cent des personnes partirent assez tôt, comme c'est habituellement le cas pour tout rassemblement. Un autre soixante-dix pour cent avait pris le large à dix heures. De la dizaine de personnes restant, la plupart ont continué à bavarder avec vivacité, donnant tous les signes de vouloir y passer la nuit, réticentes à laisser partir ce moment de grâce. Greg et moi avons circulé parmi eux, tout aussi réticents à laisser filer le moment. Toutes ces personnes étaient devenues des amis. Jasper fut le premier de ce groupe à partir et comme il me serrait la main encore une fois, il ajouta tranquillement : « le prochain dîner est à mes frais, quand tu veux. » Lonny nous fit l'accolade à Greg et à moi et dit : « Tout à fait merveilleux. La prochaine fois que je re-décore le magasin, je vais vous embaucher tous les deux pour la réouverture. » De l'autre côté de la pièce, Mme Williamson fit ses adieux à Greg, ils se serrèrent la main un long moment, parlant vivement et échangèrent des sourires chaleureux et polis. Elle traversa ensuite la pièce directement vers moi et mis ses mains sur mes épaules.

« Je suis très rarement en manque de mots, Richard, mais là, je ne sais vraiment pas quoi dire. » Elle me regarda en souriant, pendant un long moment, ses yeux encore émus du plaisir de la soirée. « Merci, merci. Je n'ai pas fait une sortie aussi agréable depuis bien des années. » Je fus alors tiré dans une forte étreinte. Elle se dégagea, prit ma main droite dans les siennes. « Rendez-vous à la bibliothèque », tandis que le sourire des quatre dernières heures restait accroché à ses lèvres.

Et puis, à onze heures, ce fut terminé. Jeremy avait remballé tout son matériel et quitté. Il restait seulement cinq personnes : Monty et son épouse, Greg, Jill et moi. Monty et sa dame, âmes sœurs historiques, s'affairaient à un examen attentif du chêne exposé d'une colonne. Greg et moi nous regardâmes, prêts à épiloguer sur la soirée.

« Alors, ça s'est bien passé, je dirais, résuma Greg.

— Si vous aimez ce genre de chose.

— Pardon? Qu'est-ce que tu aurais fait différemment alors?

— Eh bien, la musique était un peu *ordinaire*. Et j'aurais dû porter plus d'attention dans mon choix du MC.

— Et celui de l'emplacement, tant qu'à y être?

— Pas sûr. Un peu passé date, ne dirais-tu pas? Vieille école? Pompeux?

— Tu pourrais avoir raison, mais ça a drôlement rassemblé des spectateurs de partout autour.

Jill alterna son regard entre Greg et moi.

— Arrêtez, vous deux, dit-elle, derrière un sourire qu'elle peinait à dissimuler. Toute cette esbroufe entre coqs simplement parce que vous avez les deux reçu plein d'invitations claires pour ranger vos chaussures sous un certain nombre de lits au village ».

Greg et moi, toujours portés par le *high*, n'étions pas timides pour pousser quelques répliques fin finaudes : « Sale boulot, mais quelqu'un doit le faire » – « La substance même des *Contes du Meunier*. » Et cela continua jusqu'à ce que tous les deux, on s'esclaffe d'un rire d'écoliers. Jill secoua simplement la tête dans un dégoût indulgent simulé. Greg tendit une oreille vers les haut-parleurs puis traversa la pièce en direction de l'amplificateur pour monter le volume au son de la valse Le *Beau Danube Bleu* que sa liste de chansons venait d'atteindre, cueillit Jill à son retour et balaya la salle avec sa compagne à son bras, qui laissait s'envoler derrière elle des fragments de son rire. La femme de Monty éclata en applaudissements et jeta un regard vers Monty, qui avait enfilé son visage : « Qui est-ce que tu regardes comme ça, n'y pense même pas. »

Toute l'attention se porta soudainement sur le son du bouchon que je venais de faire sauter d'une bouteille de champagne. Cinq verres furent bientôt remplis, je tirai un pavé de pâté de gibier, poivre et canneberges du réfrigérateur et des croûtons de pain français que j'avais mis au placard plus tôt.

« Nous avons eu une diversion intéressante ici ce soir, ai-je dit, même si le travail continue demain matin. Mais ce soir est encore ce soir, nous allons donc tous porter un toast à l'avenir. »

Nous trinquâmes avec plein d'entrain, psalmodiant « Pour l'avenir », chacun prit une bonne gorgée, puis nous fîmes de sérieux dommages aux croûtons et au pâté.

M. et Mme Monty s'intéressaient à nouveau aux poutres. Jill était debout entre Greg et moi. « Le travail continue demain? Alors, qu'est-ce qui vient ensuite?, demanda-t-elle.

— La suite, répondis-je, est la production d'un revenu. Nous commençons la mouture de céréales pour de bon. La semaine prochaine est pratiquement bouclée de visites avec plein de clients. Nous avons trois rencontres alignées avec des journalistes. L'une d'elle est avec un journaliste de télévision et va aussi impliquer deux hommes politiques. Il y a déjà une activité commerciale sur le site Web et j'ai besoin de répondre à tout cela. Nous avons de la publicité conjointe à mettre en place avec au moins cinq boulangeries. Nous visiterons une demi-douzaine de petits magasins et de supermarchés locaux au cours des trois prochaines semaines pour finaliser des ententes d'approvisionnement avec eux et que nous ferons suivre par des promotions en magasin pour les étalages où nous avons accepté de vendre notre farine. Demain, ce café sera ouvert pour la première fois et une trentaine de personnes ont accepté de venir au cours de la journée pour aider à donner à l'endroit un air occupé. Au cours du prochain mois, j'ai six allocutions prévues pour les groupes d'affaires des alentours. Mercredi prochain, je serai dans le comté de Prince Edward pour organiser un vin et fromage commun, ensuite des soirées "vin et fromage" (et "pain!"), à la fois ici au moulin et chez des viticulteurs. Et nous avons maintenant des commandes pour la farine que nous devons livrer dès demain.

— Sensationnel! On dirait que tu as les choses bien en main!

— En fait, Jill, je ne tiens rien pour acquis jusqu'à ce que nous ayons des commandes fermes pour au moins notre capacité actuelle de production de farine, puisque ce sera notre seule source de revenus pendant l'hiver et l'hiver arrive à grands pas. Oh et j'oubliais presque, Greg et moi avons des invitations à combler la semaine prochaine.

Il y eut une pause de deux secondes alors que Jill nous regardait Greg et moi, ne semblant pas saisir, pendant que nous continuions de siroter nos verres de champagne à l'unisson et avec gravité impassible.

—« Eh bien!, dit Greg à Jill, tu l'as dit : toutes ces femmes solitaires…! »

Comme Greg et moi nous tordions de rire, une averse de champagne nous éclaboussa généreusement sous le regard exaspéré de Jill.

Vingt-six

Après à peine quatre heures de sommeil, le samedi arriva brutalement. Rentré à la maison un peu avant minuit la veille, j'étais de retour dans la cuisine du moulin à quatre heures du matin, à préparer plusieurs fournées de pain pour la journée d'ouverture du Café. Je n'avais pas à le faire. La partie de moi toujours accrochée mentalement à mon oreiller et mes draps ne voulait pas le faire. Je l'ai fait quand même et fus content de l'avoir fait. Mais j'eu le sentiment que je tentais vraiment le sort, à faire comme ça plusieurs types différents de pain en même temps dans les nouveaux fours. On les avait chauffés pendant quelques heures à haute température bien sûr et des lots de pain avaient été cuits comme essai, mais ce samedi matin là ce fut la première production à plus grande échelle et il y avait toujours une possibilité que certaines recettes échouent.

En l'occurrence, les dieux et les déesses de la boulangerie furent avec moi. À sept heures trente, quand Karen, notre gérante du restaurant et du café arriva, j'avais mis une musique de fond pour l'ambiance et toute la cuisine était remplie de l'arôme capiteux du pain frais.

« Wow!, s'est-elle exclamée comme elle arrivait sur le seuil de la porte. Qu'avez-vous fait? Quelle senteur MAGNIFIQUE!

— Salut Karen. Eh bien, nous avons : ciabatta, focaccia, pâte à choux et des scones au lait et les baguettes françaises seront prêtes d'un moment à l'autre. Mais il ne reste plus assez de temps pour faire des muffins, j'en ai bien peur.

— Mon Dieu, ne vous inquiétez pas à ce sujet! Toute personne qui sentira cela n'aura aucun souvenir de ce qu'est un muffin. »

Karen s'affaira tout de suite à une préparation rustique des tables du café et à la mise en marche de l'infusion de trois grands pots de café. Mais pas avant de m'avoir volé un bout d'une pâte à choux.

J'avais prévu que le trafic du matin dans le café serait lent, mais après la soirée précédente, il sembla que beaucoup de gens s'étaient enthousiasmés au point de revenir pour un premier coup de pied dans les pneus gastronomiques du moulin et continuer la discussion commencée la veille par la ligue du vieux poêle qui déjà commençait à se constituer. Le samedi était toujours une journée bien remplie pour Mme Williamson, mais malgré cela, elle s'arrêta une demi-heure avant l'ouverture de la bibliothèque et fut bientôt en train d'échantillonner le pain avec son café du matin. À neuf heures, l'endroit était presque plein au deux tiers et le mouvement de la clientèle était continu au café. Karen s'enferma rapidement dans une routine agitée, mais compétente : faire le café, le service et la collecte des tasses et des assiettes. À dix heures trente, la moitié du pain avait disparu. Je me suis éclipsé à la maison pour dormir.

À deux heures et demie, ma conscience émergea d'un immense lac de mélasse, aux prises avec la confusion habituelle *d'où suis-je, quel jour on est, où est ma voiture* et ainsi de suite. Une douche rapide et chaude suivie d'un café bien noir, ramena de la clarté dans mes idées et le morceau de focaccia que j'avais rapporté à la maison, trempé dans de l'huile et du vinaigre balsamique, goûta très bon et me soutiendrait jusqu'au souper. Je me suis rappelé la longue liste de choses à faire que j'avais énumérées à Jill la veille et mis le cap sur mon bureau pour vérifier la copie imprimée. La situation se présentait bien. Il restait très peu de préparation à faire pour ces tâches. Greg et moi avions vraiment bien fait nos devoirs. Je me permis donc de revenir sur "le grand casse-tête". J'avais déjà un fichier sur ce sujet et chaque fois que je m'y remettais, il me fallait un bloc-notes à portée de main. La liste des questions en suspens était désespérément statique et je la parcourue espérant que davantage de questions ou de meilleures y seraient listées. Rien de nouveau ne me venait à l'esprit.

Dans toutes ces questions, qu'est-ce que j'avais qui était du solide?

La réponse simple : à peu près la même chose que la dernière fois que je l'avais regardé: presque rien de neuf. J'avais besoin d'informations plus fondamentales, mais la seule voie praticable pour le moment semblait de creuser plus loin dans l'histoire de la vie de Masson. Je sortis donc ses écrits de mon secrétaire et commençai à lire une partie de la section intitulée *Crépuscule de mes jours* :

Si je suis né en l'an de grâce 1709, comme je le crois, j'ai maintenant 85 ans alors que j'écris ces lignes. J'ai cessé de faire le travail difficile de la terre il y a dix ans, quand il est devenu beaucoup trop pénible pour moi. Ma terre est bonne, a été bien entretenue au fil des ans et continue de produire des cultures abondantes. Elle est travaillée en location par un jeune voisin qui vit un peu plus proche de Myer's Creek que moi. Avec l'aide de ce jeune voisin, j'applique maintenant mes compétences d'éleveur à l'intérieur et je produis un fromage qui est en demande dans notre région. Je remercie le Seigneur que ma santé et ma condition physique soient demeurées solides et qu'en raison de cela, je suis en mesure de continuer la menuiserie, que j'aime beaucoup pratiquer et dont le résultat doit être raisonnablement bon étant donné la quantité de travail que je dois parfois refuser. Pour ces dons multiples, je rends grâce à nouveau tous les jours, tout en éprouvant une douleur vive et d'amers regrets au souvenir du traitement honteux que j'ai infligé à mon fils Rolf. Je continue à prier Notre Seigneur de veiller sur mon Rolf et de pardonner ma mauvaise conduite envers mon unique enfant, maintenant perdu pour moi.

Dans ce monde, dans cette vallée de larmes, la corruption est partout autour de nous. Nous-mêmes devons lutter chaque jour contre le Malin, car ces choses qui donnent la beauté autour de nous ont aussi besoin de nos compétences et d'efforts considérables afin d'éviter, ou au moins retarder le dépérissement qui affecte toute chair et toute chose matérielle. Les efforts depuis de nombreuses années pour préserver les deux livres confiés à mes soins ont été une tâche que j'ai acceptée volontiers et même avec une augmentation de dévouement et d'empressement au fil des années. Comment seront-ils protégés quand je ne serai plus là, est quelque chose à quoi j'ai beaucoup pensé à mesure que je vieillissais. Mes liens avec notre église, pas seulement ses membres mais aussi le bâtiment en pierre solide que j'ai aidé à dresser et auquel j'ai donné librement beaucoup de travail, me fourniront un moyen et impliquera un vrai travail d'amour. J'ai commencé ce travail et je peux maintenant espérer qu'avec la providence du Seigneur lorsqu'il sera achevé, mes livres bénis pourront avoir un passage sûr et sans dommage à travers de nombreuses années.

J'avais déjà tourné la page pour continuer, quand un vague point d'interrogation s'insinua en moi. Au XVIIIe siècle, comment pourrait-on préserver une chose aussi sensible que des livres quand on ne serait plus là pour y apporter un soin continuel? Qu'avait-il l'intention de faire? Monty et moi avions déjà vu que, sans aucune mauvaise intention, les malles que nous avions trouvées dans le musée local avaient essentiellement fait l'objet d'aucun soin et la condition de leur contenu était presque entièrement le fruit du hasard. Et ça, dans une institution vouée à la préservation!

Pendant encore quelques minutes, je considérai le texte devant moi, puis relus le dernier paragraphe lentement et attentivement. Rien ne me sauta aux yeux; je pris la décision de voir s'il serait possible d'identifier l'église que Masson décrivait et si elle existait encore. Il y avait peu de chance que je puisse y découvrir quoi que ce soit d'utile, mais qui sait? Je commençai par essayer de tout faire en ligne et lançai une recherche pour trouver toutes les églises de la région et identifier celles qui étaient assez vieilles pour avoir été contemporaines de Masson. Il y en avait quatre : deux à Belleville, une près de Thurlow et la dernière près du petit hameau de Corbyville. Il approchait trois heures, la journée était fraîche, mais très belle, je décidai donc de la jouer à l'ancienne : sortir et aller voir en personne. Belleville était à moins d'une demi-heure de route; je vérifierais donc Corbyville, qui était en chemin, ensuite Belleville et enfin Thurlow.

L'église de Corbyville était en train d'être convertie en maison, après ce qui semblait avoir été un petit incendie, donc ma liste tomba à trois. La grande église Belleville avait évidemment été rénovée plusieurs fois et n'était plus ce qu'on pouvait appeler une "vieille église". Cela me laissait donc deux candidates et un "peut-être" pour celle que je venais de visiter. J'étais rendu sur le côté opposé de Belleville maintenant et en dix minutes, ma liste s'était réduite à un et deux "peut-être", vu que l'accès à l'église de Thurlow était condamné. Je me rendis donc à la petite église de Belleville, effectivement en pierre, en pierre des champs pour être plus précis et ostensiblement très vieille. Une plaque bleue de la Société du Patrimoine se dressait à l'avant sur un poteau en acier, à droite de l'entrée centrale.

Je pensais que l'église serait verrouillée, mais elle ne l'était pas. Je pus donc entrer tout de suite. À l'intérieur, l'atmosphère était mélancolique, le refrain bien connu d'un bâtiment autrefois tant aimé et un centre de ralliement communautaire important, maintenant devenu une maison de recueillement presque oubliée parce que cette vieille communauté avait elle-même disparu, remplacée par une multitude d'individus, chacun assis devant un téléviseur, ou concentré sur son "téléphone intelligent", ou chacun parti dans un véhicule distinct pour aller chercher un café dans un service à l'auto. Les églises m'ont toujours semblé relaxantes et celle-ci ne faisait pas exception. Les fenêtres en ogive étaient petites avec une élégance toute "pionnière" et décorées de faux vitraux. Le plancher était un assemblage de planches jointées comme on n'en fait plus depuis plusieurs décennies, au moins douze pouces de large et probablement deux pouces d'épaisseur. Les bancs étaient solides, fonctionnels et brunis par l'âge. La pierre dans les murs était visible dans les parties supérieures entre les fenêtres, mais recouverte de lambris ailleurs. Le plafond s'élevait sur une structure de poutres imposantes et un système de gicleurs avait été ajouté de façon raisonnablement discrète. Un petit poêle à l'huile trônait dans un coin près de l'entrée, mais n'était apparemment plus utilisé à en juger par les plinthes électriques bien camouflées et stratégiquement disposées le long des murs. L'aire de l'autre côté de l'entrée abritait un porte-manteau.

Mes pas lents dans l'allée m'avaient amené à mi-chemin de l'autel et je sursautai quand ma rêverie fut brisée.

« Puis-je vous aider?

Puisque j'étais la seule personne dans l'église, la voix devait être celle de … Mais quand je me suis retourné, j'aperçu un petit homme portant une serviette de table et secouant des miettes restées sur sa chemise.

— Je suis désolé de vous déranger, commençai-je.

— Pas du tout, dit-il, s'avançant vers moi. J'ai remarqué quand vous êtes entré dans l'église et me demandais s'il y avait quelque chose que je pouvais faire pour vous.

— Probablement pas, dis-je, commençant déjà à revenir sur mes pas vers la sortie. J'essayais de voir s'il y avait des traces d'un résident local d'il y a très longtemps, mais je soupçonne que je me suis probablement trompé.

— Eh bien, je suis le révérend Carswell. Je suis impliqué dans cette église depuis très longtemps.

— En fait, Révérend, quand je dis "il y a très longtemps", je veux dire il y a plus de deux cents ans.

Carswell était imperturbable.

— Avez-vous un nom?, demanda-t-il.

Décidant de jouer le jeu, même si j'avais maintenant le sentiment d'être vraiment dans une impasse, je lui dis :

— Oui. L'homme s'appelait Carl Masson.

Carswell hocha la tête et commença à marcher vers l'avant de l'église.

— Venez avec moi », dit-il. Je le suivis dans l'allée et montai l'unique marche derrière la balustrade. Il y avait un vieux piano à l'extrême droite, et un grand autel solide au centre de l'église drapé dans un tissu blanc épais.

Carswell souleva le drap de l'autel et commença à le plier avec une attention exagérée, mais je ne le regardais déjà plus : j'observais l'autel lui-même. Il était solide et complètement imposant, massif, mais en même temps élégant, construit avec un soin extrême et d'une attirance hors de l'ordinaire. Les rouages dans ma tête s'affolèrent et il ne fallut que quelques secondes pour que je me rende compte que ses proportions étaient celles du nombre d'or. L'autel était en chêne, mais la couleur du bois avait foncé considérablement. Glissant ma main le long de sa partie supérieure, je pouvais dire tout de suite que beaucoup de talent et de minutie avaient été impliqués dans sa facture.

« Cela pourrait être ce que vous cherchez », dit Carswell, pointant vers un endroit quelques pouces en dessous du rebord en surplomb et à l'extrême droite. Regardant vers le bas, je pus voir une petite plaque en laiton, sur laquelle était gravé :

CONSTRUIT ET DONNÉ PAR
CARL MASSON
SON TRÉSOR À LA
MAISON DU SEIGNEUR
A.D. 1796

Je suis certain d'avoir cessé de respirer pendant au moins une minute.

« Y a-t-il plus d'information sur cet autel, ou des détails concernant les circonstances où Masson a fait ce don?, demandai-je sur l'expectative.

Carswell secoua tristement la tête.

— Il y a probablement trop de doigts sur une main pour compter tous les gens ici qui ont même jamais entendu parler de Carl Masson. Je n'ai pas d'information à l'exception de parcelles des plus triviales. Je suis très intrigué de trouver quelqu'un comme vous, que je ne connais pas et que je n'ai jamais vu dans cette église ou dans la communauté, exprimant un intérêt pour Carl Masson. C'est moi qui devrais vous demander des détails.

En disant ces mots, Carswell regardait l'autel, pas moi, comme perdu dans ses pensées.

— Y a-t-il des notes quelconques à propos de cet autel? Je crois que Masson est mort en 1796. Savez-vous s'il l'a construit ici en place ou s'il l'a construit ailleurs et fait transporter ici par la suite?

— J'ai seulement un texte écrit par un ami de Masson en 1797, une espèce de dédicace et d'éloge funéraire, apparemment lue dans l'église à la communauté quelques mois après la mort de Masson.

— Est-ce que cet ami était quelqu'un appelé Robert Bine?

À cela, Carswell me regarda vivement, m'étudia pour un moment et demanda :

— Avez-vous un peu de temps libre en ce moment, monsieur...?

— Richard Gould. Je vis à Greenvale. Bien sûr que j'ai le temps. Mais d'abord, cela vous dérangerait-il si je prenais quelques photos? »

Carswell me fit signe de procéder, et utilisant mon téléphone cellulaire, je pris environ quinze images de l'autel, sous différents angles, y compris trois de la petite plaque en laiton.

J'acquiesçai en signe de remerciement à Carswell, qui me conduisit ensuite hors de l'église et à sa résidence juste à côté. Il me présenta à sa femme, une petite dame enjouée qui avait aux yeux un scintillement lumineux, un sourire immédiat et un petit ricanement joyeux auquel je ne pouvais m'empêcher de répliquer.

« Veuillez me suivre s'il vous plaît, M. Gould », dit-il, me menant à sa petite étude. Il y avait des étagères, du plancher jusqu'au plafond sur chaque pouce de mur non occupé par une fenêtre ou une porte, chacune entassée, pleine de livres, de fichiers et de rapports. Après avoir dégagé une chaise pour moi, il s'étira le bras vers une boîte de rangement sur une étagère derrière son pupitre, en tira un porte-documents en jute et a extrait de celui-ci une copie d'une feuille à la calligraphie très élégante. « L'original est dans notre musée, enfermé avec tout le reste du XVIIIᵉ siècle », m'expliqua-t-il en me tendant la feuille. Je lus :

Carl Masson était un homme estimable, un humble serviteur de Notre-Seigneur, un croyant animé d'une grande dévotion et un ami. Il ne m'a pas mandaté, demandé ou proposé que je vienne ici devant vous dire les mots qui suivent. Il était beaucoup trop modeste pour un tel dessein. Je m'adresse à vous parce qu'il était un ami très cher.

J'ai connu Carl pendant les vingt ans où il a vécu ici, dans le Haut-Canada. Il ne parlait jamais du passé, disant que c'était le passé. Je sais cependant que son passé avait été tumultueux et difficile, mais qu'il jugeait que ce temps, il l'avait vécu pour le Christ au mieux de ses capacités. Il vivait dans le présent et pour l'avenir et toujours pour son prochain. Cette église, qui contient l'amour et la sueur de Carl dans toutes ses fibres, était le centre de sa vie. Beaucoup des poutres au-dessus de nos têtes ont été taillées et finies par Carl Masson. Les bancs sont de sa conception. Beaucoup de pierres dans les murs autour de nous ont été posées par les mains de Carl Masson.

Aujourd'hui, à l'occasion de la dédicace de cet autel, je veux honorer mon ami. C'est le dernier meuble de bois que Carl a œuvré et terminé. Il lui a consacré six mois. Les soucis qu'il portait sur ses épaules volontairement ou par devoir et qui l'ont beaucoup préoccupé sur le tard étaient ses prières silencieuses pour son fils Rolf, son désir de s'assurer que la terre qu'il avait travaillée si vaillamment et tant aimée soit transmise à un cultivateur digne et plus particulièrement, son inquiétude concernant ses quelques effets personnels modestes, mais chéris. Au cours de ses derniers mois, il avait enfin trouvé une libération de ces soucis terrestres.

Les mots sur la dédicace de cet autel sont ceux choisis par Carl. Je rends grâce à notre Seigneur pour le temps qu'il m'a accordé en compagnie de Carl et je rends grâce pour ce don qu'il a fait de ses mains et qui va maintenant rester parmi nous.

C'était signé Robert Bine et daté du 18 février 1797. Je rendis la feuille à Carswell sans commentaire, mais me rappelai de lui en demander une copie avant de partir. Me souvenant des détails de l'autel, je dis à Carswell : « Il me semble que l'autel aurait été beaucoup trop lourd pour être déplacé comme un objet entier. Je crois qu'il pourrait facilement peser trois ou quatre cents livres, peut-être plus. Je suppose que Masson a terminé l'autel par sections ailleurs, puis qu'il les a transportées ici pour un assemblage final dans l'église.

— Ça, je ne le sais pas, dit Carswell, en haussant les épaules.

— Il semble en remarquablement bon état pour un objet de plus de 210 ans. Savez-vous s'il a jamais été endommagé et réparé? Possiblement déplacé pendant des rénovations à l'église, endommagé par des fuites d'eau ou par un petit feu?

Carswell sourit brièvement.

— Tout travail de rénovation dans cette église a dû être fait par les membres de notre congrégation eux-mêmes. On n'a pas d'argent pour de tels entretiens. À ma connaissance, il n'y a jamais eu d'incendie dans l'église, ni fuites d'eau ou dommages du genre. Je vous avoue que je ne suis pas sûr de comprendre pourquoi vous posez toutes ces questions.

—Je suis désolé, dis-je rapidement, je ne voulais pas sembler fouineur. L'histoire est une passion pour moi depuis longtemps et je suis tombé récemment sur plusieurs références à Carl Masson. Ma curiosité est quelque chose que je n'ai jamais appris à maîtriser.

—Je vois, dit Carswell, souriant poliment, ne comprenant probablement pas toute mon explication.

— J'ai pris trop de votre temps, Révérend, mais je vous suis très reconnaissant. À un moment donné, j'aimerais vraiment avoir une copie de cette dédicace.

— Cela ne sera pas un problème, dit Carswell, paraissant soudainement sortir d'un monde de rêverie et retrouvant une démarche plus vive. Je peux vous en faire une immédiatement. »

Carswell me remit la copie et nous nous serrâmes la main. Il me ramena au travers sa maison, passé sa femme charmante qui émit un ricanement enjoué pour un motif que je ne réussis pas à saisir et il m'accompagna jusqu'à ma voiture. Je le remerciai à nouveau et comme j'ouvrais la porte de ma voiture et qu'il avait commencé à faire son chemin vers sa maison, il s'arrêta, se retourna, porta sa main à son menton, les yeux vers le sol, pour finalement lancer :

« Il y a eu une petite réparation effectuée à l'autel il y a environ trois ans. La surface supérieure semblait s'être dégradée quelque peu, elle commençait à prendre une texture rugueuse. Un de nos jeunes paroissiens a fait le travail de ponçage, puis le traitement du bois pour le ramener à la même couleur âgée que le reste de l'autel. Il lui a fallu près de trois semaines pour ce faire, mais il a fait un excellent travail. Ames, je pense que son nom était. Oui. Robert Ames.

—Est-ce que M. Ames vit encore aux alentours?, demandai-je, aussi neutre que possible.

— Je ne crois pas. Il a semblé surgir de nulle part, a pris une part assez active dans la communauté pendant six ou huit mois, puis a disparu du jour au lendemain.

Voyant mon expression, Carswell ajouta :

— Mais ce n'est pas rare par ici, selon mon expérience. »

Je remerciai encore une fois Carswell et rentrai à Greenvale en pensant à ce que je venais d'apprendre. Je passai une grande partie de cette soirée au restaurant du moulin où l'ambiance était très optimiste. Je causai brièvement avec Karen, qui était clairement ravie des habitudes qui semblaient vouloir s'instaurer et qui me prévint qu'au train où c'était parti, la cave à vin serait à sec en moins de deux semaines. Elle me remit une liste de ce qui avait été consommé et de ce qui restait; je promis de faire le plein dans un jour ou deux. Je parlai aussi à notre chef, Michael, qui semblait aussi à l'aise dans son nouveau rôle qu'un poisson dans l'eau. Lui demandant indirectement ce qu'il pensait de son statut probatoire, je reçus spontanément une réponse enthousiaste : la supervision attentive et la tutelle dans la forme qu'elle avait prise étaient exactement ce qu'il voulait. Vers 11 h 30, je retournai à la maison, travaillai pendant une heure sur le plan d'affaires du moulin et fermai boutique.

Au milieu de la nuit, je me réveillai en sursaut, comme si j'avais reçu un choc électrique.

Vingt-sept

Il était trois heures et quart et je me tenais dans ma chambre à côté du lit, entièrement éveillé, pas tout à fait sûr de comprendre comment je m'étais levé aussi rapidement, mais me sentant assurément comme un homme investi d'une mission, quelqu'un à qui tout était sur le point d'être révélé.

Par la porte, je pouvais voir que celle de la chambre d'amis était close, invitant l'hypothèse que Stuart était revenu, ce qui se confirma ensuite quand je trouvai sa note à côté du lavabo :

1 h 45 Rendez-vous au déjeuner. S.

Tirant des jeans et un polo de l'armoire, je descendis en essayant de ne pas le réveiller. Le haut de mon grand secrétaire contenait des piles soignées de dessins, les notes du projet et un fichier contenant le plan d'affaires du moulin. Plaçant tout ça sur le sol, je récupérai dans divers tiroirs : le poème Hölderlin, mes feuilles de griffonnages le concernant, l'histoire de la vie de Masson et les quelques notes que j'avais prises, un nouveau bloc de papier quadrillé et j'allumai mon ordinateur portable.

Le poème Hölderlin était des plus intéressants pour moi, car c'était l'élément "extérieur" trouvé dans la caisse en bois au moulin. C'était aussi l'élément le plus obscur et le plus intrigant. J'aurais parié qu'un sondage sur une centaine d'habitants dans la région n'aurait pas trouvé une seule personne ayant entendu le nom de Hölderlin, ou ayant une quelconque idée de qui ou de quoi il s'agissait. Mes notes sur le poème étaient un peu chaotiques, ce qui n'était pas trop surprenant étant donné l'heure assez tardive à laquelle elles avaient été compilées, sans compter la dose généreuse du très bon vin apporté par Greg que j'avais ingérée. Recommençant à zéro, j'alignai les mots en deux colonnes, celle de gauche étant les mots du poème original qui ne figuraient pas dans la copie manuscrite et la colonne de droite, étant les mots dans la copie qui ne figuraient pas dans l'original du poème. Je travaillai sur l'arrangement des mots dans la colonne de gauche pendant une vingtaine de minutes et conclus, comme antérieurement, qu'il n'y avait rien à en tirer. Alors, je me tournai vers ceux de la colonne de droite; même résultat après un autre vingt minutes. Ensuite, je combinai les mots des deux colonnes. Toujours rien.

Alors, j'essayai des arrangements des premières lettres des mots à gauche d'abord, à la recherche de combinaisons qui signifiaient quelque chose en anglais, puis en allemand. Deux voyelles et onze consonnes ne semblaient rien promettre; après quinze minutes j'abandonnai. Puis, j'essayai la même chose pour les mots dans la colonne de droite. Ici, il y avait cinq voyelles et neuf consonnes, *déjà mieux*, pensai-je, et quelques mots commencèrent à apparaître presque immédiatement. Des mots anglais : *regular, grail, blind, legend, genius* et quelques autres, mais dans chaque, cas ce qui restait était plutôt un fouillis de lettres qui ne pouvaient former des mots supplémentaires ayant un sens. Poussant le travail plus loin, je me ramassai avec un total d'environ vingt-cinq mots, sans pouvoir y dégager un sens.

J'essayai la tâche plus difficile de construire des mots allemands. Après un peu d'efforts, je réussis à former douze mots : *Teilen, Grund, leugnen, Beleid, braun, Graben, Treiben, Berlin, glauben, leer, Gebruder* et *entlang*, mais dans chaque cas, les lettres restantes demeuraient aussi compréhensibles qu'un mot de passe pour activer un logiciel. Pas surprenant, je suppose, car il n'y avait rien de logique ou systématique dans la façon dont j'avais élaboré ces mots. Je décidai d'essayer de trouver encore quelques mots, cette fois en mettant l'accent sur les noms et en déplaçant les lettres de position. Tout en faisant cela, je devais résister à la forte impression que tout cela était stupide, que je ne saisissais au passage que des pailles que le vent voulait bien souffler dans ma direction. Parfois, il faut simplement subir et voir venir.

Gesund (santé) signala sa présence, pas vraiment un nom, mais.... *Natur* émergea, *Leine* (corde, laisse). Et puis, *Stein* (pierre) qui me disait quelque chose. J'ai vérifié les lettres restantes : b, l, n, e, r a, g, d, u, une fois *stein* mis de côté. À partir de celles-ci, le mot *berg* (montagne) se suggérait de lui-même et comme c'est un suffixe très courant en allemand, je décidai de séparer également *berg* et de voir ce qui restait, soit : l, n, a, d et u. *Le nom d'une ville ou d'un lieu peut-être?*, pensai-je comme je m'étirais pour saisir mon atlas. Landuberg? Ludanberg? Ni l'un ni l'autre ne se trouvait en Allemagne. Il y avait peu d'espoir.

Me rappelant que *burg* est aussi un suffixe fréquent en allemand, je le mis de côté avec *Stein* : ça laissait les lettres l, n, e, a, d. *Eldanburg? Elandburg? Aldenburg? Ladenburg?* Pas de Elandburg ni Eldanburg, pas étonnant car ces deux-là sonnaient bizarres. Aucun Aldenburg, ce qui me surprit. Mais il y avait un Ladenburg. Cherchant à nouveau dans mon atlas, mon cœur arrêta de battre : c'était à seulement une dizaine de kilomètres de Heidelberg.

Je me calai dans mon fauteuil avec un sentiment de perplexité exquise. Il devait y avoir quelque chose ici, mais je ne pouvais pas le voir encore. *Pourquoi Ladenburg? Qu'y avait-il là d'important?* J'étais sur le point de commencer une recherche plus détaillée sur *Ladenburg*, quand je fus frappé par le lien possible entre "Masson" et "Stein". *Est-il possible qu'à un moment Carl Masson (ou Maçon) aurait pu être un équivalent d'un nom allemand : Karl Steinhauer? Karl Steinmetz? Ou que dire simplement Karl Stein?* Me tournant vers mon ordinateur, j'affichai la liste des passagers sur le *James Goodwill* et la parcourus rapidement. Il y avait un Karl Stein sur la liste! *Holy shit*, murmurai-je, me rendant compte que ce Monty-isme pouvait cacher autre chose.

Alors, qu'est-il en train de se passer ici?

La première possibilité et une qu'il fallait garder fermement à l'esprit, était que tout cela était une fausse piste, un phantasme que j'avais construit, quelque chose qui n'avait pas de signification concrète. *D'accord. Mettons cette possibilité de côté, mais tout en la gardant bien en vue pour l'instant. Quelle autre interprétation pouvait-on y donner?*

Il y avait la déclaration de Masson que lui et son père avaient suivi "le grand fleuve" après avoir traversé Mannheim. Il faisait probablement référence au Rhin, le Rhin passe par Mannheim et mon atlas indiquait que Mannheim était à seulement environ dix kilomètres de Ladenburg. *Quoi d'autre dans le récit de Masson?*

En parcourant à nouveau l'histoire de sa vie et un certain nombre de pages que j'avais marquées avec des notes autocollantes, je trouvai ce que je cherchais : la description que Masson faisait de Christoph Sauer : « quelqu'un avec qui j'avais eu une petite connexion au vieux pays. » Ouvrant un autre fichier informatique dans lequel j'avais copié des informations sur Sauer, je le parcourus impatiemment. Les dates de Sauer étaient 1695-1758, il avait donc quatorze ans de plus que Karl Stein. Et Sauer était né à … – *Holy shit!* – à *Ladenburg!*

Et qu'est-ce qui m'avait fait bondir hors du lit, comme piqué par l'équivalent intellectuel d'un scorpion? Quelque chose dans la journée d'hier? Oui, un nom... Robert Ames! Pourquoi? Qui était Robert Ames? Qu'est-ce que le nom de Robert Ames peut bien signifier, impliquer, laisser entendre? Ça ne semble pas avoir de lien avec …

Puis, je gelai à nouveau. Rob Ames était une anagramme de Boersma et par conséquent d'Ambrose aussi.

D'accord, pensai-je. Essayons de nous assurer de ne pas tourner en rond ici, de ne pas nous illusionner en transformant une paille en fil d'or, ou de prendre des vessies pour des lanternes. Revenons à l'idée mise de côté tout à l'heure et passons en revue tout cela de façon systématique. Commençons avec les liens apparents avec Ladenburg. Se pourrait-il que tous ces liens soient simplement faux, tout simplement un non-sens? Ça commençait à sembler improbable, car il y avait maintenant assez de connexions pour mettre à rude épreuve une explication basée uniquement sur le hasard. Donc, si ce n'est pas un non-sens, qu'est-ce que cela signifie? Que la personne qui a fait ces modifications subtiles au poème voulait vraiment coder un message?

Eh bien, sûrement notre messager ne désirait pas seulement souligner que ces deux hommes, Sauer et Masson, étaient originaires de la même région, ou que l'homme qui avait imprimé un des deux livres que j'avais découvert était né à seulement dix kilomètres de l'endroit où l'autre livre avait été imprimé. À une certaine période suffisamment loin dans l'avenir, aujourd'hui par exemple, tout le monde pourrait facilement vérifier où Sauer était né parce que Sauer est un personnage historique, mais comment pourrait-on connaître ou même se soucier de Masson? Si notre écrivain-codeur voulait juste souligner une telle coïncidence obscure, alors toute cette entourloupette n'était dictée que par son esprit fiévreux et pour aucune raison évidente.

Non, il devait y avoir quelque chose d'autre. Mais quoi? Était-ce quelque chose d'intéressant, quelque part à Ladenburg et si oui, quoi?

Reviens en arrière. Le poème trafiqué ne pouvait pas avoir été placé avec le livre par Masson, puisqu'il était mort avant que le poème soit écrit. Donc, si l'autel avait été choisi par Masson comme un endroit sûr pour ses livres, toute hypothèse que l'association entre les livres et le poème implique Masson posait un problème. Si l'intention de Masson était de confier les livres à certains soins "plus élevés" et les mettre à l'abri des ravages des éléments et des personnes, il aurait gardé secret le fait de les avoir placés dans l'autel. Personne d'autre n'aurait connu leur existence, sauf la personne qui avait ajouté le poème trafiqué. Cela devait donc nécessairement avoir été fait à un moment au cours des premières décennies du XIXe siècle, au plus tôt. Il y avait un candidat évident pour cela : le bon ami de Masson, le révérend Robert Bine. Mais il était loin d'être clair pourquoi celui-ci aurait fait cela, pourquoi il se serait donné la peine d'ajouter un message codé avec tant de complexité, à quelque chose qui devait rester caché jusqu'à ce que le temps soit venu pour qu'il réapparaisse. Je devais examiner de plus près tout détail susceptible d'être découvert au sujet de Robert Bine. Et là, il me vint à l'esprit que Bine était un nom inhabituel, mais que Bein n'était pas inconnu et que Bein constituait aussi une autre connexion allemande possible!

Mais attends! Si Bine, ou Bein, connaissait l'existence des livres de Masson dans l'autel, peut-être qu'il savait quelque chose de plus. Peut-être que le but de Masson avait été non seulement de préserver ses deux livres mais qu'il s'était aussi senti une responsabilité envers ce "quelque chose de plus". Était-il possible que rendu à l'article de la mort, Masson ait passé à Bine la responsabilité non seulement des deux livres, mais aussi de ses soupçons qu'il y avait plus? Quoi de plus? Et pourquoi impliquer Ladenburg?

Non! Richard! Arrête! Ceci est simplement une supposition des plus ténues. Il pourrait y avoir quelque chose de plus là, mais il vaut mieux ne pas s'éclater trop loin dans l'espace intersidéral!

À la lumière de ce qui était arrivé la veille, il m'apparaissait maintenant que les liens entre "Ambrose", "Boersma" et "Rob Ames" revêtaient une nouvelle urgence. *Est-ce seulement une coïncidence que l'homme qui se faisait appeler Ames soit apparu de nulle part, ait travaillé pendant un certain temps sur l'héritage de Masson, puis ait à nouveau disparu tout aussi rapidement?* Bien sûr que c'était possible. En fait, pour des événements isolés, hasard ou coïncidence sont parfois la meilleure et la plus simple explication.

Ou peut-être pas. Ici, je me débattais avec une pensée qui semblait vouloir rester informe. Il semblait que Masson avait utilisé ses dernières énergies pour compléter l'autel dans la petite église. Peut-être que le travail de réparation était simplement ce qu'il paraissait, qu'Ames était venu, avait réparé l'autel, puis avait décidé de partir. Mais Carswell avait dit que la petite congrégation était pauvre et que la plupart des travaux et réparations étaient faits grâce au travail et aux matériaux fournis par la communauté. Inconnu jusque-là et n'ayant apparemment aucun lien ni investissement dans la communauté, Ames aurait difficilement pu se pointer et faire le travail pour rien. Donc?

Donc, il s'est trouvé payé d'une autre façon. Il ne pouvait pas voler des objets de valeur de l'église, parce que cela aurait été découvert. Rendu à ce point, je débouchai sur une espèce d'impasse, alors je revins à la question de ce que l'auteur du code dans le poème avait pu vouloir dire.

S'il y avait effectivement un " codeur", il essayait d'empêcher que quelque chose soit perdu. Laissait-il une piste qui conduirait quelqu'un d'assez brillant au bon endroit ou laissait-il un avertissement au sujet de quelque chose?

Supposons le premier cas. Quelle information codait-il? Rien ne m'apparaissait évident. Quelque chose en rapport avec Ladenburg, mais au-delà de ça...?

Supposons le deuxième cas, il faisait une mise en garde contre quelqu'un ou quelque chose.

Rien...

Je regardai l'heure. Il était cinq heures quinze. J'y avais passé deux heures.

Je me débattis avec tout cela pendant une autre demi-heure, puis finalement je conclus que je cherchais quelque chose qui n'existait pas. Notre messager ne cherchait pas à avertir quelqu'un dans l'avenir de quelque chose. Mais l'idée d'être conscient qu'à un moment dans le futur il faudrait peut-être s'inquiéter de quelqu'un, avait en rétrospective une sorte de sens. Si ces livres étaient recherchés par celui qui avait initié l'écoute électronique, on pourrait alors être en mesure à travailler à rebours à partir d'une liste de collectionneurs probables. C'était une démarche incertaine.

Un autre vingt minutes de recherche informatique révéla quelques bricoles et je savais bien que ces résultats n'étaient ni complets ni définitifs.

En tête de liste, il y avait une organisation connue sous le nom de Green Collection. Il était assez facile d'écarter cette possibilité. Ces gens apparaissaient comme des collectionneurs sérieux de documents bibliques et manifestement pas susceptibles d'être portés le moins du monde à l'arnaque ou à la violence. Il y avait, en plus, beaucoup d'information publique sur cette organisation et sa collection.

Ensuite, on arrivait aux autres. Seulement des noms à travers un brouillard. Ardrey. Barton. Steyr. Billinton. Charlton. Burns. Everett. Torrey. Je défilai rapidement les bribes d'information sur chacun d'eux. Récolte très mince. J'étais sur le point de renoncer quand je remarquai quelque chose à propos de Burns : il vivait à Philadelphie. Intéressant, mais pas une preuve de quoi que ce soit.

J'ouvris un fichier Word, copiai les informations sur ces huit noms et enregistrai le fichier.

Je regardai ma montre. Six heures quarante. J'entendis la chasse d'eau à l'étage.

« Richard. Tu es un lève-tôt. Puis, regardant la tempête de papier autour de moi comme il descendait les escaliers, Stuart ajouta : Dis donc, tu n'as pas chômé! Y a un problème? Sa question témoignait d'une certaine inquiétude.

— Bonjour Stuart. Je te trouve matinal toi aussi, étant donné que tu n'as pas dû te coucher avant deux heures.

Me levant de ma chaise, j'allai directement à la cuisine.

— Café? Sans attendre une réponse, je remplis la cafetière, ajoutai le café et poussai le gros bouton rouge.

—Alors, enchaînai-je, pendant qu'on attend l'élixir de vie, parle-moi un peu de la Pennsylvanie et du trou-du-cul que nous arrosons de Scotch là-bas.

— Richard. Qu'est-ce qui se passe?

— Bien, on traque un gars là-bas. Qui est-il?

— Ouais. Effectivement on surveille un gars d'assez près, mais …

— Son nom ne serait pas Burns, par hasard?

Nous restâmes figés, à nous regarder comme si nous étions des étrangers et c'était un sentiment bizarre et inquiétant. Je levai les deux mains en signe de reddition.

— D'accord. Regarde, Stuart, recommençons depuis le début. Je pense que cette affaire commence à m'affecter. J'ai eu une nuit bizarre. Je pense avoir trouvé quelque chose, mais je ne peux pas en être sûr. Je veux que tout ça finisse et j'ai eu le sentiment tout au cours de la semaine qui vient de passer que j'aurais vraiment beaucoup, beaucoup, de plaisir à mettre mon poing sur la gueule de quelqu'un et réduire son visage en purée, le rendre méconnaissable. Tu comprends ça?

Après environ une pause d'environ quinze secondes, je m'approchai de Stuart.

— Stuart, pour ma propre santé mentale, il me faut trouver la sortie de ce cauchemar. Vas-y, parle-moi.

En réponse à ses questions, j'étalai tous mes progrès à Stuart : le poème trafiqué, mes soupçons d'un message codé, la recherche d'un schéma, la découverte d'un indice qui semblait m'avoir conduit à l'identité originale et réelle de Carl Masson, mais derrière tout cela l'inquiétude que ce ne soit que des conneries, que j'avais fabriqué une lubie avec du vent.

— Je ne pense pas que ce soit des conneries, Richard. Le nom du gars en Pennsylvanie est effectivement Burns. Il est visqueux et apparemment dangereux, mais ça, nous le soupçonnions déjà. Nous avons beaucoup de soupçons, mais pas de faits concrets.

Ici, il y eut un court silence et Stuart poursuivit :

— Si tu as été en mesure de trouver que Burns est le gars en Pennsylvanie alors que je t'avais délibérément caché son nom jusqu'à ce que nous ayons quelque chose de ferme, ça change pas mal de choses. Tu t'en rends bien compte, Richard?

— Oui.

Stuart se leva, prit une tasse, la remplit de café, revint à la table et resta un moment à côté de moi.

— Avant d'entrer dans cet aspect des choses cependant, j'ai besoin que tu me montres plus en détail ce que tu viens d'accomplir. Je viens d'avoir un de mes pressentiments et ceux-là, je ne les ignore jamais. Peut-être que nous pouvons en dégager quelques faits concrets après tout. »

En partant du début, je passai en revue avec lui tous les raisonnements qui me semblaient pertinents et détaillai tous les événements des dernières vingt-quatre heures. Je lui racontai tout ce dont je pouvais me souvenir : la démarche qui m'avait permis de trouver l'église de Belleville, ma discussion avec Carswell, l'autel comme je l'avais vu. Je lui montrai les photos que j'avais prises avec mon téléphone portable. Et je lui parlai de mon étrange et soudain réveil quelques heures plus tôt.

« Pourquoi a-t-il construit un autel?, demanda Stuart. N'y en avait-il pas déjà un dans l'église?

Bien sûr, c'est une question que j'aurais dû poser à Carswell.

— Je ne sais pas.

— Sais-tu exactement quand ce Ames a fait la réparation à l'église?

— Non, dis-je. Selon Carswell, il y a environ trois ans, à l'été 2010. Pourquoi?

— Parce que, même si j'ai l'impression que quelqu'un en sait beaucoup à propos de toute cette affaire, il semble y avoir des choses qui ne correspondent pas, ou des morceaux qui manquent. Tu en as eu l'intuition il y a quelque temps et je l'ai ignoré. Eh bien, il est temps de corriger cela. Voici ce que je veux faire. »

Stuart me parla d'un gars qu'il utilise parfois dans ses enquêtes. C'est surtout un type solitaire une espèce de "nerd" polyvalent, mais qui est aussi un génie dans l'art de faire des recherches en ligne sur presque n'importe quel sujet.

« Je veux lui donner un mandat, pour chercher tout ce qui touche à l'un des problèmes, des situations, des personnes, des noms propres et ainsi de suite, que nous avons rencontrés depuis le début. Il a été en mesure de trouver des choses sur d'autres personnes, même des choses enfouies dans les fichiers électroniques de ces gens, quand eux-mêmes avaient renoncé à trouver, jugeant la situation désespérée.

En particulier, je veux qu'il fasse une recherche sur tous les dossiers – lettres, coupures de journaux, changements dans des titres de propriété, bavardage particuliers entre collectionneurs d'artefacts tournant autour de documents bibliques, de dossiers d'enchères, d'acquisitions par les musées locaux – toute information susceptible de nous permettre de définir plus clairement ce que nous savons par rapport à ce que d'autres semblent savoir.

— Ce qu'il fait est-il tout à fait légal?, demandai-je.

— Question suivante?

— OK, dis-je. D'accord, nous allons mettre ton "nerd solitaire" au travail.

Nous passâmes ensuite une demi-heure à générer une liste de mots-clés et d'expressions pour fouiller sur Internet et que le *nerd* en question pourrait utiliser pour commencer.

— Combien de temps lui faudra-t-il pour sa recherche?

— C'est un bourreau de travail. Une fois qu'il plonge dans un sujet, il y travaille souvent jour et nuit jusqu'à ce qu'il trouve les résultats qu'il lui faut. Il est trop tôt pour l'appeler maintenant, dit Stuart en glissant la feuille de termes de recherche dans la poche de sa chemise, mais dans quelques heures, je vais l'appeler et lui faire renifler la piste. S'il n'a pas trop de choses en cours, il peut sans doute faire ce travail en deux jours.

— Tu penses naturellement à certains aspects précis sur lesquels la recherche pourrait jeter un peu plus de lumière à court terme, lui demandai-je de façon un peu détournée.

Stuart hocha la tête.

— Oui. Supposons par exemple que les gens auxquels nous pensons, qui qu'ils soient, sont également à la recherche de quelque chose.

— Comme quoi?

— Eh bien, comme les livres eux-mêmes.

— Mais quelqu'un a caché ces livres dans le moulin. Ils doivent savoir exactement où chercher.

— Non, celui qui a caché les livres sait où il les a cachés. Mais qui sont "ces gens" auxquels nous référons continuellement? Quelle serait la conséquence si la personne ou les personnes qui ont caché les livres, sont disparues ou frappées d'incapacité ou maintenant mortes? Ou alors qu'elles ont peur et ont décidé de se planquer? Dans chacun de ces cas, ce qui est connu de ceux qui ont caché les livres est hors de circulation, inaccessible à quelqu'un d'autre, je parle ici de "ces gens", qui pourraient vouloir savoir ce qui est connu par celui qui a caché les livres. C'est la possibilité que les gens qui nous écoutent ou qui nous observent puissent être "ces gens", que je veux explorer.

— Ceci est simplement théorique, non? Je te le demande.

— Oui. Mais nous allons voir si ça nous mène quelque part.

— Ça pourrait nous conduire où?

— Eh bien, s'il y a un lien entre tout cela et le moulin, quelqu'un qui veut jouer au rattrapage d'information pourrait vouloir espionner les gens qui ont une certaine connexion intime avec le moulin.

— Quelqu'un comme moi, dis-je. Ça c'est un lien possible avec le premier bug.

— Oui. Cela m'a toujours intrigué. Nous pouvons être assez certains que Burns est derrière le second bug, bien que le prouver soit une tout autre affaire, mais le premier bug reste un peu mystérieux.

Stuart fit une pause de quelques secondes, puis enchaîna :

— Et il n'y a peut-être pas seulement toi qui es surveillé.

Ici, je ne cherchai pas à cacher ma perplexité.

— Qui d'autre?

— Monty?

— Oh, merde! J'espère que je n'ai pas entraîné Monty dans cette affaire!

— Je sais que c'est une plus grande préoccupation, Richard, mais c'est l'implication immédiate de tout ceci qui me préoccupe davantage et ce que cela pourrait nous apprendre.

— C'est-à-dire?...

— Eh bien, pour le savoir, nous allons aller vérifier si la maison de Monty a été mise sur écoute. »

Vingt-huit

Comme il n'était pas encore sept heures, trop tôt pour essayer de lever Monty, Stuart et moi décidâmes de prendre le déjeuner à l'extérieur. L'air était maintenant assez frais, mais après avoir enfilé chaussettes, chaussures et chandails, nous étions tout aussi confortables que durant n'importe quel matin d'octobre. Les oiseaux d'été avaient disparu et leur relève pour l'hiver voletait partout et lançait à voix haute et généralement fougueuse, leurs défis territoriaux. Les collines étaient une débauche de couleurs : sumacs rouge flamme, fougères brun rouille, peupliers et bouleaux jaune fébrile, frênes en nuances sobres, bruns délicats chez les robiniers, vignes à l'assaut des clôtures comme les feux de broussailles et érables couvrant tout le spectre des couleurs sauf le violet. Je savais que là-bas, quelque part, il y avait des dizaines de vesses-de-loup à découvrir, que la première touffe d'asters allait apparaître, que les asclépiades commenceraient leur déclin maintenant que les monarques étaient partis et qu'en sacrifice au dieu Moloch, des escadrons d'épervières orangées seraient bientôt immolées dans leurs robes provocantes.

Parce que nous avions le temps, j'y ai mis le paquet. Pain français, mais avec une touche infernale composée d'oignons Vidalia finement hachés et caramélisés, d'une quantité abondante de ciboulette, d'une grosse poignée de lardons, d'une généreuse portion de poivre fraîchement moulu et d'un soupçon de romarin frais.

J'étais dans mon élément. La prestation en technicolor du soleil du matin et le plaisir simple, mais profondément tactile et olfactif durant la préparation des aliments constituaient une première étape dans la démarche ascendante qui va de cuisiner jusqu'à manger, comme une approche vers le dôme du plaisir dans les jardins de Xanadu. Les oignons finement hachés grésillèrent avec enthousiasme lorsque je les jetai dans la grande poêle sur le barbecue. Dans une autre casserole, le lard haché se tortillait en libérant lentement sa graisse que j'allais utiliser pour cuire les œufs battus. L'arôme montant de la ciboulette était subtil et raffiné par rapport à celle de ses cousins plus costauds : l'ail et les oignons. Je ne pouvais pas résister à l'envie de glisser mes doigts sur le romarin et de sentir le chuchotement aromatique et capiteux laissé sur ma peau. J'assignai à Stuart la tâche de convertir en rôties, sur les briquettes incandescentes du BBQ, les tranches épaisses du pain brun à base de notre farine Marquis. Je mélangeai les œufs et les autres ingrédients, versai le mélange et en moins de cinq minutes, nous eûmes un déjeuner fumant dans nos assiettes.

Une fois que Stuart s'attaqua à son assiette, il sembla qu'il n'allait jamais s'arrêter.

Pendant une accalmie, alors que la bouche de Stuart était suffisamment dégagée pour pouvoir à la fois respirer et parler, il réussit à articuler, au travers des vestiges du morceau précédent de pain grillé : « Bon Dieu Richard! Ceci est vraiment excellent! Comment trouves-tu ces combinaisons?

— Pas difficile, on n'a pas là une combinaison extravagante. Je rassemble tout simplement les choses qui semblent avoir une bonne chance de bien s'accorder et puis j'ajuste un peu. Mais, pour moi, la clé est de ne pas avoir peur d'ajouter des herbes.

— Eh bien, je pense qu'il y a plus que ça. Je voudrais bien être capable de combiner des ingrédients comme ça.

— Il n'y a aucune raison pour que tu ne puisses pas le faire, Stuart. C'est vraiment simplement une question de confiance.

— Mais tu te plantes sûrement de temps en temps?

— Certainement. Parfois, quand ce qui en résulte goûte ou sent quelque part entre l'incertain et le dégoûtant, ça passe directement au compostage. Mais ça n'arrive pas souvent et avec la pratique, on devient meilleur à comprendre ce qui ne s'harmonise pas. »

Nous avons terminé, quoique un peu à contrecœur dans le cas de Stuart, avons dégagé la quincaillerie, puis nous sommes installés pour une période de planification. Cela nous prit beaucoup plus de temps que prévu en raison d'un nombre considérable de possibilités qui émergèrent une fois que nous commençâmes à toutes les passer en revue de façon systématique. Certaines étaient inattendues. Un exercice avec lequel Stuart et moi étions familiers, Stuart par la préparation qu'il avait l'habitude de faire avant n'importe quelle action pouvant affecter ses clients et moi par la planification et les projections que je devais toujours faire dans mes projets techniques. La façon dont ces approches se complétaient fut même un peu surprenante pour nous deux.

Le point immédiat que nous avons discuté était la réaction potentielle de Monty à la suggestion qu'il pouvait être sur écoute, si nous allions en informer la police le cas échéant et comment nous allions le faire. Nous avons également discuté de comment notre propre réflexion et nos actions pourraient être contraintes par les implications d'une telle découverte. Mes sentiments à ce sujet n'étaient pas sereins, car j'avais l'impression qu'alors nous nous enfoncerions lentement et toujours plus profondément dans un marais très dangereux. Mais, en même temps, nous étions d'accord pour dire qu'il était très peu probable que le problème disparaisse de lui-même si on choisissait de l'ignorer.

Quelques minutes après neuf heures, j'envoyai un courriel à Monty lui disant que je faisais une planification à long terme pour l'installation éventuelle de la roue en fonte et qu'il y avait quelques aspects que je voulais vérifier avec lui. Je proposai qu'on se rencontre pour le diner au *Renard* vers 12 h 30. Je retournai ensuite à l'amélioration de certaines des notes que Stuart et moi avions prises après le déjeuner. Cinq minutes plus tard, un ping m'annonça l'arrivée de la réponse de Monty.

« J'y serai », écrivait-il.

Si Monty fut surpris de voir Stuart avec moi au *Renard*, il ne le laissa pas paraître. Une fois installé avec son habituel dossier de fiches, je vins droit au but.

« J'ai honte et je suis désolé de t'avouer Monty, que je n'ai pas été honnête avec toi. Je n'ai pas pu trouver d'autre chose qu'un mensonge pour t'attirer ici au *Renard*, sur un terrain neutre, pour la discussion qui va suivre. À ces mots, l'expression de Monty se troubla, son regard incertain passa alternativement de moi à Stuart; il attendait la suite sans rien dire.

— J'ai découvert quelque chose qui change toute notre perspective sur l'affaire des deux livres et leur relation avec le moulin. Mais d'abord, je dois te dire que ma maison a été mise sur écoute électronique à mon insu. Je parle de bugs, au pluriel : des dispositifs d'espionnage, ajoutai-je en réponse à l'air perplexe de Monty. Nous pourrons parler des détails plus tard, mais le point important pour le moment est que la nouvelle information dont je dispose ouvre la possibilité que ta propre maison soit également sur écoute clandestine. Ceci est très troublant pour moi, à plus forte raison pour toi et c'est une chose à laquelle je ne m'attendais pas et qui n'était certainement pas dans mon intention.

Il y eut un silence prolongé ici, tandis que Monty regardait au loin et des pensées furieuses durcirent son expression.

— De quoi t'inquiètes-tu en réalité, Richard?, demanda Monty. Est-ce que tu essaies de déterminer si je pourrais avoir du ressentiment, avoir peur, ou me mettre en colère? Parce que je ressens toutes ces choses en même temps, mais pas contre toi. Si ma maison a été mise sur écoute, connais-tu l'identité du bâtard qui peut avoir fait ça?

— Avant d'essayer d'avancer par raisonnement Monty, ce que nous avons vraiment besoin de faire et tout de suite est de déterminer si, oui ou non ta maison a été mise sur écoute. Mais c'est un choix qui t'appartient et mon propre malaise n'a aucune d'importance. Tu pourrais ne pas vouloir savoir qui est derrière ça. Tu pourrais simplement vouloir sortir de tout ce gâchis et je ne te blâmerais pas un instant de te sentir de cette façon. Mais …

— Richard, m'interrompit Monty. Pourquoi est-ce que je préfèrerais ne pas savoir? Bien sûr que je me sens dans un brouillard. Je l'avoue, parce que c'est quelque chose de nouveau pour moi et je pense que je vais me sentir un peu comme cambriolé, avec un sentiment très fort de violation qui viendra sans doute ensuite. Mais si quelqu'un fouine dans ma vie, tu peux être sacrément assuré que je veux connaître les détails. Alors que proposez-vous?

— Nous proposons que je balaye votre maison pour voir s'il y a des mouchards, déclara Stuart avec un ton très doux. S'il y a un mouchard, alors cela confirmera un certain nombre de choses. S'il n'y en a pas, ça n'infirmera pas nécessairement quoi que ce soit, sans pour autant signifier que nous pourrons tous soupirer et nous détendre.

— Combien de temps faudrait-il pour contrôler la présence de mouchards?, demanda Monty.

— Environ dix minutes, répondit Stuart.

— D'accord. Exécution! Marjorie est sortie avec son groupe de marche pour observer les feuillages d'automne. Mais pouvez-vous m'expliquer comment vous en êtes arrivés à cette supposition?

Je pris une quinzaine de minutes pour passer à travers les grandes lignes pour le bénéfice de Monty, aussi succinctement que je le pouvais. Il posa quelques questions et

Stuart et moi lui avons donné les meilleures réponses courtes que nous pouvions, puis il hocha la tête et dit :

— Allons-y.

Stuart expliqua comment il pensait que nous devions procéder :

— À partir de maintenant, nous ne tiendrons rien pour acquis. Donc, je pense que vous devriez partir d'ici le premier Monty, aller dans le village et passer au bureau de poste, acheter des saucisses, ou quelque chose d'autre. Prenez une dizaine de minutes. Ensuite, allez chez Richard, frappez à sa porte, puis partez quelques minutes plus tard quand personne ne vous aura répondu. Allez ensuite chez vous. Je veux vous surveiller discrètement dans ces déplacements et voir si quelqu'un vous a suivi jusqu'ici ou commence à vous suivre de chez Richard. Quand vous arriverez à votre maison, il suffira de nous attendre. Richard et moi arriverons séparément, Richard en premier. Il me faut surveiller votre propriété à distance avant votre arrivée pour voir si nous avons des observateurs et je tiens à m'assurer qu'il n'y a pas d'ombre vous talonnant, ni l'un ni l'autre. Donc, je ne semblerai pas arriver chez vous avant quelque temps après que vous soyez tous les deux arrivés. Quand vous serez rendus, entrez et parlez simplement de quelque chose sans importance et qui n'est pas relié en quoi que ce soit avec ce que nous avons discuté. Au moment de frapper à votre porte, j'aurai déjà balayé l'extérieur. Si je vous dis que j'ai quelque chose à vous montrer dans ma voiture qui pourrait vous intéresser, cela signifiera que j'ai trouvé quelque chose et vous devrez alors sortir tous les deux. Mais si je n'arrive pas dans les vingt minutes après l'arrivée de Richard, cela signifie qu'il se passe quelque chose d'anormal, auquel cas vous devrez tous deux revenir directement ici. D'accord?

— Compris », dit Monty, l'ombre d'un sourire complice tirant les coins de sa bouche, en dépit du fait qu'il devait se sentir passablement troublé.

Monty s'en alla et Stuart sortit et se tenant près de la porte du *Renard*, il fit semblant de passer un appel sur son cellulaire. Quant à moi, je partis, me rendis au moulin, lequel était fermé sauf pour le café, vu qu'on était dimanche. Je fis semblant de vérifier le système de sécurité et marchai autour de l'extérieur du bâtiment. Quand j'arrivai chez Monty, sa voiture était déjà là et il me laissa entrer comme je sonnais. Environ quinze minutes plus tard, Stuart sonna à la porte et quand Monty lui ouvrit la porte Stuart dit avec un sourire éclatant qu'il avait quelque chose de très intéressant à lui montrer dans sa voiture. Comme nous allions franchir la porte, Stuart brandit son cellulaire et pointa son index sur chacun de nous. Après une incompréhension de courte durée, je sortis mon cellulaire et Stuart pointa le seuil de la fenêtre juste à côté de la porte. J'y déposai mon téléphone et Monty fit la même chose.

Ensuite, nous marchâmes jusqu'à la voiture de Stuart et montâmes à bord.

« Je suis désolé Monty, il y a un petit appareil d'écoute juste au-dessus de la fenêtre de votre salon. Et l'histoire avec vos téléphones cellulaires est probablement paranoïaque, mais une précaution tout de même justifiée. »

On s'est regardés les uns les autres avec un degré d'appréhension accru, malgré le fait que nous étions au courant à l'avance de cette possibilité. Monty pinça les lèvres et murmura :

« L'enfant de chienne! Puis, il regarda Stuart et demanda : Quelle est la suite?

— La suite consiste à balayer votre voiture et l'intérieur de votre maison.

À cela, l'expression de Monty refléta encore plus un sentiment d'offense et de violation personnelle.

— Vraiment? N'est-ce pas pousser la paranoïa un peu loin?

— Il y a deux personnes mortes. Dans le premier cas, c'était probablement un résultat inattendu, mais pour l'autre il s'agit d'une exécution dans les règles de l'art. Nous devons donc considérer qu'il y a quelque part quelqu'un qui est tout à fait sérieux et impitoyable. Il est donc préférable de pécher par excès de précaution plutôt que de marcher dans une situation désagréable juste parce qu'on s'adonne à avoir les yeux fermés.

— Qu'en est-il de ma voiture? demandai-je.

— J'ai déjà vérifié : il n'y avait rien.

— D'accord. Faisons-le », déclara Monty avec une détermination soudaine.

Stuart passa une demi-heure à faire une vérification minutieuse et exhaustive de toute la maison de Monty. Une fois qu'il eut terminé, il sortit son carnet de notes, tourna une page blanche et griffonna "Retournons au *Renard*". Ainsi, après que Monty et moi eûmes récupéré nos téléphones, nous montâmes dans nos voitures respectives pour retourner au pub.

Au *Renard*, où l'achalandage du souper commençait, nous restâmes assis à nous regarder en silence pendant quelques minutes.

« Je dois vous présenter des excuses Monty, dit Stuart. J'aurais dû penser à cette possibilité bien avant aujourd'hui et empêcher cette intrusion dans votre vie privée. Je suis désolé.

Monty balaya de la main.

— Après la mort de Buck, nous savions tous que nous étions aux prises avec quelque chose de sinistre. C'est autant ma faute que celle de quiconque si cette situation m'est tombé dessus. Mais au lieu de se concentrer sur le blâme, a-t-on une idée depuis quand on m'espionne?

— Je ne peux pas en être sûr, répondit Stuart, mais il est probable que cela remonte à l'époque où le bug a été planté à la maison de Richard, ou peu de temps après, peut-être quand nous avons piégé le bâtard qui était venu le récupérer. Je dirais, pas plus tard que cela. Le problème est que nous ne savons pas depuis combien de temps celui chez Richard était actif.

Il y eut un autre silence assez long et plutôt inconfortable.

— Alors qu'est-ce qu'on fait maintenant?, demanda Monty.

Pour la première fois dans mes souvenirs, Stuart était hésitant.

— Je dois admettre, commença-t-il, qu'à ce stade-ci, je ne suis vraiment plus certain. Serait-ce trop demander que vous me donniez une journée pour passer en revue toute cette affaire? »

Monty hocha la tête, sans enthousiasme. Nous avons commandé trois pintes de bière dans l'espoir de ramener un peu de bonne humeur dans la situation. Ça n'a pas fonctionné.

Après avoir convenu de nous rencontrer à nouveau au *Renard* le lendemain midi, nous avons terminé nos bières et nous nous sommes séparés.

De retour chez moi, Stuart dit qu'il avait des appels à faire et voulait trois heures pour lui, puis il disparut dans sa chambre. J'essayai de lire, mais ne pouvait pas me concentrer. Laissant une note à Stuart, je sortis pour une promenade avec l'intention de visiter le café au moulin et d'échanger un mot avec Karen. En arrivant, je trouvai le café bondé de clients et je fus un peu forcé de faire le tour de toutes les tables et de converser de façon légère avec les gens.

Karen était occupée, zigzaguant de toute part et je m'extirpai des clients pour discuter avec elle.

« Les choses vont bien, Karen?

— Elles ne pourraient aller mieux patron, sourit-elle, rayonnante de son activité continuelle.

— Cet endroit semble avoir le don de mettre les gens de bonne humeur.

— Eh bien, ce pourrait bien être simplement la nouveauté. Nous allons voir ce qui va se passer dans quelques semaines.

— Je ne serais pas si prompt à porter ce jugement, dit-elle. C'est l'endroit lui-même, je pense. Il possède un charme, une magie bien particulière. »

Nous avons parlé un peu plus. Il était clair qu'elle était dans son élément, une constatation qui me rassura beaucoup. En regardant ma montre, je fus surpris de voir qu'il était déjà cinq heures et demie et jetant un coup d'œil à l'extérieur, je pouvais voir que le jour avait disparu. M'excusant, je m'éclipsai.

Comme j'étais sorti en vue d'une bonne marche en venant au moulin, qui n'est pas très loin de chez moi, je décidai de continuer mon itinéraire et de traverser Greenvale. Bien que Greenvale ne soit pas Königsberg, il y a plusieurs ponts, ce qui offre une variété surprenante de parcours possibles pour un marcheur. Les maisons de Greenvale sont réparties à des endroits dictés par les caprices du relief. Certaines des routes entre ces maisons sont à proximité de la rivière, tandis que d'autres offrent une vue imprenable à différentes distances en montant vers les collines. Il n'y a pas d'alignement commun des habitations, en raison de la courbure complexe dans le plissement et les ondulations des collines, de sorte que les maisons semblent être restées là où le hasard ou l'humeur d'un géant les auraient déposées. Au crépuscule, lequel approchait maintenant à grands pas, au fur et à mesure que des lumières s'allumaient dans les maisons, on avait une impression de guirlandes de lumières ornementales accrochées capricieusement le long des flancs de la vallée, comme des graines semées à l'ancienne. Cela rendait le village immensément attrayant, pour moi en tout cas et pendant ma promenade je me suis arrêté souvent et passai beaucoup de temps à balayer du regard le haut et le bas de toute la vallée.

Finalement, il était temps de rentrer avant qu'il ne fasse complètement noir. Je traversai le pont le plus au sud dans le village et commençai mon trajet du retour. À ma droite, à mi-chemin de la côte, la belle maison de Greg trônait un peu solitairement, bien espacée de ses voisines, avec seulement ses lumières extérieures allumées, puisque Greg et Jill étaient partis passer quelques jours à Montréal.

Je le sentis plus qu'aperçus, et immédiatement il me sembla que quelque chose n'allait pas. Juste l'ombre d'une ombre. Me dissimulant derrière un grand buisson de lilas, j'appelai Stuart sur-le-champ.

« Stuart, je suis juste en bas de la rue, un peu avant la maison de Greg et je pense que quelqu'un rôde autour de chez lui, à l'extérieur.

— Où es-tu par rapport à sa maison?

— À une centaine de pieds à l'est, juste en haut de la côte qui monte de la rivière et un peu au sud de la maison.

— Reste caché. Ne fais rien. J'arrive d'ici cinq minutes. » La communication se coupa immédiatement.

Je me concentrai sur la maison aussi intensément que je le pouvais, mais dans l'ombre, il était difficile de distinguer quoi que ce soit. Le mouvement était vraiment seulement l'impression d'une ombre et j'en conclus que la personne en question devait être entièrement vêtue de noir.

Le bruit d'une voiture qui se rapproche doucement me parvint avant de pouvoir la distinguer, puis je me rendis compte qu'elle dévalait moteur et lumières éteintes. En moins d'une minute, Stuart se matérialisa à côté de moi. Je ne l'avais pas entendu approcher.

« Qu'est-ce que t'as là?, demandai-je.

— Une caméra infrarouge et il la pointa immédiatement vers la maison. Il filma pendant quelques minutes jusqu'à ce que je ne tienne plus en place et chuchote : Qu'est-ce qu'on va faire?

— Rien, dit-il sans me regarder. Puis, après quelques secondes, il ajouta : Je veux m'assurer de prendre autant d'images que possible de ce Charlot. Après, on attendra pour voir où il va et on va le suivre. »

La silhouette se déplaça aux alentours de la maison pendant quelques minutes de plus, puis disparut derrière le côté nord. Quelques instants plus tard, la figure réapparut au coin de la maison, sembla regarder des deux côtés le long de l'allée qui passe devant la maison, puis se glissa de nouveau dans l'ombre.

« Eh bien, dit Stuart satisfait, toujours à l'affût derrière le viseur et continuant de filmer. Je reconnais le bonhomme et tu ne devineras jamais qui c'est.

Je regardai vivement en direction de Stuart.

— C'est l'agent Harrison. »

On n'eut pas le temps de poursuivre, car juste alors une voiture glissa sans aucun bruit dans notre champ de vision, descendit l'allée, dévalant la pente vers le sud toutes lumières éteintes. « Prius », murmura Stuart. Puis, il me tendit ses clés. « Revenons à ma voiture, rapidement. Tu conduis. On va le suivre. »

Nous avons laissé la Prius continuer sur une centaine de pieds de distance, avant que je mette la voiture de Stuart au neutre et nous avons commencé à la suivre en roues libres sur la rue, lumières éteintes aussi. La Prius se dirigea vers la route principale, ses phares étaient maintenant allumés, et elle tourna vers le sud. Nous avons attendu jusqu'à ce que la voiture ait disparu dans une courbe, puis j'ai démarré le moteur, allumé nos phares et me suis lancé à sa poursuite.

« Où va cette route?, a demandé Stuart.

— Elle traverse deux chemins de concession puis s'arrête à une jonction en T à la troisième.

— Connais-tu quelqu'un qui vit là?

— Oui, l'agent Harrison. »

Vingt-neuf

L'inspecteur Raymond vivait dans un bungalow bien entretenu à mi-hauteur d'un des promontoires au sud-est de Greenvale. L'étalement gracieux d'un tapis de fleurs à l'avant de sa maison, éclairées par les lumières extérieures, mais maintenant emmitouflées pour l'hiver, permettait de deviner que le jardinage était un sérieux passe-temps pour lui. Raymond était ni heureux, ni fâché de nous voir et il avait accepté, bien à contrecœur, notre visite quand je lui avais téléphoné dix minutes plus tôt. Il avait demandé à propos de quoi nous voulions lui parler, mais j'avais simplement dit que c'était important et que ce n'était pas quelque chose que je me sentais à l'aise de discuter au téléphone.

En chemin, Stuart et moi avions convenu de notre approche.

« Serviables, avec déférence et uniquement les faits, avait conseillé Stuart. Ce que nous avons à dire est probablement la dernière chose que Raymond veut entendre, donc aucun "je vous l'avais dit", il ne doit sentir aucune suggestion d'incompétence. Je serais très surpris qu'il accepte notre aide, mais j'ai l'intention de la lui offrir de toute façon. »

En dehors du service, Raymond semblait détendu, en jeans et ce qui était manifestement un vieux chandail favori. Il nous invita à entrer, nous demanda de prendre place dans son salon étonnamment grand, puis s'est éclipsé vers la cuisine en disant par-dessus son épaule qu'il allait faire du café et demanda si nous en voulions. Nous avons tous deux décliné son offre. Sur la cheminée, il y avait les photos de deux garçons, probablement ses fils grands et partis de la maison. Mon regard fut immédiatement attiré vers un mur recouvert d'étagères avec des livres et j'étais en train de les répertorier rapidement quand Raymond revint dans la pièce.

« Très belle collection, dis-je.

— Dommage que j'aie si peu de temps pour les lire. Mais que puis-je faire pour vous?

Je fis signe à Stuart qu'il devrait prendre les devants.

— Nous avons appris deux choses aujourd'hui qui, j'en suis sûr, ne devaient pas attendre à demain, de sorte que nous sommes venus vous en informer dès ce soir et je suis désolé pour ce dérangement.

Raymond hocha la tête encaissant cet énoncé de manière neutre.

— Je vais vous dire tout de suite, continua Stuart, qu'aucune de ces deux nouvelles n'est bonne. Je vais vous donner tout le contexte en arrière-plan, mais je veux d'abord vous dire ce sur quoi nous sommes tombés. Cet après-midi, nous avons découvert que la maison de Monty a été mise sur écoute clandestine. Depuis combien de temps, je ne sais pas. Et il y a une vingtaine de minutes, au cours d'une promenade impromptue à travers le village, Richard a remarqué quelqu'un rôdant autour de la maison du maire, monsieur Greg Blackett. Il m'a appelé, je l'ai rejoint et j'ai des séquences du rôdeur ici, tournées en imagerie infrarouge. Le rôdeur est l'agent Harrison. Et en disant cela, Stuart tendit sa caméra.

Raymond renversa presque son café et son visage se durcit de colère, contre qui on ne pouvait le dire.

— Montrez-moi ça, dit-il brusquement. »

Stuart joua l'enregistrement deux fois pour Raymond, qui observait les images en toute impassibilité. Il prit une dernière gorgée de café, déposa soigneusement sa tasse et dit : « Fuck! » presque silencieusement, se leva, alla récupérer une tablette et un stylo sur le bureau dans le coin de la pièce, puis il dit : « On reprend tout, à partir du début. »

Il fallut un peu moins d'une heure pour raconter tout le contexte derrière les deux événements et pour répondre aux questions de Raymond. Raymond remplit de nombreuses pages de notes et quand il eut terminé de parcourir ses gribouillages et n'eut plus aucune question, il ramassa son téléphone cellulaire posé sur la table basse. On avait une bonne idée de l'autre moitié de la conversation au bout du fil.

« Brierley? C'est Raymond. Les choses sont calmes, je présume? Non, non. Je veux que tu viennes ici, chez moi. Oui, immédiatement. Nous avons quelque chose à faire. Laisse cela de côté, ça peut attendre. Viens simplement ici tout de suite. Interrompant la communication, il replaça son téléphone sur la table basse.

— S'il y a quelque chose que je puisse faire, dit Stuart d'une voix basse respectueuse, je vous en prie, vous n'avez qu'à demander.

Raymond soupira, comme accablé par tous les soucis du monde.

— Non. Je pense qu'il vaut mieux que tous les deux, vous restiez à l'écart. Mais, je vous remercie d'avoir porté cette information à mon attention si rapidement. Il parut hésiter ici, puis continua : À la réflexion, il y a quelque chose, mais je dois vous demander de le faire exactement comme je le dis. » Raymond demanda à Stuart de vérifier s'il y avait des bugs dans la maison de Greg. Ses directives étaient de ne rien toucher, de ne pas supprimer tout bug qu'il pourrait trouver et de lui texter un message quand nous aurions terminé : "Oui" si nous avons trouvé quelque chose, "Non" dans le cas contraire. « Et s'il vous plaît, ne faites pas de suppositions », précisa-t-il.

Nous partîmes immédiatement afin de ne pas être vus quand Brierley arriverait.

Stuart nous conduit tout droit chez Greg et a fait une vérification systématique. Puis envoyé un message texte à Raymond. "Oui." Nous retournâmes immédiatement chez moi.

Il était juste après neuf heures quand nous sommes arrivés et Stuart a dit qu'il voulait passer quelques appels de plus pendant que l'heure était encore à moitié raisonnable. Je voulais revoir notre journal chronologique des événements, qui maintenant, après plusieurs passes, avait été élargi pour inclure une projection des événements futurs possibles, leurs causes et leurs conséquences. C'était dans la plupart des cas des conjectures, mais nous avions essayé d'en faire un tas brut, sans rien filtrer, plus intéressés par les suggestions et les implications qui pourraient émerger de nos postulats. Nous n'avions eu aucun espoir qu'il en ressortirait une quelconque révélation cosmique.

Je passai environ une demi-heure à parcourir les feuilles, annotant où il semblait que quelque chose manquait, était devenu moins pertinent, ou semblait être tout simplement faux. Sur une feuille blanche, je me mis à griffonner. Au début, ce n'était que cela, des griffonnages. Mais après dix minutes et deux ou trois autres feuilles de papier, une sorte de schéma apparut. Les événements que nous avions observés étaient les effets et pouvaient bien ne pas être les seuls. Les effets notés étaient la mort de Buck, la tentative avortée de Kralik pour récupérer un bug chez moi, la mort de Kralik, la pose de deux bugs chez moi, la pose d'un bug chez Monty, celui chez Greg et le petit numéro de fouinage de Harrison.

Aucune signification ne semblait se dégager de mes griffonnages et je me demandai ce que j'avais trouvé.

Rien.

Je posai mon crayon, plein de frustration et restai là assis, à repasser mes quelques notes ajoutées dans les dernières trente minutes. *J'essaye de faire trop de raisonnements sur la base de trop peu de faits* et considérant ce sentiment froidement, il était difficile d'être en désaccord. La seule source d'information originale concrète en main était les écrits de Masson sur sa vie. Je devais donc y revenir, même si j'avais peu d'espoir d'y trouver quoi que ce soit pour avancer.

Sortant d'un tiroir de mon bureau le document de Masson et mon dossier de plus en plus épais sur lui, je commençai un autre passe d'écrémage à travers l'histoire de sa vie depuis le début, à la recherche de toute parcelle de texte qui pourrait m'aider. Après quarante minutes, j'avais avancé jusqu'à la section *Ma vie à Philadelphie* et même si je reconnaissais des passages facilement, ayant maintenant lu certaines parties du texte trois ou quatre fois, je les lis à nouveau quand même. Il y avait des discussions concernant ses voisins, la politique locale, l'infortuné *Philadelphische Zeitung* de Benjamin Franklin et combien Masson et ses concitoyens de langue allemande furent déçues quand il cessa de paraître moins d'un an après sa première édition. Il parlait des pénuries occasionnelles de marchandises qui frappaient la communauté. Il décrivait les mœurs locales et comment il pensait que les bonnes manières se dégradaient avec l'augmentation rapide de la population. Il écrivait en longueur et avec grande approbation au sujet de l'énergie et l'esprit d'entreprise évident partout à Philadelphie. Vers la fin de cette section de son histoire et quand je fus sur le point de passer à la section suivante du récit, un fragment de paragraphe attira mon attention :

[...] et même si je n'ai pas bonne souvenance du passage du temps sur le **James**

Goodwill, un temps qui m'a causé si terrible malaise et si grande angoisse et ne peux non plus avec assurance ordonner dans le temps nombre de mes souvenirs, quand je compare les redoutables semaines en mer à ma vie maintenant, beaucoup plus confortable et remplie d'espoir. Je me demande vraiment comment les choses auraient pu se passer pour le propriétaire original du livre, s'il avait survécu à la traversée. Il n'y avait que sa brève note, que je ne pouvais pas lire alors, tout comme j'en reste incapable maintenant.

Ma fatigue s'évapora instantanément. Note? Quelle note? Et "tout comme j'en reste incapable maintenant" veut-il dire que cette note, quelle qu'elle soit, Carl Masson l'avait conservée pendant qu'il était à Philadelphie? En y repensant, je pourrais visualiser clairement la soirée où Monty et moi avions vérifié le contenu de la boîte que j'avais trouvée dans le mur du moulin. Mis à part les deux livres et la feuille de papier portant le poème trafiqué, il n'y avait rien d'autre dans la boîte. La deuxième conséquence avait possiblement une portée encore plus grande : "Sa brève note" laissait sous-entendre que le propriétaire original du livre pouvait écrire et était donc capable de lire aussi. La capacité de lire et d'écrire n'était pas commune du tout au XVIIIe siècle en Europe.

La phrase *"que je ne pouvais pas lire alors, tout comme j'en reste incapable maintenant"* impliquait (peut-être?) que Masson avait vu cette note soit alors qu'il était encore à bord du **James Goodwill** ou plus probablement quelque temps après son arrivée. Alors, où se trouvait cette note maintenant? Était-elle perdue? Avait-elle été laissée derrière à Philadelphie? Était-ce là une des sources que nos auditeurs indiscrets avaient trouvées?

Tout en essayant d'absorber ce nouvel élément du mystère, une autre implication s'alluma dans mon esprit. Que voulait-il dire par *"tout comme j'en reste incapable maintenant?"* De son témoignage dans son journal, il était clair que Masson n'avait pas été capable de lire avant un bon moment après son établissement à Philadelphie. Donc, cette déclaration au sujet de "la note" était probablement beaucoup plus tardive, consignée au moment où il écrivait l'histoire de sa vie, alors qu'il était d'un âge assez avancé. Mais il pouvait lire l'allemand et l'anglais, comme cela était démontré par sa description de la foi et de l'admiration qu'il éprouva à la lecture, en allemand, des premiers mots de la Genèse. Alors, pourquoi ne pouvait-il pas lire "la brève note"?

Je classai dans un tiroir mental ce petit casse-tête afin de me concentrer sur le premier point de la liste des choses à faire le lendemain : aller au coffret de sûreté et parcourir le livre pour trouver toute brève note qui pourrait être glissée entre ses pages et nous avoir échappé. Sans une idée de ce que pouvait être la note, il n'y avait aucun moyen de savoir si elle nous permettrait effectivement d'avancer ou resterait simplement un commentaire intéressant mais uniquement accessoire. Le deuxième point sur la liste des tâches pouvait être traité immédiatement. Jill et Greg avaient prévu de rentrer le lendemain soir. J'envoyai un message texte à Raymond : « Je suppose que vous allez informer Greg Blackett qu'il y a un bug dans sa maison. S'il vous plaît, me dire quand vous avez l'intention de le faire parce que je voudrais être là. » Greg apprendrait que, sous les ordres de Raymond, Stuart et moi avions trouvé le bug dans sa maison. Il pouvait déduire par mon absence ou mon silence que je pensais que le fait de sa maison soit mise sous écoute était sans importance et je ne voulais certainement pas qu'il pense cela.

Il était onze heures et demie et il était temps de conclure la journée. Je rangeai le texte de Masson et mon dossier, mis de l'ordre dans le reste des fichiers et documents sur mon bureau et j'étais sur le point de me coucher quand Stuart jaillit hors de sa chambre et cria : « Richard!, On a des nouvelles de mon hacker! »

Trente

Lundi matin, j'arrivai à la banque assez tôt pour être le premier au comptoir. En chemin, j'avais réfléchi à ce que le recherchiste nous avait envoyé la veille et la discussion qui en avait résulté entre Stuart et moi au déjeuner. L'homme de Stuart, son "hacker" comme il l'appelait, avait bien travaillé, identifiant une ou deux douzaines de documents et fragments de documents, en quatre langues, qui pourraient être pertinents. Stuart allait consacrer une partie de la journée à imprimer des copies et tenter de faire un suivi des quelques suggestions faites par son *hacker*. Je n'avais pas demandé d'où venait l'information ni comment le pirate l'avait récupérée, mais je mettais ma confiance en un commentaire qu'il avait fait à Stuart : « *les gens ont une envie irrésistible de poster des trucs sur Internet ou de se vanter de leurs connaissances, peu importe combien triviale, ridicule, diffamatoire, erronée, ou provocante cette information peut être. Beaucoup s'étonnent à ce sujet, disant que personne ne saurait être aussi intrinsèquement stupide. Mais tout cela fait partie de la "personnalité" d'Internet, qui est si contagieuse qu'on peut l'attraper plus facilement qu'un rhume. Il n'y a pas de remède et les procès ou l'emprisonnement sont des cures partielles au mieux.* » Je soupçonnais cependant que le succès du *hacker* avait quelque chose à voir avec le fait que les gens n'enferment pas leurs écrits dans des voûtes en acier trempé avec des murs d'un pied d'épaisseur et aucune porte d'accès électronique.

Une agréable employée de la banque me conduisit dans la zone du coffre-fort, m'apporta ma boîte, mentionnant que je pouvais prendre mon temps, qu'on ne me dérangerait pas tant que je n'aurais pas terminé. Ouvrant la boîte, j'ai constaté que tout était comme je l'avais laissé, sauf que les deux livres semblaient rayonner d'une aura mystique accrue. Calant le catéchisme entre ma mallette et la Bible Sauer pour éviter qu'elle soit endommagée de quelque façon que ce soit en s'ouvrant trop largement et enfilant une paire de gants en coton doux, je commençai à feuilleter avec soin le livre. Ça n'a pas pris longtemps. À environ un tiers à l'intérieur du document, voilà qu'il y avait une feuille de papier ancien et maintenant plutôt fragile, remplie d'un côté de lignes écrites à la main.

Ne voulant rien manquer, j'utilisai mon téléphone portable pour photographier les deux pages qui jouxtaient la lettre et la lettre elle-même. Cela fait, je regardai de plus près la lettre. Je m'attendais à ce que l'écriture soit en allemand. Rapidement je compris que non : c'était en néerlandais. *Alors voilà pourquoi Masson ne pouvait lire cette note.* Je pouvais deviner le sens de certains des mots en raison des liens de parenté entre l'allemand et le néerlandais, mais pas suffisamment pour lire le fil du texte de façon intelligible. Après m'être assuré que l'image que j'avais prise de la lettre en utilisant mon téléphone cellulaire était assez bonne pour produire une copie lisible sur papier, je fermai le livre, replaçai tout dans le coffret de sûreté, le verrouillai puis appelai l'employée.

À la sortie de la banque, je consultai ma montre. Il me fallait passer quelques heures au moulin, mais il restait assez de temps pour faire une chose de plus. J'appelai Monty et lui demandai s'il avait un moment. J'obtins l'habituel « oui » enthousiaste et quinze minutes plus tard, j'étais rendu chez lui, où il me rejoignit dans ma voiture dans son état habituel d'agitation déterminée.

« Question simple, Monty. Est-ce que tu lis le néerlandais?

— Non. Désolé.

— Bon, alors connais-tu quelqu'un qui puisse lire le néerlandais?

— Bien sûr, dit Monty sans hésitation. Un de mes vieux collaborateurs du temps de l'université, Henry Newhouse.

— Ça ne sonne pas très néerlandais.

— En effet, mais son vrai nom, oui : Hendrik Nieuwenhuizen. Il est professeur émérite à Queen's, vit à Belleville, navigue sur le lac Ontario des dernières glaces en mars aux premières en décembre et passe beaucoup de temps sur son *Meisterwerk* documentant la Guerre de Succession espagnole.

— On a sûrement traité ce sujet exhaustivement, non?

— Pas assez en profondeur pour satisfaire Henry. À son avis, seulement du travail de coursier de quatrième rang jusqu'à ce jour. Il vise à tout mettre cela en ordre. Les écailles tomberont des yeux et ainsi de suite, se plaît-il à prédire.

Monty a commencé à sautiller quand la pause dans notre conversation s'est allongée à trois secondes.

— Pourquoi as-tu besoin de quelqu'un qui lit le néerlandais? »

Je lui expliquai ma découverte et comment j'étais tombé dessus et il gesticula d'impatience pour que j'entre à l'intérieur pour en discuter plus longuement. Je pointai en direction de sa maison et il grinça des dents de frustration. « Plutôt chez toi? », suggéra-t-il.

— OK, d'accord, mais je ne dispose pas de beaucoup de temps. Je suis requis au moulin dans une demi-heure.

L'expression de Monty indiquait qu'une demi-heure était plus que suffisant, que c'était juste une question de parler un peu plus vite. C'est alors que j'eus une autre idée.

— Penses-tu qu'il serait possible de voir Henry plus tard aujourd'hui? Je le demande parce qu'au lieu d'aller chez moi maintenant quand nous n'avons pas vraiment assez de temps, nous pourrions tous les deux aller à Belleville cet après-midi, en supposant que toi et Henry êtes disponibles. Nous pourrions en parler en chemin. »

Déjà Monty piaillait sur son téléphone cellulaire. « Henry. C'est Monty… De même pour toi vieux casse-pied… Eh bien, merci et que la colère des dieux s'abatte sur ta maison aussi… Pas d'importance, petite, moyenne ou grande colère, en autant que ce soit dévastateur… Oui. Une question. Aurais-tu un peu de temps libre cet après-midi? Probablement environ une heure. À trois heures ce sera parfait. Rendez-vous chez toi! Oui, oui. » Monty mit fin à l'appel.

« Excellent Monty. Merci. Si tu te pointes chez moi vers deux heures quinze, nous pouvons y aller avec ma voiture. »

Monty riait tout bas à la perspective d'ajouter une activité de plus dans sa journée qui était probablement déjà bien garnie. Nous avons convenu de reporter le diner au *Renard Embusqué* que nous avions prévu la veille et j'ai envoyé un texto à Stuart pour l'en informer.

De retour au moulin, je passai au café, qui était encore à moitié plein de clients qui semblaient tous avoir commandé des sandwichs au bacon. Peut-être quelque chose dans l'eau, je suppose. Après avoir salué une dizaine de personnes et demandé des nouvelles de leurs amis, j'entrai dans le moulin lui-même. Le son des machines au travail était comme la voix d'un vieil ami.

Je supervisais le procédé de meulage parce que j'étais le seul à avoir un semblant de formation dans ce qu'implique la mouture du grain. Pas beaucoup - en tout, seulement quatre semaines, acquise en observant trois meuniers qui avaient ensemble près d'un siècle d'expérience. Nonobstant, les lots de farine que je produisais avec l'aide d'un jeune garçon embauché localement passaient l'épreuve chaque fois que je les soumettais à des meuniers d'expérience. Avec le temps, j'avais développé un instinct pour le processus. Je testais la farine personnellement sur une base régulière, de la meilleure manière qui soit : en l'utilisant pour cuire moi-même du pain. Et avec quinze années d'expérience de panification amateur sérieuse, je m'y connaissais.

Ce garçon du coin s'appelait Graham, curieuse coïncidence puisqu'une variété de farine porte le même nom. Non seulement il absorba les connaissances du processus rapidement, mais je dus tempérer quelque peu sa fixation sur la perfection. Ensemble, nous développâmes une formule concise de broyage de farine adaptée exactement à notre moulin, ainsi qu'un certain nombre de tests simples sur des échantillons prélevés à différentes étapes dans le procédé. Obtenir les caractéristiques souhaitées de ces échantillons nous a donné l'assurance que nous avions une bonne maîtrise du processus global (un gros merci ici à Walter Shewhart et les bases du contrôle statistique des procédés). Graham était presque prêt à être laissé à lui-même pour produire de grands lots, mais nous cherchions tous deux ce point optimal dans l'échelle de perfection professionnelle, sachant qu'on y était presque.

Passer par un contrôle complet du processus – quelque chose que nous avons décidé de faire une fois par semaine pour le moment – nous prenait à deux un temps étonnamment long, soit environ une heure et demie, incluant le temps de documenter l'évaluation. Mais à la fin de chacun de ces contrôles, aucun aspect n'était négligé. Au moment où je quittai le moulin, juste après midi, Graham et moi avions planifié trois jours de meulage et nous étions assurés qu'il n'y aurait aucun accroc.

Je suis rentré du moulin pour me préparer pour mon déplacement avec Monty vers Belleville. J'ai fait plusieurs impressions de la lettre que j'avais photographiée et les ai regroupées avec plusieurs pages de mes notes, dans un petit porte-documents en cuir. Puis, je suis allé voir où Stuart en était.

Il avait imprimé treize des vingt-sept documents que son *hacker* avait signalés pour nous. Deux étaient en allemand, trois étaient en néerlandais et la plupart des autres étaient en anglais. Il y en avait deux en espagnol que Stuart n'avait pas encore téléchargés. Ces documents variaient d'une demi-page à douze pages. Il nous faudrait les étudier attentivement. Stuart et moi avons discuté brièvement, mais il a indiqué que son allemand et son néerlandais étaient trop pauvres pour justifier d'y consacrer beaucoup de temps et qu'il s'en remettait à moi. En outre, un de ses autres projets avait commencé à déraper et il avait besoin d'y consacrer une journée pour le remettre sur la bonne voie. Il m'a semblé que les choses commençaient à bouger et je me suis assis pendant une demi-heure pour mettre de l'ordre dans mes pensées en vue de l'interview avec Hendrik.

Je demandai aussi à Stuart s'il avait entendu des nouvelles de l'inspecteur Raymond, mais il se contenta de secouer la tête. « Je ne vais pas l'embêter, on vient juste de lui montrer un énorme tas de merde et il voudra le traiter à sa manière. »

Une vingtaine de minutes avant que Monty se pointe, je reçus justement un appel de Raymond sur mon téléphone cellulaire.

« Bonjour Inspecteur!

— Bonjour M. Gould. Je voulais simplement vous faire savoir que je rencontrerai M. Blackett chez lui demain matin à dix heures. Vous êtes les bienvenus.

— Merci Inspecteur. Nous y serons. »

La connexion s'interrompit sans cérémonie.

Monty arriva pile à l'heure prévue. Je saisis mon porte-documents et nous partîmes pour Belleville. Monty était à son habituel gai babillage et je l'amenai sur notre sujet d'intérêt assez facilement.

« Parle-moi un peu d'Hendrik, Monty.

— Que veux-tu savoir?

— Des trucs généraux. Comment est-il? Comment l'as-tu connu? Quels sont ses centres d'intérêt? Des choses comme ça.

— Eh bien, c'est un homme très généreux, personnellement et académiquement. Il a perdu sa femme (maladie d'Alzheimer) un peu moins d'un an après qu'il ait demandé le statut de professeur émérite et il lui a fallu beaucoup de temps pour s'en remettre. Pendant un moment, il a pensé retourner en Hollande, mais quand il y est allé pour une visite exploratoire, il a conclu très rapidement que son pays d'origine avait trop changé. Ses domaines d'intérêt ont toujours été du XIIIe au début du XIXe siècle de l'histoire politique et économique hollandaise, y compris une attention particulière pour les aventures coloniales de la Hollande. Nous nous sommes connus initialement parce que je suis passé par une période de grand intérêt pour l'évolution de la conception des navires commerciaux et de guerre ainsi que leur armement au XVIIe siècle. C'est une personne très agréable à connaître, un esprit érudit et j'ai donc gardé le contact.

— Est-ce qu'il visite toujours la Hollande?

— Au moins une fois par année, pour la recherche concernant ses projets. Et probablement aussi pour visiter la famille, mais je ne suis pas certain de ça.

— Tu collabores toujours avec lui sur des publications?

— Pas sur des papiers académiques sérieux, non. Mais nous avons écrit des articles ensemble pour des revues moins officielles. Juste pour le plaisir, surtout, mais quelques-uns de ces articles nous ont permis de découvrir des trucs inattendus.

— Tu crois qu'il va s'intéresser aux choses dont je veux discuter avec lui?

— Dur à dire. Il a des enthousiasmes qui sont difficiles à prévoir. Il n'est généralement pas très intéressé par l'histoire religieuse, mais j'ai découvert qu'il en savait plus sur l'Église hollandaise réformée que certains universitaires qui se spécialisent dans le sujet. Je m'attends à ce qu'il soit intéressé par l'aspect hollandais de notre histoire.

— Quelle approche recommandes-tu?

— Il vaut mieux lui donner quelques brèves informations, puis lui remettre le feuillet que tu as amené et le laisser lire pendant quinze ou vingt minutes. Il n'est pas timide pour poser des questions. Il dit souvent qu'il n'y a pas de questions stupides et que la stupidité se présente quand les gens ne posent pas de questions. Oh, et appelle-le Henry, pas Hendrik.

— D'accord, c'est compris. Au fait, Monty, est-ce que l'inspecteur Raymond t'est revenu avec les bugs chez toi et ce qu'il propose de faire à ce sujet?

— Pas encore. Mais il a mentionné qu'il m'en parlerait demain. »

Je pensais que je savais comment cela était lié aux événements récents, mais je n'en dis rien à Monty.

Henry Newhouse vivait dans un grand bungalow à l'extrémité est de Belleville, non loin du lac Ontario. La maison et les jardins respiraient une attention aimable toute hollandaise. Les plates-bandes qui se dressaient en sentinelles devant la maison semblaient avoir été découpées à l'aide d'un scalpel. Un assortiment d'arbres et d'arbustes, méticuleusement élagués, parsemaient le terrain comme s'ils étaient de timides stagiaires dans un arboretum. La maison elle-même était impeccable, peinte en blanc avec en contraste des moulures d'un vert Lincoln et comme j'ai pu le constater un peu plus tard, le jardin arrière était une oasis absolue, offrant pour le travail en plein air, une zone d'étude, avec un chariot de bibliothèque sur lequel les livres nécessaires pour la journée pouvaient être roulé depuis l'intérieur. Cet espace de travail, servant évidemment aussi pour les divertissements extérieurs, était entouré par un mur de brique d'environ quatre pieds de haut et ce mur était pris en sandwich entre un treillis avec des vignes s'élevant à huit pieds sur le côté tourné vers l'extérieur et de l'autre, par des panneaux mobiles, espacés de sorte que la brique était bien visible entre les panneaux, sur lesquels il y avait scènes reproduites des œuvres d'Anton Pieck.

Quand Newhouse répondit à la porte, je n'avais pas été prévenu. C'était un homme solidement construit, d'environ six pieds six pouces, avec des yeux bleus brillants et les cheveux blonds décolorés qui avaient autrefois été de la couleur dorée de la paille. Il avait une voix profonde teintée d'un léger accent néerlandais, un débit lent, une démarche volontaire et une présence complètement charmante. Sauf pour le charme, qui peut se présenter sous de nombreuses formes, il semblait et se comportait à l'opposé de Monty. Celui-ci fit les présentations et Newhouse nous invita à entrer.

Son salon était décoré, pas à l'excès, par des tableaux bien assez connus. « Des reproductions précisa notre hôte, elles sont tout aussi belles que les originaux, lesquels devraient être en sûreté et sous de bons soins dans un musée, comme il se doit. » Pièces de bon goût en porcelaine de Delft et une bibliothèque du plancher au plafond dans laquelle les livres avaient été arrangés par taille d'une manière qui présentait la collection elle-même presque comme une décoration artistique dans la pièce. Un regard attentif sur les titres cependant, m'indiqua que ces livres n'étaient en rien l'idée d'un bonbon bibliographique d'un décorateur d'intérieur : ils reflétaient une vie remplie systématiquement par une pensée intelligente et informée et avait été arrangés selon un plan déterminé.

« Je propose que nous nous asseyons à l'extérieur dans le jardin arrière », déclara Newhouse, en se déplaçant lui-même dans cette direction et n'attendant aucune objection ou suggestion d'une autre idée. Même si la journée était plutôt froide que fraîche, le jardin de Newhouse était bien protégé et même le soleil plutôt bas d'octobre le rendait étonnamment et agréablement chaud.

« Puis-je vous servir quelque chose?, demanda Newhouse alors que nous nous installions. J'ai une bonne sélection de bières froides, *oude* et *jonge genever*, vin blanc, ou de la limonade que je viens de préparer. » Monty et moi avons optâmes pour la limonade et Newhouse partit la chercher. Ses chaises et ses aménagements de patio étaient tels que l'on pouvait se détendre ou travailler avec une égale facilité. En levant les yeux, on apercevait les branches d'un grand érable argenté, maintenant presque dénudé de ses feuilles, mais sur les dalles à ses pieds, il n'y avait pas une seule feuille tombée, hormis quelques-unes se blottissant fugitivement dans les coins. Newhouse réapparut portant un plateau, trois verres et une grande cruche de limonade. Ma première gorgée me convainquit tout de suite que Henry Newhouse n'avait probablement jamais rien fait avec négligence ou demi-mesure.

« Vous aimez?, demanda-t-il avec un sourire engageant.

— Tellement, lui répondis-je, que j'aimerais bien avoir votre recette. »

Il rit de reconnaissance à ce compliment, a dit « mais bien sûr » et il était clair immédiatement que je voulais le connaître davantage.

Je me levai portant mon verre de limonade et me promenai sur le patio. Il faisait environ dix mètres carrés. Les tons chauds de bruns mélangés de la brique du muret, les vrilles de la vigne, maintenant détendues mais portant encore des gerbes de feuilles couleur rouge feu, les taches de calcaire gris et rose sous mes pieds, les grands vases en terre cuite foncée, disposés savamment ici et là, la table massive en fonte, peinte en blanc et ayant juste assez d'éléments curvilignes pour éviter qu'elle soit terne ou ennuyeuse mais sans préciosité excessive, les chaises imposantes en bois munies de coussins et sur lesquels étaient représentés des scènes de moulins à vent, de canaux et de peupliers, tout définissait un espace de vie qui appelait à s'y détendre.

« C'est vraiment un merveilleux espace extérieur. Je suis très impressionné. Il donne à mon propre patio l'air d'être d'un kitsch sans goût. Un regard rapide à travers le mur et le treillis me révéla un grand jardin potager impeccablement soigné et maintenant emmitouflé pour l'hiver.

— Je doute que votre patio soit kitsch ou sans goût, docteur Gould.

— Ah! Je vois que Monty vous a préparé.

— Pas du tout. Monty ne me dit jamais quoi que ce soit qui me soit utile de savoir. En fait, Monty fait et ne fait pas exactement le contraire de ce qu'il devrait et ne devrait pas faire.

Monty revint à la vie ici, frétillant à cette insulte gratuite.

— Non, poursuivit Henry, j'ai lu les journaux locaux et les comptes-rendus sur votre moulin et il y a quelques années, ceux concernant votre maison, étaient tout à fait impressionnants.

— Eh bien, merci, docteur Newhouse.

Newhouse fit un geste d'impatience :

— Henry, je vous en prie. Et je présume que vous préférez Richard.

— Certainement. Ce que j'allais dire, c'est que si vous êtes intéressé, vous pouvez venir à Greenvale n'importe quand pour une tournée.

— J'aimerais beaucoup cela. En passant, quelle sorte de grain est-ce que vous moulez?

— Présentement, nous traitons du blé Marquis et Neepawa, mais nous ne mélangeons pas les farines. Elles sont emballées distinctement. Et nous allons voir où cela va nous conduire.

— Et je présume que vous cuisez votre propre farine en différentes sortes de pain?

— Oui, j'en fais des essais de cuisson continuellement.

— Combien de sortes de pains avez-vous fait?

— Au total, environ quarante. J'hésitai un peu. Est-ce que je détecte ici la question à savoir si j'ai fait du pain hollandais?

— Vous êtes très perspicace Richard, oui, j'aimerais savoir.

— Eh bien, ce n'est pas vraiment du pain, mais la première chose que j'ai goûtée en arrivant en Hollande, est votre *poffertjes* et j'en fais assez régulièrement.

— *Poffertjes*? Newhouse me dévisagea avec surprise. Il y a très peu de gens ici qui connaissent les *poffertjes* et vous êtes la première personne non hollandaise qui me dit qu'elle peut en préparer. J'ose espérer que vous cuisez également du pain hollandais aux pommes.

— Bien sûr et du *volkorrenbrood*, ainsi que du *kornracker* et *du roggebrood*.

—Mon cher monsieur!, s'exclama Newhouse, nous aurons beaucoup de choses à discuter!

— Que dirais-tu si nous examinions le document que Richard a apporté?, interjeta Monty dans son agitation typique. Concentrons-nous là-dessus au lieu de ce potterpees ou je ne sais quoi.

— *Poffertjes*, Monty, *poffertjes*. C'est une finesse culinaire, pas une denrée d'urgence qu'on fourre en dessous du lit pour un éventuel petit creux au milieu de la nuit.

— Je dis simplement, Henry…

— Oui, je sais ce que tu veux dire mon cher déficient culinaire, aventurier louche.

À la suggestion de Monty, je brossai un tableau rapide en deux minutes, puis posai sur la table la copie du feuillet et les notes que j'avais apportées. Newhouse les regardait attentivement et sourit quand il ramassa la copie de la page manuscrite qui avait dormi dans le document du Catéchisme probablement depuis deux cent quatre-vingts ans.

— Hmmm. Ce néerlandais est presque certainement du XVIII⁰ siècle et est écrit par quelqu'un qui avait plus qu'une éducation sommaire. Newhouse lut en silence pendant un bon moment… Des références intéressantes!

Après cinq minutes, Newhouse posa la copie devant lui et me regarda.

— Je présume, peut-être cavalièrement, que vous connaissez peu ou pas le néerlandais, Richard.

— Il est prudent de supposer"pas".

— D'accord. Ce que je vais faire, c'est vous donner une traduction à la volée maintenant, puis nous pourrons en discuter. Mais comme ce document n'est pas long, je vais également vous préparer une traduction écrite plus soignée et vous la faire parvenir plus tard aujourd'hui ou ce soir. Cela vous conviendra-t-il?

— C'est beaucoup plus que ce que j'espérais, merci. Puis-je vous payer pour cela?

— Une visite guidée de votre moulin sera une très juste compensation. »

Après quelques minutes de plus, Newhouse s'éclaircit la gorge et commença à traduire à haute voix, arrêtant à tous les trois ou quatre mots pour trouver le bon phrasé. « *Mon cher père fut tant affligé que je n'aie réussi à réaliser son rêve d'avoir un fils instruit et érudit. Les termes instruits et érudits signifiaient beaucoup pour lui dans le cercle de l'église établie. Il vénérait nos grands prédécesseurs hollandais Rodolphus et Erasmus et comme eux, il espérait qu'apprendre soit consacré à des fins larges et nobles tout en étant guidé par les idées dans la Bible. Et c'était de Rodolphus qu'il prit son nom d'emprunt, mais en néerlandais et non en latin.*

Longtemps nous avons subi des persécutions religieuses et pour y échapper, pour vénérer comme nous le devons, nous avons déménagé souvent. Les intérêts de mon père l'ont emmené au Palatinat, où une grande entreprise historique était en cours. La collection de documents qu'il a assemblée fut sa propre tentative de contribuer à ce processus, d'étudier et de documenter. À cela, il peina. Chaque fois qu'il lisait un texte bien argumenté, il se désespérait de son incapacité à saisir, peu importe ses efforts, les distinctions subtiles mais importantes comme celles qu'Erasmus faisait apparemment sans effort. Il m'a enjoint de connaître les éléments dans la collection. À mesure qu'il vieillissait, ses injonctions devinrent plus urgentes. Comme il se rendait compte que son temps sur cette terre approchait de sa fin, il m'implorait et me suppliait de poursuive de son œuvre.

Sans liens avec aucune maison ou institution établie, lui et ensuite moi, avons pu préserver sa collection et cela est vraiment admirable, seulement par la grâce du Destin, qui à n'importe quel moment, pouvait la livrer toute entière à diverses familles nobles sans mérite, ou même, pouvait la voir complètement détruite. Aimant mon père pour l'homme sincère, attentionné et dévoué qu'il était, mais incapable de rester où j'habitais, j'ai pris des mesures pour protéger la collection, tout en prenant soin directement d'un item très précieux. Par la Grâce de Dieu, le travail de mon père, ce à quoi il a consacré sa vie, sera en sûreté où je l'ai placé, aussi peu probable que soit l'emplacement, dans le sein sacré de ce délicieux et ancien village, si proche de la ville universitaire de mes rêves.

Si je devais quitter prématurément ce monde, je prierais le Seigneur Dieu que ce document soit transmis à des mains qui poursuivront notre travail. »

Nous nous regardâmes en silence pendant un certain temps.

« C'est le mieux que je peux faire sur une base impromptue. Le document a une bonne teneur d'ambiguïté inhérente, délibérée je dirais, et il y a aussi plusieurs mots qui pourraient avoir plus d'une interprétation; je dois y réfléchir quelques temps. Je vous enverrai une meilleure traduction plus tard aujourd'hui.

— Merci Henry. J'ai besoin de réfléchir à tout cela moi-même. Puis-je vous demander de garder confidentielle toute cette affaire pour le moment?

— Oui bien sûr. Je suppose que cela fait partie d'un travail en cours sur lequel d'autres personnes pourraient prétendre ou réclamer des choses?

— Quelque chose comme ça. Mais je vous promets Henry, que je vais remplir les blancs dès que je serai en mesure de le faire.

— Bien. En attendant, ça me donne quelque chose à mâcher. J'aime un bon mystère.

— Une question, si je peux?, demandai-je à Henry. Il inclina la tête dans ma direction m'invitant à continuer.

— Je connais Érasme, mais je ne sais rien de ce Rodolphus. Qui était-il?

—Ah!, dit Henry d'une voix rayonnante. Rudolph Agricola était un universitaire du XVe siècle. Brillant. Très instruit. Il précéda Érasme.

— Alors quand cet homme dit que son père a adopté le nom de Rudolph mais en néerlandais, ça veut dire quoi?

— Eh bien, commença Henry, ça me paraît un peu anachronique, mais je suppose qu'il réfère à la partie 'Agricola' de son nom et mon interprétation est qu'il a adopté le nom 'Boersma'. »

Je pesai cette affirmation en silence jusqu'à ce que Newhouse change de sujet, me questionne sur ma formation et écoute avec intérêt ce que je lui relatai sur mon éducation et ma carrière d'ingénieur en cinq minutes tout au plus. Après une incitation modeste, Newhouse discourut brièvement sur son propre travail, devint assez animé au sujet de la Guerre de Succession espagnole. « Tant de choses doivent encore être documentées. Tant de bêtises et de fausses conceptions à corriger. Tant de petits mystères à essayer de démêler. Là on est dans le véritable tissu de l'histoire, Richard, pas à patauger dans la sorte de décomposition, de rouille et de fourberies, tout juste des notes de bas de pages industrielles qui semblent capables d'amener notre Monty ici présent, au seuil de l'éjaculation. »

Comme c'était à prévoir, Monty sauta sur l'appât : « Si tu sortais plus souvent à l'air libre, où les vrais marqueurs physiques de l'histoire se trouvent, au lieu de t'enfermer dans des voûtes sombres sans air respirable, tu pourrais éventuellement échapper à ton actuel destin garanti de devenir une inadéquation irascible, emphysémateuse et vieillotte. »

Cela se poursuivit sur le même ton pendant quelques minutes, jusqu'à ce que l'approvisionnement du magma verbal incandescent se tarisse.

Nous discutâmes un peu plus de la carrière universitaire de Newhouse. Il avait pris plusieurs sabbatiques en Hollande et il possédait encore un petit appartement à Utrecht, où il était né. Je lui posai quelques questions sur la Hollande. Il répondit qu'il y avait des choses dont il s'ennuyait, d'autres qui ne lui manquaient pas du tout. « Mais les deux principales choses à reconnaître sont que l'on ne peut jamais échapper à qui l'on est et qu'on ne devrait jamais essayer de nier qui l'on est devenu. J'aime beaucoup avoir deux pays où je me sens chez moi. Je ne pourrais pas imaginer abandonner l'un des deux. »

Newhouse demanda si nous voulions encore de la limonade, ou grignoter quelque chose et j'interprétai cela comme un signal qu'il était temps de se dire au revoir. Je le remerciai pour son temps et nous échangeâmes une chaude poignée de main. Je lui dis qu'il serait le bienvenu n'importe quand au moulin de Greenvale. Il m'assura qu'il donnerait suite à cette offre et je sentis que c'était une vraie promesse, pas simplement une "politesse de départ" qui serait oubliée avant que la voiture ne soit démarrée.

Comme nous quittions Belleville et avancions vers les collines glaciaires au sud de Greenvale, je dis : « C'était très éclairant, Monty. Je t'en remercie. »

Nous parlâmes un peu plus de quand et comment son parcours universitaire et celui de Newhouse s'étaient croisés, Monty dit sans que je ne l'incite, que Newhouse avait l'un des meilleurs instincts historiques qu'il n'ait jamais rencontrés. « Il dénigre un peu ce que je fais sur une base d'amateur, mais en raison de son profond intérêt pour l'histoire économique néerlandaise, il y a peu d'historiens industriels qui sortiraient gagnants d'une confrontation avec Newhouse. »

Nous avons roulé en silence pendant quelques minutes et comme nous approchions d'une station d'essence, j'ai dit à Monty : « J'aurais dû demander à Newhouse le chemin vers sa salle de bain avant notre départ. Je vais m'arrêter ici. » Je garai la voiture devant l'entrée et dis : « Je reviens dans une minute. »

À l'intérieur, je me rendis aux toilettes, m'y enfermai et sortis mon téléphone cellulaire.

« McLachlan.

— Stuart. C'est moi. Je suis à la station Shell à huit miles au sud de Greenvale sur la 62. Une voiture m'a suivi tout le chemin jusqu'à Belleville, incluant sur plusieurs rues secondaires et virages jusqu'à notre arrivée chez Newhouse. Il y avait une autre voiture garée à un demi-pâté de maisons de la maison de Newhouse. Elle me suit maintenant en direction de Greenvale. Qu'est-ce que tu suggères?

— As-tu les deux numéros de plaque?

— Oui.

— Parfait, peux-tu attendre quelques minutes jusqu'à ce que j'arrive? »

J'acceptai, nous avons raccroché et j'ai pris mon temps pour revenir vers l'auto.

De la porte du comptoir de la station de service, je fis signe à Monty et il sortit de la voiture pour me rejoindre.

« Tu veux quelque chose?, ai-je demandé. Breuvage, barre de chocolat?

— Non merci, dit-il un peu perplexe. Toi, tu prends quelque chose?

— Oui. Je vais prendre un petit sac de Smartfood », que j'ai ensuite cherché dans l'étalage, tâtonnant avec incompétence et perdant à la caisse plus de temps que nécessaire en cafouillant avec ma monnaie. Comme j'ouvrais mon sac et faisais semblant d'être perplexe, mon "ombre", qui s'était garée à côté de la station, est entrée et s'est dirigée vers le présentoir de revues. Moins de deux minutes plus tard, Stuart entra, leva un sourcil en ma direction et j'inclinai ma tête vers "Monsieur Magazines". Stuart prit une mine féroce puis se dirigea vers l'étalage, heurtant lourdement notre suiveur.

Avant que Monsieur Magazines puisse dire quoi que ce soit, Stuart dit grossièrement : « Vous devez faire attention où vous marchez, Bob.

Monsieur Magazines regarda brusquement Stuart et se mit à dire :

— C'est toi qui...

— Alors je devine que vous avez besoin de lunettes », aboya Stuart.

Ils se regardèrent l'un l'autre comme des mâles en rut, puis Monsieur Magazines recula et se dirigea vers la porte. Je me dirigeai vers Stuart qui murmura : « Direction Greenvale. J'arriverai environ cinq minutes après toi. »

Même si je savais que quelque chose se passait, je n'avais aucune idée du plan de match. Je fis un clin d'œil à Monty, qui était complètement dérouté, nous retournâmes à ma voiture et fîmes le reste du chemin vers Greenvale dans un silence gêné. J'ai déposé Monty chez lui, puis rentrai chez moi. Stuart arriva dix minutes plus tard.

« Qu'est-ce c'était tout ce cirque?, demandai-je.

— Ceci, dit Stuart en souriant, présentant un portefeuille assez volumineux. Comme ça, je vais apprendre qui ce type prétend être.

— Merde! T'as piqué son portefeuille?

— Non. Pas du tout. Nous venons tout juste de le trouver dans la rue et comme de bons citoyens, nous allons le déposer à la poste, adressé à la personne dont l'adresse apparaît sur ce permis de conduire... Andrew Robic.

Stuart essuya le portefeuille (« Simple précaution. C'est connu qu'il est pratiquement impossible de prélever des empreintes utilisables sur du cuir. »), enfila des gants en latex, puis retira tout le contenu du portefeuille qu'il aligna sur le bureau. Puis, il photographia tout à l'aide de son téléphone cellulaire.

— Ça devrait être intéressant quand il viendra pour payer sa facture de motel.

Il m'a bien fallu rigoler à ce moment. Ouais. Que va-t-il dire? "Je l'avais ce matin. J'ai dû le perdre pendant que je suivais un des citoyens de votre village." »

Mais cette faible tentative d'humour ne parvint pas à atténuer l'inquiétude profonde qui commençait à s'installer en moi.

Stuart replaça tout dans le portefeuille, je sortis une enveloppe rembourrée de mon bureau, Stuart écrivit en majuscules sur un petit morceau de papier "Trouvé dans la rue", mit les deux éléments dans l'enveloppe, scella le tout et inscrivit l'adresse trouvée sur le permis de conduire qu'il avait également recopiée dans son carnet de notes, avec les deux numéros de plaque d'immatriculation.

« J'ai besoin d'un verre, dis-je, et ensuite nous devrions nous faire un bon souper. J'ai tout sous la main pour préparer un spaghetti carbonara. Ça ferait l'affaire?

— Bonté divine, oui!, s'écria Stuart avec enthousiasme. Je n'ai pas mangé ça depuis des lunes.

Nous choisîmes un bardolino et je mis Stuart en charge d'ouvrir la bouteille et de nous verser un verre. Il me fallut peu de temps pour préparer le spaghetti et vingt minutes plus tard nous étions attablés et manifestement Stuart était aux anges. Lorsque les plats furent vidés et rangés au lave-vaisselle, nous sommes passés au canapé et au grand fauteuil.

— C'était vraiment excellent Richard. Merci.

— Tu es le bienvenu, Stuart.

Il y eut une longue pause tandis que nous essayions de trouver trois bouteilles de vin dans seulement deux. Comme toujours, ça n'a pas fonctionné.

Stuart toisa mon regard bien à l'horizontale.

— Je dirais que dans environ dix secondes, si je ne dis pas quelque chose en premier, tu vas me parler de ton plan pour nous débarrasser de cet albatros. »

Une fois de plus, Stuart avait lu dans mes pensées.

Trente-et-un

Tout en finissant le vin, Stuart et moi discutâmes de ma frustration face à toute cette situation : l'écoute électronique, les filatures, la pensée sinistre, toujours présente, que la recherche de "quelque chose" par "ces gens" ne finirait pas tant qu'ils n'auraient pas trouvé et en arrière-plan de tout ça, le fait effroyable, inutile et follement enrageant du meurtre de Buck.

« Je sais ce que tu ressens, dit Stuart. J'ai dû vivre avec ce genre de situation souvent et j'ai vu des clients lutter de la sorte à plusieurs reprises.

— Je suis un peu fatigué de rester assis, impuissant, me sentant comme une cible. Je pense qu'il est temps que j'adopte un comportement plus proactif.

— À quoi penses-tu?, demanda Stuart.

— Eh bien, nous pourrions confier à quelqu'un la tâche de rosser copieusement un ou les deux types qui nous suivent, essayer de leur faire cracher ce qu'ils cherchent et pour qui ils travaillent et au moins passer le message que nous avons fini de nous faire embêter. À défaut d'autre chose, ça pourrait au moins attirer l'attention de quelqu'un, le faire réfléchir à deux fois. Moi, ou quelqu'un d'autre, pourrait aller en Pennsylvanie et confronter ce crosseur qui peut-être tire les ficelles, lui dire que s'il ne cesse pas ses magouilles, quelqu'un pourrait être blessé et que ce quelqu'un pourrait bien être lui-même. Ou je pourrais tout simplement essayer de l'attirer hors de son repaire, au grand jour.

Stuart réfléchit à mes suggestions pendant une bonne minute.

— La première option fonctionne parfois, mais s'ils ne savent rien, nous aggraverions la situation et cela pourrait aussi dégénérer en guerre ouverte. La seconde est une menace vide et pour être efficace, la personne menacée doit croire que la menace est crédible. Le principal problème ici est que quelqu'un consacre un sacré paquet de ressources pour obtenir quelque chose et si l'on met de côté pour l'instant la possibilité que le chef d'orchestre dans tout ceci est un monomaniaque narcissique débridé, cette chose qui est recherchée doit valoir beaucoup plus que deux livres rares modérément précieux.

Il y eut une pause ici : voir Stuart fixer au loin et taper l'ongle de son pouce contre ses dents, me fit patienter pour écouter ce qu'il pourrait dire d'autre.

— Mais ton idée de les attirer à l'extérieur, ça c'est intéressant. À quoi pensais-tu spécifiquement?

Ce fut mon tour de faire une pause maintenant.

— Je suis d'accord que quelque chose de plus gros est en cause. Il faut que ça le soit. Ainsi, nous pouvons considérer les deux livres que j'ai trouvés comme étant seulement un indice d'une chose plus considérable, que cette chose soit réelle ou imaginée. Ce que ça peut être, je ne vois vraiment pas. Je présume que ce qui se passe est ceci : il y a deux groupes à la recherche de quelque chose, probablement la même chose. L'un est conduit par ce Burns de Pennsylvanie. L'autre est associée au nom mystérieux d'Ambrose. Je soupçonne que ces deux groupes se connaissent, mais que ni l'un ni l'autre n'a d'idée précise de que l'autre sait. Les deux sont probablement à la recherche d'un ou de seulement quelques d'éléments d'information qui les mèneront au trésor recherché, quoi que cela puisse être. Les deux s'intéressent à moi et ils pourraient soupçonner mais ne savent pas nécessairement ce que je sais. Si l'un de ces deux groupes devenait convaincu que l'autre détient de l'information critique et si cette nouvelle connaissance les amenait à agir d'une façon spécifique, alors ils se révéleraient et probablement trahiraient ce qu'ils savent ou ne savent pas.

Stuart devint soudainement plus attentif.

— Continue ton raisonnement, m'incita-t-il.

— OK. Regardons d'abord la Bible de Sauer. Je ne peux voir aucune connexion à quelque chose d'autre d'important. C'est une bible allemande. Elle a été imprimée sur la base de la traduction de Luther et en utilisant une police de caractères apportée d'Allemagne aux États-Unis. L'existence d'environ cent cinquante des douze cents exemplaires originaux est répertoriée ou connue. Bon nombre de ces exemplaires sont dans des institutions et donc vraisemblablement hors de la circulation. Mais il est probable que beaucoup d'autres copies flottent dans le décor, dont beaucoup sont peut-être en mauvais état, mais qu'il est possible d'acquérir si on met suffisamment d'argent sur la table. S'il y a une connexion à n'importe quoi d'autre de plus grand, cette connexion existe presque certainement à Philadelphie, précisément dans l'arrière-cour de Burns. Si tout ceci est vrai, il n'aurait aucun besoin de venir fouiner par ici. Donc, je pense que la Bible de Sauer n'est pas la clé. Ce qui laisse le Catéchisme. Nous pouvons être passablement certains que cet homme, Masson, a eu ces deux livres en sa possession pour une durée de temps considérable. Mais à un certain moment, ils sont passés dans les mains de quelqu'un d'autre. Notre meilleure estimation de qui il s'agit, est une personne associée au nom Ambrose. Nous savons que ce vieil homme, Ambrose, est mort. Nous le savons, parce que tu en as trouvé la preuve : il avait eu un fils, Ian, mais il ne semble y avoir aucune trace de lui. Je pense que quelqu'un d'autre, localement, est impliqué. Je pense aussi que ce quelqu'un local et ce type Burns sont tombés sur les mêmes informations ou sur des informations très similaires sur le catéchisme à peu près en même temps. Mais pour une raison quelconque, ni l'un ni l'autre ne sait où est ce livre.

J'hésitai ici pendant un bon moment. Stuart attendit que je continue.

— Il y a quelque chose ici, dis-je, qui est d'importance fondamentale et je ne le vois pas. Mais je sais que c'est là. J'ai eu ce sentiment plusieurs fois dans ma carrière d'ingénieur, quand une manipulation mathématique astucieuse était nécessaire et quand je l'avais finalement trouvée, le problème qui me préoccupait est disparu.

Autre pause.

— La traduction définitive de Newhouse devrait être arrivée dans ma boîte de réception maintenant. Je veux la parcourir attentivement et aussi passer à travers les documents que tu as déterrés et imprimés. Et je veux comparer tout cela à la liste des événements possibles que nous avons compilée. Quelque part dans tout cela...

En me tirant de cette rêverie naissante, je me levai et me dirigeai vers le cabinet à boissons.

— Je vais me servir un cognac, puis aller me coucher. Demain matin, j'ai besoin d'aller chez Greg pour entendre ce que Raymond aura à raconter. Veux-tu m'accompagner pour un dernier petit verre?

Stuart ne dit rien tout de suite.

— Oui, dit-il finalement mais sans enthousiasme. Pardon, oui, définitivement. J'hésite ici, car il y a le potentiel d'un bon plan dans ce que tu viens de dire. Mais revenons sur toute l'affaire au déjeuner. »

Nous n'avons pas pris de dernier petit verre, nous en avons pris deux. Je mis un CD du groupe de Spencer Davis et la soirée arriva à une conclusion heureuse et assez floue.

Durant la nuit, il y eut apparemment un développement dramatique dans l'un des autres projets en marche de Stuart. Quand je suis descendu à six heures quarante-cinq, Stuart était déjà levé, avait pris son café et était au milieu d'un appel téléphonique manifestement intense.

« Alors, vous êtes d'accord? », aboyait-il au téléphone. « Parfait, c'est ce que nous allons faire. Besoin de rien d'autre de ma part? D'accord. Appelez-moi s'il y a un problème, le moindre problème, c'est bien compris? »

« Des ennuis avec la belle-mère? »

— Vraiment, crois-moi, tu ne veux pas savoir, répondit-il.

— As-tu mangé?

— Non. Je suis au téléphone sans interruption depuis les quarante-cinq dernières minutes.

— Que dirais-tu d'un sandwich western?, demandai-je timidement.

Stuart s'illumina à ces mots.

— Alors ça, je pourrais m'en accommoder sans problème.

Je préparai deux sandwichs western format gigantesque et nous leur fîmes honneur.

— Mmmm. C'est vraiment bon. Pourquoi as-tu gaspillé toutes ces années comme plombier quand tu aurais pu être cuisinier?

— C'a peut-être quelque chose à voir avec éviter des journées de quinze heures, du personnel geignard, chaque jour des fins de quart à une heure du matin et peut-être 25 000 $ par an, en étant chanceux.

Nous mangeâmes les sandwichs, je versai d'autre café; de toute évidence, chacun de nous travaillait dans sa tête à planifier sa journée.

— Je ne pourrai pas passer du temps ce matin à continuer notre discussion d'hier soir, dit Stuart en s'excusant. J'ai encore un tas d'appels à faire.

— Pas de problème. Je vais prendre quelques heures pour passer au travers de la traduction de Newhouse et ensuite tes documents, puis je dois aller chez Greg. On peut se rattraper plus tard. »

Stuart hocha la tête et se leva pour commencer ses appels.

Newhouse avait envoyé sa traduction retravaillée en pièce jointe vers dix heures le soir précédent, avec une note dans son courriel :

"J'ai beaucoup aimé votre visite hier. Nous devons remettre ça bientôt. Ma traduction est ci-jointe. Le néerlandais du texte semble être typique d'il y a deux cents ans, donc sujet à quelques problèmes d'interprétation, mais je crois avoir bien saisi tout ce qui est important et que les distorsions sont mineures."

Le texte révisé de Newhouse ne comportait que quelques changements peu significatifs. Je le lus deux fois attentivement puis le classai.

J'alignai sur mon bureau les copies des documents que Stuart avait imprimées. La plupart ne semblait pas d'un grand intérêt même si j'allais probablement devoir les lire en entier à un moment donné pour m'assurer de ne rien manquer. Deux étaient des commentaires sur la question N° 80 dans le Catéchisme. Deux, en anglais étaient des commentaires sur le travail de Menken, un en Allemand rapportait la perte, dans un incendie, d'une copie d'une traduction néerlandaise et un en néerlandais, qui était le compte-rendu d'une discussion avec Jacobus Isaac Doedes. Ce dernier avait localisé en 1864 la seule copie connue restant de la première édition du Catéchisme en 1563, document qui est aujourd'hui conservé dans la collection des livres rares à l'Université d'Utrecht. Je devais compter, du moins pour le moment, sur Google pour me traduire ce document néerlandais. Le document lui-même devait dater originalement d'un peu avant 1897, qui est l'année de la mort de Jacobus Isaac Doedes. Ce compte-rendu, par un auteur inconnu avait été posté relativement récemment sur Internet, notait le souvenir de l'auteur d'une déclaration de Doedes qui lui avait donné le sentiment que beaucoup plus de documents existaient, mais qu'il avait été incapable de les localiser.

Ce n'était pas beaucoup pour avancer.

Je vérifiai l'heure : 8 h 30. J'avais encore environ une heure et quart avant de remballer tout ça et de partir chez Greg.

Un ping me signala l'arrivée d'un courriel. En partie parce que je m'empêtrais un peu dans ma recherche, je m'arrêtai pour vérifier de qui cela venait. C'était de Stuart. « Un autre message de mon pirate. Il a trouvé trois articles de plus. Ci-joints. »

Passant à travers les pièces jointes, je vis qu'un des éléments était un document de recherche inédit de l'Université d'Utrecht qui avait récemment été affiché sur Internet. C'était en anglais et un défilement rapide indiquait certains arrière-plans intéressants. Quelque chose à examiner plus tard. Le second était une note attribuée à Isaac de Long, la première personne à entreprendre une étude détaillée du Catéchisme. C'était en allemand et ressemblait à une discussion sur la répartition des copies de la première édition des exemplaires du Catéchisme. Encore une fois, quelque chose à étudier un peu plus tard. Le troisième élément était un certificat de décès émis en Ontario pour un certain Ian Ambrose. Celui-là me figea sur le coup.

La date enregistrée du décès était donnée comme celle où les restes avaient été trouvés, même si le médecin légiste précisait que la mort était probablement antérieure de plusieurs semaines, mais qu'une date fiable n'avait pu être établie. En parcourant le texte, je trouvai la date de décès assignée : le 18 septembre 2010. Le corps avait été identifié à partir du portefeuille trouvé avec les restes.

Une réflexion plus poussée et des vérifications étaient nécessaires ici. La date était bien antérieure à n'importe lequel des événements qui m'intéressaient réellement. Peut-être était-ce un autre Ian Ambrose. J'avais besoin de Stuart pour le vérifier. Si nous avions des dates de naissance ou des âges de plus d'une source et qu'elles concordaient, alors c'était très probablement l'Ambrose qui nous intéressait. Autrement, cela signifiait-il que la piste d'Ambrose était devenue froide? Je me tournai vers ma liste des événements et passai à travers. Si nous ne pouvions pas identifier "notre" Ambrose, alors la notion d'un second groupe d'observateurs devenait beaucoup plus mince et une explication satisfaisante pour la présence chez moi de deux bugs devenait problématique et le lien au moulin par Ambrose devait confus.

Il était neuf heures cinquante quand Greg m'ouvrit sa porte. Il était clair qu'il n'était pas content, mais il me salua comme d'habitude. J'entrai et hochai la tête en direction de Jill qui eut un sourire effacé.

« Qu'est-ce que Raymond t'a dit, Greg?

— Pratiquement rien. Je sais qu'il semble s'agir d'une tentative de cambriolage et pas le genre de chose à discuter au téléphone.

— Je ne veux pas causer de problèmes à Raymond, Greg, mais je vais vous donner la version de trente secondes avant qu'il n'apparaisse. Samedi soir, j'étais dehors pour une promenade. J'ai vu quelqu'un rôder autour de votre maison. J'ai appelé Stuart et il est venu tout de suite. On a filmé le type sur une caméra infrarouge et on l'a suivi jusque chez lui quand il est parti. Nous avons tout rapporté à Raymond immédiatement, il a accepté de permettre à Stuart de balayer votre maison et nous avons découvert qu'un dispositif d'écoute électronique avait été planté sur une de vos fenêtres.

La colère endurcit le visage de Greg, mais il resta calme.

— La nouvelle surprenante c'est que le rôdeur en question était l'agent de police Harrison.

Le visage de Greg se tordit en une grimace et il cracha :

— Merde!

— Voici ce que je suggère, Greg. C'a probablement été un choc aussi brutal pour Raymond que pour nous. Laisse-le faire son numéro et traite-le avec des gants blancs. Nous pourrons le questionner sur les actions qu'il entend prendre une fois qu'il aura dit ce qu'il voudra bien nous dire.

Greg regarda Jill, qui semblait presque figée et tous deux hochèrent la tête en accord.

Jill retomba sur ses pattes d'hôtesse.

— Voulez-vous du café, Richard?

— Puis-je boire une boisson froide à la place? Ce que vous avez sous la main. » Elle regarda Greg qui secoua la tête et partit chercher ma boisson.

Raymond arriva quelques minutes après dix heures et tout le monde s'installa dans le salon. Raymond refusa de boire quoi que ce soit.

« Je ne vais pas tourner autour du pot, M. Blackett. Quelqu'un a installé un mouchard électronique à votre domicile.

— Est-ce qu'il fonctionne présentement?, demanda Greg.

— Pour autant que je le sache, oui. Et j'espère que quiconque pourrait être à l'écoute sait que nous connaissons son petit jeu. Nous ne pouvons avoir de certitude de qui a installé la chose, ni exactement quand. Voyant le regard confus sur le visage de Greg, Raymond me lança un regard de côté et enchaîna :

— Nous interrogeons quelqu'un maintenant au sujet d'une violation de votre domicile. Nous n'avons aucune preuve que cet intrus est également l'installateur du bug, mais indépendamment de cela, les choses ne vont pas bien se passer pour lui. Ce que je propose de faire, c'est de supprimer le bug et nous pourrons poursuivre notre discussion en privé. » Greg hocha la tête, Raymond sortit et, par la fenêtre, on le vit remettre un petit paquet au constable Brierley qui le porta ensuite à son auto-patrouille avant de s'éclipser.

Assis de nouveau dans le salon, Raymond continua.

« Je ne peux pas vous dire à quel point je suis en colère et frustré que cela se soit produit. Que l'un des nôtres puisse être impliqué rend tout cela dix fois pire. Maintenant, au lieu d'essayer de deviner ce que vous pourriez vouloir savoir, s'il vous plaît posez-moi toutes les questions que vous souhaitez et j'y répondrai de mon mieux.

— Avez-vous une idée de qui pourrait être derrière cela?

— Aucune.

— Y a-t-il quelque chose que vous pouvez tirer de l'examen du bug lui-même qui puisse vous mener aux personnes impliquées?

— Mes techniciens disent que c'est peu probable, mais ils vont l'examiner attentivement de toute façon. Aussi ridicule que ça puisse paraître, n'importe qui peut acheter un de ces dispositifs sur les étagères dans une centaine de points de vente différents.

— Y a-t-il un moyen d'empêcher quelqu'un de revenir et de planter un autre bug?

— À moins de rester à la maison et en alerte jour et nuit, il n'y a aucune garantie. Vous pouvez renforcer votre système de sécurité. Et il y a des moyens disponibles, qui sont bon marché et fiables, pour vérifier la présence de bug régulièrement.

— Avez-vous une idée de ce qu'ils auraient pu les intéresser d'entendre? Cette question venait de Jill.

— Non. Aucune. Il pourrait s'agir d'espionnage commercial ou politique, aussi farfelu que cela puisse sembler. Ou ce pourrait être autre chose. »

Ici, j'eus l'impression que Raymond faisait un effort délibéré pour ne pas me regarder.

Il y eut deux questions sur le thème "ce qui va se passer ensuite", auxquelles Raymond répondit en partie en disant qu'il continuait à enquêter. Jill demanda s'il pouvait les garder informés le plus possible sur tout développement et Raymond dit oui, bien sûr. Il regarda ensuite l'un et l'autre alors que le silence se prolongeait.

« À moins que vous n'ayez d'autres questions, je vais partir.

— Merci d'être venu, inspecteur, j'apprécie le temps que vous nous avez consacré. »

Je m'assis avec eux pendant un moment après le départ de Raymond. Cette sensation salie, de violation personnelle remplit la salle et je savais ce qu'ils traversaient. Ils savaient que je le savais aussi et cela sembla les aider.

« Comment passe-t-on à travers cela?, demanda Jill d'une voix chargée de frustration et de colère.

— Vous comptez sur vos amis, Jill. Je vais dire tout de suite que si vous êtes comme moi, vous allez traverser une période de colère intense. Cela va passer, mais il faudra quelques jours. En attendant, vous et Greg voudrez peut-être parler avec l'expert auquel Stuart m'a référé. Il a mis à niveau mon système de sécurité et simplement cela a fait une différence pour moi. J'ai fait quelque chose de proactif plutôt que simplement rester assis à ruminer. »

Pour délibérément changer le sujet, Greg demanda comment les choses allaient au moulin. Je parlai longuement du volume soutenu de la clientèle au Café, comment Karen était extatique à la façon dont les choses avançaient, comment Graham était en passe de devenir excellent dans le rôle de meunier, comment nous venions de remplir notre carnet de commandes commerciales pour la farine et que jusqu'à présent nous avions eu presque une centaine d'acheteurs de sac de deux kilos de farine à notre comptoir de détail. Je me réchauffai encore plus sur le sujet quand je racontai comment nous avions commencé à fournir de l'électricité au réseau local et nous

nous attendions à recevoir le premier de nos chèques mensuels dans environ trois semaines.

Après quinze minutes de toutes ces bonnes nouvelles, ils ont tous les deux semblé revenir à un état d'esprit plus serein, alors j'ai commencé envoyer des signaux qu'il me fallait partir.

« J'oubliais presque, dit Jill. Mon club de lecture est à la recherche d'un emplacement différent à louer pour notre prochaine réunion. J'ai suggéré de la tenir au moulin et ils sont tous devenus frénétiques. Le livre que nous lisons n'est pas très bon, à mon avis. Il s'agit d'intrigue familiale et d'une arnaque et un endroit avec l'ambiance comme celle du moulin nous donnerait une échappatoire au cas où tout le monde décide de jeter ce livre aux poubelles. Pourrais-je régler cela avec vous? »

Quand cinq secondes, puis dix se furent écoulées, sans réponse de ma part, Jill et Greg me regardèrent d'un air interrogateur. Je réussis à dire que nous pourrions arranger cela et qu'il suffisait qu'elle me donne une date. Mais dans mon esprit, j'étais déjà de retour chez moi. L'équivalent d'une manipulation mathématique venait d'allumer une lumière dans ma tête. Peut-être que le problème des livres et celui des écoutes étaient sur le point de disparaître. Mais si mon idée était aussi pertinente qu'elle me semblait, à cette même heure dans une semaine, je serais en Allemagne.

Trente-deux

En arrivant à la maison, il était passé onze heures. À deux heures cette journée-là, j'avais programmé une visite du moulin et une entrevue. À quatre heures et demie, une réunion était prévue à Belleville pour explorer la possibilité d'un matriçage entre le moulin et quatre boulangeries locales, lequel pourrait être à l'avantage de chacun. À sept heures, après la fermeture de leur commerce, j'avais prévu de rencontrer un fromager et deux vignerons locaux à Picton pour programmer des soirées vin et fromage (et pain) à chacun de nos établissements.

Même si cela ne me laissait pas beaucoup de temps pour commencer à étoffer la pensée qui m'était venue la veille chez Greg, je m'y lançai avec détermination.

L'information sur la dépouille d'Ambrose était sommaire, mais incluait quand même la mention que "Ian Ambrose" avait cinquante-cinq ans. Cela était conforme aux informations indépendantes obtenues précédemment concernant le Ian Ambrose que nous croyions être associé au moulin, de sorte que la possibilité qu'il s'agisse de la même personne se présentait bien. Si Stuart réussissait à avoir accès aux données provenant du portefeuille trouvé avec le corps, cela permettrait probablement de trancher dans un sens ou dans l'autre. J'inscris donc cette vérification sur la liste des choses à faire.

En supposant que les informations obtenues du *hacker* fussent exactes, si la personne était décédée en 2010 à l'âge de 55 ans, elle serait née en 1955. Un contrôle des naissances en Ontario me révéla quatre Ian Ambrose possibles nés cette année-là. S'il y avait aussi un frère, celui-ci aurait pu être plus jeune ou plus âgé. Mais avec seulement un nom de famille, les possibilités devenaient trop nombreuses, puisqu'un frère aurait pu avoir un écart d'âge de peut-être dix ans, voire plus. Mais comme Ambrose le père, était mort en 1974, beaucoup plus jeune commençait à paraître improbable.

Une approche différente était nécessaire. Juste comme je commençais à essayer de trouver une approche différente pour m'attaquer à tout cela, une pensée me vint : ce parent n'avait pas besoin d'être un frère. Il aurait pu être un fils.

À partir de la tranche d'âge de 25 à 35 et donc des années 1980 à 1990, lorsque Ian Ambrose aurait pu devenir père, je lançai une autre recherche dans le registre des naissances. Durant cet intervalle, un total de vingt-neuf enfants étaient nés de pères nommés Ian Ambrose. L'élimination des filles en laissait quatorze. Limiter les lieux de naissance au sud de l'Ontario réduisait le total à dix. Deux de ces naissances avaient eu lieu à Kingston et une à Belleville. Tentant ma chance sur Belleville, je trouvai le nom Joris Ambrose et pensai immédiatement à un poème de Robert Browning, rythmant le galop des trois messagers de Ghent à Aix. Le nom de Joris me disait quelque chose, mais tout devenait une chaîne suppositions, d'hypothèses "juste pour fin de discussion".

Je me calai dans le dossier de mon fauteuil, cherchant mentalement d'autres liens possibles. Quelque chose était en train de chatouiller une synapse réticente quelque part, mais je ne pouvais pas le sortir à la lumière. Ça allait devoir attendre maintenant, parce que j'avais besoin d'arriver au moulin dans vingt minutes pour m'assurer d'y être avant le rédacteur invité. Je griffonnai quelques notes, fermai le dossier d'Ambrose et le rangeai dans le tiroir du bureau, espérant que pendant mon absence, il fermenterait comme tout bon dossier devrait faire. Puis, je ramassai mon porte-documents et partis vers le moulin.

C'était une superbe journée d'automne. Le ciel était bleu brillant et une série de cumulus se traînaient l'un contre l'autre de façon ludique. Les arbres étaient maintenant dénudés et le vent soufflait capricieusement en rafales légères, donnant à la surface de l'eau d'un bleu profond sur la rivière, un aspect moleté, contrastant joliment à l'eau plus calme à l'intérieur de la lagune. Le vent entraînait les filets d'eau s'échappant des augets de la roue et les étiraient en cordes de petites perles, dont certaines atteignaient la terrasse inférieure où elles frappaient le visage, apportant un rafraîchissement à n'importe quel spectateur debout.

La tournée et l'entrevue n'étaient pas censées être controversées et ce ne fut pas le cas. Le moulin lui-même possède un "visage souriant", il est une bonne nouvelle en soi, donc personne n'est tenté de chercher des défauts. Il n'y en a pas. J'avais lu quelques-uns des articles de ce chroniqueur, mais en contraste avec son style d'écriture pointu et concis, son discours était étonnamment élaboré et coloré et c'était une personne détendue. Comme pour tous les intervieweurs ou reporters que j'ai rencontrés concernant le moulin, l'apparente incompatibilité qu'ils perçoivent entre mon parcours technique spécialisé et le moulin, sa restauration, fut pour lui d'un grand intérêt et il m'a demandé d'expliquer ce contraste longuement. Cet auteur avait apparemment une certaine connaissance de la menuiserie et des travaux de maçonnerie et pour étayer le nombreux clichées pris par son photographe, il a posé une multitude de questions sur pourquoi j'avais fait ceci ou cela. J'eus l'impression qu'il avait bien aimé faire cette entrevue, mais on ne peut jamais savoir tant que le produit final n'est pas imprimé et lu. Après une heure et demie, nous nous serrâmes la main, lui et son photographe partirent et je me dirigeai vers mon rendez-vous avec les boulangers, vignerons et fromagers.

Ce n'est qu'après neuf heures que je suis rentré à la maison, à peu près vanné. La voiture de Stuart était dans l'entrée et malgré ma fatigue, je voulais passer en revue un certain nombre de choses avec lui. J'ai remarqué que j'avais laissé la lumière allumée sous l'abri d'auto, mais je pouvais l'éteindre de l'intérieur. J'ai verrouillé la voiture et j'ai commencé à marcher sur le gravier. Alors la voix de Stuart me parvint de l'abri : « Richard, je suis ici. »

Du sang avait coulé sur le côté gauche de la tête de Stuart, sur son cou et sur le col de sa chemise. Il avait une mauvaise enflure sur sa joue gauche et il se tenait debout à côté d'une silhouette étendue par terre sous l'abri. Ce personnage gémissait et grouillait lentement.

« Qu'est-ce qui se passe?, demandai-je, brusquement en émoi.

— Le système de sécurité a détecté des mouvements à l'extérieur de la maison. Je suis sorti pour jeter un coup d'œil et j'ai attrapé ce farceur en train de fouiner. Il s'est jeté sur moi et j'ai dû coucher le bâtard.

— Qui est-ce? Tu sais?

— Non, pas encore. Peux-tu me couper deux longueurs de 12 pieds de cette corde de polypropylène? Stuart pointait une bobine de corde accrochée à une cheville sur le mur intérieur de l'abri.

Nous avons attaché les mains et les pieds du gars et Stuart a tiré vicieusement sur la corde en serrant les nœuds.

— J'ai besoin de m'asseoir, dit-il alors qu'il trébuchait et s'accrochait à un des piliers de l'abri. Je stabilisai Stuart pour qu'il pût s'appuyer contre le muret, puis je récupérai une chaise du patio. Il s'assit lourdement en me remerciant.

— Je reviens dans un instant, dis-je. Je ramenai une bouteille d'eau froide que je passai à Stuart.

— Merci, dit-il et en but presque la moitié d'un seul trait.

— Je vais appeler Raymond et une ambulance. J'en ai ras le bol avec ces maudites histoires.

Stuart ne put que hocher la tête. Je commençais à faire le 911, lorsque Stuart leva la main, secoua la tête et fit signe que non, pas encore. J'hésitai.

— Est-ce que tu vas bien?

— Oui. Mais ce farceur m'a tout de même porté un sacré coup.

— Il l'a vraiment fait cela? À ce moment-là, l'intrus tenta de se lever en disant : «°Détachez-moi. »

Je me dirigeai vers lui.

— Pardon, qu'est-ce que vous avez dit?

— J'ai dit de me détacher.

Je lui donnai un coup de pied dans le ventre.

— Si vous voulez dire quelque chose, commencez par dire qui vous êtes et ce que vous faites à rôder chez moi.

Stuart avait repris quelque force.

— Tu n'en tireras rien facilement. » J'ai supposé que cela signifiait que Stuart avait déjà fait une première tentative et j'étais sûr qu'il pouvait être beaucoup plus persuasif que moi. Stuart avait presque bu le reste de l'eau dans la bouteille. Il venait de remplacer le capuchon lorsque son téléphone vibra, comme il le sortait de sa poche.

« Oui? », dit Stuart. Il y eut alors une longue pause, manifestement pendant que de l'information provenait de l'autre bout. « D'accord. Merci. » Stuart mit fin à l'appel, rangea le téléphone dans sa poche et se leva de sa chaise.

« Debout!, dit Stuart à notre rôdeur ficelé. Il le tira violemment et le projeta contre le muret en bloc de béton de l'abri. D'accord, Davie boy, je crois que tu ferais mieux de commencer à causer. Au son de "Davie", il y eut une légère lueur dans les yeux du rôdeur. Oh oui, dit Stuart, je sais que tu t'appelles Davie McCrae.

En se tournant vers moi, Stuart dit :

— Va dans la maison, trouve la plus longue paire de pinces que t'as, un pied-de-biche et du ruban adhésif. » En moins de deux minutes, j'étais revenu. Stuart avait installé le rôdeur entre deux montants verticaux en deux-par-quatre s'élevant du muret de l'abri. Une lourde traverse de bois était fixée aux deux-par-quatre à environ trois pieds et demi du sol. Normalement, j'utilisais ce montage pour stocker des longueurs variées de bois. Stuart poussa les mains liées du gars entre le mur et la traverse.

« Voilà. On ne voudrait pas qu'il tombe et se blesse, n'est-ce pas Richard? J'étais en train de dire à Davie, ici présent, que nous pouvions procéder de deux façons, la facile ou la dure. Davie semble préférer la dure, ce avec quoi je n'ai aucun problème. Déchire un morceau de ruban adhésif et couvre-lui la bouche. » Ce que je fis. « Bien. Maintenant, je vais essayer de convaincre ce coco d'avoir une petite conversation amicale avec nous, mais s'il tente quelque chose de stupide, tape avec le pied-de-biche juste là. » Stuart indiqua un point sur l'épaule du type. Puis, avec un brusque et violent mouvement, il tira vers le bas le pantalon et le caleçon du rôdeur. Son expression de défiance se changea en une d'appréhension.

« Je veux que tu saches tout de suite, Davie, que je suis sérieux. Si tu veux répondre à mes questions, tu n'as qu'à acquiescer de la tête. Maintenant, pour qui travailles-tu? », demanda Stuart comme il fermait les mâchoires de la pince sur un des testicules du rôdeur. Il y eut le son sec d'une aspiration brusque, mais aucun signe réel de coopération. Cinq secondes s'écoulèrent. Puis, il y eut un long rugissement étouffé derrière le ruban adhésif comme la paire de pinces se resserrait.

« Pour qui travailles-tu? » Un autre délai suivi d'un autre grondement étouffé, plus long cette fois comme les mâchoires serraient un peu plus sans se desserrer. Davie respirait maintenant très rapidement et la sueur coulait de son visage. « Tu as deux de ces choses, dit Stuart sur le ton d'une conversation ordinaire. Lorsque la première sera écrasée en bouillie, on pourra continuer avec la seconde. Cela pourrait prendre une heure. Courte pause pendant que Stuart le regardait et attendait tranquillement. Non? D'accord. C'est comme tu voudras » et les mâchoires une fois de plus se resserrèrent lentement.

Cette fois, on entendit une espèce de « Non! Non! » derrière le ruban adhésif. Le rôdeur hochait vigoureusement la tête.

Stuart arracha d'un coup sec le ruban adhésif et dit : « Commence à parler tout de suite. »

Il y eut une lourde respiration, puis le rôdeur commença d'une voix tremblante. Stuart relâcha le testicule et baissa la pince.

Le rôdeur parla très volubilement durant environ trois minutes. Il sembla alors que le flot était sur le point de se tarir, mais quand la pince commença à remonter en direction de son aine, cela suffit à attiser les ardeurs de sa coopération.

Stuart l'interrogea pendant quinze minutes. Finalement, Stuart recula, mit la main dans sa poche et en sortit ce qui ressemblait à un téléphone cellulaire et appuya sur un commutateur. « C'est incroyable ce qu'on peut faire de nos jours. Cette petite boîte peut enregistrer jusqu'à deux heures de presque n'importe quoi, mais dans ce cas-ci, ce fut une conversation. TA conversation, Davie. Maintenant, nous allons te confier à la police locale. Nous avons des images de toi rôdant et le tout petit menuet entre nous deux, incluant quand tu m'as frappé avec le bout de tuyau et tout ça est enregistré. Tu pourrais être tenté de te plaindre à l'inspecteur de police que tu as été torturé. Je ne le ferais pas si j'étais toi. Tu sais pourquoi, Davie? Parce que si tu le fais, je le saurai quand la police me demandera : 'Avez-vous torturé le suspect?' Si j'entends cela, ma réponse sera bien sûr "Non", mais alors les choses vont tourner au vinaigre pour toi. Tu vois comment c'a été facile pour moi de t'identifier. Je peux faire fonctionner mon réseau dans le sens inverse tout aussi facilement et passer le mot que tu as couiné comme un petit porcelet, répondu à toutes mes questions et dit tout ce que j'avais besoin de savoir. Ce genre de nouvelles ferait son chemin vers tes amis, y compris ceux pour qui tu faisais ce travail. Tu sais ce qui se passerait alors, n'est-ce pas, Davie? »

Stuart me regarda, hocha la tête et je composai le 911. Stuart remonta le pantalon du rôdeur et le redéposa sur le sol au milieu de l'abri d'auto, me faisant signe de sortir.

« C'est mieux que tu dises que quand tu es arrivé à la maison, notre copain ici était déjà attaché et que tu as tout de suite appelé le 911. Peu importe avec quelle information ils reviennent, tiens-toi en à cette version de l'histoire, qu'il était attaché quand tu es rentré et que tu ne sais rien de ce qui pourrait avoir eu lieu avant. Stuart regarda sa montre. Il est neuf heures trente-cinq maintenant. Convenons que tu es arrivé à la maison il y a environ dix minutes. Je suis désolé que tu sois devenu impliqué dans cette merde sordide Richard.

— Comment as-tu…, commençai-je mais Stuart m'interrompit.

— J'ai pris une demi-douzaine de photos de lui sur mon téléphone cellulaire, puis je les ai envoyées à un gars que je connais. »

Pendant que nous attendions que la police arrive, je parlai à Stuart de ma recherche concernant le frère ou le fils d'Ian Ambrose et lui en donnai les détails. Stuart se ranima quelque peu; même s'il avait l'air effrayant avec la moitié du visage encore couvert de sang croûté. Il se lança sur son téléphone cellulaire tout de suite et envoya un message texte. Quand il eut terminé et éteint son téléphone, il me dit ce qu'il venait de faire. « Si mon contact trouve quelque chose à propos de ce Joris, il va nous transmettre le résultat par courriel. Alors garde un œil ouvert à court terme. L'inspecteur Raymond va m'interroger longuement, mais je soupçonne qu'il va te laisser aller assez tôt quand tu lui auras dit que tu es arrivé après que tout ait été terminé. » Stuart me remit le petit appareil d'enregistrement et me demanda de le mettre dans un endroit sûr. Je ramassai les pinces, le ruban adhésif, y compris la pièce qui avait été sur la bouche de Davie et les rapportai avec le pied-de-biche à l'intérieur, où je les plaçai à l'arrière dans la buanderie. Ensuite je verrouillai l'appareil d'enregistrement dans mon bureau. Quelques minutes plus tard, une auto-patrouille s'avança dans mon entrée.

Brierley sortit et échangea quelques plaisanteries, ensuite nous sommes allés voir notre dindon ficelé. Brierley le menotta, coupa ses liens aux poignets et aux chevilles, a conduisit le rôdeur à la voiture et après l'avoir mis en contention, et revint nous parler.

« Dites à Raymond que nous serons tous les deux au poste dans environ dix minutes, ai-je dit, juste après que ces gars, et là j'ai pointé en direction de l'ambulance qui venait d'arriver, … auront fini de nettoyer et vérifier Stuart. »

Brierley communiqua par radio ces nouvelles et apparemment obtint l'approbation de notre plan; il partit avec sa prise, tous ses gyrophares en action. Alors que les infirmiers déballaient leur matériel, je pris plusieurs photos des blessures de Stuart en utilisant mon téléphone cellulaire. Il fallut aux infirmiers environ quinze minutes pour nettoyer le visage de Stuart, appliquer des bandages et contrôler pour des fractures. Le préposé dit que tout irait bien, mais que Stuart devait vraiment être vu par un médecin; puis ils partirent. Nous montâmes dans ma voiture et je conduis jusqu'au poste de police.

La prédiction de Stuart était juste. Raymond, qui semblait être dans une humeur inhabituellement bonne, me questionna pendant environ dix minutes, me dit de rester à l'écart des zones où la lutte avec le rôdeur avait eu lieu chez moi, de ne pas toucher à l'appareil d'enregistrement du système de sécurité et puis me laissa partir. J'arrivai chez moi dans une humeur étrange : très fatigué, mais aussi très belliqueux. J'avais besoin de me détendre et de mettre une certaine distance entre moi et cette violence récente et une double ration de brandy semblait le parfait remède.

Après la première gorgée, suivie de deux ou trois autres, le monde a commencé à se remettre en perspective. J'alignai une suite de morceaux de musique douce sur ma chaîne stéréo, commençant par "*Sheep May Safely Graze*", puis je sortis les notes sur lesquelles j'avais travaillé neuf ou dix heures plus tôt et allumai mon ordinateur. J'effectuai une recherche sur Google pour Joris Ambrose et ne fus pas vraiment surpris de ne rien trouver d'intéressant. Je griffonnai ensuite quelque peu. Deux noms se présentaient à nous : Burns et Ambrose. Il était concevable que l'un d'entre eux puisse être à lui seul responsable de toute la merde qui s'était produite, mais cela semblait peu probable. Il y avait trop de circonstances où les bugs etc. avaient été dédoublés et pourquoi une seule personne voudrait-elle faire cela? Burns était un collectionneur, apparemment très déterminé. Les Ambrose étaient un grand point d'interrogation. Il semblait peu probable qu'ils fussent des collectionneurs sérieux. Peut-être juste des chasseurs de trésor? Peut-être qu'ils cherchaient ce qu'ils cherchaient au nom de quelqu'un d'autre?

Un ping signala l'arrivée d'un courriel. Il venait du contact de Stuart. Le message disait simplement « *Photo de Joris Ambrose attachée. Personnage louche mais pas de dossier. Plus d'informations à venir plus tard.* » Je le sauvegardai et imprimai l'image. Juste à ce moment, mon estomac grogna et je me rendis compte que depuis le déjeuner, je n'avais rien consommé hormis un petit verre de vin, environ deux onces de fromage et le brandy. Disant à mon estomac de patienter encore un peu, je retournai à mes spéculations. Il était temps de formuler certaines théories qui pourraient être mises à l'épreuve.

Masson avait caché ses livres quelque part, mais pas dans le moulin puisqu'il était mort avant qu'il soit construit. Donc, quelle que soit la cachette que Masson avait choisie, quelqu'un devait l'avoir trouvée. Supposons que ce soient les Ambrose qui avaient trouvé les livres. Qu'ils avaient cherché aussi systématiquement qu'ils le pouvaient dans les endroits où Masson avait pu cacher les livres. Qu'un de ces lieux ait été l'église à Belleville. Qu'Ambrose Junior ait travaillé à la finition de l'autel, ait profité de l'occasion pour fouiller toute l'église et ait enfin trouvé les livres. *Mais alors pourquoi les rechercherait-il maintenant, si c'était bien lui qui le faisait?*

Cette question bloquait ma réflexion. Je fis le tour du problème pendant quelques minutes et j'étais sur le point d'essayer une autre tactique, quand une idée me vint à l'esprit. Supposons qu'Ambrose Senior ait caché les livres quelque part, par exemple au moulin, mais n'ait pas eu le temps de le dire à Junior. En ce qui concerne Ambrose Junior, puisque Ambrose Senior était maintenant décédé, les livres seraient à nouveau perdus. Il y avait une sérieuse possibilité ici et maintenant que je disposais d'une photo d'Ambrose Junior, je pouvais tester une partie de cette chaîne de suppositions. *Demain, je me suis dit, je vais retourner voir le révérend Carswell.*

Presque aussitôt, une autre pensée surgit. Supposons qu'Ambrose et Burns soient chacun de leur côté conscients que quelqu'un d'autre cherche ce que chacun considère son bien. Ils pourraient chacun essayer de savoir qui est l'autre parti et ce qu'il sait. Si l'un d'eux avait embauché le gars qui avait tué Buck, cela aurait envoyé un message clair à l'autre qu'il y avait un compétiteur dans le décor. Idem pour la mort d'Ambrose Senior. Mais une chose à la fois : d'abord reparler à Carswell.

Il était maintenant tout juste après minuit et comme je prenais quelques dernières notes, Stuart revint dans l'auto-patrouille. Il avait l'air d'avoir été saigné par un barbier trop enthousiaste.

« Stuart, Café? Brandy?

Stuart s'écrasa épuisé sur le canapé.

— Brandy s'il te plaît.

— Je suis surpris que Raymond t'ait gardé si tard alors qu'il était évident que tu avais eu une journée bien remplie. Je dois l'avoir dit sur un ton accusateur.

— Ce n'était pas lui. C'était moi. J'ai insisté pour qu'on vide la question ce soir, pour en finir, sauf bien entendu ses inévitables questions de suivi. Content de l'avoir fait. Content que tout ça soit derrière moi.

Je servis à Stuart un généreux verre de brandy.

— J'allais juste me préparer quelque chose à manger. Rien de trop lourd, étant donné l'heure, même si je n'ai pas mangé depuis plus de douze heures. J'allais passer quelques fruits et légumes dans l'extracteur. Ça t'intéresse?

Stuart acquiesça tout simplement, je sortis ce qu'il fallait du frigo et bientôt apportai deux grands verres de liquide couleur vaguement rouille pour nous.

— Encore une fois, Richard, c'est exactement ce qu'il me fallait. Et c'est vraiment bon! Peut-être devrais-je songer à déménager à Greenvale. »

Nous avons bu le reste de notre jus en silence, puis nous nous sommes rabattus sur nos verres de brandy. J'ai expliqué mes ruminations à Stuart et lui ai parlé de mon projet de visiter Carswell encore dans la matinée et ce que j'espérais apprendre. Stuart hocha la tête avec approbation. « Avec de la chance, nous pouvons commencer à attirer nos auditeurs, comme nous en avons discuté il y a quelques jours. Peut-on reparler de ce plan au déjeuner? Je voudrais m'assurer que nous avons le scénario en tête et que nous n'oublierons rien avant de commencer la représentation de notre spectacle.

— Cela me convient. Peut-on s'entendre pour des *huevos rancheros* avec quelques tranches épicées de steak en accompagnement pour le déjeuner? »

Ce sont deux visages épuisés, mais souriants qui virent le reste du brandy trouver un bon refuge.

Trente-trois

Même si je m'étais couché tard la veille, je me réveillai à sept heures trente, entièrement rafraîchi, après un sommeil profond et sans rêve. Stuart était encore dans les bras de Morphée, je marchai donc au moulin pour prendre un café, dire bonjour à la clientèle matinale et vérifier les choses avec Karen et Graham. À mon grand étonnement, même à cette heure, il y avait environ une douzaine de personnes qui prenaient leur café. D'autres allaient se pointer sous peu. Karen était comme à son habitude. N'essayant même pas de cacher sa joie et sa fierté, elle me répéta encore une fois que les périodes d'oisiveté à rester assise seule dans un restaurant vide, qu'elle avait prévues, comme il est normal au commencement d'un nouveau commerce, ne s'étaient tout simplement pas produites. Un horaire sans temps morts était une véritable fontaine de Jouvence pour elle. De même, Graham était tout sourire. J'avais entendu dire que nos premiers clients de farine étaient très satisfaits des produits et du service. Graham et moi avons parlé de la possibilité d'avoir une journée d'appréciation des clients après un certain temps d'activité, disons six mois. Michael avait annoncé dans les alentours qu'aujourd'hui serait la fête impromptue du pain français, et que des baguettes de pain frais, du beurre et de la confiture d'abricots allaient être disponibles à neuf heures et du pain au lait à midi. Michael espérait que cela allait créer une période d'achalandage le matin. Karen s'attendait plutôt à être submergée.

Je terminai mon café, dit bonjour à quelques personnes, puis profitai de l'occasion pour jeter un œil sur toutes les notes que nous prenions régulièrement pour documenter le fonctionnement de la roue à augets, l'équipement de broyage, la livraison d'énergie au réseau et notre consommation interne. À ma grande satisfaction, tout fonctionnait à merveille.

De retour à la maison, je me mis à préparer les ingrédients pour le déjeuner, fis cuire les tortillas, coupai les oignons et les piments et préparai la sauce tomate, avant de mettre en marche une carafe de café en espérant que les effluves flottant dans toute la maison se diffuseraient jusqu'à la terre de Nod.

Ce qui arriva.

Stuart entra dans la cuisine, lavé, rasé et paraissant mille fois plus en forme que la nuit précédente, exception faite de la tache pourpre sur sa joue gauche. « Je meurs de faim, dit-il. Que puis-je faire?

— Mettre la table, nous verser chacun un grand verre de jus, nous préparer quelques rôties que tu beurreras quand elles seront prêtes, mais autrement, te détendre. On devrait manger dans environ cinq minutes.

Les œufs et les tranches épicées de steak cuisaient simultanément. En un rien de temps nous étions assis, chacun de nous ayant devant lui une assiette débordant de trois *Huevos Rancheros*. Nous étions manifestement prêts pour ce festin, puisque aucun mot ne fut prononcé pendant presque dix minutes.

— Bon sang, Richard! Tu m'as maintenant complètement gâté. Quand cette histoire sera terminée ou bien ma vie gastronomique sera en chute libre vers la médiocrité, ou alors mes factures de restaurant me mettront dans le rouge financièrement. C'est fantastique! Je n'ai jamais mangé de *huevos rancheros* comme ceux-ci.

— Eh bien, c'est assez facile à faire. Tu peux le faire toi aussi. T'as juste besoin d'arrêter de fainéanter et prendre le temps de te pratiquer.

S'en suivit un échange d'insultes et de calomnies réciproques.

— Je vais nettoyer les casseroles, dit Stuart, pendant que tu sors tes notes et ensuite on pourra faire un peu de planification. »

Les différentes feuilles étaient réparties sur la table et nous avons pris le temps de nous rafraîchir la mémoire. « Voilà la théorie qui s'est présentée à moi, commençai-je : Masson voulait un endroit sûr où il pourrait abriter ses précieux livres. Il a choisi de construire l'autel dans la petite église de Belleville comme son héritage à cette communauté. Il a mis les livres à l'intérieur de l'autel. L'autel lui-même est massif : le dessus à lui seul est trop lourd pour être soulevé par un seul homme. Je le sais que parce que j'ai fait quelques calculs basés sur ces photos que j'ai prises de l'autel et sur la densité du chêne. Je ne sais pas trop ce que pensait Masson, par qui et à quel moment les livres seraient récupérés, mais selon l'esprit de son temps, il les a probablement simplement confiés aux soins de Dieu et avait espoir qu'ils reverraient la lumière quand le temps serait venu. Je spécule qu'un jeune homme, qui s'appelait Robert Ames, s'est mis suffisamment en bons termes avec le révérend Carswell pour que celui-ci accepte qu'il entreprenne la réfection du dessus de l'autel. Alors qu'il était seul dans l'église à faire ce travail, il a probablement fouillé la place de fond en comble pour finalement trouver les livres que Masson avait placés dans l'autel et il les a subtilisés.

— Comment cet homme Ames cadre-t-il dans le tableau ?, demanda Stuart, manifestement perplexe.

— Je pense que le vrai nom d'Ames est Ambrose. Il a découvert, d'une façon que j'ignore, que Masson avait construit l'autel et il savait, encore là je ne sais pas comment, que Masson avait quelque chose de précieux en sa possession. J'ai essayé de découvrir le maximum des aspects factuels concernant Masson. La maison où il habitait, tout juste à l'extérieur de ce qui était alors Myer's Creek et qui s'appelle maintenant Belleville, a brûlé au début du XXe siècle. Mais ce que Masson avait en sa possession était quelque chose que personnellement il chérissait beaucoup, de sorte qu'il est peu probable qu'il l'aurait laissé dans un endroit qui pourrait être réduit en cendres, ou devenir la propriété de quelqu'un qui lui soit complètement étranger. Par conséquent, il doit l'avoir mis à l'abri ailleurs. L'église était une option de premier choix.

— Nous avons couvert ce terrain précédemment. Si Ames avait récupéré les livres, il ne les chercherait pas maintenant.

— Tu as raison, si c'est lui qui les cherche et s'il les a encore. Voici ce que je pense. Robert Ames est en réalité Joris Ambrose. C'est le fils d'Ian Ambrose. Je soupçonne que Burns était aussi sur la piste de ces livres, ou du moins de quelque chose en rapport avec eux et étant très actif sur la piste des livres, son sentier et le sentier de Joris Ambrose devaient forcément se croiser un jour ou l'autre. Joris soupçonnait probablement qu'il était plus visible que son père, donc il a donné les livres à ce dernier qui les a cachés quelque part mais n'a pas eu le temps de le dire à Joris avant que les deux décident de disparaître pour rester à l'écart de Burns. Burns s'est mis à la poursuite de Ian, mais Ian est mort d'une crise cardiaque, probablement déclenchée par l'interrogatoire de Burns et évidemment avant que Burns réussisse à apprendre où étaient cachés les livres. À ce moment-là, Joris non plus ne sait pas où se trouvent les livres, donc il reste attentif et même fait de l'écoute électronique à tous les endroits où il pense pouvoir recueillir des indices, tout en essayant de rester en dehors du champ de prospection de Burns. Mais chacun d'eux, Burns et Joris, sait que l'autre est dans les parages, à cause de tous les événements qui ont mené à l'activité policière.

Je m'arrêtai ici pour voir si Stuart avait quelque chose à ajouter.

— D'accord, c'est une belle synthèse de nos réflexions précédentes, dit lentement Stuart. Comme théorie, c'est plausible et je ne constate aucune faille.

— Je pense que la première chose à faire, dis-je, c'est de déterminer si Robert Ames est en fait Joris Ambrose. Le révérend Carswell devrait pouvoir le faire pour nous. S'il ne peut pas, ou si Ames n'est pas Ambrose, alors nous sommes de retour à la case départ. Mais si Ames est Ambrose, alors nous sommes plus près de comprendre ce qui se passe.

— Mais comment tout cela se relie aux livres? Où est le lien entre Masson et Ambrose?

Je m'arrêtai un moment.

—J'ai passé beaucoup de temps à réfléchir à cette question. Il y a quatre possibilités que je peux voir, mais je ne vais pas passer par tous les détails fastidieux de mon raisonnement. Je pense que le plus probable est un quelconque lien familial entre Ambrose et celui qui est monté de Pennsylvanie avec Carl Masson pendant la Guerre de l'Indépendance américaine.

Nous restâmes assis tous les deux à méditer là-dessus pendant un bout de temps.

— D'accord, commença Stuart. Je conviens que la première étape consiste à déterminer si Ames et Ambrose sont la même personne. Si c'est le cas, alors nous essayerons de localiser Ames. Si nous le trouvons, nous avons trois démarches possibles : Nous pouvons lui dire que tu as les livres, mais qu'il ne les aura pas, ils iront à une institution.

J'étais sur le point de protester mais Stuart leva la main.

— Ou, nous pouvons le faire suer un peu en lui disant que nous savons qu'il est responsable de la mort de Buck et qu'il est derrière certaines des autres magouilles, essayer de lui faire cracher ce qu'il a fait et qu'est-ce qui est si important à ses yeux pour qu'il y consacre autant de temps et d'efforts. Un avantage potentiel de cette avenue est que cela pourrait nous amener à être en mesure de déterminer quelles actions sont les siennes et quelles autres sont le fait de Burns. Ou bien, on peut simplement dire que nous transférons tout ce que nous avons à la police. Je pense simplement à haute voix ici, Richard, alors s'il te plaît, ne te gêne pas pour intervenir.

Je fis signe à Stuart de continuer.

Stuart hochait lentement la tête, signe qu'il réfléchissait en même temps qu'il poursuivait :

— Si nous prévoyons localiser Ambrose et le cuisiner, nous devons garder à l'esprit que si, comme cela semble probable, il est lié à la mort de Buck, alors les enjeux sont élevés, il aura peu à perdre et il nous faut présumer qu'il pourrait être passablement dangereux. De plus, si nous voulons essayer de le faire parler, nous devons nous assurer que toutes les informations dont nous disposons sont exactes et nous avons besoin d'une stratégie qui inclue l'anticipation de ses réponses. Nous devons aussi être constamment prêts à lui poser une autre question, peu importe ce qu'il nous sort.

— Oui, bien d'accord. Cela signifie que j'ai besoin de repasser toute notre information très soigneusement.

— Nous devons tous les deux nous préparer. Je dois dire que je pense que ce devrait être moi qui mène l'interrogatoire. Je crois que j'en ai fait beaucoup plus que toi. Ça signifie aussi que nous devons être aussi sûrs que possible qu'il ne te voie pas rendre visite à Carswell et nous devons espérer qu'il ne t'ait pas vu y aller la première fois.

— Et Burns?

— Quoi, Burns?

— Nous ne pouvons pas supposer qu'il est simplement assis les bras croisés. Lui, ou du moins ses hommes de main, sont là dehors, en quelque part. Il surveille probablement Ambrose aussi, qui lui-même fait probablement tout son possible pour observer Burns. Mais Burns a probablement le dessus parce que je suspecte qu'il a passablement plus de ressources. Donc, Burns est probablement le chat. Mais ni l'un ni l'autre ne peut être entièrement certain de ce que l'autre sait, alors ils sont tous les deux à l'affût pour voir si l'autre va trouver du nouveau par inadvertance. Tôt ou tard, ce jeu va devenir mortel. Lorsqu'un des deux aura ce qu'il veut, ou du moins y aura accès, alors l'autre sera soudainement quelqu'un qui n'est plus utile et qui en sait aussi beaucoup trop. Cela pourrait s'appliquer à moi aussi. Donc, je pense que j'ai besoin de trouver une police d'assurance, une saloperie qui leur colle à la peau, surtout à Burns, afin que je puisse intercaler la police entre eux et moi. Pour le moment, je n'ai rien.

Stuart était tout à coup très silencieux.

— Quoi?

— Quelque chose que tu viens de dire, répondit Stuart.

—Tu as dit penser que Burns a plus de ressources. Tu as raison. Mais, en fait, l'écart apparent de moyens entre ceux de Burns et des Ambrose est si grand qu'il est peu crédible.

— Et?

— Donc, il me semble très peu probable que les Ambrose agissent à leur propre compte.

— Peut-être sont-ils à la solde d'un autre collectionneur?

— Quelque chose comme ça, oui.

Je me suis posé cette question, dis-je, mais je ne vois pas ce qui pourrait soutenir cette thèse.

— Rien de précis que je sache, mais alors l'absence de preuves n'est pas une preuve d'absence.

Dans une discussion moins intense, j'aurais renvoyé cette remarque banale dans le nez de Stuart, mais nous étions en réalité en train d'essayer de traverser une espèce de champ de mines dans l'obscurité. Et je pris cette pointe d'humour, surtout dans ce domaine absurde et dangereux, comme étant bon signe.

— Ce que cela signifie, c'est qu'il pourrait y avoir plusieurs espions à nos trousses, dit Stuart. Alors, voici ce que je pense que nous devrions faire pour nous préparer en vue de ta visite au révérend Carswell. »

Nous élaborâmes un plan, fîmes quelques changements, puis je notai quelques points. Ensuite, j'ai appelai Carswell et organisai une rencontre l'après-midi suivant vers deux heures. Stuart réserva une voiture de location à un emplacement dans la périphérie de Belleville pour très tôt le lendemain matin, puis il s'occupa de quelques-uns de ses autres projets. Max, qui était assis derrière le canapé, à nous observer tout ce temps, conclut de toute évidence que ce que nous préparions ne fonctionnerait pas. Il bâilla, descendit sur un coussin et s'endormit.

Midi venait juste de sonner. Comme promis à Michael et Graham, je retournai au moulin et nous examinâmes les derniers jours et ceux à venir. Comme promis à Jill, je suis passé chez elle et j'ai pris des dispositions pour la réunion de son club de lecture au moulin. Comme proposé à Monty, je le rencontrai au *Renard* et nous rédigeâmes une ébauche de deux des articles qu'il se mourrait de publier. Le moulin commençait maintenant à recevoir des quantités phénoménales de courrier. Beaucoup était sans importance, d'autre concernait les affaires et la routine, mais une partie non négligeable méritait toute mon attention. Je passai une heure à traiter ce courrier, une autre heure à faire du ménage sur le site Web du moulin et une dernière heure à récolter l'abondance que l'automne avait apportée dans mon jardin et à en préparer une partie pour la dormance de l'hiver. Il y avait plusieurs courges prêtes pour la cueillette, des choux et des oignons que je devais rentrer, un nombre surprenant de tomates toujours capables de défier les nuits fraîches, de la ciboulette plus coriace que les jeunes pousses du printemps passé, mais encore utilisable pour beaucoup de plats et un peu de basilic en désordre qui ferait du bon pesto. Tout cela remplit deux grands paniers que je mis dans l'évier et que je commençai à nettoyer.

À six heures trente, Stuart émergea. « Que dirais-tu si je t'invitais à souper ce soir au *Renard*?, me demanda-t-il.

— Que dirais-tu si je préparais une belle courge au beurre avec un risotto de poulet et que nous faisions appel à un bon vin sucré pour noyer tout ça? »

Le *Renard,* fut pour un autre jour…

Trente-quatre

Le jeudi s'annonçait avec cette clarté vive typique des journées d'automne dans le long et languissant glissement vers l'hiver. Nous avions eu du gel pendant la nuit, mais pour la plupart des légumes, il n'était pas assez prononcé pour être fatal, juste assez pour faire pousser une petite barbe blanche aux extrémités des longues herbes ou du feuillage. Ma récolte la veille, de la ciboulette et du basilic s'était faite à temps.

Le déjeuner fut une affaire tardive et prit l'allure d'une procession : bacon, pain de noix grillé, accompagné de confiture, car on ne peut pas survivre uniquement avec des *huevos*. Depuis l'est, une éclatante lumière automnale s'infiltrait dans toute la maison, transformant tout le rez-de-chaussée en une ruche dorée dont les murs et les boiseries étaient lissées par le miel solaire. On était à mi-chemin entre deux de ces adieux saisonniers qui se produisent tout au long de l'année, une suite silencieuse et graduelle d'événements qui donnent naissance à ce sentiment aigre-doux, que le mot allemand *Sehnsucht* décrit le mieux je pense. Sa traduction *"désir ardent"* est trop vive et ne reflète pas complètement la profondeur du sentiment, qui est plus qu'une *"langueur"* dans l'âme ou une *"nostalgie"*, un *"spleen"* ou une *"déprime"*. Il y a une ambiance spéciale associée à chaque changement de saison et l'humeur de chacune des transitions est différente. Bien que chaque saison ait ses enchantements, peu de gens accueillent l'hiver sans une forme d'appréhension. Le printemps dévoile le miracle de la naissance des animaux et du renouvellement des plantes et bien que la transition du printemps à l'été puisse faire penser à la perte de cette fraîcheur et son innocence, elle est accompagnée de l'expectative vivifiante que le pouvoir de la vie nouvelle va livrer de grandes promesses. Les vrais remous du *Sehnsucht* apparaissent quand l'été se transforme en automne et l'automne en l'hiver. C'est dans mon jardin que l'impact du premier changement me touche avec le plus d'intensité, quand j'ai de la terre sous les ongles et des paniers pleins de légumes, que la pile du compost atteint sa pleine hauteur avec les feuilles fanées et les racines, quand je vois la marée descendante du soleil couleur caramel, les givrages de cirrus dans un grand ciel bleu et que le monde me chuchote partout dans ma petite circonscription de poussière d'étoiles « j'ai fait ce que j'ai dit que je ferais, maintenant je suis fatigué et bientôt je vais dormir ». Mais c'est le changement de l'automne à l'hiver qui est plus déchirant. Le chagrin de Demeter est palpable; alors que le Vaste Monde poursuivant sa course folle, a fait un autre tour de piste, et maintenant se retire en me regardant à travers une brume cosmique qui s'épaissit, à mesure qu'il prend congé. « J'ai apprécié notre voyage autour du Soleil, mais maintenant mon temps est révolu. Prends soin de toi, petit frère. Je te laisse dans les bras d'une nouvelle année. Au revoir. »

« Est-ce que tu vas bien?, demanda Stuart. On dirait que tu viens de perdre toute ta famille dans une inondation.

— Je vais bien. C'est juste l'étreinte de la sénilité et les sables mouvants de la retraite.

— Hein?

— Plus de pain grillé? C'est bon avec une couche épaisse de *Sehnsucht*.

— Richard! Qu'est-ce que...?

— Il est presque dix heures. Ton comptoir de location de voiture ouvre dans une demi-heure. Je vais te donner une heure et vingt d'avance, puis partir à mon tour.

J'avais déjà décidé de passer ce temps à communier un peu plus avec mon jardin.

— Tu as la liste des endroits où je vais m'arrêter?

— Juste ici, répondit Stuart en tapant sa poche de chemise, mais manifestement en train d'essayer de trouver un sens à mes divagations récentes. Le premier arrêt est le centre de jardinage. Tu devrais m'apercevoir stationné à la station d'essence juste de ce côté-ci, mais je vais t'appeler quand j'aurai ramassé la voiture de location pour te faire savoir la marque, le modèle et sa couleur.

— Bien. Je vais flâner environ quinze minutes dans le centre de jardinage. Ensuite je continuerai avec les cinq autres arrêts prévus et ne porter aucune attention à l'endroit où tu te trouves.

— C'est bien ça, dit Stuart. Je vais être en contact régulier avec toi et nous pouvons nous appeler ou nous texter à tout moment si quelque chose se produit qui pourrait perturber notre plan.

Il se leva, ramassa son coupe-vent et set dirigea vers la porte, mais se retournant, il dit :

— Tu es sûr que tout va bien?

— Oui. Rien qui ne puisse se guérir avec un peu de terre sous mes ongles. Va, on se revoit ici quelque part cet après-midi. »

Une autre heure et le potager était presque entièrement récolté, soigneusement délimité et prêt à commencer son repos. Un autre quinze minutes plus tard, les légumes disparates dans le grand panier étaient lavés, taillés et en train de s'égoutter dans la chambre froide à l'arrière de la maison, un espace qui a son propre contrôle de température, où je garde des bottes, un grand congélateur et un lavabo où je lave régulièrement mes outils et les légumes.

Vingt minutes plus tard, le centre de jardinage arrivait en vue comme j'atteignais le sommet de la colline basse marquant le début de la longue descente dans une large vallée peu profonde. Au sud de la cour de la station Shell, qui se trouve presque au milieu de cette vallée et pas tout à fait un kilomètre au nord du centre de jardin, se trouvait, comme je m'y attendais, une Altima vert olive. La vue depuis l'intérieur de l'Altima, dans chaque direction de la route devait être dégagée. Je virai dans le centre de jardinage et passai dix minutes à fouiner autour et à parler au propriétaire, puis j'achetai un sac de paillis dont je n'avais nullement besoin. La grande surface d'étalage extérieure était bien garnie d'outils variés, mais en passant devant la rangée de treillis, je pouvais regarder à travers ses ouvertures vers le stationnement devant le jardin sans être vu. À cette période de l'année, au milieu de la semaine, avec la clientèle réduite, il n'y avait que huit voitures stationnées. L'une d'elles était l'Altima, mais je ne pouvais pas apercevoir Stuart. Je regardai les truelles et les pieux, fronçai les sourcils, m'efforçant d'avoir l'air d'hésiter. Cinq minutes plus tard, je transportai mon sac de paillis à la voiture et me préparai à reprendre le chemin vers Belleville. Regardant autour de moi comme j'étais prêt à reprendre la route, je remarquai que l'Altima avait disparu.

Mon deuxième arrêt fut au détestable petit centre d'achat juste au commencement de la banlieue de Belleville, où j'entrai dans un atelier de pièces automobiles et achetai un filtre, encore là, absolument inutile pour l'instant. Mon troisième arrêt impliquait de retourner au bord de la ville, où je m'arrêtai à un kiosque d'information touristique. Il était fermé pour la saison; je regardai néanmoins par les fenêtres, essayai la porte et fronçai les sourcils un peu gauchement. Revenant à ma voiture, je me dirigeai vers mon quatrième arrêt, un merveilleux magasin de vêtements au milieu de Belleville, "Harry's Emporium", où tout est toujours un bric-à-brac loufoque. Harry est un septuagénaire exceptionnel qui semble toujours savoir exactement quelle quantité de chaque type de vêtement il a en stock et qui peut les trouver sans hésitation dans les piles disparates. Je passai cinq minutes chez Harry's, puis je sortis pour presque immédiatement recevoir un appel de Stuart disant que notre scénario se déroulait comme prévu. Je montai dans ma voiture et mis le cap sur ma cinquième escale. Conduisant lentement dans une rue principale de Belleville, je fis semblant de chercher un numéro de porte, ignorant les coups de klaxon impatients des voitures derrière moi. Plusieurs voitures me dépassèrent. À la dernière minute, j'accélérai et traversai un feu de circulation juste avant qu'il ne passe au rouge. J'entendis une cacophonie de coups de klaxons derrière moi, mais n'y portai aucune attention, je pris un virage serré à droite, accélérai, effectué encore plusieurs virages et m'arrêtai derrière l'hôtel de ville de Belleville pour finalement me garer dans un stationnement à étages juste à côté, où je restai assis dans ma voiture. J'attendis.

Mon cellulaire sonna.

« Salut Stuart. Tout va bien?

— Oui. Sors du stationnement maintenant et passe par des petites rues pour aller rencontrer Carswell, mais stationne-toi au moins à deux pâtés de maisons de chez lui. Fais-moi signe quand tu seras sur le point de partir de chez Carswell. » Dix minutes plus tard, Carswell m'ouvrait sa porte. Il était une heure cinquante de l'après-midi.

« Désolé d'arriver un peu tôt, Révérend.

— Pas du tout, pas du tout. Entrez, entrez, monsieur Gould. C'est un plaisir de vous revoir. Un bruit familier a résonné de quelque part dans la maison. Nous nous sommes installés dans l'étude de Carswell. Que puis-je faire pour vous?, demanda-t-il.

Je sortis une photo de l'enveloppe que j'avais apportée et la présentai au révérend.

— J'aimerais savoir si vous reconnaissez cet homme comme étant Robert Ames.

Carswell n'eut pas besoin de temps pour répondre.

— Oui, oui. C'est bien lui. Il me redonna la photo. Pourquoi voulez-vous savoir, si je puis me permettre?

— Oui, naturellement, Révérend. Je pense qu'il est parent avec un ancien propriétaire du moulin de Greenvale et puisque j'essaie de constituer une image historique aussi complète du moulin que possible, j'aimerais communiquer avec lui. Mettre un visage sur un nom est une étape dans mon approche.

Carswell hocha la tête sans rien dire, mais je sentais bien qu'il voulait savoir, pour satisfaire sa propre curiosité, comment j'avais eu le portrait d'un homme que, lors de ma visite précédente, j'avais admis ne pas connaître.

— J'essaie de retrouver Ames à travers ses relations passées et j'ai bien peur qu'il n'a pas toujours été complètement du côté respectueux de la loi. C'est ainsi que j'ai eu cette photo, d'une manière officieuse. Remettant la photo dans l'enveloppe, je poursuivis :

— Connaîtriez-vous quelqu'un pour qui Ames aurait travaillé pendant qu'il était par ici, ou mieux encore, où il vivait?

— Je ne sais pas où il habitait. Je ne l'ai probablement vu qu'une demi-douzaine de fois en tout. Mais je crois qu'il a fait quelques travaux occasionnels pour Charles Brossard, qui opère une petite compagnie d'aménagement paysager. En dehors de cela, je n'en sais vraiment pas plus.

Avec cette information de Carswell, je pourrais maintenant communiquer avec Charles Brossard, mais je pourrais le faire par téléphone. Nous avons continué à bavarder innocemment pendant quelques minutes. Carswell m'a demandé comment les choses allaient au moulin. Je le remerciai pour son intérêt et lui fis un court résumé.

—Je ne sais pas si vous ou votre femme faites de la boulangerie, mais vous avez été très généreux avec votre temps et je voudrais vous laisser un petit quelque chose.

Je sortis un sac de deux kilos de farine "Greenvale Mill" du sac en tissu que j'avais emporté et je le lui offris.

— C'est très gentil de votre part, monsieur Gould. Oui, ma femme sera heureuse d'avoir cela. Merci beaucoup.

— Je ne veux pas abuser de votre temps davantage, Révérend, alors je vais vous laisser à votre tranquillité. »

Carswell m'accompagna à la porte, nous nous serrâmes à nouveau la main et je partis. En marchant vers ma voiture, j'appelai Stuart.

« Je viens de quitter Carswell et je retourne à ma voiture.

— Bon, dit Stuart. L'horizon est dégagé, mais pour ne pas prendre de risque, peux-tu quitter Belleville par l'est, trouver un itinéraire qui contourne la ville, puis rentrer à Greenvale par le nord? Appelle-moi toutes les quinze minutes environ pour me faire savoir où tu es. Je te verrai chez toi dans environ deux heures. »

Il était environ deux heures et demie lorsque j'ai quitté Carswell et j'ai profité du temps amplement suffisant qu'il me restait pour faire une petite excursion à travers la campagne. Un peu passé quatre heures, je me garai chez moi sous l'abri. Stuart n'était pas encore revenu. Vingt minutes s'étaient passées depuis notre dernière conversation téléphonique, alors je l'appelai à nouveau. « Stuart. Je suis de retour à la maison.

— Bien. Je te vois bientôt. Nous devons discuter d'un certain nombre de choses. »

Le soleil planait juste au-dessus des collines de l'Ouest et nous on annonçait une nuit assez froide. J'en profitai donc pour cueillir les dernières carottes et panais, couper les trois derniers choux et déterrer les derniers rangs de pommes de terre, avant d'arracher toutes les racines, de retourner le sol, d'étendre le terreau noir du compost de l'an dernier et de mettre le reste du jardin en hibernation jusqu'en avril. Je venais de terminer le lavage de ma récolte quand Stuart arriva. En complément de toute cette récolte tardive, il semblait de mise de drainer le dernier vin de quelques barriques, au moins symboliquement. Stuart et moi nous calâmes dans nos fauteuils, avec chacun un verre de rouge bien épais.

« Qu'avons-nous récolté?, demandai-je.

— À ce qu'on dirait, une paire de sardines essayant de parader comme des barracudas. J'ai beaucoup de photos à imprimer; j'irai aussitôt que j'aurai terminé cet excellent rouge.

J'ai demandé à Stuart ce qui s'était passé à Belleville.

— Beaucoup de choses, mais je suppose que tu réfères à cette petite cacophonie à l'intersection. Comme convenu, je n'étais pas seul à surveiller ton suiveur. Lorsque tu as brûlé ce feu rouge, mon gars attendait dans la rue transversale et a bondi dans l'intersection avec assez d'astuce. Sa voiture a dû manquer le pare-chocs arrière de la tienne par pas plus de quelques pouces. Le gars qui te talonnait ne pouvait pas passer et a tout juste réussi à arrêter sans heurter mon homme. Ils ont eu une engueulade par klaxon interposé que tu as sûrement entendue. Mon homme a bondi hors de sa voiture et a commencé à gesticuler, pointant, criant vers celui qui venait de te perdre et qui passablement frustré, a sorti de sa voiture. Dans l'excitation, mon gars a planté un bug et un dispositif de repérage dans sa voiture. C'en est presque venu aux coups, mais lorsque deux poulets de Belleville se sont pointés, mon gars s'est plaint à eux « peut même pas sortir à la campagne pour acheter des pommes sans tomber sur des trous de cul comme ça » et son histoire était plutôt convaincante. Il avait un panier de pommes sur le siège arrière, accompagné d'un reçu daté du matin, il conduisait sa propre voiture, avait une carte touristique locale sur le siège du passager et avait visité une pisciculture environ une dizaine de kilomètres en amont où il s'était assuré de se faire remarquer assez pour qu'on se rappelle de lui. Tandis que celui à tes trousses avait une voiture louée et rien pour étayer son explication ("une ballade dans le coin") de ce qu'il faisait là.

— Où étais-tu?, demandai-je.

— Un peu plus loin sur la rue. J'ai pris un nombre fou de photos de scènes de rue, de vieux bâtiments et de n'importe quoi, pour ne pas attirer l'attention sur les trois douzaines de gros plans de tes suiveurs et de leurs voitures à divers endroits à Belleville.

— *Des* suiveurs?

— Oui, il y en avait deux. D'après ce que j'ai pu constater, ils ne s'échangeaient aucun signaux, leurs actions ne semblaient pas coordonnées et chacun d'entre eux semblait ignorer que l'autre était là. Je pense qu'ils travaillent de façon indépendante et n'ont aucun lien entre eux.

— Qu'est-ce qu'on a appris alors?

— Le second suiveur est resté à l'écart du bruit dans l'intersection. Il est resté en retrait à observer, mais un autre de mes gars le surveillait.

— Un autre de tes gars? Bon sang, Stuart, qui paie pour cette armée d'agents que tu déploies sur le terrain?

— Richard, je te l'ai déjà dit, ne t'inquiète pas du coût. On réglera ça plus tard. Si on s'inquiète de ça maintenant, on va commencer à couper les coins ronds et rater de l'information. Tu vas devoir me faire confiance.

Je le regardai, inquiet pour un instant, avant de finalement accepter.

— D'accord, continua Stuart, mon deuxième gars a suivi l'autre suiveur autour de Belleville. Ma conjecture est que le type essayait de retrouver ta piste. Après quinze minutes, il a renoncé, s'est garé et a fait un appel sur son téléphone cellulaire. Ça semblait une discussion assez animée. Puis, il a conduit vers un café minuscule à l'extrémité est de Belleville et il y a rencontré un type. Mon homme a pu les photographier et m'envoyer des images. Stuart me montra la photo sur son téléphone cellulaire.

— Merde! C'est Ames!

— Oui. Je ne le savais pas sur le coup parce que je n'avais pas encore reçu l'image, mais j'ai essayé de deviner et dit à mon homme de laisser tomber ton suiveur et de découvrir où son contact s'en irait en quittant le café. Il l'a suivi jusqu'à une petite maison de ferme, loin des routes principales à la sortie de Picton.

— Alors maintenant, nous savons où Ames habite!, dis-je en rigolant.

— Pas nécessairement. Ce que l'on sait, c'est où Ames est allé cet après-midi. Ça pourrait être là qu'il vit ou pas, mais ton estimation est probablement correcte. Voyant mon expression, Stuart ajouta : Nous ne voulons pas suivre une piste pour ensuite nous rendre compte qu'une supposition non vérifiée nous a menés dans le champ.

Évidemment, la rigueur dans la sphère de travail de Stuart ne s'étendait pas jusqu'à éviter les mélanges douteux de métaphores.

— Et cela semble indiquer que ton autre suiveur, celui qui a été déjoué à l'intersection, travaillait pour Burns.

Stuart hocha la tête.

— Oui, mais probablement avec une certaine distance. Burns pourrait bien utiliser un ou deux intermédiaires.

— La suite?

Stuart but le reste de son vin et regarda le verre vide avec un mélange d'appréciation et de regret.

— Maintenant, je vais télécharger mes photos et envoyer les meilleures pour voir si nos deux suiveurs peuvent être identifiés. Ensuite, je veux savoir si le bug dans la voiture de l'autre type a donné des résultats. Finalement, je veux planifier une visite matinale et non annoncée à monsieur Ames.

— Que pouvons-nous obtenir d'Ames à ce stade-ci?

— J'espère que nous pourrons le brasser assez pour avoir une idée de ce qui est si important à ses yeux pour le conduire à des actions aussi extrêmes. Mais nous pourrons en parler plus tard. Je dois m'occuper de ces photos. » Et Stuart s'éclipsa vers son repaire.

Pendant quelques minutes, je restai assis là dans une espèce de brouillard. Ayant décidé que cogiter ou ruminer n'allait rien révéler de nouveau, j'allai finir de nettoyer les légumes récoltés, puis me mis à la tâche de préparer un énorme chaudron de minestrone. Il faudrait le laisser reposer un jour ou deux, mais en moins d'une demi-heure l'arôme qui remplit la pièce était l'une des nombreuses variétés standard des "parfums de la cuisine italienne". Sans consulter Stuart, je commençai à préparer un vindaloo de bœuf et sortis un pain naan du congélateur.

J'avais estimé une demi-heure, mais après vingt minutes Stuart n'en pouvait plus et il descendit, reniflant les effluves de curry qui étaient montées jusqu'à lui, ses pieds touchant à peine le plancher. « S'il te plaît, dis-moi que c'est un vindaloo…

L'arôme de noix du basmati avait commencé à se combiner aux riches et complexes parfums terreux du vindaloo, promettant déjà plus qu'un soupçon d'incendie dans ce met du sous-continent indien. Un ping m'avertit que le pain naan était prêt.

— Sors quatre cannettes de *lager* de la glacière, Stuart. Le temps d'en verser deux, ce sera servi. »

Le sort du premier demi-verre de bière aurait fait l'envie d'un magicien. Bientôt, nos lèvres et nos langues étaient anesthésiées et l'éclat unique du curry indien rappelait à nos estomacs que bien que le steak au poivre bien grillé ait sa place, il ne revendique pas en exclusivité le sommet de l'univers culinaire. J'en avais préparé suffisamment pour qu'on ait chacun deux petites portions, au total un repas satisfaisant, mais le prendre en deux services évite d'en manger trop et trop vite et rend le repas beaucoup plus agréable. Une fois les casseroles lavées et la cuisine presque aussi propre que la norme salle blanche Stuart leva son verre et conclut en disant : « Première classe!

Nous bûmes tranquillement le reste de la bière et Stuart lança :

— Même si je préférerais faire autre chose, préparons-nous pour demain. Tu as toujours mon enregistrement de la conversation avec Davie McCrae?

— Mieux que ça, répondis-je, j'ai fait une transcription. »

Stuart tria les images qu'il avait placées sur mon bureau avant le souper, pendant que j'imprimai deux copies de la transcription. Il y avait plusieurs photos du suiveur qui avait conduit le gars de Stuart à Ames au café, ce suiveur étant maintenant identifié par les relations de Stuart comme un certain Dean Stephenson. Mais en dehors de nous conduire à Ambrose, ce nom ne signifiait rien et ne nous conduisait à aucune information utile. La ferme était à l'écart mais accessible, avec en apparence assez de forêt du côté sud pour qu'il soit possible d'approcher discrètement. Stuart dit que cela nécessitait de décoller très tôt afin que nous puissions trouver une planque pas trop voyante où laisser notre voiture et du temps pour s'approcher la ferme et observer les signes que Ambrose était à la maison, levé et avait commencé ses activités matinales.

Nous avons convenu de relire chacun de notre côté la transcription, de prendre des notes sur les choses qui semblaient importantes et de compiler une liste de questions.

Tout cela prit environ quarante-cinq minutes, puis nous avons comparé nos notes assis à l'ordinateur, dressé une liste de questions et rassemblé le matériel de support. Vers dix heures et demie, nous avions terminé, avec chacun un exemplaire de ces deux points à revoir. J'étais d'accord pour que Stuart prenne les devants dans la "conversation" et que s'il voulait que j'intervienne, il me ferait signe.

« Es-tu prêt pour cela, Richard? Je ne prévois aucun travail génital, mais si tu préfères, je peux le faire seul.

— Non. Je viens, ça c'est certain. »

Cette décision s'est révélée être la bonne.

Trente-cinq

Nous avons trouvé un bon endroit pour dissimuler l'auto après seulement dix minutes de recherche, une ancienne grange de briques. Abandonnée depuis longtemps, peut-être plus de soixante-dix ans, elle était couverte de ronces et de vignes. Une partie d'un mur s'était effondrée. Le toit avait disparu, mais elle s'accrochait encore sans renoncer. C'était un témoignage du passé et de leurs pratiques, celle de la solidité et de la durabilité qui n'avaient plus cours de nos jours, mais cette vieille grange pouvait aussi être considérée comme une critique des pratiques pressées de maintenant, du "juste assez bon" et du refus d'apprécier la puissance qu'une combinaison de ces deux approches peut avoir. Je ne pouvais m'empêcher de penser au moulin, comment il s'était transformé : d'une ruine, un spectacle déplaisant, une relique abandonnée n'ayant plus aucune considération et en moins d'un an, avait été rétabli à sa place comme partie centrale de la vie du village de Greenvale. *Quelle était alors la différence? Certaines structures pouvaient-elles être restaurées, utilisées à nouveau, mais d'autres non?* Ma propre vision du moulin, qui était et qui reste complexe, changeante dans le temps, est quelque chose que je vais devoir examiner sérieusement et honnêtement à un moment donné. Le moulin avait toujours eu à mes yeux, comme élément central, une fierté, mal définie, mais immense. Au-delà de cela, son importance revêtait plusieurs facettes mais restait nébuleuse et me faisait voir l'état lamentable actuel de cette grange devant moi comme substitut à quelque chose de plus grand.

Nous avions quitté la route rurale, du reste en fort mauvais état, endommagée, pour nous engager sur la petite route en terre sur la propriété que cette ancienne grange occupait. Le sol était solide et sec et nous pûmes garer la voiture entre la grange et un gros massif de cèdres où elle était presque invisible. Il était seulement sept heures du matin, nous enfilâmes bottes, manteaux, chapeaux, gants et foulards, prêts pour l'approche de la ferme d'Ambrose, distante de plusieurs centaines de mètres et pour une attente aussi longue que nécessaire jusqu'à ce que nous ayons l'assurance que notre hôte était chez lui et raisonnablement certains de l'endroit où il était dans la maison.

La journée était idéale pour ce que nous voulions accomplir. La couverture nuageuse était épaisse et seulement une fine lumière grise traversait. Une forte brume étreignait le sol en murmurant sa berceuse du début de l'hiver et la visibilité se limitait à 400 m tout au plus. Il n'y avait pas de vent. La température était de quelques degrés au-dessus du point de congélation. Tout cela ne faisait que refléter mon appréhension face à notre entreprise, mais j'avais résolu d'écarter mon inquiétude aussi loin de ma conscience que possible.

Stuart portait un sac à dos qui contenait une sélection de ses jouets. « Nous savons peu de choses au sujet d'Ambrose en réalité, dit-il. Peut-être se sent-il complètement en sécurité ici et n'a donc rien en place pour vérifier si son périmètre est pénétré. Ou peut-être qu'il est complètement paranoïaque et que l'endroit est truffé de capteurs. Plutôt que de deviner, nous allons vérifier. » Ce que nous fîmes sans rien trouver.

Nous nous étions approchés vers une paire de sapins, environ à une centaine de mètres de la maison. Je scrutai la maison à l'aide des jumelles puissantes de Stuart. À cette distance, tout était visible, bien que toujours un peu flou, en partie enveloppé dans la brume. « Une voiture, pas de lumière dans la maison que je puisse voir. Pas de réservoir de propane visible à extérieur. Il chauffe probablement au bois. » La maison était une structure pratique mais peu imaginative, une construction plate, à deux étages et au revêtement de bois, autrefois peint en blanc, mais montrant maintenant de grandes surfaces grises de bois âgé où la peinture avait pelé, cloqué, ou s'était simplement avouée vaincue et avait concédé sa défaite dans sa lutte contre les éléments. Au rez-de-chaussée, sur chacun des deux côtés de la maison qui nous faisaient face, on pouvait voir deux fenêtres, drapées dans la triste modestie de rideaux de dentelle grise, vieille et poussiéreuse et tirés de façon négligente. Sur le côté ouest de la maison, il y avait deux chaises inclinables en bois, placées sur une véranda qui semblait être une surface en bloc de béton ou de pierre, fissurée et inégale, protégée par un toit incliné soutenu à son extrémité extérieure par quatre piliers en pierre des champs. La maison était sise sur ce qui semblait être environ quatre hectares, séparés des terres voisines sur trois côtés par une clôture de barbelé et face à une route de gravier sur le quatrième côté. Sur l'accès sud de la maison, il y avait un gros nœud d'aubépines de notre côté de la clôture et à environ quatre-vingts mètres de la maison. Nous avons décidé de passer par cet endroit et de nous planquer là. De l'autre côté de la clôture, entre le massif d'aubépines et la maison, quatre grands buissons de lilas anciens trônaient, déshabillés pour l'hiver, témoignage d'un long souci depuis longtemps oublié de quelqu'un pour donner une touche de beauté et de délicatesse. Ces buissons formaient une ligne, celui le plus proche de la maison étant à environ dix mètres de celle-ci. Si nous pouvions nous approcher jusqu'au bout le plus près de nous de cette ligne d'arbustes, en tournant vers la gauche, nous serions face au sud-ouest de la maison et, en raison de l'angle étroit, le moins exposé possible dans le champ de vision depuis n'importe quelle des fenêtres. Nous terminâmes la partie la plus risquée de notre approche, soit traverser la clôture et prendre position derrière le buisson de lilas le plus éloigné de la maison.

Juste à temps aussi, parce que presque immédiatement quelqu'un surgit de l'arrière de la maison et se dirigea vers une petite dépendance. « Ambrose », murmurai-je, mes yeux fixés dans les jumelles. Il resurgit de la dépendance quelques secondes plus tard portant une brassée de bois.

Ambrose rentra dans sa maison. Environ trente secondes plus tard, des traînées de fumée commencèrent à s'élever de la cheminée. Manifestement, il allumait un feu dans un poêle ou un foyer, probablement un poêle. Stuart et moi pensâmes que ce poêle serait dans la cuisine, que c'était probablement à l'arrière de la maison, près de ce que nous devinions maintenant être une dépendance pour stocker son bois de chauffage. Si tel était le cas, tant qu'Ambrose était occupé dans la cuisine, probablement qu'il n'aurait pas de champ de vision à travers les deux fenêtres les plus rapprochées du coin de la maison qui nous faisaient face.

Il y avait des bouquets d'herbes hautes près de notre coin de maison choisi. Stuart laissa glisser son sac à dos et j'y plaçai les jumelles. Nous nous déplaçâmes pour nous planquer derrière les bouquets d'herbe. De cet endroit, nous pouvions tout juste apercevoir l'entrée de la dépendance et quelques minutes plus tard, Ambrose fit un autre voyage. Une fois qu'il eut disparu, nous courûmes les derniers mètres qui nous séparaient de la maison pour nous blottir de chaque côté de la porte d'entrée à l'avant, où nous n'étions pas du tout visibles depuis l'intérieur. Nous étions maintenant assez proches pour entendre les bruits à l'intérieur. Nous entendîmes Ambrose rentrer dans la maison et la porte arrière se refermer, pas trop bruyamment, probablement par un ressort. Nous perçûmes le crépitement du bois dans le poêle, tout comme les sons métalliques, les couvercles de la cuisinière qu'il enlevait et replaçait alors qu'Ambrose alimentait son feu à l'intérieur. On entendit des éclaboussures d'eau; peut-être Ambrose faisait-il ses ablutions matinales dans un petit évier ou un vase. Il y eut un éternuement. Puis, rien pendant un moment. Stuart et moi nous regardâmes. Était-il ressorti par la porte arrière, pour une raison quelconque? Avait-il un motif quelconque de venir de ce côté-ci de l'extérieur, si oui, de quelle direction? Sa voiture était juste à ma droite à la fin d'une entrée de gravier infestée de mauvaises herbes et menant à la route. En regardant au sol autour de moi, il était évident que quelqu'un, à un moment donné, était passé par la porte de chaque côté de laquelle nous étions flanqués, mais il était impossible de conclure que c'était son accès préféré ou même le plus probable.

Alors on entendit le bruit d'une assiette ou d'un bol qu'on enlève, probablement d'un tas d'assiettes ou de bols. Suivit le bruit d'une cuillère tintant dans une tasse. Café ou thé qu'il brassait? Déjeuner qu'il préparait? Il y eut un claquement sec. Stuart et moi nous interrogeâmes. Il me vint à l'esprit que ça pouvait être son grille-pain crachant ses rôties. Nouveaux bruits de coutellerie, puis un rôt. Ensuite, plus rien pendant quelques minutes jusqu'à ce que nous entendions des pas assez lourds se rapprochant. Dans sa rotation, le verrou grinça et la porte entre nous s'ouvrit.

À une vitesse à laquelle je ne m'attendais pas, Stuart saisit Ambrose par le devant de sa chemise, le claqua contre un poteau de véranda puis le balança durement contre le mur de la maison. Ambrose lutta pour tenter de se libérer, mais un coup rapide au plexus solaire mit fin à tout cela. Je tins la porte ouverte, Stuart fit sautiller un Ambrose haletant et mi-conscient à l'intérieur et le jeta contre une chaise de cuisine robuste, de style mennonite, rangée contre le mur et rapidement lia les poignets du râleur aux bras de la chaise en utilisant des bouts de corde qui se balançaient accrochées à des mousquetons à l'extérieur du sac à dos de Stuart. Tout cela en moins de dix secondes.

Ambrose était clairement encore sous l'emprise d'une douleur au milieu du ventre. Il nous dévisagea avec un regard de serpent. Stuart fit une fouille rapide et sortit un téléphone cellulaire et un jeu de clés des poches d'Ambrose.

« Qui êtes-vous? Et que faites-vous dans ma maison?, cria-t-il en jurant.

— Tu dis que tu ne sais pas qui c'est?, demanda Stuart, inclinant sa tête dans ma direction, en enlevant ses gants.

— Non. Pourquoi devrais-je?, aboyait Ambrose tout défiant.

— Menteur!, dit doucement Stuart, comme il administrait une claque très dure avec sa large main ouverte au visage d'Ambrose. Ce dernier rouspéta quelque chose entre un rugissement et un gémissement.

— Tu sais parfaitement bien qui c'est, cria Stuart. Ça fait des semaines que tu l'espionnes!

Ambrose bougeait les mâchoires pour constater les dommages. Un filet de sang apparût à un coin de celle-ci. Il nous regarda l'un et l'autre.

— Vous êtes tous les deux dans la merde. Vous ne pouvez pas entrer dans ma maison et m'assaillir comme ça.

— Ah non? Dans ce cas tu ne peux pas venir installer des bugs chez les gens. Tu ne peux pas assassiner de jeunes gens. Alors, je crois qu'on est juste venus égaliser le score un peu.

— Jamais je …

— Épargne-moi tes niaiseries!, rugit Stuart. Je suis à environ un pouce de prouver que tu es derrière le meurtre de Buck Filmore. Je connais tes liens avec Jimmy Kralik et Davie McCrae. Ton lien avec le constable, ou plutôt l'ex-constable Harrison est connu. Quand je vais remettre tout cela à la police, toi, mon petit ami arrogant, tu seras fait comme un sale rat.

En prononçant ces noms, un soupçon de crainte avait traversé le visage d'Ambrose.

— Mais c'est une question entre toi et la police. Nous sommes ici à propos d'autre chose aujourd'hui. Tu vas nous dire ce que tu cherches.

— Je ne sais pas de quoi vous parlez, répondit Ambrose, peut-être avec un peu moins de confiance. Il avait à peine terminé cette déclaration que deux autres gifles puissantes s'abattirent sur son visage. Sa tête tituba un peu et il eut du mal à se concentrer pendant quelques secondes.

— Je prédis, monsieur Joris Ambrose, que ton visage et tes dents vont céder avant ma main. Mais c'est ton choix. Maintenant, je vais te le demander encore une fois. Qu'est-ce que tu cherches?

— Je cherche ce qui est à moi.

— D'accord. C'est un bon début. Et quelle est cette chose que tu prétends tienne?

— Je n'ai pas besoin de m'expliquer auprès de vous.

Une autre baffe vicieuse sur son visage.

— Tu ne pensais tout de même pas, commença Stuart, que tu allais être capable de continuer à fouiner autour, espionner et tenter des effractions sans que personne ne réagisse? Tu ne peux pas être *aussi* stupide.

Ambrose articula un peu plus la bouche.

— Permets-moi de *te* dire un certain nombre de choses : Je sais que ton grand-père était propriétaire du moulin à Greenvale à un moment donné, mais qu'il l'a abandonné. Je sais que ton père est mort d'une attaque cardiaque dans des circonstances assez bizarres. Je sais que tu as vécu à Belleville pendant quelques mois sous le nom de Robert

Ames et que tu as fait un petit travail particulier pour le révérend Carswell. Je sais que tu as embauché Davie McCrae parce qu'il me l'a dit lui-même. Et je suis tout à fait certain que ce que tu recherches est plus important que l'antique soupière en porcelaine de ta tante Vera. Alors dis-moi ce que tu cherches. Si nous l'avons, alors nous pouvons peut-être arriver à une entente. Autrement, tu pourras aller chercher ailleurs et nous laisser en paix.

— Pourquoi devrais-je vous dire quelque chose? Vous pourriez juste …

— Juste quoi, Ambrose? Peut-être le trouver et le vendre à quelqu'un d'autre? Si nous l'avons, comment sais-tu que nous ne l'avons pas déjà vendu à quelqu'un d'autre? Et pour répondre à ta question pourquoi tu devrais me dire quelque chose, eh bien, regarde juste autour de toi. Tu n'es pas dans une situation confortable en ce moment, face à deux types qui en ont plein le dos de ta minable performance de James Bond. Je dirais qu'il est dans ton intérêt de me dire ce que je veux savoir. Tu peux refuser si ça te chante, auquel cas je vais te battre comme un œuf. Mais la façon plus facile pour moi de mettre fin à tout cela, c'est simplement d'appeler la police et leur dire où venir te chercher pendant que j'envoie tout ce que j'ai sur tes singeries dans une enveloppe brune anonyme.

— Allez-y. Je leur dirai que c'est vous deux qui m'avez fait ça.

— Ah! Je vois. Mais tu te rends compte, j'espère, que le tuyau à la police ne viendra pas de moi. Il viendra d'un téléphone public quelque part en Ontario. Personne ne sera donc capable de vérifier ton absurde petite accusation. Et tu crois que parce que nous avons été les victimes de tes sottises, la police te croira automatiquement? Penses-y encore une fois, mon ami. Personne ne trouvera la moindre preuve de notre présence ici. Et tu découvriras que nous avons tous deux des alibis solides pour toute la durée de notre petite causerie.

— On verra bien …

— Pardon?, rugit Stuart en levant la main à nouveau.

— Attendez!, dit rapidement Ambrose.

Après un court délai, Stuart me dit :

— Qu'est-ce que tu en penses?

— Il y a un moyen beaucoup plus facile, répondis-je, d'une voix lasse, indiquant que tout ça était une perte de temps et que j'en étais fatigué. Ce ne sera pas ce qu'on aurait voulu, mais au moins on sera débarrassé définitivement de ce trou de cul.

— Oui? Quel moyen?, demanda Stuart sur le ton d'une conversation banale.

— Eh bien, un accident, ça peut arriver. Un homme tombe endormi, le poêle à bois ou les tuyaux surchauffent, l'homme est incommodé par la fumée, la maison brûle, très triste, mais assez courant quand on utilise du bois comme combustible.

—Vous ne le feriez pas, dit Ambrose, beaucoup moins frondeur.

Je me penchai sur lui et je servis à Ambrose un regard très désagréable.

— Tout ce que j'ai à faire c'est me rappeler du visage de Buck Filmore et il n'y a pas grand-chose que je ne ferais pas à un morceau de merde de chien comme toi.

Stuart enfila lui aussi un sourire désagréable et commença à hocher la tête.

— Très propre. J'aime ça. On est débarrassés de notre problème. Ça va épargner du temps à la police. Y aura plus de séquelles pour revenir nous embêter. Très propre en effet.

Il y avait un soupçon de panique dans le visage d'Ambrose maintenant.

— Pas aussi propre que vous le pensez. Ça ne vous débarrassera pas de l'autre. Puis il s'arrêta net.

— Ne nous débarrassera pas de quoi? De quel autre? Un autre gars?

Même si toute défiance avait disparu, Ambrose restait silencieux.

— Quel autre?, répéta Stuart.

Silence.

Deux autres claques violentes sur le visage.

Tête titubante, yeux à moitié fermés, Ambrose marmonnait « Burns. »

— Burns? Un nom particulièrement approprié dans les circonstances, n'est-ce pas? Burns qui? Parles-moi de Burns.

Ambrose commençait à se remettre des deux derniers coups. Il nous regarda l'un et l'autre, articula la bouche, avala.

— Vous ne vous sortirez pas de ceci, déclara Ambrose, d'une voix qui n'était pas du tout convaincue ni convaincante. Ils trouveront des marques indiquant que j'ai été attaché.

— Pas du tout. Parce que nous allons couper les liens et enlever la corde. Et puis tu auras ta chance de t'échapper. Pas vrai? Faux! Parce qu'avant de couper tes liens et après que nous aurons commencé un bon feu rugissant, je te ferai une petite prise de jiu-jitsu qui va t'endormir pendant au moins quinze minutes, même si c'est plus humain que ce que tu mérites. Alors tu vas te retrouver cuit, aussi bien cuit qu'un dîner.

Stuart fit une pause, visiblement satisfait de sa propre performance métaphorique, mais semblant y réfléchir encore un peu.

— D'accord, me dit-il, va chercher deux ou trois grosses brassées de bois.

Je me dirigeai résolument vers la porte de la cuisine.

— Attendez! », dit Ambrose alarmé. Après quelques secondes à réfléchir à sa situation, il consentit à parler.

Il fallut presque cinquante minutes et un peu plus de persuasion, mais il confirma que les événements étaient proches de ce que nous avions supposé. Il précisa qu'il y a avait les deux livres au centre de tout cela. Il confirma, en réponse à une de nos questions vagues, que les notes préparées par Robert Bine étaient ce qui, il y a des décennies, avait lancé son grand-père sur la piste. Il confirma que lui, Joris, avait finalement trouvé les livres dans l'église de Carswell, que son père avait par la suite cachés quelque part quand Burns commença à les talonner de près, mais qu'alors le vieux était mort. Il avait craint que Burns ait réussi à faire dire à Ambrose senior l'endroit de la cachette, mais comme rien n'avait changé dans l'activité de Burns, il avait conclu que ce n'était pas le cas. Il confirma que son père et lui avaient travaillé pour le compte de quelqu'un d'autre, mais apparemment, il pensait pouvoir tuer ce quelqu'un d'autre et partir avec le butin à la dernière minute.

En fin de compte, même si nos questions étaient nombreuses, il n'y avait que quelques éléments sur lesquels Ambrose était susceptible de nous éclairer.

« Parlez-moi donc de Jimmy Kralik. Pourquoi l'avez-vous tué?

Surprise dans le visage d'Ambrose.

— Je ne l'ai pas tué!

— C'était Burns?

— Ça doit.

— Aviez-vous donné à Kralik des détails de ce qu'il devait récupérer à la maison de cet homme?, demanda Stuart en m'indiquant.

— Oui. Je n'aurais pas dû. Burns a probablement siphonné Jimmy avant de l'éliminer.

— Tu as certainement raison là-dessus. Quels sont les détails de ces notes de Bine que ton grand-père a trouvé?

— Grand-père était une sorte d'historien amateur. Il passait beaucoup de temps à fouiller autour dans les musées locaux. Je pense que c'est ainsi qu'il est tombé sur les notes. Des documents que je n'ai pas et n'ai jamais vus, mais que grand-père lui, avait lus.

— Mais il doit y avoir plus dans tout cela que juste les deux livres, dis-je. Qu'y a-t-il d'autre?

— Je ne sais pas. Mais grand-père parlait d'un "gros lot". Je ne sais pas ce qu'il voulait dire par cela.

— Qui est la personne pour qui vous travaillez?, demanda Stuart.

— Je ne sais rien de lui. Il utilise le nom de "Smith". Je ne pose pas trop de questions parce qu'il paye.

— Et que veut-il que vous fassiez?

— Livrer les livres.

— C'est tout?

— Oui, c'est tout.

— Mais vous avez pensé que vous pourriez les garder pour vous-même.

— Qu'est-ce que je voudrais faire avec quelques vieux livres? Non. Je pensais trouver quelqu'un qui les prendrait à meilleur prix, ou que peut-être Smith me paierait davantage si je trouvais les livres, plutôt que de simplement lui donner de l'information pour qu'il les trouve lui-même.

— C'est un jeu dangereux.

— Oui, mais une fois qu'on dépasse un certain point...

— Où habite ce Smith?

— En Europe.

— C'est grand, l'Europe. Où exactement?

— Aux Pays-Bas, je crois.

— Tu crois?

— Il n'entre en contact avec moi que par courrier électronique. Les messages proviennent de cafés Internet, ou quelque chose du genre et la désignation du pays est en général "NL". J'ai essayé de le localiser, mais ses messages viennent toujours d'endroits différents.

— Vous n'avez donc aucune idée du tout?

— Non. J'ai eu une discussion téléphonique seulement une fois avec lui, au début de tout cela. Pas certain que c'était Smith. La voix était déguisée. Il a parlé d'échéances. Il n'arrêtait pas de parler de vitesse et de discrétion.

— Comment vous a-t-il retrouvé?

— Il a d'abord contacté mon père, dit que nous étions lointains parents. Selon moi, c'était juste des menteries.

— Mais il était prêt à payer.

— Oui. Il a payé, bien payé.

Stuart me regarda.

—Rien d'autre?

— Non. Je crois qu'on a ce qu'on est venus chercher.

— Bon, dit Stuart. Stuart sortit l'appareil d'enregistrement de sa poche et l'éteignit.

— Qu'est-ce que c'est?, demanda Ambrose.

— Je constate qu'à mesure que je vieillis, ma mémoire devient moins fiable, c'est donc toujours mieux d'avoir un enregistrement *verbatim*. Stuart me regarda. D'accord, va chercher le bois.

— Hé, minute!, dit Ambrose alarmé. Je vous ai dit ce que vous vouliez savoir. J'ai fait ma part du marché.

Stuart regarda Ambrose, puis moi, puis Ambrose à nouveau.

— Tu as dit beaucoup de choses, mais en ce qui me concerne, c'est juste des niaiseries. Tout ce que tu as dit doit être vérifié, avant que nous puissions en croire un seul mot. Et pour ce qui est d'un marché... Il y eut un court silence ici. Marché?, me demanda Stuart. Tu te rappelles que quelqu'un a proposé un marché?

Je fis signe que non et me dirigeai vers la porte de la cuisine.

— Attendez une minute! Qu'est-ce que vous voulez?

Stuart regarda Ambrose.

— Je ne peux pas penser à quoi que ce soit que tu as et que je pourrais désirer. Ton problème est que tu n'en sais pas assez pour nous être utile, mais tu en sais trop pour être inoffensif. Tu es un mal de tête, un fil qui dépasse, un risque inutile. Ce n'est rien de personnel. Non, attends, c'est très personnel. Mais de toute façon, ça n'a plus vraiment d'importance.

Puis, dans ma direction :

— Va chercher le bois. Mais à bien y penser, va d'abord voir à l'étage s'il y a quelque chose qui puisse nous être utile. En quelques minutes, j'étais de retour.

— Il a un ordinateur, dis-je et quelques fichiers dans des boîtes plutôt pratiques. On peut embarquer le tout très facilement, en quelques minutes.

— D'accord, dit Stuart. Ramasse tout et sort ça sur le balcon à l'avant. Je vais appeler Bill une fois que nous aurons terminé ici pour lui dire de venir nous chercher.

En moins de cinq minutes, j'avais tout placé à l'extérieur de la porte d'entrée.

— OK, dit Stuart. Maintenant, il est temps d'aller chercher le bois.

Alors que j'approchais de la porte arrière, Ambrose commença à crier « Non! » et à s'agiter avec force dans sa chaise, essayant se dégager de ses liens. Stuart s'approcha de lui, tira la chaise loin du mur et mit ses mains et ses bras soigneusement sur le visage et le cou d'Ambrose.

J'attendis dehors pendant trente secondes, puis revins. Ambrose était inconscient.

— Va chercher la voiture, dit Stuart en me remettant ses clés. Si notre ami ici refait surface, je vais le rendormir. Une fois qu'on sera partis, il faudra probablement à Ambrose seulement une quinzaine de minutes pour se libérer. Mais j'ai son téléphone cellulaire et dans une minute, sa ligne terrestre sera hors service. J'ai aussi ses clés de voiture, mais nous allons la trafiquer, juste au cas où il saurait comment la démarrer sans ses clés. »

Je commençai à traverser les champs pour atteindre la voiture de Stuart, tandis que Stuart déverrouillait la voiture d'Ambrose, relâchait le capot, et se mettait au travail en utilisant un couteau qu'il avait pris dans son sac à dos. Je fus de retour avec la voiture de Stuart devant la maison d'Ambrose en cinq minutes. Nous chargeâmes l'ordinateur et les dossiers et partîmes. Une pluie froide commençait à tomber.

« Tu le crois?, demandai-je à Stuart.

— Oui. Pour la majeure partie. Mais quelque chose ne va pas.

— Quoi?

— Considérant ce qui vient de se passer, je ne pense pas qu'il soit assez bandit pour être responsable du niveau de violence des dernières semaines. Il essaie d'être bon acteur, mais je ne suis pas convaincu.

— Alors que se passe-t-il?

Une pause ici.

— Je ne suis pas sûr, enchaîna Stuart. Je dois revoir le détail de ses réponses, mais je soupçonne qu'il se fait duper.

— Burns?

— Peut-être, répondit Stuart.

Nous roulâmes en silence pendant dix minutes.

— Tout cela me rend vraiment nerveux, dis-je, en regardant droit devant et en me sentant effectivement très inconfortable.

— Cela me rend plus que nerveux, dit Stuart. C'est très désagréable. Cela fait de moi quelqu'un de pas beaucoup mieux que l'ordure avec laquelle j'ai dû traiter. Mais, parfois, il n'y a pas d'autre moyen. Bientôt par contre, je crois que nous pourrons neutraliser Ambrose.

Voyant mon regard dirigé sur lui, Stuart élabora :

— Je veux dire que nous serons en mesure de le sortir du jeu en permanence sans même le toucher.

— Comment?

— Nous réglons son cas par l'entremise de Smith et avec un peu de chance, nous pouvons neutraliser Smith en même temps.

Nous parcourûmes le reste du chemin en silence. Comme nous approchions de Greenvale, je me suis souvenu de quelque chose :

— Au fait, c'est qui Bill?

— Personne. »

Trente-six

Dans notre monde soi-disant moderne, la magie n'obtient pas la part juste qui lui revient. Elle est tout autour de nous, mais beaucoup trop de gens ne la voient pas. Nous devenons si habitués à tout revêtir d'explications, invoquant des raisons et des mécanismes physiques pour expliquer pourquoi une chose est ce qu'elle est, ou fait ce qu'elle fait, que nous ne prenons plus conscience de ce que nous faisons réellement. Par ce processus, nous perdons de vue le fait que les explications elles-mêmes, à leur tour, peuvent seulement cacher, artificiellement revêtir, voire déformer ou masquer complètement la réalité numineuse sous-jacente, dont l'existence peut nous être passablement certaine, sans jamais qu'on puisse véritablement la connaître, malgré ce que nous croyons que nos explications rationnelles nous disent. Nous vivons dans un fabuleux monde kaléidoscopique, que nous comprenons d'une manière qui est étonnamment métaphorique. Pourtant trop de personnes pensent que les métaphores, si toutefois elles s'arrêtent pour y réfléchir, sont simplement de pittoresques astuces littéraires, sans rapport pertinent avec les véritables tâches modernes que sont travailler, prendre des vacances ou discuter de la météo et des sports. Si j'accroche un objet au passage et qu'il tombe au sol, c'est à cause de la gravité, bien sûr. Mais alors l'explication est juste reportée plus loin en avant vers ce que nous appelons *la gravité*. Il n'y a aucun doute que lorsque nous postulons des choses comme *gravité* et que ces postulats se révèlent avoir une dimension quantifiable, nous faisons des progrès intellectuels, mais souvent nous sommes simplement passés à une métaphore plus raffinée et non pas, comme on pourrait le penser, à quoi que ce soit de définitif ou d'absolu. Puis, il y a le temps, cet "étranger familier" comme l'a appelé Frazer et son rôle dans l'ordonnancement des événements de nos vies. Nous reconsidérons une série d'événements passés et nous trouvons facile de construire une explication unique et rassurante de pourquoi et comment ce chemin particulier a été suivi, sans reconnaître l'erreur narrative dans laquelle nous sommes par le fait même tombés et combien cette erreur appauvrit notre vision du nombre immense des possibilités inhérentes dans le monde.

Ceux qui travaillent avec des œillères, ou comme Russell le voyait, sont concentrés sur le travail de réarranger la matière "sur ou proche de la surface de la terre", ne le voient peut-être pas de cette façon. Mais, quiconque s'intéresse à quelque chose de plus fondamental, embrassera volontiers l'incroyable progrès scientifiques que nous avons fait, en même temps qu'il se rappellera de s'engager dans le travail sérieux de douter.

Cette personne, le sceptique, est rapidement ramenée sur un chemin parallèle à ceux d'une longue série de penseurs remontant jusqu'à Platon, Aristote, Parménide, Anaximandre, Thalès, Pythagore et Zénon. Au moins une partie de la confusion à laquelle ces vénérables messieurs se sont trouvés confrontés devient compréhensible ou du moins, une partie de leur perspicacité, admirable par son audace, le devient et au moins une partie de leur émerveillement devient quelque chose à partager. Apprendre à vivre dans un certain confort avec l'incertitude et la confusion auxquelles nous sommes tous continuellement confrontés, que nous voulions ou non reconnaître cette situation, est une humble force à acquérir.

Un avion quitte le sol, à Toronto dans mon cas, les objets familiers s'éloignent dans un flou à mesure que l'on grimpe, puis sont complètement avalés par les nuages, ces entités météorologiques, métaphoriques et mythiques. Par la suite, quand les nuages s'espacent, huit heures plus tard, nous tournons au-dessus de Francfort, par magie, et je peux imaginer et bientôt suis capable de voir des maisons avec une moitié de leur structure faite de colombages extérieurs, tels des exosquelettes, des champs et des villages qui ont leurs propres histoires à raconter et en général parlent d'une destinée distincte et présente qui a émergé, suivant un chemin unique, le long d'un parcours historique très différent de celui que je viens de quitter. Je parle de cela avec peu de gens parce que les regards vides qui en résultent sont trop souvent aussi durs et accusateurs qu'un mur de pierre. Il y a perplexité, stupéfaction, incompréhension, parce que pour beaucoup de gens il n'y a aucune difficulté, c'est tout simplement la géodésie, l'aéronautique et l'histoire; alors qu'y a-t-il à expliquer? Et ils me regardent comme si je venais de me faire pousser une deuxième tête, ou de me faire vider du contenu de la première. Probablement par un extra-terrestre.

Cette réflexion me rappela où se situent véritablement mes plus grandes aspirations, que je ne devrais pas laisser le monde des roues à augets, de la farine et les intrigues qu'ils avaient apportées dans ma vie, occuper une part trop importante de mon univers mental.

Nous avons atterri, accosté au débarcadère et le temps de le dire (c'est Francfort, après tout) je me suis retrouvé au carrousel attendant mes bagages. Mes quelques heures à savourer une déconnexion métaphysique étaient terminées.

Après avoir quitté Ambrose, Stuart m'avait déposé chez moi; j'avais transcrit les sections utiles de l'enregistrement de sa confession, puis effacé complètement et de façon définitive la mémoire de l'enregistreuse, conformément aux instructions de Stuart. Après une douche que je sentais plus que nécessaire, davantage pour enlever la contamination psychologique que la crasse physique, j'étais allé directement au moulin pour procéder à un contrôle complet et approfondi de toutes les étapes du meulage du grain. C'est avec beaucoup de plaisir que j'avais trouvé l'équipement fonctionnant exactement comme prévu, la production selon le calendrier anticipé, les clients gesticulant dans le café et, surtout, le personnel animé et enthousiaste. Comme je me sentais d'humeur, j'avais annoncé à la foule au café que je ferais du pain et que j'étais disposé à considérer toute demande. Une cacophonie s'en était suivie, à travers laquelle fusaient des requêtes pour pratiquement toutes les sortes de pain de mon répertoire. J'avais opté pour le pain au fromage et la boule grecque avec oignon rouge et olives. Après mon avant-midi sordide, faire quelque chose de civilisé comme du pain dans ma propre cuisine était comme la délivrance d'un cauchemar. La sensation en râpant le fromage extra vieux, la texture de la pâte en la mélangeant, doser la teneur en eau juste au poil, puis la pétrir à la main, ayant renoncé à cette occasion, au gros mélangeur et crochet à pâte, la lourde et riche arôme se dégageant la pâte du pain au fromage comme elle levait, l'odeur de soleil emprisonné dans les olives comme je les dénoyautais et les hachais, le staccato du hachoir à l'oignon, puis la cascade d'impressions olfactives au fur et à mesure qu'ils passaient par toutes les étapes menant à la caramélisation, le délicat accent herbeux du persil haché, la vue satisfaisante des pains complètement levés et disposés en rangées, le flot de pâte de plus en plus envahissant se transformant en pain, puis l'instant triomphal où des pains entièrement dorés sortent des fours, résonnant avec la note tympanique juste correcte quand je tapotais leur ventre. Karen avait transporté les premiers pains dans la cafétéria presque avant qu'ils aient refroidi assez pour être coupés et une clameur était montée de la salle, le genre d'encouragement qu'on sait pouvoir précéder une émeute. Je m'étais joint à eux pour une tranche de chaque sorte et j'avais observé les gens, dont plusieurs se préparaient avidement pour ce qui, plus tard, serait sûrement une indigestion.

Stuart était rentré directement à Toronto où il avait remis l'ordinateur pris chez Ambrose à l'un des ses "geeks" pour en extirper les fichiers électroniques et passer du temps à parcourir les dossiers sur papier, qu'il avait numérisés et ensuite déchiquetés et brûlés. Deux jours plus tard, il était de retour à Greenvale. Une petite vérification auprès de Raymond pour savoir s'il y avait eu des développements avait résulté en un «°non°» bref mais poli et aucune question sur notre excursion chez Ambrose n'avait surgi, pas même un regard suspect. Stuart ne m'avait pas donné de détails, mais je parie qu'il avait un de ses gars sur place pour observer Ambrose pratiquement depuis le moment où nous l'avions quitté. Nous avons conclu qu'Ambrose était suffisamment secoué pour ne pas tenter de représailles stupides.

Le flux de ces pensées, agréables, désagréables et indéterminées, s'est arrêté brusquement quand j'aperçus mon sac bleu marine, consolidé par sa sangle arc-en-ciel, glisser vers le bas sur le carrousel. Agrippant le sac et portant par réflexe mes doigts à mon menton non rasé, je me dirigeai vers l'affiche verte "rien à déclarer" et passai dans le hall de l'aéroport.

Une main me serra fortement juste au-dessus du coude de mon bras libre. « *Kommen Sie mit uns bitte, mein Herr. Keine Unruhe* ». Et puis dans une voix comiquement accentuée : « *Fenez avec nous, Monsieur. S'il fous plaît, ne faites pas de problémes.* »

« Depuis quand ont-ils commencé à accepter des scientifiques de deuxième rang dans la *Polizei*?, demandai-je, sans ralentir mon pas, tout en continuant à regarder droit devant.

Quand je me suis finalement tourné pour l'examiner, je vis, comme prévu, que l'homme à côté de moi ne portait pas d'uniforme, mais que ses cheveux blonds striées de mèches blanches, son front haut, ses pommettes anguleuses, son nez puissant et ses yeux bleus brillants n'avaient pas changés.

« Werner, Du blödes Arschloch!, me suis-je exclamé d'une voix forte. Wie lang bist Du aus dem Gefängnis? »

Cela nous attira un certain nombre de regards désapprobateurs. Je ne pouvais dire si c'était à cause du juron désagréable, de mon volume tapageur ou de l'inquiétude d'être si près d'un criminel tout juste libéré.

Nous faisant face et avons échangé une étreinte virile.

« *Herzlich wilkommen in Deutschland!* Par ici, dit Werner. J'ai ma voiture.

Nous avons bavardé gentiment en marchant vers le stationnement, Werner a nourri de quelques pièces de monnaie le guichet automatique et bientôt nous grimpâmes dans sa BMW. En dix minutes, nous étions sortis de l'aéroport et en route vers Königstein. Le temps clair et frais était typique d'un matin d'automne. L'air était plein d'odeurs des champs, de la forêt et des vergers se préparant pour l'hiver.

« Bon vol?

— Sans anicroche, comme il se doit, mais bondé.

— Il faut que tu m'en dises plus sur tes aventures de retraité. Les photos que tu m'as envoyées ont l'air... et bien, très différentes du Richard que je connais. Je ne peux pas m'imaginer que tu as remis un vieux moulin en opération.

— On aura beaucoup de temps pour en parler, dis-je, mais j'ai aussi quelque chose d'important à faire ici en Allemagne.

— Eh bien!, Werner demanda alors avec enthousiasme. Que dirais-tu de partager le déjeuner? Sachant combien tu détestes les repas servis par les compagnies aériennes, je dirais que tu n'as probablement rien mangé depuis hier après-midi.

— En autant que ce ne soit pas des crêpes et du sirop d'érable…

— Ach Nein! Du Trottel! Ein schönes deutsche Frühstuck! Was sonst?

— Mit Bier und Wurst und Speck und Spiegeleier und Bratkartoffeln?, suggérai-je.

— Oui, avec de la bière, des saucisses, du bacon, des œufs au plat et des pommes de terre frites.

— Cela ne semble pas aussi appétissant qu'en allemand.

Une pause se produisit comme je regardais les collines densément boisées défiler.

— Comment va ton travail, vieux *Gauner*?, demandai-je.

— *Gauner? Was soll das heissen*? Tu m'en remplis un coin, Richard!

— Bouche, le corrigeai-je.

— Bouche quoi?

— On dit : "Tu m'en bouches un coin".

— Scheisse!

— Ne t'inquiète pas, enchaînai-je sur une note d'encouragement. Même si tu n'es pas encore un Louis Couturat, tu te débrouilles très bien. Comment va le travail?

— Je suis là où tu étais il y a deux ans, Richard. Mais l'année prochaine, dans quinze mois pour être exact, je serai pensionné et à la retraite.

— Pourquoi pas maintenant?

— Un certain nombre de raisons…

— Bien sûr, on se trouve toujours des excuses, mais réellement, pourquoi pas maintenant?

Après une pause, il enchaîna :

— Dans quinze mois, Gudrun prendra sa retraite. Elle veut sculpter à plein temps. J'ai bien hâte qu'elle soit rendue là.

— Gudrun! Comment va-t-elle?, demandai-je, impatient de la revoir.

— Bien, mais elle est partie faire de la randonnée dans les Alpes avec deux amies et ne sera de retour que dans deux semaines. L'opportunité s'est présentée à la dernière minute. Elle hésitait, voulait te voir, mais je lui ai dit d'y aller. Nous parlerons avec elle sur Skype ce soir.

— Et que feras-tu quand tu prendras ta retraite?

— Dessiner, dit Werner, mais étrangement sans beaucoup d'enthousiasme. »

Et je me souvins de son travail. "Dessiner" n'était même pas proche de ce qu'il faisait en réalité. Presque exclusivement au crayon ou au fusain. Il y avait des scènes d'hiver, des arbres sans feuilles, nus et figés sur fond de cieux gris acier, avec juste le soupçon de cette envie compulsive de folie qui peut nous envahir vers minuit sur la Baltique. Ou des forêts et des landes, en gris, mais toujours éclatant d'une implicite couleur. Ou des oiseaux, rendus avec un détail fantastique, jusqu'à pratiquement chaque plume. Ou des natures mortes, des fruits aux contours indéterminés, blottis dans un vague bonheur et frémissants sous un rayon de soleil. Ou des vues surréalistes de l'eau : étangs stagnants, ruisseaux, flaques d'eau, petites cascades, rendant les myriades d'humeur de l'eau. Des dessins d'anciens sites industriels, comme le *Völklinger Hütte*, pleine de puissance, de complexité efficace, même une fois figés dans la mort.

« As-tu un projet?

— Deux, en fait. D'abord, dessiner ce qui frappe mon intérêt. Aussi, dessiner des visages de personnes âgées. Je veux être comme un Monet dans son jardin d'eau.

— Eh bien, si tu attends vingt ans, tu pourras me dessiner.

— Non, tu es prêt maintenant, enchaîna Werner du tac au tac. Peut-être même est-il déjà trop tard.

Je souris intérieurement à sa pointe d'humour.

— Comment va le travail, pour revenir à ma question.

— Bien, dit Werner, un peu ambigu. J'aime travailler. Mais c'a toujours été un peu comme pour toi : trop souvent je me retrouve à faire la même chose qu'il y a un an ou cinq ans. J'ai déjà commencé à lâcher prise. Et tu sais ce qui arrive quand on entre là-dedans, *wie heist es, Verfassung?*

— État d'esprit.

— Oui! Scheisse!

— Oui, je connais On n'arrive pas à lâcher assez vite. »

J'étais déjà allé plusieurs fois chez Werner, la plupart du temps directement depuis l'aéroport, mais cette fois nous prîmes un itinéraire que je ne reconnus pas. Des villages irrésistiblement attrayants se succédaient au fil des kilomètres. L'odeur de la fumée de bois était perceptible de temps en temps. Les toits escarpés, les structures solides des maisons et les inscriptions en gothique allemande sur les bâtiments, me rappelaient de bons souvenirs et m'ont fait sourire.

Werner fit un brusque virage à gauche; nous descendîmes une colline le long d'une allée étroite, le paysage s'ouvrait sur la plaine d'une rivière que je devinais être la Main et un demi-kilomètre plus loin, nous aboutîmes dans le stationnement d'un *Gasthaus*. Le nom *'Gegen Alles'* ("Contre Tout") était affiché en lettres d'or sur la devanture.

« Intéressant, dis-je, débouclant ma ceinture de sécurité. Je ne suis jamais venu ici.

— Non. C'a été ouvert il y a seulement un an et demi, par un type qui était pilote sur des barges sillonnant d'amont en l'aval la Main. Il s'en est fatigué, avait de l'argent et a décidé d'ouvrir un *Gasthaus*. Bien que ce soit en fait un *Wirtshaus* (pub). Comme il ne pouvait pas oublier complètement les barges, il a choisi un endroit sur la rivière d'où il peut au moins les voir passer. Il y a un bon *Biergarten* en plein air à l'arrière avec vue sur la rivière, la nourriture est *gut hessische Küche*, le vin exceptionnel et je suis venu ici assez souvent pour que Gerhard me connaisse bien.

— Alors pourquoi gaspillons-nous notre temps à causer dans l'auto? »

À l'intérieur, l'endroit avait de hauts plafonds, des murs en bois clair maintenus en place par de sombre poutres musclées en chêne, un plancher de tuiles sombres et des épis de blé d'Inde (*Strohengeln*, comme on les appelle en Allemagne) fixés aux murs en motifs d'éventail. Un grand *Kachelofen* squattait dans un coin, comme un ogre paisible, prêt à pomper suffisamment de chaleur pour faire suer tout le monde dans la pièce si nécessaire. Des images de scènes fluviales étaient accrochées sur tous les murs. Au-dessus des portes, des citations de Goethe encourageaient les gens à boire et faire la fête. Les poutres en bois des murs et du plafond étaient décorées à leurs points de rencontre avec des sculptures de petit gibier et on s'attendait presque à voir entrer Pierre d'un instant à l'autre, suivi des chasseurs portant Le Loup. Les tables étaient massivement construites de bois foncé, comme l'étaient aussi les chaises, toutes ayant l'air de quelques centaines d'années ou du moins, intemporelles. Mais l'impression la plus forte, celle que j'apprécie probablement le plus chaque fois que je suis venu en Allemagne et en entrant dans le premier pub/restaurant, était cette senteur dans l'air, vive, riche, aromatique, impossible à définir, de la cuisine allemande. Ni audacieuse, ni raffinée, avec les diverses connotations ambiguës, complimenteuses et insultantes que ces qualificatifs pourraient suggérer et en fait, des adjectifs olfactifs qui ont toujours résonné misérablement creux en moi.

« Herr Wirt!, cria Werner. Bist Du offen, oder ist heute Ruhetag nochmals!

— *Komme gleich! Reg Dich nicht so auf! Um Gottes Willen!* et en disant cela, le propriétaire fit son chemin tranquillement vers nous.

— *So eine lange Warte!,* se plaignit Werner. *Es ist ganz möglich hier vor Durst Zu sterben!* Gerhard, je voudrais te présenter un collègue du Canada, Richard Gould.

Le visage de Gerhard s'éclaircit. « *Ah! Aus Kanada.* Alors bienvenue en Allemagne! Mais j'ai peur … mon anglais pas très bon.

— Danke!, commençai-je. Ich bin immer froh wieder in Deutschland zu sein, und ich glaube wir können uns sowieso ziemlich gut verstehen.

— *Um Gottes Willen!,* s'exclama Gerhard avec un sourire ravi et demanda combien de temps j'avais vécu en Allemagne. Nous avons éventuellement clarifié tout ça et Gerhard fut heureux et soulagé de ne pas avoir à abandonner l'allemand. Il me demanda où j'avais appris sa langue et je lui expliquai comment, petit à petit, j'y étais arrivé de manière fragmentée, m'excusant à l'avance d'être un peu rouillé.

— *Aus der Übung? Um Gottes Willen! Du sprichst Deutsch viel besser als dieser Sau Preuss!* », pointant une main dédaigneuse en direction de Werner. L'effet sur Werner de s'entendre traiter de porc prussien était prévisible et provoqua rapidement un autre échange guttural d'insultes de part et d'autre, jusqu'à ce que Gerhard se tourne finalement vers moi pour demander : *Was möchtest Du essen Richard?* »

Je commandai la totale et un litre de Bitburger. Gerhard hocha la tête avec approbation, puis se tourna vers Werner fronçant les sourcils et dit qu'il supposait que Werner prendrait ses habituelles deux tranches bon marché de pain de seigle du jour et un verre d'eau chaude du robinet.

Les tasses de bière arrivèrent immédiatement et la serveuse dit que la nourriture serait là « *gleich* ».

« *So, Herr Pensionär, Zum Wohl!* », dit Werner en levant son verre. J'acquiesçai de la tête et avalai d'un trait le tiers de ma bière. Fidèle à sa promesse, la serveuse revint avec nos plats débordant de nourriture.

Peu de paroles furent échangées au cours des minutes suivantes. Le propriétaire vint nous demander si tout était en ordre et comme nos bouches étaient pleines, c'est par gestes qu'on confirma que oui.

Je mis Werner à jour quant à ma dernière année de travail, les derniers projets que j'avais complétés et tout le tracas de liquider une carrière de trente ans et comment je me sentais à ce sujet maintenant. Il élabora un peu sur les travaux sur lesquels il s'affairait et je me dis que tout ça semblait maintenant ennuyeux et sans intérêt.

Quelles sont les autres choses que tu as besoin d'accomplir pendant ton séjour ici?, demanda Werner.

— Je suis sur une piste du XVIe siècle, répondis-je énigmatiquement. Je te dirai tout ce qu'il en est quand on sera chez toi. »

Nous terminâmes notre déjeuner, nous assurant qu'un prochain repas ne serait pas requis avant au moins sept ou huit heures et puis, quelque peu non conventionnellement, je commandai un verre de vin local, commande que Werner changea immédiatement pour un demi-litre et deux verres. Pendant que nous attendions le vin, nous sortîmes tous les deux dans le jardin. Tables et chaises étaient empilées d'un côté et couvertes de bâches. Les vignes, qui en été auraient délimité ce parterre sur les côtés et au-dessus pour en faire un espace intime et verdoyant, étaient maintenant élaguées. Sous nos pieds, il y avait de grandes tuiles en terracota et un mur de briques d'environ un mètre de haut délimitait les côtés de la terrasse et sa largeur qui donnait sur la rivière. Au-dessus de ce mur, le long des côtés, se trouvaient des supports métalliques renforcés pour les vignes et des câbles de support étaient tendus sur le dessus à une hauteur d'environ deux mètres et demi. La rivière faisait de son mieux pour briller dans le soleil brumeux et les moteurs d'une péniche grondaient puissamment comme elle remontait lentement la rivière. Les feuilles tombées la nuit dernière avaient été ramassées et frémissaient anxieusement dans un coin, comme pour se protéger les unes les autres de l'inévitable balai. Ce n'était pas la première fois que je sentais la nostalgie des siècles de vie en harmonie avec l'extérieur, la manifestation culturelle et l'empreinte physique qui font de l'Europe distinctement ce qu'elle est.

Pendant le reste du chemin vers la maison de Werner, je glissai dans cet espace mental où l'inhabituel retrouve progressivement sa familiarité, où la réaction digestive à une dose massive de glucides se traduit par une chaleur douce et où un cycle circadien confus et frustré tente de maintenir une réalité maintenant distante d'environ quatre mille miles et six fuseaux horaires. La maison de Werner est juchée sur ce qui était autrefois l'orée du village de Königstein, sur une vaste parcelle de terrain qui descend vers la route. Deux grands hêtres se dressent devant sa maison et un cerisier géant trône dans un coin à l'arrière. La maison elle-même semble plus vieille qu'en réalité et Werner l'a acquise à la suite du mariage brisé du propriétaire précédent. Il a fait beaucoup de travaux pour en atténuer les aspects modernes et lui donner un peu plus l'aspect d'une maison de campagne traditionnelle allemande. La pièce de résistance est le patio à l'arrière : grand, privé, vert, apportant de l'ombre au sommet de l'été et ensoleillement aux autres périodes. C'est essentiellement là où Gudrun et Werner vivent pendant la plus grande partie possible de l'année. Après avoir rangé mes affaires dans "ma" chambre, changé mes vêtements de voyage et fait des ablutions rapides, je suis allé sur le patio pour rafraîchir ma mémoire. C'était encore l'oasis dans mes souvenirs. Le jardin d'herbes multi-étages de Gudrun avait pris de l'ampleur et bien qu'on était à la fin de la saison, il était encore prolifique. Les sons d'une communauté civilisée vaquant à sa vie tranquille enveloppaient cet espace et remplissaient l'air tout autour.

« Si tu as des choses à faire, Werner, je serais plus qu'heureux d'être laissé ici juste pour m'assoupir au soleil. Quelques heures de sommeil maintenant seront la meilleure façon pour moi de passer outre le décalage horaire. Donc, s'il te plaît, ne te sens pas obligé de me divertir.

Werner offrit une résistance symbolique, mais il dit que oui, il y avait quelques petites choses qu'il devrait faire et qu'il serait de retour vers quatre heures.

— Nous aurons du *sauerbraten* ce soir, alors tu pourras en prendre aussi peu ou autant que tu en auras envie. Sauf si tu préfères autre chose. »

Je fis un signe d'accord complet pour le *sauerbraten* et remarquai que malgré mon estomac bien rempli, ma bouche salivait déjà d'anticipation.

Werner radota un moment, demandant si j'avais tout ce dont j'avais besoin, si je savais où trouver chaque chose, me disant de ne pas hésiter à me servir; il aurait continué si je ne lui avais pas ordonné « *verschwind* ».

Après que Werner fut parti, je sortis mon ordinateur de mes bagages, me connectai au serveur sans fil et j'ai envoyé un courriel à Stuart, disant que j'étais arrivé en toute sécurité et que je serais en contact avec lui régulièrement.

Trente-sept

Ce soir-là, nous eûmes notre *sauerbraten*, un *käsespätzle* fait maison, une délicieuse salade mélangée et un excellent riesling de Volkach. Je ne pouvais résister à l'envie de renifler les vives, mais riches et complexes effluves de mes tranches épaisses de *sauerbraten*. Je ne mangeai pas mais plutôt dégustai le *käsespätzle* avec sa texture étonnamment sophistiquée et savoureuse – une simple combinaison de nouilles et de fines tranches d'oignon brunies dans un soupçon d'huile, puis les deux ensuite mélangés et jetés dans une casserole chaude pour les faire griller légèrement et faire ramollir le fromage Gruyère râpé par-dessus. Tout cela avec en plus une salade composée de huit légumes frais, accompagné d'un riesling au nez floral intense et avec un parfait équilibre des acides, des esters et des sucres. Je me suis demandé, encore, la raison de l'impopularité de la cuisine allemande en dehors des pays germaniques. Le repas se termina, trop tôt pour moi. Nous nous sommes ensuite installés pour une longue conversation sur Skype avec Gudrun. Nous avons parlé de beaucoup de choses, mais passé un temps étonnamment court à mes yeux sur le sujet de leur fils, Klaus. Quand je me suis informé à son sujet, Werner a répondu « Klaus est Klaus », une déclaration ambiguë qui n'a suscité aucun correctif de la part de Gudrun. « Il est en Thaïlande à l'heure actuelle. Je ne sais pas trop ce qu'il y fait. Il a terminé l'université, mais est devenu ensuite très agité. Il a travaillé pendant six mois, mais il était malheureux et insatisfait. Il a décidé de voyager. » J'ai senti un vague air réprobateur sur ce qui était perçu comme un chemin de vie sinueux.

« Il est jeune, dis-je. Il doit trouver sa voie dans un monde qui est très différent de celui que nous avons découvert quand nous avions son âge », mais je m'arrêtai là, ne voulant pas être perçu comme celui qui offre des conseils non sollicités. Nous en parlâmes et la discussion retrouva sa bonne humeur quand nous nous sommes tous rappelé notre vingtaine. Après plus d'une heure, Gudrun dut mettre fin à la communication, bien à contrecœur, mais pas avant de m'avoir fait promettre de revenir bientôt. Werner et moi plongeâmes ensuite dans une séance encore plus longue de visionnement des photos du moulin et l'histoire entière de comment j'en étais venu à m'investir dans ce projet. Ceci poussa Werner dans un long interrogatoire sur la façon dont je m'étais approché de la retraite, une chose qui manifestement lui trottait dans la tête. Il était fasciné par les photos montrant la progression du moulin, d'un état de ruine à celui d'une usine en activité et m'interrogea, d'ingénieur à ingénieur, pendant presque une demi-heure sur la conception et la construction de la roue à augets. J'avais quelques photos de la grande soirée d'ouverture, des photos de Karen, Michael et Graham au travail, leurs visages souriants, des vues de la cuisine et de pains frais sortant tout juste du four et la série de photos qui constituaient une visite virtuelle à travers le moulin, depuis la réception du grain jusqu'à l'ensachage de la farine finie. Werner s'attarda sur une vingtaine de photos des différents équipements dans le moulin et je pouvais voir qu'il prenait presque autant de plaisir (et d'envie un peu, pensai-je) vis-à-vis du moulin comme projet de conception et de construction que j'en avais eu à le réaliser concrètement. Il demanda des copies en haute résolution d'un certain nombre de magnifiques images extérieures prises par Greg pour qu'il puisse en imprimer et faire encadrer de grandes photos.

« Quelque chose comme cela serait impossible ici en Allemagne déclara Werner. Il y avait dans le son de sa voix quelque chose d'indicible. En premier lieu, il y a peu de moulins en ruine, voire aucun, et ensuite on n'aurait jamais la permission de faire cela. Je pensai que ce n'était peut-être pas tout à fait vrai, mais ne dis rien. Gudrun m'étranglera quand elle apprendra ce qu'elle a manqué.

— Pas du tout, dis-je. Nous pouvons facilement organiser une session en ligne de tout ceci quand elle sera de retour ici et moi au Canada.

— Werner s'arrêta longuement sur plusieurs des images de Greg.

— Regarde, dis-je, je peux transférer des copies électroniques maintenant et tu pourras en avoir quelques-unes imprimées demain. Si tu crois qu'il te faut encore des copies en haute résolution, nous pourrons le faire plus tard. »

Werner réussit alors à se lancer dans une longue discussion sur son travail et sa vie et je reconnus les signes de quelqu'un essayant d'accepter un grand changement et en même temps de régler quelques obstacles encore devant lui. Il m'avait montré l'atelier de Gudrun dans une salle généreusement assortie de grandes fenêtres à une extrémité de leur maison et il semblait clair qu'elle était bien en avance sur lui dans le processus de réorienter sa vie. Son espace de travail avait ce désordre quand même sous contrôle qui parle de ferment intellectuel, d'énergie, de concentration et de créativité. Étouffant un bâillement, je regardai ma montre et ne pouvait guère croire qu'il était presque une heure et demie du matin. Nous nous sommes couchés.

Werner avait pris des journées de congé et les deux jours suivants s'envolèrent, malgré mes efforts de saisir le moment présent et de ralentir un peu. Königstein est un endroit de rêve pour la marche à pied et chaque jour nous fîmes une promenade de plus de dix kilomètres. C'était facile comprendre pourquoi Werner avait l'air si en forme : simplement parce qu'il l'était. Même s'il me semblait que nous gardions une bonne cadence, nous étions continuellement dépassés par des randonneurs, des hommes et des femmes, qui étaient souvent une bonne quinzaine d'années plus vieux que nous deux et qui lançaient un agréable « Morgen », tout en ne montrant aucun signe de respiration laborieuse ou de sueur au front. Ces deux jours-là, le diner fut simplement une soupe et du pain, dans une *Hütte* en forêt, qui n'aurait pas semblé hors contexte au XVIIᵉ siècle. Durant ma dernière journée complète avec Werner, il vint à la pêche avec un certain nombre de questions à peine voilées sur le pain, de sorte que nous avons fouillé dans les recettes de Gudrun. J'ai trouvé une recette intéressante de *Haselnussbrot* (pain de noisettes), nous nous sommes assurés que Gudrun avait tous les autres ingrédients, avons acheté des noisettes et ce soir-là, j'ai enseigné à Werner comment faire du pain. Coupé en tranches épaisses, grillées, couvertes généreusement de miel, j'ai pensé que ce n'était pas mauvais, mais Werner rayonnait de la fierté de celui qui l'avait cuit. Pendant une accalmie dans son panégyrique de pain, j'ai demandé si je pouvais emprunter son appareil photo pour sortir à la première heure le lendemain et prendre quelques photos de sa maison, du quartier et des rues de Königstein.

Le lendemain matin était dégagé et calme. Je sortis sur le patio fantastique de Werner et pris une douzaine de photos. Je contournai ensuite n coin de la maison, zoomai discrètement sur une auto stationnée à l'avant en utilisant le téléobjectif haut de gamme de Werner et pris une douzaine de photos de cette voiture et de son chauffeur. Une passerelle à l'arrière de la propriété de Werner conduit sur un chemin qui grimpe jusqu'à la crête de la colline derrière sa rue et de là je fus capable de prendre quelques très belles photos donnant sur la partie centrale de Königstein. De retour à la maison, je téléchargeai les photos, les supprimai de la carte mémoire de la caméra de Werner et envoyai six photos de la voiture et son chauffeur à Stuart.

Je pense que Werner fut reconnaissant que j'aie réussi à le convaincre de ne pas venir me conduire à la gare principale de Francfort le lendemain matin. Il me conduit plutôt à la station locale où une bonne connexion à Francfort était en service. Au comptoir des billets, j'achetai un aller simple pour Francfort. Revenant auprès de Werner, j'acceptai sa suggestion de prendre une tasse de café. Il y avait quelques tables en plein air et nous bûmes notre café, même si nous étions les seuls à braver le froid.

« Je te remercie tellement d'avoir pris la peine de venir me visiter, Richard. La prochaine fois que tu viendras, tu devras nous accompagner, Gudrun et moi en promenade, peut-être dans la Forêt Noire. Et j'ai hâte de voir plus de photos de ton moulin.

— J'ai beaucoup apprécié cette visite, Werner. Peu d'entre nous parviennent à rester en contact aussi longtemps que toi et moi. Et n'importe quand, si tu viens à Toronto, fais-le-moi savoir. Je peux vous rencontrer et vous héberger tous les deux pour quelques jours à Greenvale. »

Werner hocha la tête et sourit, *un peu triste*, pensai-je. Gudrun n'étant pas là et moi le laissant à sa vie professionnelle qui allait se terminer inexorablement, son effort pour trouver sa voie dans la retraite qui ne se déroulait pas dans la synchronisation Teutonique habituelle, tout ça semblait peser sur lui un peu. Nous avons discuté de manière désordonnée de nos plans immédiats. Puis, c'était l'heure. Nous avons rendu nos tasses et sommes allés dans la petite zone d'embarquement de la gare. Une poignée de main ferme soutenue plus longtemps que de normal. Une autre étreinte virile comme à mon arrivée. Bons vœux. Alors, Werner se retourna et marcha décisivement vers la sortie et à sa voiture. Je sentis la déprime habituelle lorsque l'on se sépare d'un bon ami, mais je m'aperçus que c'était plus que ça : je me sentais mal à l'aise, inquiet et incapable de chasser la sensation d'un pressentiment. C'était tellement bizarre et contraire à mon sentiment habituel d'exaltation d'être à nouveau immergé dans la culture allemande que ça m'a laissé irrité et découragé. Mais pour être honnête avec moi-même, j'en connaissais la raison. Pour éliminer un danger de ma vie et de celle de mes amis, j'avais décidé d'affronter un puissant ennemi. Tôt ou tard, j'aurais besoin de débusquer Burns, prévaloir, le dépouiller de tout avantage. Il y avait la possibilité d'un affrontement. Il y avait la possibilité que la seule solution soit de tuer Burns.

Jamais dans ma vie n'avais-je considéré la violence physique contre quiconque. Je tremblais juste d'y penser.

À Francfort, j'achetai un billet pour aller à Heidelberg, pris une copie de *Die Zeit* et marchai vers la plate-forme. Le train partirait dans une demi-heure environ. Suffisamment de temps pour lire et observer.

Trente-huit

Mes études universitaires n'incluaient pas un séjour à Heidelberg, hélas! Et pas davantage à Bologne, Oxford, Valladolid ou Toulouse. J'avais l'habitude de rager intérieurement et cela m'ennuie encore, qu'il y ait tellement de choses que je pourrais apprendre, voir, faire, expérimenter, alors que mes capacités sont si insignifiantes, qu'il y a si peu de temps, que je ne pourrai jamais réaliser qu'une petite parcelle de ce vaste et glorieux potentiel.

Le trajet en train de Francfort à Heidelberg, et plus généralement celui le long des vallées du Main et du Rhin, en était un que j'avais fait plusieurs fois, sans jamais qu'il ne cesse d'être nouveau pour moi. Maintenant, à la fin de l'automne, l'air était presque comme un vase, rempli à raz bord du liquide lumineux que versait le soleil. Champs labourés, arbres nus et régiments de vignes récoltées défilaient au travers des vitres du wagon. Quelques cyclistes étaient sortis, des chiens faisant marcher leurs propriétaires emmitouflés le long de sentiers à travers les champs et les dernières volées d'oiseaux planaient au-dessus de la lande endormie, en préparation pour leur grand voyage dans le Sud.

À Mannheim, un vent froid et humide balayait le quai de gare pendant mon attente de 25 minutes pour la connexion vers Heidelberg. Seule une poignée de personnes se promenaient lentement, attendant le même train et essayant tant bien que mal d'empêcher le froid de s'infiltrer jusque dans leurs os. Des fragments de brume défilaient de façon menaçante devant des immeubles à bureaux blottis et frissonnant dans l'air froid et les corbeaux croassaient quelque part pas très loin. Ce bruit ne faisait qu'augmenter le sentiment de l'imminence de l'hiver.

Stuart s'était catégoriquement opposé à ce que je fasse ce voyage, bien qu'il fut d'accord que nous approchions des éléments clés du casse-tête, que nous étions probablement bien en avance sur Burns et que si nous jouions nos cartes correctement, nous avions de bonnes chances de mettre fin à toute cette histoire.

« Les risques sont trop grands, Richard. Nous avons affaire à des criminels déterminés. Ils n'auraient pas le moindre remords de t'éliminer. Toi, en revanche, tu n'as aucune formation pratique sur le terrain et tu ne pourrais pas te protéger dans n'importe quelle situation sérieuse de combat rapproché. La logique est là, mais compte tenu du contexte, l'entreprise elle-même serait de la folie.

— Alors donne-moi les outils, avais-je répondu.

— Te donner des années ou des décennies de capacité et d'expérience en quelques jours? C'est comme si je te demandais de me transformer en expert international sur les défauts latents avant la fin de la semaine prochaine.

— Quelle est l'autre possibilité, Stuart? Rester tranquillement assis comme des idiots et attendre que quelqu'un d'autre se fasse blesser ou tuer? Tu sais très bien qu'il n'y a que ça comme option et que ce n'est tout simplement pas acceptable.

— Ce n'est pas la seule option. Toi et moi avons passé en revue une demi-douzaine de variantes…

— Oui, l'avais-je interrompu, et nous n'avons trouvé aucun moyen d'en extraire des actions concrètes. Alors, ne prétendons pas qu'il y a une solution magique ici.

Les yeux de Stuart flamboyaient et nous haletions tous les deux au bord de la colère. Ce n'était pas ce qui aurait dû se passer.

Après quelques secondes à me calmer, j'avais recommencé, d'une voix plus posée, tentant le plus possible de tenir la colère à distance.

— C'est ce qu'ils veulent, Stuart. Ils veulent nous voir gelés dans l'inactivité. Je sais que c'est risqué. Je sais qu'ils sont des bâtards impitoyables. Je sais que je pourrais être une cible facile. Mais ils ne s'attendront pas à ce que je me présente tout à coup en Allemagne et nous pouvons essayer d'arranger les choses pour qu'ils ne sachent pas ce que je suis venu y faire jusqu'à ce qu'il soit trop tard. Un jeune homme merveilleux a vu sa vie se terminer subitement pour aucune raison, si ce n'est l'avarice d'une ordure égocentrique. Je ne peux pas rester assis à ne rien faire. Laquelle des personnes qui sont récemment devenues mes amis est susceptible d'être la prochaine victime? Je ne peux pas attendre que quelque chose comme ça se produise à nouveau. Alors, je te demande, s'il te plaît, aide-moi à trouver les moyens de minimiser le plus possible les risques de cette entreprise.

Un regard dur de Stuart s'était posé sévèrement sur moi pendant un long moment, puis il s'était frotté la tête de façon frustrée.

— D'accord. D'accord. À l'encontre de tout mon meilleur jugement, nous allons essayer de fignoler un plan. Mais pouvons-nous faire cela cet après-midi? J'ai besoin de quelques heures pour y réfléchir. »

Un express inter cité de la *Deutsche Bahn* traversa en trombe la gare, brisant ma rêverie et me flanquant toute une frousse. Je levai les yeux vers l'afficheur au-dessus de la plate-forme : il restait cinq minutes avant l'arrivée de ma connexion.

Des éléments des conseils de Stuart, que j'avais stockés dans mon ordinateur portable et imprimés, me revinrent à l'esprit.

"- Reste toujours vigilant! Sois constamment et entièrement dans le moment présent.

- Fais des notes mentales de tout : les gens, les voitures, les bruits, les odeurs. Ton cerveau devrait avoir mal de cet effort constant. Fais l'exercice de te rappeler les listes mentales que tu t'es faites il y a une demi-heure, ce matin-là, la veille. Compare-les à ce qui est en face de toi maintenant.

- Parcours, au moins une fois par jour, la liste que nous avons développée, de ces actions qui trahissent les gens et tente d'en repérer chez les personnes autour de toi.

- Sois conscient des options possibles d'action, les tiennes et celles des autres. N'oublie pas que les femmes sont des adversaires physiques. Traite-les comme tel.

- Sois à l'affût, partout, de choses que tu pourrais utiliser (ou qui pourraient être utilisées contre toi) comme arme si tu en as besoin : une chaise, n'importe quel outil ou objet métallique, une pièce de tout meuble ou tout morceau de bois traînant, d'un stylo, d'un vaporisateur, un objet cassable, un câble fiché dans une prise murale, tout liquide chaud (ou liquide irritant, comme le vinaigre), n'importe quoi de massif (une brique, une pierre, un pot en verre contenant n'importe quoi), tout objet dur ou avec un coin ou une arrête vive. Sois particulièrement conscient de tout ce qui pourrait être une menace pour tes yeux, tes oreilles et tes couilles.

- Sois conscient de l'espace où tu te trouves. Assure-toi de connaître les entrées et les sorties dans n'importe quel endroit, sois conscient de toutes les zones autour de toi, dans n'importe quelle direction (incluant en haut et en bas) et ne présume jamais qu'il n'y a rien derrière une porte ou un coin. Détermine comment toi (ou quelqu'un d'autre) pourrait prendre le contrôle. Sois conscient de toute surface réfléchissante. Elles peuvent être un avantage comme un risque.

- Sois conscient de ton état de peur ou d'anxiété et lorsque tu te sens réellement anxieux ou en état de peur, fais des exercices pour que la raison reprenne le dessus.

- Évalue la psychologie de toute situation.

- Détends-toi et vide ton esprit chaque fois que tu en as l'occasion, mais seulement pour une période de temps spécifique et seulement quand tu es en sûreté pour le faire (comme par exemple dans ta chambre d'hôtel)."

Je n'avais pas cru Stuart, pas tout à fait, quand il avait dit que la quantité d'efforts nécessaire pour se concentrer pendant de longues périodes est difficile à imaginer. Eh bien, maintenant je m'en rendais compte. Debout ici sur cette plate-forme, à la dérive dans mes pensées comme un idiot, j'avais été exactement la cible parfaite que Stuart avait craint. En regardant de nouveau le long de la plate-forme, je pris mentalement note des gens. Un couple de personnes âgées (fin de la soixante-dizaine, les deux avec les épaules voûtées, les cheveux blancs, l'homme ayant un tremblement dans sa main gauche, la femme portant une canne) consultaient l'horaire des trains. Deux hommes en costumes (un aux cheveux roux, costume brun foncé, manteau gris, athlétique, de taille moyenne, l'autre cheveux gris, en surpoids, costume noir charbon de bois, manteau vert foncé) déambulaient lentement. Une femme et un jeune garçon (elle a environ quarante ans, cheveux noirs mi-longueur, premières mèches de blanc, face carrée, pommettes hautes, lui environ cinq ans) étaient assis à une table et mangeaient des saucisses et des petits pains. Un jeune homme (environ vingt-huit ans, cheveux blonds en brosse, jeans, sweatshirt bleu), un sac à dos posé à ses pieds, parcourait une copie du *Frankfurter Allgemeine*. En me rappelant la gare de Francfort et avant ça, la station près de Königstein, je n'avais remarqué aucune de ces personnes. *Combien y avait-il de wagons dans l'express qui venait de passer en trombe? Je n'avais pas compté. Sans regarder, d'où arrivera le train sur la plate-forme à côté, où ira-t-il et quand?* Je ne savais pas. *Bon sang, Gould! Réveille-toi!*

Mes pensées retournèrent (mais cette fois sous étroite surveillance afin de garder conscience de ce qui se passait autour de moi) à mes discussions et à mes séances avec Stuart. Il avait passé à travers des dizaines de rencontres possibles et nous avions pris des notes à ce sujet. Nous avions établi plusieurs scénarios sur la façon que les choses pourraient bien se passer, pour ensuite examiner peut-être quarante variantes sur la façon qu'elles pourraient mal se passer et dans certains cas, très mal se passer. Encore plus de notes. Ces séances s'étaient allongées pendant des jours entiers. Mes nerfs se tendaient. Je comprenais mal. On avait recommencé, encore et encore et encore.

Je me suis plaint.

Stuart avait laissé tomber son crayon en signe de frustration et d'inquiétude. «°Écoute, Richard. Ta vie pourrait en dépendre. Probablement que ce sera le cas, bien que je ne l'espère certainement pas. C'est ardu. Très ardu et le faire correctement est encore plus difficile, mais aussi difficile que ce soit, c'est encore plus important que tu le fasses bien. Nous ne sommes pas dans un monde fictif ici. Ce ne sera pas un cas de - et ici il a cherché une métaphore appropriée, éventuellement arrivant avec quelque chose de stupide - d'un Henry Hudson surhumain qui rame jusqu'à la rive, dans la Baie qui porte son nom, marche deux mille kilomètres à travers tourbières et forêts, jusqu'à un campement, pour éventuellement confronter ses mutins une fois de retour à Londres. Ce n'est pas ça qui s'est passé: Hudson est mort! C'est ce que je ne veux pas qu'il t'arrive. Alors s'il te plaît, recommençons encore une fois ».

On annonça mon train et quelques minutes plus tard, il entra dans la gare. L'horaire annonçait six wagons plus la locomotive. Comme les wagons défilaient, je tentai de jauger combien de personnes il y avait dans le train : première voiture, environ vingt, deuxième voiture environ dix, troisième voiture environ quinze. Le train s'arrêta quand la quatrième voiture fut devant moi, c'est-à-dire la voiture où mon siège, le numéro 68, était situé. Je jetai un coup d'œil en amont et en aval de la plate-forme. Tous les gens qui attendaient se sont approchés du train. Personne ne me regardait.

Les portes s'ouvrirent, je grimpai à bord et trouvai mon siège, m'assis et sortis ma copie du *Die Zeit*. Puis, je m'arrêtai et réfléchis. Avais-je raté quelque chose? « Passe-les choses en revue, entendis-je Stuart dire dans ma tête. Quel jeune homme, habillé en étudiant, peut bien lire le *Frankfurter Allgemeine*? »

Le train se mit en marche. Il faudrait environ quinze minutes pour atteindre Heidelberg. Je voyageais assez légèrement, un petit bagage sur roulettes, mais assez facile à porter si besoin était. Une grosse partie de ce que j'avais apporté avec moi dans l'avion était resté chez Werner.

Je me proposais de sortir du train le premier et de me déplacer rapidement vers une zone du quai de la station d'où je pourrais regarder qui faisait quoi, qui rencontrait qui. Je roulai mon chapeau ridicule et l'enfonçai dans la poche de mon manteau. À cette époque de l'année et à cette heure du jour, l'achalandage dans la gare de Heidelberg allait sûrement être à son minimum : peu ou pas de touristes, loin d'une heure de pointe, milieu de semaine, rien de spécial ce jour-là. Pourtant, il y aurait des gens. Je réfléchis à la demande que j'avais faite à Werner quand nous réglions toute cette opération. L'interview, les visites aux deux professeurs, celle à l'Institut Max Planck de physique nucléaire, la visite à pied des parties historiques plus anciennes de Heidelberg. Tout ça comme façade, mais ayant des explications crédibles et arrangé le plus sérieusement du monde par un des contacts de Werner. Les freins du train grincèrent comme nous nous immobilisâmes à la Heidelberg *Hauptbahnhof*. Je descendis du train et me planquai immédiatement derrière un tas de fret empilé sur des palettes de bois. Ce transfert m'avais pris environ cinq secondes.

Je boitillai puis bougeai rapidement vers un petit endroit juste en face du kiosque d'information touristique où l'on servait du pain, du café et des gâteaux. Juste à l'endroit où le hall de la station rejoint la zone de la plate-forme. Je ramassai un petit pain aux graines de tournesol et une grande serviette de papier, commandai une grande tasse de café et trouvai une place à une petite table contre un mur. Mon manteau, qui était gris sur le train, était couleur brun pâle maintenant que je l'avais retourné. Mon grand chapeau ridicule était tiré vers le bas sur mon front et couvrait presque mes lunettes foncées avec lesquelles je semblais lire mon journal. En fait, il y avait juste assez d'espace entre mes lunettes et le rebord de mon chapeau pour me permettre de voir qui passait des plates-formes au hall de la gare pendant que je semblais être absorbé dans un autre compte rendu journalistique d'événements à Bruxelles. Je me sentais incroyablement idiot, mais je jouais le rôle de toute façon. J'ai vu trois des sept personnes qui avaient pris le train à Mannheim, passer dans le hall de la gare et se diriger vers la ville. Deux autres ont défilé. Puis, le second des deux hommes en costume est sorti dehors en agitant la main pour héler un taxi. Je pris une petite gorgée de mon café, comme si j'étais absorbé dans ce que je lisais. Le jeune homme portant un sac à dos marcha dans le hall de la gare, s'arrêta et regarda tout autour. Un homme plus âgé l'approcha, chauve sur le dessus de la tête, tignasse noire tout le tour, grandes poches sous les yeux, bien baraqué et portant un élégant manteau en cuir noir. Ils se sourirent, se serrèrent la main et se mirent à discuter près d'une des sorties de la gare.

Il y avait un certain nombre d'articles que j'aurais vraiment aimé lire, mais au lieu de cela, je me chronométrai : environ six ou sept minutes pour une page; une gorgée de café; vérifier ma montre; avoir l'air insouciant.

Les deux types proches de la sortie continuèrent à bavarder, mais je remarquai que tous les deux fouillaient la station du regard.

Ce petit jeu dura encore vingt minutes. Les deux regardèrent leur montre et commencèrent un lent circuit autour du hall de la gare. Ils passèrent à moins de dix mètres de moi, retournant finalement à leur point d'origine à côté de la sortie. Quelques minutes plus tard, tous deux quittèrent la station après un dernier tour d'horizon sur le hall.

Je restai là où j'étais assis. Une demi-heure passa. Puis une heure. C'était un effort de rester concentré, mais le café fort m'aidait. Après une heure et quart, je fis semblant de boire la dernière gorgée de mon café, pliai mon journal, ramassai mon sac et marchai à l'étalage de livres juste en face d'une des sorties de la station où je fis semblant d'examiner des romans de pacotille. Je ne voyais ni l'un ni l'autre des deux hommes qui s'étaient tenus à côté de la sortie. Je choisis un moment où personne n'attendait un taxi, mais qu'il s'en trouvait plusieurs de libres, et je sortis de la gare, agitai le bras en direction de la file de taxis et montai dans le premier.

Le chauffeur grimpa à son tour, ferma sa portière et me regarda dans le rétroviseur.

« *Zur Max Planck Institut, Saupfercheckweg*, demandai-je. Le conducteur hocha la tête et nous partîmes. Une fois dépassé la zone devant la station, je sortis un petit miroir de poche et commençai à tamponner mon œil droit en utilisant le coin de mon mouchoir.

— *Allergien?*, demanda le conducteur, jetant un regard dans son miroir.

— *Nein*, dis-je, ma voix imitant une irritation. *Augenwimper*, le laissant savoir que j'essayais de repêcher un cil. Il sourit de sympathie, hocha la tête et retourna à sa conduite, tandis que je marmonnai à moi-même dans la frustration de ne pas pouvoir enlever l'irritant. À en juger par ce que je pouvais voir dans le miroir, aucune voiture ne semblait nous suivre. Après quelques virages, nous avons commencé à grimper vers l'Institut Max Planck. Toujours pas de suiveur. J'ai marmonné *Gott sei Dank* et rangé le miroir et le mouchoir.

L'Institut Max Planck de physique nucléaire de Heidelberg est un groupe de bâtiments modestes et le taxi s'avança à la porte principale.

— Könnten Sie ein Paar Minuten hier warten? Ich komme gleich zurück.

Le conducteur hocha la tête.

— *Danke* », dis-je avant de sortir du taxi.

À l'intérieur du bureau, je m'identifiai et demandai à confirmer l'heure de mon rendez-vous le lendemain, même si je le savais parfaitement.

La jeune femme tapa quelques touches sur un clavier d'ordinateur et dit que oui tout était en ordre, que j'étais attendu à quatorze heures trente, mais demanda si je pourrais arriver quinze minutes plus tôt, le temps de passer par le contrôle de sécurité.

De retour au taxi, je demandai au chauffeur de me conduire à *l'Hôtel am Rathaus* dans une petite rue du côté de la Place du Marché. À cette époque de l'année, les hôtels étaient généralement moins qu'à moitié pleins et bientôt je me retrouvai bien calé sur le lit dans ma chambre fermée à clé, pour une sieste qui, je l'espérais, me remettrait d'aplomb pour l'après-midi et la soirée.

Vers quinze heures, j'étais à nouveau dehors, habillé en touriste. Il y avait un vent froid soufflant de la Neckar, une condition qui justifiait largement de m'être bien emmitouflé et de marcher tête basse. Je passai vingt minutes à écouter la répétition de l'organiste dans la *Heiliggeistkirche* de la *Marktplatz*, remontai le long de la *Hauptstrasse*, m'arrêtai pour déguster un verre de vin au *Palmbräugasse,* pour ensuite continuer à l'*Universitätsplatz* où je passai quarante minutes à la librairie Lehmann. Werner m'avait fait ses remontrances sur mes lectures, disant qu'il ne connaissait personne à part moi qui avait essayé de lire Thomas Mann et Hölderlin pour le plaisir de la chose et que peut-être je devrais essayer ce que les Allemands normaux lisent. Pour contrer mes grimaces de protestation, il avait suggéré des *Krimis* (romans policiers) par Wolfgang Burger ou ceux d'Ursula Meyer. Lehmann en avait une bonne sélection, alors j'en ramassai deux de chaque auteur, dans l'espoir d'y trouver des choses que je pourrais utiliser comme base pour une bonne argumentation avec Werner. De Lehmann, je me dirigeai vers la rivière, traversai en direction de la *Hauptstrasse* et cédai honteusement à un parti pris culturel canadien tenace, me laissant débaucher à la cafétéria de Starbucks quand je passai à sa hauteur, puis je revins sur mes pas par *Altstadt* le long de l'*Unterestrasse*. Je m'arrêtai pour un autre verre de vin au *Café Knösel*, où je commençai à parcourir les livres que je venais d'acheter et dus concéder, à contrecœur, que la suggestion de Werner était excellente. Je commençai à lire les premières pages du *Heidelberger Requiem* de Burger et me trouvai rapidement absorbé.

Un tiraillement d'estomac m'incita à regarder ma montre. Je fus surpris de constater qu'il était presque dix-huit heures trente. N'ayant rien mangé depuis le déjeuner, j'avais prévu souper raisonnablement tôt, car je voulais revoir un peu de matériel dans ma chambre d'hôtel ce soir-là. Consultant ma carte, j'optai pour *Zum Roten Ochsen*, lequel était proche de mon hôtel, prévoyant faire un trajet par le *Kornmarkt* et passer devant la vieille *Akademie der Wissenschaften* en chemin. Il y avait un éparpillement décent de gens dehors et j'adoptai la cadence de leur pas.

Zum Roten Ochsen est une authentique vieille institution de Heidelberg, et hors saison les locaux se la réapproprient. Comme je passais la porte, je pénétrai dans un environnement agréablement bruyant et on me guida vers une table un peu à l'écart dans un coin. Quand je suis dans un autre pays, ça ne me dérange pas de m'asseoir et d'observer et je suis passablement contre toute forme de parade ou éclats de voix pouvant trahir le fait que je suis étranger. Cela deviendra trop évident bien assez tôt. Après tout, je voyage pour voir comment d'autres personnes vivent, non pas pour essayer de convaincre quiconque que ma façon de vivre est tellement meilleure et plus intéressante que leurs étranges petits rituels de vie. *Zum Roten Ochsen* est constitué essentiellement de deux chambres : une pièce principale où l'on entre depuis la rue et une autre sur la droite où l'on atterri en descendant une demi-volée de marches. Cette pièce plus basse semblait être celle où les locaux se rassemblent, boivent et chantent. Les murs sont faits de panneaux foncés, où s'y trouvent étroitement accrochés plusieurs photos, signées ou non, de visiteurs et d'invités remontant à des décennies. J'avais demandé à l'hôtesse qui m'avait assigné ma place s'il y avait une photo de Fermor quelque part, puisque ce dernier se souvenait du passage dans cette auberge comme d'un point culminant de son voyage à pied à travers l'Allemagne en 1933, mais il était clair qu'elle ne savait pas vraiment de qui je parlais.

« *Guten Abend. Zum Essen? Trinken?* » Je levai les yeux pour voir une serveuse allemande classique : cheveux blonds tirés vers l'arrière, yeux bleus brillants dans un visage ouvert, peau très claire et poitrine tardive d'adolescente, rehaussée par le traditionnel bustier d'office.

« *Beides* », ai-je réussi à dire et commandai un verre de riesling sec alors qu'elle plaçait une copie du menu en face de moi. Elle souriaient dit qu'elle serait de retour dans quelques minutes. À la table à côté de moi, toasts et tintements des verres de bière ponctuèrent le bruit de fond et une vague d'arômes de nourriture invitante flotta dans ma direction comme passaient des plateaux *Schnitzel*, *Steltze* et *Saumagen*.

Et puis, je fis une des choses que j'aime faire le plus : rester assis, à siroter mon vin, à attendre mon repas et simplement à me laisser imbiber du moment présent et du bruit des gens bien en vie.

Une image du café au moulin de Greenvale défila devant mes yeux, mais c'était hors contexte dans le cadre actuel et je la chassai de mes pensées. Les gens allaient et venaient dans un flux régulier. À mon grand soulagement, je ne reconnus personne dans la pièce. Mon plat de porc arriva et les yeux bleus pétillants m'ont demandé si je voulais un autre verre de vin, je répondis « pas tout de suite » et m'installai dans le plaisir lent de déguster ma nourriture. Une dame âgée s'arrêta à ma table dix minutes plus tard, demanda si tout était « schmeckt », à quoi je répondis la bouche pleine, par un hochement de tête bien sincère. Elle demanda si j'étais un étudiant, question à laquelle je répondis simplement « *zu alt* ». Elle poussa un rire de protestation et me dit que dans ce cas, je devais étudier l'allemand. « Toujours, mais ce n'est pas la raison pour laquelle je suis ici », répondis-je énigmatiquement dans l'allemand le plus familier que je pouvais articuler. Elle dit : « Ah, je vois », me complimenta sur mon allemand et disparut en direction d'une autre table.

Je sortis juste avant vingt heures. Il y avait encore passablement de passants dans la rue, mais je parcourus rapidement la quelque centaine de mètres jusqu'à mon hôtel, m'arrêtant deux fois pour regarder autour, vérifier qui était à proximité et ce qu'ils faisaient. De retour dans ma chambre d'hôtel, je récupérai la grosse liasse de notes de la poche intérieure de ma serviette, m'assis au bureau et me mis à travailler.

Il était prudent de supposer que l'autre partie savait que j'étais en Allemagne et qu'ils étaient là, quelque part autour. Il semblait que je leur avais filé entre les doigts à la gare, mais ce ne serait pas beaucoup plus qu'un répit temporaire. Ils retrouveraient ma trace assez rapidement. Ils prendraient probablement beaucoup de précautions pour rester discrètement à l'écart. À l'évidence, s'ils ne s'attendaient pas à découvrir quelque chose par ma présence ici, ils ne se seraient pas donné la peine de me suivre. C'était donc conforme à notre hypothèse de travail, qu'ils pensaient que je savais peut-être quelque chose qu'ils ne savaient pas, que peut-être je connaissais l'emplacement d'un "gros lot" que Burns pouvait connaître et avait grandement envie de s'approprier et qu'ils devaient me donner assez de liberté d'action pour les y conduire. Mais plus je me comportais comme un touriste et plus j'entretenais l'image de quelqu'un travaillant sur le terrain à un projet quelconque, technique ou historique et faisant des recherches à cet égard, sans rapport avec ce que recherchait Burns, plus ils étaient susceptibles de commencer à avoir des doutes. La seule chose dont j'étais raisonnablement sûr, d'une façon curieusement vague, était qui ce "ils" étaient. "Ils" seraient presque certainement exclusivement de ressources locales. "Ils" auraient des photos de moi. Mais je ne m'attendais pas à voir Burns ici, du moins pas avant qu'il pense que nous en étions au dernier acte. Il serait quelque part proche, mais resterait bien hors de ma vue. Malgré le fait que nous étions en Allemagne, Burns gardait l'avantage en raison des ressources dont il disposait. Les réserves de Stuart à propos de tout cela me revinrent à l'esprit. Pendant des mois, Burns avait été une présence sinistre dans ma vie, mais depuis que je m'étais rendu compte qu'il y avait assez d'informations pour le relier à la mort de Buck, une haine active de Burns s'était allumée en moi.

Après avoir travaillé sur mes notes pendant près de trois heures, je les remis en ordre, replaçai le dossier dans ma serviette et passai au lit. Demain s'annonçait une journée bien remplie.

Trente-neuf

Le déjeuner fut un buffet, la solution habituelle dans les hôtels allemands : excellent, détendu et aussi volumineux qu'on pouvait le désirer. Comme il y avait de bonnes chances que je ne puisse pas diner, je forçai la note avec les œufs brouillés, les saucisses, le fromage, la viande froide, le yaourt et les croissants, assez pour me supporter allègrement durant le reste de ce qui était susceptible d'être une longue mais intéressante journée.

Le premier élément de la liste des choses à faire était d'organiser une rencontre avec Heinz. Werner m'avait donné son nom « au cas où je voulais prendre un verre amical avec un gars de la place », avait déclaré qu'il était un informaticien indépendant, un débogueur utile et efficace qui s'est fait un nom et maintenant établi à Heidelberg, sa ville natale, mais travaillait pour des clients partout en Allemagne. J'avais contacté Heinz par courriel et il avait répondu presque immédiatement avec enthousiasme et une référence complimenteuse à l'égard de Werner. Nous nous organisâmes pour nous rencontrer à midi à la *Reichskrone*. Durant les trois heures et demie avant cette rencontre, je sortis avec ma caméra, visitai la statue de Robert Bunsen devant l'ancienne faculté de chimie sur la *Hauptstrasse*, puis fis la longue promenade au *Bergfriedhof* pour repérer la tombe de Bunsen, de Carl Bosch et celle de Leo Königsberger. Dommage que Kirchhoff ne soit pas enterré là aussi. C'était une journée fraîche, mais splendide et le cimetière était calme et agréable. Je localisai les tombes sans précipitation ni difficulté, j'ai pris mes photos puis déambulai simplement. Durant tout ce temps, à l'aide des astuces de Stuart, je restai attentif pour voir si personne ne me suivait. Rien.

À onze heures, je retournai en ville et arrivai au *Reichskrone* environ quinze minutes avant midi. Je n'eus aucune difficulté à repérer Heinz. Werner avait dit : «°Cherche un homme entre deux âges, éclatant de vitalité » et voilà que je le trouvai assis dans un coin tranquille du pub. Je souris et il me fit signe debout, la main levée. Il avait environ dix ans de moins que moi, légèrement plus grand, cheveux bruns ondulés et l'air scandaleusement en forme. Je m'assis pour avoir une vue sur l'entrée du pub et sur la majorité de son espace intérieur. Personne n'est entré immédiatement après moi. Personne ne semblait nous prêter attention. Deux jeunes hommes entrèrent environ dix minutes après moi, mais partirent peu de temps après. Il semblait que je n'avais pas été suivi.

« Vous devez être Richard, déclara-t-il dans un anglais clair et distinctement accentué. Bienvenue à Heidelberg.

— Vous devez être Heinz. Cela ressemble à un accent de Boston. MIT?

— Incroyable! Personne ne m'a jamais débusqué aussi vite. Oui. J'ai passé trois ans au MIT. Mais beaucoup plus important que tout cela, qu'est-ce que vous prenez comme poison?

— Ha! Je n'ai pas très souvent entendu les gens appeler ça du poison en Allemagne. Un riesling bien sec. »

L'intimation de Heinz fut un croisement entre une demande enthousiaste de rejoindre la fête et le commandement d'un centurion; le serveur s'empressa vers nous. Les boissons furent commandées et le serveur répondit de façon prévisible aux signaux de Heinz. Vingt secondes plus tard, deux verres de vin apparurent devant nous.

« *Zum Wohl!*, lançai-je.

—Zum Wohl!, répondit Heinz, *und herzlich wilkommen in Deutschland»*, entrecoupé d'une rapide gorgée de vin, même si je comprends de Werner que vous n'êtes rien d'un étranger ici, continua Heinz en allemand.

Je lui fis un bref résumé de la façon dont mes liens avec l'Allemagne s'étaient développés au fil du temps. Il hocha la tête tout en me passant un petit interrogatoire amical, mais non dissimulé, puis me complimenta sur la qualité de mon allemand. Au lieu de mes protestations habituelles, je lui dis que j'espérais bientôt pouvoir berner certains Allemands à croire que j'étais réellement Allemand.

«Au lieu de "bientôt" et "certains", je dirais "maintenant" et "beaucoup", dit Heinz en affichant une mine impressionnée. Mais Werner est resté très vague sur le motif de votre présence ici…

— Oui, confirmai-je. Il a été vague parce que je ne lui en ai pas beaucoup dit. Sur ce, je lui fis un topo rapide sur mes recherches de documents religieux du XVIe siècle.

— Un peu en dehors de l'expertise habituelle d'un ingénieur chimiste, non?

— Très loin en effet, mais c'est une longue histoire dans laquelle j'ai été entraîné qui a commencé au Canada et a des liens ici et aux États-Unis. J'espère que je pourrai tirer tout ça au clair d'ici une semaine ou deux.

— Ça sonne délicieusement mystérieux. Comment se fait-il que rien d'aussi merdique ne m'arrive jamais à moi?

— Croyez-moi Heinz, c'est une merde que je ne souhaite à personne. » Je pense que ma réplique lui fit sentir le côté sombre de ma démarche et nous sirotâmes notre vin pendant la conversation changeait tranquillement de vitesse.

J'étais assez sûr que Werner avait indiqué ce que j'aurais à faire d'autre à Heidelberg et Heinz hocha la tête comme je fis allusion à ma visite à l'institut Max Planck dans l'après-midi et mes interviews avec deux autres professeurs le lendemain.

« Et vous rédigez des histoires en fonction de ces interviews?

— Oui, dis-je en hochant la tête. J'ai toujours aimé écrire, il y a des petits sites en ligne qui s'intéressent beaucoup au matériel que j'ai suggéré, basé simplement sur ce que j'ai déjà pu découvrir sur Internet et avoir ça comme motif pour faire les interviews est à la fois intéressant et divertissant.

Nous avons parlé de son travail pendant quelques minutes, j'ai commandé deux autres verres de vin et j'ai risqué une demande.

— Serait-ce trop vous demander de me faire une petite faveur, Heinz? Je sais que ça sonne étrange alors qu'on se connaît depuis moins d'une demi-heure, donc sentez-vous bien à l'aise de dire non.

— Cela dépend de la faveur. Est-ce que j'aurai besoin d'un pistolet et d'une pilule de cyanure?

Je lui expliquai ce que je voulais.

— Schwetzingen! Aucun problème. Après-demain? D'accord!

Nous avons continué avec le vin.

— Parlez-moi de votre moulin, dit Heinz avec un enthousiasme qui me surprit. En voyant ma réaction, il se mit à rire et ajouta : Werner est mort de jalousie à votre égard, je pouvais le dire simplement au son de sa voix au téléphone.

La version abrégée me prit environ dix minutes.

— Wow! Comme c'est cool? Vous avez des photos?

Je sortis ma tablette et rapidement trouvai une demi-douzaine de photos de choix pour qu'il puisse se faire une idée.

— Vous êtes diablement chanceux!, insista-t-il longuement. Ici, ce ne serait pas possible.

Je posai des questions à Heinz au sujet de Heidelberg et il me fit un résumé en cinq minutes de son vécu en tant que natif de cette ville.

— Quand mon père est mort il y a deux ans, il a dit en concluant, la maison familiale m'est revenue. Je pensais la vendre, mais j'ai ensuite reconsidéré l'idée. J'ai de bons souvenirs ici et Heidelberg est assez central, Angela aime bien et quoi, il faut bien vivre quelque part.

Heinz regarda subrepticement sa montre.

— Je suis désolé, dis-je. Je vous retarde pour quelque chose?

— Non, a-t-il protesté. Je pense davantage à votre rendez-vous dans trente-cinq minutes.

Nous vidâmes nos verres puis je fis signe au serveur afin de régler l'addition. Heinz me donna sa carte d'affaire et me dit de l'appeler au sujet des détails pour le lendemain.

— J'ai bien aimé notre rencontre, déclara-t-il en me donnant une poignée de main ferme. Il faut que l'on remette cela, mais la prochaine fois, ce sera chez moi. »

Et puis il est parti, avec cette allure concentrée typiquement germanique. De ma tablette, j'envoyai un courriel à Werner en disant que je venais tout juste d'avoir une rencontre intéressante et un verre avec Heinz, en le remerciant de nous avoir présentés en lui posant quelques autres questions.

Ma tablette rangée, je descendis à *Neckarstaden*, y trouvai un taxi et fonçai vers le Max Planck Institute.

Le Dr Gert Eisenegger était court, mince, avec des cheveux blancs longs et parlait d'une voix étonnamment profonde et résonnante. Bien sûr, je m'étais renseigné sur son parcours académique avant de partir de Toronto et il était impressionnant. Nous avons sympathisé instantanément.

Il était clair qu'il n'avait aucune idée réelle pourquoi j'étais là ou ce que je voulais, alors je lui remis une feuille avec mon propre parcours académique et professionnel tout en expliquant ce que j'espérais pouvoir discuter au cours de la demi-heure suivante. Il se détendit quand il devint clair que mon allemand était aussi bon que son anglais. Il se détendit encore plus et de façon notable, lorsqu'il a repéré des articles sur la physique nucléaire dans mes antécédents et plus encore quand je commençai la discussion en expliquant mon intérêt pour un de leurs projets actuels, tout en affichant une compréhension raisonnablement profonde du projet. À partir de ce moment, il fut impossible de l'arrêter et si son enthousiasme était aussi contagieux chez ses collègues et employés que pour moi, je pouvais comprendre pourquoi il était chef de projet.

Il n'a pas tant parlé que livré un séminaire éclairé et passionnant, me passant des graphiques et des photos au bon moment, comme s'il disait « et vous pourrez constater sur cette illustration... » J'ai pris des notes en abondance, mais après quarante-cinq minutes, quand j'ai commencé à faire des signaux qu'il était temps de conclure, Eisenegger me donna une reliure d'un demi-pouce sur papier glacé de qualité, couvrant tout ce dont il avait parlé.

Je le remerciai chaleureusement, lui promis une copie de mon article final que j'allais produire et ramassai mes affaires.

« S'il vous plaît, revenez n'importe quand, docteur Gould. Il fit une légère pause. Peut-être pouvons-nous rester en contact » et me remit plusieurs de ses cartes d'affaire.

La jeune femme à la réception m'appela un taxi. Nous fîmes un arrêt en chemin, pour choisir une caisse de bouteilles assorties de bon vin français, je payai et copiai l'adresse sur la carte d'affaire de Heinz où je voulais qu'elle soit livrée. À quatre heures moins le quart, j'étais de retour dans ma chambre d'hôtel.

Mon porte-documents était là où je l'avais laissé sur le banc pour poser les bagages, au fond et à l'écart dans la pièce, mais en regardant au sol, j'aperçus la petite perle posée sur le tapis gris du plancher, au lieu d'être nichée dans la couture en cuir sur le coin supérieur gauche de ma serviette où je l'avais placée. Cela aurait pu être la femme de chambre, mais je ne croyais pas. Quelqu'un d'autre était venu dans ma chambre, avait ouvert ma serviette. Cela signifiait qu'on avait passé à travers toutes mes notes.

Je me demandai brièvement ce qu'ils avaient pensé des cinquante pages de matériel sur Robert Bunsen, photocopié de diverses sources, de la soixantaine de pages sur Gustave Kirchhoff, des vingt-deux pages d'appréciation de la vie de Leo Königsberger et pas un indice de quoi que ce soit sur des documents religieux du XVIe siècle.

Je souris.

Mais je savais que tout cela était une bravade de ma part.

Derrière tout, derrière la violence et le séisme qui avait frappé Greenvale, surtout après la mort de Buck, il y avait ce bâtard de Burns et de plus en plus je me trouvais disposé à employer tous les moyens pour le sortir définitivement de ma vie et l'éliminer comme menace pour les personnes qui me tiennent à cœur. Mêlé à cela, cependant, un désir plus profond, plus vif et plus chaud brûlait en moi. Un désir de vengeance.

Quarante

La journée à Schwetzingen.

Après un déjeuner détendu, je fis mes bagages, enfilai mon manteau et mes gants et partis pour le centre-ville. À la gare, je déposai mes affaires à la consigne, puis me réfugiai dans les toilettes des hommes, enfermé dans une des stalles pour revoir mon plan de la journée que je mis ensuite à exécution. Il y avait une entrée directement de la gare au magasin de location de vélos, où je suis entré pour récupérer le vélo que j'avais réservé et payé par téléphone la soirée précédente. Après avoir réglé le siège, vérifié les pneus, m'être assuré que j'avais des outils et une trousse de réparation de pneus, je poussai le vélo à l'extérieur.

C'était une journée agréable, une lumière diffuse mais brillante traversait un ciel brumeux. Ma tenue en lycra bleue et argentée, le casque rouge et noir et les lunettes de soleil enveloppantes n'étaient qu'un déguisement partiel, mais elles causeraient au moins une interruption temporaire d'identification. J'enfilai mon sac à dos, enfourchai le vélo et quittai la gare rapidement. Je trouvai sans difficulté la rue qui longeait la rivière en direction Schwetzingen dont le Château est décrit comme un petit Versailles dans le Palatinat. Le trafic entrant dans Heidelberg était dense, mais dans la direction qui me concernait, plutôt léger. Après environ un demi-kilomètre, je vérifiai dans les rétroviseurs installés sur le guidon, un détail que j'avais spécifiquement demandé en faisant la réservation. La circulation derrière moi ralentissait en me suivait pendant quelques instants, puis me dépassait dès que l'occasion se présentait. Pour l'instant il y avait derrière moi un taxi, une fourgonnette de livraison Peugeot, une BMW grise et une Mini bleue et noire. Après un autre kilomètre, je vérifiai encore : Mercedes grise, Passat noire et Opel rouge. Un autre demi-kilomètre : modèle récent de Renault, une moto et l'Opel rouge toujours à la traîne. Un kilomètre plus loin, encore l'Opel rouge, loin derrière, mais rien d'autre.

La route courba progressivement vers la gauche et j'arrivai à Pfaffengrund. Les rues résidentielles défilaient de chaque côté. Bientôt, je passai sous l'E35 et des indications pour Eppelheim apparurent. *Eppelheimerstrasse* était droit devant, mais il y avait maintenant une piste cyclable séparée à droite de la chaussée. La route virait de nouveau doucement à gauche. Un peu plus loin, la piste cyclable se divisait. Une branche suivait l'*Eppelheimerstrasse*. L'autre continuait à travers un ensemble de poteaux d'acier distants d'environ trois pieds entre eux, formant une barrière sur la piste et était suivie d'un parcours ouvert dans les champs. J'optai pour la branche vers les champs ouverts. Dans mon miroir, je pus voir l'Opel rouge s'arrêter, attendre quelques secondes, puis s'élancer dans un crissement de pneus le long de l'*Eppelheimerstrasse*. Environ trois kilomètres plus loin, la piste cyclable entrerait dans un bois de hêtre et je serais perdu de vue pour ceux qui étaient dans l'Opel rouge.
Une partie de la brume s'est levée. Le soleil sortit et approuva brillamment ce départ. Je souris en songeant à Robert Browning : *Dieu est dans son Paradis, tout va bien dans le monde!* Je continuai à pédaler sans soucis. Mais je ne comptais pas vraiment les semer. Tout au long du chemin de Schwetzingen, ils pourraient me suivre, à condition qu'ils aient une bonne paire de jumelles, à condition qu'ils aient une bonne carte et à condition qu'ils gardent leur sang-froid. Peut-être qu'une ou plusieurs de ces conditions ne serait pas remplie et dans ce cas, tant pis pour eux. Ils auraient simplement à revenir en arrière et confesser leur échec.

À un rythme régulier et confortable, il me fallut un peu moins d'une heure pour atteindre Schwetzingen. En circulant dans la ville, je trouvai la *Schlossplatz*, localisai un petit restaurant juste à côté et continuai de faire du vélo autour de la *platz*, à observer. Bientôt je trouvai ce que je cherchais en même temps que j'aperçus une Opel rouge entrer à la hâte dans le stationnement sur un côté de l'entrée au *Schloss*. Je posai les pieds à terre, poussai mon vélo jusqu'à environ dix mètres du restaurant, le verrouillai dans un porte-vélos et pénétrai dans le restaurant. Je consultai l'affiche du menu sur le mur, puis passai aux toilettes à l'arrière.

J'étais dans la toilette des hommes depuis environ une minute quand il est entré.

« Heinz! Content de vous revoir. Comment vont nos manigances?

— Nos manigances vont bien, surtout après que j'aie vu cette caisse de vin que vous m'avez envoyée. Je dois insister pour que vous la repreniez. C'est trop.

— Et bien Heinz, vous avez déjà perdu votre matinée et en tant qu'Allemand et cycliste accompli, il vous faudra, oh, un autre quinze minutes pour retourner à Heidelberg. Si ça se trouve, c'est moi qui vous dois une autre caisse.

Cette plaisanterie continua pendant une demi-minute.

— Je suis désolé que vous deviez porter ces vêtements pleins de sueur et enfourcher mon vélo de pacotille. Procédons au changement.

J'ai hésité un moment et Heinz leva un sourcil.

— Je dois vous dire, Heinz, je crois que j'ai été suivi jusqu'ici. C'est une Opel rouge garée de l'autre côté de la place. Je ne veux pas vous impliquer dans cette merde plus que vous ne l'êtes déjà, alors j'espère que vous pourrez rapidement les semer sur le chemin du retour s'ils décident d'essayer de vous suivre.

Heinz hochait la tête et souriait.

— Certains de mes clients sont les personnes les plus anales, secrètes et paranoïaques sur la planète. Cette petite scène ici pâlit d'insignifiance par rapport à ce que j'ai parfois à faire dans mon travail pour eux. Arrêtez de vous en faire. L'itinéraire pour retourner à Heidelberg sera très loin d'une route et tellement obscurci par le feuillage des arbres que même un hélicoptère ne pourrait me suivre. J'ai parcouru à vélo les banlieues de Heidelberg pendant des années. Je connais mieux ses sentiers que les lignes au creux de ma main. Mais pour la rigueur de l'exercice, je vais vous envoyer un courriel dès que je serai rentré pour vous rassurer et vous rapporter toute activité suspecte.

Je hochai de la tête et le remerciai, mais je restais préoccupé.

— Vous vous rendez compte que s'ils vous perdent de vue, ils pourraient simplement aller vous attendre au stand de location de vélos.

— L'entreprise où vous avez loué, a quatre sites à Heidelberg. Je peux retourner le vélo à n'importe quel d'entre eux. Ou, je peux les appeler de chez moi et dire que le vélo fonctionne mal et ils vont venir le chercher. Ils ne vont pas venir surveiller chez moi, car ils ne savent pas qui je suis et où j'habite. Alors arrêtez de vous en faire. Je ne suis gêné en rien par ce petit jeu. »

Dix minutes plus tard, vêtu de vêtements cyclistes bleus et argentés, d'un casque rouge et noir et de lunettes de soleil enveloppantes et ses vêtements de ville dans mon sac à dos tout juste vidé des miens, Heinz déverrouilla la bicyclette et l'enfourcha en direction de Heidelberg. Comme j'observais attentivement la scène à travers une fenêtre du restaurant, je vis l'Opel rouge quitter son emplacement de stationnement et partir à la suite du vélo. J'attendis quinze minutes, puis je sortis du restaurant.

Dans le deuxième sac à dos que j'avais maintenant enfilé sur mon dos et qui avait été soigneusement plié dans celui maintenant parti à Heidelberg avec Heinz, j'avais trois vêtements de rechange, ma tablette, mon ensemble de toilette et un des livres de Wolfgang Burger. Donc, j'étais bien paré. Le voyage en autobus local de Schwetzingen à Ladenburg, sans passer par Heidelberg, fut long et un peu ennuyeux, mais somme toute une promenade agréable. Suivant notre trajet du mieux possible sur la plus détaillée des cartes locale que j'avais pu trouver à Heidelberg, je réussis à prédire sans difficulté quand nous serions arrivés près de Ladenburg. Il me fallut être quelque peu persuasif pour convaincre le conducteur de me laisser descendre dans ce qui semblait être le milieu de nulle part et que c'était une bonne chose qu'il continuait jusqu'à Ladenburg parce qu'il ne m'oublierait certainement pas. Je descendis sur le côté de la route, l'autobus reprit son chemin vers Ladenburg et je commençai à marcher. Le ciel s'était couvert de plus en plus au cours des dernières heures et au cours des quinze minutes suivantes, une pluie fine se mit de la partie.

Même si j'avais fait une recherche méticuleuse sur Internet plus tôt et localisé trois endroits possibles, il m'avait fallu beaucoup de temps pour arrêter mon choix sur ce que je cherchais exactement : une petite auberge isolée, *Gasthaus im Wald*, à l'écart de la route et non loin de la petite colonie de Rosenhof. Une fois rendu, je marchais sous la pluie depuis un bon moment et avais l'air un peu piteux, même si mon attirail haute-technologie contre la pluie avait fait en sorte que l'eau était restée à l'extérieur.

Peut-être y avait-il eu une forêt quand le *Gasthaus* avait été construit initialement, mais maintenant, il se trouvait au milieu d'une douzaine de grands hêtres dans des champs autrement dégagés. Il était invitant par sa simplicité et une seule voiture se trouvait garée sur un de ses côtés, probablement celle du propriétaire.

De l'extérieur et comme je le constatai plus tard de l'intérieur, *Gasthaus im Wald* avait cet aspect intemporel auquel on s'habitue en Allemagne. Il pouvait avoir été construit n'importe quand entre cinquante et deux cents ans auparavant. C'était une construction de trois étages avec ce qui semblait être, en saison, un jardin de fleurs très attrayant à l'avant et un grand potager complet à l'arrière, avec ce qui ressemblait à des dépendances pour le jardinage. On pouvait lire "Cognez et entrez" sur un panneau décoratif en porcelaine sur la porte. Mon cognement hésitant eut pour écho un «°*Herein*!°» de l'intérieur et j'ouvris la porte pour entrer. À l'intérieur, le sol de l'entrée était pavé de pierres plates, les murs semblaient en noyer fortement obscurci par l'âge et un petit comptoir qui semblait jouer aussi le rôle de bar était occupé par une femme plantureuse à la chevelure longue et maintenant d'un blond fané, absorbée par des papiers sur lesquels elle travaillait.

« Oh, mon pauvre monsieur! », dit-elle en levant les yeux et en m'apercevant.

280

« Mais certainement!, répondit-elle à ma question si elle avait une chambre disponible. Permettez-moi de vous la montrer tout de suite. Vous devez vous changer de ces choses humides sans retard. » Plutôt que de protester, je retirai mon chapeau de pluie et ma veste et les pendis à des crochets au-dessus d'un espace qui semblait être pour les bottes boueuses, alors qu'elle continuait avec sa sollicitation hospitalière et son incitation à la suivre. L'endroit semblait avoir quatre grandes chambres, numérotées de 2 à 5 pour une raison quelconque, au premier étage, ce qui serait appelé le deuxième étage chez nous à Greenvale. Elle s'inquiéta un peu plus, mais je dis que tout avait l'air excellent et exactement ce dont j'avais besoin. Elle répéta avec insistance que je devais mettre des vêtements secs et que lorsque ce serait fait, il me faudrait descendre et me ressourcer avec un bon schnaps, ce genre de médecine étant essentielle en Allemagne, où les mauvais germes de rhumes, de maladies, et pire encore, se cachent dans pratiquement chaque buisson.

Bien que ma chemise soit restée sèche sous ma veste de pluie, je me changeai de toute façon pour éviter une autre ronde d'admonitions. Redescendu au rez-de-chaussée, je trouvai que Frau Rohde, comme elle s'était présentée, était dans une petite salle attenante, versant deux bonnes mesures de schnaps aux pêches. Elle me fit signe, me conduit à un siège, leva son verre et entonna avec force : « *Zum Wohl!* », probablement plus en guise d'incantation pour instiller la peur dans le cœur des éléments hostiles qui sans aucun doute rôdaient autour avec l'intention de me terrasser. Ce schnaps était vraiment excellent, une authentique essence de pêche atteignant mon nez comme je levai mon verre à mon tour.

Frau Rohde se révéla être une interrogatrice accomplie et eut bientôt extrait de moi mon nom (honteusement, pour moi, pas le vrai), d'où j'étais parti le matin et quel était mon intérêt pour cette partie du pays. Je me lançai dans un court exposé sur l'histoire romaine de Ladenburg, disant que je m'étais particulièrement intéressé à l'empereur Vespasien et à son époque et voulait obtenir de l'information de première main sur Ladenburg, ou Lopodunum comme on l'appelait sous le règne de cet empereur. J'ai ajouté, sur ce que j'espérais être un ton conspirateur, que d'autres personnes partageaient les mêmes intérêts que moi et seraient sans doute mortes d'inquiétude ou de jalousie si elles apprenaient que j'étais sur place pour des recherches sérieuses. Elle hocha la tête avec compréhension, ajoutant qu'avec elle, mes confidences étaient en sécurité. Elle continua en disant cependant et avec une note de tristesse, qu'il restait très peu de choses de ces temps révolus, tout en exprimant sa grande fierté de la longue et distinguée histoire de Ladenburg, un point de vue qui, j'allais sans doute l'apprendre assez vite, était partagé et conservé assez férocement par les gens du village. Une comparaison tacite et moins flatteuse avec la cité (plus récente) de Heidelberg flotta dans l'air jusqu'à ce que je valide sa déclaration par ma propre suggestion que le temps entre aujourd'hui et le XIVe siècle, soit le début de la prééminence moderne de Heidelberg, n'était rien en regard des racines historiques beaucoup plus substantielles de Ladenburg.

Sur quoi, elle s'illumina d'un sourire approbateur et remplit nos verres à nouveau : « *Sie sprechen aber ausgezeichnet Deutsch für eine Engländer.* » Je la remerciai pour ce compliment sur mon allemand et je ne me donnai pas la peine de corriger son hypothèse quant à ma nationalité. Nous continuâmes à discuter pendant environ vingt minutes, au cours desquelles j'appris qu'elle et son mari étaient nés à Cologne, qu'ils avaient déménagé à Ladenburg il y avait de cela plusieurs années quand il avait obtenu un emploi de rêve au musée Benz et qu'ils avaient exploité ce *Gasthaus* comme une petite entreprise. Lui, hélas, était décédé subitement quatre ans plus tôt, mais l'avait laissée à l'abri de soucis financiers. Le *Gasthaus* était presque un divertissement maintenant, mais la gardait très occupée en saison tout en lui permettant de rencontrer un large éventail de personnes très différentes de ses amis et ses connaissances à Ladenburg. Une fois nos verres vides, Frau Rohde jeta un coup d'œil à l'horloge de la cheminée et me demanda si j'avais des plans pour souper plus tard en soirée, car sinon, elle serait heureuse que je me joigne à elle pour un *hirschgulasch*. J'acceptai tout de suite, lui disant à quel point j'appréciais le *hirsch* (cerf), ce à quoi elle réagit par un large sourire, déclara que nous allions manger à dix-huit heures trente, récupéra les verres et la bouteille de schnaps, puis retourna travailler.

De retour dans ma chambre et disposant de deux heures avant le souper, je sortis ma tablette, heureux de constater que l'accès Internet mentionné par Frau Rohde fonctionnait bel et bien et une fois connecté, je vis immédiatement un courriel de Heinz.

"Retour sans incident, écrivait-il. Contrée magnifique à cette période de l'année. Pas de signe de fleurs rouges toxiques. Paquet livré sans être observé et le sujet reste incognito. Réussi à prendre plusieurs photos d'un pilote malheureux. Ci-jointes. Rencontrons-nous à nouveau quand vous serez disponible."

Une fois que j'eus arrêté de rire, j'envoyai un long courriel à Stuart, résumant mes activités des derniers jours, lui disant où j'étais maintenant, que mon porte-documents et la plupart des choses que j'avais apportées de Königstein étaient restées dans une consigne à la gare de Heidelberg, que je prévoyais faire des vérifications de reconnaissance préalable pendant deux jours, puis commencer la prochaine phase de ce que j'avais à faire à Ladenburg.

Sur la tablette, j'avais également toutes les notes que j'avais rassemblées au cours des derniers mois, comptant maintenant plusieurs centaines de pages, mais organisées de telle sorte que les éléments individuels importants étaient faciles à localiser. J'avais aussi un répertoire de photos qui comprenait toutes les personnes que nous avions photographiées, plus des photos de Burns et Ambrose, telles qu'obtenues par Stuart par divers moyens. J'ai examiné d'abord, tout le matériel que j'avais sur Ladenburg, ensuite revu une fois de plus tous les documents qui m'étaient parvenus via Masson et les résultats obtenus à partir des recherches effectuées par le pirate informatique de Stuart. N'ayant pas regardé tout ça depuis quelques jours, j'étais ouvert à la possibilité que quelque chose de nouveau puisse surgir mais cela ne s'est pas produit. Il n'y avait rien ici pour changer mon point de vue sur les choses, même si les mêmes incertitudes restaient. Malgré tout mon travail et même si mes présomptions de base restaient correctes, je ne pouvais pas écarter la possibilité réelle que je serais incapable de localiser ce que je voulais, que ce serait là, quelque part, mais hors de portée. Encore plus négativement, je pourrais être complètement dans l'erreur et découvrir que toute l'affaire n'était rien d'autre qu'une illusion, que le "gros lot" n'existait pas réellement, dans quel cas tout ceci aurait été une perte de temps, mais avec un réel potentiel de danger pour ma personne. Il n'y avait aucune raison de continuer à ressasser une éventualité aussi déprimante.

J'examinai mon plan d'action, ce que je ferais dans les deux prochains jours. Ce devait être la treizième fois que je faisais l'exercice et encore et toujours je ne pus rien trouver à ajouter ou à changer. Juste après dix-huit heures, heure locale, une réponse de Stuart arriva.

"Envoie-moi le numéro de plaque de l'Opel rouge. Je suis en train de regarder des cartes détaillées de la région autour de Ladenburg. Dis-moi précisément où tu te trouves actuellement par rapport aux bâtiments de Rosenhof. Aussi, s'il te plaît envoie-moi un courriel juste avant de partir pour Ladenburg et donne-moi une idée de combien de temps tu crois qu'il te faudra pour y arriver d'où tu es présentement.

Souviens-toi qu'un plan est fondé sur un ensemble d'hypothèses. L'ensemble pourrait être incomplet. Une ou plusieurs des hypothèses pourraient être fausses. Ne te laisse pas aveugler par l'attente que les choses vont se produire comme prévu. Essaye de déterminer pourquoi et comment elles pourraient se réaliser différemment et ce que tu feras le cas échéant.

L'emplacement de Burns n'est pas connu. Mon observateur ne l'a pas aperçu depuis trois jours à Philadelphie. Sois très, très prudent Richard."

J'accusai réception, puisque Stuart était manifestement inquiet. Mais là, c'était l'heure d'aller souper et la sauce capiteuse d'un *hirschgulasch* était une chose pouvant bannir toute préoccupation.

Au moins pour un moment.

Quarante-et-un

Presque à partir du moment où je quittai ma chambre, il était évident que Frau Rohde était une cuisinière très compétente. Les arômes qui emplissaient l'air en venant à ma rencontre en étaient une indication convaincante. La table était mise pour deux, une bouteille de riesling sec local avait été ouverte et sur le côté, deux fromages se réchauffaient sur un plateau qu'ils partageaient avec un généreux monceau de moitiés de noix.

« Bonsoir, monsieur Rowntree, lança joyeusement Frau Rohde en émergeant de la cuisine et portant une assiette de pâté et de tranches d'un pain de grain entier plutôt foncé. S'il vous plaît, prenez place et servez-vous du vin et du pâté. J'ai encore une dernière chose à surveiller avant de me joindre à vous » et elle s'éclipsa dans sa cuisine.

Je versai du vin pour nous deux, présumant peut-être un peu trop vite que mon hôtesse en prendrait, puis passai un moment à circuler autour de la salle à manger pour regarder les tableaux accrochés aux murs. C'étaient un assortiment éclectique, comprenant ce qui semblait être des photos de famille sur deux générations ou plus et quelques toiles : l'une, des beaux bâtiments en brique abritant le Musée de l'Auto Benz, une autre d'un arbre fruitier en pleine floraison sur le bord de ce que je supposai être la Neckar, un rendu du *Gasthaus im Wald* reposant sur un damier de soleil et d'ombre sous les hêtres au milieu de l'été et une vue brillante, presque impressionniste, de l'Alte Brücke à Heidelberg au coucher du soleil.

« Elles sont toutes de mon mari. C'était son hobby depuis plus de quarante ans.

— Je me retournai brusquement, ne l'ayant pas entendue entrer.

— Elles sont superbes, dis-je. En a-t-il vendu beaucoup?

— Non. Il en a donné quelques-unes, mais il ne les vendait pas. Je n'ai jamais vraiment su pourquoi. Vous semblez vous y connaître un peu en peinture.

— Non, pas vraiment. J'avais l'habitude de faire beaucoup d'esquisses et de travailler l'aquarelle, mais j'ai abandonné cette activité une fois que j'ai commencé ma vie professionnelle. Y a-t-il d'autres toiles accrochées ailleurs dans la maison?

— Quelques-unes, répondit-elle. La plupart de ce qu'il a fait est entreposé dans le grenier.

— Combien?, demandai-je, par politesse et sans intention particulière.

— Plus que cinq cents.

— Bon Dieu!, dis-je, presque involontairement.

— Oui. Je ne sais pas vraiment quoi faire avec tout ça. Mais venez, mangeons. Nous pouvons en discuter plus tard. »

Cette cache considérable d'art était quelque chose que Werner pourrait bien être intéressé de connaître.

Malgré le fait que nous étions séparés par une légère barrière linguistique, étant donné mon allemand moins que parfait, par une différence culturelle de magnitude incertaine et que nous ne nous connaissions presque pas, la soirée fut une expérience sociale délicieuse et sans contrainte. Frau Rohde réussit à diriger la discussion avec une grande compétence, démontra un sens de l'humour sophistiqué, n'était pas alarmée par un silence occasionnel et avait une connaissance remarquable de la littérature allemande. Elle sonda mes propres connaissances de celle-ci, semblant être ravie de ce qu'elle découvrait et posa des questions intéressantes sur la littérature anglaise. Elle exprima aussi des regrets de ne pas avoir pu elle-même poursuivre davantage son éducation, réduisant cela à la réalité d'un temps passé, de lieux et de circonstances qu'elle semblait voir avec distance maintenant.

Mon inquiétude à propos d'un éventuel décalage entre le pâté et le *hirschgulash* s'avéra être sans fondement. Le pâté était léger et délicat et en aucun cas capable de voler le tonnerre gustatif exceptionnel du *gulasch*. Accompagné du *spätzle* maison, de chou rouge et de gelée de groseilles également confectionnés par elle, le tout formait un repas dont je me désolais de voir arriver la fin. Nous nous sommes attardés sur le fromage, le café et le schnaps jusqu'à ce qui sembla pour moi le bon moment de mentionner le travail qui m'attendait et qu'il fallait m'excuser puisque je devais y retourner. Frau Rohde me posa quelques questions pratiques sur mon emploi du temps et je lui ai dit que j'avais besoin de la chambre pour trois nuits au total. En réponse à sa question suivante, je dis que oui, je serais ravi de prendre mes repas du soir avec elle. Elle me demanda si je voulais utiliser un vélo et indiqua qu'il y en avait deux dans le hangar du jardin, dont les clés étaient sur un clou à côté de la porte d'entrée. Je la remerciai, mais lui dis que le lendemain, j'irais à pied. Quand j'ajoutai que je n'aurais pas besoin de déjeuner au matin et que je devais partir très tôt, elle protesta vivement, mais à la fin, elle a cédé. Elle refusa mon offre de l'aider à nettoyer la table, alors je la félicitai pour le splendide repas et lui souhaitai bonne nuit.

J'espérais que la pluie continuerait le lendemain, car cela me permettrait de me dissimuler sous mon attirail contre la pluie au point où je serais méconnaissable. Mon plan était d'explorer les parties périphériques de Ladenburg, me familiariser avec la disposition de la ville et m'informer autour des possibilités de promenade organisées. Je garderais un œil aussi sur l'Opel rouge, non pas que je m'attendais particulièrement à l'apercevoir, sans oublier de vérifier attentivement si je reconnaissais des personnes rencontrées la semaine dernière, comme l'observateur près de chez Werner, le jeune homme aux cheveux sable de la gare de Mannheim et le chauffeur de l'Opel sur les photos transmises par Heinz.

Je travaillai jusque vers minuit et demie, repassai à nouveau le matériel de Masson, mon plan pour les trois prochains jours et la collection sur ma tablette des photos de tous les gens que je voulais éviter, mais que je pourrais tout de même rencontrer. Quand j'éteignis, le goulasch de cerf, combiné au vin et au schnaps me jetèrent dans un sommeil profond à partir duquel j'émergeai complètement rafraîchi juste avant six heures.

Après des ablutions et un rasage très rapide, je me faufilai en bas vers six heures quinze. Sur la table dans le couloir était posé un petit sac étiqueté *"Herr Rowntree"*. Il contenait un œuf bouilli, un rouleau de pain généreusement bourré de viande et un morceau de fromage. Elle avait donc prévalu après tout.

Comme je l'avais espéré, le ciel était lourdement couvert et il y avait une bruine constante. Ma carte locale, imperméable à l'eau, était repliée dans ma poche, mais je la connaissais pratiquement par cœur. De *Gasthaus im Wald*, je fis mon chemin le long de plusieurs haies, à travers deux champs le long de pistes de tracteur et je rejoignis un sentier pédestre longeant un cours d'eau appelé Kandelbach. Comme je m'y attendais, à cause des conditions météorologiques, il n'y avait personne, ce qui expliqua mon étonnement lorsque, quinze minutes plus tard, deux cyclistes passèrent devant moi. Ce qui m'a surpris n'"était pas tant qu'ils étaient des cyclistes, mais qu'ils chantaient. Et plus précisément, ce qu'ils chantaient : « *Take Me Home, Country Road* ». Une pensée fortuite me vint, que John Denver et Gene Kelly formaient une paire étrange. Surmontant cette interruption musicale incongrue, je continuai à suivre le chemin le long de la Kandelbach et éventuellement débouchai sur des rues lorsque je suis arrivé à Ladenburg. J'atteignis bientôt la rive du Neckar où se jette la Kandelbach et continuai le long de la rive du Neckar. À part quelques exceptions, il y avait très peu de personnes en raison de la bruine persistante. Le facteur était en train de faire sa ronde, deux ouvriers creusaient un trou dans une rue voisine et je croisai un jeune homme promenant un chien. Je m'arrêtai pour regarder de l'autre côte la Neckar et mon regard suivit le garçon et le chien presque naturellement. Manifestement, le garçon n'était pas heureux d'être sorti sous la pluie. Le chien, quant à lui, semblait apprécier grandement sa promenade, peut-être simplement parce qu'il comprenait que plus il restait dehors, moins heureux deviendrait le garçon. Cette étrange notion anthropomorphique de sadisme canin sembla se confirmer lorsque le chien s'arrêta longuement à renifler partout autour de l'énorme base en béton d'un lampadaire.

Le garçon tira sur la laisse. « *Komm*! », dit-il au chien.

Le chien continua son examen. Après quelques minutes, le garçon donna une autre secousse sur la laisse. « *Komm*! »

Mais le chien n'était pas prêt à "venir", poussant son examen plus en hauteur du socle.

Il y a eu un coup beaucoup plus insistant sur la laisse cette fois-ci. « *Komm Lucky! Du Scheisshund!* » À contrecœur, mais en affichant ce qui me semblait ne pouvoir être qu'un frétillement victorieux de la queue, le chien emboîta le pas de son promeneur.

Je suivis la rive du Neckar jusqu'au pont ferroviaire, le long de la ligne de chemin de fer jusqu'au cimetière, puis m'engageai sur la *Weinheimer Strasse* et enfin dans la vieille ville le long de la *Hauptstrasse*. Je trouvai un jeune homme fort sympathique à l'Hôtel de ville qui me remit un ensemble de cartes d'itinéraires pédestres dans la ville, puis je marchai devant la bibliothèque publique, où je notai les heures d'ouverture et le long de la *Kirchenstrasse* débouchant sur la *Markplatz*. Comme c'était le jour du marché, je pus me mêler à la foule et manger le déjeuner que Frau Rohde m'avait préparé. Même si j'avais pratiquement mémorisé le plan de Ladenburg, j'avais maintenant une meilleure représentation de ce que l'endroit était et ce qu'on y ressentait. Assis dans le café à proximité, je pus observer attentivement mon environnement. Les gens se protégeaient de la fine pluie persistante de diverses manières. Je ne reconnus personne.

Mon prochain arrêt fut le musée Lobdengau et j'y passai la majorité de l'après-midi, revenant continuellement dans les salles que j'avais déjà vues. J'examinai chaque présentoir que je croisai au travers de sa vitre. La Colonne de Jupiter attira mon attention pendant quelques instants, mais j'étais vraiment là pour ressembler à un touriste hors saison, sans l'être vraiment. Au bout de deux heures, le personnel du musée dû commencer à se demander ce qui pouvait m'intéresser autant. J'avais simplement cherché à me convaincre que personne ne me suivait ou ne m'observait.

Du musée, je fis un petit saut à la maison Carl Benz et cela m'apporta une autre heure d'intérêt considérable. Il semblait que j'étais le seul visiteur.

En marchant maintenant le long de l'extrémité sud de la vieille ville, je m'approchai du stationnement à côté de l'Église évangélique. Il était très peu probable que l'Opel rouge soit là, mais prendre cinq minutes pour le vérifier n'était pas difficile. Il pleuvait plus fortement maintenant et les gens se pressaient, s'abritant sous leur parapluie en venant ou allant vers leur voiture. Il y en avait dans le stationnement, peut-être vingt-cinq. Pas d'Opel rouge. En parcourant le terrain de l'Église évangélique, je m'approchai de l'église Sankt-Gallus. C'était de loin l'église la plus ancienne de Ladenburg et elle serait le centre de mon intérêt. Je fis un circuit assez rapide, me concentrant sérieusement à tout observer et, en même temps, prendre note de toute personne dans l'endroit. Il n'y avait personne autour. J'essayai la porte principale de l'église : elle céda et j'entrai rapidement. Mon tour intérieur de l'église dura un peu plus de vingt minutes, plus longtemps que j'avais prévu, mais pendant tout ce temps, j'examinai intensément les planchers, les murs, les chapelles, la nef, le chœur. Je descendis dans la crypte, sortis ma torche quand je me suis approché du bas des marches et qu'elles ont commencé à disparaître dans l'obscurité. En pensant à la carte de l'église dans le village, je m'orientai et commençai à regarder toutes les zones du sol et des murs. La crypte n'était pas grande, mais n'y repérant rien de prometteur, je décidai d'y consacrai cinq minutes de plus pour réexaminer toute la zone une deuxième fois. Je retournai au pied de l'escalier, j'éteignis ma torche et montai silencieusement pour regarder attentivement une deuxième fois l'aire principale de l'église. Un vieil homme était assis environ aux deux tiers de l'église vers l'arrière, du côté gauche si l'on fait face à l'autel depuis l'entrée. Il y avait aussi un homme portant une caméra, qui marchait lentement le long du couloir le plus éloigné de moi et examinait le plafond et les fenêtres. Je redescendis lentement les marches me dissimulant dans l'obscurité.

Dix minutes s'écoulèrent. J'entendis la porte de l'église s'ouvrir et se refermer. Je remontai les marches et regardai attentivement l'église. L'homme plus âgé n'était plus là. Soudain, celui qui portait une caméra entra dans mon champ de vision. Il était à moins de dix pieds de moi. Je faillis trébucher, mais je réussi à redescendre dans les marches sans faire de bruit.

Quinze minutes supplémentaires s'écoulèrent. La porte de l'église s'ouvrit et se referma. Une fois de plus, je montai les marches. L'église était vide, mais encore là, j'attendis encore quelques minutes au sommet des marches. En sortant très lentement de l'ombre, je confirmai qu'il n'y avait personne dans l'église. Il n'y avait aucun son ni bruit typique de quelqu'un se déplaçant lentement : le frottement occasionnel de chaussures sur la pierre, le son de petite monnaie dans une poche, le bruit léger d'un appareil photo se frottant contre une fermeture éclair ou contre des boutons. Je me dirigeai rapidement vers l'entrée principale et l'ouvris très légèrement pour regarder par la fissure.

La pluie tombait un peu plus abondamment. Il n'y avait personne en vue directement devant l'église. Ni l'homme plus âgé, ni celui à la caméra. Je m'éloignai rapidement de l'église, pris le coin au-delà des fondations exposées de l'ancienne basilique, puis revins le long du chemin vers la *Marktplatz*. Il n'y avait que trois ou quatre personnes, tête baissée qui marchaient sous la pluie et les quelques commerçants présents avaient l'air de souhaiter être ailleurs. J'achetai deux pommes et un morceau de saucisse que je fourrai dans mon sac avant de me diriger vers le restaurant *Backmulde* où je m'assis devant une autre tasse de café.

Il était maintenant temps de poursuivre ma promenade et après avoir parcouru la librairie de *Kirchenstrasse*, en face de la fontaine de *Marktplatz*, je trouvai un dépanneur où je pus faire quelques achats compulsifs que je rangeai dans mon sac à dos. Ensuite, je fis mon chemin dans la partie méridionale de la ville, où je jetai un coup d'œil sur *Trajanstrasse, Vespasianstrasse, Lopodunumstrasse* et *Jupiterplatz*. Il n'y avait rien de particulièrement romain à leur aspect, bien sûr, mais cette reconnaissance directe pourrait être utile plus tard si Frau Rohde me posait des questions. En quittant la ville, je revins au *Gasthaus im Wald* par un chemin tout à fait différent de celui du matin, longeant des champs, des pépinières, des pistes de tracteur, pour rejoindre un autre cours d'eau, le Loosgraben, qui me conduisit finalement derrière Rosenhof. À dix-sept heures trente, j'ouvris la porte du *Gasthaus im Wald*. Il y eut une répétition de l'accueil truffé de reproches de la veille, mais j'y coupai court en disant que je devais me sécher et me changer et que je reviendrais immédiatement.

Quand je revins en bas, Frau Rohde était de nouveau aux premières lapées routinières de schnaps, mais j'interrompis cette procédure en lui présentant une bouteille de bon *Kirsch*.

« Je ne suis pas sûr de comprendre comment vous avez deviné que j'aime le *kirsch*, Herr Rowntree.

— Je n'ai rien deviné. Mais j'aime bien le *kirsch* moi-même et comme vous êtes allemande, cela m'a semblé être un pari sans risque.

Elle eut un bon rire à ce sujet et déclara :

— Alors, nous devons y goûter. »

Nous lui fîmes passer un test exhaustif, lequel il a réussi haut la main.

Il était maintenant passé dix-huit heures trente et Frau Rohde suggéra que nous mangions à dix-neuf heures. « J'ai fait un *tafelspitz* et il est presque prêt. » Je signalai mon accord, m'excusai brièvement et je remontai à ma chambre. Quand je revins en bas, je trouvai la table mise et une autre bouteille de vin ouverte, un *Grauburgender*, je mis donc la mienne (un *Schwarzriesling*) derrière, sur le buffet, sans l'ouvrir. Frau Rohde réapparut portant deux bols de soupe et des tranches de pain de noix sur un plateau; elle sourit en apercevant le *Schwarzriesling*. Sa préférence fut de remettre le bouchon sur le *Grauburgunder* et d'ouvrir le riesling à la place, mais j'insistai en disant que cela pouvait attendre au lendemain. Le repas fut tout aussi parfait que celui de la veille et la détente toute aussi agréable. Le dessert fut un *bienenstich*, bien rincé par une autre série de *kirsch*.

À vingt-et-une heures quinze, je plaidai une fatigue qui était en partie réelle, m'excusai et souhaitai bonne nuit à Frau Rohde. Même si j'avais pris ma tablette avec moi et l'avais transportée dans un étui improvisé attaché à mon ventre par une ceinture, je ne l'avais pas consultée en bas et à ce moment, je vérifiai mes courriels. Rien de nouveau. Il y avait quelques notes que je devais écrire en fonction de mes observations durant la journée à Ladenburg. Il me fallut environ vingt minutes pour préparer et envoyer à Stuart un résumé de ce que j'avais fait jusqu'ici et quels étaient mes plans pour le lendemain. Mon résumé était une suite de succès et d'échecs. Il n'y avait rien d'évident (je ne m'étais pas attendu à ce qu'il y en ait), mais il y avait deux possibilités. Heureusement, si l'une d'elles cachait quelque chose, il n'y avait pas de manière facile d'y accéder. En fait, toute tentative d'y accéder demanderait un démantèlement considérable de la maçonnerie, dans des endroits où il serait impossible de travailler inaperçu.

Mes communications terminées, je décidai qu'il était vraiment temps que je me couche tôt. Sous la couette épaisse dans ma chambre, tous les doutes et les hésitations familières fondirent sur moi dès que j'eus éteint la lumière. *Qu'est-ce que tu fais ici, Gould?* Mais alors une voix dans ma tête parla avec force prenant ma défense : *il fait la seule chose à faire, stupide petite poule mouillée! Il exerce la seule option que le bâtard de Burns lui a laissée!* La montée de colère qui survint me surprit par sa force et sa chaleur. Il me fallut longtemps pour la maîtriser, mais éventuellement je m'endormis dans le silence entourant *Gasthaus im Wald*. Quand je refis surface vers sept heures et demie le lendemain, une abondance de lumière dorée de fin d'automne entrait par les fenêtres et inondait ma chambre.

Quarante-deux

Avec un tel début de journée, le déjeuner était un repas à ne pas manquer. La puissance absolue de la lumière du soleil était le signal du chef d'orchestre aux poutres noires et aux panneaux foncés de la salle à manger de Frau Rohde et ils semblaient presque faire des petits sons pour accorder leurs instruments en préparation pour une parade de Saint-Saëns de rouleaux de pain, d'œufs brouillés, de saucisses, de beurre, de confitures et de miel qui défilaient maintenant à la table. Frau Rohde mit son tablier de côté et nous commençâmes un autre repas bien agrémenté par la diversité dans la conversation.

Frau Rohde me demanda de façon générale comment ma journée s'était passée la veille, mentionnant au passage qu'elle estimait que cela n'avait pas dû être très agréable en raison de la météo. Je répondis que le temps est une chose pour laquelle il suffit de se préparer et qu'une fois ceci fait, tout obstacle sérieux pouvait être relégué au rang des nuisances mineures. Nous parlâmes un peu du passé romain de la ville. Elle dit, presque en s'excusant au nom de Ladenburg, qu'il n'y avait que très peu de traces d'un établissement romain sérieux ici. Je dis un peu énigmatiquement et probablement un peu pompeusement, qu'il fallait simplement savoir où et comment regarder et qu'il fallait s'y être préparé.

« Aimeriez-vous un petit goûter pour emporter aujourd'hui?, répéta-t-elle.

— Oh, non merci. C'est très gentil de votre part de me l'offrir. Mais je vais probablement prendre quelque chose de chaud pour le diner. Mais si je puis me permettre de vous le demander, je serais reconnaissant de pouvoir emprunter un vélo.

— Bien sûr, je vous en prie. Quand nous en aurons terminé ici, je sortirai avec vous pour vous ouvrir le hangar. »

C'était une journée éclatante, même si on s'attendait à ce qu'en après-midi il commence à pleuvoir. Dès que nous eûmes terminé le déjeuner, j'aidai Frau Rohde à porter les choses dans sa cuisine, sous un déluge de protestations. Je montai rassembler mon manteau et mon sac à dos et quand je redescendis, Frau Rohde attendait dans le couloir revêtue d'une veste à l'aspect lourd.

Dehors dans le jardin, elle ouvrit le hangar et en extirpa un vélo très convenable. Elle m'indiqua la combinaison du cadenas. Elle s'excusa encore un peu, mais je la rassurai lui disant que c'était très bien, que c'était plus que très bien en fait. Elle dit qu'elle laisserait le hangar déverrouillé et je répondis que je serais de retour cet après-midi. Je poussai le vélo jusqu'à la route et l'enfourchai tandis que Frau Rohde agitait la main en me souhaitant une bonne journée. Je pris le parcours le plus direct vers Ladenburg, trouvai mon chemin vers la bibliothèque publique, verrouillai la bicyclette où déjà environ une douzaine de bicyclettes étaient garés et entrai. Il y avait beaucoup d'activité dans la bibliothèque et je découvris qu'elle était magnifiquement pourvue. Il y avait beaucoup de choses sur l'histoire locale, ce qui faciliterait mon travail et rapidement, je découvris de nombreuses références sur un respectable citoyen, un certain Klaus Kolb, décédé tout récemment et universellement admiré. Des étagères, je tirai six ou sept volumes sur l'histoire romaine de la région, pour les apporter sur une grande table loin de la cohue, où l'écran de ma tablette ne serait pas visible de quiconque et j'étalai les livres comme si je faisais une recherche assez précise.

Il était l'heure de travailler. Je prévoyais passer la majeure partie de la journée à revenir sur le plan élaboré que Stuart et moi avions mis au point, y compris toutes les variations de scénario à considérer et leurs potentielles incertitudes. Ce plan occupait un seul fichier dans ma tablette, mais il faisait une vingtaine de pages. Stuart avait le même fichier et nous avions pris soin de faire en sorte que nous parlions toujours de la même version à mesure qu'il évoluait. Nous avions posé un nombre d'hypothèses fondamentales importantes pour servir de base à tout cela et je me suis mis à repenser à notre discussion finale et à notre revue du plan avant de partir pour l'aéroport.

« Nous avons passé à travers tout cela plusieurs fois, avait déclaré Stuart dans le préambule, mais nous devons revoir tous les aspects une dernière fois. Dernière chance pour toute question, doute agaçant, problèmes possibles, peu importe l'incongruité. J'avais hoché la tête.

— Voyons : Burns, il est impitoyable, totalement déterminé, riche et probablement psychopathe. C'est un collectionneur de documents rares sur le christianisme, entre autres choses. Il sait, ou du moins il est convaincu, qu'il y a une copie originale du catéchisme Heidelberg quelque part dans le décor et il la veut. Il soupçonne qu'il pourrait y avoir beaucoup plus que cela et quoi qu'il puisse y avoir, il veut tout avoir. Il pense que tu es un joueur central dans cette histoire, mais nous avons semé suffisamment de désinformation pour laisser un grand doute dans son esprit. Nous sommes assez certains qu'il ne sait pas où chacun de ces éléments se trouve, alors on s'attend à ce qu'il ait besoin d'obtenir de toi cette information, par un moyen ou un autre. Mais il n'est pas sûr que toi-même saches où tout ce matériel est caché et il ne peut pas risquer de montrer son jeu jusqu'à ce qu'il connaisse l'étendue de tes connaissances, d'une manière ou d'une autre, ou jusqu'à ce qu'il soit sûr que tu as repéré le matériel. Une fois qu'il saura où se trouve le matériel, tu deviendras un risque sérieux pour lui et alors il fera tout son possible pour te tuer, mais sans que personne ne sache qu'il était impliqué. Es-tu en désaccord avec quoi que ce soit que je viens de dire, Richard?

— Non.

— Jusqu'à présent, il a laissé des indices trop minces pour que n'importe quelle police puisse prendre des mesures. Les flics ont attrapé quelques petits poissons parmi ses collaborateurs et ils savent que quelque chose se passe, mais n'en connaissent aucun détail. Burns a également un problème particulier : s'il réussit à localiser le matériel, il doit l'emporter aux États-Unis sans laisser aucune piste. Récupérer du matériel au Canada n'est probablement pas si difficile dépendant de l'endroit où les choses se trouvent et qui d'autre sait que les choses sont là, mais récupérer du matériel historique en Europe représente un défi d'un autre ordre de grandeur. Toute chose en Europe sera cachée quelque part et il lui faut la récupérer de sa cachette, ou ses cachettes et la passer en contrebande, le tout sans être détecté. Selon la cachette, cela pourrait être difficile ou même impossible. Nous croyons également qu'il va probablement compter sur toi Richard pour la localiser mais alors, il devra agir très rapidement, avant que tu puisses alerter n'importe quelle autorité locale sur ce que tu as trouvé et où ça se trouve. Une fois que les personnes en autorité seront convaincues qu'une découverte culturellement importante a été faite, la tâche de Burns va devenir extrêmement difficile et probablement impossible. Sommes-nous toujours d'accord?

— Oui, à une exception près. Stuart avait levé la tête, mais j'étais certain qu'il savait ce qui s'en venait. Burns pourrait simplement amener une ressource locale avec une bonne expertise en la matière et qui va opérer indépendamment de nous.

— Il pourrait, avait répondu Stuart, mais il y a alors deux difficultés. Premièrement, nous croyons que nous avons des informations uniques que Burns n'a pas. Donc même quelqu'un avec une expertise indépendante notable pourrait ne pas être d'une grande utilité. Deuxièmement, s'il avait recours à une expertise indépendante, il y aurait une autre personne ou d'autres personnes qui auraient besoin d'être informées et auraient besoin de passablement plus de détails pour agir efficacement. Burns est un parano du secret et ce serait un énorme problème pour lui, ouvrant dans son esprit la possibilité de double jeu, de chantage, de fuites, éventuellement de gros montants d'argent d'origine cachée, ou la perspective risquée d'avoir à tuer toutes ces personnes, une fois qu'il aura ce qu'il veut, sans laisser aucune trace laissant deviner qu'il était derrière tout ça. Alors, oui, Burns pourrait apporter un talent local pour le jeu final, mais nous avons considéré cela comme improbable chaque fois que nous avons examiné cette possibilité. Penses-tu que quelque chose a changé depuis la dernière fois que nous avons ressassé tout cela?

— Non.

— Bon. En fait, pas bon, mais tu comprends ce que je veux dire. Alors maintenant, regardons ce qui pourrait effectivement se produire. Voici les possibilités :

1. Il se pourrait que rien de ce matériel n'existe. Ou bien il n'a jamais existé, il a déjà été trouvé par quelqu'un d'autre, ou il s'est dégradé ou a été détruit de façon naturelle simplement avec le temps.
2. Le matériel pourrait exister, mais nous ne réussirons pas à le trouver.
3. Nous trouvons le matériel, nous alertons les autorités compétentes, elles prennent ça très au sérieux et placent tout le site sous séquestre.
4. Nous trouvons le matériel, mais les autorités compétentes ne nous croient pas, ne le prennent pas au sérieux, ou prennent trop de temps pour agir.
5. Nous trouvons le matériel, Burns nous prend de vitesse, arrive aux documents le premier et disparaît vers les États-Unis.
6. D'une façon ou d'une autre, nous montrons trop notre jeu, donnant un indice, Burns trouve le matériel d'abord et le ramène aux États-Unis.
7. Burns parvient à accéder au matériel d'abord, mais il se fait attraper, soit en le récupérant, ou soit en essayant de le faire passer en contrebande.

Es-tu toujours d'accord avec tout cela? Des problèmes? Lacunes?

— Oui, toujours d'accord. Je ne vois pas de problèmes ni de lacunes.

— Passons à notre stratégie, qui est d'essayer de localiser le matériel tandis que Burns est toujours dans le noir et le transférer aux autorités. La première difficulté : notre estimation de ce que Burns va faire.

Dans l'éventualité des possibilités (1) ou (2), on pourrait s'attendre à ce que Burns persiste, à croire que nous essayons de le berner et le risque pour nous persisterait ou même se trouverait augmenté. Pour le cas (3), nous nous attendons à ce que Burns renonce. Mais même dans ce cas, il pourrait devenir irrationnel et nous ne pourrions pas compter sur un risque zéro. L'éventualité (4) est susceptible de conduire à (5), (6), ou (7). Avec le cas (5), tout est susceptible de se calmer, car Burns aura ce qu'il veut. Mais d'autre part, il pourrait vouloir s'en prendre à toi pour te réduire définitivement au silence et pour que toutes les ficelles soient attachées. La possibilité (6) est susceptible d'être la pire, car cela implique une situation où Burns extrait l'information dont il a besoin de l'un de nous deux. Dans le dernier cas, il est difficile de prédire ce qui pourrait arriver. Il pourrait vouloir essayer de t'impliquer, de te faire couler avec lui. Ça dépendra des circonstances.

Tout cela m'était familier et j'avais fait signe que j'étais d'accord.

— La deuxième difficulté, avait poursuivi Stuart, implique une évaluation de nos risques. La seule possibilité qui pourrait entraîner zéro menace de Burns est (3), peut-être également (6) ou (7). Toutes les autres présentent des risques, certaines d'entre elles, les pires imaginables. »

Je jetai un coup d'œil à ma montre : Presque onze heures. Assis dans la bibliothèque publique de Ladenburg, je regardai autour à toutes les quelques minutes, avec précaution, de façon subreptice, à la recherche de nouveaux visages ou quelque chose de suspect. Rien.

Stuart et moi avions examiné en détail les documents que nous avions produits et c'était très similaire à ce que je voyais sur mon écran maintenant dans cette bibliothèque allemande. Nous n'y avions trouvé rien à changer. Stuart avait laissé tomber son crayon et le regard qu'il posait sur moi était insistant. « Tu sais, Richard, qu'il nous faudra être prêts à balancer tout cela, ou une partie de tout ça à la corbeille. Je suis un grand adepte de la logique d'Eisenhower ici » et la phrase Eisenhower me vint à l'esprit avant même que Stuart ne la cite : *"Les plans ne sont rien. La planification est tout."* Tout cela a trait à la préparation mentale et comme il poursuivait, je me suis aussi souvenu d'un mot de Louis Pasteur (*"La chance ne sourit qu'aux esprits bien préparés. "*) et sa traduction anglaise plutôt insipide. Nous sommes restés là, assis, perdus dans nos pensées sur les choses qui pouvaient arriver inopinément ou d'une direction imprévue, nous raccrochant à l'espoir que si ou quand cela allait arriver, nous serions suffisamment préparés et suffisamment agiles.

Un ping de ma tablette me ramena à la bibliothèque de Ladenburg. C'était un courriel de Stuart. Il avait écrit : *"Quelque chose d'inattendu se produira dans les prochaines minutes. Il serait préférable que tu n'aies pas l'air surpris."* Ce n'était pas l'habitude de Stuart de parler par énigmes, alors je ne savais pas trop comment prendre cela. Était-ce quelque chose qui allait se passer chez nous au Canada et dont il m'informerait sous peu? Avait-il eu vent d'une nouvelle qui allait être étayée incessamment? Avait-il été informé de quelque chose ici, en Allemagne, qu'il me fallait apprendre? Quoi qu'il en soit, il voulait que je sois sur mes gardes. Ce que j'attendais en fait, était un autre courriel, un qui donnerait plus de sens à son commentaire cryptique. Au bout de cinq minutes, toujours rien, aucun nouveau message.

Pendant que j'attendais, je vérifiai un autre fichier sur ma tablette, puis j'effectuai l'un de mes balayages périodiques et discrets autour dans la salle de lecture. Les mêmes personnes étaient assises aux mêmes endroits, faisant ce qui semblait être les mêmes choses. Deux étaient partis, puisqu'eux, leurs cahiers et leurs manteaux avaient disparu. Trois étaient soit passées au petit coin ou parties chercher d'autres livres sur les étagères. Mais près d'un ensemble d'étagères environ à cinq mètres de moi, il y avait quelqu'un debout, le dos tourné vers moi, qui semblait parcourir les titres sur un rayon de livres. Il était assez grand, solidement constitué, avait des cheveux courts à ce que je pouvais voir dépassant sous son chapeau et j'avais la conviction qu'il n'était pas à cet endroit quand j'avais balayé la pièce dix minutes plus tôt. Il y avait de bonnes chances pour que ce ne soit rien d'inquiétant, mais je gardais discrètement un œil attentif sur lui de toute façon. Il n'avait aucune des caractéristiques de toutes les personnes que je croyais avoir aperçues me talonnant à plusieurs reprises depuis mon arrivée en Allemagne. Mais là tout d'un coup je devins inquiet. Il y avait quelque chose de familier à son sujet, mais je ne pouvais pas dire ce que c'était. S'il m'observait, avais-je manqué de m'en rendre compte plus tôt? Cette possibilité me préoccupait. Ses vêtements arboraient des couleurs fades d'automne, indescriptibles. Ma stratégie de base devait être de faire semblant de l'ignorer, d'attendre, de voir ce qu'il ferait, de chercher une occasion de m'éclipser.

Soudain, il tira un livre de l'étagère, se tourna jusqu'à ce qu'il soit presque face à moi, jeta un coup d'œil à l'horloge murale et se dirigea vers une place libre deux tables plus loin.

Il était relaxe et tout à fait calme.

Mais ça, c'était tout à fait typique de Stuart McLachlan.

Quarante-trois

Je retournai à ma tablette, comme si rien ne s'était passé, mais intérieurement je sentais venir des montagnes russes, un mélange de perplexité, d'appréhension, de colère et de curiosité. Lorsque Stuart a sorti son téléphone portable, je lui envoyai immédiatement un message texte.

"Qu'est-ce qui ne va pas?"

On s'est bientôt retrouvés dans un échange cryptique.

"Rien de précis. Burns est en Europe, quelque part."

"Changement de plan?"

"Non."

"Pourquoi pas d'avertissement préalable?"

"Pas utile. Qu'aurais-tu fait différemment, à part t'inquiéter?"

"Il faut qu'on parle."

"D'accord. Rencontre-moi à *Zum Löwen*, dans une heure, à la réception. Je suis Anderson. Tu es Webster. Des questions?"

"Pas maintenant. Plus tard."

Stuart tira un cahier et un stylo de sa poche et fit semblant pendant environ quinze minutes de prendre des notes tirées du livre qu'il avait pris sur l'étagère. Puis, il se leva et sortit sans regarder autour.

Il était difficile de me concentrer, mais je poursuivis ce que j'avais l'intention de faire : une dernière vérification et tout en gardant un profil aussi bas que je le pouvais. Si notre opération devait se dérouler comme prévu et pour survivre tous les deux, les deux prochaines journées allaient devoir se passer très précisément comme ce que nous avions planifié. Autrement les choses s'articuleraient sur de l'improvisation.

Je fis de mon mieux pour balayer cette préoccupation loin de mon esprit et poursuivre avec ce que je prévoyais faire ce matin-là. Des documents déjà familiers ont été revus à nouveau. Une fois de plus, je passai en revue tout un arbre de plans et de contingences. Le temps s'est étiré et finalement je remballai mes affaires, sortis de la bibliothèque et me dirigeai vers *Zum Löwen*.

À la réception, Stuart était assis et lisait une copie de *l'International New York Times* dans une apparente insouciance totale. Je l'abordai :

« Vous devez être Anderson.

— Ah! M. Webster. Heureux de vous rencontrer, déclara Stuart en repliant son journal, se levant et tendant la main. Peut-on aller discuter dans ma chambre? »

Nous montâmes au premier étage, Stuart déverrouilla la porte de sa chambre et me fit signe d'entrer. Il referma la porte, je pris place sur la chaise devant le petit bureau, tandis que Stuart se cala dans un grand fauteuil dans un coin.

« Qu'est-ce qui se passe, Stuart? Nous ne sommes pas rendus à la fin du jeu.

— J'ai décidé de venir un peu plus tôt et comme je ne suis plus certain maintenant à quoi ressemblera la fin du jeu, je ne peux pas être sûr que nous n'y sommes pas rendus.

— Bien. Mais pourquoi ne pas avoir suivi le script et m'avoir contacté de quelque part dans Heidelberg?

— Il y a quelque chose qui cloche.

— Quoi?, demandai-je, sur un ton impatient, presque irrité.

Stuart me regarda, puis regarda ses mains.

— Un sentiment?, demandai-je.

— Oui. Mais à ne pas écarter pas trop vite.

Je restai assis là, un peu comme un enfant gâté, il me faut bien l'avouer.

Enfin, Stuart me demanda, en se référant à mon courriel de la veille, ce que j'avais remarqué spécifiquement lors de mon premier tour rapide de l'église Sankt-Gallus.

— Il existe deux endroits possibles où quelque chose peut avoir été dissimulé. Le premier est sous une dalle posée sur le sol. L'autre est dans le mur.

— Rien dans la crypte?, demanda Stuart.

— Juste pour être clair, ça pourrait être n'importe où, y compris dans la crypte. Mais il n'y a pas d'emplacement *évident*. Tout aussi possible : cela pourrait être nulle part.

— Lequel des deux endroits penses-tu être le plus probable?

— Le mur. La dalle du plancher est probablement posée directement sur le sol. Ce sera très humide là-dedans, indépendamment de ce que n'importe qui pourrait imaginer comme protection contre ces conditions; des centaines d'années c'est très long. Tout ce qui pourrait être périssable serait probablement décomposé, disparu maintenant. Je pense que notre gars savait très bien que son trésor pourrait devoir rester là, en sécurité et au sec, pour un très long moment.

— Alors. Dans le mur.

— Oui, cela aurait semblé avoir la meilleure chance de rester au sec.

— Quel est l'indicateur qui pourrait rendre cet endroit probable?, demanda Stuart.

— Juste sous la onzième station du Chemin de Croix, la maçonnerie dans le mur y est légèrement plus irrégulière. Il pourrait s'agir d'une ancienne réparation. C'est le seul endroit sur les murs où cette sorte d'irrégularité apparaît.

— Et c'est tout?, demanda Stuart, incrédule.

— Oui.

Stuart me regarda de façon persistante, se demandant évidemment si j'avais attrapé une sorte de fièvre débilitante.

— Eh bien, poursuivis-je, tu ne t'attendais tout de même pas à ce que les mots "Creusez ici" soient gravé dans la maçonnerie!

— C'est quoi déjà la onzième station d'un Chemin de Croix?, demanda Stuart.

— Jésus en train de se faire clouer sur la Croix.

— Ah! Je vois. Tu crois que c'est une référence à Luther?

— Tout à fait. C'est le seul endroit possible que j'aie pu repérer. Mais je pourrais être en train de tirer une conclusion étriquée et qu'en fait ce soit ailleurs. Ou alors le repère de l'endroit où c'est effectivement dissimulé, a lui-même été caché, ou a maintenant disparu. Ou…

— … ou n'y est pas du tout, enchaîna Stuart

— Oui, bien d'accord : "Ou n'y est pas du tout."

Nous en discutâmes pendant encore une demi-heure, ainsi que du travail nécessaire pour accéder à ce qui pourrait être dissimulé dans le mur, du temps qu'il faudrait pour faire ce travail et des outils nécessaires, du bruit, de savoir si cela devrait être fait de nuit et le plus critique, de combien de personnes seraient nécessaires pour le faire dans un délai raisonnablement court.

« En ce qui me concerne, ai-je résumé, il n'y a vraiment aucun moyen pour deux personnes de sortir quoi que ce soit de caché dans le mur en moins d'une heure. Réduire cette durée à beaucoup moins qu'une heure nécessiterait un équipement plus spécialisé et cela signifie un niveau de bruit inacceptable, en plus du problème d'essayer d'introduire dans une église des outils qui n'ont rien à faire là et qui ne peuvent être cachés ou déguisés.

— Un accès violent de l'extérieur. Boum!, On attrape et on court?

— C'est facile si on dit ça rapidement sans trop y penser, dis-je. Mais il faut savoir exactement où placer la charge, connaître un peu le mur pour décider quelle force de souffle est nécessaire et prendre le risque de pulvériser le trésor en même temps que le mur. De plus, un seul essai est possible. Si le point est mal choisi, pas question de revenir la nuit suivante et réessayer un peu plus à gauche.

— Donc, ça ressemble à une méthode avec une chance de réussir très faible.

— Effectivement.

— OK, je pense que la meilleure chose à faire est de simplement poursuivre selon notre plan. Passer la journée de demain à faire un bon relevé de tout. Prendre le plus de photos et de mesures possibles. D'accord?

J'étais d'accord.

Il y eut un grondement à l'extérieur. Le tonnerre.

— C'est le mauvais temps annoncé qui approche, dis-je. Je retourne à la bibliothèque pour y passer un peu plus de temps, puis je vais revenir au *Gasthaus im Wald*.

J'ai dû sembler dire ça sur un ton abattu.

— Retrouve ta bonne humeur, Richard! On se rapproche de la fin. Nous savions par notre planification que ça pourrait être comme ça, une toile d'araignée et des coups ratés. Du moins à cette heure demain, nous serons fixés, nous aurons davantage de données et nous pourrons progresser.

— Oui je sais. Mais rentrer les mains vides n'est guère satisfaisant, certainement pas concluant de quelque manière que ce soit et Burns serait toujours là. C'est comme être à la tête du peloton dans un marathon, seulement pour constater que le dernier demi-kilomètre est un marécage infranchissable.

Stuart sourit.

— Allons. Au travail! Continuons pour que nous puissions apporter cela à sa conclusion quelle qu'elle soit. »

Je retournai à la bibliothèque et la pluie commença à tomber dru au moment où je suis passé dans la porte. Je trouvai les heures suivantes plutôt déconcertantes, mais je m'appliquai aux détails de ce qu'il y aurait à faire le lendemain. Vers dix-sept heures, la journée déjà grise commença à devenir encore plus sombre. Je rassemblai mes affaires, enfilai mon imper, me dirigeai vers les portes d'entrée, regardai attentivement au travers du vitrage et n'aperçus rien d'inquiétant. Puis, je marchai jusqu'au support de vélos, débarrai le vélo de Frau Rohde et me préparai à partir. Deux autres personnes faisaient la même chose et hochèrent la tête en disant : « *Auf Wiedersehen.* » J'effectuai une dernière vérification pour confirmer que j'avais ma tablette et mon fichier de notes, mais je dus tâtonner pour trouver mes clés du *Gasthaus*. Elles n'étaient pas dans les poches de mes jeans ni dans celles de mon imper. *Bizarre, où sont mes clés?* Une recherche plus systématique me permit finalement de les localiser dans la pochette extérieure du sac à dos.

Il y avait de lourds nuages maintenant, la pluie tombait régulièrement, le tonnerre continuait son grognement occasionnel au loin et la faible lumière de l'après-midi perçait avec peine sous la couche de nuages épaisse et basse, comme je filais mon chemin hors de Ladenburg.

Alors que je me dirigeais dans les rues et ensuite le long de la Kandelbach, je m'aperçus que c'était une de ces occasions où il faut garder la tête basse et continuer à pédaler. En effet, des rafales de vent fouettaient mon imperméable et je dus souvent essuyer la pluie de mes yeux. Il n'était pas surprenant de constater qu'il n'y avait pas âme qui vive dehors. Des formes en différentes nuances de gris, en fonction de leur distance par rapport au chemin, défilaient, mais j'avais beaucoup porté attention à la route en venant à Ladenburg, je pouvais donc visualiser la carte dans ma tête et je savais quelles étaient ces formes et où j'étais. Il me fallut environ vingt minutes pour atteindre l'allée menant à *Gasthaus im Wald* et je descendis pour rouler le vélo devant la maison, jusqu'au hangar du jardin. À ce moment-là, la pluie s'était réduite en une très légère bruine. Le jardin à l'arrière était plus sombre que prévu, à cause de l'imposante masse de la maison, des hêtres, du hangar et de quelques haies derrière. La maison était dans l'obscurité. Peut-être Frau Rohde était-elle sortie, bien que cela me semblât étrange pour cette heure-ci. Déposant mon sac à dos sur un côté du hangar, j'ouvris la porte et maniai le vélo à l'intérieur. Il faisait trop sombre à l'intérieur pour voir où et comment verrouiller le vélo et plutôt que de farfouiller avec ma lampe de poche et essayer de faire un travail de trois mains avec seulement deux, je décidai de revenir plus tard, avec une torche plus grande que je poserais par terre. Ressorti du hangar, je me penchai pour reprendre mon sac à dos.

« Bonsoir, docteur Gould. »

J'étais confus et embrouillé par l'humidité et le froid, mais il ne me fallut qu'une seconde pour comprendre que quelque chose ne tournait pas rond.

Levant la tête, je me retrouvai à regarder le visage agréable et souriant de Gale Burns.

Quarante-quatre

Je le regardai pendant un certain temps sans rien dire.

« Oui, c'est une surprise, n'est-ce pas?, dit-il avant de se mettre à rire tout bas avec satisfaction. Merci de m'autoriser à être celui qui parle, du moins pour l'instant. Mais je vous assure que vous aurez votre tour un peu plus tard. »

Bien que la pluie ait diminué, la couverture nuageuse s'était considérablement épaissie et il faisait beaucoup plus sombre que normalement à cette heure de la journée.

« Vous êtes certainement un homme ingénieux, Dr Gould, commença Burns avec une voix souriante et conversationnelle. Dieu, que vous avez été habile à semer dans des culs-de-sac mes imbéciles d'Allemands et à plus d'une occasion. Mais maintenant que nous sommes réunis, nous pourrons avoir une bonne discussion. Oh et au cas où vous ne seriez pas d'humeur bavarde, j'ai amené Karl avec moi. Son allemand est très bon aussi, alors si vous n'avez pas envie de me parler, vous deux devriez bien vous entendre. »

Burns se déplaça un peu de côté et je pus alors voir Karl quand il sortit de l'ombre près du coin de la maison. Dans sa main droite, il tenait ce qui était très clairement un pistolet prêt pour agrémenter la discussion.

« Où est Aloïs?, dit Burns en *a parte* à Karl.

— Il stationne la voiture.

—Bien, dit Burns. Nous pouvons attendre.

— Alors, Dr Gould. Avez-vous trouvé ce que vous cherchiez?

— Je ne cherchais rien. J'ai passé la journée à la bibliothèque.

— Hmm, continua Burns. Pas surpris que vous disiez quelque chose comme ça. Mais je ne vous crois pas pour autant. Il serait plus raisonnable que vous ne commenciez pas à jouer à ce jeu fastidieux et ennuyeux.

— Croyez ce que vous voulez, dis-je sur un ton égal. Mais il me semble que c'est vous qui jouez à des jeux stupides.

— Voyons, docteur Gould. Vous et moi savons très bien ce qui se passe ici. Nous sommes tous les deux ici en Allemagne parce que nous cherchons quelque chose.

— Vraiment? Parlez-vous toujours en énigmes comme ça?

— Je vois que vous voulez jouer l'innocent. C'est très bien. C'est cependant une perte de temps et vous me direz la vérité, éventuellement. Bien qu'évidemment, cela ne se passera pas ici.

— Où est Aloïs, bon sang?, lança Burns à Karl avec impatience.

— Je ne sais pas. Je vais aller voir.

— Non, tu n'iras pas, dit Burns brusquement. Tu restes ici.

— Je suppose que vous êtes conscient, Dr Gould, que j'en connais au moins autant dans cette petite chasse au trésor que vous et probablement beaucoup plus.

Son sourire, qui avait paru tout d'abord agréable et amical, commençait maintenant à virer au reptilien.

— Ce que vous présumez vous appartient.

Burns fit un « tss tss tss » doux et délicat.

— Ce n'est vraiment pas un bon plan, Dr Gould, d'essayer je jouer à l'idiot avec moi.

— Merci, monsieur Burns. J'apprécie le conseil.

Je crus déceler un sentiment de colère dans la contraction des muscles de la mâchoire de Burns.

— Dammit!, où est Aloïs?, siffla Burns en colère.

— Oubliez Aloïs. Et je vous suggère de ne pas faire de mouvements brusques. Ni l'un, ni l'autre.

Le visage de Burns s'alluma.

— Ah! M. McLachlan! Je suis ravi que vous ayez pu vous joindre à nous.

Il y eut un clic métallique.

— Voilà!, lança Burns s'est lancé de façon théâtrale. À moins de me tromper, ce bruit était le pistolet d'Aloïs et je crois qu'il est pointé sur votre tête, M. McLachlan. Alors pourquoi ne pas être un bon garçon et sortir de l'ombre. Il est vraiment préférable de pouvoir voir la personne quand on veut lui parler.

Le visage de Stuart apparut dans le peu de lumière qu'il y avait.

— Et pas armé non plus!, dit Burns feignant la surprise. Je sais que c'est beaucoup plus difficile d'obtenir un pistolet ici qu'aux États-Unis, mais vous auriez vraiment dû prendre la peine de le faire, M. McLachlan. Eh bien, je suppose que c'est la vie! »

C'est fini, nous sommes cuits, pensai-je. Mais les règles de Stuart défilèrent devant mes yeux. Lorsque tu ressens une vraie peur, essaye de la surmonter en utilisant la logique. Pense à tous les aspects de la situation. Cherche autour de toi n'importe quoi qui puisse être utilisé comme arme.

Je fis défiler les images récentes, celles de rouler la bicyclette dans l'entrée, au-delà de la maison, vers le hangar, déposer mon sac à dos, soulever la bicyclette vers l'intérieur du hangar …

La bêche! Il y avait une bêche appuyée contre le hangar juste derrière moi.

« Eh bien, déclara Burns, comme sur le point de résumer les conclusions d'un symposium, il semble que nous soyons tous ici. Dr Gould semble être dans une humeur défiante. Peut-être que M. McLachlan se sentira plus coopératif. Hmmm? Savez-vous où la chose est cachée, monsieur McLachlan?

— Stuart!, dis-je, presque dans un cri. Ne dis rien!

— Gould!, aboya froidement Stuart. Ferme-la, tu veux bien.

— Voyez donc!, dit Burns doucement, mimant un doux applaudissement avec ses mains. On dirait qu'il y a une brèche dans les murs de Camelot! Continuez, monsieur McLachlan.

— Ce n'est pas ici, dit Stuart. Ce n'est pas à Ladenburg. En fait, il y a de sérieux doutes que quoi que ce soit existe.

— Ah! Je vois!, dit Burns calmement. Cela signifie que vous exécutez un quelconque plan astucieux, ou que Dr Gould a été un leurre, un bouc-émissaire, ou que vous, monsieur McLachlan, avez décidé que vous et moi pourrions faire des affaires, ou que vous avez un autre partenaire ou que vous avez décidé d'essayer de la jouer tout seul. Bon, dans un sens ça dénote de l'initiative, un sens d'entreprise. Mauvais, en ce sens que vous avez besoin de connaître vos rivaux et comme d'habitude, je suis largement en avance sur vous. Donc, je crains, monsieur McLachlan, que vous n'ayez aucun pouvoir de négociation. Vous auriez mieux fait de garder vos billes avec Dr Gould. C'est dommage.

Il y eut un grondement de tonnerre, moins éloigné que les derniers chuchotements jupitériens.

Stuart rigola froidement.

— *Docteur* Gould en effet! C'est un intellectuel, plutôt dépassé par la réalité, il est un et là, Stuart chercha ses mots, il semble penser qu'il est une sorte de Henry Hudson surhumain.

Un millier de volts me frappèrent alors que je reconnaissais ces mots, une secousse aveuglante de compréhension et un sentiment renouvelé de détermination et d'espoir, un vif sentiment intérieur de courage. Stuart me disait de façon codée : Nous sommes encore loin d'être morts.

— Je regrette de dire cela, monsieur McLachlan, ajouta Burns sur un ton méprisant. Si vous vouliez mettre la patte sur ce grand prix, vous auriez été mieux avisé …

— Que voulez-vous que je fasse avec un tas d'anciens documents moisis, Burns. C'est de la foutaise!

— Oui, je comprends que c'est simplement un lucre sordide qui vous conduit. Mais il ne peut pas y avoir de commerce à moins d'avoir les documents.

— Vous êtres malades, tous autant que vous êtes, dit Stuart avec du venin dans la voix.

Il y eut un pâle scintillement d'éclair et quelques secondes plus tard, le craquement sec du tonnerre.

— Ce fut une conversation stimulante, messieurs, mais je pense que nous devrions maintenant tous monter dans la voiture, faire une petite ballade et terminer notre discussion ailleurs. »

Le flash de la foudre avait laissé une image imprimée en moi, une image précise de chaque détail autour et à ce moment, j'utilisai cette image. Une représentation en 3D nette de l'endroit où tout le monde se tenait. Je pouvais voir où la main du pistolet de Karl était dans l'espace et je m'en servis comme point focal. Les circonstances possibles pour me donner une occasion défilèrent devant mes yeux, comme ma main droite se refermait sur le manche de la bêche.

L'issue des circonstances qui se sont produites n'était pas parmi les possibilités que j'avais prises en considération. Pas même proche.

Tout s'est passé en moins de trois secondes.

« *Was is denn hier?* », aboya une voix de manière autoritaire dans l'obscurité. Je pouvais voir la tête de Karl se tourner vers la voix. Quelque chose en moi sut que le moment était arrivé. Une colère et une détermination mortelle éclatèrent en moi. Ma bêche fendit l'air, coupant presque la main de Karl tenant son pistolet. Il lança un cri d'agonie. Au même instant, je vis du coin de l'œil un mouvement rapide du bras de

Stuart et on entendit le cri sec d'une plainte de Burns. Un flash de lumière surgit du canon de l'arme d'Aloïs, suivi d'un bang assourdissant. Burns criait en état d'alarme : «°Non! Non! Ne tire pas idiot! » Stuart se retourna contre l'arbre qui était derrière lui et je l'entendis grogner, puis tomber au sol. Il y eut un claquement sec et Aloïs tomba comme un sac de briques. Ma trop longue quête pour venger Buck anima mon deuxième coup de bêche qui s'abattit, mu par une force que je ne me connaissais pas et le côté plat de la bêche frappa Karl en plein visage. J'entendis un étrange bruit de craquement et il tomba lourdement, faisant des bruits de gargouillement dégoûtants.

Presque instantanément, Burns se trouvait dépouillé de son avantage local. Le temps de la rétribution était arrivé. Je laissai tomber la pelle et je courus vers Burns, en criant : « Toi, mon sale bâtard d'enfant de chienne! » La concentration d'adrénaline dans mon sang doit avoir grimpé à dix pourcent. Je ne pouvais penser qu'à Buck. Je pouvais voir Buck, mort et assis en paix dans la chaise devant ma maison. Je pouvais voir les visages affligés de chagrin de Peter et Andrea Filmore. Je pouvais sentir les sanglots convulsifs d'Andrea Filmore alors qu'elle se blottissait contre moi. Je pouvais voir le sourire satisfait et reptilien, que la face incarnée du mal de Burns avait affiché seulement quelques secondes plus tôt. Et puis s'alignèrent devant moi, toutes les intrusions intolérables dans ma vie et la vie de mes amis, par un égoïste, fanfaron, morceau de merde. «Toi, mon sale bâtard d'enfant de chienne! » J'empoignai Burns.

Nous tombâmes et roulâmes le sol humide. Burns hurlait comme l'intimidateur et le lâche qu'il était. S'agitant sauvagement, il essaya de dire quelque chose, mais je n'avais plus aucun intérêt pour quoi qu'il puisse vouloir dire. Une main est venue vers mon visage, mais je la frappai violemment comme j'entendis un bruit osseux contre quelque chose de solide et il y eut un autre cri de Burns. Je répétai : « Sale bâtard d'enfant de chienne! » Nous roulâmes à gauche, à droite sur le sol et Burns dit quelque chose qui ressemblait à : « Tu gagnes! » *Non, pas encore*, pensai-je. Je sentis quelque chose de solide sur le côté droit du tronc de Burns, près de l'épaule. Un couteau. Stuart lui avait lancé un couteau.

J'attrapai le couteau et je tirai. Burns poussa un hurlement en criant « Non! Non! », mais le couteau ne bougeait pas. Je le tirai à nouveau, ordonnant à mes muscles de compléter d'un seul coup ce geste herculéen, ignorant les cris sauvages de Burns qui remplissaient maintenant le crépuscule. Le couteau sortit lentement, râpant avec résistance contre un os et de Burns s'échappa une plainte stridente. Ses jambes gigotaient en furie. Je ne sais ce que j'avais pensé faire avec le couteau, je le jetai au loin.

Mes mains se refermèrent sur la gorge de Burns, bloquant tout son qu'il émettait, mais elles étaient humides ou boueuses et continuaient à glisser. Mon emprise se resserra et je continuai en hurlant : « Toi, mon sale bâtard d'enfant de chienne! » Mais maintenant je criais et sanglotais en même temps. Les yeux de Burns commençaient à s'exorbiter. Son visage était horriblement contorsionné, ce qui reflétait extérieurement le bourreau sadique qu'il était en réalité à l'intérieur. En utilisant son bon bras gauche, il me frappa fiévreusement, en pleine panique. Mes mains serrèrent encore plus sa gorge. « Toi, mon sale bâtard d'enfant de chienne! » Je gémissais, chauffé à blanc dans ma colère. De longs filets de salive s'échappaient de ma bouche et dégoulinaient sur le visage de Burns. Les bruits d'étouffement et de grognement étaient tout ce que Burns pouvait faire entendre maintenant. Je me penchai pour que le poids de mon propre haut du corps ajoute une force supplémentaire.

Mon visage était maintenant à deux pouces du sien. « Toi, mon sale bâtard d'enfant de chienne! » Je criais crié. J'ai regardé dans ses yeux perfides, intelligents, psychopathes et j'ai compris le mal débridé, j'ai connu l'effrayante emprise de la haine, j'ai fait commerce avec la colère, une colère si chaude, si hautement distillée, qu'elle est devenue sereine, une aveuglante lumière blanche luciférienne fusant des sourcils d'une tête de mort, j'ai compris ce qu'était une insanité temporaire. « Toi, mon sale bâtard d'enfant de chienne! Meurs, meurs, meurs, meurs! »

Au loin, il y eut une sirène. Burns continuait à se débattre. Je continuais à crier. Mes mains étaient aussi serrées autour de sa gorge que je pouvais les tenir, mais elles continuaient à glisser et un feu montait maintenant dans mes avant-bras. Et là, il y eut une explosion de douleur dans mon abdomen. Mes mains lâchèrent le cou de Burns et dans un réflexe, se portèrent à mes testicules, puisque l'une des jambes de Burns en fouettant de tous côtés venait d'asséner un coup sur ma cuisse et avait glissé jusqu'à mes couilles. C'était un contact léger, mais suffisant. La douleur se joint à la colère qui avait déjà rempli mon être entier. Ensuite, tout s'est mélangé dans une noirceur étouffée.

Lumières clignotantes. Un préposé aux services d'urgence me tenait en position assise, me demandant en allemand si je pouvais me déplacer. La tête d'une femme était à côté de la mienne. Elle pleurait sans retenue.

« Stuart! » Je paniquai. Où était Stuart? L'homme des services d'urgence me regarda et demanda dans un anglais approximatif qui était Stuart. Je réussi à passer à l'allemand et à dire qu'on avait tiré sur Stuart. Le secouriste déclara que l'homme qui avait pris une balle dans la poitrine était maintenant dans l'ambulance et serait transporté à l'hôpital. J'essayai de me lever, grognai en raison d'une douleur lancinante dans l'aine, mais je continuai à lutter et me dirigeai vers l'ambulance qui tournait au ralenti derrière nous, ses portes commençant tout juste à se refermer. Le préposé m'aida à monter dans l'ambulance pendant que je répétais encore et encore que l'homme blessé était un ami. Mon ami. Mon plus vieil ami. Mon meilleur ami. Stuart était bien. Stuart était très bien.

Je devais rester avec Stuart, m'assurer qu'il était bien. Stuart irait bien. Stuart avait été blessé, mais il serait rétabli en un rien de temps.

À partir de là, ce fut principalement un vide blanc, parsemé d'images fracturées et de demi-souvenirs.

J'appris plus tard que Karl, dont le nom complet était Karl Wassermann, y était presque resté. J'avais pulvérisé son nez, écrasé un des os de sa joue et propulsé des fragments d'os profondément dans son visage et ses cavités sinusales. Mais il vivrait et était dans un hôpital sous bonne garde policière.

Aloïs, c'était Aloïs Kirchschläger. Il était mort instantanément du coup que Frau Rohde lui avait asséné à l'arrière de la tête, quand elle a vu le coup partir de son pistolet, en utilisant la mailloche qu'elle avait apporté avec elle de la maison dans l'éventualité où son intervention aurait besoin d'être appuyée par un argument solide.

Mais la nouvelle la plus amère, l'information qui a amené de la bile dans ma gorge et ma bouche, était que Burns s'était barré. Éclipsé, disparu, parti. Burns, ce misérable bâtard de Burns, s'était échappé. La police dit, je l'entendis plus tard, qu'il ne pourrait pas rester libre pendant longtemps, qu'il serait trouvé et appréhendé comme quelqu'un à qui la police voudrait poser des questions. Autant je respecte la police allemande, autant je savais qu'ils avaient tort. Burns s'était effectivement échappé. Il avait les poches bien garnies, il était très rusé, il avait un sixième sens aiguisé et en quelques jours il serait de retour à Philadelphie. Il n'avait pas besoin de compter sur les compagnies aériennes. Il pourrait faire son chemin à un des ports côtiers et se payer un passage sur n'importe quel cargo douteux. Il pouvait sortir de l'Allemagne et une fois ailleurs, s'organiser pour être emporté par un jet privé. Pire encore : en ce qui concernait la police, il n'y avait aucune évidence matérielle qu'il avait été présent sur un site où un crime avait été commis. Supposément, je l'avais vu sur la scène du drame au *Gasthaus im Wald*, mais personne d'autre, présent et sachant qui il était, était encore vivant ou conscient, et il n'y avait aucune trace d'un Gale Burns ayant pénétré en Allemagne à quelque moment que ce soit durant le mois précédent.

En ce qui concernait les fonctionnaires, Burns était un fantôme.

Plus tard, on me dit également que, de l'ambulance, j'avais envoyé un texto à Werner en disant que j'avais besoin d'aide et donné le nom de l'hôpital vers lequel on nous dirigeait. Comment je fus assez conscient pour obtenir cette information de l'ambulancier et la relayer à Werner, je ne sais pas.

Werner et Heinz étaient là quand je revins en titubant dans la salle d'attente à l'urgence, lorsque les médecins eurent déterminé qu'il n'y avait aucune séquelle physique hormis beaucoup d'ecchymoses. Werner et Heinz ont tous deux dit plus tard que j'avais une mine ravagée. Le côté droit de mon visage était bleu, de la tempe au menton et mon œil était enflé presque qu'au point d'être fermé. La veste que je portais était déchirée et couverte de boue. La moitié d'une de mes manches de chemise manquait.

La police était également là. Ils parlèrent aux médecins. Ils parlèrent également avec Werner. Apparemment, ils me parlèrent aussi, mais je ne fus pas en mesure de donner des réponses cohérentes. Le personnel de la salle d'urgence voulait que je reste encore un autre jour ou deux sous observation, mais je savais que je perdais l'emprise sur moi-même, que je tombais lentement d'une falaise noire et que je serais bientôt englouti dans un abîme insondable. Je devais être avec quelqu'un que je connaissais.

J'avais besoin d'être avec Werner.

Et c'est ce qui fut organisé.

Quarante-cinq

La semaine suivante, ces événements n'étaient rien d'autre qu'un grand flou. Les choses allaient et venaient en ce qui a trait à leur clarté. Quand elles s'estompaient, je ne me souciais plus de rien. Je pense que j'ai dû répondre à beaucoup de questions en prononçant simplement le mot « possible ». Mais quand les événements me revenaient avec plus de clarté, ça devenait douloureux, atrocement douloureux.

Je revivais les sons aussi, encore et encore.

Le rugissement du pistolet de Kirchschläger, le grognement de surprise quand la balle s'est logée dans le thorax de Stuart, le claquement sec de la mailloche percutant l'arrière de la boîte crânienne de Kirchschläger, le cri de Burns lorsque je lui arrachai le couteau dentelé, de quelque part dans son épaule droite et que j'ai senti la lame gruger en passant près d'une côte ou de sa clavicule, mon propre hurlement d'animal lorsque je fondis sur Burns et essayai de l'étouffer, les deux sonorités en alternance de la sirène comme nous foncions vers l'hôpital.

À l'époque, je ne savais pas qui avait appelé les services d'urgence; peut-être que c'était moi qui l'avais fait, mais si oui, je ne me souvenais pas quand. Ou alors, peut-être que c'était Frau Rohde. Le trajet en ambulance jusqu'à l'hôpital avait été très court et pendant ce déplacement, des images étriquées, toute une cascade de souvenirs, se bousculèrent dans ma conscience. Je fus capable de saisir une de ces images et elle persista pendant plusieurs secondes.

Frau Rohde. J'avais apporté cette horreur dans sa vie. La contamination d'une affreuse violence l'avait éclaboussée et elle aurait besoin de réconfort et de soutien.

Comment allais-je pouvoir fournir cela? Pourrais-je compter sur Werner? Mais ensuite, l'avalanche continuelle d'images balayait tout cela et je restais perdu à nouveau dans un flot kaléidoscopique confus.

La vue de Stuart gisant inerte et inconscient dans l'ambulance est une image qui ne me quittera jamais. Des souvenirs vifs de lui remontèrent devant mes yeux. Stuart travaillant avec focus et détermination. Stuart et moi partageant des repas, des bouteilles de vin, des verres de scotch et de brandy, dans une grande passion et une grande amitié. Stuart m'expliquant certaines de ses enquêtes mémorables, avec un scintillement dans le regard, Stuart lâchant son grand rire débridé au travers mon patio.

Le verdict que tout cela était de ma faute s'abattit sur moi comme une lourde sentence. Je me souviens à moitié d'avoir, dans l'ambulance, pris la main de Stuart dans la mienne et de lui avoir parlé durant tout le trajet vers l'hôpital, l'assurant qu'il allait s'en sortir, qu'il irait bien. À l'hôpital, on l'emmena tout de suite en salle d'opération. Stuart est mort environ une heure plus tard, mais je n'en suis plus bien sûr. Comment suis-je venu à le savoir? Quelqu'un (un médecin, une infirmière?) m'avait examiné au service d'urgence et avait pansé correctement mes éraflures et mes coupures.

Je ne me rappelle aucun détail de la salle d'urgence ou de ma rencontre avec Werner et Heinz là-bas. Je ne me souviens pas où nous sommes allés. Mais j'ai le souvenir d'être assis avec Werner, dans un endroit qui, je l'appris plus tard, était la maison de Heinz.

La chose suivante dont je me souviens a dû se passer un jour ou deux plus tard, quand nous étions chez Werner. Werner me parlait avec sa voix calme. Parmi les choses qu'il m'a dites, il y en avait deux que j'avais besoin de savoir. L'une était une question à propos de Stuart, qui m'est venue dès que je me suis rendu compte où j'étais et compris que je n'étais pas de retour au *Gasthaus im Wald*, que seulement Werner et moi étions dans la pièce. L'autre question était à propos de Frau Rohde.

La police a déterminé plus tard, à cause d'une plainte concernant un vol de vélo en plein jour, que Stuart avait pris le vélo d'un jeune homme devant la bibliothèque de Ladenburg et était disparu en trombe sous la pluie. C'est comme ça qu'il a fait le trajet jusqu'au *Gasthaus im Wald* aussi rapidement. Ce qui avait dû se produire ensuite est finalement devenu clair pour moi. Dans les règles de l'art et comme toujours, en professionnel aguerri qu'il était, Stuart avait observé la scène de loin comme je m'étais avancé vers la remise pour déverrouiller la porte en vue d'y ranger la bicyclette de Frau Rohde et il devait avoir aperçu l'un d'entre eux, Karl ou Aloïs. Quand je me rendis compte de tout ceci, quand je compris ce qui avait dû se passer, je fus à nouveau profondément bouleversé. C'était cette peine affreuse de ne plus pouvoir ressentir la douleur.

Ensuite, il y avait Frau Rohde. Werner apprit plus tard de la police qu'elle avait déclaré qu'elle était allongée dans la maison, avait entendu des voix, jeté un coup d'œil par une des fenêtres et vu quelqu'un brandir un pistolet. Le reste était évident. Ce qui l'était aussi, c'est que je lui devais tout et que d'une façon ou d'une autre, j'allais devoir essayer de réparer la dévastation que j'avais amenée dans son si paisible refuge. Mais les efforts que j'aurais pu faire alors pour reconnaître et faire face à cette dette n'étaient pas de taille face à la noirceur qui avait déjà commencé à me tirer vers le fond. C'était une dette personnelle qui pesait sur moi, mais qui allait devoir attendre. Durant ces jours aussi, Werner fut infatigable en mon nom et passa beaucoup de temps avec Frau Rohde, s'assurant qu'elle avait de l'aide et du soutien, à la fois juridique et psychologique.

C'est beaucoup plus tard que j'appris quelque chose d'autre. Werner me raconta que Frau Rohde savait dès le premier jour que je n'étais probablement pas anglais et que par conséquent, mon nom véritable n'était probablement pas Rowntree. C'était à cause de mon jonc d'ingénieur, mon anneau de fer au petit doigt. Elle avait raconté à Werner que son mari, M. Rohde, parlait très bien anglais, une compétence qui l'avait aidé à se procurer son poste au musée Benz. Dans ce travail il avait parlé à presque tous les visiteurs du musée et rencontré toutes sortes d'ingénieurs venus de partout dans le monde, beaucoup d'entre eux se comportant comme des enfants au matin de Noël. Herr Rohde était un peu anglophile et aimait Kipling. Un groupe de Canadiens, des ingénieurs, étaient venus au musée un jour, et lui avait demandé de leur faire visiter l'installation. Il avait conduit la tournée en anglais et remarqué que chacun d'entre eux portait une bague d'acier à l'auriculaire. Il fut charmé par l'explication quand il apprit par le Cérémonial de Remise du Jonc, la connexion avec Kipling, auteur de l'engagement prononcé à voix haute alors que tous les confrères tiennent une chaîne symbolique. Apparemment, il ne se lassait jamais de raconter cette histoire à Frau Rohde. Werner avait appris cela en parlant directement avec Frau Rohde, puisqu'il l'avait contactée lorsqu'il apprit le rôle crucial qu'elle avait joué pour me sortir en vie de cette situation. Werner lui avait demandé si elle avait eu peur ou si elle avait eu des appréhensions quand elle avait compris que je me faisais passer pour quelqu'un d'autre et elle avait répondu que non, que ce n'était qu'un nom et qu'elle n'avait eu aucune difficulté à décoder que "Herr Rowntree" était un homme droit.

Je perdis rapidement la notion du temps. Un jour, la police m'interrogea pendant plusieurs heures. Werner et Heinz étaient là et j'avais quelqu'un pour me représenter, un *Anwalt*. Je ne suis pas bien sûr comment j'ai réussi à donner des réponses cohérentes et peut-être que je n'en ai pas été capable. Probablement qu'il y avait suffisamment d'informations disponibles pour satisfaire la police. Je ne sais pas. Il y eût beaucoup de discussions concernant ma tablette que Werner avait trouvée et remise à la police. Cela dû être plusieurs jours, peut-être une semaine plus tard, à Königstein, lorsque le passage du temps devint relativement continu à nouveau et que les choses ont commencé à avoir dû sens. Werner et Gudrun m'expliquèrent que c'était terminé avec la police, mais, pour moi, cela n'avait pas vraiment d'importance. J'étais engourdi. Je ne ressentais plus rien. Et je m'en foutais. Werner avait trouvé les coordonnées de Greg et l'avait appelé pour lui expliquer la situation et donner des nouvelles à mon sujet. Greg de son côté, avait informé les gens de Greenvale qui, selon lui, devraient être mis au courant. Tout cela, je l'appris beaucoup plus tard.

Je me souviens de l'adieu interminable de Gudrun et de Werner à l'aéroport de Francfort, de l'atterrissage à Toronto et de ma réunion avec Greg. Je me souviens aussi d'être rentré à Greenvale, d'avoir été accueilli par Jill et Greg dans leur maison et d'avoir été sous les soins d'un médecin. Des mots discrets à mon sujet avaient fait le tour. Tout le monde savait que quelque chose de terrible s'était produit en Allemagne. Des dizaines d'expressions d'inquiétude de la part des gens que je connaissais à Greenvale m'avaient été relayées par Jill ou Greg et d'autres personnes que je n'avais fait que croiser. Jill et Greg étaient spécifiquement sortis pour rencontrer et informer en personne, celles qui m'étaient plus proches pour leur donner les dernières informations, leur dire que j'étais encore très fragile et que je ne serais pas en condition de voir quiconque pendant un certain temps, mais que Jill les garderait aussi informés que possible. Au cours de cette période, j'évitai tout contact public. Je n'aurais pas pu rencontrer des amis préoccupés et espérer qu'ils comprennent. Greg alla chez moi tous les jours pour nourrir Max.

Je traversai une période de colère intense, probablement seulement quelques jours, je ne me rappelle plus, que j'essayai de diminuer par de longues promenades dans les collines autour Greenvale. Je pus faire ces promenades très tôt dans la matinée, car en général le sommeil me fuyait jour et nuit, sauf pour des épisodes courts et troublés. Je voulais éviter de rencontrer les gens dans le village. Vu des collines, le moulin ressortait de la vallée en dessous comme une balise, mais il me semblait étrange et peu pertinent, comme s'il n'avait rien à voir avec moi, comme si c'était quelqu'un que j'avais autrefois connu mais qui était maintenant mort depuis longtemps. J'appris plus tard que durant tout ce temps, Greg avait pris en main le travail de gérer le moulin. Beaucoup plus tard, j'appris également après des discussions avec Monty, que Henry Newhouse avait pris l'initiative de contacter les autorités culturelles allemandes appropriées et de veiller à ce que l'information soit passée entre eux et leurs homologues néerlandais.

Dans la première semaine de novembre, je retournai en Allemagne. La police voulait conclure l'enquête et pour des raisons dont je ne peux plus me souvenir, j'insistai pour le faire en personne. Greg et Jill protestèrent avec insistance, Jill les larmes presque au bord des yeux. Quand ils comprirent que je ne céderais pas, ils communiquèrent avec Werner pour qu'il vienne me chercher à l'aéroport, s'assure que tout se passerait bien et me ramène à l'avion. Il a fallu étonnamment peu de temps. Je fis une déposition, bien qu'en Allemagne, la police appelait cela différemment. Je dus signer beaucoup de formulaires, sous l'œil vigilant de l'*Anwalt* qui avait été recruté par Werner pour s'occuper de mes intérêts. Et puis la partie officielle fut terminée. Je retournai chez Werner pendant quelques jours et c'est seulement à partir de ce moment que j'ai senti que ma vie avait commencé à retrouver une certaine normalité, quoique lentement. Sous l'œil de faucon de Gudrun, qui semblait veiller sur moi tout le temps, je sentis que les choses recommençaient à avoir une signification, de l'importance. On a fait du pain un soir, les trois ensemble et ce fut la première fois que je réussissais à sourire depuis *Gasthaus im Wald*. Mais je me trouvais toujours émotionnellement dans des montagnes russes, avec leurs crêtes et leurs creux. Certains jours, j'étais presque normal. D'autres jours, je me sentais incapable de faire ou de dire quoi que ce soit. Il y avait encore des soubresauts de sanglotements, mais ils allaient en s'espaçant. La plupart du temps, je souhaitais simplement m'endormir et ne pas me réveiller.

Après mon retour à Greenvale, durant une de mes bonnes journées alors que j'étais toujours chez Jill et Greg, j'écrivis un long courriel à Frau Rohde. Je lui racontai ce qui s'était passé après mon départ d'Allemagne. Je dis que probablement aucun de nous deux n'était dans un état permettant d'avoir des échanges réguliers, mais que Werner était tenu informé, par Greg, sur la façon dont les choses évoluaient ici et que j'avais aussi de ses nouvelles par l'entremise de Werner. Je terminai par une longue expression de gratitude pour tout ce qu'elle avait fait pour moi et des excuses pour l'avoir entraînée dans cette sordide affaire, espérant qu'elle était bien et promettant qu'aussitôt que possible, elle et moi nous reverrions.

À la fin de la troisième semaine de novembre, je recommençai à faire des choses au moulin. Mais Greg avait déclaré à mes trois jeunes employés qu'il s'agirait d'un motif de licenciement si l'un d'eux s'avisait de me poser des questions sur ce qui s'était passé en Allemagne, ou même de permettre à quelqu'un d'autre de le faire. Par conséquent, mes uniques compagnons étaient les machines du moulin. On m'empêchait d'entrer dans le café et mes échanges avec Karen, Michael et Graham étaient pratiquement réduits à « Bonjour. » Je communiquai par téléphone avec quelques-unes des personnes du coin avec qui j'étais le plus proche : Mme Williamson, qui était naturellement très ébranlée par toute l'affaire, Monty, Lonny, Jasper, Henry et quelques autres, mais je constatai qu'après quelques phrases j'étais complètement stressé. C'était pile ou face à savoir si j'allais perdre ma contenance au cours de ces brefs échanges, ce qui aurait été un embarras pour chacun. Mais ils avaient tous été si bons pour moi que je sentais que je leur devais au moins une tentative d'explication, si piètre ou brève qu'elle fut.

Il y eut un passage très difficile lorsque la dame qui s'était occupée à temps partiel de l'aspect clérical du travail de Stuart, m'a contacté pour me dire qu'elle s'affairait à fermer les dossiers commerciaux de Stuart et qu'elle avait rassemblé et organisé les dossiers concernant mon affaire afin que je puisse venir les regarder et emporter ce que je voulais. Je lui ai demandé de simplement emballer tout, de me l'expédier à Greenvale et de m'envoyer la facture pour le transport. Trois jours plus tard, une boîte arriva avec une lettre de sa part. Elle détaillait le contenu de la boîte, m'informait qu'elle n'avait pas regardé dans un fichier scellé et étiqueté "Richard Gould – Personnel et Confidentiel", ne pouvait pas commenter son contenu et laissait la question entre mes mains. Il me fallut plus d'une semaine pour trouver le courage d'ouvrir ce fichier.

Le fichier avait trois sections distinctes.

La première section manifestement imprimée d'un chiffrier Excel était une comptabilité détaillée et annotée du temps passé par Stuart et ses hommes sur le terrain au projet "Greenvale Mill".

La deuxième section était les notes de projet de Stuart. Elles arboraient sa belle et élégante écriture et elles s'étiraient sur plus de soixante pages. Les notes étaient en sections datées, jusqu'au jour de son départ pour son dernier voyage, en Allemagne. J'évitai de les parcourir.

La troisième section était une chose à laquelle je ne m'attendais pas.

Il s'agissait d'une description détaillée d'investissements, de comptes, de compagnies de gestion. Les différents postes dans ces documents étaient répartis aux États-Unis : New York, Californie, Texas, Pennsylvanie, le tout indiquant une valeur nette de plus de 45 millions de dollars américains. Dans mon état normal, j'aurais tout de suite su ce que c'était, mais cela me prit un certain temps pour comprendre ce que j'avais devant moi en réalité. Stuart avait rassemblé un profil financier de Burns, par des moyens sans aucun doute illégaux. Cette section était toute manuscrite et j'étais certain que c'était la seule copie et qu'aucune version électronique n'existait. En bas, Stuart avait écrit dans une courte annotation : *"Peut-être quelque chose ici qu'on pourrait utiliser pour faire décrocher ce clown de notre dos."*

La dernière partie de cette troisième section, également dans la belle écriture de Stuart, consistait en une seule page, intitulée "Dans l'éventualité où", sur laquelle je jetai un bref coup d'œil, puis refermai tout le dossier.

Au début de décembre, encore une fois sous les objections acharnées de Jill et Greg, je fis un autre voyage court en Allemagne, à *Gasthaus im Wald*, pour deux journées fortes en émotions avec Frau Rohde. Je me rendis seulement à mi-chemin dans mes remerciements à son égard, avant de bloquer, incapable de continuer. Quand je repris un certain contrôle sur moi-même, je continuai avec difficulté mais détermination, repassant en détail mon séjour au *Gasthaus im Wald*, expliquant le contexte, pourquoi j'avais fait ce que j'avais fait et m'excusant de nouveau pour ne pas avoir été franc avec elle. Nous avons pleuré ensemble plusieurs fois. Nous avons eu un autre merveilleux repas de *hirschgulasch* et nous nous sommes assis et avons bu presque complètement une bouteille entière de *himbeergeist* jusque tard dans la nuit. Elle m'a remercié de l'avoir mise en contact avec Werner. Je promis de revenir, bientôt, dans quelques mois. Il y a eu quelques journées additionnelles passées en compagnie de Gudrun et Werner, envers qui j'avais maintenant une dette incommensurable.

Quelque temps après, à Toronto, où j'avais passé la nuit précédente à mon condo, j'appelai Steve Angeli, le *pirate* de Stuart, par un mercredi matin nuageux et tout en bourrasque. Il était clair pour moi, de la manière dont Stuart avait parlé de lui, que ces deux-là avaient travaillé ensemble depuis des lunes et qu'ils étaient devenus des amis. Steve lui aussi avait été rudement éprouvé par la mort de Stuart et il ne savait pas quoi me dire, pas plus que moi je savais quoi lui dire. Je lui dis que je voulais le rencontrer; il était hésitant, j'ai dit que ça n'avait rien à voir avec les événements, c'était juste un détail que je voulais discuter, ce qui n'était qu'en partie vrai. En fin compte, il accepta avec réticence.

Nous nous rencontrâmes cet après-midi-là, dans un pub assez sombre mais ironiquement bien choisi, *The Taxman*, sur College Street. Il avait une terrasse sur le toit et les radiateurs infrarouges rendaient le patio raisonnablement confortable malgré le vent et le froid, alors nous nous sommes assis là, entourés de gros pots de plantes à moitié mortes. Nous étions les seuls clients du *Taxman* à cette terrasse, mais le plancher non balayé, poussiéreux et parsemé de miettes de pain avait probablement autant à voir avec cela qu'avec la saison.

Nous avons siroté notre bière en silence pendant un temps inconfortablement long.

« Je suis désolé Steve, lui dis-je finalement quand je ne pouvais plus rester là à regarder ma bière.

— Nous sommes tous désolés. On ne perd pas un gars comme Stuart sans rester transpercé bord en bord d'un grand trou.

— Non. Je ne veux pas dire ça. Je veux dire, je suis désolé parce que c'est de ma faute.

Le visage de Steve s'assombrit.

— Vous ne faites rien de constructif en vous disant responsable et en vous blâmant vous-même. Et vous savez très bien que si Stuart était ici, il vous passerait un savon. Alors, arrêtez de parler comme ça, monsieur Gould. Stuart connaissait probablement les risques, mieux que chacun d'entre nous. Il savait dans quoi il s'embarquait.

— Je ne peux rien y faire Steve. Je ressens une grande culpabilité et ça refuse de me lâcher. »

Il n'y avait pas de réponse à cela, nous avons continué de boire notre bière et le silence a commencé à ressembler à une ombre rampante.

Sur une question hésitante et oblique de Steve, je lui ai décrit de façon un peu plus détaillée ce qui était arrivé en Allemagne. Le visage de Steve était sombre et quand j'ai eu fini, il y eut un autre long silence.

J'ai fouillé dans la poche de ma veste et j'ai retiré plusieurs feuilles dactylographiées pliées en deux. En les lui remettant, j'ai dit : « Jetez un œil là-dessus, Steve. Ne dites rien avant d'avoir pris un bon moment pour y penser. »

Steve lut pendant deux ou trois minutes, puis me regarda avec une expression vide. Il est retourné aux feuilles pendant encore quelques minutes, puis s'enfonça dans son fauteuil et a regardé le ciel. Reportant son attention sur moi cinq minutes plus tard, il a demandé : « Où avez-vous eu ça ?

— Est-ce important ?

Steve haussa les épaules, puis regarda les pages à nouveau.

Éventuellement, il demanda avec beaucoup d'attention :

— Vous savez ce que cela signifie ?

Je regardai Steve directement dans les yeux.

— Ce que ça signifie est absolument clair dans mon esprit, Steve, jusqu'à tous les impacts personnels.

Alors après une longue pause, je lui demandai :

— Êtes-vous intéressé ?

— Puis-je y penser ?

— Vous devriez vraiment prendre tout le temps qu'il faut pour y réfléchir, répondis-je de façon égale.

— D'accord. Voudrez-vous savoir ce que je déciderai ?

— Non. Je n'ai pas besoin de savoir. »

Nous savions tous les deux que s'il décidait d'aller de l'avant, nous conclurions le plus secret des pactes, que réussir serait un couronnement de la carrière de Steve en tant que pirate informatique, mais aussi la fin de la personne qu'il avait été jusqu'ici. Et ce serait un pacte qui n'existerait que dans nos deux têtes.

Nous avons terminé nos bières, nous sommes serré la main et je suis parti.

Quarante-six

À la fin de la deuxième semaine de décembre, je me sentis assez stable pour convoquer Karen, Michael et Graham ensemble, avec Greg, pour une réunion du personnel. La rencontre eut lieu à la cuisine du moulin, tôt un matin.

Je leur demandai de ne pas m'interrompre, puis je leur dis ce qui s'était passé en Allemagne, ce qui s'était passé après mon retour, je précisai qu'ils avaient le droit de savoir, que c'était injuste de leur demander d'agir comme si tout avait été la routine normale au cours des deux derniers mois, alors que clairement, ce n'était pas le cas. Concernant les événements en Allemagne, je ne leur cachai rien, sauf les détails les plus horribles et je dis tout simplement que tout cela avait eu des conséquences et des effets pénibles sur moi. Je les remerciai pour leur patience, leur compréhension et leur ardeur dans la poursuite des activités ces dernières semaines. Je remis à chacun une enveloppe non marquée et leur demandai de l'ouvrir plus tard. Greg avait été informé à l'avance et m'a dit qu'il pensait que 2 500 $ à chacun en fin d'année comme remerciement pour leur dévotion était trop, mais j'écartai son commentaire en répondant que l'argent venait entièrement de ce que je savais être ma partie du dividende prévu du moulin, si je m'en étais versé un.

« Des questions? », demandai-je.

Karen était au bord des larmes. Elle s'approcha de moi et me donna une longue accolade.

Je regardai Greg et dis : « Peut-être que je devrais dire "des questions?" plus souvent° » et cela détendit l'atmosphère. Graham, qui est le moins démonstratif des trois, me donna une poignée de main à m'en broyer les phalanges, tandis que Michael me serra virilement dans ses bras en disant : « Je ne peux pas vous dire à quel point il est bon de vous avoir de retour avec nous, et avec cette énergie. »

« Eh bien, ajoutai-je, mon regard passant de l'un à l'autre, je dois vous dire à tous que je suis celui qui est le chanceux ici. » Il y eut des protestations vocales et gestuelles, mais je leur fis signe de se calmer, me retournai vers le réfrigérateur et j'ai tiré une bouteille de prosecco d'un litre.

« Karen! Cinq verres, s'il te plaît! Graham! Il y a une boîte de Baci sur le comptoir derrière toi! Michael! Ouvre cette bouteille et verse! » Nous bûmes, parlâmes, je ris même. Graham parla des commentaires des clients, Michael décrit fièrement ses succès avec les nouvelles additions sur le menu, Karen essuya alternativement ses yeux, bavarda sans vergogne et se vanta que le café était devenu une institution locale. Greg confirma simplement que le moulin se gérait pratiquement lui-même. Nous parlâmes pendant environ une heure et nous aurions continué plus longtemps, mais un groupe de clients est entré et c'était comme si quelqu'un avait crié : « À vos postes de combat! »

Même si je retombais dans une routine de Greenvale et que c'était un grand soulagement pour moi, je savais qu'il y avait des nuages ailleurs, des problèmes en suspens que je devrais régler au final. Ce qui était nécessaire pour traiter ces problèmes était évident, mais en même temps la pensée d'avoir à le faire me remplissait d'une immense appréhension. En décembre, je rencontrai les gens de Greenvale avec qui je me sentais le plus proche, un par un, au *Renard Embusqué*. Leurs propos explicites de soutien, mais encore plus, leur préoccupation tacite et leur amour, furent pour moi profondément touchants. Pendant ces rencontres, Jasper fit bien comprendre à tout le monde que personne ne devait m'approcher à moins que je ne leur demande et quand Jasper insiste sur une chose, personne ne brise sa règle. Mais rendu à cette étape, j'étais beaucoup moins fragile et il me sembla que ces rencontres seul à seul étaient souvent plus dures pour mon interlocuteur que pour moi.

Nous avions eu un automne long, avec des gelées légères tout au long de novembre et de décembre qui était bien engagé. Ensuite, nous eûmes eu plusieurs jours de temps doux. Le 18 décembre fut assez chaud pour s'en tenir à des chemises à manches longues et la météo se poursuivit comme ça bien après Noël. Mon humeur et mon état général étaient sur une pente ascendante, je revins aux conversations informelles normales avec Graham, Karen et Michael et passai plus de temps dans le café. Nous allions fermer le moulin et le restaurant pour le jour de Noël et le "Boxing Day" du lendemain, mais organiser une fête la veille du Nouvel An, pour laquelle Karen, Michael et Graham avaient fait d'énormes préparatifs. Graham et moi travaillâmes 12 heures les 23 et 24 décembre, et nous produisîmes et livrâmes littéralement des tonnes de farine. La veille de Noël, je fermai tout, fis une dernière inspection des cuisines, activai l'alarme, verrouillai les accès vers vingt heures trente et je me dirigeai vers la maison, avec au programme : tranquillité, un peu de musique, un peu de lecture et beaucoup de sommeil. Je retirai mes chaussures et mon manteau, laissai tomber mes clés sur le comptoir de la cuisine, mis de la nourriture dans le bol de Max et me versai un brandy. Max me suivait comme une ombre depuis mon retour d'Allemagne et ma réoccupation de la maison. Il dormait à mes pieds sur mon lit toutes les nuits, chose qu'il n'avait jamais faite auparavant, sauf les quelques rares fois où je n'étais pas bien. Et il frottait ses moustaches sur mon visage tous les matins, autre nouveauté. Je pense que Max était juste inquiet.

En tenant mon brandy, je m'écrasai dans mon fauteuil en cuir préféré. Max défila devant moi et s'assis pour se laver. Nous nous sommes regardés pour quelques minutes.

« Eh bien, Max. Je pense que tout va bien finir. Tu seras heureux d'entendre ça, pas de doute. Dommage que tu n'aimes pas le brandy. C'est toujours préférable de boire avec quelqu'un. »

À cet instant précis, on frappa à la porte, laquelle s'ouvrit avant même que je n'aille ouvrir. C'était Greg.

« Jill m'a demandé de venir m'assurer que tu allais bien.

— Pourquoi ne serais-je pas bien?

— Je ne sais pas. Mais nous t'attendions il y a une heure.

— Merde! J'avais complètement oublié. Je devais passer les deux prochains jours avec Greg et Jill. Je suis désolé, Greg. Donne-moi cinq minutes pour faire un peu de bagages. Merde, où avais-je la tête?

— Prends ton temps. Il n'y a pas d'ordre du jour ce soir. »

Je pouvais sentir la colère froide qui avait rôdé dans mes parages ces derniers temps se pointer à nouveau et décidai de me rasseoir et d'enfiler une autre gorgée de brandy. Le meilleur remède contre ce sentiment terrible et étranger, c'était de m'engager dans une réflexion générale sur le moulin et les gens qui y travaillent. Le temps de finir mon brandy, mon équilibre se trouva restauré.

Les deux jours avec Jill et Greg furent comme un bain-tourbillon pour mes émotions. Rendu à la fin de la journée de Noël, je me sentais plus détendu que je ne l'avais été depuis que toute cette merde avait commencé. Chaque jour, je passai à la maison pour nourrir Max et consacrer une heure ou deux à lui donner de l'attention. Je pensais que ce serait déprimant de rentrer chez moi le matin du Boxing Day, mais Jill court-circuita cette éventualité en insistant pour que je reste et ne rentre à la maison que le 27 décembre au matin. Je n'essayai même pas de protester. Le temps chaud s'est maintenu et nous eûmes notre dernière baignade de l'année dans leur spa.

Ensuite, ce fut à nouveau la routine au moulin, bien que bousculée par les préparatifs de notre fête de fin d'année.

Le 28 décembre au matin, j'allai chercher le courrier, vers onze heures trente selon mon habitude. Il n'y avait pas beaucoup de courrier, uniquement de la publicité à première vue. Je n'attendais rien de particulier. Je portai à la maison le petit paquet de dépliants, car il y avait du travail à faire en ce qui concernait les réponses à certains articles sur le site Web du moulin et il était plus facile de le faire à la maison. Quand je retournai finalement vers la petite pile de courrier indésirable dans l'après-midi, je trouvai, parmi les cinq ou six articles de publicité, une enveloppe blanche, portant un cachet postal de Montréal, adressée à mon intention en lettres dactylographiées et sans adresse de retour. À l'intérieur, il y avait un petit article découpé du *Philadelphia Inquirer*, à en juger par le haut de la page. L'en-tête indiquant la date n'avait pas été inclus, il n'y avait pas d'annotations sur cette découpure, pas plus qu'une lettre ou note d'accompagnement. L'article se lisait comme suit :

"La police a révélé aujourd'hui que le corps d'un homme d'affaires local a été retrouvé hier dans sa maison. M. Gale Burns, un notable collectionneur d'antiquités et un commerçant dans l'immobilier, a été abattu d'un coup de feu à la tête. Aucune note n'a été trouvée et il n'y avait pas d'arme sur les lieux. La police traite l'affaire comme un homicide. Pressé de questions, le porte-parole de la police, le sergent James Christie, a déclaré que la police n'avait aucun suspect à l'heure actuelle. Un autre porte-parole de la police, qui souhaitait ne pas être identifié, a indiqué plus tard qu'on semblait être en présence d'un règlement de compte exécuté par un professionnel.

M. Burns était âgé de cinquante-trois ans. Il était divorcé sans enfants. Son nom avait fait les manchettes ces dernières années en raison de transactions immobilières critiquées par plusieurs et qui ont fait l'objet de beaucoup de discussion politique et d'une attention particulière de la part de la police, sans que jamais aucune charge ne soit déposée contre monsieur Burns."

Immédiatement, je fus en émoi. Je savais ce qui s'était passé et j'aurais dû ressentir un soulagement. Au lieu de cela, mes mains tremblaient. Je n'étais ni content, ni désolé qu'il soit mort, mais cela avait tout fait revenir à ma conscience, la noirceur étouffante comprise. Max se pencha contre ma jambe et leva son regard vers moi. Je le pris dans mes bras et nous nous promenâmes dans la pièce pendant qu'il commençait à ronronner doucement. Je commençai à me sentir mieux. *Tiens le coup*, me suis-je dit. *Ça va s'en aller. En tout cas, la plus grande partie va s'en aller.*

Dans l'après-midi, je retournai au moulin. Graham et moi avions toute une corvée alignée et les sacs de farine s'entassaient de manière satisfaisante. Six clients vinrent prendre livraison de leur commande, le café bourdonnait et Michael était occupé dans la cuisine se préparant à une petite fête pour un groupe de seize personnes ce soir-là au restaurant, un événement qui avait été réservé plusieurs semaines à l'avance par une famille locale. À cinq heures et quart, Graham et moi terminâmes pour la journée et j'allai vérifier si Michael avait besoin d'aide avec les repas pour nos invités. Michael avait tout bien en main. Il me montra le menu, indiqua où il en était avec le tout, puis me chassa de sa cuisine. Cette nuit-là, le cauchemar du lapin revint.

J'étais dans un champ. Le foin avait été coupé et était couché en rangées. J'étais anxieux, à la recherche de mes clés. J'avais une fourche et je déplaçais de petits tas de foin autour de moi en répétant, comme s'il s'agissait d'un mantra : « Où sont mes clés? Où sont mes clés? » Ensuite, j'ai vu le jeune lapin. Il avait les caractéristiques charmantes mais déformées des bébés animaux, d'énormes yeux, de gros pieds, des oreilles courtes et une tête d'une taille disproportionnée par rapport au corps. Je savais que j'aurais dû me dire combien intéressant c'était, mais je lui ai simplement demandé « Où sont mes clés? »

Je me rendais compte qu'il était terrifié, figé par la peur et incapable de bouger, mais je suis devenu irrité, puis en colère qu'il ne me dise pas où étaient mes clés. Je l'ai empalé avec la fourche, les pics l'ont traversé et pénétré profondément dans le sol. Il ne s'est pas déplacé et j'ai pris conscience instantanément que le lapin n'avait pas peur. Il était venu m'aider. Une de ses pattes postérieures a commencé à bouger. J'ai demandé à nouveau «°Où sont mes clés?°»

La fourrure a commencé à disparaître de son visage. Ses oreilles ont reculé. Ses yeux se sont déplacés lentement jusqu'à ce qu'ils fussent tous deux à l'avant de sa tête. Son visage s'est élargi et aplati. La fourche a commencé à vibrer. Le lapin s'est mis à lutter et il était vigoureux. Pour une raison quelconque, je me suis soudain rendu compte que je portais mes vêtements de pluie, y compris mon chapeau de pluie. Il a commencé à pleuvoir, légèrement au début, puis plus fort, puis ça s'est mis à tomber comme des filets, des torrents, un déluge. La pluie me coulait dans les yeux et je devais les essuyer continuellement pour pouvoir voir. Ça coulait sur mon cou et dans mon col de chemise. J'ai regardé de nouveau le lapin. Il avait maintenant un menton et il y avait des cheveux. J'ai cru commencer à le reconnaître et d'un coup, je l'ai reconnu. C'était Stuart. J'ai regardé mes mains. De l'eau en coulait comme un cours d'eau, mais la pluie ne tombait pas, elle ne descendait pas. Elle montait de mes mains vers moi et j'ai compris d'un seul coup que ce n'était pas de la pluie, pas de l'eau.

C'était du sang, il venait du lap..., de Stu..., « Où sont mes... »

Quarante-sept

Je me réveillai tout en sueur. Max était couché sur le lit et poussa un faible grognement. Je sautai hors du lit, couru jusqu'à la salle de bain pour vomir douloureusement.

Comme pour les deux fois précédentes où j'avais été visité par le cauchemar du lapin, je me promenai, essayant de me calmer. Je bus beaucoup d'eau. Pris plusieurs somnifères. Éventuellement, je tombai dans un sommeil profond. Quand je me réveillai, de bonne heure le lendemain matin, j'étais plutôt en forme. Max était assis sur l'oreiller à côté de ma tête, en train de me regarder. Je me souvins du rêve, mais le souvenir n'a pas suscité de peur ou d'anxiété.

Il n'y avait personne d'autre au moulin quand j'arrivai et je me mis au travail immédiatement. Ce qui devait être fait était clair, Graham arriva un peu plus tard et la journée passa rapidement. Je n'étais ni déprimé ni exalté, juste plutôt à plat, mais les choses progressivement ont commencé à s'améliorer, en quelque sorte, dans l'après-midi.

Graham et moi finîmes d'emballer une grande quantité de farine et nous étions prêts à conclure la journée assez tôt. À la façon qu'avait Graham de m'observer, j'étais persuadé qu'il sentait que je travaillais comme quelqu'un d'obsédé et lorsque nous terminâmes le meulage prévu ce jour-là, il dit qu'il allait nettoyer soigneusement l'équipement et faire de l'entretien tout en refusant mon offre d'aide avec un sourire.

Je rejoignis Michael et Karen, qui s'affairaient aux préparatifs pour la veille du Jour de l'An et mon humeur s'engagea sur une pente ascendante. Michael était très enthousiaste à propos de son menu et quand il m'offrit des petites portions pour goûter à ses plats, je fus grandement impressionné par leur qualité. Michael était en passe de devenir un chef très compétent et il avait maintenant un bon flair concernant les risques gastronomiques qui valaient la peine d'être pris et ceux qu'il valait mieux éviter.

Karen s'occupait des arrangements physiques pour la soirée du Nouvel An. À première vue, ça pouvait sembler ne pas être un défi logistique sérieux, car en dehors de nous quatre, il n'y aurait que douze invités, mais elle avait apporté beaucoup d'imagination à la tâche et si les serviettes personnalisées et les décorations lumineuses étaient un aspect en apparence simple, je savais que son attention pour les détails maximiserait l'impact visuel et porterait fruit généreusement au moment où les gens entreraient dans la pièce. Greg avait promis de s'occuper de la musique et l'expérience portait à croire qu'il le ferait avec brio.

Le travail touchait à sa fin dans la meunerie. Graham et moi terminâmes la dernière mouture de l'année vers midi le 29 décembre. La journée et demi suivante, nous la consacrâmes au nettoyage et à l'entretien de tout l'équipement. Le 31 décembre au matin, la sensation particulière de cette journée s'empara de toute l'équipe. Greg vint pour faire un dernier test sonore et je les invitai tous au dîner que j'avais préparé sans trop qu'ils s'en aperçoivent. Mon humeur et mon sentiment de bien-être s'étaient considérablement améliorés au cours des derniers jours.

En fin d'après-midi, les décorations étaient terminées et Karen avait complété la liste des préparatifs. Ce qu'elle avait fait n'était rien de moins que fantastique. Il y avait des ballons et des guirlandes. Il y avait des regroupements de bougies assorties. Sur chaque table, il y avait des bracelets larges, élaborés et attrayants tressés à partir de bandes ondulées de papier de construction léger, de diverses couleurs et des imitations de perruques en papier crêpe attaché à des couronnes de ficelles de couleur variées et tressées, dans lesquelles étaient intégrées de minuscules petites lumières scintillantes, pour mettre sur la tête de chaque invité.

Quatre des plats que Michael avait choisis avaient été préparés à l'avance, pour leur donner le temps de se mélanger et de s'infuser mutuellement et il rassemblait maintenant les derniers éléments pour les plats restants. Michael et moi avions collaboré aux préparatifs des pains et des vins. Les pains en étaient à leur premier gonflement et seraient cuits plus tard dans l'après-midi. Les blancs et les vins de dessert reposaient lascivement dans leur frigo ad hoc tandis que les rouges se bousculaient avec impatience dans un coin plus frais du restaurant.

Greg lança sa liste de pièces musicales choisies pour agrémenter l'après-midi. Je déambulai, écoutant le bruit de gens compétents en train de faire leur travail. Je dérivai jusqu'à la cuisine : elle était reluisante, impeccable. Michael sourit et me fit un clin d'œil, comme pour dire « nous allons frapper un grand coup ». D'ailleurs, dans le moulin, il y avait de faibles bruits de Graham faisant une dernière passe d'astiquage. Je passai ma main sur les poutres de chêne exposées, les murs frais en pierre de chaux et le modeste lustre des briques encastrées. Le moulin et moi étions en train de nous reconnecter.

L'après-midi apporta une surprise de la part de Karen et de Graham, qui m'approchèrent dans ce qui était clairement la démarche d'une délégation. « J'espère que ça ne vous dérangera pas, a commencé Karen, mais Graham et moi avions l'intention de passer la nuit ici, au moulin, après la fin de la soirée. »

Mon regard doit avoir trahi l'idée qui m'est passée par la tête, car Karen rougit et enchaîna immédiatement : « Cela est sorti tout de travers! Ce que je veux dire, c'est que nous sommes venus chacun avec notre voiture et comme nous aimerions prendre autre chose que du thé, nous avons installé des lits de camp aux extrémités opposées de la salle de réunion à l'étage. Nous aurions dû vous le demander d'abord. En réalité, cela est en rapport avec une idée d'affaire que nous avons eue.

— Karen, je n'ai aucun problème avec l'idée que vous passiez la nuit ici. C'est en fait, très responsable.

Avant que je puisse l'interroger sur la deuxième partie de sa remarque, Karen a enchaîné :

— Bien. Je vous remercie. Maintenant, ce n'est peut-être pas le bon moment pour discuter de nouvelles idées d'affaires, alors nous l'avons élaboré en détail sur papier pour que vous puissiez prendre le temps d'examiner tout ça quand vous aurez le temps.

Elle me remit un dossier contenant environ huit pages dactylographiées brochées ensemble. En ouvrant le dossier, j'ai lu sur la page frontispice *Proposition de Bed & Breakfast au moulin de Greenvale*. Tournant rapidement les pages, je remarquai que tout était élégamment découpé en éléments de coût et de revenu.

Je les regardai tous les deux.

— Je suis intrigué. Puis-je attendre jusqu'à demain pour regarder cela avec toute l'attention que ça mérite?

Ils sourirent tous les deux dans ce qui a semblé un soulagement, probablement parce que je n'avais pas froncé les sourcils, hésité ou autrement signalé que la chose semblait douteuse.

— Bien sûr, répondirent-ils avant de retourner à leur besogne. »

Juste avant cinq heures, Michael et moi sortîmes les pains des fours et les plaçâmes sur des étagères à roulettes pour qu'ils refroidissent. Nous avions préparé des baguettes de pain français et minuté leur cuisson afin qu'ils sortent des fours à sept heures pour qu'au moment de l'arrivée de nos invités, l'endroit soit rempli par l'odeur enivrante du pain fraîchement sorti du four. À cinq heures, nous partîmes tous pour nous habiller en tenue de soirée, sauf Michael qui continua dans la cuisine car il avait apporté des vêtements de rechange avec lui ce matin-là. Nous comptions être de retour vers six heures trente, à temps pour recevoir les invités attendus pour sept heures. Pour ma part, j'arrivai à six heures et je commençai à préparer le vin tout de suite après les apéros que Michael était occupé à disposer sur le comptoir et sur deux autres tables sur le côté de la pièce.

Cette soirée fut un baume pour toutes les âmes en peine.

Le divertissement fut entièrement spontané, animé simplement par la créativité des gens présents, sans qu'on se sente obligé d'embarquer dans cette espèce de fausse gaieté qui, sans l'avoir été, s'invite trop souvent dans les soirées de veille de Noël. Les tenues affichées par les invités ce soir-là furent soit colorées, attrayantes, élégantes, dramatiques ou insouciantes et parfois tout cela en même temps. Monty et son épouse Marjorie arrivèrent les premiers et ils avaient choisi leur habituelle tenue détendue mais quelque peu non orthodoxe qui étaient maintenant leur marque de commerce. Mme Williamson entra toute flamboyante de rouge, blanc et bleu : costume pantalon marine, blouse blanche sur mesure et foulard en soie, ruban aux cheveux, sac à main et chaussures à talons bas, tous d'un rouge vibrant. Jill et Greg présentaient des couleurs primaires complémentaires, mais d'une brillance sans gêne. Henry Newhouse avait réservé pour la nuit, une chambre dans un motel du coin et arriva de là en taxi, portant un austère mais élégant costume dans des teintes de bleu et de crèmes Delft que chaque femme dans la pièce se sentit obligée de toucher et d'admirer. L'inspecteur Raymond s'était excusé à l'avance de ne pouvoir rester plus d'une heure, mais se pointa vêtu d'un costume gris très élégant. Même avant que tous les invités soient arrivés, la discussion et le rire remplissaient la pièce.

Karen et Michael, m'écartèrent fermement du rôle de pourvoyeur de vin, d'apéritifs et de la première fournée de pain, disant qu'ils avaient les choses bien en main et que mon travail consistait à me mêler aux invités. Je fis donc mon chemin à travers la pièce. L'inspecteur Raymond et moi eûmes une brève conversation qui a évité tout ce qui concerne la loi, ses violations et son application. Je passai quelques minutes en compagnie de Jasper, mais sans véritablement parler, puisque ce n'est pas vraiment son truc. Monty parla pendant vingt minutes avec enthousiasme de sa préoccupation la plus récente. Lonny était en pleine forme et d'une volubilité joyeuse. Je conversai avec plusieurs résidents locaux qui avaient pris leur retraite à Greenvale au cours des six derniers mois et s'étaient demandés pourquoi ils ne l'avaient pas fait il y a des années et deux authentiques locaux qui semblaient avoir une soif insatiable de tout savoir au sujet du moulin. Je consacrai probablement plus de temps ce soir-là à Mme Williamson qu'à quiconque d'autre, en commençant par lui demander comment les choses se passaient à la bibliothèque. Elle m'a fait un bref résumé, mais ensuite m'a dit qu'elle voulait savoir comment les choses allaient au moulin. Je commençai à répondre, mais elle leva la main.

À travers un demi-sourire, elle dit : « Richard. Pensez-vous pouvoir vous habituer à m'appeler Janet? J'ai ce prénom depuis assez longtemps et je vous assure qu'il fonctionne. » J'acceptai avec surprise et plaisir et notre conversation a ensuite repris sur un ton plus détendu.

Comme d'habitude, la musique de Greg était parfaite. Il y avait presque tous les types, hormis le country plaintif et le *heavy métal*. À un moment donné, le ton général des conversations changea brusquement et quand je regardai autour pour savoir ce qui se passait, j'aperçus Jill et Greg, deux danseurs de bal chevronnés, en train de glisser majestueusement au son de la Valse des patineurs. Il y eut une cascade d'applaudissements. Ils cessèrent bien avant que la valse ne soit terminée pour chacun récupérer un verre de vin, Greg arrachant le sien du comptoir près duquel je me trouvais en conversation avec Karen, rougissante et animée par les nombreux compliments qu'elle avait reçus pour la mise en scène de la soirée. Avant même que Greg ait pris sa première gorgée, Karen déposa son verre, prit Greg par le bras et demanda d'une manière très directe qui ne laissait place à aucun refus : « Pouvez-vous m'apprendre quelques pas? »

Greg déposa rapidement son verre, conduit Karen vers un espace libre sur le plancher de danse et tout en parlant continuellement à son oreille, ils commencèrent d'abord une promenade stylisée, puis quelques pas légers mais plutôt posés, ajoutant bientôt un peu de rebonds et de glisse; en quelques minutes, les deux se déplaçaient à grande vitesse sur toute la piste, les autres danseurs s'étant écartés pour admirer et applaudir de plus en plus. C'était un plaisir de les voir aller. Karen brillait et il fallait beaucoup plus que de l'alcool pour expliquer le pétillement dans ses yeux. Pour ne pas être déclassée, Jill partit comme un missile à pointe chercheuse et son choix s'arrêta sur Henry Newhouse. Il commença par décliner, mais accepta finalement et au plaisir évident de Jill, ils s'élancèrent immédiatement dans un gracieux tour de la pièce.

Les incitatives de la Valse des patineurs cessèrent, mais avant que la pièce suivante ne commence, un gong résonna bruyamment. On vit Graham et Michael faire avancer le plat principal sur des chariots à roulettes sortant de la cuisine et transférer la demi-douzaine de grandes casseroles et de plateaux de légumes sur des réchauds sur le comptoir. Michael claqua des mains, avisa tout le monde que c'était un libre-service, pour ensuite décrire chacun des plats. Il demanda alors à Janet et à moi de donner l'exemple en allant nous servir les premier. Les places étaient assignées, les noms ayant été écrits sur de petits cartons avec une calligraphie soignée et le bourdonnement de la conversation fut bientôt accompagné du tintement des ustensiles sur les assiettes. Un chariot de verres à vin propres avait été roulé depuis un coin de la pièce et Michael et Karen ont servi la tournée initiale, après quoi une bouteille de rouge et de blanc ont été laissées sur chaque table. Alors que Janet était partie remplir son assiette, ayant été trop modérée la première fois, je saisis l'occasion pour balayer la pièce du regard. La seule pensée qui me vint à l'esprit, spontanément, était combien ma vie avait changé complètement par rapport à il y a seulement quelques années quand je travaillais encore à temps plein et n'avais aucune intention consciente de venir vivre à la campagne. Pourtant j'étais passé d'une grande ville à un petit village, où j'avais une nouvelle maison que j'aimais beaucoup. J'avais un nouveau cercle d'amis et de connaissances. Et depuis ma retraite, (il y avait de cela moins de six mois!) j'avais une nouvelle entreprise qui me dévorait littéralement mais me rapportait beaucoup plus en termes de satisfaction. Et ce moulin était l'icône qui reflétait tous ces changements. Cette transformation et son impact positif sur ma vie, allaient au-delà de tout ce que j'aurais pu imaginer. Mon regard revint se poser là où Greg était assis, nous établîmes un contact visuel; il articula un « Perfetto » silencieux!

Janet s'inclina vers moi un moment donné et me dit : « Cela me rappelle tellement la soirée d'ouverture.

J'ai dû arrêter plutôt abruptement ce que j'étais en train de faire ou dire, parce qu'elle me regarda et me demanda, avec une trace d'inquiétude :

— Ai-je dit quelque chose d'inapproprié?

— Non. Non. C'est juste, j'ai simplement…, cela semble s'être passé il y a si longtemps maintenant, alors que c'était il y a quelques semaines et je, j'ai du mal à m'en rendre compte. »

Il y avait une barrière, entre maintenant et cette autre soirée. *Maintenant*, était *guérison*, mais je me rendais compte, soudainement et à nouveau, que mon *maintenant* naviguait encore en eaux troubles, habitées par des monstres. Je m'accrochais toujours, mentalement, à un petit radeau de sauvetage et le moulin lui-même était une image de Janus au centre de tout cela. Je balayai ces pensées du mieux que je pus.

Ce bref intermède avait causé quelque chose comme une chute dans la continuité de ma soirée et je n'étais pas sûr de savoir comment remonter dans le train. Juste à ce moment-là, Michael glissa sa tête entre nous, clairement euphorique que tout l'aspect gastronomie se soit bien passé et demanda : « Tout va bien? Assez mangé? Encore du vin?

— Michael, dis-je, c'est tout à fait fantastique.

— Sublime, Michael, sublime, renchérit Janet. Je pense que nous pourrions tous deux utiliser un autre bon coup de vin rouge, et Michael remplit promptement nos verres.

Je levai mon verre en direction de Janet.

— Aux jeunes gens très compétents!

— Aux jeunes gens très compétents, quelque soit leur âge!, répondit-elle »

Le rythme de la soirée ne donnait aucun signe de vouloir ralentir et avant de s'en rendre compte, le pop d'un bouchon de champagne a poussé chacun à regarder sa montre.

Le champagne fut versé approximativement à temps, mais personne ne s'inquiéta pour quelques secondes ou même quelques minutes. Quand nous fûmes tous prêts, des souhaits de « Bonne Année » fusèrent de partout dans la salle. J'eus l'impression de faire l'objet d'une attention particulière de la part de Henry, de Monty, de Greg, puis de Jill et de Janet, chacun passant plus de temps que ce qui était normalement requis pour des souhaits de la bonne année. Une petite pointe d'amertume voulut poindre en moi, à la pensée de deux personnes à qui j'aurais voulu pouvoir souhaiter une bonne année, mais cela n'avait vraiment aucun sens et aurait jeté un voile sinistre sur tout. De plus, même si nous savions tous que la soirée allait se terminer au cours de la prochaine heure, notre rassemblement sembla se ranimer, quelque chose à savourer et la liste de musique "après minuit" de Greg fut un catalyseur qui contribua à entretenir cette chimie particulière.

Plusieurs éclats de surprise de la part des femmes firent tourner les têtes en direction de la cuisine. Michael venait d'émerger avec un grand plateau de gâteries que lui et moi avions préparées. Je lui avais demandé de les placer sur le comptoir et d'attendre. Son attente fut brève.

« Oh mon Dieu! Le cri était si fort, spontané et plein de surprise, que la conversation s'est arrêtée.

— Ce sont des *poffertjes*! Vous avez fait des *poffertjes*! » Henry se tourna vers Jill, qui était debout à côté de lui à ce moment-là et lui répéta « Ils ont fait *poffertjes*! »

Michael remit à Janet, Jill, Greg et à moi une serviette et je crois que son intention était que nous ouvrions la voie, mais je donnai ma serviette à Henry et lui demandai s'il voulait y goûter le premier. Il s'exécuta et à la première bouchée, il ferma les yeux et rayonna. Je hochai la tête en direction de Jill et Janet, leur indiquant d'enchaîner. En moins d'une minute, Henry gesticulait de tous côtés en essayant d'expliquer aux trois femmes, après une bouchée de cette spécialité sucrée, ce qu'elles mangeaient.

Janet me rejoint alors que la foule écoutait Henry qui s'était maintenant lancé dans une discussion profonde avec Michael. À voix basse, elle me demanda : « Michael savait-il comment préparer ces trucs?

— Il l'a su une fois que je lui ai montré, ai-je répondu une fois ma demi-bouchée passée.

— Bon coup, dit-elle en plaçant sa main momentanément sur mon bras, transformer Henry d'un intrus dans ce groupe à celui au centre de l'attention.

— Pas vraiment. Henry a attiré l'attention du moment où il a marché dans la pièce et je ne l'ai pas vu passer beaucoup de temps esseulé.

— Hmm », fit-elle en penchant la tête avec un air de doute.

À une heure moins quart, Monty annonça que lui et Marjorie allaient partir. À ce moment-là, le quatrième mouvement de notre symphonie du Nouvel An commença à développer sa conclusion. Michael, qui avait bu très peu pendant la soirée et avait apporté sa voiture, insista pour déposer Henry à son motel, précisant que c'était sur son chemin. Il y eut beaucoup de remerciements chaleureux et à dix minutes passé l'heure, il ne restait plus que six personnes. Janet avait récupéré son sac à main et disparut aux toilettes; Jill et Greg avaient enfilé leurs manteaux et je les accompagnai à la porte. Graham et Karen finissaient de nettoyer la cuisine et allaient sans aucun doute monter à l'étage et s'effondrer sur leurs lits de camp. Quand Janet réapparut, j'étais le seul dans la pièce.

— « Et bien, vous ressemblez au vainqueur, seul debout sur le champ de bataille.

— Je dirais que nous avons tous gagné. Puis-je vous ramener à la maison? », ai-je demandé et Janet accepta l'offre sans hésiter.

Nous enfilâmes nos manteaux et sortîmes dans une nuit tranquille. La température était à la baisse et allait chuter encore plus, le ciel limpide et généreusement paré d'étoiles en était une bonne indication. Mais le gel n'était pas encore de la partie et c'était en fait, une nuit splendide.

Quelque part dans la distance, deux chats miaulèrent. Je m'arrêtai.

« Quoi?, demanda Janet.

— Je viens de me souvenir que je n'ai pas nourri Max avant de sortir. Est-ce que cela vous dérange qu'on passe par chez moi pour le faire maintenant?

Les mots étaient à peine sortis de ma bouche que je me suis rendu compte comment cela pourrait être interprété comme une passe ridiculement transparente. Mais j'ai serrai les dents intérieurement et décidai d'ignorer cette pensée.

— Non, ça ne me dérange pas du tout. Allons nourrir Max. »

Je ne sais jamais à quoi m'attendre de Max quand sa routine est dérangée. Il aurait pu m'attendre la mine pleine de reproches à la porte. Il aurait pu se cacher dans une autre pièce à ronger son frein. Ou en signe de protestation, il aurait pu s'allonger sur le comptoir de la cuisine, où il sait très bien qu'il ne doit jamais monter. Mais voilà qu'il était assis sur le dos du canapé, dans toute sa splendeur patricienne, le portrait de la tenue féline impeccable, sa queue se levant pour me saluer comme je passais la porte.

« Bonjour, Max!, dit Janet, se dirigeant directement vers lui. Le petit sans-gêne se frotta la joue contre sa main, la main d'une complète inconnue et commença à ronronner. J'allai à la cuisine chercher sa nourriture.

— Pourquoi Max? Est-ce le nom de quelqu'un d'illustre?

— En réalité, c'est Maxwell et maintenant Max se frottait contre mes jambes comme je préparais sa nourriture.

— Est-ce Maxwell comme pour James Clerk Maxwell?, demanda Janet.

— Oui, répondis-je avec surprise. Ce n'est certainement pas pour Maxwell comme dans *Silver Hammer*. Vous êtes bien informée!

— Je tiens une bibliothèque. Je dois l'être.

Je posai la nourriture de Max par terre, le couteau dans l'évier et je demandai :

— Puis-je vous proposer du café? Un cognac? Autre chose?

Je me tournai pour voir quelle serait sa réponse et notai qu'elle avait enlevé son manteau et regardait autour dans la pièce avec grand intérêt. Elle opta pour le cognac. Je retirai également mon manteau, me dirigeai vers l'armoire à boisson pour nous en verser chacun un. Quand je me retournai en tenant les deux ballons, Janet regardait dans les rayons de mon étagère qui va du plancher au plafond à côté de mon bureau.

— Lourd penchant pour les livres techniques, observa-t-elle.

— Oui, une collection qui remonte au travers d'une carrière de trente ans.

— La retraite ne fait-elle pas une différence?, demanda Janet, continuant à parcourir.

— Intellectuellement, non. J'ai adoré mon travail. J'ai toujours aimé la physique, la chimie, les mathématiques et l'ingénierie. Et j'y travaille encore sérieusement. J'ai planché passablement pour restaurer et faire fonctionner le moulin. Ces livres sont une partie réelle de moi. Le reste, ceux non techniques sont dans la bibliothèque.

J'avais prononcé le mot magique.

— Bibliothèque?

— Oui. Je vais vous montrer.

— Aurai-je droit à la visite complète?, demanda Janet, poussée par un enthousiasme que je n'avais pas prévu. Ma surprise pour son intérêt dut paraître.

Elle s'approcha de moi, accepta son cognac, on a levé les ballons et siroté un moment.

Elle regarda le verre d'une manière appréciative.

— Très agréable.

Et puis, après une courte pause, elle enchaîna :

— Je devine que vous ne savez pas.

— Savoir quoi?

Le sourire de Janet était manifestement amusé, à la perspective de ce qu'elle était sur le point de partager.

— Pratiquement tout le monde dans ce village meurt d'envie de savoir ce que l'intérieur de votre maison a l'air. Les seules personnes qu'on rapporte le savoir sont Monty et Greg et ils ne parlent pas.

Ma perplexité ne faisait qu'accroître l'amusement de Janet.

— Mais, s'ils veulent voir, dis-je, tout ce qu'ils ont besoin de faire est de demander.

— Ah oui. Mais il y a une autre mécanique en marche ici : celle des racontars. Rien ne tue les ragots plus rapidement que les faits et si vous aviez montré à certaines personnes de Greenvale les faits, elles se sentiraient en permanence privées d'une ration de bavardage quotidien. C'est inoffensif et ne vous méprenez pas, il y a très peu de personnes malveillantes dans le village, mais vous, docteur Gould, faites l'objet d'une curiosité intense, que vous le sachiez ou non.

Je restai là sans voix pendant un moment.

— Je suis étonné!, fut tout ce que je réussis à dire.

— Vous ne devriez pas l'être, Richard. Regardez simplement ce qu'ils voient. Vous voici, une personne instruite, citadin accompli, qui débarque dans un petit village sans avertissement, histoire, ou connexions, qui convertit une ruine en une des deux maisons les plus désirables dans le village, récupère un ancien moulin écroulé sous un tas de décombres et le transforme en point de mire du village et lieu de rencontre, démarre une nouvelle entreprise qui devient rapidement une réussite et dans le processus, charme à peu près chaque oiseau à chaque branche de chaque arbre.

Ici, je ne pus que rire.

— Vous sonnez comme si je marchais sur l'eau pour mon exercice matinal. Quelle est l'autre?

— L'autre quoi?

— L'autre maison la plus désirable.

— Oh! Chez Greg Blackett.

— Maintenant, j'ai besoin d'un verre, dis-je et je pris une autre gorgée de cognac en me déplaçant pour me rasseoir sur le canapé. Janet se glissa à côté de moi.

— Mais votre maison est aussi très belle, je suppose, dis-je, bien que cela résonna comme une objection.

— Oui, c'est bien et c'est très sympa. Mais ce n'est pas comme ici, Richard, enchaîna-t-elle en regardant la pièce. Pour l'amour de Dieu! Cet endroit est fantastique, d'autant plus que tout le monde présumait que son seul avenir était un bulldozer. Vous me faites visiter?

— Certainement, ai-je dit en me levant, mais il se fait tard. Ne devrais-je pas vous ramener à la maison?

Janet m'a regardé posément pendant un moment.

— Eh bien, c'est soit chez toi, soit chez moi. »

Celle-là me figea net. Je me rendis compte une fois de plus que j'avais consacré tous mes efforts à rester à flot sur mon petit radeau à l'équilibre émotif et mental précaire, sans voir qu'il y avait quelqu'un d'autre qui voulait m'aider. Tout ce que j'avais à faire était d'accepter la main tendue. Cette possibilité me prit par surprise. Finalement, je me rendais compte de ce qui était en train de se passer et que distrait par moi-même, j'avais laissé passer une demi-douzaine de signaux pourtant assez clairs.

Je passai une main dans mes cheveux avec un embarras et une exaspération mitigés. « Tu peux voir, très clairement, Janet, commençai-je, que quelle que soit l'expertise que j'aie pu avoir un jour dans ce domaine, ce n'est plus qu'un solide bloc de rouille.

Janet a rigolé, authentiquement amusée.

— Je ne peux guère affirmer que mon propre bâton de marche est coché d'un bout à l'autre. Une visite?

— Juste pour que nous sachions où nous …, continuai-je.

— En effet, juste pour que nous sachions où nous en sommes, je n'ai pas besoin d'un ticket de repas ou d'un mari. J'ai déjà passé par là. Je veux simplement connaître un peu mieux un homme fascinant.

Je me suis levé, pris une bonne gorgée de cognac et je commençai :

— Madame Williamson. Bienvenue chez moi. Cet endroit était un mort-vivant quand je l'ai acquis. Le rêve d'un vrai bricoleur, mais maintenant, comme vous le voyez, une maison patrimoniale à deux étages, avec au sous-sol, un sauna et un atelier, un étage principal qui comprend aire de vie/restauration/d'étude, bibliothèque, salle de bain complète et petite chambre d'amis et un deuxième plancher avec deux chambres à coucher, une salle de bain complète et une deuxième salle de travail/étude. Grand patio extérieur à l'arrière et barbecue/jardin d'herbes de cuisson, rendu entièrement privé par une butte de terre et une haie de groseilliers rouges. Jardin de légumes capable de nourrir six personnes durant toute la saison. Autre ravissant patio avant, avec jardin de pierre. Abri d'auto et surface de récupération de l'eau de pluie. Par ici, s'il vous plaît pour la bibliothèque.

Contrastant avec ma démarche gauche d'adolescent jusque-là, la tournée fut détendue et amusante. Il y eut beaucoup d'examens attentifs et de hochements de tête en signe d'approbation. Janet posa de nombreuses questions sur l'histoire de l'endroit, sur l'aménagement intérieur avant que je commence les travaux, où j'avais trouvé les idées incorporées à la rénovation et à propos des couleurs et du type de bois que j'avais choisis. J'allumai à l'extérieur afin que nous puissions visiter le patio arrière, malgré le froid. La bibliothèque fit l'objet d'une inspection professionnelle détaillée et passa le test haut la main, ses sections sur l'histoire, la philosophie et la littérature grecque ancienne occasionnant une activité importante des sourcils. La disposition de la cuisine, ses ustensiles et leur stockage spacieux reçurent une mention spéciale. L'escalier en chêne et sa rampe eurent droit à un long silence.

La tournée se termina dans la chambre à deux heures trente. Rendu là, les paroles étaient devenues un encombrement inutile. Nous nous déshabillâmes l'un l'autre dans quelque chose ressemblant à un silence, doux, lent, comme les gestes dans un rêve. Nous glissâmes dans le lit et sommes devenus des amis intimes.

Juste avant de tomber dans les bras de Morphée, je murmurai : « Et voici donc que nous commençons une nouvelle année », mais Janet avait déjà une bonne longueur d'avance sur moi dans les corridors du château de Morphée.

Je me réveillai tôt et la pensée déjà dans mon esprit avait trait avec le mot commencement. En regardant par la fenêtre, il n'y avait rien qui pourrait éventuellement être confondu avec la tourelle d'un sultan et l'aube qui commençait n'était guère annonciateur de lumière, mais les premières stries de rose et de violet avaient néanmoins chassé les gris nuages de la nuit.

Je sortis du lit, enfilai ma robe de chambre et descendis. Max attendait d'être salué et nourri; je fis les deux avant de tirer du frigo le pain, les œufs, le bacon et quelques autres articles. Je mesurai le café et mis en marche la cafetière. Passant par la salle de travail, je saisis un sac de graines, sortis dans le froid excitant du jour et remplis la mangeoire d'oiseaux assise au sommet d'un poteau à l'épreuve des écureuils, qui était planté dans le sol au bord de la terrasse arrière. Déjà, le matin était lancé dans sa routine et toutes les surfaces étaient embellies par le gel. De retour au salon, un contrôle rapide sur mon ordinateur portable m'indiqua un courriel de Monty, me remerciant pour une autre fête mémorable. J'éteignis l'ordinateur portable juste comme un grincement m'indiqua que mon invitée à l'étage était éveillée.

La seule chose à laquelle je pouvais penser était à quel point le monde me paraissait différent.

De retour à la cuisine, je levai les yeux en versant le jus d'orange juste à temps pour apercevoir Janet descendant les escaliers. Elle avait enfilé la robe de chambre d'invité, qui paraissait beaucoup mieux sur elle que sur St-... mais avec force, je chassai cette pensée.

« J'espère que tu as bien dormi, dis-je. Le café est presque prêt. Je peux tout servir, d'une simple rôtie à la totale comme ...

Ma liste fut interrompue par un bisou humide fermement planté sur ma joue.

— Bonjour, dit Janet. Oui, j'ai très bien dormi et je suis prête pour un déjeuner substantiel malgré l'orgie gastronomique d'hier soir. Mais une douche d'abord. Puis-je utiliser la salle de bain sur cet étage?

— Bien sûr, la porte à gauche juste là. »

Janet récupéra son sac à main, a disparu dans la salle de bain et je suis monté à l'étage pour prendre ma douche.

Vingt minutes plus tard, je redescendais portant mon jeans d'intérieur habituel et une chemise en coton. Un autre cinq minutes et Janet émergea, elle aussi portait des jeans, avec un coton ouaté couleur crème. *Son sac à main surdimensionné, bien sûr! Bon citadin accompli, Gould! Je dirais plus comme un péquenaud lent et dépassé!*

Le déjeuner s'est étiré sur deux heures. Je conduis Janet à sa maison et je retournai pour m'asseoir et penser à ce qui venait juste d'arriver. Certes, les choses avaient changé. Tout aussi certainement, aucun ajustement personnel brusque n'était justifié. Mais "platonique" et "chambre à coucher" ne sont pas deux notions qui vont naturellement ensemble. *Prends ça une étape à la fois, Richard.* Il y avait les perspectives de deux personnes à prendre en compte et nous devions juste voir où cela pourrait conduire deux amis.

Quarante-huit

L'hiver, le véritable hiver, arriva à la fin de la première semaine de janvier, lorsque nous avons accumulé un demi-mètre de neige en quatre jours. J'accueillis bien ce changement de saison extérieur et visible.

Les choses avancèrent rondement au moulin. La demande pour notre farine était florissante et j'estimai que si les choses se poursuivaient selon la tendance actuelle, nous serions proches de notre capacité maximale de production d'ici l'été, auquel cas une décision aurait besoin d'être prise à l'effet de soit refuser tout nouveau client ou alors d'installer des équipements additionnels. Tout ça devait être analysé en détail, mais nous étions en bonne situation financière, je me doutais bien dans quelle direction la décision allait être prise.

J'eus plusieurs rencontres avec Karen et Graham concernant leur proposition. Elle était mature, innovante et passionnante et nous fixâmes un calendrier pour qu'ils démarrent l'affaire, car ce serait leur projet.

Janet et moi continuâmes à nous voir et notre amitié s'approfondit. Elle apprit qu'un conducteur ivre avait brusquement mis fin à mes quatre années de mariage. Je pris connaissance d'un orageux mariage de quinze ans à Eugène qui avait pris fin dans un climat de violence conjugale insoutenable. J'eus la forte impression que Janet avait deviné dans quel espèce de no man's land je m'étais cantonné depuis la mort d'Alice, qu'il y avait eu d'autres potentialités, Michelle, Amanda, Teresa et particulièrement Sarah, que j'avais finalement détournée, mais il me fallut un peu plus de temps avant que je sois capable de discuter avec elle de mon relativement récent et définitif adieu à Alice, à son image d'éternelle jeune femme de trente-deux ans qui était apparu devant moi ces derniers trois mois pour ensuite vaciller et disparaître une dernière fois.

Les deux secousses sismiques se produisirent à l'intérieur du même deux semaines au début mars.

Un bon jeudi matin, je reçu un appel d'Ivan Filmore, le frère de Buck. Il était venu pour une visite au moulin en janvier, mais ensuite, il était sorti de mes pensées.

« Ivan! Bonjour! C'est bon de vous entendre. Que puis-je faire pour vous?

Sans trop de préambule, Ivan m'a demandé si j'avais déjà entendu parler de quelque chose appelé *La Fondation Nouveau Départ*. Je dis que non et demandai pourquoi.

— J'ai été contacté par eux. Ils veulent que j'agisse en tant qu'administrateur d'un fonds de formation qui serait nommé en l'honneur de Buck. Il serait d'un million de dollars, après impôts, si la proposition de le constituer est acceptée. J'ai fait les vérifications que j'ai pu. Ils semblent être basés aux îles Caïmans, ils ont un site Web et semblent en règle, mais je voulais voir si vous en saviez quelque chose ou si vous les connaissiez.

— Non, je ne les connais pas, dis-je, avec le ton le plus neutre possible. Qu'est-ce que vous en pensez? Allez-vous accepter? Et y a-t-il des conditions à respecter?

— Il y a des conditions, du moins selon la lettre que j'ai reçue, mais elles ont l'air assez standard. J'ai trouvé un avocat qui a de l'expérience dans ces choses et s'il dit «°vas-y », je vais accepter.

— Qu'en est-il de tes parents? Sont-ils au courant?

— Non. Pas encore. Je ne leur dirai rien avant d'être certain que c'est légitime et les étapes à venir sont claires. Mais je voulais vous en parler en premier.

— Pouvez-vous me tenir au courant?, ai-je demandé.

— Certainement. »

Nous parlâmes de choses sans importance et Ivan dit qu'il me reviendrait aussitôt qu'il aurait de l'information plus définitive.

Je raccrochai et réfléchis longuement à ce que je venais d'entendre. Un peu plus d'une semaine plus tard, Janet appel et me demanda si je pouvais passer par la bibliothèque à l'heure du diner. À mon arrivée, elle me remit une lettre sans commentaire. L'en-tête se lisait *"La Fondation Nouveau Départ"* et il m'a fallu quelques efforts pour ne laisser rien paraître. Un quart de million de dollars était offert, libre d'impôt, pour soutenir la bibliothèque de Greenvale, avec la condition que le capital et les intérêts soient utilisés exclusivement par la bibliothèque Greenvale, qu'aucune partie de cette somme soit utilisée pour les dépenses en immobilisations (excluant l'achat de livres, de CD, de DVD et d'autres articles énumérés et des ordinateurs destinés à être utilisés par le public ou l'administration à la bibliothèque) et en particulier, que le fonds devait être géré par un administrateur indépendant de la municipalité de Greenvale et de toute autre municipalité.

« Wow!, dis-je doucement.

— Oui, acquiesça Janet. Double wow! As-tu une idée de ce que je pourrais accomplir avec l'intérêt d'un quart de million de dollars? Mais est-ce légitime?

— Je connais un avocat à Toronto qui traite des fondations. Je pourrais lui demander.

— Fais donc! »

Je retournai tout de suite à la maison pour réfléchir. Il n'y avait aucun doute dans mon esprit sur ce qui se passait dans les deux cas. Burns était mort et j'étais convaincu que c'était son propre argent qui avait payé pour le contrat sur sa tête. J'aurais dû ressentir un sentiment de justice dans ceci, que le monde était en quelque sorte un meilleur endroit, mais tout ce que je sentais était un goût métallique désagréable dans ma bouche et un étrange sentiment de déception, de déflation, un vide étrange. D'autre part, j'étais porté à penser que d'une certaine façon, quelque chose de bon sortirait de toute la tragédie insensée de la mort de Buck et de Stuart. Il y avait deux éléments de bien que je pouvais voir ici et je ne pouvais qu'espérer qu'il y en ait beaucoup plus, que je ne connaissais pas. Il n'y avait pas de doute non plus dans mon esprit que les recherches montreraient que *La Fondation Nouveau Départ* était solide et sans reproche et que les offres finiraient par être acceptées par Ivan Filmore et par la bibliothèque Greenvale. Ma connaissance personnelle de choses qui pourraient être reliées était purement anecdotique et impossible à prouver, mais cela resterait un absolu secret. Jusque-là, j'avais porté un fardeau lugubre. Steve l'avait soulagé et maintenant, je pouvais passer à autre chose.

Le mois de mars progressa. Le soleil montait plus haut dans le ciel. La neige fondait lentement au début, puis plus rapidement. Les premiers signes du printemps apparurent.

À la fin du mois de mars, je visitai le site de la tombe de Stuart pour la première fois depuis que ses cendres y avaient été dispersées, car je n'avais pas assisté à cette cérémonie, une autre puissante source de culpabilité pour moi. En cinq minutes, j'étais démoli intérieurement. Mais ce chagrin fut le premier relâchement réel, la première étape d'un adieu véritable quoique réticent.

Avril apporta les signes indiscutables du printemps : des touffes d'herbe verte entre les restants de neige, les pointes des crocus et les jonquilles appelant des forces silencieuses pour éloigner un hiver moribond, la teinte d'orange-vert suintant aux branches de mes saules, le babillage familier des merles.

Dès que nous pûmes, et avant que cela soit vraiment raisonnable, nous nous assîmes à l'extérieur sur le patio de Jasper au *Renard Embusqué*. C'était un samedi éclatant de soleil, la température était un agréable quatorze degrés Celsius, il y avait encore des restes de lambeaux de neige sur les bords du patio, mais la puissance de la lumière du soleil neutralisait l'humidité, un air frais montait de la vallée en bas, la rivière était en crue, bondissait de joie au retour du printemps et j'étais assis avec Monty et Henry pour le diner. Bien qu'extérieurement j'étais ce qu'on pourrait appeler "guéri", je savais que mon périple en Allemagne m'avait marqué en permanence, mais plus important encore, que les aspects inachevés derrière ces événements récents jetaient une ombre dérangeante sur tout ce passé. Une copie impeccable d'un livre, antérieurement considéré comme inexistant, avait allumé l'avarice de Burns et ses actions sans scrupules pour l'acquérir m'avaient coûté mon meilleur ami. La possibilité qu'un mystère plus profond existe derrière ce livre et peut-être sans doute la chose qui avait vraiment excité Burns, restait hors de portée et je savais, même si je n'étais pas préparé à l'admettre, que j'avais besoin de faire la paix avec tout cela. Juste quelques semaines plus tôt, ce mystère était intrigant, excitant. Maintenant, il était devenu oppressif, suffocant, mais commandant toujours impérieusement d'être résolu. Au fur et à mesure que mon équilibre mental s'améliorait et plus j'essayais de le nier, de supprimer la nécessité de résoudre ce mystère, de le sortir complètement hors de ma vie, plus il devenait implacable.

Mais ce dont je me rétablissais en réalité, je le réalisai lentement sur une période de plusieurs semaines, ce qui allait laisser des blessures dont je ne me rétablirais vraiment jamais, ferait de moi une personne différente, était la dimension morale de ce qui était arrivé. J'avais eu le choix de faire confiance en la mécanique de la police et celle des tribunaux pour s'occuper de Burns ou de la jouer seul, faire le travail moi-même. Mon choix s'était porté sur la deuxième option et il était clair que j'avais fait cela principalement inconsciemment. Mais le chemin que j'avais choisi signifiait que j'étais devenu un assassin dans l'ombre et les largesses financières que Steve avait extraites de la coquille restante de la vie de Burns étaient de l'argent sale, de l'argent du sang. Je devais vivre avec ça. Je devais aussi faire confiance à mon propre jugement qu'en suivant l'autre chemin, celui plus vertueux, j'aurais laissé planer sur l'avenir un danger mortel. Il n'y avait pas de "victoire" claire d'une manière ou d'une autre. Et je devais apprendre à vivre avec ce choix, seul. Rien de tout cela ne pourrait être discuté avec quiconque, avec personne. Jamais.

Deux jours plus tôt, j'avais rendu visite à Henry à Belleville, officiellement pour l'aider à préparer son potager, ce que nous avons effectivement fait et cela en soi était un exercice de précision. Mais le but réel de la visite, comme je l'ai vite découvert, était d'entendre sa proposition.

« Richard, je voudrais que vous veniez en Hollande avec moi le mois prochain. Je pense que vous et moi avons besoin de régler cette affaire de catéchisme. Le mot à lui seul me glaçait les os, mais c'était un signe que Henry avait raison, que je devais faire quelque chose pour mettre tout ça définitivement derrière moi.

— Ce n'est pas quelque chose dont j'ai envie, Henry.

— Non, répondit-il, mais c'est comme un lacet détaché : quand on ne s'en occupe pas, on finit par trébucher. C'est le hasard qui vous a amené à croiser le chemin de cette ordure de Burns et les événements vous ont ensuite forcé à être un joueur actif, mais vous ne serez pas libéré de cette affaire tant que vous n'aurez pas enfoncé un pieu d'olives dans son cœur.

Il avait raison. Je savais qu'il avait raison. Et malgré tout, j'étais resté figé dans l'indécision.

— J'ai de bons contacts, Richard. Je sais que nous pouvons réussir.

— Je n'ai aucune preuve que ce que Burns cherchait existe réellement, lançai-je comme objection. En fait, avec le recul, je pense que j'ai été crédule comme un sot pour me laisser séduire par l'idée. Imaginez! Une collection complète des documents originaux de toutes les éditions du catéchisme de Heidelberg! Aussi ridicule qu'improbable! Je suis plutôt certain maintenant que c'est juste une lubie qui a traversé le temps et la rumeur pour devenir une supposition et être finalement accepté comme un fait. C'est un rêve, Henry, seulement du vent!

Henry secouait la tête.

— C'est naturel d'essayer d'éviter tout ça, de prendre la voie la plus simple, celle du déni.

J'allais m'objecter, mais Henry leva une main pour m'en empêcher.

— Dans ce temps et ces sociétés-là, la religion était le seul refuge solide dans la vie des gens. Ils la prenaient très au sérieux. Pour eux, l'idée de quelqu'un passant sa vie à effectivement rassembler une telle collection n'aurait pas du tout parue farfelue. D'accord, il y a une chance pour que ça n'ait jamais existé, ou que ça ne sera jamais retrouvé. Peut-être qu'il n'y a rien de caché à Ladenburg et bien que Heidelberg soit, ou ait été dans le passé, une ville académique de rêve pour plusieurs, ainsi en est-il pour Leyden. Après tout, cet homme sur le **James Goodwill** serait aujourd'hui décrit comme un Néerlandais, alors si la spéculation repose sur du vrai, ce trésor est au moins aussi susceptible d'être quelque part en Hollande, comme il se doit, que quelque part en Allemagne. Je n'ai pas de doute que vous en frémiriez, tout comme moi, à la pensée qu'un trésor culturel comme celui-ci pourrait disparaître dans une collection privée. Autant de raisons pour que vous et moi démarrions un projet pour tenter d'aller au fond de tout cela, en utilisant les connaissances, probablement tout à fait uniques, que vous avez acquises.

— À quoi bon, Henry? C'est fini. Burns est mort.

— Non Richard! Ce n'est pas terminé! Pensez-vous que Burns était le dernier de son genre dans le décor? Pensez-vous que personne d'autre ne sera attiré par une chose de cette envergure, aussi spéculatif que cela puisse être, qu'une trouvaille, d'une valeur possiblement inestimable, ne va pas attiser leur avarice pathologique de rapace? Ne pensez-vous pas qu'il y en a d'autres qui ont peut-être encore moins de scrupules ou qui sont plus déterminés que Burns ne l'était? Et sûrement, vous ne pensez pas que quelqu'un, qui pourrait arrêter tout ça, devrait rester là, à ne rien faire, pendant l'une des pires spoliations que la civilisation...

La véhémence de Henry me choqua et je me rendis compte quand il laissa sa tirade inachevée que sa bouche et son menton tremblaient de colère et d'indignation. J'étais sur le point d'essayer de ramener la température à la normale, mais Henry continua brusquement, sous contrôle cette fois.

— D'autre part, il y a d'autres questions, différentes, mais tout aussi importantes à traiter.

— Telles que?, demandai-je avec une certaine surprise.

— Avez-vous été à la maison de Spinoza? Avez-vous vu où Huygens et Érasme et Leuwenhoek ont vécu? Avez-vous été à Delft? À Leyden? Avez-vous visité Nijmegen? Et je dois vous faire visiter ma ville, Utrecht.

— Cela ressemble à une tournée d'au moins un mois.

— Oui. Et?

— Certes, votre appartement n'est pas si grand…

— Richard. J'ai beaucoup d'amis et de collègues hollandais. À n'importe quel moment, une demi-douzaine d'entre eux sont absents et j'ai des offres qui tiennent toujours pour un certain nombre d'appartements. Trouver un endroit pour rester serait le cadet de nos soucis.

— Et quel serait le plus grand souci?, demandai-je, toujours à la recherche d'une esquive crédible.

— Agencer tout cela. Regardez, dit-il en me passant une seule feuille de papier. Voici une liste de lecture. Le livre d'Arblaster est un bon début. La plupart des gens ne connaissent à peu près rien de l'histoire de la Hollande. Mais *vous*, le devriez. Je vous garantis qu'avant la page vingt, vous serez accroché.

J'hésitais toujours.

— Vous craignez que vous ne pourrez jamais ramener les choses à ce qu'elles étaient, ai-je raison?

— Non. Ça, je ne le crains pas, dis-je, j'en suis convaincu. J'avais l'habitude de tirer une grande joie, simplement d'anticiper un voyage en Allemagne, de revoir Werner et Gudrun, de faire toutes ces choses que j'ai faites durant mes visites qui couvrent maintenant plus de vingt-cinq ans. Tout ça a disparu.

— Non, Richard, tout est toujours là. Ces personnes et ces lieux sont toujours là. Ils n'ont pas changé. C'est vous qui avez changé. Ce qu'il faut faire maintenant, c'est retrouver toutes ces choses. Si vous ne faites pas cela, le seul perdant sera vous et connaissant votre culture européenne et votre capacité inhérente à la savourer, je peux affirmer que vous perdriez énormément.

J'ai acceptai d'y réfléchir.

Henry me regarda pendant un moment.

— Qu'est-ce qui vous a incité à mettre autant d'emphase sur Ladenburg, je veux dire comme un lieu possible de cette collection? Cette histoire du poème modifié de Hölderlin était vraiment un peu mince comme un indice, non?

— Ah oui. Friedrich Hölderlin!, dis-je avec plus qu'une pointe d'amertume. Mon message de Friedrich! C'est un peu ce à quoi je veux en venir, Henry. J'étais aveuglé, piégé même, par toute la notion romantique. Je n'avais pas la formation, le contexte historique ou culturel, pour porter un jugement sain, je me suis laissé hypnotiser par les circonstances. Stupide. Puéril. Enfantin.

J'hésitai un long moment. Henry, patiemment, attendait que je continue.

— Christoph Sauer est né à Ladenburg. Et il semble que Stein, l'homme qui en est venu à être connu sous le nom de Masson au Canada, est né et a vécu quelque part près de Ladenburg. La proximité excitante de ces lieux, la connexion que tout cela invitait, la possibilité réelle d'une connexion, une connexion présumée, connexion que j'ai moi-même établie, trop volontairement, avec si peu de sens critique, eh bien, c'était simplement trop beau pour être vrai. »

Je secouai la tête et accablé de frustration et de regret, laissai tomber mon bras sur la table. Je ne disais pas à Henry toute l'histoire, bien que dans le fond, je pense qu'il avait lui-même le même soupçon que j'avais eu. Robert Bine était probablement Robert Bein à l'origine et son éducation lui avait permis d'accéder à la culture et à la littérature allemandes. Il aurait certainement été bien informé sur Goethe et Schiller, aurait probablement connu Novalis et au moins aurait été conscient de l'importance de Hölderlin en tant que grand poète allemand romantique et aurait pu savoir que Hölderlin était l'inspirateur d'autres penseurs allemands. Bine fut pour Carl Masson, un ami de dernière heure et j'en étais venu à soupçonné que par les confidences de Masson, Bine savait que deux livres étaient dissimulés dans l'autel de la petite église de Belleville, que Masson l'avait enjoint de voir à ce qu'ils soient sauvegardés dans le futur, que c'était Bine qui y avait placé le poème trafiqué, que c'était lui qui avait goudronné la boîte pour la protéger contre les affronts du temps en vue d'une durée indéterminée et que son petit rébus concernant Ladenburg était une fausse piste délibérée. Masson avait très probablement fait des confidences à Bine près de la fin, l'avait informé de tout ce qu'il savait, que si le "grand prix" existait, il était caché ailleurs.

Henry me posa également des questions sur toute la confusion entre Boersma et Ambrose. Je lui expliquai ce que je pensais qui s'était passé même si une grande partie n'était que spéculation.

« Je pense que Burns est tombé sur un document quelconque qui l'a alerté sur un lien qui existait en 1727 entre ce Boersma mort sur le navire et les Masson père et fils.

Lorsque les recherches des Ambrose concernant les livres sont devenus claires, je pense qu'il a délibérément obscurci les choses en plantant une graine de soupçon chez les Ambrose, que quelqu'un s'appelant Boersma était un joueur majeur mais mystérieux et il leur a laissé supposer que ce Boersma était une sorte de descendant moderne de celui de 1727. Burns avait un esprit très subtil et il a roulé les Ambrose dans la farine, comme des beignes. Mais Burns n'était pas une sorte d'intellectuel contemplatif. Il était bien conscient de la valeur de l'information, mais de l'information intéressante seulement dans la mesure où elle était utile dans l'un de ses projets. Je pense que c'est déguisé sous le nom de "Smith", ou plus probablement, mandatant quelqu'un en Hollande pour le faire à sa place, il a miroité dans l'esprit des Ambrose, le lien historique et la valeur de la rareté. Il aurait peut-être même été aussi loin que pousser ceux-ci à accepter un lien avec Rodolphus Agricola, mettant à profit toute la vanité historique qu'ils auraient pu avoir. En tout cas, j'ai la conviction que le fait que les noms Ambrose et Boersma, par coïncidence, étaient des anagrammes, n'était pas passé inaperçu aux yeux de Burns. Il a simplement tissé une belle petite toile d'araignée.

Henry hocha la tête. Je pus sentir à son expression qu'il détectait des filons historiques intéressants, mais aussi que là, maintenant, il sous-pesait les choses.

— Je peux voir comment tout ça se serait tenu ensemble comme un petit conte séduisant pour des gens comme les Ambrose, même si je n'aurais pas acheté cette histoire. Je dois dire, Richard, que vous avez l'esprit d'un historien. »

Il n'y avait pas vraiment de réponse à cela et nous nous regardâmes simplement, de façon soutenue. Je savais qu'à un moment donné, bientôt, je rediscuterais avec lui de cette affaire de Robert Bine et de toute la connexion allemande. Mais dans l'instant présent, il était clair que par sa grande empathie, Henry sentait ma perte, ma déception, ma désillusion et comprenait que ma soif fondamentale de connaissance n'avait pas été étanchée et qu'il sentait bien que mon espoir et mon émerveillement sous-jacents essayaient de ré-émerger.

Après une longue pause, Henry revint sur le jugement que j'avais fait un mauvais calcul insensé et amateur, de l'importance de la connexion Hölderlin-Ladenburg. « Tu es trop dur avec toi-même, Richard. Tu as traversé une terrible épreuve. »

Henry ajouta ensuite un dernier commentaire qui, je pense, fit probablement pencher la balance en ce qui me concerne et qui ultimement, nous embarqua, Henry et moi, dans une entreprise néerlandaise de redécouverte et de renouvellement personnel. Il passa son bras autour de mes épaules et dit : « Les faits historiques peuvent être très brutaux et les personnes qui les étudient doivent avoir un réalisme aiguisé, un sentiment solide pour le temps et le lieu, une empathie active, les yeux rivés sur les preuves et parfois, pour compenser, l'estomac solide. Mais le jour où les historiens cesseront d'avoir au moins un peu de scintillement dans leurs yeux, sera le jour où les lumières s'éteindront. »

Une bouffée de brise qui montait de la rivière me ramena à notre diner.

« C'est à toi que je parle, vieille vipère sourde comme un pot!, dit Monty à Henry.

— Regarde-toi toi-même, malheureux comploteur *falstaffien*, c'est une priorité de traiter de ces choses et je crains que la tienne soit au fond de la proverbiale mine de Mendip.

Je ne pus me retenir. J'éclatai de rire et continuai à rire hors de contrôle. Essuyant les larmes de mes yeux, je pus dire finalement :

— Messieurs! Qu'il fait bon d'être en compagnie d'amis sensibles et posés comme vous! Nous parlons de qui va boire quoi à la prochaine tournée, pour l'amour de Dieu! Je vais juste nous acheter quelque chose. » Et j'éclatai de rire encore en me levant en direction du bar.

Quand je revins avec un plateau et trois pintes, ils étaient redevenus des collègues respectueux, prenant des notes pour le projet d'un document qu'ils avaient décidé d'écrire ensemble une heure plus tôt.

Nous fîmes tinter nos verres. Il y avait des sourires partout autour.

Une fois la bière engloutie, nous restâmes assis à regarder le paysage de la vallée. Il ressemblait en tous points à ce que j'avais aperçu la première fois sept ans plus tôt.

À la fin, Henry a posé lourdement les paumes de ses mains sur la table. «Il est temps d'y aller, déclara-t-il.

— Aller où? Pour faire quoi?, a demandé Monty, bagarreur.

— Premièrement, simplement marcher et célébrer une journée aussi magnifique qu'aujourd'hui.

— Et ensuite?, demanda Monty, maintenant de bon cœur mais avec tout de même une pointe d'humour dans la voix.

— Deuxièmement, Monty, pour parler un peu plus de l'Histoire, quelque chose que toi et moi avons contemplé d'une grande hauteur, mais que Richard ici présent, a pu goûter dans son aspect amer, au niveau d'un Jan Hus, ou un Giordano Bruno. Toi et moi pouvons en apprendre beaucoup de Richard. Il sait bien mieux que nous combien l'Histoire est un terrain dangereux, un endroit sans compromis.

— Deuxièmement? Y a-t-il un troisième point au programme, Henry? demandai-je.

— Très certainement, dit Henry, se glissant entre nous deux et passant ses bras sur chacune de nos épaules.

— Troisièmement, allons faire du pain, tandis que le soleil brille.»

Postface du traducteur

Parmi les commentaires reçus par Keith Weaver, l'auteur de la version originale en anglais, il y en a quelques uns au sujet du fait que beaucoup de mystère demeure dans l'histoire et plusieurs questions sont restées sans réponse. En particulier concernant comment le collectionneur américain avait pris connaissance de l'existence de ces livres qui ont tant attisé sa convoitise. Ou celle du compagnon de voyage de Carl Masson dans son périple en 1781, de Germantown vers l'Amérique du Nord Britannique. Et les livres eux-mêmes, surtout le catéchisme, qui sont aussi voilés du brouillard de l'incertitude à la fin de l'histoire qu'à son commencement.

La réponse est simple et connue de tout historien: le passé, au mieux, ne se révèle qu'en partie et reste parsemé de questions sans réponse. Même pour les événement récents, il y a tellement de points de vue différents, que la motivation des acteurs et les faits exactes ne sont jamais tout à fait éclaircis. Bienvenue dans la vraie vie, dans la vraie Histoire.

Même avec les avancées récentes dans de nouvelles techniques comme l'imagerie par satellite, par les rayons pénétrants, par la résonnance magnétique, ou celles de l'analyse de l'ADN, ou celle de l'effet du champ magnétique terrestre sur la cristallisation des roches il y a des millions ou milliards d'années, Clio demeure avare de ses faveurs. Reste aussi un obstacle majeur, celui de toujours: nos propres préjugés historiques. Combien de directions restent encore, où nous ne voulons pas nous lancer, où nous n'irons même pas voir parce que nous croyons connaître les réponses.

Un autre commentaire qui est en fait une question, est la suivante: cette histoire est terminée? Richard semble avoir accepté la proposition de son nouvel ami Henry, l'historien hollandais. Mais…?

Réponse à ce commentaire : l'Histoire, la grande, celle de Clio, n'est jamais terminée. Mais quant à cette histoire? À tout hasard, Keith et moi allons devoir mettre des sous de côté pour explorer, le cas échéant, un terrain nouveau. Richard et Henry feront ce qu'ils décideront de faire. En tout cas, nous sommes tentés de les devancer un peu pour clarifier leurs options.

Parce que, à part les voyages et les découvertes éventuelles de Richard et Henry, que de belles villes il y a à découvrir : Utrecht, Delft; Leyden… Et que de grands hommes à mieux connaître, Érasme, Spinoza, Vermeer…

Jean Forest,
Bécancour, 2018.

www.ingramcontent.com/pod-product-compliance
Lightning Source LLC
Chambersburg PA
CBHW031153050726
47495CB00019B/1633